话语如刀

LE MOT QUI TUE

Une histoire des violences intellectuelles de l'antiquité à nos jours

西方知识暴力的历史

〔法〕樊尚·阿祖莱　帕特里克·布舍龙 / 主编
王吉会　李淑蕾 / 译

中央编译出版社
Central Compilation & Translation Press

图书在版编目（CIP）数据

话语如刀：西方知识暴力的历史 /（法）樊尚·阿祖莱，（法）帕特里克·布舍龙主编；王吉会，李淑蕾译. —北京：中央编译出版社，2020.6（2023.12 重印）
ISBN 978-7-5117-3419-8

I. ①话… II. ①樊… ②帕… ③王… ④李… III. ①文学研究—西方国家 IV. ① I106

中国版本图书馆 CIP 数据核字（2017）第 304920 号

Originally published in France as:
Le mot qui tue by Patrick Boucheron & Vincent Azoulay
©Editions Champ Vallon 2009
Current Chinese translation rights arranged through Divas International, Paris
巴黎迪法国际版权代理（www.divas-books.com）

话语如刀：西方知识暴力的历史

责任编辑	邓 彤
执行编辑	景淑娥
责任印制	李 颖
出版发行	中央编译出版社
地　　址	北京市海淀区北四环西路 69 号（100080）
电　　话	（010）55627391（总编室）　（010）55627319（编辑室） （010）52627320（发行部）　（010）52627377（新技术部）
经　　销	全国新华书店
印　　刷	北京文昌阁彩色印刷有限责任公司
开　　本	710 毫米 ×1000 毫米　1/16
字　　数	434 千字
印　　张	26
版　　次	2020 年 6 月第 1 版
印　　次	2023 年 12 月第 2 次印刷
定　　价	98.00 元

网　　址	www.cctpcm.com　　邮　箱　cctp@cctphome.com
新浪微博	@ 中央编译出版社　　微　信　中央编译出版社（ID：cctphome）
淘宝店铺	中央编译出版社直销店（http://shop108367160.taobao.com）（010）55626985

本社常年法律顾问：北京市吴栾赵阎律师事务所律师　闫军　梁勤
凡有印装质量问题，本社负责调换，电话：（010）55626985

序言

知识分子：暴力的研究对象与参与者

雅克·塞姆兰

  本书所要研究的主题显然不是没有任何色彩，不管是否属于知识分子，我们每个人都与暴力保持着一种朦胧的关系，暴力在使我们震惊的同时，又深深地吸引着我们。面对暴力问题，我们陷入了左右为难的境地：暴力令人胆战心惊，可是又充满了魔力，那些靠着讲述暴力故事、渲染残酷画面而大获成功的文学作品和电影作品，就是很好的证据。由此，我们便会理解，将暴力作为历史研究课题，特别是作为社会学研究课题，这绝对不是什么简单而毫无意义之举。有人希望能够很超脱地思考暴力问题，但这谈何容易，因为这一主题会涉及统治、违抗和死亡等话题。

  你们或许对这其中的困难不屑一顾，可能会不无道理地向整个"知识分子群体"提出一个更为特殊且令人尴尬的问题：知识分子本身与暴力之间有着何种关系？你们的问题意味着要颠覆人们对这一话题已经形成的看法。在这里，我们不准备去讨论知识分子缘何在任何时候、任何地方都会成为专制与压迫的对象，也不去讨论是什么让他们有时遭到谴责、驱逐乃至杀戮，因为，展示人类如何通过五花八门的方法来批判创作的自由和思考的自由的文学作品已然蔚为壮观。所以，你们的初衷一定不在于此，你们想要了解的，是知识分子们自己怎样通过言论、文字、处世方式、彼此的冲突而蜕变成为暴力的参与者。鲜有学者会这样去拷问知识分子们自身的所作所为，对此进行研究虽合情合理却需要勇气。

  既然如此，那么应该怎样去认识被你们大胆称之为"知识暴力"的这一概念呢？

  让我们先关注这一说法，因为它可能会让你们在历史学科领域受到指责，你们的计划是想穿越一个又一个世纪来检验"暴力"这一概念，这需要多么大的勇气呀！

  因为大家清楚地知道，"暴力"一词并非是凭空出现的。我们今天所说的"暴力"，在什么条件下才会对中世纪或古代的男人和女人们具有相同的含义呢？这里，我们面临着一个时间错位的巨大危险，因为时光荏苒，人们的思想经历了深刻的变化，难以进行比较。"暴力"一词对古希腊、罗马帝国的某位公民来说，真的会有意义吗？难道这个词用在各种运动时期会更贴切吗？乔治·维加雷洛（Georges Vigarello）在他的《性侵犯的历史》（Histoire du viol）一书中就指出，强奸无法与"受害者"一词的当代含义的逐步形成过程分割开来。① 我在关于种族灭绝问题的著作中，也指出过，"民众屠杀""民众强奸"，以及更加特殊的"人民屠杀""城市屠杀""阶级屠杀"等词都是现代化的典型产物。

从纯科学角度看，用今天被我们视为暴力的东西来衡量祖先们的所作所为，这样的做法真的合适吗？况且，"暴力"概念在社会学领域充满歧义，因而对于这个词的使用和滥用就愈发值得怀疑了，如果将它作为研究对象，会随即引发新的问题。

为了探究"知识暴力"，我想先强调社会学领域的几个概念，之后，还会进一步考察作为暴力的发起人甚至是参与者的知识分子所扮演的角色。

作为认识客体的暴力

你们清楚地看到了，在诸位所写的这部书的引言中有如下的观点：暴力不是社会学范畴的一个一成不变的概念，不是固定的概念，而更像是研究的客体。拷问"暴力"概念，首先意味着要去拷问我们所命名的"暴力"，拷问我们所感知的"暴力"。我们的感觉和主观性在此发挥了重要作用，"实施暴力的永远不是我，而总是别人"。如此的观念不仅存在于人际交往中，而且存在于活跃的社会、政治矛盾之中。研究暴力问题首先要考察其表现形式，包括菲利普·布洛（Philippe Braud）最近提出的象征性暴力②的表现形式。

不过，在我们浏览过本书的各篇文章题目之后，不禁感到有些困惑，读到"争议""争执""论战"等词时，人们有理由发问：这些真的属于暴力范畴吗？各篇文章的作者们是基于哪些标准来断言这就是知识暴力的表现形式呢？我们不要忘记哲学家尤尔根·哈贝马斯（Jürgen Habermas）的思想贡献，他认为公共空间等同于讨

---

① 乔治·维加雷洛：《性侵犯的历史，16—20世纪》，巴黎，1998年。
② 菲利普·布洛：《政治暴力》，见《观点论文集》，巴黎，2004年。

论空间，讨论的伦理不等于施行暴力，尤尔根·哈贝马斯甚至认为情况恰恰相反，因为公共辩论的伦理恰恰在于通过制定不成文的规则定义争议，从而遏制暴力。确实，米歇尔·福柯（Michel Foucault）的著名论断我们都熟悉：从权力角度看，历史只不过是一系列的统治；从知识角度看，历史只不过是一系列的解读。① 显然，这里永远存在着一定的时间和空间，学者们可以在此围绕各自的解读彼此刀兵相见。

然而这场争斗是从什么情况开始演变为人身的攻击，甚至是"亲爱的同事"之间公开或潜在的战争，或者一场因职位有限而展开的学术机构之间的战争？皮埃尔·布迪厄是少有的学者之一，他在进入法兰西学院之时便作为社会学家执掌大权，当他可以对同时代的人进行说教的时候，他却开始研究上述问题。②

在作品中不去引用与自己意见相左的同事的观点，这难道不是否认后者的存在并将其"象征性地杀死"吗？先是观点的交锋，继而是蔑视、气势凌人和恶语伤人的话语手段，最后堕落成为否定对手的智力，在某些情况下，这一蜕变可以演变成为知识暴力。但是，不论如何，争斗、冲突和对立都不会轻易融入暴力之中，除非人们完全否定格奥尔格·齐美尔（Georg Simmel）的冲突社会学。③

说到社会学范畴"暴力"一词的这些用法，我觉得人们其实常常表现得不知所措。因为作者们往往对这个词不给出统一的定义，泛泛地说来，可能有多家学派并存争鸣。某些学派认为暴力代表着生命力，即冲动和力量。这是人和动物的共同特性：暴力是自然的，于是，认为冲突、力量和暴力之间存在区别的想法，纯属幻想。暴力如此的表现我曾经在尼采或萨特的作品中见过，他们认为生命和暴力的含义几乎是一回事。暴力即生命！我以为，这一全球化的认识是很有问题的。可它偏偏成为知识界立场的出发点，人们站在历史角度从原则上为暴力辩护，认为反抗是天然权利，是自由的同义词，尽管反抗会造成死亡。在弗朗茨·法农（Franz Fanon）的《全世界受苦的人》（Les Damnés de la terre）④一书的序言中，萨特清清楚楚地表明了这一立场。如今，这样激进的观点摇身一变，以另外的形式又出现在了哲学家斯拉

---

① 参考达妮埃勒·德贝尔（Danièle Debert）:《权力与解读之间的暴力，米歇尔·福柯的作品》，见弗朗索瓦兹·艾里捷（Françoise Héritier）主编：《论暴力》（卷1），第89—90页。
② 皮埃尔·布迪厄：《关于课程的课程》，巴黎，1982年。
③ 格奥尔格·齐美尔：《冲突》，斯特拉斯堡，1992年。
④ 弗朗茨·法农：《全世界受苦的人》，巴黎，1961年。

沃热·齐泽克（Slavoj Zizek）的作品之中。①

还有些学派更愿意把暴力定义为手段，或一系列手段，用以对其他人的意志施加压力，不管是通过直接方式还是间接方式，最终目的都是获取对方的财富、土地，或者利用对方。这一方法为哲学家伊夫·米肖（Yves Michaud）②所大力提倡，显然属于十分常用的战略方法，它首先出现在克劳塞维茨（Clausewiz）等军事战略思想家的作品之中。暴力的这一表现形式又出现在了本书中，人们很好地把语言的象征力量与纯暴力结合在一起。这里，知识暴力被称为宣传、思想操纵、"灌输强式宣传"（"一战"中使用过的说法），除非暴力属于马基雅维利主义之类的狡诈诡计。

第三种思想观点首先从结构主义看待暴力，认为它构成了人统治人、人剥削人的情况。人们于是去描写、揭露剥削与被剥削、殖民与被殖民关系的制度。在此情况下，不管是从经济、权力还是文化角度去研讨，暴力问题都会被描绘为制度体系，而不是个体的关系。再进一步说，个体之间的关系模式只是某一制度的结果抑或反映。众多的社会学家著书立说，倍加推崇对暴力的这一解释，甚至将其作为该领域研究的唯一思想准绳。

皮埃尔·布迪厄就是这样的代表，他表示，语言的关系反映着统治者和被统治者的关系，构成了被他称为"象征性的"暴力形式，这种暴力形式仅仅是人统治人的客观情况的反映而已，在师生关系中表现得尤为突出，正如皮埃尔·布迪厄在《再生：谈论一种关于教育体系的理论》（*La Reproduction. Eléments pour une théorie du système d'enseignement*）中所解释的那样。皮埃尔·布迪厄的思想在其定理 2 中展现得淋漓尽致："任何教育活动在客观上都是一种象征性暴力，是通过文化专制实现的专制权力。"③如此武断的言辞显然有待商榷，不过毫无疑问，这里所指的正是本书所谈的"知识暴力"。皮埃尔·布迪厄在其他地方还谈到了知识的种族主义，认为知识的种族主义是"统治阶级的种族主义凭借自身的特权确立的神正论，也就是要为他们控制的社会秩序进行合理性证明"。在我看来，还要补充一点，即那些自诩浸润了文化、掌握知识的人，他们对于那些不掌握知识或者他们以为不懂知识的人会表现出种族主义，我想说，这些受过教育的人对于他们眼中的蒙昧的人抱有不屑和鄙夷，

---

① 斯拉沃热·齐泽克：《罗伯斯庇尔：品德与恐怖》，巴黎，1978 年。
② 伊夫·米肖：《暴力》，巴黎，1978 年。
③ 皮埃尔·布迪厄：《再生：谈论一种关于教育体系的理论》，巴黎，1970 年。

这就是种族主义。

还有一种与皮埃尔·布迪厄的观点相去甚远的思想，将暴力理解为违抗行为。自然，任何的违抗行为都可纳入暴力之列，我们想到了美国哲学家亨利-大卫·梭罗（Henry-David Thoreau）提出的"民众的违抗"这一概念，即以非暴力形式对抗法律。然而，人类学家弗朗索瓦兹·艾里捷（Françoise Héritier）表示，任何暴力都是对他人、他人土地、他人身体进行的违抗、割裂和破坏。[1] 她的观点强调了法语中"暴力"（violence）一词的第一层意思（出现于1214年），即"对力量的滥用"。如果说暴力是力量的滥用，那么必然存在着不被滥用的力量表现，结论就是：的确有那么一个冲突、争议、争论的空间，可以不必定义为暴力。

可见，一切皆取决于超出范围、突破尺度、超越禁忌的东西。人们的视角转而投向社会中，探问是什么确立了法则，是什么违反了一致意见。这里，我们隐约看到了穿越一个个世纪去拷问知识暴力的方法。总而言之，吸引我们注意力的，是那些借助纯知识手段最终破坏标准、使语言公约泛滥、重新定义意义范畴甚至某一社会生活范畴的东西。从话语和艺术的这一暴乱中，既可以迸射出最美好的东西，也可以流淌出最丑恶的东西，因为这种排斥过程会走向公开化，会让某个群体的成员变得无法无天，进而对他人公开惩罚，将其送进苦役营，送上火刑架，或者投入监狱、集中营或是灭绝营。

在某些时代，由于知识分子懂得如何操纵范畴、概念、神话、象征，所以能够诅咒这个，开除那个，指使其他人把他们眼中的敌人逐出城市。其中，他们对某些词语的选择、他们的文学和艺术也都难辞其咎，他们通过选择华丽的风格，运用动人的辞藻来散布他们的毒液！路易-费迪南·塞利娜（Louis-Ferdinand Céline）反对犹太教的两篇檄文就是很好的例证，即《闲话屠杀》（*Bagatelle pour un massacre*）（1937）和《尸体的学校》（*L'Ecole des cadavres*）（1938）。请看其中一段文字："犹太人是亚洲人和非洲人的混血，有着四分之一或一半的黑人基因而接近东方人，他们是纵欲的通奸者，他们和这个国家没有任何关系，他们必须从这里滚开。"[2] 路易-费迪南·塞利娜在当时曾一度因其文学天赋而受到称赞，但在我看来，他却是为以

---

[1] 弗朗索瓦兹·艾里捷：《论暴力》，巴黎，1996—1999年。
[2] 路易-费迪南·塞利娜：《闲话屠杀》，巴黎，1937年，第57页。

暴力反对犹太教唱赞歌的典型，属于典型的知识暴力代表。在美丽的文字掩盖之下，他的文学作品渗透进了反犹太教思想，成为一个时代的烙印：缺乏宽容，恶毒的文字中散发出仇恨的气息。路易－费迪南·塞利娜由此在公共领域开启了诅咒和诋毁犹太人的另一空间。

[我因此认为这里所说的"知识暴力"是从冲突到暴力、从和平时代到屠杀时代的一场迅忽而不确定的倾覆和堕落的过程。文字开启了通往行动的大门，人们可以用文字杀人，至少可以用文字构建意义的框架，以证明民众罪行的合理性。]

身份认同的承包人角色

在我本人关于种族灭绝历程的著作中，我尝试分析这一现象，以昭示政治学领域作为"身份认同的承包人"的知识分子们所扮演的角色。我努力地从纳粹德国、前南斯拉夫和卢旺达的例子中去探寻这些社会是如何一步步演变成这样的破坏的过程。①

我以为，知识分子充满暴力的言论之所以显得那么完美，首先是因为存在着某个充满危机的社会背景。社会上除了对于所研究的案例的看法存在严重分歧外，还常常会爆发经济凋敝、严重社会不公、被视为外来人的难民大批涌入、种族关系或宗教关系紧张等问题。社会上的恐惧心理于是开始蔓延开来，那么，令人们恐惧的是众多作者所描绘的现代性吗？是因为人们害怕这世界变化快，以至让人看不到未来才心生恐惧吗？有可能是这样吧，不过，恐惧还来自于他者，被视为外人或仇敌的他者，人们会对陌生人心生焦虑。此外，还有对自我的恐惧，因为"自我"这个集体概念其标准难以界定。或许，掌权的精英们未能正确做出经济或政治选择，错过了自己国家现代化的机遇却又不愿意承认——难道非要这个国家输掉一场战争或者正在输掉一场战争，他们才肯承认吗？正因为如此，社会才会土崩瓦解，恐惧心理才会笼罩在人们的心头。

正是在这种公开的危机背景之下，知识分子的介入可以进一步影响人们，凭借着他们所拥有的知识，知识分子们希望发表意见、表达思想、解决危机。这些人的队伍中有艺术家、作家、教授、律师、政客、宗教人士……他们是文人和学者，我一般称之为"思想职业"。在国家经历危机时分，他们呼吁去解读人民的苦难，提

---

① 雅克·塞姆兰（Jacques Sémelin）：《清洗与破坏，屠杀与种族灭绝在政治上的用途》，巴黎，2005年。

出解决苦难的方法，当此之时，过时的旧标准似乎已然崩溃，威胁越来越令人感到惶恐不安。这一集体中，让自己的成员接受"我们德国人"或"我们胡图人"这种想法的根本标准似乎已然不稳。按照科内利乌斯·卡斯托里亚迪斯（Cornelius Castoriadis）的说法，他们制度的"想象的基础"已陷入危机。"我们"一词变成了埋怨、心碎和痛苦的代名词。有谁能使国家摆脱这种危机？有谁能为人们描绘出一片崭新的未来？

在此情况下，本质上便能催生暴力的知识分子的话语，就同时具有了想象力和现实性特征。人们通常认为这种话语首先就是要指定替罪羊，实际情况并非如此。话语把"我们"塑造成痛苦的同义词，这里的"我们"体现了我们的力量、我们的身份、我们的纯洁性，知识分子的话语应运而生："我们之中的我们，要恢复我们的幸福和光荣，我们有这样的方法：只要相信我们，相信我们的集体力量，这是我们共同的基石，我们的民族，我们的种族，我们的宗教。"关于身份认同的这些话语当然是建立在纯洁性这一主题之上的，所谓"纯洁性"不光是指种族或民族的纯洁性，还包含政治纯洁性和宗教的纯洁性。为了使这个"我们"形成更大的力量，这一话语中同时也产生了一个对立概念："他们"。"他们"代表敌人的形象，于是"我们"和"他们"之间形成了根本的"极化"，卡尔·施米特（Carl Schmitt）认为这一极化属于政治事务的基础。

各个时代中，"敌人"的形象又是怎样的呢？首先，他们是"多余的他者"，他者因为过于不同而被视为外人，甚至于他血管里流淌的血、头脑里装着的风俗都与"我们"不同。这是一个野蛮人，而且不讲我们的语言，"多余的他者"的"多余"也是可以量化的：他被认为数量过多，会大量增加、大量繁殖，就如同田间的害虫一样……

"敌人"的另一个特征是他的可疑性：敌人与我们相似，生活在我们中间，却图谋不轨。这个"他者敌人"是个两面人：他宣称皈依我们的宗教信仰，却是异教徒；他口口声声支持法国大革命，但实际上是反革命分子，是混入我们之中的间谍，受我们的敌人所豢养。总之，他的外表能够立即掩盖他那阴暗而危险的真实嘴脸。

"他们"与"我们"的对立，早在暴力形成之初就已然形成，从中会爆发大屠杀。这就是我的中心论点：我首先将屠杀定义为思想过程。诚然，不应忘记要把它作为残酷的行动来加以研究,我和众多历史学家一样,决心直面暴力,甚至敢于去探究战争中的各种残酷行径。①

不过,研究屠杀现象却应该溯本求源,即研究其演变为行动之前的情况。作为一场"思想行动",它是集体的表现结果,人们观察它时是站在一个"他者"的视角,这个"他者"将被部分或全部边缘化,被剥削,被侵犯,被排除,被消灭。在此过程中,知识分子的工作几乎起到了认识论的作用,因为他们自身的力量要去建立抽象的范畴,最终促成假想的专门特点的本质化。正因为如此,才智可以根据人与人之间假想的或真实的不同而轻易帮助实现对人的种族划分或民族划分,借以审判某个被认为生来就蕴含危险的群体。有一点要重点强调:在恐惧心理蔓延的环境下,关于为"危险的他者"划分类别的言论反倒能够令人安心,因为这类言论正在制造着仇恨。的确,当人们知道了要去仇恨谁时,心里就不再那么恐惧。剩下要做的就只是将这魔鬼般的他者、这个肮脏和背叛的代名词从肉体上清除。

这些在各个国家呈现不同形象的知识分子们,因此就能够被认为是以后要爆发的屠杀的直接罪魁祸首吗?对此,我们要格外谨慎,不要误入歧途,以免把思想和行动混为一谈,因为一切要看政治形势的变化,要看经济形势是否恶化,社会是否不稳,战争是否爆发,国际形势如何变化,等等,所以切忌抱着决定论的思想而置形势的变化于不顾。我们可以做到使用富有煽动性的言论而又不至在社会上燃起熊熊烈焰,因为社会中存在着灭火机制,或者在当时,人们的思想还尚不具备点燃烈火的条件。

幸而情况的确如此,否则一旦词语脱口而出就会幻化成真正的爆炸物,此外,有谁敢说被其他知识分子极力支持的一篇对手的政治言论不会转而揭露它的矛盾特点,从而违反叙述的一致性特点呢!总之,事件的进程不是事先确定的,这些知识分子在国家经历的某个关键节点制造了一些思想意识工具,一旦投入使用,便会掀起一场民众暴力。知识分子们对此提出的"解决办法"让人看不到任何妥协的希望,他们的分析建立在种族认同之上,但这恰恰是要对人与人之间的不同进行的"质化"处理:雅利安人和犹太人,胡图族人和图西族人,等等。这些不同说明了"他们"

---

① 斯蒂凡娜·奥杜安 – 鲁佐(Stéphane Audoin-Rouzeau):《战斗:现代战争的历史人类学(19—21世纪)》,巴黎,2008 年。

和"我们"之间何以客观对立,正是"他们"的身份被"我们"看作天生具有威胁性。既然这种不同不可否认地存在着,那么断无谈判协商的可能。

谁知道知识分子中的某些人不会最终亲自上阵呢?不管怎样,当他们把行动与思想结合后,就会打着人类统一性的幌子,认为付诸行动是他们基本的爱国主义义务,或者认为不应该只把执行肮脏行动的权利交给执行者们。让我们记住历史吧:1942年1月20日,约15人聚集万塞,决定去消灭1100万犹太人,他们中的多半都拥有法学博士文凭。我们同样不要忘记,在卢旺达种族大屠杀期间,胡图族的中小学教师和大学教师们也都毫不迟疑地拿起大砍刀,和没有文化的农民一道去屠杀图西族人。这不得不又让我们去怀疑文化是否真的能够消除野蛮。大屠杀中劫后余生的一位女士对让·哈茨菲尔德(Jean Hatzfeld)说:教育"不会让人更加善良,教育只会让人更加有效率。散布邪恶的人如果了解了人性的狂热,如果学会了道德、社会学,就会变得更有本事。受过教育的人假如心肠不好,假如他的心中充满了仇恨,就会变本加厉地去为非作歹"[①]。

因此必须看到知识分子的话语所能够产生的可怕影响,他们的言论要么是为了将某些个人或群体逐出社会,要么是为了借助言语的力量让人们思想狂热。朱利安·邦达(Julien Benda)在《教士的背叛》(*Trahison des clercs*)中早就注意到了这令人心酸的现象,他在1920年看到知识分子们开始放弃自己为人类共同事业奋斗的信仰,转而热衷于研究种族主义、民族主义等。[②]显然,在如今这样一个动荡不安、被皮埃尔·阿斯内(Pierre Hassner)称为"激情报复"[③]的时代,知识分子的信仰依然还在改变,他们开始追求荣耀、幸福等其他虚妄的东西。因此,打着维护真理、纯洁、安全、和平、自由、正义、民主的旗号,人们却正在为最糟糕的东西进行辩护,哪怕这意味着恐怖、折磨和屠杀。

正因为我的记忆中装着这段灰暗的历史,我才在2004年突发奇想,准备写一部

---

① 引自让·哈茨菲尔德:《生命的裸体像:卢旺达中间派的记述》,巴黎,第106页。
② 朱利安·邦达:《教士的背叛》,巴黎,2003年[1927]。
③ 皮埃尔·阿斯内:《激情的反击》,载《评论杂志》,卷28,n° 110,2005年夏。

关于民众暴力的百科全书，这一具有世界意义的计划在2008年得以实现[①]。作为学者和大学教师的我，难道不也是这一主题的个中之人吗？它促使我去直面那些有可能是我同行的人所扮演的历史角色，他们或许也曾为最糟糕的东西辩护过。就这一点看，加入众多学者之中进行百科全书的写作，这工作让人感受到了对如此宝贵的遗产所肩负的责任，它让人能够更好地去理解、去了解这些悲剧。在我看来，我们通过分析偶然的历史事件，以集体之力对民众暴力知识进行普遍建构，这项工作也与法国18世纪启蒙时代的百科全书精神是那么的契合。

我们还是让诗人来做总结吧。在酝酿这篇文章的过程中，我无意间又重读到了雅克·普雷维尔（Jacques Prévert）的那首小诗：《不能》（Il ne faut pas）。该诗的主旨与本书不谋而合，我欣喜不已，于是将原诗完整抄录于此：

> 不能让知识分子玩火柴
> 因为，先生们
> 当我们让他们独处，先生们
> 他们的精神世界根本不会发光
> 一旦它独自一人
> 就独断专行
> 为自己树起
> 一座自封的纪念碑
> 却宽宏大量地说是向建筑工人致敬
> 让我们再说一遍，先生们
> 当我们把它独自留下
> 精神世界
> 就会撒下
> 纪念碑式的弥天大谎。[②]

[①] 该计划在准备过程中得到了巴黎政治学院国际问题研究中心（CERI）的大力支持，我们采用了网页的电子版形式：Online Encyclopedia of Mass Violence sous la direction de Jacques Semelin, Sciences Po 2008（www.massviolence.org）。

[②] 该诗的翻译参考了陈玮的译文并略作修改，见雅克·普雷维尔《话语集》，陈玮译，上海人民出版社2010年版，第284页。——译注

目录
Contents

引言　知识暴力：历史新主题
　　　　樊尚·阿祖莱
　　　　帕特里克·布舍龙　　　　　　　　　　　　　　001

第一部分　知识分子想象的战士　　　　　　　　　031

文艺复兴时期的剑术与学术争斗中的语言
　　　　帕斯卡尔·布里瓦斯特　　　　　　　　　　032

将作家们排成战斗队形：17 世纪知识分子的关系中出现战士
　　幻想的关键问题
　　　　尼古拉·沙皮拉　　　　　　　　　　　　　043

武器的选择：让·卡瓦耶和让·科塞的抵抗性介入活动
　　　　法比耶娜·费代里尼　　　　　　　　　　　056

第二部分　争论的变形计　　　　　　　　　　　　073

托马斯·阿奎那对决布拉班特的西格尔，1270 年：争论的编年史
　　　　贝内迪克特·塞尔　　　　　　　　　　　　074

人文主义是一种论战主义吗？——关于彼特拉克的《抨击》
　　　　艾蒂安·昂埃姆　　　　　　　　　　　　　093

教士的镜子：宗教战争（1560—1574）之初天主教和新教改革派
　　之间的神学争论
　　　　　　　　　热雷米·福阿　　　　　　　　　　　　　　107

附录　新教教徒和天主教教徒的辩论（1561—1572）　　　　124

博士们的争论：索卡尔事件中启发性的违抗与暴力（1996—2005）
　　　　　　　　　洛朗-亨利·维尼奥　　　　　　　　　　　126

第三部分　吵闹与争论，知识分子身份认同的基础　　　　149

作为基础的暴力？——对旧制度下自由思想身份认同源头的考验
　　　　　　　　　斯蒂凡娜·范达姆　　　　　　　　　　　150

皮埃尔·波姆的诉讼案：18世纪一场医学争论中凸显的职业合法
　　性与论战暴力问题
　　　　　　　　　亚历山大·旺热　　　　　　　　　　　　170

革命中的知识暴力：科尔奈·迪拉威尔的斗争
　　　　　　　　　让-吕克·沙佩　　　　　　　　　　　　187

第四部分　雄辩家，神学家，知识分子：权威的暴力　　　203

击败对手：西塞罗修辞中演讲暴力的使用与限度
　　　　　　　　　夏尔·盖兰　　　　　　　　　　　　　　204

罗马帝国前一百年的演讲、揭露与审查
　　　　　　　　　宴·里维耶尔　　　　　　　　　　　　　219

威严的演讲，权威的话语，隐藏的暴力：对拉昂的安塞尔姆
　　语句的分析（1117）
　　　　　　　　　塞德里克·吉罗　　　　　　　　　　　　240

"听从良知，永不低头！"：亨利希·曼向德国人发出的号召
（1933—1939）措辞激烈的命令性讲话
    瓦莱丽·罗贝尔   254

皮埃尔·布迪厄和知识暴力
    夏洛特·诺德曼   269

第五部分 对世界实施的暴力：理论化与规定 281

战斗的雄辩术：知识分子的论战以及伊索克拉底号召的暴力
    樊尚·阿祖莱   282

11—12 世纪西方知识暴力在教会中范例的形成
    多米尼克·伊奥尼亚-普拉   302

15 世纪小说对社会的谴责、揭发以及分类：对中世纪文学恶语
  形式的评述
    帕特里克·布舍龙   312

脑力劳动与政治暴力：17 世纪末法国贵族制度的理论化
    蒂纳·里巴尔   335

后记 对于暴力的社会认识的几点评注
    贝尔纳·拉伊尔   352

作者简介   358
全书人名对照表（按照名姓的字母顺序排列） 362

引言

知识暴力：历史新主题

樊尚·阿祖莱

帕特里克·布舍龙

1952 年，贝尔纳·弗朗克（Bernard Franck）在《现代》（Temps modernes）杂志上发表了题为《轻骑兵和禁卫军》的文章，令他一时间声名鹊起，同时他宣称一场文学运动就此开启。轻骑兵指的是一些年轻人：罗歇·尼米耶（Roger Nimier）、雅克·洛朗（Jacques Laurent）、安托万·布隆丹（Antoine Blondin），他们急不可待地要到战前已经湮没的旧日荣誉中去寻找理论根据——如保罗·莫朗（Paul Morand）和雅克·沙尔多纳（Jacques Chardonne），以此来声讨萨特对文学阵地的一统天下。"举手投降吧！"雅克·洛朗从 1948 年起就在《圆桌会议》（La Table ronde）中这样放言[1]。他誓言要把有政治倾向的哲学领域中那些迷途的作家予以遣散，因为这种哲学与他们讲求雕饰的文笔相矛盾。不过"轻骑兵"并未因此而放弃他们的文学才能，"他们陶醉于自创的短句之中，短句在他们的笔下运用起来仿佛就是断头台上的铡刀：每有句子一出，便会人头滚落，这没什么大不了的，这里的死亡只供博人一笑而已。"

贝尔纳·弗朗克的话被认为是对知识暴力的戏谑：文字能够置人于死地，但死亡轻如鸿毛，因为讥讽无法真正杀人。这些言论的作者之所以没有将象征性的死亡当成笑料，难道因为他们是研究旧时代的历史专家的缘故吗？情况或许并非如此，历史人类学家教我们认真对待虚构的身份和身体遭受损害的效率，而社会学也让我们研究象征性暴力制造苦难的方式，苦难可没有什么象征性可言。我们虽然是古代

---

[1] 引自弗朗索瓦·迪费（François Dufay）：《硫与霉，1945 年后右翼文学：沙尔博纳，莫朗和轻骑兵》，巴黎，2006 年，第 51 页。

史和中世纪历史学家，但我们首先是历史的继承人，是我们自己的历史的继承人，历史要求我们永远不要混淆笔战和民众的战争、文学谋杀和集体屠杀。这也许就是贝尔纳·弗朗克笔下那个看似毫无价值的词所具有的重要性吧：没完没了的战后时期的重要性①。

所以本书尝试对"文字暴力"和"武力暴力"之间的关系既分隔，又衔接；既区分，又结合。有那么一代人，他们所受的政治教育常常来自对知识暴力甚至对真正的暴力抱有同情的教材及其作者。的确，法国哲学具有某种传统，对末世说情有独钟，喜欢粗暴地对待世界与普通意义。对很多人而言，抛弃这一激进的批评方式，转而采取一种表面看起来更加理性、更趋平和的批评方式，就意味着思想上的枯竭和屈从，正因为如此，任何寻求和平知识辩论的努力都会立即遭到质疑。我们可以寻找一种与这一知识传统分道扬镳的方式——该方式在历史研究领域广泛使用，有时会令僵化思想的维护者们目瞪口呆——同时并不抛弃传统思想的最宝贵遗产：知识暴力的信念不在于谩骂，而在于分类，它本来就存在于任何思想活动之中。

但是在此应如何理解所谓的"知识暴力"呢？我们把这一并不确定的历史问题交给不同的历史学家，让他们去进行跨时代的集体思考，我们此举并无意把社会学构想的"成熟"概念引入旧时期去，更无意通过如此的转移期待获得什么因方法的时间错位而产生启发效果。这倒不是因为我们认为这一方法不合理，而是因为过去它在正常状态下根本行不通：知识暴力的概念对于当代历史而言并不比对古希腊历史更为恰当。所以，我们所要做的不是别的，只是要选取普通意义上的一个概念来研究，通过历史来让人研究。我们相信，与社会学领域的其他专家比较而言，历史学家虽然说不上更加胜任这一研究工作，却也不会有什么准备不充分之处。其他专家于是可以对历史学家委以重任，他们不是提供概念的人，而是激励者，能够广泛推动思考，以构建一个历史主题，而且还要充当他们各自领域的实践者。就是这样的认识论中的非暴力原则促使我们做出了这一选择，当然，我们也意识到了这一泰

---

① 这就是为何本书中的历史研究部分出自两篇文章（一篇的作者是雅克·塞姆兰，另一篇的作者是贝尔纳·拉伊尔）。两篇文章写作意图与研究详细程度不同，但都力求展望知识暴力与民众的严重犯罪暴力和社会中的暴力之间的关系，而且通过不断地回顾现实，给历史研究提出警告：不要过于草率地进行理论构建和概念提炼。

勒式的角色分配方法①也许会带来灾难性的后果，的确，有人可能会援引如此的管理方式，硬性地区分资料研究者和意义研究者②。

"知识暴力"：研究范围与定义尝试

要研究普通意义中的一个概念，就更有必要对词语达成一致意见。不过这绝非轻而易举之事。"知识暴力"（violences intellectuelles）包含了两个词，其定义又不那么确定，这一点，我们每个人都一眼就可以看出，同时，对两个词的理解也难以统一。所以说，"暴力"是一个很难界定的概念：乔治·索雷尔（Georges Sorel）在《关于暴力的思考》(Réflexions sur la violence)，汉娜·阿伦特（Hannah Arendt）在《从谎言到暴力》(Du mensonge à la violence) 中，都从来不冒险给暴力进行严格的定义③。不过我们至少可以就定义的某些特点达成共识，这方面，词源学往往能够提供有用的甚至是必不可少的研究起点。从拉丁语词源看，法语的暴力（violence）一词源自拉丁语 vis，由此衍生出了 violentus 和 violentia。④正如塞德里克·吉罗（Cédric Giraud）这里强调指出的那样，"vis"一词既指身体方面的暴力，如 vim afferre，可直译为"对某人实施暴力"；又指非物质方面的暴力，如知识的暴力。Vis verborum

---

① 弗雷德里克·泰勒（Frederick W. Taylor，1856—1915）是美国古典管理学家，科学管理的创始人。泰勒的科学管理的根本目的是谋求最高效率，而最高的工作效率是雇主和雇员达到共同富裕的基础，使较高工资和较低的劳动成本统一起来，从而扩大再生产的发展。要达到最高的工作效率的重要手段是用科学化的、标准化的管理方法代替。——译注

② 本书中的大部分文章都是 2007 年 6 月 8—9 日在巴黎的科尔德利耶修道院举行的一次学术研讨会提交的文章，该研讨会得到了多方的资金支持：法国大学研究所、巴黎东部马恩河谷大学的"权力比较研究会"、淮阿喀亚人研究学会、巴黎一大中世纪研究学会，同时也得到了多位学者的鼎力支持［特别是克洛德·戈瓦尔（Claude Gauvard）、克里斯蒂安·雅各布（Christian Jacob）、克里斯蒂安·茹奥（Christian Jouhaud）］，他们亲临会场，参加了最后的讨论会。我们还要特别感谢这些天与会的所有同仁，感谢在此次体现集体思考的学术会议上热情发言并参加讨论的嘉宾。从网上，大家可以看到，我们当时开设平台，展示了研讨成果，特别是发言人的主要理论文章的合集：http://pheaci.univ-parisl.fr/violences/index.htm。

③ 乔治·索雷尔：《对暴力问题的思考》，巴黎，1972 年，1908 年第一版，以及汉娜·阿伦特：《关于暴力》，见《从谎言到暴力》，巴黎，1972 年，第 111—217 页（1970 年在美国第一版），参见伊夫·米肖富有启发性的点评：《暴力》，巴黎，1986 年，第 12 页。

④ 阿尔弗莱德·埃尔努（Alfred Ernout）、安托万·梅耶（Antoine Meillet）：《拉丁语词源词典》，巴黎，2001 年，第 740 页。

指词语要表达的含义，它不仅指词的字面意思，同时还指其价值，甚至其力量。在此两种情况下——这是暴力概念的关键所在，暴力总是涉及过度的限制和对标准的违反，违反因时间和社会环境不同而变化的标准。

研究"知识"暴力，就是着力研究违抗行为的一种特殊表现形式。这里依然要就词汇问题达成共识。"知识的"作为形容词首先代表了一个功能。知识暴力乃是各种暴力中的一种——其他还有诸如政治暴力、性暴力或经济暴力，并不一定具有明确的实施主体群。知识暴力体现了对言语、辩论的使用习惯的违反，其目的是把自己的思想灌输甚至强加给他人。① 所谓的词语暴力是与西方修辞学有着同样悠久历史的问题，早已扎根锡拉库萨（Syracuse）② 的修辞学的基础之中，但却最终受到柏拉图的谴责。生活在公元前5世纪的演说家高尔吉亚（Gorgias）认为，如果人们懂得如何使用理性（logos），它就会拥有某种力量，可以对听众产生非凡的控制力。③ 拉丁语中的 Peitbo（说服）和 bia（暴力），二者彼此紧密联系。高尔吉亚在他著名的《海伦颂》（*Éloge d'Hélène*）中说："话语具有说服力，它使人（……）接受所说的东西，赞同所做的事情。"④ 这段话是对"言语滥用"的首次理论化，保罗·里克尔（Paul Ricoeur）也曾说：言语的滥用可以"支配空洞的词语"，继而"在支配词语的同时控制人"。⑤

那么，将这种词语暴力与牵扯身体的完整性和威胁性命的暴力进行比较，是否合理呢？正如艾蒂安·巴利巴尔（Étienne Balibar）所强调的，把语言暴力说成是"暴力各种表现形式之一"，这是诡辩，或者是偷换概念的诈骗手段。⑥ 我们当然不能将"信仰侵犯"[或者如16世纪发明该说法时人们所说的"强迫"（forcement）]和性暴

---

① 语言暴力和知识暴力这两个概念既彼此联系又有所不同。首先，知识暴力有时候不是语言形式的暴力，它可以借助身体的姿态，甚至使用沉默和拒绝讨论的手段。其次，所有的语言暴力都远不是"知识的"暴力，如纯粹的谩骂。

② 锡拉库萨，古希腊重要城邦。——译注

③ 同样可以参考伊索克拉底（Isocrate）的《论财产交换》。演说家鼓励人们要有信心做到"能言善辩"，要"渴望说服自己的听众"，获得"高人一头的地位，不是某些冒失的人理解的高人一等，而是真正的和有效的优越地位。

④ 《海伦颂》，DK 82 B 11, 12. 古希腊诗人平达（Pindare）早就提出过"像甩出一记鞭子那样的说服"。

⑤ 保罗·里克尔：《修辞家和诗人：亚里士多德》，见《活的隐喻》，巴黎，1975年，第13—61页，这里引自第15页。

⑥ 艾蒂安·巴利巴尔：《知识分子的暴力》，载《路线》杂志，1995年，第9—22页。

力放到同一层面去研究。它们之间还是存在着界限的，不容随意僭越，于是人们总会受到诱惑试图去彻底区分知识暴力和激烈暴力。但这肯定是错误的，至少是过于草率之举。在将二者对立的同时，应该使用有机联系的手段，将知识暴力和激烈暴力统一起来。假如不首先进行合理说明（哪怕是简短而下意识的说明），以上两种暴力可能很难组织起来并加以归纳，正如我本人所写的那样："屠杀首先源自一个思想过程。"① 最终，在向暴力行动的演变过程中，知识暴力始终是决定性的一个阶段。

"向行动的演变"这一概念居于中心地位，是本书所要探究的问题之一，因为知识暴力与激烈暴力之间存在着某种联系，某种绝非机械性的联系。知识暴力会在什么样的前提下酝酿激烈暴力，或者激起野蛮行径的爆发？语言暴力有时不也预示着向行动的转变吗？它同时为各种激情提供了一个语言发泄口，如果没有语言暴力，激情势必以其他途径宣泄出来。阿兰·布罗萨（Alain Brossat）写道："任何散布死亡和充满仇恨的讲话都在摇摆不定，时而大声进行威胁，时而谨防转变成为行动。"② 这是给研究法国 19 世纪末反犹太仇恨肆虐的人提出的问题：当年的游行队伍中有时会有人高呼"杀死犹太人""消灭犹太人"的口号。③ 是否应该把这场语言狂热看作是维希政府掀起的暴力活动的开端呢？或者正相反，应该强调在当时，反犹太人的疯狂宣传只是煽动了为数不多的暴力活动而已？实际上，"德雷福斯事件和所有反犹太人的运动二者之间无论是在开始，还是在后来，都是密不可分的，它们首先表现为大规模的语言危机：除了阿尔及利亚的特殊情况外（让人想到了殖民地的情况），世纪之交反犹太宣传日盛的同时，身体暴力却惊人得少，这与发生在当代东欧的大屠杀形成鲜明对比……"④

这就是历史学家的使命：一步步地分析知识暴力和身体暴力是怎样结合的。知识暴力并未囿于单一的意思，有时候是暴力行动的开始，有时是一次暂时搁置的行动的"戏剧化"，一切要视环境而定。可能我们正是需要从这一视角去审视 1968 年法国爆发的"红五月危机"。当时，法国革命语言的轰轰烈烈没有突然演变为暴力的恐怖活动，对此，我们一般会认为这属于法国式的例外，与德国或意大利的情况截

---

① 雅克·塞姆兰：《清洗与破坏：屠杀与种族灭绝在政治上的用途》，巴黎，2005 年，第 77—86 页。
② 阿兰·布罗萨：《敌人的身躯，超级暴力与民主》，巴黎，1998 年，第 154 页。
③ 皮埃尔·比尔博姆（Pierre Birnbaum）：《反犹太教的时期：1898 年的法国一览》，巴黎，1998 年。
④ 阿兰·布罗萨：《敌人的身躯，超级暴力与民主》，巴黎，1998 年，第 145—146 页。

然相反。① 其背后的原因或许在于法国的民主政治文化更加根深蒂固，已经习惯了这些大规模语言危机而不至升级为行动。当然也不要忘记戴高乐政权所发挥的作用，他虽然也使用语言批判进行回击（即著名的"社会政治混乱"），却拒绝效仿意大利采取使事态加剧的措施。②

"知识暴力"的概念于是引发了人们对于不同形式的语言暴力和身体暴力之间的关联的疑问，但又不仅限于此："知识暴力"的提法也就意味着要提出关于"知识分子"群体制造的特殊暴力问题。实际上，"intellectuels"（知识分子的，知识分子）一词不只是一个形容词，而且也是一个普通名词。19世纪末从德雷福斯事件③以后，这个词被用来指社会空间一个可以识别的群体，其成员都是"掌握象征性财产的专业人士"，我们在此使用的是瓦莱丽·罗贝尔（Valérie Robert）提出的定义。④ 总之，"知识分子"一词是在语言暴力中诞生的：它在最初时即便不是骂人的话，至少也是鄙视人的形容词，费迪南·布吕内蒂埃（Ferdinand Brunetière）首创了该词，旨在痛斥那些德雷福斯分子。只是到了后来，这个词才在克里蒙梭的笔下拥有了体面的地位⑤，要知道，就连知识分子这一头衔也是词语论战才取得的成果，从这点看，暴力与知识分子是从一开始就联系在一起的。

---

① 伊莎贝尔·索米耶（Isabelle Sommier）最近的作品，《政治暴力及其丧服：法国、意大利1968年运动后时期》，2008年。该书是对这种"拒绝参与"进行的比较史研究，涉及诸多问题：法国和意大利知识界要求实现政治暴力的合理性（卡尔·马克思的"武器的批判"），迷途的或不正常的宣扬暴力的人发出的谴责，为了"渐进治疗暴力"要实现的"暴力去政治化"（第236页）。

② 见米歇尔·赞卡里尼－富尔内尔（Michelle Zancarini-Fournel）：《改变世界，改变命运》，见菲利普·阿蒂埃（Philippe Artières）、米歇尔·赞卡里尼－富尔内尔（Michelle Zancarini-Fournel）主编：《1968年，一段集体历史（1962—1981）》，巴黎，2008年，第405—443页；以及第424—430页，对法国没有在70年代经历意大利、德国那样的复杂的恐怖事件背后的原因进行了细致入微的分析。1978年5月，《解放报》的主编塞尔日·朱利（Serge July）认为雷纳托·柯西奥（Renato Curcio）（意大利"街垒行动大队"的一号指挥者）和安德烈斯·巴德尔（Andreas Baader）（德国"红军部队"的指挥者）是"欧洲'红五月'运动中的持不同政见者，他们的行动与统一的言语保持着一致"。（引自第425页）

③ 德雷福斯事件：1894年法国陆军参谋部犹太裔的上尉军官德雷福斯被诬陷犯有叛国罪，被革职并处终身流放，法国右翼势力乘机掀起反犹浪潮。——译注

④ 瓦莱丽·罗贝尔：《德语空间的知识分子与论战》，巴黎2003年，第43—48页以及第52—56页。

⑤ 帕斯卡尔·巴尔芒（Pascal Balmand）：《法国政治文化中的反理性主义》，见《二十世纪》，1992年，第31—42页。同时见克里斯夫·夏尔（Christophe Charle）：《知识分子的产生，1880—1900年》，巴黎，1990年，2001年再版；以及米歇尔·维诺克（Michel Winock）：《知识分子的世纪》，巴黎，1997年。

这本凝结着集体思想的书，横跨多个学科，纵贯不同历史时期，致力于研究不同时期、不同情形之下知识分子群体中的暴力问题，因此书中不追求简单的形式上的时间划分：当然，这类暴力不是遍地皆是，亦非时时发生。自然，本书假定知识分子空间相对地独立于社会之外，存在于社会分工基础之上，这绝不是说知识分子与社会隔离或者卓然于政府管理部门之外。① 这场自治运动既不是突然之间出现的，也不是一蹴而就完成的，而是几个世纪反复出现或上演的脱离现象：在公元前4世纪希腊的哲学领域，12—13世纪过渡时期的西方基督教，抑或在19世纪末知识分子诞生之时，有学问的人地位优越，当然，现如今的知识分子群体彼此几乎不相往来，这一点我们也不要忘记。不过总是在那么一段时间内，人们会提出特别尖锐的问题：从16世纪到法国大革命期间的现代欧洲，同时并存着一个强权、一些正在形成的知识分子团体和几个规模有限的公众。所以，在成熟的知识分子团体出现过程中，知识暴力（包括争论、对立、大规模"战斗"）发挥了至关重要的作用，知识分子团体拥有自己的标准，本书的多位作者会对其发展进程加以分析。

从这一意义来说，知识暴力问题又与另一个问题交织在一起，即历史文献学广泛讨论的公共空间的形成问题。② 现代历史学家很自然地采用了尤尔根·哈贝马斯（Jürgen Habermas）创建的理论模型（他把启蒙时期英国的咖啡馆和沙龙变成了自己笔下悲剧故事的主要舞台），这样做有时是为了对该模型进行细致分析或者进行批判③，而其他学者会看到，我们所研究的历史时期（古代史、中世纪、早期现代史）仅仅被德国哲学家哈贝马斯当作了未来大规模历史动荡的前奏，不过他们并未因此感到失望。这模型是哈贝马斯的一时想法，却始终可以从相反方向研究：历史学家也能够使用他的理论，将其运用到自己研究的历史时期，抛开线性发展和决定论去考虑历时性的发展，偶然的公共空间随着情况和社会环境的变化时而展开，时

---

① 知识分子的外化始终是相对而言的，不管是因为知识分子作者的社会化和行动的多元化特点，他们都属于"多面人"，该词由贝尔纳·拉伊尔提出，见贝尔纳·拉伊尔：《多面人：行动的动因》，巴黎，1998年。

② 尤尔根·哈贝马斯：《公共空间：从资产阶级构建维度对广告的考古学式研究》，[1962]，法文译本，1972年再版，巴黎，1997年。该书引发了广泛的反响和辩论，比如奥斯卡·内格特（Oskar Negt）就提出批评，他的书最近已被译为法文，书中就探讨了"知识暴力"问题[奥斯卡·内格特：《对抗的公共空间》，(1973年)，法文译本，巴黎，2007年]。

③ 安托万·里尔提（Antoine lilti）：《沙龙世界：18世纪巴黎的社交和社交礼节》，巴黎，2005年。

而收拢。①

我们采用逆推的方法，形成有分寸的时间错位，以便历史地研究概念并避免将概念粗暴地反转，如此，哈贝马斯提出的"公共空间"（Öffentlichkeit）之前的公共空间里的这一更新的历史文献学，使用了哲学思想，给予本书中的很多文章以很大启发。50年来，知识分子这一概念被雅克·勒高夫（Jacques Le Goff）勇敢地从历史文献学背景下拉出来，目的是让中世纪思想的社会历史更加明了易懂，所以知识分子的概念本身有利于概念的整理。②这样也许是希望建立合乎道义的方法论的双向形式：昔日的历史学家们在研究"知识暴力"的同时，也雄心勃勃地希望将这一概念留给当代的专家，以此增加其历史价值：比如吸纳知识分子变成神职人员，自从人们确立起当代经院哲学地位的神学源头开始，知识分子如此的地位转变便不再只是一个比喻说法。这样，我们希望与现代史和当代史已经确立的一些概念稍微拉开距离，但这些概念也许内涵没有那么宽泛，比如"争议"一词③就是首先由科学历史学家充分理论化的，后来成为了"开启知识分子历史之门的咒语"④，以及更广泛意义上的"挑衅"一词⑤。

如果我们坚持在这一范畴进行分析，那么知识分子暴力问题可以从两方面来探讨：一方面，分析知识分子内部的各种暴力，它们常常能够揭示整个范畴的运行逻辑，并且有时会把这一范畴构建为独立的空间。另一方面，从外部世界研究知识分

---

① 就这一点见帕特里克·布舍龙和尼古拉·奥芬斯塔特（Nicolas Offenstadt）主持的项目"中世纪的公共空间"的研究成果，可在网上查阅：http：//lamop.univ-paris1.fr/lamop/LAMOP/espacepublic/index.htm. 该项目的理论文章即将出版，题为《历史学家的公共空间：一部政治交换的历史》。

② 雅克·勒高夫：《中世纪的知识分子》，巴黎，1957年。

③ 史蒂芬·夏平（Steven Shapin）、西蒙·舍费尔（Simon Schaffer）：《利维坦和气泵 科学与政治之间的霍布斯与鲍伊尔》，[1985年]，法文译本，巴黎，1993年。同时见多米尼克·佩斯特（Dominique Pestre）：《科学的社会和文化史：新定义，新主题，新实践》，《社会科学历史年鉴》，L-3，1995年5—6月，第487—522页。

④ 安托万·里尔提：《争论与辩论：当代知识分子表达不同意见的形式》，载《1900年，知识历史杂志》，25，2007年。克里斯托夫·普罗沙松（Christophe Prochasson）、安娜·拉斯姆森（Anne Rasmussen）编：《如何争辩，争论的形式》，第13—28页（引文出自第13页），同时见最近沃尔夫 – 安德烈斯·利贝尔（Wolf-Andreas Liebert）、马克 – 德尼斯·魏茨（Marc-Denis Weitze）编：《争议的关键科学？语言互动知识的培养》，比勒费尔德，2006年。

⑤ 让 – 弗朗索瓦·西里奈里（Jean-François Sirinelli）：《标准与违抗：对于文化历史中的挑衅概念的评价》，见《二十世纪》，2007年，第7—14页。

子制造的特殊暴力,在这一世界中,知识分子与他人一样成为暴力的参与者。

知识分子之间的暴力:身份的确立与对规则的违抗

知识分子经常喜欢以学者群体一员自居,通过理智与某种辩论伦理来协调交流①。在这座和平神学的城池中,笔战者被一下子淘汰出局,用福柯的话来说,他们是"靠讨论为生的寄生虫"②。这样的寄生虫只会为知识领域从宗教、政治、司法那里引进些外来的技术。的确,笔战者有时把对手比喻成异教徒,有时将其形容为政治敌人,有时将其看作可疑分子。他们的这一番指手画脚——咒骂、谴责、战斗,都是徒劳无功,但是却有可能随着社会、政治环境的变化而找到一种具体实现形式。在西塞罗看来,对演说家砍头、割舌已经不再只是大胆的想象画面,而是参与笔战的人可能真正遭遇的厄运:"要让对手闭嘴,让他颜面扫地,为此,不惜一切代价。"③16世纪中期的皮埃尔·德拉拉梅(Pierre de la Ramée)④就落得了如此的悲惨下场,他被敌人撕成了碎块。德拉拉梅在21岁时,作为文学艺术研究者揭露了经院哲学,宣称"所有亚里士多德讲过的话都只是谬误"。德拉拉梅的作品首先被神学院查禁:他被禁止再著述、教学来反对亚里士多德。走过了精彩的职业人生后,尽管德拉拉梅得到了国王的保护,还是在1572年圣巴托洛缪大屠杀发生后的第三天被杀害

---

① 我们自然想到了马克斯·韦伯(Max Weber)在《学者与政治家》(1919)一书中所捍卫的"信仰的伦理",但在马塞尔·莫斯(Marcel Mauss)的《礼物》的最后几行中,他把印第安部落的夸扣特尔贵族交换礼物的节日说成为化解暴力而使用的冲突模式,可以给学术界带来民主启示:"彼此对立却不相互屠杀,互相给予而不彼此损害。"(马塞尔·莫斯:《礼物》,1923—1924年),再版,见《社会学与人类学》,巴黎,1995年,第278—279页。对此,西尔万·德兹米拉(Sylvain D.zimira)进行引用并予以点评,见《马塞尔·莫斯:学者与政治家》,巴黎,2007年,第85—86页。为了了解对地点和习俗的比较历史,以便从某一方面证明盼望实现学术界和平的这一理想的普遍性,见克里斯蒂安·雅各布主编的《地点与知识》,第一册,《空间与社群》,巴黎,2007年。

② 米歇尔·福柯(Michel Foucault):《言与文》(卷4),巴黎,1994年;《论战,政治与问题化》,P.拉比诺(P. Rabinow)的对话录,1984年5月,第591—593页。

③ 吉尔·德克莱尔(Gilles Declercq):《雄辩与论战》,见吉尔·德克莱尔、米歇尔·缪拉(Michel Murat)和雅克琳娜·当热尔(Jacqueline Dangel)编:《论战的话语》,巴黎,2003年,第17—20页。

④ 皮埃尔·德拉拉梅(或称拉米斯,1515—1572年),法国人文主义学家、逻辑学家、哲学家、教育改革者。他在1572年发生的圣巴托洛缪大屠杀中被杀害。——译注

了。这是亚里士多德派分子疯狂的报复行为吗？至少伏尔泰是这样认为的，在他看来，德拉拉梅是一个"一生受到迫害的人……他被大学的教师和学生杀害，他的血淋淋的残破尸体被人拖到所有大学的大门口示众，仿佛这样才是正大光明地维护亚里士多德的荣誉"①。

让对手的死亡成为笔战的终极境遇，这一点就足以解释人们为什么不惜一切代价也要把笔战驱逐出知识分子的舞台。修辞的历史以惊人的方式将笔战赶到了诽谤和流放的边缘，让它忍受痛苦的离群索居生活。不过，尽管人们百般排斥笔战者，知识暴力还是不停地回到知识分子空间，恰如弗洛伊德所说的"压抑的回复"。正如艾蒂安·巴利巴尔指出的那样，知识分子受到了强大的意志的鼓舞，而且可能暗地里受到了死亡冲动的激励，这反映在知识分子的对抗中和战士的幻想中 [帕斯卡尔·布里瓦斯特（P. Brioist）]。所以存在着知识分子"游戏"固有的抽象暴力。知识分子群体呈现出一对矛盾：在交流中他们一面排斥暴力，一面又模仿暴力；事实上，知识分子交流的暴力有时候在知识空间出现的开始阶段发挥着构建作用，有时候通过笔战为自己划出新的边界，在已经形成的领域取得一席之地。

初创的暴力

知识暴力首先可以确立身份和鲜明的价值观。在笔战运动中，新的知识团体彼此分裂、重组，有时候从制度方面催生了著名学科，哲学的诞生便是一系列争论的结果，特别是柏拉图、色诺芬、伊索克拉底之间的争执。笔战的关键问题在于对哲学活动的定义，在很长一段时期，这些笔战一面坚持柏拉图的切分，一面划分该学科的边界范畴（樊尚·阿祖莱）。在趾高气扬地走过几个世纪后，笔战暴力看起来也在人文主义形成过程中发挥了关键作用，如彼特拉克（Pétrarque）就扮演了激烈的争论者的角色 [（艾蒂安·昂埃姆（E. Anheim）]。17 世纪笔战逐渐带来了一个文学领域的出现，其中的主要问题似乎从其他社会领域分离开来。诉讼案、争论和"文学战斗"催生了知识分子群体的出现，这常常是笔战构建和谴责过程带来的结果 [斯蒂凡娜·范达姆（S. Van Damme）]。就在这一点上，我们努力构建的历史主题遇到了

---

① 伏尔泰：《拉米斯或德拉拉梅：关于迫害者、诽谤者和讽刺短文作者的几点有用的看法》，见《现代哲学词典》。

"事件"的社会形式，博尔坦斯基（Boltanski）的社会学为该社会形式给出了定义，而它最近又在历史研究领域进行了调整①。

在知识分子群体形成的时候，笔战和"战斗"显然发挥了至关重要的作用，这种创立时期的暴力主要借助学科分类和分配来运行：某些知识分子通过建立黑名单、把一些作者打入对立派，调动文字手段影响文学空间的组织。这其中，有些人灵活而复杂，如《寓言故事》（*Nouvelle allégorique*）[尼古拉·沙皮拉（N. Schapira）]中的富尔提耶尔（Furetière）；而有些人的做法就要激烈很多，如法国大革命结束时的科尔奈·杜拉威尔（Colnet du Ravel）。科尔奈·杜拉威尔只是想描绘一下自己时代的风貌，不料却根据严格的划分参与开辟了一个极化空间："从1799年开始，科尔奈就不仅加入了知识空间里激烈的反对派，而且参与建立了表现体系，把知识空间变成斗争空间乃至战争的空间。"[让-吕克·沙佩（J.-L.Chappey）]。划定边界是知识暴力常见的具体结果，这些边界显然是经常重新定义的对象：比如在医学领域界定的范畴，人们通过笔战确定自己的一方天地，赶走所谓的"江湖骗子"。18世纪下半叶的皮埃尔·波姆（Pierre Pomme）就是颇具代表性的人物，他是治疗面部阵热的职业医生，但他对于医学内部平衡却构成了威胁，因为他们名气不为科学领域的同行们认可。他的同行对手为了破坏他的权威，开始对他诽谤中伤，拒绝给他做任何形式的医学鉴定，千方百计将其赶出职业领域。通过这些激烈的争论，医生们重新定义了本行业的基础价值观[亚历山大·旺热（A. Wenger）]。

知识暴力于是参与打造了与众不同的知识分子团体，以他们自己的规则自我管理，不断地重新划定自己空间的边界。然而，这些初创的暴力的作用非常模糊不清，之所以这样说，有两个原因：首先，知识暴力虽然致力于揭示知识分子的新身份，却又百般掩饰那些依附于政治、社会的现象，这些现象继续对知识分子的行动施加作用。这样，在建构明确的文学空间的过程中，同时变化着的作者们被完全排除在外。总之，文学笔战使用的战斗性词语借用了外部模式，即旧制度下的精英们的"暴力文化"，而"文学战斗"有时候是政治斗争式的思想，按照政府空间建立的

---

① 卢克·博尔坦斯基（Luc Boltanski）、伊丽莎白·克拉弗里（Élisabeth Claverie）、尼古拉·奥芬斯塔特（Nicolas Offenstadt）、斯蒂凡娜·范达姆（Stéphane Van Damme）编：《事件，丑闻和伟大事业：从苏格拉底到皮诺切特》，巴黎，2007年。还可以参考斯蒂凡娜·范达姆：《自由思想的考验：法国巴洛克时期的道德、怀疑与权力》，巴黎，法国国家科学研究中心（CNRS），2008年。

模式进行（尼古拉·沙皮拉）①。其次，这些暴力形式不总是能够建立起拥有真正的身份和明确的研究文本的真正知识分子团体，所以，"自由思想者"就构成了这样一个群体：他们的身份认同首先是笔战组织者靠打几场轰轰烈烈的官司和打击同他们一样被边缘化的对手建立起来的。这是初级的暴力，把一个假装的集体身份强加到社会领域，它还拥有另外一种知识暴力形式，随着时间变化发挥着作用：历史文献学未加批判地重拾在笔战的烈火中锻造的身份，有时把著名的文学故事中的人为划分奉为经典，圆满地取得了笔战人士的胜利（斯特凡纳·范达姆）。

违抗的暴力

不过，知识暴力并不仅限于塑造身份，哪怕是假装的身份。在已然成形的知识领域，知识暴力常常是那些追求扬名立万的新人和挑战者的必由之路。知识分子群体自身存在着结构性局限，只能同时存在数量有限的立场。这一"少数法则"必然促使知识分子内部进行残酷的竞争，吸引同仁的注意，让人接受自己的思考。②

实际上，至少是从 19 世纪下半叶开始，若想跻身知识分子圈子，常常需要猛挥"铁锤"或者"铁笔"去质疑或颠覆传统规则，喧闹而轰动的笔战则成了成名的加速器。为了让读者相信此言不虚，我从德尼·拉布雷（Denis Labouret）的作品中③引用两个例子。第一个例子，左拉在不到 25 岁时，就在 1866 年问世的《我的仇恨》（Mes haines）序言的字里行间表露出咄咄逼人的气势。为了能够在文学圈子获得著名的地位④，这位年轻的作家为仇恨大唱赞歌，使用了《新约》《哥林多前书》

---

① 同时见埃尔韦·康帕涅（Hervé Campangne）：《争论与"语言犯罪"：法国 16 世纪文学争论》，《法国文学历史杂志》，1998 年，第 3—15 页。作者在文中展现了决斗式的规则和象征性对文学争论产生的影响，它表现为宗教战争时期身体暴力真正的两面性，作家们使用的词汇让人联想到了战斗，并将文学争辩变成了"诅咒的比剑"。（这里引自第 6 页）

② 这是兰德尔·科兰（Randall Collins）作品的核心观点，兰德尔·科兰：《哲学的社会学：一个全球性的理论》，马萨诸塞州剑桥，1998 年。

③ 德尼·拉布雷（Denis Labouret）：《镜中的辩论家》，见吉尔·德克莱尔、米歇尔·缪拉、雅克琳娜·当热尔编：《论战的话语》，巴黎，2003 年，第 209—212 页。

④ 正如雅克·米戈齐（Jacques Migozzi）展示的那样，参见雅克·米戈齐：《一位年轻的野心家真正的伪宣言：左拉的〈我的仇恨〉》，见《19—20 世纪的檄文、乌托邦和宣言》，（格勒诺布勒，1997 年），巴黎，2001 年，第 197—198 页。

（*Première Epître aux Corinthiens*）中庆祝"友爱餐"时使用的讽喻模式："仇恨是神圣的……仇恨能让人放松，仇恨能实现正义，仇恨会长大。"① 这里的"仇恨"一词没有指明仇恨对象："如果说今天的我还有些价值，那是因为我孤独，而且满怀仇恨。"② 所以，违抗变成了单纯的目的，而笔战成了它的对象③：他的愤怒指向谁无关紧要，只要能够以辛辣的方式发泄胸中的怒火即可。

第二个例子。1884年，莱昂·布卢瓦（Léon Bloy）凭着自己的《拆破队长的话》（*Propos d'un entrepreneur de démolition*）一文，轰轰烈烈地进入了文坛，这位檄文作者以诅咒者的姿态高声斥责他同时代的人。莱昂·布卢瓦鼓吹"如何惹人生厌的艺术"④，他在左拉的《我的仇恨》发表15年后开始激烈地反对他所代表的主流模式。为了表达自己的厌恶之情，莱昂·布卢瓦表示希望发明"最难以令人忍受的方式"："要发明'误用词法'⑤法去处死别人，发明'暗喻法'灼烤敌人的脚，发明'借喻法'拔掉敌人的指甲，发明'讥讽法'撕碎敌人脊背上的肉，发明'曲言法'剥掉对手的皮，发明'迂回法'阉割对手，发明'夸张法'往对手嘴里灌铅。"⑥

莱昂·布卢瓦还梦想在文学领域恢复尖桩刑，希望推行语言上的酷刑，幸而笔战暴力并没有沦为语言施虐，不过它的确是建立在大量的修辞格的运用之上的。这些修辞手段虽然在不同时期因知识分子传统不同而繁复变化，但其包含的几个常量还是可以揭示的：首先，词语的创新力、创造新词和新文体的能力，这些足以彻底消灭敌人。克洛德·波斯特尔（Claude Postel）就这样强调过语言的创造性，新教的"知识分子"在神学和宗教领域就展现了语言的创造性，他们想象出了莱昂·布卢瓦所梦想的"阉割对手的迂回法，往对手嘴里灌铅的夸张法"⑦。其次，违抗在大部分时

---

① 左拉：《我的仇恨》的前言（1866年），见《墨与血》[文章由亨利·密特朗（Henri Mitterand）]推荐，巴黎，1989年，第25页。

② 同上书，第25页

③ 德尼·拉佩雷："论战者的自我欣赏和垂死文字的不及物性并不因此而意味着无视现实世界：'我憎恨'没有宾语，表露了某种'我控诉'，会产生一定的效果：亨利·密特朗强调了'左拉的论战才能'的延续性，即始终尝试通过手中的笔进行战斗，他先是写了《我的仇恨》，后又发表了《我控诉》"（同书，第7页）。

④ 莱昂·布卢瓦：《惹人生厌的艺术》，见《拆破队长的话：作品集》（卷II），巴黎，1964年，第75—78页。之后的引言出自这篇文章。

⑤ 本段中涉及的是写作中使用的一些修辞格。——译注

⑥ 莱昂·布卢瓦：《惹人生厌的艺术》，第76页。

⑦ 克洛德·波斯特尔：《关于改革时期各种谩骂的论文》，巴黎，2004年，第332—335页。

间采用了向对手发起人身攻击的手段，攻击本人，而非他的观点，这公然违背了论证和争论所遵循的规范。皮埃尔·布迪厄在其职业生涯中的某个时候在论证过程中把这种违反规则当成了违抗："在社会地位等同于'姓名'的环境中，科学批评有时需要采用人身批评。社会科学所说的人只是指'作为地位的人格化或者生物类别的天赋的人格化'，其描绘者可能也属于这样的情况。人格化不在于给恐怖主义披上一件新外衣，而是要让各种形式的恐怖主义都不再容易。"①针对个体和个人的人身攻击于是成为实现一个普遍而抽象的目标的手段。最终，普遍性的增强将为侵犯个人进行合理性证明。

除了使用论证技巧外，知识暴力同样依靠各种修辞格，以便于表达或禁止表达。实际上，某些修辞格特别有助于知识违抗行为——比如古代戏剧、罗马时期的谴责小说、中世纪的中篇小说，以及更晚时期出现的宣言、报刊文章、散文、私人日记、科学报告，等等。知识分子们常常喜欢去解读对文学作品的"致命评论"，他们因为熟悉密码及密码的使用而更加感到一种暧昧的快乐。在人文科学（特别是历史）中，修辞学可能是在 20 世纪 30 年代确定的（同时期杂志领域也在实现制度化），这期间，一位不知疲倦的评论者吕西安·费夫尔（Lucien Febvre）在面对不同传统时，他手中阴险的笔更加恶毒，或许这其中也与某一挑衅性十足的新闻学有关。②今天的历史学家所使用的普通的语言中大概还保留着一些挑衅语言的影响，如使用阴险的脚注，"仿佛捅向一位同事后背的一把匕首"，成为 18 世纪哲学小说的传统的延续，历史学家们自己对此却浑然不觉，这正是渊博的学识被淹没了的原因 [安东尼·格拉夫顿（Anthony Grafton）说这是"悲剧的"源头]③。另外，这里所说的知识暴力是最合乎规范的，发挥着"话语警察"的作用，旨在调节分类领域的知识交流活动。④

不过，还有一个问题悬而未决：除非不把违抗看作一种制度，否则，作为违抗形式的知识暴力是否与文学规则之下的制度化、仪式化相互矛盾呢？"在经院哲学里，为暴力制定的准则并不比其他领域少。公共争论被严格规范，所以词语的大规

---

① 皮埃尔·布迪厄：《社会学研究论文集》第5—6期（1975年11月）的前言，皮埃尔·布迪厄后重新使用该引言，见皮埃尔·布迪厄：《论文集》，阿贡，马赛，2002年，第129页。

② 同时见贝特朗·米勒（Bertrand Müller）的主要研究成果，贝特朗·米勒：《吕西安·费夫尔：读者兼批评家》，巴黎，2003年。该书强调重点探讨了吕西安·费夫尔所说的"汇报政策"这种战斗方式。

③ 安东尼·格拉夫顿：《博学的悲剧起源：脚注的历史》，巴黎，1998年。（引文出自 第17页）

④ 贝特朗·米勒：《文献批评与学科策略：经验的发现》，载《起源》，1994年，第105—123页。

模暴力与辩论的高度制度化同时并存。经院哲学有着自己的礼仪，规定着知识暴力的秩序。"[贝内迪克特·塞尔（B. Sère）]从更广泛的意义说，文字的使用就如同一个过滤网，能够过滤各种笔战暴力：文字暴力的历史相对漫长，这与语言暴力不同，在面对面的对峙情况下，语言暴力反应更加迅速，个性化特征更加明显。

接下来，为了便于表达，我们能不能说这是知识暴力呢？当规则被颠覆、分类行将破裂的时候，或许可以这样认为：似乎宽容也有限度，一旦突破，平衡便会打破，争吵的仪式化便会无能为力。索卡尔事件（Sokal）就是这样，它发生的前提是科学出版已经习惯的规则被颠覆——索卡尔蓄意将一篇滑稽且谬误百出的文章呈给杂志，目的是去捉弄编辑和某个思想流派，从一个违抗出发去揭露另一个违抗，发动了一场旨在引人发笑的极其激烈的笔战，但其另一个目的是出于伦理和科学原因，即要彻底消灭对手[洛朗-亨利·维尼奥（L.-H. Vignaud）]。

一些文字形式更容易遭到违抗，如日报和周刊，它们的发行规律、目标读者、压缩了的文章篇幅（不可避免地要精练）都在学术界加剧了争议的火药味。时间的快节奏，采用的不太正式的文体，与扩大了的读者群的联系，这些都使讨论的主题更为严肃，从而激发更为激烈的话语。我们偶然间在不考虑排名先后的情况下，一下子想到了最近发生的"阿兰·巴迪欧（Alain Badiou）事件"。阿兰·巴迪欧发表的一篇战斗檄文，其题目属于典型的知识分子类型的暴力（《萨科齐是一个怎样的名字？》"De quoi Sarkozy est-il le nom?"），这位哲学家没想到自己竟然一夜成名（可能他自己都不愿意这样），至少当我们审视他全部哲学作品时会看到，他要求严苛而挑剔，对当世的所谓种族主义从不会曲意逢迎①。他的成功自然招致了年轻人的批判，他们借用姓名，反唇相讥，在2008年1月的《解放报》（Libération）上，一位年轻的政客提出质疑："阿兰·巴迪乌是一个怎样的象征？"这一事例揭露了思想意识斗争的庸俗分类，"一边是遥远的1815年的贝当主义，萨科齐只是它的新化身而已；另一边是反对贝当主义的力量，其指导思想是他所说的'共产主义假设'"②。

阿兰·巴迪欧对若佛鲁瓦·德拉加内里（Geoffroy de Lagasnerie）进行了回击，不过他没有使用真实姓名，因为他认为对手不过是集体攻击的第二把刀子而已。阿

---

① 阿兰·巴迪欧：《萨科齐是一个怎样的名字？》，巴黎，2007年。
② 若佛鲁瓦·德拉加内里（Geoffroy De Lagasnerie）：《巴迪欧是一个怎样的象征？》，载《解放报》，2008年1月10日星期四。文章作者为"巴黎第一大学政治科学课程的非专职教师"。

兰·巴迪欧的这段反击值得一读，因为他寥寥数语便重新汇总了违抗的知识暴力那最经典的修辞：

> 在背后组织攻击的人很少现身，同样，持枪的人也不是最强大的，不过他们很想开火射击，很想去杀人。但是在今天这场知识分子的战争中，杀人的人是何许人也？当然，可以去指责别人反犹太教！这可真是一个好主意！我们多少了解阿兰·巴迪欧的身世、他的理想以及他25年来所写的东西，所以，说阿兰·巴迪欧反犹太教，这难以令人置信，但是："我们还是试着相信吧。"说这话的是新的极右势力的枪手叔叔们，他们其实脱胎于过去的极左势力。①

从某种意义上说，互联网操控着知识分子交流的激烈程度，轻而易举就能对交流活动进行传播，将信息提供给那些匿名的、难以谋面的受众，快速回复，特别是给他们提供一个不规范的表达意见的平台。虚拟的世界里，面对面的暴力可以即时爆发，文字行为可以矫揉造作、有悖常理，网络中，这两个特点令人震惊地混在一起，产生的不对等交流容易使辩论激化，因为尽管有人对博客的"对话"功能百般夸赞，但是博客的作者们其实并非在和网民"对话"，因为海量跟风匿名点评的人始终都要臣服于首先发表意见的那些至高无上、自我欣赏的博主。

为了证实这一点，只需要读一读斯蒂凡娜·扎格当斯基（Stéphane Zagdanski）在她定期更新的博客上针对埃马纽埃尔·费伊（Emmanuel Faye）所写的那些充斥着仇恨的宣泄性的文字。②斯蒂凡娜·扎格当斯基仿佛患上了"博客幻想症"，她拼接一些书籍、私人信件、音视频片段，借以丑化让－皮埃尔·费伊（Jean-Pierre Faye）的

---

① 阿兰·巴迪欧：《巴迪欧回应"拿枪的叔叔"》，载《解放报》，2008年1月14日星期一。作者把自己说成是"哲学家阿兰·巴迪欧"。对于回复进行的回击其言辞更加犀利（此类辩论中言简意赅的话成为一件可怕的武器，反击的话越来越短，最后总是一方拒绝回应而报之以沉默），它提出了否认构成知识暴力的话语的问题："我对阿兰·巴迪欧的书和他制定政策的方式进行了批评，他的文章是在自我毁灭，所以需要全面否定，假如不是他大放厥词，说自己知道我文章背后藏着哪个'匿名的合伙人'，我本不想去对他做出回应的。阿兰·巴迪欧认为任何理论和政治姿态都只能是上层权力定下的准线，而且是隐秘的准线，所以愈发强大。难道阿兰·巴迪欧真的无法想象一位年轻学者只允许自己思考和写作吗？或许，真正的原因仅仅是新出现的声音令阿兰·巴迪欧难以承受而已。"（若佛鲁瓦·德拉加内里：《详细解说》，载《解放报》，2008年6月18日星期五）。

② http://parolesdesjours.free.fr/scandale.htm.

儿子埃马纽埃尔·费伊,称其为"费伊家的小崽子""傻瓜""笨蛋""毒贩""条子"等一堆骂人的称呼。不过,除了在博客上散布辛辣的文章外,斯蒂凡娜·扎格当斯基还为了回应埃马纽埃尔·费伊的论点而出版了一本书:《有理的海德格尔》(*Heidegger à plus forte raison*),该书由法雅(Fayard)出版社出版,从形式上看要比博客文明得多。从博客到书籍,知识暴力的表现形式发生了天翻地覆的变化。除了形式外,费伊与斯蒂凡娜·扎格当斯基之间笔战的内容也非常有趣,因为它触及了海德格尔与历史纳粹主义、思想意识纳粹主义的思想之间可能的联系,海德格尔甚至为该思想提供了一些启示①,因此,笔战指向了我们研究的第二个维度:知识分子在与外部世界的关系中(他们也属于外部世界)进行的特殊暴力的类型。

面对新型交流模式的飞速增长带来的知识暴力新模式,是否应该唏嘘叹惋呢?我们与其以道德主义者的身份对此进行回应,也许倒不如转移问题。当笔战把其他地方制定的方法引入知识辩论时,笔战会变得令人沮丧;而当笔战找不到任何公开表达的渠道时,情况就会变得更加糟糕:"使科学领域堕落的真正暴力更为隐秘,根本找不到看得见的明确对手。这种暴力脱离开文本,靠谣言或场外谋杀来传播,以心照不宣或明确的方式禁止访问、引用、阅读,最恶劣的是使用五花八门的卑劣手段。"[贝尔纳·拉伊尔(B. Lahire)]总之,无声的暴力也许是知识暴力最恶劣的形式。

无声的暴力

事实上,沉默是知识暴力的迂回形式,但却格外有效。无声的暴力可以有两种形式,在第一个层面,无声的暴力可以制服对手,迫使对手同意他人的看法。这正是皮埃尔·布迪厄标榜的宏伟目标,他格外真诚但又突兀地表示:"我认为我所写的一部分东西,其目的是要让很多人闭嘴。"②跨越巨大的时间差后,我们又想到了苏格拉底使用过的技巧,诡辩家枚农(Ménon)戏谑地将这技巧比喻为电鳐鱼,可以让对话者全身麻木:"说句玩笑话,你完全让我感到从头到尾像极了一条硬邦邦的鳐鱼,

---

① 他证明了国家可以在自己的公民叛国时将其清除,为此哪怕去"发明敌人"。埃马纽埃尔·费伊:《海德格尔:纳粹哲学的滥觞》,巴黎,2005年,第276页。

② 皮埃尔·布迪厄:《我之所以能够承受社会,是因为我可以表达愤慨:与安托万·斯皮尔(Antoine Spire)对话录》,巴黎,2002年,第40页。

你知道，这种身体扁扁的海鱼，每当有人靠近它并去触碰它时，立刻就有一阵麻木感！然而，我此刻便感到你已经让我有了这种感觉，真的，我从思想到嘴巴全都是麻木的，我不知道如何回答你。"① 枚农就这样展现了他向苏格拉底的思想举手投降，面对苏格拉底无法改变的辩证法对手只能有两种选择：或者被迫保持沉默，或者不承认失败，而是选择中断对话。这正是卡里克来（Galliclès）对高尔吉亚的做法，他不能接受这位哲学家的某些价值观，因而放弃了对话。②

"无声的暴力"的第二种形式就是这样：不强制对方保持沉默，而是不等对方开始进行对话就中断对话。③ 拒绝承认对手值得一辩，甚至认为对方不值一提，这样就可以排除任何笔战和讨论的可能：双方唯一的交流是否认对手讨论者的资格，就如同彼特拉克面对自己的反对者（艾蒂安·昂埃姆）所做的那样。同样，吉尔·德罗姆（Gilles de Rome）在被人视为异教分子或思想异端时，也不准备去争论，因为"和没有理智的畜生是没有什么可以争论的"。"给予对手的最严厉的进攻不是最猛烈的暴力，而是与其中断争论，因为这意味着否认对手理智正常。"（贝内迪克特·塞雷）总之，之所以拒绝与对手对话，常常不是出于智力方面的原因，而是因为对手的社会地位低下。所以，当伽利略拒绝与数学家们讨论时，他表示这是因为自己的社会地位与对手无法相提并论：他不是出于自己的学识权威才中断对话的，而是因为他是科西莫二世·德·美第奇（Cosme II de Médicis）身边的近人④（帕斯卡尔·布里瓦斯特）。现如今，沉默常常被拿来回敬那些离经叛道的人，特别是那些研究多个学科（或者社会学领域）的知识分子，这些学者的作品得到的回应往往是喧闹中的一片沉寂……

作为知识暴力的最后形式，拒绝交流的前提是对话各方缺少彼此认可的对应体制，用卢克·博尔坦斯基（Luc Boltanski）和洛朗·泰弗诺（Laurent Thévenot）的

---

① 柏拉图：《枚农》。
② 《高尔吉亚》（*Gorgias*），505B—506D。
③ 唯一的例子：不同的历史学家针对居伊·布瓦（Guy Bois）关于千年演变的观点进行了批判，而他在杂志《中世纪研究》（*Médiévales*）上进行了回应，他丝毫没有缓和辩论的激烈气氛，而是轮番向自己的诽谤者发起进攻。言辞最为犀利的可能算是他在这篇长文中所做的说明，他请求一位中世纪历史专家原谅他没有回应他的评论，因为"无论是其评论的口气还是内容都无法让他对其予以特别优先的关注"。（居伊·布瓦：《回应》，《中世纪研究》，1991年，第91—108页，引文出自第108页）
④ 伽利略曾是科西莫二世·德·美第奇的家庭教师。——译注

话说是缺少"共同的数值"①。皮埃尔·维达尔–纳凯（Pierre Vidal-Naquet）面对"记忆谋杀者"们修正主义（即主张重新审判德雷福斯案件）的进攻，始终坚持拒绝交流的策略，以此回应人们对《思想杂志》（Esprit）的抗议，该杂志于1987年发表了他这方面的第一篇文章《纸做的埃什曼》（Un Eichmann de papier），副标题是《给福里松和其他人的回复》（"Réponse à Faurisson et à quelques autres"），文中写道："请永远记住我说的话：对于指责我的人，我不会去回应，不管怎样，我都不会与他们对话。"②没有了可以达成共识的和解和妥协，缺少了相同的价值观，争论就只能借助语言之外的途径解决，有时通过沉默和拒绝交流的方式，有时候求助于身体暴力。17世纪下半叶，历史文献学家兼黎塞留时期的国王顾问盖·德·巴尔扎克（Guez de Balzac）以"修复法语"为使命，他就讲述了这样一段故事："他的一位对手雅维尔扎克因为胆敢参加他本没有资格参加的争论而遭到棍棒毒打。"（尼古拉·沙皮拉）

无声的暴力有时还伴有历史文献学暴力，辩论对手身份的严肃性遭到质疑，这样人们不仅质疑他们当时的严肃态度，而且追究其学术成就，因此他们遂被排斥和遗忘。伊索克拉底就是这样，他雄心勃勃地要提出自己的哲学概念，挑战柏拉图派和辩论派所维护的哲学。由于伊索克拉底不懂得如何让自己讲授的东西发扬传世，他的名字最终被从汇总希腊、罗马哲学家事迹的文集中剔除，只被说成是普通的演说家，他于是成为西方哲学历史中一条简短的脚注，充其量只能做柏拉图和亚里士多德的蹩脚反对派（樊尚·阿祖莱）。但是，这种"历史文献学暴力"从实质上讲只是一个更加普遍的现象的模式，需要我们现在加以研究。

知识分子是多个类型的暴力的载体，其中主要的有三个：

首先，知识分子既是话语专家，又是解读世界的专业人士，他们常常或公开或含蓄地要求独占解读世界的工作，因而总是在使社会丧失思考和自我反思的能力，造成了思考能力的外化。

其次，除了知识活动这种固有的暴力外，知识分子们对社会还可以实施一种间

---

① 卢克·博尔坦斯基（Luc Boltanski）、洛朗·泰弗诺（Laurent Thévenot）：《论辩护：关于伟大的经济学》，巴黎，1991年。

② 皮埃尔·维达尔–纳凯（Pierre Vidal-Naquet）：《记忆的杀手："书中的艾希曼"及其他关于修正主义的散文》，巴黎，1987年再版，Points Seuil丛书，1995年，第9页。这一观点主张的机会的问题（特别是效率问题）引发了辩论，见瓦莱丽·伊古内（Valérie Igounet）：《法国否定派的历史》，巴黎，2000年。

接但有效的暴力：提出极其清晰的世界观并进行分类，他们有时能够在所处的社会的象征性领域进行大规模的蜕变。

最后，在某些非常具体的情况下，一部分知识分子成为真实暴力的推动者和理论家，这种真实暴力针对的是具体的敌人，如阶级敌人、种族敌人或宗教敌人。

地位的暴力

脑力劳动和体力劳动的分工引入了"文化、知识劣势地位"思想[①]，给"不平等范畴和经济对立范畴增加了一个异化的范畴，一个人类学暴力的范畴"。人类学暴力这种结构主义暴力有助于理解"知识分子"何以魅力十足却常常遭到抛弃。"这一暴力同样解释了话语在这方面体现的暴力：知识分子的介入宣称能撇清与其他话语方式的关系，可以彻底与其划清界限。人类学暴力将带来高级的真理，甚至带来在知识领域之外无法构建的科学知识。"[夏洛特·诺德曼（C. Nordmann）]

这样，知识分子自以为是社会中的腹语者，他们常常表现出高高在上或训诫者的姿态，仿佛是站在不信教的百姓面前的教士一般。教士们因为掌握着知识，所以要争取神圣地位，希望能够解读上帝的秘密、自然、权力（多米尼克·伊奥尼亚-普拉）。这种希图独占真理的想法在拉昂的安塞尔姆（Anselme de Laon）等神学家身上就已经昭然若揭：在拉昂的安塞尔姆所说的一些著名话语中，真理成为了教育的客体，这意味着要为掌握知识的大师们缔造一种社会职业，因为只有他们才能够传播和灌输真理。"大师们从此变为唯一可以评判正统性的权威，因此他们的知识成为一种权力形式，他们的能力化为一张鉴定书。"[塞德里克·吉罗（C. Giraud）]又如12世纪经院哲学家艾尔莎·马米尔（Elsa Marmursztejn）的例子，她借助灵活、滑稽的争论艺术手段，特别是始终关注对手观点的一致性，不仅创建了标准，而且在社会上帮助重新承认了神学家的权威，将其视作"基督教社会建筑师"[②]。

总之，教士之间的笔战不应只是从内部来分析，它们首先是一种针对大众的暴力，百姓作为观众置身于这激烈的辩论之中，但却没有任何发言权。16世纪在新教

[①] 艾蒂安·巴利巴尔：《知识分子的暴力》，载《路线》杂志，1995年，第13—14页。

[②] 艾尔莎·马米尔斯泰因：《大师们的权威：13世纪的经院哲学、标准和社会》，巴黎，2007年，第275页。

和天主教神学家的交锋过程中，教士们不仅贬低对手的知识的价值（如新教牧师们的学校知识），而且还贬低不信教的大众的知识，特别是妇女们的知识。"此举的目的是为了使不信教的人保持沉默，迫使他们眼睁睁看着自己的权力被剥夺。"[热雷米·福阿（J. Foa）]这样，知识暴力就和象征暴力合流，皮埃尔·布迪厄把象征暴力定义为要对方用自己的话讲话的一种灌输方式。①

　　置身如此的百年传统，知识分子们有时候想要代替所有其他人来讲话，为此甚至不惜让别人失去理智。这种尝试常常贯穿最为受人欣赏的知识项目，或者出于最善良的美好愿望进行的知识活动。亨利希·曼（Heinrich Mann）因躲避纳粹而被迫流亡，这期间，他开始了和德国人民的一场对话，因为知识分子们和人民似乎融为一体，一方可以成为另一方的代言人。不过，这种理想化的观念最终掩盖了知识分子进行的控制，他们高高在上，成了唯一可以解释民意的人（瓦莱丽·罗贝尔）。

　　从某种意义上说，皮埃尔·布迪厄本人有时候就是持这种幻觉的人，他要打造揭露柏拉图的社会学梦工厂，这至少是雅克·朗西埃（Jacques Rancière）对皮埃尔·布迪厄的批评。雅克·朗西埃指出，皮埃尔·布迪厄高居"派发真理"的位置，而这真理在社会中难以获得，只能去追寻"阿尔都塞的科学马克思主义"②。而迪迪埃·拉佩罗尼（Didier Lapeyronnie）则认为，这种地位已然被推崇"激进的学院主义"的人广泛接受，他们认为皮埃尔·布迪厄"被推上了垄断地位，把'自我'变成了科学与政治的结合点"，因为"他为了更好地'拥抱'普遍事业，已然脱离了社会"③。这一地位已经构成了一种暴力形式，那么它正在先行地为那个接受该暴力并使用其他暴力的人做着准备，并为其进行合理性证明，虽然我们可以称这些暴力是理论层

---

① 皮埃尔·布迪厄：《实践理性》，巴黎，1994年，第188页："象征性的权力是宣誓权力为已知事实的权力，是施加在世界的世界代表性的权力，它不是以'没有说话方式的力量'形式存在于'象征体系'之中，而是存在于一个已经确定的关系之中，这一关系让人相信词语以及使用词语的人具有合法性，只有在受权力制约的人承认行使权力的人的前提下，权力才能够运行。"

② 雅克·朗西埃接受《运动》杂志的访谈对话，3，1999年，第135—137页，由夏洛特·诺德曼（Charlotte Normann）引用，《布迪厄/朗西埃：社会学与哲学之间的政治》，巴黎，2006年，第95页。

③ 迪迪埃·拉佩罗尼：《极端的学院派或者社会学独白，社会学家的对话者是谁？》，见《法国社会学杂志》，2004年，第621—651页。在这篇激烈反对布迪厄的某些弟子的文章中，作者简略地分析了他们实施的知识暴力与因大学招聘危机而失意的"脆弱的知识界"二者之间的关系。（第633页）不能忽视的是，表面看来这是社会学的中性描述，但其实是剥夺知识分子威信的古老手段的卷土重来。（见下文）

面上的,然而其效果却往往要具体得多。

理论暴力

作为象征性操控的专家,知识分子有能力给他人建议或者强加一些新的世界观,至少当他们在所处的社会中找到了合适的继承人的时候。尼采提醒说,文字总是由上层阶级发明的,如 agatboi(最好的)一词就是古代的希腊精英们创造的,目的是为了自我彰显自己与 kakoi(坏人)的区别。这些词常常不表明什么具体所指,但却可以将一种解读强加于人[①],并且有时候可以证明统治形式的合法性。实际上,命名的权力是一种巨大的权力,仿佛一种施加给社会的暴力形式,即解读的暴力。而在解读的过程中,知识分子又往往发挥着决定性的作用。

这样,科尔贝(Corlbert)在17世纪60年代对贵族进行的大规模调查与洛克(Roque)等理论家们的研究紧紧地结合在一起,这些理论家们致力于从理论上确定何为真贵族,何为假贵族。这件案子之后,确定了真正贵族的两个模式:远古时期的贵族(如那些最为显贵的大家族)和体现国王意志、有据可查的册封贵族。想通过秘密的方式靠知名度来取得贵族头衔的道路已然行不通,这深深地改变了社会流动性和改变身份的可能性。[蒂纳·里巴尔(D. Ribard)]这里的关键当然在于定义贵族,但不是尼采所说的相对于百姓而言的贵族,而是要在精英分子内部进行划分,以此确定什么是贵族。

让某些知识分子进行的理论划分具有立竿见影的效果,这不仅适应于社会分类学,而且适用于所有的社会组织原则。知识分子亲身参与到很多的革命之中,这些革命虽然是无声的,却意义非凡,如康坦·斯基内尔(Quentin Skinner)所研究的从欧洲中世纪末到现代历史开端这段时期的政治分类的肇始。[②] 人们可能会冒着时间错误的巨大危险,去说这也是公元前9世纪的某些反动"知识分子"(如伊索克拉底,柏拉图,色诺芬)策划的一场变革,他们凭借在后世广为传播的言论构建了希腊时期思想意识的框架。(樊尚·阿祖莱)

---

① 米歇尔·福柯:《言与文》(卷1),巴黎,1994,第571—572页。[《尼采,弗洛伊德与马克思》,见《鲁瓦尤蒙备忘录》(卷6),巴黎,1967年,第183—200页]。

② 康坦·斯基内尔:《现代政治思想的基础》,巴黎,2001(第一版,美国,1978年)。

理论暴力的效果因此不见得是立竿见影的：其社会影响可能要在理论成形之后的很长时间才表现出来。乔治·迪比（Georges Duby）在《三级会议或封建主义想象》（*Les Trois Ordres ou l'imaginaire du féodalisme*）一书中，描绘了一种"想象图形"，即把社会分为三个阶层：负责祈祷的人、负责战斗的人和负责劳动的人。反动的主教们援引这一思想来对抗他们所处的社会，拒绝11世纪的变革。乔治·迪比力图在书中展示这一"想象图形"如何在两个世纪之后"融入政府机构的某个部门和阶层社会的具体组织之中"①。在离我们更切近的20世纪70年代，英国的智囊们提出了一种新自由主义的世界观，通过不同途径将其推广，并最终借助撒切尔—里根的政治革命使人们接受了这一思想。②

　　事实就是这样：反社会的反动思想最终可能会按照自己思想的样子对社会进行塑造。1988年，阿兰·雷诺（Alain Renault）和卢克·费里（Luc Ferry）合著了《一九六八年的思想》（*La Pensée 68*）一书，两位作者从思想意识上构建了他们宣称要描绘的主题：二人对任何持批判思想的对手都充满厌恶，这一点上成为这二位与其他作者（福柯，布迪厄，德里达，等等）的唯一共同点。分类的有效性在于对真正的对象的误解：当分类不是被视为政治干预事件而是一种思想潮流的客观历史时，它的目的就实现了。③

　　因此，知识分子的工作潜在地具有对社会的暴力，在此情况下，需要最后澄清两个问题。首先，向理论工作的过渡问题：知识分子怎样设计这些解读图表？其次，向行动的过渡本身的问题：理论在什么情况下植根于社会？为了理解第一个过渡，可能需要将其置于知识分子实践的物质的和具体的历史之中。在上述对旧制度贵族进行的调查例子中，理论工作的目的实际上是为了让人忘记知识分子在最初所做的工作，而对具体事件所做的细致入微的调查，其目的则是为了推广一种脱离了一切劳动的知识分子活动，总之，是要将知识分子的工作描绘成一种高尚的活动（蒂纳·里巴尔）。

　　对知识分子分类之日也正是其社会地位象征性提高之时，更何况这样的分类能

---

① 乔治·迪比：《三级会议或封建主义想象》，巴黎，1978年，第424页。
② 基思·狄克逊（Keith Dixon）：《市场的福音主义者：英国知识分子和新自由主义》，巴黎，1998年。
③ 有一本书可以作为佐证，即娜塔莉·海因尼希（Nathalie Heinich）的《为什么是布迪厄》，巴黎，2007年。该书经常引用并使用卢克·费里和阿兰·雷诺的《一九六八年思想》一书作为研究70—80年代知识分子历史（几乎唯一的）的资料（如第163—166页）。

够以最为变化多端的形式出现，不仅仅限于理论工作，如意大利15世纪的中短篇小说就采用了寓言式的嘲笑，让每位人物对号入座，即将其置于不变的社会地位之中。如果说作者"泄露了"社会中人统治人的现实，那么这或许是因为他从中找到了在合适的机会增强并巩固其地位的方式 [帕特里克·布舍龙（P. Boucheron）]。

理论向行动的过渡问题则需要研究政治条件，这超出了知识分子的历史范畴。德国地理学家瓦尔特·克里斯塔雷（Walter Christaller）在1932年完成了博士论文答辩，论文主题是德国南部的中央地区问题，当时，他或许没有想到自己对于城市网络进行的形式上的划分尝试后来成为了新帝国空间整治政策的制定依据。瓦尔特·克里斯塔雷后又参加了"区域研究帝国工作共同体"的研究工作，该研究从1939年开始就致力于为东部地区的日耳曼化提供知识框架：克里斯塔雷关于中部地区的描写性理论于是变成了规定性理论，而希姆莱（Himmler）的部门受命转移人口，以使现实与地图更加接近规划。瓦尔特·克里斯塔雷于"二战"后始终是联邦德国受人尊敬的专家，参与了德国的重建工作。① 我们从中可以清楚地看到，是历史条件首先决定了知识暴力升级为真正暴力的危险性。

谋杀的暴力

提出理论活动与暴力行动的结合意味着要去探讨知识分子的责任这一传统问题。根据萨特的理论，上面这一道德问题连接着一个责任问题。但是，对于有政治倾向的介入知识分子而言，这常常意味着要坦白其信仰，同时从他真心呼吁的战斗中抽身出来。那么到底是什么让知识分子像让·卡瓦耶（Jean Cavaillès）和让·科塞（Jean Gosset）那样直接拿起了武器呢？难道知识分子背弃了自己所坚守的"理论的、抽象的、超然于环境之外的和超越了所有具体的社会历史"的承诺吗？抑或是正相反，应该将其向实践行动的演变视作历来的集体行动的延续？[法比耶娜·费代里尼（F. Federini）]

剩下的一个问题最为棘手，社会争议也最大，它不是指某些知识分子直接参

---

① 让－路易·蒂西耶（Jean-Louis Tissier）:《组织生命空间的城市：德国第三帝国时期克里斯泰勒的城市网络的使用》，见《丰特奈备忘录》，69/70，1993年：《城市思想和理想的城市》，第203—208页。

真实暴力，而是指他们拿起理智武器投身到激烈的活动中，最终导致集体行动的爆发。我们知道，某些知识分子有时会宣扬暴力活动，甚至在理论上将敌人抽象化处理，从而可以从思想上和肉体上予以淘汰，继而鼓吹将其消灭。这引发了知识分子在集体屠杀中的责任问题。知识分子虽然很少直接参与屠杀，但有时候却会制定知识框架，撰写"能燃起烈焰的讲话"，前南斯拉夫就是这样，因为词语而掀起了象征性斗争，这些词语之所以能兴风作浪，正如皮埃尔·布迪厄所说，是因为这些词"蜕变成了口头禅、煽动性口号和动员令，因而从本质上脱离了历史，具有了国籍，演变成了词语所代指的人民及其特点：语言的名字，宗教的名字，民族的名字，地域的名字，等等"①，民族清洗就是从初期的这项知识工作开始发动的。

面对暴力，知识分子这种降低社会的宽容底线的能力并非当今时代的专利，比如，我们今天知道欧洲 12—13 世纪十字军东征的号召之所以没有被社会所接受，只是因为它是被耐心地写进了知识范畴的。② 有时需要对这种历史的因果论十分警惕：宣布启蒙时代的哲学理论暴力与法国革命的政治暴力之间具有连续性，这是诋毁启蒙时代的哲学和法国革命二者信誉的惯用手段。③ 这一取消合理性的行动常常首先表现为笃信暴力的人的简单社会学，这些人始终都是怀有一腔热忱的"类无产阶级"的知识分子吗？他们被伏尔泰描写成为"文学无赖"，被罗歇·沙尔捷（Roger Chartier）说成"失意的知识分子"。确实，一些例子令人不安，似乎在描画一个社会群体肖像：德国的阿尔弗雷德·洛桑贝格（Alfred Rosenberg），南斯拉夫的多布里察·乔西奇（Dobrica Cosic），卢旺达的格雷瓜尔·卡伊班达（Grégoire Kayibanda），他们的例子最近被雅克·塞姆兰整理成系列作品。④ 知识分子已经成为社会阶级"编外"群体（即潜在具有暴力倾向），但是，对他们仍需要谨慎对待，因为它经常被用来撇清伟大的知识分子们的责任。

事实上，撰写煽动性讲话并不仅仅关系到这些"编外"的，甚至失意的知识分

---

① 皮埃尔·布迪厄：《知识分子的责任：南斯拉夫战争的词语》，载《自由》(Liber)，1993 年 6 月，第 14 期，第 2 页；以及布迪厄：《文选：政治上的介入（1961—2001）：社会科学与政治介入》，马赛，2002 年，第 279—280 页。

② 多米尼克·伊奥尼亚-普拉（Dominique Iogna-Prat）：《规范与排斥：面对邪说、犹太教、伊斯兰教的克吕尼和基督教社会》，巴黎，1998 年。

③ 让-克雷芒·马丁（Jean-Clément Martin）：《暴力与革命：关于国家神话起源的散文》，巴黎，2006 年。

④ 雅克·塞姆兰：《清洗与破坏：屠杀与种族灭绝的政治手段》，巴黎，2005 年，第 79—82 页。

子,一些伟大的名字也在其中。不管是否正确,我们都不必上溯到公元前4世纪的伊索克拉底或者12世纪的伯纳德·德克莱沃(Bernard de Clairvaux),人们指责一些著名的德国知识分子,说他们在对犹太人的屠杀中扮演了思想意识担保人的角色,人们提到过海德格尔,还有卡尔·施米特,这位著名德国法学家站在国际公法和国际私法角度为1935年9月15日的纽伦堡法律辩护。[①]伊夫-夏尔·扎尔卡(Yves-Charles Zarka)认为,这些文章不仅证明卡尔·施米特与纳粹德国有很深的瓜葛,而且"为了证明这些法律,使其冠冕堂皇、易于接受,成为普通的事情,卡尔·施米特进行了理论证明工作"[②]。卡尔·施米特因此成了杀戮思想的推销员,让人们从法律层面接受犹太人与生俱来的种族敌对特性,在法律上将其定义为下等人,注定要被边缘化,甚至被消灭。

然而,卡尔·施米特对于纳粹的野蛮行径是否要承担责任,专家们对此各执一词。[③]这一问题甚至引发了笔战,辩论虽没有上升到围绕海德格尔的作用展开的辩论那般激烈,却也火药味十足:我们的两个问题以惊人的方式结合在一起,因为知识分子对于外部世界进行的暴力成为了知识领域内部的笔战的主题。实际上,通过施米特和海德格尔的例子,人们可以毫不含糊地提出知识分子的责任问题,这两个人物的确令人反感,不过,他们是否借助文字直接参与了大屠杀呢?抑或,他们是否仅仅是从法律上(施米特的情况)或从哲学领域(海德格尔的情况[④])发动了暴力,而自己却并未真正卷入其中呢?

要认识到,知识分子利用自己的地位去分析其他知识分子的影响,其解读视角发生了扭曲。知识分子作为词语操控的专家,常常禁不住要去证明文字会对世界产

[①] 伊夫-夏尔·扎尔卡:《卡尔·施米特思想中的一个纳粹细节:对1935年9月15日纽伦堡法律的证明》一书的引言《谋杀的思想》,巴黎,2005年。

[②] 同上书,第1—3页,第9—10页。

[③] 让-克洛德·莫诺(Jean-Claude Monod):《想着敌人,挑战特例:对卡尔·施米特的现实性进行的批判思考》,巴黎,2007年。作者在书中提出了一个更加细腻的看法。

[④] 皮埃尔·布迪厄:《马丁·海德格尔的政治本体论》,巴黎,1988年。

生影响，如黑格尔，如宣称"言语即行动"的萨特①。离开了政治、社会背景，语言的述行性就成了皮埃尔·布迪厄所说的一种典型的经院哲学式的幻想②。在这一点上，皮埃尔·布迪厄得到了雷蒙·阿龙（Raymond Aron）的认同，雷蒙·阿龙对让－皮埃尔·费伊（Jean-Pierre Faye）关于《极权的语言》（Langages totalitaires）的分析③提出了批评，认为分析文字只不过是"空谈，是脱离行动的空谈，而希特勒的话语是历史行动，因为他面向全国人民，他的行动通过一个有组织的党派完成，或者得到了其支持"④。所以不应拒绝承认言论的效率，要看到其影响的细微差别。如果说有时候某些知识分子的言论扮演了"暴力跳板"⑤的角色，那么其影响总是依赖独立的政治、社会和经济环境。

谋杀的思想对外部世界的影响效果的确难以衡量，但这些思想却给知识分子内部带来明确的后果，对外宣称的暴力可以在知识分子内部产生效果，达尼罗·契斯（Danilo Kis）就在其《解剖学课程》（La leçon d'anatomie）⑥中让我们看到了"那些自我封闭在民族思想中的平庸作家们"如何利用民族社会主义或其他的专制民粹主义在政治范畴调节文学、艺术和哲学冲突，而这些作家面对如此的冲突本来就已经注

---

① 让－保罗·萨特：《什么是文学》，巴黎，1948年，28—29页："'介入作家'懂得话语即行动这个道理，他知道揭露就意味着改变，人们只能通过酝酿改变来进行揭露……他知道如布里斯·帕兰（Brice Parrain）所说的，词语是'子弹上膛的手枪'，只要讲话就会射击，他可以保持沉默，但是因为他选择了开枪，就必须像个男人那样去瞄准目标，而不能像个孩子似的开枪时紧闭双眼，只是把射击当成听听枪响这样的乐趣。"顺便需要提起注意的是，相比雨果的介入，萨特的理论一直是退缩的，因为他在介入命令中排除了诗意的话，而雨果，正如他在《莎士比亚论》中所写的那样："有灵魂的诗人"应该"将群众变为人民"。（米歇尔·维诺克：《作为知识分子的作家》，载《1900年》，21，2003年，第113—125页，引文出自第116—117页。）

② 皮埃尔·布迪厄：《巴斯卡式沉思》，巴黎，1997年，第24—25页。"经院哲学"一词包括了其历史含义，因为人们看到，大量中世纪作者都认为词语具有改变世界的力量。所以，在罗歇·巴孔（Roger Bacon）于1268年写给教皇克雷芒六世的信中，他这样写道："我们需要看到语言具有最伟大的权力，自古以来所有的奇迹几乎都是通过语言实现的。"贝亚特丽斯·德洛朗（Béatrice Delaurenti）引自《语言的力量：围绕中世纪咒语的力量展开的教义辩论》，巴黎，2007年，第9页。

③ 让－皮埃尔·费伊：《极权的语言》，巴黎，1972年。

④ 雷蒙·阿龙：《关于历史的课程：法国中学课程》，巴黎，1989年，第138—139页。

⑤ 雅克·塞姆兰：《清洗与破坏：屠杀与种族灭绝的政治手段》，巴黎，2005年。

⑥ 达尼罗·基斯：《解剖学课程》，巴黎，1993年。

定要失败。① 伊索克拉底的情况相同，他不断号召对波斯人发动战争，以此巩固他在雅典知识分子内部的地位（樊尚·阿祖莱）。由此可见，知识暴力的两种形式彼此联系，互相依存，你中有我，我中有你。

知识暴力：丰富的启发性，伦理学的召唤，政治的工具化

如果能明确地划定界限，那么知识暴力可以表现为一个具有丰富的启发性的操作概念。这一问题促使人们去评估暴力的程度，测定违抗的底线，在表面上风马牛不相及的行动（如沉默、拒绝讨论和咒骂）之间建立起关系，而且还会促使人们去测定知识界的骚动与付诸行动之间的复杂关系，同时追问推动知识分子开展理论工作的多重原因。

然而，对于知识暴力的研究不仅是一项科学活动，它同时是对伦理、政治召唤的回应，我们也希望本书能够引发思考，提醒作为知识领域主角的我们审慎看待我们的行为所产生的影响。在知识界，或许要谨防错误思想：认为遇到观点相似的对手时如果拒绝交锋便会陷入危险，或者从更广泛的意义上，认为始终有必要在不同领域之间分出高低贵贱。对外部来说，本书要求知识分子不要以为意义和真理只掌握在他们手中，要清醒地认识到知识分子的工作所带来的社会影响，同时不要自认为无所不能。

丰富的启发性和伦理学的召唤：如此说来，"知识暴力"的概念难道就满身优点吗？实际上，如果它被改变初衷（其危险性不亚于它所要描写和反对的随波逐流），那么这一概念的使用就非常微妙。"知识暴力"这一主题已经变为一句口号，面临着两个方面的改变。首先，该主题可以用来谴责对手，使其信誉扫地；其次，"爱争吵的知识分子"和"危险的知识分子"的特点能够成为政治权力或宗教权力手中的工具，他们会以这种所谓的暴力为借口，干预知识分子的事务，为其制定秩序。

事实上，知识暴力总是来自别人的、对手的，知识分子于是乎常常秉持这一逻辑来排斥被他们视为危险的对手，西塞罗就是如此，他痛批外省演说家的演说暴力，借以铺就他自己通往真正暴力的道路：高高在上的声音，生硬的风格，鲁莽的动作，

---

① 皮埃尔·布迪厄：《知识分子的责任：南斯拉夫战争的词语》，载《自由》，1993年6月，第14期，第2页。

在听众眼中，这些无不代表着具体的危险，会危及听众和整个城邦。西塞罗借此千方百计诋毁那些刚刚进入公共生活的人的声誉，说他们干扰了政治和知识领域固有的话语权。[夏尔·盖兰（C. Guérin）]说对手实施暴力，遂成为可以轻轻松松将对手赶出理性讨论空间的绝佳借口。总之，没有笔战的知识界或许既不可能，也不可爱，正如雅克·布弗雷斯（Jacques Bouveresse）强调的那样，彼得·斯劳特戴克（Peter Sloterdijk）对此也持相同看法：将某些人排斥在笔战之外不是和谐的共识的标志，因为这常常意味着要由单一思想一统江湖，由它"建立"和平，当然这和平是指提出和平口号的统治一方自己的和平。①

然而，援引"知识暴力"并非只是知识分子们在内部斗争中所操控的一个逻辑思想，它常常被政治权力部门和宗教权力部门重新拿来为我所用，成为其手中的工具，罗马王权就是一例，当局宣称某些涉嫌散布抨击思想的作者使用了演说暴力，并以此为借口，销毁其作品，或者将其流放，甚至杀害。[宴·里维耶尔（Y. Rivière）]拿破仑帝国也使用了同样的手段，法国大革命期间，一些知识分子在知识领域划分了两个阵营，一边是贵族和大知识分子，另一边是一心报复的文学无赖，"卑贱的卢梭式的人物"，政治恐怖的推动者。拿破仑政权以和平者的姿态，利用这种善恶二元论和知识分子自己一手设计的暴力，来干预知识分子的事务。（让－吕克·沙佩）

实际上，关于"失意的知识分子"的言论常常来自知识领域和政治领域，两个领域难以分割。罗歇·沙尔捷（Roger Chartier）在19世纪就强调说："文人和拥有学位的人无限制的增加可以被看作是一种破坏力，一方面破坏了已经堕落、被篡改的知识，另一方面破坏了自诩为知识守护者的人们的象征性地位和社会地位。"②自此，一部分知识分子感到了威胁，要求当局介入建立秩序。1833年在教育法令投票之际，维克托·库赞（Victor Cousin）撰写的报告就充分说明了这一问题：

> 一般而言，这些年轻人自认为注定不能晋升到更高的职业，于是乎疏于学习（……）还是这些年轻人，他们在学校建立的关系网、培养的兴趣常常很难

---

① 雅克·布弗雷斯：《辩论与共识》，见瓦莱丽·罗贝尔：《知识分子与辩论》，第71—74页。
② 罗歇·沙尔捷：《社会空间与社会想象：17世纪沮丧的知识分子》，见《经济、社会、文明年鉴》（1982年），第389—400页，此处引自第397页。

或几乎无法让他们从事父辈那样的卑微职业:因此形成了对于自己地位、对于其他人和自己都感到忧虑和不满的一代人。他们感到在社会中找不到自己的位置,于是决定自暴自弃。他们掌握着一些知识,拥有一些具体的技能,在顺从与反叛等各条路上都怀着狂妄的野心,他们是这个社会秩序的仇敌。

维克托·库赞作为著名的知识分子,后就任教育部长,他呼吁政治权力要对"知识无产阶级"的发展予以遏制,他认为他们是万恶之源,拥有危险的颠覆力。在此背景之下,知识暴力这一概念就成为了很方便的口号,便于当局在知识界的统治势力的积极配合之下介入知识领域。

暴力的概念与科学、伦理学和政治错综复杂地纠缠在一起,因而使用起来非常之微妙。而本书恰恰希望以克制、思索的态度和开放的思想去运用这一概念。

第一部分

知识分子想象的战士

文艺复兴时期的剑术与学术争斗中的语言

帕斯卡尔·布里瓦斯特

热罗姆·卡丹（Jérome Cardan）在自己的自传中向读者坦言：

> 过去，我痴迷于各类剑术，在击剑圈里小有名气。我练过剑，单剑与大小不同的长盾、圆盾配合，我也玩过匕首、长矛、长枪，能够身披斗篷，手持短剑，灵巧地跳上木马。我能够空手夺下对手的匕首。①

事实上，击剑在文艺复兴时期的知识阶层非常流行，卡丹这位意大利数学家兼工程师，因为在罗马苹丘花园建设了水利工程、在圣保罗大教堂广场上竖起了方尖碑而闻名遐迩，他写下了《论武器的科学》（*Traité de Science d'Arme*），在书中有意混淆了学术领域和军事领域。他在书的封面上的一侧画了一柄长剑，他和另外一些人一样，会穿上古代的衣服，热火朝天地讨论，向听众解释数学工具的使用。他还说，那些爱好剑术的朋友们的秘诀主要在于对球体、圆形、直线的重视。②

一个世纪后的笛卡尔也欣赏剑术的价值，为此他发表了一篇文章（后遗失）。传统上，一般来说，剑术是与易怒的思想和冲动联系在一起的，而在上面提到的文章中，笛卡尔把这门艺术改写成为无懈可击的数学公式。在另一本书《论灵魂的激情》

---

① 热罗姆·卡丹：《卡丹：我的一生》，巴黎，1991年（《一位学者，一个时代》）。
② 卡米洛·阿格里帕（Camillo Agrippa）是《武器科学条约》（罗马，1553）一书的作者，同时又在16世纪末写了两部关于气象和航海的著作，一本是《米兰的卡米洛·阿格里帕的对话：关于狂风、闪电、雷鸣、辉煌、河流、峡谷和高山的形成》，1584年；另一本是《卡米洛·阿格里帕关于航海方式的新发明》，1595年。关于这位学者的情况，见艾里奥·南齐（Elio Nenci）的文章，《卡米洛·阿格里帕：文艺复兴时期面对自然哲学的问题的工程师》，见《自然，科学史国际杂志》（卷29），佛罗伦萨，1992年，第71—119页。

（*Traité sur les Passion de l'âme*）中，卡丹意欲在身体行为、自然哲学二者的知识标准之间建立联系。

文艺复兴时期学术界的人士有着"钢铁般的情感"，这可以让我们去研究修习剑术的作用以及学术争论中对决的语法。① 一般来说，我们以修辞学、哲学辩证法或法律辩证法作为这些辩论的模式，在不否认这些传统的影响力的情况下，最好要重新评估与剑术有关的社会实践活动，研究其与知识决斗的关系。此外，数学家们的决斗在 16 世纪初的意大利非常盛行，之后变得冷落，不过我们不禁会问：在 17 世纪，上个世纪的模式是否已然变得过时？如果世易时移，上个世纪的模式确实被抛弃了，那么就要尽力去探究背后的各种原因。

数学家们的决斗和剑术

我们的第一个发现，是文艺复兴时期由于结构的相似性，学者们在进行挑战时使用了决斗的模式。

为了让大家理解两者的相同之处，我要讲一讲 16—17 世纪时比剑的挑战故事，乔治·西尔韦（George Silver）兄弟向文森修（Vincentio）和赫罗尼莫·萨维奥洛（Ieronimo Saviolo）在 1580 年前后提出挑战的故事就是例证。乔治·西尔韦在《防守的悖论》（*Paradoxes of defense*）中讲述了如下的插曲：

> 文森修和赫罗尼莫来到伦敦后，在王宫、伦敦市和外省教了七八年的长剑技击，这两位意大利剑客，特别是文森修，说英国人强壮有余而灵巧不足，对决时后退得太多了，姿势显得非常笨拙。看到这些侮辱性语言，我哥哥托比·西尔韦和我都向他们二人发出挑战，来进行决斗，分别使用长剑、匕首、单剑、剑夹匕首、剑配圆盾、双手剑、棍、带刺长矛，地点选在一个叫克洛什·索瓦热的小旅店，这里的场地地势很高，以至后退太多的一方将会从台上摔下去，不管是意大利人还是英国人，掉下去都可能摔断脖子。为此，我们希望印上 500 至 600 份宣传单，对这次挑战广而告之。传单一路分发下去，从萨瑟克到伦敦

---

① 在 18 世纪，人们说到"钢铁般的情感"，既是指自己的剑与对手的剑相交时的触觉（这是估量对方力量的方法），也是指因为长期出入剑馆而对军人这一行的了解。

塔，从城里一直到威斯敏斯特教堂。我们携带着所有提到的武器赶到距离他们学校一箭之地的决斗地点，有几位绅士向他们转交了我们的挑战书，并对他们说西尔韦兄弟已然到达了约定地点，正在与很多观众一起等待他们的光临。几位绅士对他们说："请随我们去吧，否则这将是你们一生的耻辱。"绅士们尽了他们所能，然而这两位优雅的先生却宣布他们不会去决斗的地方。①

这则故事中，所有传统的挑战所需的因素都齐备了：损坏对手名誉的挑衅，来自对手的回敬，被挑战者选择武器，确定决斗的条件（所有的武器都可以使用，以显示英国剑客技艺的全面，不像意大利人那样只精于长剑和短剑），选择决斗地点，分发传单来公布决斗，请可信的绅士出面为决斗做公证。

而所有这些因素又或多或少地出现在了文艺复兴时期数学家们之间的争端之中。②

1494 年，意大利人卢卡·帕乔利（Luca Pacioli）写出了《算数》（*Summa de Arithmetica*）一书，尝试通过简单的几何公式解决一次方程和四次方程。他提出三次方程（$ax^3 + bx^2 + cx + d = 0$）无解。这一观点随即被意大利数学界视为挑战，意大利半岛的学术界于是开始寻找问题的解决方法。

为了理解他们的这一态度，我们首先需要了解一下文艺复兴时期大学制度的性质，大学里，教师的岗位永远不是铁饭碗，为了能够长期在大学工作下去，不仅需要有政治人物做靠山，而且要能够随时随地回应公开的挑战。西皮奥内·德尔·费罗（Scipione del Ferro）等数学家因此随时准备决斗（即论战形式的决斗），公开的侮辱对于他们的职业产生的灾难性后果堪比肉体的死亡。

在此情况下，数学上的一个巨大发现就变成了一件威力巨大的武器，一招"必杀技"。当对手怀揣写满难题的单子前来"拜会"时，德尔·费罗就可以拿出三次方程题。即便他回答不出对手给出的难题，他也有十足的把握，把自己可以轻松解决

---

① 乔治·西尔韦：《防守的悖论》，爱德华·布朗特（Edward Blount）编，伦敦，1599 年（文章被 Dacapo Press 出版社在 1968 年翻印出版，这则插曲出现在原文的第 30 页，题目是"三位意大利老师关于进攻的简要说明"）。

② 阿米·达昂·达尔梅迪科（Amy Dahan Dalmédico）、让娜·佩费尔（Jeanne Peiffer）：《一段数学的历史》，巴黎，1986 年。

的方程题抛给对方来解答，这样就能够确保自己立于不败之地，而让对手颜面扫地。显然，西皮奥内·德尔·费罗终生都保守着方程题答案的秘密，直到临终前才在床榻上将其传给了自己的学生安东尼奥·菲奥（Antonio Fior）。安东尼奥·菲奥当然在才智上难以望老师的项背，他在1535年拿出了自己的秘密武器，用它挑战当时著名的学者布雷西亚·尼克罗·丰塔纳（Brescia Niccolo Fontanna）（1499—1557），布雷西亚·尼克罗·丰塔纳的外号是"结巴"，但"结巴"声称能够解 $x^3+mx^2=n$ 这类的方程式，安东尼奥·菲奥对此表示怀疑，于是就等于向他提出了挑战！

安东尼奥·菲奥到来后，"结巴"丰塔纳给了他一张单子，上面写有30道题，包括了众多数学难题，而安东尼奥·菲奥则交给对方一张写着几个三次方程的难题——当然他本人能够轻松解决。从某种意义上说，安东尼奥·菲奥无异于把所有鸡蛋放在了同一个篮子里，也就是说，要么是"结巴"丰塔纳能够发现安东尼奥·菲奥的秘密，全部解出他给出的问题，要么是丰塔纳因为解不出三次方程，而以0比30的比分全盘输给安东尼奥·菲奥。

人们毫不奇怪地看到，丰塔纳在这场追逐赛中竭尽了全力，在1535年2月13日最后的期限临近时，经过痛苦的思考研究，终于找到了答案。他不仅轻松地解出了对手的难题，而且确信才能稍逊一等的安东尼奥·菲奥很难全部解出他给的30个难题。丰塔纳在世人面前的胜利是巨大的，胜利的"结巴"本来可以要求对手大排筵宴请客，让他倾家荡产，但是他放了对手一马。不过安东尼奥·菲奥受到数学界的鄙视，最终被世人遗忘了。

几年之后，这件陈年旧事重新被人翻出，1539年，热罗姆·卡丹听说了这次决斗后，恳求丰塔纳把三次方程的解法传授给自己，丰塔纳最后同意了。不过，他要求这位年轻人郑重发誓，永远不公布他的发现，嘱咐他最好把解法抄写好，秘密收藏起来。

不久之后，热罗姆·卡丹收下了年轻的洛多维科·费拉里（Ludovic Ferrari）（1522—1565），作为自己的学生，洛多维科·费拉里很快成了热罗姆·卡丹的同事并受其保护，热罗姆·卡丹将保藏的数学秘密告诉了他。洛多维科·费拉里凭借这次合作取得了难以令人置信的进步，并将三次方程式的解决方法广泛地应用开来。然而，正如之前一样，这一切靠的都是"结巴"丰塔纳的秘密，他本不应该公之于众的。但在1543年，突然有了解决这一问题的办法，他在刚刚离世的西皮奥内·德尔·费罗的手稿中发现了丰塔纳的方程式解法，秘密也就不再是什么秘密了，因为人们可以说这是西皮奥内·德尔·费罗的首创。1545年，热罗姆·卡丹在自己的《伟大的艺术》(Ars Magna)中公布了三次方程式的解法，说自己是从西皮奥内·德尔·费罗那里继承而来的，而他对西皮奥内·德尔·费罗可没有做出什么承诺！这令丰塔纳暴跳如雷，他奔走呼号，谴责热罗姆·卡丹违背了虔诚的基督徒的诺言，而对这位老先生的痛斥进行回应并予以反击的不是热罗姆·卡丹，而是他的学生洛多维科·费拉里。①

洛多维科·费拉里素来以脾气暴躁、酷爱击剑闻名（他甚至在决斗中失去了两根手指），他采用了非常流行的抒情诗的形式来向丰塔纳挑衅，诗中把丰塔纳讽刺为：

> 喜欢计较鸡毛蒜皮的人，我向您保证，如果要我来向您答谢的话，我一定会给您数不清的"根"和"蜜"（幂），足够让您一辈子不用再吃别的什么东西。②

洛多维科·费拉里和丰塔纳的这场冲突于1548年才落下尘埃，当时二人在米兰公开进行了另外一次辩论。米兰是洛多维科·费拉里的地盘，所以观众都支持他。在受到观众用口哨声表达的讥讽后，丰塔纳斥责对手的支持者，而洛多维科·费拉里则表示，观众对丰塔纳的讥讽完全是因为自己学识高于对方。丰塔纳悻悻离开，去了意大利的布雷西亚，留下洛多维科·费拉里欢庆自己的胜利。

如果大家以为这段故事只是一个特殊的事件，那么就错了，实际上，热罗姆·卡丹在自己的自传中还讲述了性质相同的另外一次辩论，不过这次他有些心虚：

> 我与卡莫席奥（Camuzio）在帕维当着参议院的人进行了三天的辩论。第一天当我提出第一个论点时，卡莫席奥就哑口无言了，在场反对我的人可以做

---

① 关于卡丹和丰塔纳的对立以及挑战的故事，见马丁·安德鲁·诺吉尔德（Martin Andrew Nordgeard）：《卡丹和丰塔纳争论侧记》，载《国家数学杂志》（卷12），第7期，1938年，第327—346页。

② 西尔韦斯特罗·盖拉尔迪（Silvestro Gherardi），《费拉里和塔尔塔格利亚的文稿与回击》，博洛尼亚，1848年。

证,卡莫席奥的作品中有一份报告。对此,大家都承认,不过人们不再讨论我们的辩题,而是开始讨论我那战无不胜的力量,我想人们对这次辩论依然记忆犹新。……事实上,23年来,从米兰、帕维、博洛尼亚到法国、德国,从未有谁敢于反驳我或与我争论……

在讨论中,我激情四射,所以大家尽管都喜欢比赛,却都避免亲自参加。这样经过了很长一段时间,我都为没有什么竞赛可以参加而感到百无聊赖,特别是在大家看到有两件事超出了人们的期待之后。第一次是在帕维,我昔日的老师布朗达·普罗(Branda Porro)卷入了我和卡莫席奥之间关于哲学问题的一次普通辩论,辩论主题很吸引人,因为人们认为我在医学方面不会让别人有任何机会取胜。布朗达·普罗搬出了亚里士多德的权威,引用了亚氏的一些名言。我对他说:"你要小心。书里面'album'后面少了个'不'字,所以这句话对你不利。"布朗达·普罗大声回答说:"根本不可能。"而我因为长期患鼻炎,没有立即回答他。布朗达·普罗因此怒火中烧,叫人立刻取来那本书,我要求拿来一看,他把书给了我,我在书中查找起来。由于担心我会嘲笑他,布朗达·普罗把书一把夺了过去,叫嚷着说我意欲蒙骗听众,他索性自己读了起来。读到有争议的段落时,他的声音渐渐变小,最后听不到了,所有在场的人都目瞪口呆,开始把钦佩的目光投向我。几天后,布朗达·普罗就到米兰去了。有人给参议院写信询问此事是否属实,布朗达·普罗是一位诚实而坦诚的人,他回答说此事千真万确,说那天他自己肯定是喝醉了酒。参议院没有做任何评论,却万分惊异。

第二次是在博洛尼亚同弗拉坎扎诺(Fracanzano)这位最优秀的医学实验教授之间的争论。他讨论的是胃里的胆管问题,他当着科学院所有院士的面用希腊语背诵了一篇文章(他对文章进行了剖析)。我对他说:"您漏掉了一个词'或者'。"他反驳说:"根本不可能。"我心平气和地说他的确漏掉了'或者'这个词。见此情景,学生们大声叫嚷道:"叫人把书拿来!"我当然乐得同意这样做,书很快拿来了。弗拉坎扎诺查看了书中的相关句子,发现我说的是对的,便默不作声了。他很是惊诧,却十分钦佩我,而鼓动着把事态搞成这一步的学生们则对我更是佩服得五体投地。自此,弗拉坎扎诺对我唯恐避之不及,甚至要仆人一看到我出现就立刻告诉他,这样可以避免和我在街上撞见。一天,有人开玩笑,把我骗到了他的解剖课堂上,他看到我后,立即披上外套,落荒而逃,不小心跌倒,摔了个嘴啃泥。所有在场的人都惊得目瞪口呆。不久后,弗拉坎扎诺离开了博洛尼亚,尽管他签的是好几年的聘用合同。①

这些故事讲述了博学的知识分子们之间的争论,让我们看到了剑术和决斗是如何影响人们的行为的。从西尔韦到萨维奥洛,剑术、决斗和知识界的挑战是那么的相似。故事的情节总是如出一辙:挑衅,来自对手的回敬,选择武器(简单的武器或复杂的武器),通过印刷品来公布辩论,在公共地点聚集证人,辩论,使用或不用"必杀技",一方获胜,另一方名义上死亡。卡丹的故事说明在这些辩论中,一切都取决于风格问题,演讲很大程度上学习了击剑艺术的精华:不断的挑战,虚招,耐久力,力量,速度,躲闪,这些都是学者和剑客们常用的手段。击剑文化的实践(卡丹自认为谙熟剑术文化,他每天训练,见他的一章"论训练"②)已经哺育了与击剑没有任何关系的想象活动。部分原因是这种实践活动要靠个人长期运用,甚至像卡丹那样变成一种癖好,但是剑术对表达领域的哺育作用也是因为在文艺复兴时期,剑术已经成为演武厅和剧场中组织的表演节目,又因为它能够让人取得社会名誉,于是愈发受人欢迎。③

马里奥·比亚乔利(Mario Biagioli)的书让今天的人们了解了当年伽利略的争论④。这其中,知识分子的决斗行为发挥了重要作用。我们知道,伽利略不是朝臣,但他要为宫廷"工作",他的收入来自资助比萨大学的教会所收取的十一税,不过,他可以自由出入宫廷,并不对大学负什么责任。伽利略以贵族形象出现,只有在礼节场面需要他时才会入宫。从某种意义上说,他形成了与众不同的态度。当时他住在佛罗伦萨的一所贵族别墅中,这让他跻身贵族行列,他出入美第奇家族的府邸,在这里,他因为物体的浮力问题与人发生争辩,这场争辩让人见识了他拥有的权力。

---

① 卡丹:《卡丹:我的一生》,巴黎,1991年,第64—66页。
② 同上书,第49—50页。
③ 关于斗剑文化所发挥的特殊的作用,见帕斯卡尔·布里瓦斯特(Pascal Brioist)、埃尔韦·德雷维翁(Hervé Drévillon)、皮埃尔·塞尔纳(Pierre Serna):《交锋:现代法国斗剑的暴力与文化(16—17世纪)》,法国赛赛勒,2003年。
④ 马里奥·比亚乔利:《伽利略,廷臣:专治文化中的科学实践》,芝加哥,1993年。

伽利略创立的科学在当时很大程度上是为了迎合绅士们对于"奇迹"的痴迷，他需要回答的问题总是如出一辙，诸如：彗星是什么？为什么冰可以浮在水中？太阳上的斑点是什么？为什么博洛尼亚的石头能够发出光彩？所以，宫廷不是一个能够进行系统学术研究的地方。然而，在保护人的体制之下，却要求对诸如此类的问题快速给出答案，答案最好是思想类型的，而不是技术类型的，这常常令伽利略面临困难，因为他必须努力去掌握与他论断相关的天文学、方法论、神学。

在宫廷、大学、科学院等地，上演争执是司空见惯的事，伽利略也无法幸免，1613年前后在美第奇家族餐桌上他就和一个叫卡斯特里（Castelli）的人发生了一次这样的争论。

宫廷上的辩论是绅士喜闻乐道的一项消遣，但是往往不对数学家们开放，因为这些人对于朝臣们的行为方式一点也不熟悉。伽利略和卡斯特里之所以在餐桌上辩论，是因为二人都是朝廷的近人，而且人们期待他们给出哲学家的观点。美第奇家族认为，只要口头上的争执遵守规则，就是最受人喜爱的活动之一。从这个角度看，围绕浮力性质进行的争论算是一次成功，其核心问题很严肃：传统的亚里士多德学说遇到了现代哲学的挑战。实际上，这争执已然持续了两年：德勒·科隆布（Delle Colombe）早就证明了乌木的球体会沉入水中，而同样材质的木片却能漂浮在水面，于是他得出与伽利略相反的结论：浮力不是特殊的重量差的问题，而是取决于物体的形状。伽利略想要在公开场合约见德勒·科隆布，但德勒·科隆布拒绝交锋，他在佛罗伦萨教堂的广场上进行了实验，宣称伽利略输了。也就是说，德勒·科隆布拿学术界之外的普通公众当了自己的工具，展示了自己技高一筹的水平。正如马里奥·比亚乔利解释的那样，伽利略试图变革辩论，他把辩论写成了一篇演说稿，只给宫廷内的人看，他在演说中定义了实验的一些词汇（作为被冒犯一方选择的武器），要求必须首先把物体沉入水中，以避免因水面的毛细现象使物体漂浮。亚里士多德学派的人抱怨说伽利略篡改了游戏规则，他们当着比萨大学裁判的面宣读他们的规则，而这一次，轮到伽利略不肯露面了。

书可以变更辩论，将其变为宫廷的事，伽利略因此可以选择自己的实验条件，贬低对手的地位，从而化解其攻击。伽利略之所以能在此次辩论中取胜，是因为科西莫二世禁止他与地位低于他的人交锋（科西莫二世不希望自己的私人哲学家像井市小生意人那样与人争吵而自损形象），决斗应该在地位对等的对手之间展开，伽利略因此不会再被人指责逃避挑战。但是在 1613 年,在美第奇家族的餐桌上,卡斯特里重拾德勒·科隆布的论据,这次之所以战火重燃,是因为这是在宫廷里,只会吸引在座的观众,不会产生别的结果!对决最终会被忘却。

伽利略的核心论据主要源自贵族决斗的做法:只与地位平等的对手交战,否则就拒绝交锋。"中断交流"的做法在科学界和政治界一样常用,一方可以说搞不懂对方的论据,或者说对方的概念毫无意义。当哲学家声称双方的地位悬殊而拒绝和数学家们讨论时,他会表示,自己拥有全新的社会职业身份和显赫的合法性地位。他使用的交战语言就是决斗的语言,因为决斗是贵族们的活动,这就愈发巩固了这一合法性地位。

总之,通过作品可以确定表达思想、引导争论的方式并使之形成体系,威廉·塞加(William Segar)的《关于荣誉和纹章的书》(Book of Honor and Arms)(1590)的第一章"谎言的多样性的本质"(The nature of diversitie of lies)中,区分了有条件的辟谣、一般性确定的辟谣和无价值的辟谣。① 波塞维尼奥(Possevino)在 1559 年出版的《荣誉会话》(Dialogue de l'honneur)中,则划分了肯定辟谣、否定辟谣、一般性辟谣和特殊辟谣,特殊辟谣又可以进一步分为绝对辟谣和有条件辟谣。的确,在 16—17 世纪,所有的文学界都在讨论哪种人有资格参加到决斗的体制之中,而哪些人应该被排除在外。大多数导师都教导绅士们不要在意来自地位低下的人的侮辱,如果对此去怨恨,那便等于承认了自己和对手地位相同,这样,决斗就成为文化活动的关键,在浸润着贵族价值观的社会占有独一无二的地位。②

文艺复兴文化以同样的方式发展了一系列可以避免对峙的方式,这就是为什么这个社会能够建立起精妙而有效的文化,可以制造怀疑主义、修改建议和否定。通过改革可以按照自己的需要改变贵族文化形式,通过这些获得这种文化。在莎士比亚的《皆大欢喜》(As You Like It)中,塔奇斯通(Touchstone)善于模仿贵族文化,他向雅克解释说自己在年轻时也做过贵族,进行过辩论,有一次辩论甚至演变为决

---

① 威廉·塞加:《关于荣誉和纹章的书》,伦敦,1590 年,1999 年。同时见马修·萨克利夫(Mathew Sutcliffe):《武器的实践、程序和法律,经现代和过去例子证实和描述的最勇敢、最富经验的队长的行为》,该书由克里斯托弗·贝克(Christopher Barker)的副手在伦敦印刷,1593 年。

② 弗朗索瓦·比拉斯瓦(François Billacois):《法国社会 16—17 世纪的决斗,历史心理学散文》,1986 年,同时见帕斯卡尔·布里瓦斯特(Pascal Brioist)、埃尔韦·德雷维翁(Hervé Drévillon)、皮埃尔·塞尔纳(Pierre Serna):《交锋……》。

斗。雅克问他结局如何，塔奇斯通解释说可以"用书"战斗，这样就可以避免真正的决斗：

> 除了直接的辟谣外，你什么都可以避开，你甚至可以用"假如"这个词就可以避开决斗……你的"假如"是我所知道的最伟大的息事宁人的词语，它有着很多的功能！我没有多此一举去辟谣，而他也没有敢给我寄送驳斥信，就这样，我们彼此估量了一下对方的长剑后，就分开了。①

17世纪的实验哲学家们从某种意义上说希望学习塔奇斯通的这一课，以便能够进行交流。他们的辩论很大程度上受了此类理论的影响：如何避免交谈被卡住。人际关系被很多元素符号化：社会地位，肯定的方式，怀疑的方式，改变和否定一个建议的方式。史蒂芬·夏平解释说②，下级对上级没有任何权利可言，而上级却掌握着所有权利，质疑上级所说的话属于冒犯行为，对上级不能说不，除非是使用迂回委婉的方式。为了不违反礼仪，需要找到既不质疑对方信誉、能力、真诚而又能指出对方某个错误的办法。学者们认为，他们彼此平等才可以发起挑战，但是，当学者的讲话旨在让学术界之外的其他领域接受一个真理或者征服宫廷时，就需要遵守礼貌的交谈规则，需要学会避免论战。16世纪和17世纪初学者们之间的典型角斗式交锋在17世纪末渐趋消失，面对王室制定的学术交流新规，矛盾的思想不得不退出历史舞台。美第奇家族家中发生的事情同样在伦敦皇家学会和科学院也发生了，在公众面前诋毁另一个人已经不再时髦，现如今，要在同行面前确立真理，同时让对手受到训教，在修饰争执的形式的同时，还要摒弃卖弄学问的做法、权威的论据，当发现自己的态度毫无根据时，就要收回前言。构建知识时，需要使用恰当的怀疑主义，在制定这些新形式的交流时，决斗的语言也发挥了作用。

剑术和决斗，数学和学术，它们的争议之间的相似性意义深刻，发现实践之间的结构性相似的不仅仅是历史学家，而且还有16至17世纪的学者，这些学者利用了学术界的对抗与互相发起挑战的贵族的对抗之间的相似性，换言之，对抗的参

---

① 莎士比亚:《皆大欢喜》，第5幕第4场，见《莎士比亚全集》，牛津，1988年，第651页。帕斯卡尔·布里瓦斯特翻译。

② 史蒂芬·夏平:《真理的社会历史：英国17世纪礼貌与科学》，芝加哥，1994年。

加者使用了决斗和争辩的相似性，因为这样他们可以从中获得社会认可，还因为真实或想象的斗剑属于贵族阶级文化的一部分，正如弗朗索瓦·比拉斯瓦（François Billaçois）所写的那样：决斗是全社会的现象，而且正如我们所见证的，该现象深刻地影响了当代人的想象，在丰塔纳和伽利略时期，修辞对抗过程中与剑有关的词语大量涌现，这并非完全偶然的结果。

将作家们排成战斗队形：17世纪知识分子的关系中出现战士幻想的关键问题

尼古拉·沙皮拉

17世纪的文章在展现文人的活动的时候，都将其描绘成为一幅战争画卷，如：让－弗朗索瓦·萨拉赞（Jean-François Sarasin）的《句末押韵的失败》[*Défaite des bouts rimés*（1656）]，安托万·菲勒蒂埃（Antoine Furetière）的《寓言故事》（*Nouvelle allégorique* [1658]），加布里埃尔·盖雷（Gabriel Guéret）的《旧时作家与现代作家的战争》[*Guerre des auteurs anciens et modernes*（1671）]，弗朗索瓦·德卡利埃（François de Callières）的《古代人和现代人最近爆发的诗歌战争》[*Histoire poétique de la guerre nouvellement déclarée entre les Anciens et les Modernes*（1688）]。人们将文学生命看成可以跨越时间的概念，因此以上这些作品长时间以来都被当作研究当时作家们争论问题的资料，而我们则在研究中把它们视为17世纪文学领域兴起的标志，这样的作品揭示了一个新现象：对于该领域的标准和价值，文学家们的看法各异，冲突不断。① 但是，通过议论文人圈子的文章中表现出的这种战士幻想，我们究竟能够发现什么样的暴力呢？它能够证明知识分子的关系属于论战概念吗？或者说，是否应该将战士的比喻仅仅当成一种有效手段，让我们一览文学界的风貌而已？但是，文学界的如此风貌难道不是社会关系的产物吗？文学家们身处的这种社会关系，其暴力也许被要求写进这些文章中去。

以上问题都将在本文中探讨，我们选取的研究素材是安托万·菲勒蒂埃的《寓

---

① 阿兰·维亚拉（Alain Viala）：《作家的诞生》，巴黎，1985年，第152—162页。

言故事》。①之所以要探讨某一个案,而不是研究与之相关的全部作品,是因为我们不希望因选择过多而将全部作品当作唯一的具有代表性的话语,要知道,安托万·菲勒蒂埃的竞争对手还大有人在。其实只要研究这一个案例就能够展现它所包含的暴力。如果过早地要求这样一篇话语做到完美充实,那无异于忽视创造中的一些现象:重写、模仿,或者为已经问世的故事续写——我们知道,就连晚于安托万·菲勒蒂埃作品问世的他人的多部作品也都收入了《寓言故事》之中。②也可以说,这就意味着在分析以文学和文学家为主题的作品时不去考虑文学在具体时间的创作条件。对于文学个案的研究可以在其创作的地方锁定研究的主题,并结合安托万·菲勒蒂埃生活的社会环境(而不是一个简单的"文学世界"),把握他在这一环境中的活动。

按这样的方法去观察《寓言故事》,我们会看到17世纪的"文学辩论"原来首先属于面向某些公众的文字,它和与生俱来的冲突空间的象征性暴力之间的联系倒不紧密,而更多的是对某些公众的文学活动进行叙述,或许首要的任务并非为上述冲突做出裁决。这样的文字虽没有包含一点暴力,但却在文字形成过程中打上了社会暴力的烙印,17世纪的职业作家就在如此的社会环境中发生着演变。

纯文学世界挑战学院文学世界

《寓言故事或者雄辩术王国最近的风波的故事》(*Nouvelle allégorique ou Histoire des derniers troubles arrivés au Royaume d'Eloquence*)简称为《寓言故事》,记述了两个王国之间的一场战争:一边是"舌辩国",由"修辞女王"执掌大权;另一边

---

① 《寓言故事或者雄辩术王国最近的风波的故事》(在正文和脚注中简称为《寓言故事》——编者注),巴黎,1658年。文章会在我与马蒂尔德·邦巴尔(Mathilde Bombart)于2004年为Société de Littératures Classiques出版社(图卢兹)制作的版本中被引用,该文中的一部分即出自于此。

② 《古代和现代作家的战争》(巴黎,1671年)的题目让人想到了《寓言故事》,它们都是以一场冲突开始讲述,而后是高谈阔论。在《古代和现代作家的战争》问世之前,加布里埃尔·盖雷(Gabriel Guéret)已然出版了《改革的高跷派》(巴黎,1668年),该书也是对作家圈子的讽喻。类似的书还有弗朗索瓦·德卡利埃的《古代人和现代人最近爆发的战争的诗歌故事》(巴黎,1688年),该书开头描写了一场战争,末尾是阿波罗的一段见解,配有印版图画,表现了战争场面,与小说《寓言故事》封皮上的图画很像。安托万·菲勒蒂埃的作品引起了夏尔·索雷尔的回应,他写了《修辞国和雄辩国纷争之后索菲王国中发生的真实故事》,配有关于〈寓言故事〉的讲话》(巴黎,1659年)。

是"学究国",王子名叫"癫语"(Galimatias)。本书大部分时间都在讲述双方的备战工作,读者因此可以发现他们的力量对比情况。"癫语"王子这边,"歧义"部队、"暗示"部队、"夸张"部队由蒙莫尔(Montmaur)和内尔韦兹(Nervèze)等不同作者统领;"修辞女王"这边的顾问是"情理部长",还有其他的部队和作者,如"正剧镇"的负责人科尔内耶(Corneille)、"温情国"的女主人玛德莱娜·德斯屈代里(Madeleine de Scudéry)、瓦蒂尔(Voiture)和萨拉赞(Sarazin)以及他们的"风流"军团。第一役,"修辞女王"大获全胜,但是"癫语"王子最终重整部队,又对"修辞女王"的大营形成威胁,而女王阵营内部则出现了各种纠纷。最终双方签订和平协议,划定彼此的领土和特权。

这个故事把作家、文体格、书籍、拟人化的文学题材等都在刀兵相见的冲突和对峙中展现得淋漓尽致。讽喻性元素的这种异质性——文本现实(比喻、文体),客体(书籍),机构(法兰西学院、高等学校),真实人物(作者、书商、政治人物……)——构成了《寓言故事》一书的特点之一。这种异质性的另一个特点是它没有呈现一幅一成不变的图画——这与大多数讽喻不同,而是表现为一段故事的讲述,因此其特点适用于整个复杂故事,包括故事的细枝末节。该讽喻的叙述能力无疑具有高超的一面,但是同时也不允许进行单一理解:故事不是靠铺天盖地的旁注(安托万·菲勒蒂埃为了澄清暗示意义和技术词语才添加了这些旁注)来方便读者解读,因为旁注会把叙述拉入话语的另一层面,使读者不得不在几个不同层面的意义间不断切换。

被代表的事物的混杂性引出了这篇文章中要表现的主体问题:知识界,要遵守的所有写作规则,形成中的研究文本(纯文学),或者与安托万·菲勒蒂埃同时代的巴黎作家群体(在本书中被大为赞扬),到底是哪一种呢?

《寓言故事》一书最显著的贡献是找到了纯文学和学院文学两个知识世界的共性。[①]借助讽喻手段,文章将提到的所有现实进行梳理,分别划归"癫语"王子和"修辞女王"两个阵营。"癫语"王子的"学究国"具有卖弄学问的学究气,代表的是大学和学校,这里教授拉丁语和亚里士多德思想,但同时,迂腐的学究界喜好卖

---

① 玛蒂尔德·邦巴尔(Mathilde Bombart):《文学合法性的产生,批判性的讽喻故事作者的分类与分级:安托万·菲勒蒂耶的〈寓言故事〉》,见《古典文学》,1997年,第99—114页。

弄他们尚未消化的知识，还在利用过时的文化；而"舌辩国"则代表着纯文学，即真正的口才。这种划分体现在第一次战斗前两军的将军们的言谈话语之中："学究国"的将军们讲起话来滔滔不绝，满嘴博学的词藻，尽显了讲话人的虚荣；而"舌辩国"的"情理部长"的话语则言简意赅、朴实无华。① 此外，这几页文字中的注释的使用也不相同，"癫语"王子的讲话充斥着注释，而"舌辩国"的"情理部长"的话语则仅有一条注释，以讥讽的方式指出：卖弄学问的人必须求助连篇累牍的解释才能被人理解。这样，安托万·菲勒蒂埃见证并促使人文主义形式的学问贬值，因为不仅教授亚里士多德哲学会遭到批判，就连教授埃拉斯姆（Erasme）等人文主义学家的思想也会受到攻击：在《寓言故事》一书的故事中，埃拉斯姆是作为"学究国"同盟身份出现的。②

不过，当我们近距离观察时，会发现纯文学和学院文学两个领域实质上本是相同的，正如"学究国"和"舌辩国"两军的组织方式所呈现的那样："学究国"由不同的修辞格组成，大军格局统一（"暗示营"紧挨"反衬营"扎营，等等），但在故事中，凡是否定性的讲话中包含的修辞格都集中在了"修辞女王"的大军之中："通常情况下，敌军有的部队，女王也都有相对应的人马，他们数量不多，却是精锐之师。"③ 安托万·菲勒蒂埃并非对学校教授的知识怀有敌意，他甚至认为纯文学作家的学问从本质而言与"学究"们的学问并无二致。在上面这段话中，他很是看重两种学问对比所产生的多元化的美：学校教授修辞格，形成一种文化；而纯文学的作品中，文体与不同修辞格自由地结合。

然而，"癫语王子"与"修辞女王"的两个王国的根本区别在于对知识的"社会"应用不同：为了分享知识，就应该适度地、谨慎地灵活调整和使用知识。因此，《寓言故事》书中首先排斥一些"社会人"，而去赞扬使用知识维护上流社会关系的"诚实的人"，同时批判那些自我封闭在学问之中却引以为傲的学究。这些"社会人"身上嫁接了旧制度社会中的普遍价值观：与修辞阵营联合的贵族义素比比皆是，而对面的敌人却出现了社会规则混乱："癫语王子"自己神经错乱，言语间云山雾罩，自吹自擂，他的部队也大都出现混乱，被打入社会底层，行为举止如同俗人（昔日作

---

① 《寓言故事》，第 78—79 页。

② 《寓言故事》，第 139 页。

③ 《寓言故事》，第 40 页。

为楷模的"当局"也沦为贱民之列）。安托万·菲勒蒂埃进行的划分似乎更加面向上层社会，对于他们来说，学校教授的知识任何人都能够获取，而纯文学的作者们传播的知识却只有出身高贵的人才能掌握。①

安托万·菲勒蒂埃在此坚决反对的似乎是学校和只面向博学的人（他们会讲拉丁语），这些人士出身微贱。菲勒蒂埃欣赏的是纯文学作品的作者，他们紧紧依靠语言技能、语言应用（修辞学）以及文化知识，这些和"学究"们没有什么本质区别，但是其目的是服务非专业公众，寓教于乐，作家们于是要接受上层社会公众的社会符号。

利用论战暴力，服务于独立的想象

但是如此的态度其实说不上有什么与众不同：安托万·菲勒蒂埃使用的是常见的俗套，其他作者鲜有人否认，不过学究那无处不在的形象则很好地给《寓言故事》一书提供了讽刺空间，学究们形成了社会反面理想的代表，而同一时代所有的作家必须按照上流贵族的价值观去思索和描写他们自己的社会身份。如果没有人自诩为博学之士，或自认为掌握着价值观和实践，那么博学的人与非博学的人之间的冲突并不意味着要在17世纪文人圈里掀起一场激烈争吵。

这个故事的结果是把文学界描摹成为一个繁忙的世界，将其融入了17世纪50年代法国的各个社会空间：被讽喻的对象千差万别，相互交织，使得这个世界变得生趣盎然、色彩缤纷，仿佛是光影中的影像，其中一些讽喻对象只存在于"学究国"和"舌辩国"之间的冲突的记述之中，而旁注不仅仅展现了故事背后那充满学识却又十分复杂的社会，还要求上流社会去为文学解码，尽管这些密码本来就是为上流社会编写的，因为他们与文学界存在着距离——这是创造独立想象的另外一种方式。作品的这种安排使得讽刺意味和去理想化意味不再那么绝对化，而只是把笔战描写成为真正的战争：《寓言故事》一书为了叙述得更加生动有趣，展现了围绕语言和知识的运用产生的冲突，其中的特殊问题与政治人士的社会紧紧地联系在一起。

由于安托万·菲勒蒂埃多次影射了真实的笔战，后来在一个情节中又将笔战作

---

① 雅克·雷韦尔（Jacques Revel）:《礼貌语的使用》，见菲利普·阿里耶斯（Philippe Ariès）、乔治·迪比主编:《私生活的历史3：从文艺复兴到启蒙运动》，[1985年]，巴黎，"历史要点"丛书，1999年，第167—208页。

为文学界的组成要素之一，自律性的效果因而更加明显。在这一情节中，"舌辩国"女王首战告捷后，自己阵营内部却产生了不和：

> 官员之间开始出现分歧，甚至顾问们有时都在议政大会上争吵不休，这些不同声音难以消除，因为他们彼此谩骂，后来竟然大骂自己人的子孙十八代，他们只是因为碍于自己的地位和面子才收回自己的话。还有些人因为"戏剧镇"最重要的采邑之一的熙德（Cid）就发生激烈的争执，因为有人想从这里分得几个庶民，据说他们属于一个西班牙人。发生此类争执的还有很多显赫的骑士，如拉莫特·勒瓦耶（La Motte le Vayer）因为几句口角就攻击沃格拉（Vaugélas），还有一个从不摘下头盔脸甲的神秘冒险家，他十分高兴地前来挑战伟大的夏普兰（Chapelain），宣称夏普兰无理地冒犯了一位美德贤淑的少女。但是这位冒险家拿不出充分的证据，结果敌人对他不屑一顾，甚至都懒得和他争辩……[①]

这些笔战的形式和主要问题都十分不同（熙德的长期争吵，在1637年1月至7月间因为大量诽谤性文字，关键问题发生了改变，在这里却被当作小事一桩，诸如关于拉莫特·勒瓦耶情况的几件事又被搬出来撰写批判作品），但都发生在围绕着纯文学作品争论的作家之间。通过这些笔战，安托万·菲勒蒂埃推出了让自己前景光明的发明：文学争论。

《寓言故事》一书的叙述中，笔战变成了文学争论：所有的真实暴力和其中的社会政治问题都被抛掉了。克里斯蒂昂·茹奥（Christian Jouhaud）去除了17世纪第一次大规模"笔战"的暴力的动机，即让－路易·盖·德·巴尔扎克在1624—1627年引发的一场文学争论。[②] 克里斯蒂昂·茹奥展现了作家让－路易·盖·德·巴尔扎

[①]《寓言故事》，第127—128页。这段文字的页边有如下的注释：致"西班牙人"："在熙德的战争期间，他多次受人评论和讽刺，有人批评高乃依先生从一位作家以前用西班牙语所著的相同主题的剧作中剽窃了64句诗，这些诗算不得最好的。"致"拉莫特·勒瓦耶"："拉莫特先生是用书信来回击沃格拉先生对于法语的评价的。"

[②] 克里斯蒂昂·茹奥（Christian Jouhaud）：《文学的权力：一段奇异的故事》，巴黎，2000年，第27—95页。文学之争也被埃莱娜·梅兰（Hélène Merlin）拿来作为自己深入研究的主题：《学术的离心力：文学，制度，社会》，巴黎，2001年。马蒂尔德·邦巴尔（Mathilde Bombart）最近出版的著作也对这一争论进行了澄清：《盖·德·巴尔扎克与〈书信集〉的争论：法国17世纪初期的写作、论战和批评》，巴黎，2007年。

克如何在这场运动中掀起并操控围绕他本人 1624 年所著文集《书信集》展开的这场争论（比如文集开头的"印书商"的话解释说，文学作品首先是以手写本形式传播的，既赢得了欣赏者，也引来了诋毁者，不过人们看不到辩论的痕迹，很可能这是为了展开争论而使用的战术）。诸如谩骂对手一类的各种明显的挑衅，其目的就是围绕一个出版物制造事端，同时划定进行争论的"场地"（印刷品，而不是手写卷，即确定某一公众，而不是另外一些人），以确保挑衅者的最大利益（不过，盖·德·巴尔扎克的对手还是尝试划定对自己有利的"战场"）。由此可以看到，笔战暴力的一个问题在话语领域具有文学自律的特点，即标榜的冲突把纯文学当成了争议的对象。莫非暴力就是文学领域兴起所需的一个条件和构成要素吗？这将会忽视这场笔战的两个重要因素，两个同样出现在《熙德》的争论中的要素，第一个是盖·德·巴尔扎克行动的政治范畴：文集和随后的笔战行动成为了议会辩论的去合法性运动的一部分，而这也符合红衣大主教黎塞留掌权时期的专制王权的要求。但是，另一方面，盖·德·巴尔扎克进行笔战活动仿照的是他所效力的权臣的政治行动模式。换言之，争论所开创的文学领域一上来就采用了其他领域打造的政治行动模式。第二个要考察的要素是克里斯蒂昂·茹奥所说的"笔战连锁反应"：笔战旨在激发反应，但在文章的交锋中，争吵的主题有时会滑向对于争吵的人来说很危险的领域，此时模仿的暴力就演变成为真正的暴力，比如他们开始围绕社会出身而互相攻击，盖·德·巴尔扎克就讲述过这样的事：他的一个对手雅维尔扎克（Javerzac）因为斗胆参加了他本没有资格参与的争辩而遭到棍棒毒打。

现在，让我们进行一番对比：一边是对围绕《书信集》进行的争论引起的激烈冲突过分简略的介绍；另一边是安托万·菲勒蒂埃在《寓言故事》书中一个段落的记述，故事讲到"舌辩国"的部队虽然遭到"癫语王子"人马的围困，却依然奋勇厮杀：

> 所有的勇士全都表现出众，其中的巴尔扎克王子曾是最令人胆寒的战士，但是有一天，他只身面对群敌，学究霍尔登修斯、勇士雅维尔扎克、古吕老爹、安德烈兄弟以及其他几个人一起向他扑来，王子几乎难以招架。看到巴尔扎克王子多处身受重伤，敌人以为他堪堪毙命，一个仁慈的敌人给他挖了墓穴。王子大叫几声，仿佛重伤将死。恰在此时，奥热－勒佛朗索瓦前来搭救，他用自

己的阿波罗之盾护住王子，挡住了所有敌人的刀剑——这真是一件有魔力的兵器。奥热-勒佛朗索瓦从混战中救出了朋友，但获救的王子却没有半点感恩，明明亏了他人相助才幸免于难，可他却将所有克敌脱身的荣誉都说成自己的功劳。①

在这段文字中，争吵被描写成滑稽的骑士之战，结尾则讽刺了主角巴尔扎克：这场笔战在之后的一页委婉地映射了其他人，但是因为他们知名度低，所以故事虽更加有趣，却不为人所知。②《寓言故事》的另外一段写的也是《书信集》引发的争吵③，其中同样没有美化盖·德·巴尔扎克。因为每个专有名词都添加了注释，所以描写争吵的文字的暴力效果大大减弱：注释显示，如此激烈的攻击实际上只是文字层面的，暴力程度没有具体明说——讽喻的规则充分发挥效果，好让情况不至过于戏剧化。但是，所说的笔头的攻击给争吵增添了一种半滑稽、半博学的特点，没有给社会政治问题留下半点空间，而正是社会政治问题给争吵涂上了冲突的色彩。安托万·菲勒蒂埃把笔战转化成为文学争论，这是一次去政治化的行动，部分地重新上演了盖·德·巴尔扎克本人的行动，盖·德·巴尔扎克无法完全控制他一手启动的"笔战连锁反应"（而安托万·菲勒蒂埃则不同，他可以说是冷静地掌控着局势）。从这一点看，《寓言故事》一书具有扩大化的效果，让我们看到，17世纪文人笔战中的文字暴力（或者情景暴力）与文学的创立之间联系多么紧密，因为当时的文学的创立具有政治意义。

虽是记述过去的争吵（以及非常切近的争吵）的过程，但《寓言故事》的去政

---

① 《寓言故事》，第143—145页。

② "就在这同时，马罗勒修道院院长……对雷帕雷德展开了一场特别的斗争……最终，经过一番漫长的争斗，他获取了几件战利品，收入自己的囊中。但是因为这场斗争在秘密地点进行，即一个军队看不到的山谷，他没有发出本该有的声响：这声响没有超过女骑士克罗蒂娜挑战卖弄学问的洛加内尔的声响……"（《寓言故事》，第146—147页）在这一段文字的页边写有如下的注释：致洛加内尔："这是一位可怜的大学教育家，为了反对他，科勒泰小姐就一场争论写了三首优美的抒情短诗，嘲笑了他的府邸，而他正是凭借着自己的这篇大作才有幸拥有现在的地位。"

③ 《寓言故事》，第20—21页。安托安·菲勒蒂埃在此重又对巴尔扎克浮夸的句子进行了批评："（夸张手法）过去令巴尔扎克王子治下的地区的人很是痛心，当他爱上了'修辞女王'时，他想要使用他们的武器通过武力娶到她。但是待到他与她握手言和时，用温柔的目光凝视美人，他便把他们的祖国彻底抛弃了。"对于"巴尔扎克"有如下的评价："这一点从巴尔扎克的首批信件中可见一斑，其中使用了过多、过滥的夸张手法。"

治化行动并非没有意义：这部作品的副标题为"最近的风波的故事"，作品在投石党运动结束的 5 年后出版，法国这场内战期间，大批文学家纷纷效力于互相敌对的政党，撰文加入笔战。① 然而，书中从未提及投石党运动或者 17 世纪作家们活动的政治色彩；《寓言故事》一书将上述这一影响广泛的现实一笔抹去，而讲述作家们的历史，他们之间战争的唯一关键就是优美的语言。于是，这部作品发挥了投石党运动之后重整作家世界秩序的作用。

当然，《寓言故事》一书出版后，另外一位文人做出了回应：难道本书激发了一个"笔战连锁反应"吗？夏尔·索雷尔在他题为《修辞国和雄辩国纷争之后，索菲王国中发生的真实故事，配有关于〈寓言故事〉的讲话》（以下简称《修辞国和雄辩国纷争》）的书中，为安托万·菲勒蒂埃的战争故事续写了下文，但其目的是为了更好地对比修辞女王徒劳无功的吸引力与索菲的高人一等的态度，索菲这位"拥有卓越聪明才智的智慧女神"②，应该充当组织讲话的指导。尽管夏尔·索雷尔的这本书是对《寓言故事》的批评，但他还是从"致读者的话"开始就小心谨慎，在谈到笔战暴力时不让自己的解读带有火药味："这不过是思想游戏而已，通篇都是如此。"③ 夏尔·索雷尔重拾安托万·菲勒蒂埃好的写作方法，把自己（索雷尔也善于思考作者的写作条件和知识组织等问题）和对手的做法纳入了这些年出版的所有作品之列，这些作品都能够与小范围著名人物达成默契，采用想象的文学游戏故事形式。④ 一个文学争论问题于是摆在我们面前：这或许是由于主角们为了体现自己价值所选择的写作形式，与他们各自的身份并不相符，而《书信集》和《熙德》引发的争吵则不是这种情况。

---

① 克里斯蒂昂·茹奥：《攻击马扎然的作品：词语上的投石党》巴黎，1985 年。
② 《修辞国和雄辩国纷争之后索菲王国中发生的真实故事，配有关于〈寓言故事〉的讲话》，第 50 页。这一引文构成了一条旁注，和在菲勒蒂埃的作品中一样，对故事进行了注释。
③ 同上书，《致读者》。
④ 米亚姆·迈特尔（Myriam Maitre）：《女雅士：法国 17 世纪女性文学家诞生的历史》，巴黎，1999 年；德尔菲娜·德尼（Delphine Denis）：《优雅的高蹈派：17 世纪文学界的制度》，巴黎，2001 年。

安托万·菲勒蒂埃的进身之阶

安托万·菲勒蒂埃希望描绘文学世界的方方面面，最后却选取了反映作者世界的他律的各种现实。①《寓言故事》一书因此提到了对于书商或文学、艺术赞助人的依赖，这是教师和秘书必须要做的。这种他律并没有被彻底揭示，安托万·菲勒蒂埃只是对比了不同形式的依赖，如会让人名誉扫地的对书商的依赖，以及让人无比荣耀的对于一位自由赞助人的依赖。

对于当时作家们做出的各种投资，安托万·菲勒蒂埃本人也并不陌生②，他出生在一个殷实的贵族家庭（他的父亲 1647 年死后留下了 10 万里弗的遗产，其中一半留给了安托万·菲勒蒂埃的母亲，另一半分给在世的 7 个孩子），他在 1658 年就已经写了 3 本书，包括一部厚厚的诗集。在诗集中，安托万·菲勒蒂埃提到了他仰慕的一些政治人物和作家，人们完全有理由把他当作职业作家，他的社会身份主要靠的是他作家的才能。

然而，在很多年里，他都努力从事着司法工作，1645 年以后在议会做律师，1652 年他继承了父亲的一笔遗产，加上借的一些钱，安托万·菲勒蒂埃花 2.5 万里弗谋得了巴黎圣日尔曼德普雷辖区税务检察官的职位，这是首都最大的贵族司法部门。随后的一些年里，安托万·菲勒蒂埃千方百计谋求获得价格不菲的行政、司法执行官一职（约 5 万里弗），不过回报也颇丰（每年能得 1 万里弗）。让·纳热尔（Jean Nagale）介绍了安托万·菲勒蒂埃为实现这一目的所做的各种努力：他与好几个同样觊觎职位的竞争对手打了官司，最终巴黎议会于 1656 年委任他担任该职。后来在 1657 年初，由于富凯（Fouquet）下达的指示，安托万·菲勒蒂埃被解职，他因为工作方式问题成为官司的被告。同年 11 月，他花 4.5 万里弗买到了行政、司法执行官一职，这次他继承了母亲的遗产。然而，圣日尔曼德普雷修道院的韦纳伊（Verneuil）院长拒绝给安托万·菲勒蒂埃颁发委任书，他只愿意听命国王，而国王希望在这个重要的位置上安插自己的亲信。从这点看，《寓言故事》书里之所以给韦纳伊院长写书信体题献，是安托万·菲勒蒂埃使用的一个小把戏，因为当时他正试图

---

① 阿兰·维阿拉：《作家的诞生》，第 156 页。
② 让·纳热尔：《介于法官和利益之间的菲勒蒂埃，关于〈贵族小说〉第二卷》，见《17 世纪》，1980 年，第 293—305 页；马琳娜·鲁瓦 – 加里巴尔（Marine Roy-Garibal）：《高踏派和宫廷：菲勒蒂埃的作品及第一部法语百科词典的诞生（1649—1690 年）》，巴黎，2006 年。

在 1658 年再次谋求这一职位。

随后的一些年里，安托万·菲勒蒂埃改变了计划，他吃上了教士俸禄，于 1662 年摇身一变成为沙利瓦修道院院长，从该修道院得到的收入是他主要的津贴，直至终老。在寻求稳定的收入过程中，作家的活动成为他不可忽视的优势，尽管人们对此不甚了解：比如，安托万·菲勒蒂埃能够得到兰斯·莫克鲁瓦（Reims Maucroix）议事司铎的帮助，他是朋友们的引荐人，他把安托万·菲勒蒂埃介绍给了一位相识，此人曾是圣日尔曼的行政、司法执行官，他帮助安托万·菲勒蒂埃花钱谋得了税务检察官的职位。此外，安托万·菲勒蒂埃作家的身份让他能够面见韦纳伊修道院院长。他的作家活动不能简单被看作是主要工作之外的无关紧要的爱好，实际上，安托万·菲勒蒂埃作为当时的作家在那些年一直从事着特殊职业，一方面谋求教会、国家的官职，并效命于权贵，另一方面又在从事写作和出版活动。

作家身份的安托万·菲勒蒂埃的与众不同之处在于他的作品的自反性，这一特点在 1658 年之前的作品中就已经显现。他早期的两部作品《易装的阿内伊德》（*L'Aenéide travestie*）①和《水星之旅》（*Le Voyage de Mercure*）②都是滑稽的史诗，第一部是对维吉尔作品的改写：作品的自反性体现在写作和文体方面。③但是他同样也不断地返回自己的文章去探讨作者的条件以及作家的实践活动；第二部作品《水星之旅》开头的书简体题献为："不献给任何人"，引出了他关于作家条件的长长的系列文章，他之后在 1655 年创作的诗集的题献则为："献给我所有的朋友"，该诗集被冠以讽刺意味的题目：《诗人》。④安托万·菲勒蒂埃因此凭借多角度自反性特点得以确立其在文学领域的纯文学作家的地位。

这一自反地位并没有限制安托万·菲勒蒂埃对作家领域的观察，相反，这给了他一个全景视野去审视社会，他《多样诗歌》（*Poésies diverses*）中的五篇讽刺作品就是这样，每一篇都谴责了一个错误使用口才的社会群体：吹牛的商人什么话都敢说，只要能够推销出自己的商品；医生滔滔不绝地讲着专业术语，这样可以推脱不

---

① 《易装的阿内伊德，包括阿内和迪东的爱情故事》，巴黎，1649 年。
② 《水星之旅，五卷讽刺作品》，巴黎，1653 年。
③ 克洛迪娜·内代莱克（Claudine Nédélec）：《菲勒蒂埃作品中的滑稽》，见菲勒蒂埃的《百科词典》，[埃莱娜·梅兰 – 卡吉曼（Hélène Merlin-Kajman 主编）]《古典文学》特刊，2003 年，第 273 页。
④ 《菲勒蒂埃 A.E.P 先生诗歌杂选》，巴黎，1655 年。

去给病人施治，或者要病人同意再次来就诊（好再收取服务费）；检察官在法庭废话连篇；收取费用的诗人不得不写些蹩脚的诗句。所以，讲话的（有害的）社会有效性让我们可以全面地观察各个社会群体的众生相。

《寓言故事》一书在讽喻的使用中催生了对于社会的一个观察视角，该文以两种方式展现了17世纪中期的社会生活，通过描写社会来评说文学，"癫语王子"与"修辞女王"发生冲突的世界，它折射了法国17世纪的社会政治风貌。这样，《寓言故事》一书恰恰映射了战争的使用：战士的招收、战斗过程、百姓遭受的损失、战败者的命运、投降协定的签署，同样还提到了王权的各种机构、地方机构（从各城市的管理到王室的管理，从警察部门到司法部门）以及教会的机构。在末尾，《寓言故事》一书编写了作家条件的最新历史的大事记，讽喻色彩变弱，仿佛时代的现实穿破了作者复杂的想象力，没有他后来所写的《通用词典，一般包含所有古老又现代的法语单词以及所有科学和艺术的专用术语》(*Dictionnaire universel contenant généralement tous les mots françois, tant vieux que modernes, et les termes de toutes les sciences et des arts*，1690）那般奇幻。因为此时，社会政治笔调已经不再用来描写推崇价值观的修辞格，而是用来描写社会政治现实。这种通过作家思想道德进入社会现实的做法全面引发了文章写作的突变：《寓言故事》的确谈的是文学，但通过作者对法国17世纪社会政治现实的大量映射，作者描写了一个想象的国家，因此《寓言故事》一书也关注着这一现实。

这是一种观察，而非一段讲话，因为它没有真正去对旧制度社会机构进行描写，安托万·菲勒蒂埃借映射暗指现实，他的作品似乎无时无刻不在向读者挤眉弄眼。另外，如同对作家的世界一样，他在提到17世纪的社会和国家时，更加重视典型和现实。他因此十分具体地介绍了市政厅收益的拖欠，这一流行的投资的收益不定，成为巴黎人的谈资。[①] 安托万·菲勒蒂埃不断地谈到取得公职的方式，而为获得公职进行投资成为17世纪初城市生活的一个主题，法国城市中的社会精英们趋之若鹜，正如我们看到的那样，安托万·菲勒蒂埃也未能免俗。

总之，安托万·菲勒蒂埃通过《寓言故事》一书，不仅展示了他文学方面的高超技艺，而且让我们看到了他"洞悉底细"的能力，即解读社会问题的能力，要知

[①]《寓言故事》，第14—15页。

道，即便对专业的文学家来说，社会问题也绝不是囿于书商的书店、文学赞助人和学校范围内。进行这样的展示对于安托万·菲勒蒂埃不无益处，他所从事的职业要求他在保护人或可能的雇主面前（比如韦纳伊院长）充分发挥这方面的能力。

*

安托万·菲勒蒂埃所洞悉的"底细"见证了17世纪作家群体固有的他律性，《寓言故事》一书没有特别展现代表新道德权威的文人的力量，而更多的是展示了地位为王的社会中的暴力：想要争得一席之地，首先可以打造自己的专家地位，让人觉得自己熟知文人圈子和文学知识的那些事，这需要具备解读社会和描绘社会、在其中左右逢源的能力。《寓言故事》一书同样也推动了文学家世界，让上流社会的公众看到了他们可笑的笔战（其中一些，而非全部笔战）及其价值观和知识：这一情况要求把知识分子形象或文字活动模式创建问题同知识领域的自律问题区分开来，特别是与知识分子对社会产生影响这一思想区分开。这一情况同时也要求在所有时期观察知识分子在其形成过程中的所作所为，特别要关注知识分子与某些公众之间的关系，这些人数量不多，却拥有对知识分子行使权力或者能够左右他们行动的方向。这样做，我们就不会把作者束缚在与不知名的读者之间的关系中，便于表现知识分子的造物主形象。

武器的选择：让·卡瓦耶和让·科塞的抵抗性介入活动

法比耶娜·费代里尼

> 当然要写些诗句，使用恬淡的笔墨去描摹我们百无聊赖的心境、愤怒与抽泣，但是仅仅写些这样的诗歌是不够的，远远不够。
> ——勒内·沙尔（René Char）：《追寻山脚与山巅》（*Recherche de la base et du sommet*）

让·卡瓦耶（Jean Cavaillès，1903—1944）和让·科塞（Jean Gosset，1912—1944）均毕业于法国高等师范学校，都是哲学教师，让·卡瓦耶是斯特拉斯堡大学的讲师，让·科塞是中学哲学教员。二人"满怀激情和喜悦地并肩斗争"[1]，领导了"解放北方"抵抗运动和"Cohors-Asturies"情报网。我们很难通过区区这一篇文章便将二人抵抗性介入活动所包含的全部内涵介绍得清清楚楚[2]，我们能说的是，他们的介入表现在与哲学思考相去甚远的领域：政治宣传，军事情报，破坏活动。和让·科塞一样，"让·卡瓦耶没有在抵抗运动中选择单一角色，而是扮演过所有角色，他秘密印刷传单，炸毁列车，数次离开法国前往比利时和英国，每一次行动都是因为心系知识分子未来的命运和自己的情报网。他不仅仅是思想上、言语上和文字上的抵抗者，更是作为战士、游击队员和破坏活动的技术人员参加了抵抗活动"[3]。

---

[1] GRAC 报告的签名人为达尼埃尔（Daniel）（让·卡瓦耶），11251-11253，CHR 15-16，20/8/43，3AG（2）/44，国家档案馆。

[2] 为了全面准确地了解让·卡瓦耶和让·科塞的抵抗活动，参考法比耶娜·费代里尼（Fabienne Federini）：《写作或战斗：拿起武器的知识分子》，巴黎，2006 年。第一章《两次介入活动的特点》，第 23—64 页。

[3] 乔治·康吉扬（Georges Canguilhem）：《让·卡瓦耶（1903—1944）》，见《1939—1945 年的回忆录》，斯特拉斯堡文学院出版作品，分卷 103，巴黎，1947 年，第 150 页。

从各个方面来看，让·卡瓦耶和让·科塞的介入活动都是那么的"与众不同"[1]。首先，与同时代的大多数人相反[2]，他们的抵抗活动不是像作家[3]和医生[4]等专业人士的有组织的活动。不过，知识分子很少参加抵抗运动[5]，很少会去组建游击队[6]。最令人惊讶的是，让·卡瓦耶和让·科塞两人都能够自由地在本职工作之外进行另外的"选择"，让·卡瓦耶愉快地撰写自己的《逻辑论著》（*Traité de logique*），研究主题的哲学特点使得他不必担心随时摊上政治麻烦。而让·科塞则刚刚在卡斯顿·巴舍拉尔的指导下开始撰写哲学方面的博士论文。

两个人与众不同的另外一方面是他们的斗争具有军事性质，而非普通百姓的活动，这与德雷福斯事件之后"知识分子"的介入活动的表现截然不同。[7]的确，让·卡瓦耶和让·科塞采取的行动方式既非他们哲学家的"职业习惯活动"——埃米尔·涂尔干在为支持德雷福斯上尉的社会介入力量辩护时，非常欣赏这一"科学方法实践"[8]，也非夏尔·蒂莉（Charles Tilly）所说的"集体行动的保留节目"，即在这有限的行动空间，每个社会群体都进行活动，从现有的形式开始变革，而不去考虑就摆

---

[1] 勒内·沙尔的选择同样与众不同，他和马尔罗一样，青睐军事抵抗，而非文学抵抗——其他为数不多的参加积极抵抗的作家也都投身到了知识抵抗活动之中。吉塞勒·萨皮罗（Gisèle Sapiro）：《作家的战争 1940—1953 年》，巴黎，1999 年，第 64 页。

[2] 为了解释抵抗活动规模小的特点，洛朗·杜祖（Laurent Douzou）提出了三个原因：一、"第三共和时期，公民意识中对于合法性和正式的东西的尊重要比现在要更加普遍"；二、"抵抗活动完全转入地下，使得人们的意志消沉"；三、法国社会在遭受失败的时期人们的思想一蹶不振，"在头两年以及之后，这种措手不及的状态深深地影响着法国人的行为举止。"洛朗·杜祖：《投身抵抗》，见安托万·普罗斯特（Antoine Prost）主编：《抵抗运动，一段社会历史》，巴黎，1997 年，第 10 页。

[3] 吉塞勒·萨皮罗（Gisèle Sapiro）：《一场成功的动员的职业条件》，见安托万·普罗斯特：《抵抗运动，一段社会历史》，第 179—191 页。

[4] 安妮·西莫南（Anne Simonin）：《抵抗运动的医学委员会：一次迟到的成功》，见安托万·普罗斯特：《抵抗运动，一段社会历史》，第 159—178 页。

[5] 假如知识分子一词不加引号，那么该词就采用现代普通的用法，即指知识界和文化界的社会群体；而如果这个词被放在了引号中，则使用其政治和意识形态意义，就如同德雷福斯事件中"知识分子"一词的意义一样。

[6] 我们可以举出安德烈·尚松（André Chamson）、勒内·沙尔、安德烈·马尔罗以及让·普雷沃（Jean Prévost）等人。

[7] 克里斯托夫·夏尔：《"知识分子"的诞生，1880—1900 年》，巴黎，1990 年。

[8] 埃米尔·涂尔干（Emile Durkheim）：《社会科学与行动》，巴黎，"社会学家"丛书，1987 年，第 270 页。

在眼前的一部分的可能性①。所以，不单是两位知识分子的活动领域超出了大学空间随意的形式（请愿、游行示威、批评文章、公开信，等等），他们抵抗性介入的目标也不是在自己的研究领域利用这一介入活动获得的资源来反对哲学合法性的支持者，从而给予哲学领域猛烈一击。正因为如此，似乎很难从概念范畴去解释他们的抵抗活动的社会原因，况且他们积极地投身抵抗运动既非以行会（哲学教师）的名义，也未打着所有文化生产者（知识分子）的旗号。最终，为了实现自己信仰的胜利，他们拿起武器，如西莫内·魏尔（Simone Weil）在谈到让·卡瓦耶时所说的，这样就洗去了他们身上的"知识分子"特点。两位哲学家没有劝说同时代的人去战斗，也没有对同行们施以象征性暴力。

人们习惯上讲的知识分子的介入是指他们在知识层面展示他们的信仰，呼吁战斗，而在实际中却远离自己号召的战斗。既是这样，我们如何从社会学角度展现知识分子利用暴力来实现信仰的胜利呢？我们的思路很简单，其出发点是：让·卡瓦耶和让·科塞没有像当时法奸媒体某些人批评的那样在1940年的秋天蜕变成为"恐怖分子"，而是拿起了其他的武器继续进行他们早在1940年之前就已经开始的政治斗争。如果我们秉持这种"连续性假设"②，就会把抵抗性的介入看作是顺应时代政治环境变化的回应行动③，而不是与知识分子集体行动传统的割裂。这样的想法意味着不再将知识分子的介入当成"理论的、抽象的、脱离环境的、普遍的、可以超越任何特殊社会历史的"④，这样就恢复了知识分子介入的历史偶然性。

---

① 夏尔·蒂莉：《法兰西在争论，从1600年至今》，巴黎，1986年。
② 米歇尔·多布里（Michel Dobry）：《政治危机社会学》，巴黎，1992年。
③ 表现为行动模式（包括感觉运动模式、感知模式、评估模式、判断模式）、习惯模式、方式模式（看、感觉、说、做）、当下社会环境的过去的个人经验，其共同点就是行动。面对每个新的情形，行动主体要启动情形所需要的内在模式（而他却不一定能够意识到这一启动）。贝尔纳·拉伊尔：《复数的人：行动的动力》，巴黎，"散文与研究"文集，1998年，第81页。
④ 贝尔纳·拉伊尔：《社会科学背景的变化：认识论观点》，见《年鉴，历史，社会科学》，1996年，第2期，第405页。

作为过渡仪式的参战

20 世纪 30 年代，让·卡瓦耶和让·科塞这两位哲学家曾经参加过反对瓦朗坦·费尔德曼（Valentin Feldman）所说的"希特勒对世界的操纵"①的斗争②，但是他们很快就意识到面对国际形势自己掌握的手段是多么的无能为力，从这点看，随着"德奥合并"（1938 年 3 月 13 日）和慕尼黑协议（1938 年 9 月 30 日）的签订，1938 年对于所有反法西斯战士而言都是真正具有转折性的一年。纳粹德国的军队 1939 年 3 月 15 日入侵捷克斯洛伐克，相关国家却无动于衷，这使得让·卡瓦耶和让·科塞相信大战一触即发。让·卡瓦耶对亲友这样说："我希望我们此次能够鼓起勇气进行战斗，最终我们只能希望如此。……从昨晚开始，按照拉加什的说法③，人们就分成了两种，有人无奈地表示愤怒，有人表示憎恨。"④而让·科塞则在他最后一篇文章中这样写道："面对国际形势，人们提出的要求令人遗憾，但是又不得不接受：增加武器，建立战时随时运行的经济机制。"战争的爆发丝毫没有令让·卡瓦耶和让·科塞感到吃惊，他们甚至已经做好了行动的准备。⑤

1939 年 9 月 3 日，让·卡瓦耶和让·科塞行动起来，他们奔赴前线，决心和敌人决一死战。但是，正如让-保罗·萨特表示的那样：当人们亲自置身于炮火轰炸时，他们对世界的看法会发生改变，没有受到过战火洗礼的人会说："当我亲自置身于轰炸时，我的世界观一定会截然不同，我也会有另一种世界观，而假如我是飞行

---

① 瓦朗坦·费尔德曼（Valentin Feldman）：《战争日记，"傻瓜，我是为了你们才丢了性命"》（1940—1941）》，图尔，2006 年，第 164 页。

② 希特勒选举获胜后，让·卡瓦耶于 30 年代在一些社会基督教杂志上就德国的政治现状撰写文章，他作为反法西斯知识分子警戒委员会（斯特拉斯堡）成员，参与创建了更加秘密的组织，负责接收德国政治难民。而让·科塞则参加了《思想杂志》的第一个小组，成为其创始人之一，他还在自己教授哲学的城市（布雷斯特，旺多姆）参加了《思想杂志》的组织。随着国际局势的日益严峻，他撰写的哲学类文章逐渐减少，而关于政治问题的文章越来越多，他发表文章的主要阵地是《思想杂志》成员一手创建的《法国轻骑兵》。

③ 这里指达尼埃尔·拉加什（Daniel Lagache），此人曾是让·卡瓦耶法国高等师范学校的同学（1924 年那一届），后又成为他在斯特拉斯堡大学的同事。

④ "致家人的信"，1939 年 3 月 16 日，国家档案馆。

⑤ （让·卡瓦耶"不是和平主义者，而是爱国主义者，他不喜欢战争，但却做好了战斗的准备。"）与加布丽埃勒·费里埃（Gabrielle Ferrières）夫人的对话，2000 年 4 月 3 日。

员或志愿军，我的世界观则又会是另外一种样子。"①因此可以说，当需要亲临战场参加战斗时（如让·卡瓦耶和让·科塞那样），军事动员就成了两个环境、两个世界和知识分子的两种介入形式之间的连接点。

穿上军官的军服就意味着要遵守规则、参加演习、学习军事技术，这些都与平民百姓的规矩要求相去甚远，可能是"奇怪战争"②中的几个月的无所事事使让·卡瓦耶和让·科塞适应了这完全陌生的军事动员，他们也不再绝对地看待他们认为伟大的哲学，能够更好地与他们出身不同的人就"共同的崇高原则"达成共识：与德国军队斗争。部队中的规则和平民世界的规则是不同的——就如同黑社会的规则不同于合法世界的规则一样——我们不能在一个世界生活的同时继续去执行另一个世界的规则。战争迫使人们"打破"③过去的身份。要当军官，就要抛弃自己身上的"知识分子气"④，也就是要接受新的行动方式，适应新的时间、地点等新环境，这些方式与30年代的差别很大：使用武器和炸药，指挥士兵，使用军事情报密码。因而，"知识分子真正的介入"要求"尽力当好军官"⑤，战争期间，"我们要打仗，而不是书写战争"⑥。但是这一变化同样也涉及思想意识，因为参加战争的人难免受到牵累，弄脏双手；战火中，人们不免被迫去做一些诸如杀人之类的受到思想谴责的事。"幸好我永远不必看到我射击的是什么，因为德国人是在夜晚进攻，我们只管朝着敌人的枪支射出的火焰开火就够了。"⑦

---

① 让-保罗·萨特致西蒙娜·德·波伏娃的信，1940年5月16日，收《致卡斯托及其他人的信（1940—1963年）》，波伏娃编辑、介绍并注释，巴黎，1983年，第229页。

② "我感谢这几个月的时光，让我能够更好地完成我被召唤去完成的使命，是这几个月让我全身心投入到我曾经非常乐于去做的事情。"乔治·博纳富瓦（Georges Bonnefoy）致一位朋友的信，1939年12月13日，AB XIX/3038-9，国家档案馆。

③ 瓦朗坦·费尔德曼：《战争日记，"傻瓜，我是为了你们才丢了性命"（1940—1941）》，第320页。

④ "不是索邦大学的学生，而是高等师范学校的学生，当此之时，尽一切力量将其忘却。"乔治·博纳富瓦致一位朋友的信，日期为1940年3月24日，AB XIX/3038-9，国家档案馆。

⑤ "我亲爱的老朋友……《思想杂志》的人给我写过信。我不能对他们（这与他们无关）说我真正的决定是从事军旅生涯，我会尽力做好，而之后，我总会有时间从事写作的。我们要取得战争的胜利，靠我们每个人实现的胜利。"乔治·博纳富瓦致一位朋友（或许是指让·科塞）的信，1940年1月18日，AB XIX/3038-9，国家档案馆。

⑥ 《军中的信件：乔治·博纳富瓦的信，在线》，载《思想杂志》，1940年2月。

⑦ 摘自让·卡瓦耶的一封信，被加布丽埃勒·费里埃引用，《让·卡瓦耶，战争中的哲学家（1903—1944年）》，吉尔维奈克（Guilvinec）：《贝尔纳·吉耶莫诗集》（Calligrammes Bernard Guillemot），1996年，第130页。

战争在给个体改换社会环境的同时，还迫使每个人发掘自己的潜能，特别是体能，以应对极端的战争条件。然而，战争不会创造出任何之前不存在的能力，它只是展示了人们原先获得的社会才能，而之前这些才能从来没有机会以这种方式表现出来，如此而已。"真正的行动派诸多的优势之一，或许是在行动中他们的缺点会消失，而沉睡至今的优点却会意想不到地爆发。"① 从这点看，让·卡瓦耶和让·科塞在战争中写下的关于军事的语录见证了他们在 1940 年 5—6 月军事斗争中表现出的知识分子的介入。"战争对于让·卡瓦耶而言就是彰显他的精力、他的沉稳、他对纯粹的价值观的追求，就是要让他的价值观经历一些危险。"②

让·卡瓦耶和让·科塞这样完全置身一个陌生的世界——尽管他们服兵役的经历让他们已经有所准备——这被埃米尔·涂尔干称为"皈依"③，他们在前线经受过各种"考验"④：亲身参加战斗，亲身遭遇被杀害的危险⑤，负伤和被俘⑥，且不说侮辱、刁难、饥饿，以及德国军官对战俘的野蛮态度⑦，这些都对他们产生了深刻影响。的确，不管是否真正经历过战斗⑧，没有哪个战士会在经受过如此的考验后和以前完全一样⑨。因此，对于两位哲学家来说，战争就等于完成了真正的过渡仪式：从一个由

---

① 马克·布洛克（Marc Bloch）：《奇怪的失败》，巴黎，"Folio histoire"丛书，1990 年，第 62 页。

② 乔治·康吉扬的观点，被玛丽·格拉内（Marie Granet）引用，《Cohors-Asturies 情报网，关于抵抗运动组织的历史 1942—1944 年》，波尔多，1974 年，第 4 页。

③ 的确，这次转变不是什么简单的开始接受某一概念，而是"一场深刻的运动，它使灵魂完全有了新方向，改变了立场、精神状态和世界观"。埃米尔·涂尔干：《法国教学法的演变》，巴黎，"Quadrige"丛书，1990 年，第 37 页。

④ 在卢克·博尔坦斯基和洛朗·泰弗诺看来，考验可以定义为一种能够怀疑一些人的伟大光环的情形，特别是当这些人不能做出与表面的伟大相符的牺牲而显得名不副实的时候。参考卢克·博尔坦斯基、洛朗·泰弗诺：《论辩护：关于伟大的经济学》，巴黎，1991 年，第 168—174 页。

⑤ "对于死亡的接受是人对抗自己的自私的唯一手段，没有什么是纯洁的，我们丝毫不能肯定我们会在需要的时候留下来而不是逃避。"乔治·博纳富瓦致一位朋友的信，1940 年 1 月 18 日，引述。

⑥ 他们其中的一些人也会和让·卡瓦耶那样逃离，而其他一些人则和让·科塞一样在面临这一危险的时候找到了一种逃避的方法，前往了英国。

⑦ 让·卡瓦耶被捕时身上的日记提供了几个例子。"一个摩洛哥人因为朝哨兵扔了块石头而被枪决……夜里，人们听到了杀猪般的嚎叫声——这是一个德国人为了取乐，用刺刀在一个黑人身上乱戳。这些可怜的人本是来侍候德国人的。"加布丽埃勒·费里埃：《让·卡瓦耶，战争中的哲学家（1903—1944 年）》，第 142 页。

⑧ 似乎，这是普遍的看法，不管是经历了战火的人（如让·卡瓦耶，让·科塞，乔治·博纳富瓦）还是没有经历战火的人，都是这样看的。

⑨ 参考西蒙娜·德·波伏娃关于萨特在获释后的思想状态的看法，西蒙娜·德·波伏娃：《岁月的力量》，巴黎，"Folio"丛书，1960 年，第 549 页。

约定的和社会实践活动规范的（和平的）世界跨越到另一个由其他规则和约束主宰的（战争的）世界。对此，我们可以说，战争给两位哲学家上了秘密斗争的第一课："人们注意到，让·卡瓦耶作为突击队员在参加过战争、效力于译电处之后，已经为秘密抵抗运动做好了技术方面的准备。"①

分裂的开始②：政治环境的重要性

与其他所有参加战斗单位的人一样，让·卡瓦耶和让·科塞可能把 1940 年 5—6 月的军事惨败（更不必说停战和之后的德军占领）视为了一种蒙羞，何况他们当兵打仗就是为了"彻底打败希特勒"③，这种羞辱于是更加难以令人接受。阿尔邦·维斯泰尔（Alban Vistel）④把历史学家们描述为"大溃败"⑤的这次失利称为"突发事件"，其实很多人都希望在其他地区以其他形式延续这场爆发于 1940 年的战役。1943 年让·卡瓦耶在接受询问时所说的话正体现了这样的意思，他说："我是军官，又是军官的儿子，我会尽我所能继续履行军官的职责，其他的事我不感兴趣。"⑥停战后法国部分地区被纳粹德国占领，随后的政治环境没有立即朝拒绝服从的方向发展，甚至在某些人看来，这样的政治环境只是皮埃尔·布罗索莱特（Pierre Brossolette）所称的"战前思想和心灵的剧烈动荡"⑦的延续。从政治和思想意识角度看，战前这

---

① 乔治·康吉扬：《抵抗战士让·卡瓦耶》，讲话的引用。
② "分裂"的概念是从当时的语言中借用的，它首先被维系政权的支持者用来指代那些反对与德国合作、反对贝当元帅的人。之后，这些所谓的"分裂分子"被定义为"戴高乐分子"和/或"恐怖分子"。"分裂分子"一词是 1914 年"和平主义分子"的翻版，只不过在 1940 年，和平主义者执掌了政权，而好战分子转入了地下。
③ 乔治·博纳富瓦写给一位朋友的信，1940 年 1 月 13 日，AB XIX/3038-9，法国国家档案馆。
④ 阿里·R. 克德沃德（Harry R. Kedward），《法国维希时期抵抗运动的诞生（1940—1942 年）》，塞塞尔，1989 年，第 269 页。
⑤ 这同样是一个当代的词汇，因为瓦朗坦·费尔德曼在提及 1870 年普法战争时同样使用了"大溃败"一词，当时法国领土同样为普鲁士人占领，但与 1940 年不同之处在于，普法战争先是点燃了巴黎公社的导火索，而后又催生了第三共和国。参考瓦朗坦·费尔德曼：《战争日记，"傻瓜，我是为了你们才丢了性命"（1940—1941）》，第 151 页。
⑥ 让·卡瓦耶的话，被乔治·康吉扬引用，乔治·康吉扬：《让·卡瓦耶（1903—1944）》，见《1939—1945 年回忆录》，第 148 页。
⑦ 《1939—1945 年战争期间死亡的作家文选》，巴黎，1960 年，第 90—92 页。

段时期非常混乱，行将落幕的第三共和国的最后几个月的情况就很好地见证了这一点，因为，纵然共和国与维希政权①之间有着本质的区别（第一个区别在于例外的逻辑，第二个区别在于排除的逻辑），但是，共产党及其组织的解体、共产党国内代表的被捕、收容西班牙共和派难民的首批难民营的建立、反纳粹的德国难民的宣战，这些都统统为维希政权的建立创造了有利条件。甚至可以说，贝当元帅的重新掌权给内战带来了一丝喘息机会，甚至是一段短暂的平静，罗贝尔·帕克斯顿（Robert Paxton）称这是"战前萌芽中的内战"②。这种困惑"达到了顶点（……）法国人不知所措，整个民族陷入窘迫之中"③，对此，维希政权最初的表现态度暧昧，但因为它从众议院取得了充分的权力，所以政治上是稳定的。因为曾指挥凡尔登战役取得胜利，贝当元帅也还没有"冒天下之大不韪奉行与德国合作、或因保安队的镇压活动而引起众怒"④，所以他似乎还很是受人尊敬的。

　　让·科塞于1940年9月退伍，和家人一起生活在德国占领区。他没有因为环境的变化而随波逐流，没有表现出任何失望和消沉的情绪，他甚至试图去抗争："我在V市⑤（在人际关系方面）开始对'随意的吹牛'的人展开一场真正的讨伐，他们受到格里布耶（Gribouille）的方法的影响，会想：我们能遭遇什么？他们能拿我们怎样？这种想法变成了一种诱惑，我因此强烈反对任何这样行事的人，因为这会是令人无法容忍而且特别有害的。"⑥在几个月的时间里，让·科塞始终认为新制度是一次政治机遇，可以实现在民主制度下未能实现的东西，即在其他的基础之上、在新的政治框架内革新法兰西民族。"尽管表述的规则严苛，但至少不再因每次的表态模糊而使思想僵化。外部条件或许会使取得成果变得困难，但是我们至少应努力尝试以

---

① 关于第二次世界大战之前的共和制度与维希政权的制度之间的联系，请参考热拉尔·努瓦里埃尔（Gérard Noiriel）：《维希政权的共和根源》，巴黎，1999年。
② 罗贝尔·O.帕克斯顿（Robert O. Paxton）：《法国维希政府1940—1944年》，巴黎，"历史要点"丛书，第93页。此为译本，原书为英文，题目为 *Vichy France: Old Guard and New Order 1940-1944*。——译注
③ 皮埃尔·拉博里（Pierre Laborie）：《维希时期法国的民意》，巴黎，历史世界丛书，1990年，第230页。
④ 菲利普·比兰（Philippe Burrin）：《德国占领时期的法国》，巴黎，历史世界丛书，1995年，第26页。
⑤ 这里指旺多姆市（Vendôme）。
⑥ 让·科塞给皮埃尔-艾梅·图沙尔（Pierre-Aimé Touchard）的信，1940年9月2日，MNR2.B1.02.09，埃玛纽埃尔·穆尼耶（Emmanuel Mounier）基金会，当代记忆资料库（IMEC）档案。

坦诚、坚决的态度去取得成绩,尽我们的所能,将改革深入下去。"①左派的一部分人归附了贝当元帅,他们把左派和右派搞得分崩离析,让某些"反对因循守旧的人士"②(其中包括《思想杂志》派)相信他们在30年代始终在不停地上下求索的"第三条路"在法国一定能够成功。让·科塞于是认为新体制向人格主义转变是有可能的。③而此时,他像自己尊重的埃玛纽埃尔·穆尼耶那样,相信"要坚持共同的事业,不要盲目地参与到政治风云中去"④,而且希望"在当前有限的条件下尽力做到最好"。⑤

但是在1940年10月,让·科塞看清了法国政权的本质,的确,之前的政治风云让他一直相信有可能重塑政治,但是,随着维希政权颁布的首批驱逐措施,这一片政治云烟突然之间彻底地消散了。他于是认识到,皮埃尔·拉瓦尔(Pierre Laval)政府所希望进行的改革与他本人对于"改革"这个词理解之间是多么的风马牛不相及。这个政权希望推动的不是国家的统一计划,而是要建立一种驱逐制度,赶走所有被它称为"替罪羊"的人:外国人,德国政治难民,1927年以后加入法国国籍的人,共济会会员,共产党人,人民阵线昔日的领导人。对于那些"被当成犹太人"的法国人也制定了各种措施,他们被从公职人员队伍除名,被剥夺了所有选举权,他们上大学和从事某些自由职业的人数被限定。

这一政策根据不同的法律剥夺公务员的职务,它不仅仅停留在理论层面,而是很快就波及公立学校。从1940年10月开学起,主管部门就要求各学校校长和学术监督执行新的全国命令,推行新政。各学校负责人必须要求所有员工写出声明,保证自己没有参加共济会⑥,对那些父母是外国人的公务员的人要进行统计,因为按照1940年7月17日的法律,这些人不得被任何公职部门聘用。面对这一局势,让·科塞的反应态度鲜明:"对于发生的这一切愚蠢而龌龊的事情,我现在感到相当的厌

---

① 让·科塞:《党派的死亡》,见《奥尔良派共和党以及中派》,1940年9月1日。
② 让–路易·路贝德尔培尔(Jean-Louis Loubet Del Bayle):《30年代的反潮流主义者,对法国政治思想革新的尝试》,巴黎,1969年。
③ 让·科塞致皮埃尔–艾梅·图沙尔的信。
④ 埃玛纽埃尔·穆尼耶:《致法国知识分子》,载《玛丽亚娜杂志》,1940年8月2日。
⑤ 让·科塞给皮埃尔–艾梅·图沙尔的信。
⑥ 参考萨特在巴斯德中学所做的声明,1941年5月20日,AJ167131,法国国家档案馆。或者可以参考让·盖埃诺(Jean Guéhenno)的声明,引自他的《黑暗年代的日记》,巴黎,"Folio"丛书,1973年,第45页。

恶。"①让·科塞曾认为"某些事情"是可能发生的，但仅仅两个月之后，目睹了维希政权的总的变化趋势后，他心中最后仅存的一丝幻想彻底破灭了。

然而，让·科塞并没有因此而一蹶不振，他加入了集体行动，以避免同事因"被当成犹太人"而遭解职，特别是避免学术监督吉尔贝·皮米恩塔（Gilbert Pimienta）被解聘，正如他本人解释的那样：此举的初衷是为了要求教育、青年事务国务秘书执行"法律的第8条②，对那些在文学、科学、艺术领域有突出贡献的人网开一面，的确，我们制定这一条法律只是希望将其应用到大学部门，但是我们是有意这样做的……您是想要和我们奥尔良的梅勒·H.（Melle H.）先生以及其他朋友谈论此事，希望他们在必要的情况下进行类似的工作吗？……此事紧急，请原谅我向您提出这样的要求：相关的人在18号就已经离开。③（把要求层层向上呈交给部长）"让·科塞指出，这既是"原则性的方法"，也是"表达人与人之间友爱"的方式。④这次在教育部门最高领导层面前进行的公开抗议是一场更广泛的运动的一部分，"在巴黎的某些高中⑤，教师们要求宽待他们的犹太同事，因为他们在一段不长的时期内由于10月3日相关法律的施行而受到了威胁"⑥。

针对一部分法国人的歧视性法律在公共管理部门的表现尤为明显，因为它致使某些相关人员被解职，被迫离开，但是该法律的影响又不止于此，其广泛性使得政治、文化、经济、管理等所有部分都受到波及，出版领域也未能幸免。⑦在法国北部地区，德国当局颁布了相关规定，并得到南部的维希政权的批准，随着这些规定的出台，情况发生了新变化，人们只有两个选择：要么屈服，要么保持沉默。"1940年

---

① 让·科塞致罗歇·塞克雷坦（Roger Secrétain）的信，1940年11月5日，私人档案资料。
② 1940年10月3日法令的第8条规定，"根据国务委员会作出的正式启动的单独决定，在文学、科学、艺术领域为法国做出过杰出贡献的犹太人，可以撤销本法律对其实施的禁令"。
③ 雅克·舍瓦利耶（Jacques Chevalier）接替乔治·里佩尔（Georges Ripert）担任公共教育部长之职，他所签发生效的第二个通报注明：1940年10月3日法所涉及的所有公务人员均应在1940年12月19日辞退。
④ 让·科塞致罗歇·塞克雷坦的信，1940年12月6日，私人档案资料。
⑤ 关于巴黎学会督学古斯塔夫·莫诺（Gustave Monod）在1940年11月召集所有巴黎中学校长开会一事以及后续情况，参考雷米·昂杜泽尔（Rémy Handourtzel）:《维希和学校1940—1944年》，巴黎，1997年，第319—322页。
⑥ 让·科塞致罗歇·塞克雷坦的信，1940年12月6日，引述。
⑦ 比之"文学界"，"出版界"的概念更受人青睐，因为它更广泛地囊括了所有写作载体：书籍，杂志，期刊，报纸。

12月20日的第一期上问题不大，最后只有4行文字被删除，而其中的两行是间接引用的贝当元帅的话，但是他们没有看出来！……而第二期（12月）的问题却很严重……正如我在这张纸上所写的，我坚持要人来审查佩吉（Péguy）所写的关于犹太人的文章、皮埃尔·埃玛纽埃尔的一首诗《自由赞美诗》（Hymne de la liberté）、关于战争的一则新闻（我原以为没有什么危险）和一些针对'拯救民族'的口号和贝当元帅的宣传的批评。差点忘了，还有蒙蒂尼（Montigny）一本书上的注释，该注释看起来没有什么倾向性，但实际上却充满了攻击拉瓦尔的恶毒的话，负责审查的先生认为其中蕴含着巨大的阴谋（……）'总之，先生，您的杂志一点也不符合要求，您完全有权这样做，但是……'他把佩吉写的20页纸和文章寄往了维希方面，转来的回复指示不能够发表。"[1] 而对于其他文学或哲学类的出版物，只要主题既非传播政治新闻也非点评时政，审查结果虽难以预测，但毕竟没有那么严格。

在德国占领时期出版东西[2]意味着要严格遵守占领军的规定和经法国维希政府批准意的规定，也就是说要做到"保持沉默，莫论军事，莫谈政事"[3]。除被流放的人外，每个人都可以谈论任何事，而只有"全体法国人所想的唯一的一件事除外"[4]，正如弗朗索瓦·莫里亚克（François Mauriac）所说："在德国占领时期，对于最重要的话题人们什么也不能说。"[5] 让·科塞也看到了这一点，他撰文反对当局逮捕保罗·朗之万（Paul Langevin），文章遭到报纸《奥尔良和中部共和报》（Républicain orléanais et du Centre）的查禁，因而看到言论自由越来越受到打压。此事促使让·科塞决心不再发表任何东西："我非常痛苦地注意到了报纸的变化，宣传公报出现后，先是用小

---

[1] 埃玛纽埃尔·穆尼耶：《对话XI》，见波莱特·穆尼耶 – 勒克莱克（Paulette Mounier-Leclercq）编：《穆尼耶和他的那一代：书信、小册子和未发表的作品》，巴黎，"思想"丛书，1956年，第273—274页。

[2] 这里是指发表的作品，而非写作的东西。某些弃权论的作家会明确地拒绝发表自己的作品，但却不会因此而停止写作，比如让·盖埃诺（Jean Guéhenno），勒内·沙尔等人，正如勒内·沙尔写的那样："实际上，我并不缺乏写作之心，所缺少的是发表作品的爱好。"摘自勒内·沙尔致罗歇·贝尔特雷（René Bertelé）的信，1942年6月7日，被洛朗·格雷伊萨梅（Laurent Greilsamer）引用，《前线的曙光：勒内·沙尔的一生》，巴黎，2004年，第163页。

[3] 米歇尔·维诺克：《〈思想杂志〉，城市中的知识分子1930—1950年》，巴黎，"历史要点"丛书，1996年，第237页。

[4] 同上。

[5] 让尼娜·韦尔代什 – 勒鲁（Jeannine Verdes-Leroux）：《拒绝与暴力：30年代解放影响下极右派中的政治和文学》，巴黎，996年，第217—218页。

字体，后来变成了大字体，同时 R.S.①的社论几乎完全消失了（这是皮埃尔·拉瓦尔的赞誉），你我都能看到，现在的社论靠的都是主题和内容，叫人难以忍受（……）您肯定会理解，我无意重新续订报纸，除非情况发生变化，除非您有更大的自由。同样，我也不想（同样有所保留！）寄出文章。"②有必要解释一点，他在《思想杂志》内部和很多人一样反对杂志重新出版③，即便在南部地区也一样。"还是这位埃玛纽埃尔·穆尼耶，给他的姐姐写信希望我们为重新出版的杂志提供一些文章，而我则或许会给他寄封回函，对他说我们无话可说！当局的插手政策让我冷汗直流。"④

在新的环境下，因为会受到部分或全面的审查，所以与官方声音不一致的公开言论不复存在，让·卡瓦耶和让·科塞等知识分子与政治类杂志合作时既不收取酬金，也得不到社会的认可，因而逐渐淡出了公共空间。由于被迫放弃了使他们能够成为知识分子的公开介入的传统模式，他们在未来只能以非法的方式表达自己对政治的反对意见。不过，不同于流亡人士，他们可以继续合法地从事他们的专业活动，因为非法的言论（如政治宣传）并没有完全沦为地下活动，至少当时还不致如此。然而，"不能因此而放弃自己的职责，也不能卑躬屈节，当自由思想中已经容不下任何言论自由时，要认识到知识分子在具体历史条件下自己位置已经在发生转变"⑤。从1940 年秋天开始，让·卡瓦耶和让·科塞就面临着进退维谷的选择：要么以有待确定的新方式去介入，要么完全退出社会，潜心大学教学工作，对国家的政治现实再也不闻不问。让·科塞考虑隐退，他表示："我变得非常悲观，因为包括我们的朋友在内的所有人都不再饱含激情地相信什么，不再愿意坚持曾经的信仰而去冒被捕和杀头的危险。有一句话我很是欣赏，能够很好地反映现在的局势，就是'只管侍弄自己的花园吧'，好吧，那么就让我们对着食物配给卡哭泣吧！自然，我和其他人一

---

① 指罗歇·塞克雷坦，《奥尔良和中部共和报》的记者，他从 1935 年以后便与《思想杂志》合作。
② 让·科塞致罗歇·塞克雷坦的信，1940 年 12 月 6 日，引述。
③ "1940 年 12 月 20 日……现在可以研究一下《思想杂志》重新出现而引起的初期反应……德国占领区的朋友们，图沙尔，科塞，莫雷（Moré）他们犹豫不决，忧心忡忡，正如舒尔茨（Schloezer）在给我的信中所说的那样，他们担心那些准真理变成反真理。那些爱赌气的人中有维诺（Vignaux）和佩雷（Perret）。"埃玛纽埃尔·穆尼耶，《谈话 XI》，见波莱特·穆尼耶 – 勒克莱尔主编：《穆尼耶和他的那一代：书信、小册子和未发表的作品》，第 275 页。
④ 让·科塞致罗歇·塞克雷坦的信，1940 年 12 月 6 日，引述。
⑤ 瓦朗坦·费尔德曼：《战争日记，"傻瓜，我是为了你们才丢了性命"（1940—1941）》，第 252 页。

样，并不觉得自己足够聪明、足够有能力、足够强大、足够自由，可以独自去冒着什么风险或者去训练别人。我这是拿时局做借口以便放弃任何作为，但是其真正的原因是我特别需要其他人拥有信念，以保存我自己的信念。"①

从（个人的）分裂到（集体的）抵抗

现在我们需要去了解这两位哲学家是如何经历的转变：从最初的决心抵抗、发表言论、提出政治反对言论（他们清楚纳粹的专制，明白如果纳粹在欧洲取得胜利会带来怎样的后果）变为"实际行动"②，要知道，"从坚决但孤独的个人主义者的时代到中坚力量的时代，抵抗运动的第一次性质改变恰恰体现在这次过渡之中"③。

理论上讲，人人皆有抵抗的意愿，但是，如果没有工具、没有支持、缺乏人力资源，空怀意愿也是枉然，因为抵抗并非思想领域的概念，它首先需要行动。"我们不是抵抗分子，我们是在进行抵抗。"④ 抵抗，就是要行动，既非简单的愿望，也非知识领域反对德国占领，这种行动是集体的、团结一致的发声，一方面坚决拒绝违抗行动，另一方面又在接受违抗行动。抵抗，就是要与人"分享他的拒绝"⑤，首先就是要确定打击敌人的目标和手段。

然而，从一种状态（专业人士、平民）变为另一种状态（战士、军人或其他人），这一变化不能仅仅被视为"情况的简单机制效果，它不完全取决于情况，要求人们去清除先前环境在记忆中、身体上、思想中、感情里留下的印记"⑥。也可以说，能从一个世界转到另一个世界，懂得如何以合适的方式在两个世界举止得当而不

---

① 让·科塞致罗歇·塞克雷坦的信，1940年11月5日，引述。
② 奥利维耶·菲利勒（Olivier Fillieule）：《个人介入活动的过程分析的命题》，载《法国政治科学杂志》，2001年，第199—215页。
③ 洛朗·杜祖：《参加抵抗》，见安托万·普罗斯特主编：《抵抗运动，一段社会历史》，第12页。
④ 弗朗索瓦·马尔科（François Marcot）：《对于抵抗活动的价值的思考》，见让－玛丽·吉永（Jean-Marie Guillon）、皮埃尔·拉博里（Pierre Laborie）主编：《记忆与历史：抵抗运动》，图卢兹，历史丛书，1995年，第81—90页。
⑤ 雅克·塞姆兰：《抵抗是什么？》，载《思想杂志》，1994年1月，第52页。
⑥ 卢克·博尔坦斯基，洛朗·泰弗诺（Laurent Thévenot）：《论辩护：关于伟大的经济学》，第288页。

"混淆类型"，这些可不是说做就能够做到的。要使自己的实践适应环境①需要 30 年代取得的经验，它表现为各种资源：身体的和非身体的（与身体有关），关系的（属性和情感网络）或认知的（经认证的能力和实践经验）②。因为，正如关于政治动员的研究所强调的那样，"取得政治资源和使用政治资源，个体于是不必再无奈地接受不幸的命运，而是可以付诸行动，去要求改变"。③

在《北方解放报》(*Libération-Nord*)工作的让·卡瓦耶就这样为战前的政治报纸提供文章，由于除了哲学外还会写其他的东西，他变成了一位可怕的论战家，也由一个普通的见证人成为了政治宣传家。而让·科塞凭借战前从《思想杂志》组织那里积累的组织经验，在战争期间招聘新人、组织和指导破坏小组的活动。显而易见，两个人在 30 年代的军事实践④——虽然这军事实践不是他们转而参加秘密活动的唯一原因⑤——仿佛成为了他们抵抗活动的预习班，况且他们还有几个月的前线经历，这使二人掌握了所有技术⑥，很快将其应用到了地下斗争之中。"从这种过去与现

---

① 比如在 1942 年，国际和国内形势要求制定更加能够适应反对纳粹占领军的斗争形式，这在抵抗组织内部引起了严重分歧，包括让·卡瓦耶和让·科塞在内的一些人开始放弃政治运动（"解放北方"运动）转而采用直接的行动，也许这是因为他们认为其他军事性更强的行动方式是必要的，使之能够解决他们所看到的国内和国际问题。

② 参考米夏埃尔·波拉克（Michaël Pollack）：《集中营的经历：关于保持社会身份的散文》，巴黎，1990 年，第 289—290 页。

③ 莉莲·马蒂厄（Lilian Mathieu）：《不太可能的动员：里昂的妓女占领圣-尼兹耶教堂》，载《法国社会学杂志》，1999 年，40（3），第 475—499 页。

④ 让·迈特龙（Jean Maitron）认为，战斗精神是与斗争的概念联系在一起的，因为"偶尔参加一场运动的人，在一个安定的组织里只是暂时性地承担过一些工作的人，都不算是战士"，因此战斗精神意味着某种连续性。让·迈特龙，克洛德·佩纳捷（Claude Pennetier）编：《法国工人运动传记词典》，巴黎，1964—1993 年。

⑤ 完全将其抵抗信念归因于之前的军旅经历也不能令人十分满意。一方面，这是一种赘述，使用已经完成的行动来解释当前的行动，而不明确地说明是什么社会逻辑让一些人而非另一些人拥有了第一次军队中的经历。另一方面，那些在 30 年代参加过反法西斯斗争的知识分子中，并非所有人都参加了抵抗活动，而在参加了抵抗活动的人中，也并非所有人都采取了让·卡瓦耶和让·科塞那样的行动方式。因此，之前的部队经历本身无法预言当事人必然会参加抵抗，或者会采取什么行动方式。正是因为如此，我们会对他们的政治社会化的方式和背景感兴趣。参考法比耶娜·费代里尼（Fabienne Federini）：《写作或战斗：拿起武器的知识分子》，同前书，第 65—171 页。

⑥ 埃玛纽埃尔·穆尼耶在 1944 年 8 月正是因为这一经验缺乏而感到遗憾的："要想做些非常有用的事情非常之难，尤其是对于我这样不会用枪的人来说。（此时我为自己不能和大家那样成为战士而感到从未有过的遗憾。）"埃玛纽埃尔·穆尼耶：《迪厄勒菲的日记》，见波莱特·穆尼耶-勒克莱尔编：《穆尼耶和他的那一代：书信、小册子和未发表的作品》，同前书，第 385 页。

在的融合之中，在过去经验的使用之中，'实践类比'的作用似乎特别的重要，行动者在寻找当前形势与过去经验（表现为经验纲要的形式）的相似性的过程中，学会了调动自己得体行事的能力，而寻找的过程是实践的、全面的，而非表象的或粗略的。"①

但更主要的原因是，让·卡瓦耶和让·科塞在战前以政治、知识或社会军事主义为基础构建起了关系网络，从而网罗了一批有识之士，同他们一起形成了热尔梅娜·蒂利翁（Germaine Tillion）所说的"原子力量"，即"正在形成的最小单位的抵抗活动分子"②，并与他们分享"愤怒"与"厌恶"之情。③让·卡瓦耶因此掌握着一个由朋友、相识、同事组成的网络④，他们在30年代各个部门都非常有名：法国高等师范学校、反法西斯难民收容委员会、反法西斯知识分子警戒委员会（CVIA）位于斯特拉斯堡的分部。⑤而让·科塞的网络则主要由《思想杂志》组织的成员组成，这是他1936年以来在布列塔尼地区和卢瓦尔河地区一手创建的网络。"和很多人一样，我参加抵抗运动，是把它当作既简单又冒险的事情，它比某些神话更加富有冒险性。事情都是彼此连接的，战前就已经存在的联系，在社会行动主义、公民行动主义或知识行动主义基础之上自然又会结成新的关系，我因而从1940年夏开始就利用每次休假的机会重新恢复与过去结识的这些人的联系。"⑥

两位哲学家参加抵抗运动的这段长长的故事，早在1940年之前就开始了。尽管他们的行动之路并不平坦，需要一步一步逐渐完成，但其基础都是1938年以后所不断表达的拒绝：拒绝慕尼黑协议，停战后拒绝放下武器，拒绝向贝当元帅宣誓效忠，

---

① 贝尔纳·拉伊尔：《复数的人：行动的动力》，同前书，第81页。
② 热尔梅娜·蒂利翁（Germaine Tillion）：《"奥-维尔代"抵抗组织在德国占领区的第一次抵抗》，《思想杂志》，2，2000年2月，第112页。
③ "100，我们要压制怒火、忍住厌恶，我们要分担这些感觉，以便培养和扩大我们的行动以及我们的思想。"勒内·沙尔（René Char）：《怒火与神秘》，巴黎，七星丛书，1976年，第112页。
④ 安尼克·佩舍龙（Annick Percheron）给"关系网"下了如下的定义："个体间经常的、包含情感的关系，其基础是社会环境（例如学校、工作地点、朋友圈子）造就的机遇与局限。"安尼克·佩舍龙：《政治社会环境对于政治社会化产生的影响》，载《欧洲政治研究杂志》，1982年，第53—69页。
⑤ "我（于1940年）和我文学院的一位同仁取得了联系，我对其非常了解，因为我们二人都曾参加反法西斯知识分子警戒委员会，此人才华横溢……他就是哲学家让·卡瓦耶。"罗歇·卡皮唐（René Capitant）的话，被雅克·德比-布里代尔（Jacques Debu-Bridel）引述：《知识分子的抵抗》，巴黎，1970年，137页。
⑥ 雅克·博美尔（Jacques Baumel）：《抵抗……》，同前书，第53页。（原文如此——译注）

拒绝去看因为"种族原因"而被开除的同事。所以这些拒绝行动都引导他们逐步地但不可避免地走向了非法活动，而后又转入了地下，每次行动都逐步升级。因此，让·卡瓦耶和让·科塞选择的暴力活动有着特定的历史背景，他们认为，对于他们所维护的事业和价值观来说，暴力是最适合、最有效的手段。[1]

在这篇文章的结尾处，我们认为有必要重温一下我们提出的"连续性假设"的启发性价值，有了这一价值观，我们才能够证明：在民主制度（第三共和国）或者专制制度（法国政权）下采取行动，或者在一个和平的国家（德雷福斯事件）而非一个战争中的国家（第一次世界大战）进行反抗，这更能影响"抵抗活动可以运用的一系列手段"[2]，每位知识分子都采取这种行动方式而非那种方式，他们的选择根本不取决于他们的自由裁决，而是取决于他们融入社会的方式。然而，关注环境对知识分子行动模式的影响，就意味着要与介入的线性历史表象割裂，知识分子的活动因为不敢想象武装行动而遭到失败。[3]然而，只是在把不同介入都融入唯一的编年史之后（哪怕这编年史不是连续的，不是平行的），人们才有能力使"特殊的"介入或"被认为难以归类的"[4]编年史有了单位和意义。所以，现在正是以另外的方式看待知识分子介入的历史的时候。

---

[1] "当我们决定捍卫那些通过运气而证明的价值观时（这价值观让人类创造出新的价值观），我们能否对各种辩护手段厚此薄彼，给自己留下那些更为知识型的手段，而把那些最为物质、最为危险的手段抛给粗俗的伙伴？对受到威胁的价值观最为敏感的人同样有勇气使用最有效的武器来自我保护，这难道不是符合逻辑且非常正常的事吗？"乔治·康吉扬：《让·卡瓦耶（1903—1944）》，见《1939—1945年回忆录》，第149—150页。

[2] 关于从结构的角度来思考反抗行动的必要性，参考奥利维耶·菲利勒：《街头战略：法国的游行示威》，第一章，巴黎，1997年。

[3] 正如布迪厄所写的那样，"在一个难以想象的时代，存在着各种各样难以想象的东西……这是由于缺少问题、概念、方法、技术等思想工具（这也说明了为什么善良的情感常常产生糟糕的社会学）。"布迪厄：《实践的意义》，巴黎，常识丛书，1980年，第14页。

[4] 樊尚·迪克莱尔（Vincent Duclert）：《科学态度与民主的知识分子：德雷福斯事件的意义》，载《Politix杂志》，1999年第4季，第71—94页。

第二部分　争论的变形计

托马斯·阿奎那对决布拉班特的西格尔，1270 年：争论的编年史

贝内迪克特·塞尔

1270 年，托马斯·阿奎那（Thomas d'Aquin）返回罗马后，在自己的《论理性的单一性》（*De unitate intellectus*）中大肆攻击布拉班特的西格尔（Siger de Brabant）所教授的哲学思想，言辞之激烈，语气之尖锐，颇不同寻常，请看文章结语中的这几句话：

> [§118] 我们有理由惊讶和愤怒，因为有人声称自己是基督徒，却在论及基督教信仰时言语粗鲁无礼（……）且其观点没有半点逻辑推断，如：上帝不能创造出多样的智力，因为这会引发矛盾。（……）同样，争论不属于哲学的命题而是纯信仰问题，比如：灵魂会受地狱烈火的灼烤，他因此说应该批判神父们的学说。这也是极其鲁莽的表现。（……）我们写这些，目的是要纠正所谈的错误（……）然而如果某个骄傲自大的人打着伪科学的旗号来反对我们的著作的观点，那么请他不要躲在角落里说话，也不要在那些不懂判断如此高深言论的孩童面前高谈阔论，而应该重新写出他的言论，如果他有这个胆量的话。他会发现他面前不仅站着最为弱小的我，而且还有很多维护真理的其他狂热信徒，这些人会发声来反对他的错误，昭示他的无知。

这一页有名的文字成为很多学者长篇分析的主题，如：皮埃尔·芒多内（Pierre Mandonnet）、费尔南·范斯滕贝格（Fernand Van Steenberghen）、贝尔纳多·巴藏（Bernardo Bazán）、阿兰·德利贝拉（Alain de Libera）、吕卡·比安奇（Luca

Bianchi)、吕迪·因巴赫(Ruedi Imbach),在此不一一列举。① 他们都提到了双重真理学说的创立、"功能冲突",阿威罗伊(Averroès)提出的"功能冲突"一词在讨论一元心灵论和"迷人的但矛盾的"判断②("人不进行思考"③)的论文或辩论中首次出现,这一点,上述学者也提到了。我们在此不去讨论争论的学说范畴和哲学范畴,因为正如我们所看到的,这些方面已经进行过足够多的研究。吸引我们的是13世纪70年代巴黎知识分子的实践这一观察角度。当时辩论的暴力达到非同寻常的顶点。我们提出的假设只能用来激发思考,而无法得出结论,在这样的背景之下,我们更加关心知识的生产机制。那么,在思想传播和相互的争论之中,知识暴力扮演了怎样的角色呢?辛辣的词语与作为大学思想特点的中世纪争论思想之间有何联系呢?

正如多米尼克·巴泰勒米(Dominique Barthélémy)、克洛德·戈瓦尔(Claude Gauvard)和大卫·尼伦伯格(David Nirenberg)以自己的方式展示的那样,中世纪存在着一种暴力秩序。④ 在经院哲学领域,暴力并不比其他地方的体系化更弱,借助

---

① 主要作品见皮埃尔·芒多内:《13世纪布拉班特的西格尔和拉丁语的阿威罗伊主义》,鲁汶,1908—1911;费尔南·范斯滕贝克:《布拉班特的西格尔大师》,鲁汶-巴黎,1977年;贝尔纳多·巴藏:《布拉班特的西格尔和托马斯·阿奎那的哲学对话,关于E.-H. 韦伯近期一部作品展开的哲学对话》,载《鲁汶哲学杂志》,(1974),第53—155页;阿兰·德利贝拉:《引言》,托马斯·阿奎那:《驳阿威罗伊派的理性的单一性,附反对1270年之前的阿威罗伊的文章》。原文为拉丁语,翻译、引言、参考文献、注释和索引都由阿兰·德利贝拉完成,巴黎,1994年,第9—73页;吕卡·比安奇:《巴黎大学的审查和知识分子的自由(13—15世纪)》,巴黎,1999年;吕迪·因巴赫(Ruedi Imbach)、弗朗索瓦-格扎维埃·普塔亚兹(François-Xavier Putallaz):《哲学家的职业:布拉班特的西格尔》,巴黎,1997年。

② 该词出自阿兰·德利贝拉:《引言》,第10页。

③ 关于将争论合法地规定为学术练习活动,见奥尔加·维杰(Olga Weijers)的《巴黎艺术学院的"争论"(约1200—1350年)》,蒂伦豪特,1995年;《中世纪艺术学院的"争论"》,蒂伦豪特,2002年;《对于争论一词多种用法的几点看法》,见《理智之路:献给马利亚·康迪达·帕切科的中世纪的哲学研究》,2005年,第35—48页;《从辩证法比拼到经院哲学的争论》,见《题词学校与纯文学,1999年历次会议记录》,巴黎,2000年,第508—518页。同时可见贝尔纳多·巴藏、热拉尔·弗朗桑(Gérard Fransen)、约翰·维普勒(John Wippel)、达尼埃勒·雅卡尔(Danielle Jacquart):《神学、法学、医学院争论的问题与滑稽问题》,比利石蒂伦豪特,1985年。

④ 克洛德·戈瓦尔(Claude Gauvard):《中世纪的暴力与公共秩序》,巴黎,2005年,第13页:"中世纪暴力产生的源头:遵从规则",第194页:"中世纪的暴力不以无序的方式表现,其产生、发展和收尾都通过句子来表达,遵守着一定的规则";大卫·尼伦伯格(David Nirenberg):《中世纪的暴力与少数派》,巴黎,2001年,第12页:"暴力远不是非理性现象"及第13页:"恰恰存在这种暴力礼仪的学习,这是表现为混乱中的秩序的一种驯服。"

学术地位和学术实践，暴力被加以制度化、礼仪化和体系化。经院哲学领域的混乱并不亚于封建社会，这是人文主义者所不愿看到的。① 我们很想通过一件又一件事情来展示托马斯·阿奎那与布拉班特的西格尔之间所谓"中世纪论战"达到了怎样的暴力。这种制度化和体系化的思想、观点争论活动超越了一般的练习，继而扩大到了一种"思想层面"②，阿兰·德利贝拉甚至说这是"角逐的思想"。③ 1270年危机爆发时，语言暴力和知识暴力的交流成为当时知识沸腾的一个标志，这样，这场危机之后出台的审查制度和法令（1270，1272，1277）可以被视为争论引起的知识自由讨论的断裂。

---

① 关于这一问题，见胡安·路易斯·维韦斯（Juan Luis Vivès，1492—1540）于1531年围绕中世纪的争论所做的描写，见《作品集》，瓦朗蒂亚·埃德塔诺鲁姆（Valentiae Edetanorum）编，1785年，再版，伦敦，1964, t. VI,《论艺术堕落的原因》，L. I, cap. I, 第50—52页："他们午餐中争论，午餐后争论，晚餐时争论，晚餐后还在争论；他们这样做是为了学习，还是为了做饭？在家中争论，出门争论，宴席上争论，澡堂里，蒸汽房里，庙里，城里，乡下，公开里，私下里，任何地点、任何时间他们都在争论……如果某人在某件小事上说了很多话来解释，其他人就会喊道：谈问题，谈问题，请直接回答……由于一切都被指向争论，他们从不思考他们郑重说出的事在何种程度上是真实的，而只是关心他们所说的能否确凿地成立。某个论点只要被他们怀疑了一次，或以此施加了压力，他们就会无耻地坚决否认，他们盲目地诽谤一切相反的观点，让任何确定之事崩塌，哪怕理性之光能够洒进他们的眼中；如此一来，为了找到那最强有力的支撑证据——而正是这证据将他们引向最荒唐的事，他们说：我承认，事实上这是从我的结论而来的……因为对于要捍卫自己的人，即使有不和谐的承认和妥协，他也要被认为是博学和雄辩，只要是争论，就是所有知识的巅峰。"

阿兰·德里贝拉引用并将以上段落由拉丁语翻译成法语，《中世纪的思考》，巴黎，1991年，第154页（阿兰·德里贝拉的法文译文与拉丁语原文略有出入。——译注）："人们在晚餐之前争论，在用餐过程中争论，用完晚餐后争论；人们在公开场合争论，私人之间争论，在任何地点任何时间都在争论……人们不留给对手解释的时间，如果对手想引申话题，人们就会冲他叫嚷：'谈问题！谈问题！回答得干脆点！'人们不关心事实如何，而只是一味为自己说出的话进行辩护。人们是否过于急躁了？人们固执己见，只是在尽力避免受到反对；人们会蛮横地进行否认，即便真实情况显而易见也要盲目地去百般自我辩护。对于最激烈的、会导致最荒谬结果的反对意见，人们只会回应说：'我的论断带来的后果我接受就是。'只要人们不断地自我辩护，就会被当成一个机智灵活的人。争论同样会破坏性格和思想。"我们没有找到胡安·路易斯·维韦斯这段话最后一句话的拉丁语版本，这句话是这样的："人们喊破了嗓子，相互之间恶语相向，互相谩骂，彼此威胁，甚至对对手拳打脚踢。"

② 参考吕卡·比安奇：《审查与思想自由》，第70页："从13世纪中期开始，人们就高声说思想的碰撞和不同派别的开诚布公的竞争，既是科学探索实践的需要，也是一种思维模式，知识分子如果不抛弃他们自己的生活方式和人生理想——总之是只要不丢掉自己的身份，便无法放弃上述这一思维模式。"

③ 阿兰·德里贝拉：《中世纪的思考……》，第155页："'大学'思想是一种角逐的思想，要求所有人都要遵循讨论的法则。"

一场危机及其暴力的介绍

巴黎论战的背景

为了展现布拉班特的西格尔的批判的文章《论理性的单一性》引起的暴力，最好先介绍一下1270年此次论战发生之前的三个背景：一、世俗人士与入修会教士之间的论战；二、方济各会神学大家波拿文都拉（Bonaventura）对"过去的哲学家的错误"展开的第一轮进攻；三、托马斯在1270年之前所写的首批批判阿威罗伊（Averroès）和一元心灵论的作品。

从1269年至1272年间，巴黎的大学里的世俗人士和教士之间爆发了第二次冲突。热拉尔·德阿贝维尔（Gérard d'Abbeville）秉承纪尧姆·德圣－阿穆尔（Guillaume de Saint-Amour）的衣钵，发起了进攻[①]：1266—1267年，他着手出版老师纪尧姆·德圣－阿穆尔的《天主教作品集》（Collectiones catholicae scripturae），并撰写了《驳至善论的基督教敌人》（"Contra adversarium perfectioinis christianqe"）（1269年夏完成）以及一篇《滑稽剧 XIV》（Guodlibet XIV）（1269年圣诞节完成）。托马斯·阿奎那于1270年初完成了一本题为《精神生活的完善》（De perfectione spiritualis vitae）的小册子，在其中对攻击做出了回应。而热拉尔·德阿贝维尔则在新版中对此予以反击，之后尼古拉·德利西厄（Nicolas de Lisieux）也写了《论神职人员的完美和最佳状态》（De perfectionne et excellentia status clericorum）（1270年7月），献给纪尧姆·德圣－阿穆尔。托马斯·阿奎那为了回应尼古拉·德利西厄，在1271年封斋节和圣诞节之间写了《即兴论辩三》（Quodlibet III）（11—14篇）和一篇题为《驳从宗教中退出者的学说》（Contra doctrinam retrahentium a religione）的小册子。你来我往的争论过程中，托马斯·阿奎那写出了数本小册子和嘲讽文章，虽然情绪激动，但是文字间并无敌意；他内心充满了狂热，在论述中却能保持克制与审慎。

至于反对阿威罗伊的论战，第一次正式回合是在1267年的封斋节，方济各会的著名修士波拿文都拉援引自己写的文集《十戒论集》（Collationes de decem praeceptis），当着巴黎艺术学校的师生的面公开揭露"过去哲学家们的错误"。一年之后他又

[①] 当1253—1256年危机爆发时，托马斯·阿奎那就已然在1256年的春天撰写了《驳对上帝的信仰和宗教的反对者》，以此来回击纪尧姆·德圣－阿穆尔（Guillaume de Saint-Amour）的《关于最后时代的危险的论文》，参考，t. 41A。

写出了《七种礼物论集》(Collationes de septem donis)，重新指出这一危险。然而，与托马斯·阿奎那不同，波拿文都拉在揭露错误时并没有针对阿威罗伊本人，也不针对当代具体某位大师，他的话说得含糊且又啰唆：实际上，他攻击的是艺术学校的哲学研究方法，而非某一家学说，他所谴责的是"哲学研究中的高傲和冒失"①，他的矛头首先指向哲学问题，而后才是阿威罗伊本人。

背景的第三幕：托马斯·阿奎那在1270年之前撰写的批评阿威罗伊的文章。托马斯·阿奎那反对一元心灵论的笔战不是从《论理性的单一性》才开始的，远不是这样。早在1252—1254年，在其《对宣判书的评论》(Commentaire des Sentences)第二卷的第17部分中，托马斯·阿奎那就反驳了阿威罗伊所说的"理性单一性"②。1260—1265年期间，托马斯·阿奎那生活在那不勒斯，之后又去了奥维托，他在那里写了《反异教大全》(Somme contre les Gentils)的第二部分和第三部分：其中把阿威罗伊的论点批判为"肤浅而难以令人置信"。③最后，他在1265—1266年间完成了《关于灵魂之争的争论》(Questio disputata de anima)的第二篇和第三篇，1267—1268年又写了《对〈论魂〉的评述》(Sententia libri de Anima)、《神学大全》(Summa theologiae)（第一部分，第75—89页）以及《关于有灵魂的创造物之争》(Quaestio disputata de spiritualibus creaturis)。所有这些文章都写于1270年之前，即《反异教大全》(Somme contre les Gentils)完成之后的1267—1268年，这些作品的一个最大特点就是"恬静"。勒内-安托万·戈捷（René-Antoine Gauthier）在谈到《对〈论魂〉的评述》时，认为这是一部"恬静、可能过于恬静的作品"，他写道："圣-托马斯在书中很少谈及阿威罗伊，这种宁静令人惊诧。"托马斯·阿奎那每次在可以揭露阿威罗伊的错误时，会立刻沉默下来，这种沉默让当今所有的评论者都对其作品产生

---

① 波拿文都拉：《十戒论集》，佛罗伦萨，1891年，t. 5, Collatio II，§ 25，第314页，col. b："哲学家的错误从哲学研究的不好的大胆中产生和发展，好比展示一个永恒的世界，这世界只需理解其一就能明白全部。"法文翻译见《十戒》，M. 奥兹鲁（M. Ozilou）翻译、撰写引言并作注释，巴黎，1992年，第二次讲座，§ 25，第72页。

② 托马斯·阿奎那：《在第二本宣判书中》，巴黎，1929年，第2卷，第420—430页，dist. 17, qu. 2, art. 1："如果知识分子的理解能够代表全人类的理解。"

③ 《反异教大全》，II, 59, § 5, éd., 罗马，1918年，第415页，col. a. 同时见阿兰·德利贝拉的法文译文，见托马斯·阿奎那：《反对阿威罗伊派的理性的单一性，附反对1270年之前的阿威罗伊的文章》，第289—358页，此处引自第292页。

了恬静的印象。① 勒内 – 安托万·戈捷认为，这其中透露的是《反异教大全》（它标志着托马斯·阿奎那批判阿威罗伊的第一个重要时刻）和《论理性的单一性》之间片刻的"暂停"："这是圣 – 托马斯生命中的休憩，反映了一段宁静的时光：从 1265 年到 1268 年，他暂时远离了教皇罗马教廷和巴黎大学，在阿旺坦的蓝天之下，在圣 – 萨比娜修道院中悠闲地品味一段闲暇。"② 托马斯·阿奎那认为，他是凭借着手中掌握的纪尧姆·德穆尔贝克新的翻译版本来对亚里士多德进行评论的。他无意与阿威罗伊及其信徒为敌，他以为和他们把话都说尽了。也就是说，托马斯·阿奎那此时尚不知道布拉班特的西格尔为何许人也，而且完全可能从未听说过这个名字。

罗马归来，撰写《论理性的单一性》

托马斯·阿奎那抵达巴黎时，看到被自己几年前批倒，而且命运已然盖棺定论的阿威罗伊学说竟然仍在大肆传播，继续在教授！阿威罗伊广收门徒，托马斯·阿奎那称他们是"阿威罗伊分子"③，他们根本不是过去的穆斯林或哲学家，而是基督徒、天主教徒和现代的人④，他们活跃在巴黎广场。时间紧迫：现在要做的，不再只是要驳斥 12 世纪的哲学家阿威罗伊的论断，而是要给正在广招弟子的巴黎大学艺

---

① 同时见 G. 韦贝克（G. Verbeke）的解读："托马斯·阿奎那对亚里士多德的《论魂》的解读依据的原始资料和年表"，《鲁汶哲学杂志》，45（1947），第 314—338 页，这里出自第 334 页："我们饶有兴趣地看待文献资料中那平静的语调（III, l. 7-10），以及点评亚里士多德相同文章的小册子中包含的争论的特点。"；D. A. 卡吕（D. A. Callus）：《圣 – 托马斯的原始资料，问题的情况》，见《亚里士多德和托马斯·阿奎那》，鲁汶，1957 年，第 93—174 页，此处引自第 122 页；J. C. 多伊格（J. C. Doig）：《理解托马斯·阿奎那对〈论魂〉的评论：托马斯·阿奎那和阿威罗伊关于灵魂的定义的比较研究》，载《新经院哲学杂志》，（1974 年），第 436—474 页，第 436 页。

② 勒内 – 安托万·戈捷：《前言》，第 235 页。

③ "阿威罗伊"一词只在文章中出现过一次，参考《论理性的单一性》，t. 43，罗马 – 巴黎，1976 年，第 294 页，l. 308. 最近，西尔万·皮隆（Sylvain Piron）证明方济各修会修士皮埃尔·德·让·奥利约（Pierre de Jean Olieu）在 13 世纪 70 年代末的一系列争论问题中曾 5 次使用托马斯过去引入的称呼，提及某些被称为"阿威罗伊派"的对手。这些点评似乎透露了非常的批评，针对的不仅仅是可能的理性单一性，而是整个学说。参考西尔万·皮隆：《于彼得·约翰尼斯·奥利维和阿威罗伊派》，见 D. 卡尔马（D. Calma）、E. 科西亚（E. Coccia）编：《阿威罗伊的信徒：13—14 世纪的思维和宇宙学》，弗里堡，2006 年，第 251—309 页。

④ 参考阿兰·德里贝拉（Alain De Libera）：《引言》，第 33 页。

教师现在的教学施加压力。① 托马斯·阿奎那平时被同时代的人描绘为最和蔼的男人，"温和而亲切"②，此时此刻却雷霆大发，仿佛耶稣在教堂中看到了商人一般，这一点在《论理性的单一性》的序言中可见一斑：

> 对于这种错误，我们已然多次批驳，但是其支持者依然厚颜无耻，排斥真理。我们今日的想法就是要提出新的论据，当众驳斥这一错误。……在这方面，某些人自吹自擂，对天主教徒的言论充耳不闻，但却自诩只信奉亚里士多德派的逍遥派思想，然而除了他们的教主亚里士多德的几本书外，这些人从未读过任何其他一本相关的书，我们首先要展示这一态度与亚里士多德的言论和学说是何等的南辕北辙。

排斥真理的大师们表现出的厚颜无耻令人难以接受，一味坚持错误说明他们顽固不化。气愤之极的托马斯·阿奎那对他们的这一态度表达了愤慨，他撰文予以批判：《反对已然写得过滥的文章！》（Contra que iam pridem plura conscripsimus!），他得重新工作（写作），又一次反对同一个错误。他再次需要重新整理他的资料：他采用了新方法、新论据、新资料 [《论魂》的新译本和纪尧姆·德穆尔贝克对泰米斯提乌斯（Thémistius）的翻译]。

托马斯·阿奎那不点名地向一个新对手发起了进攻，此人就是布拉班特的西格尔。我们如今普遍承认，《论理性的单一性》攻击的目标是布拉班特的西格尔大师和博埃斯·达西（Boèce de Dacie）。《论理性的单一性》首先是对布拉班特的西格尔的《〈论魂〉的第三个问题》（Questiones in tertia De anima）（约1265—1266）的驳斥，而托马斯·阿奎那得到的是一个糟糕的副本，是一个重述。正如阿兰·德利贝尔所写的那样："如果没有西格尔的作品，就不会有阿威罗伊主义。在《〈论魂〉的第三

---

① 吕卡·比安奇在论及1277年的审查时，认为对于一个论断本身的批判和对论断的宣传是不同的。参考《审查与自由》，第7页："说两位高级教士准备批判亚里士多德、阿威罗伊、托马斯三人的某些论断，这并不成立；相反，他们对于传播这些论断的做法进行了批判。"

② 见D.普鲁默（D.Prümmer）编：《圣托马斯·阿奎那生平文献来源》，参考吉耶莫·德托克（Guillelmo de Tocco）：《圣托马斯·阿奎那生平》，c. 26, 第99页。同时见让-皮埃尔·托雷尔（Jean-Pierre Torrell）引用的例证，《走近圣托马斯·阿奎那：他的为人和作品》，弗莱堡-巴黎，1993年，第411—412页。

个问题》的割裂行动之前，阿威罗伊是孤独的。"① 以后，面对活生生的对手，批判阿威罗伊将会采取不同的战术。

作为知识交流方式的暴力

作为科学研究方法的挑战

为了回应西格尔的《论辩》（*Quaestiones*），托马斯·阿奎那写了《论理性的单一性》，算作是抛给对手的挑战，他向对手进行挑衅，要求决斗：

> 然而如果某个骄傲自大的人打着伪科学的旗号来反对我们的著作的观点，那么请他不要躲在角落里说话，也不要在那些不懂判断如此高深言论的孩童面前高谈阔论，而应该重新写出他的言论，如果他有这个胆量的话。

托马斯·阿奎那提出挑战时指出了西格尔的错误，这是公开的举动，为确保挑战符合礼仪，他请所有巴黎人做证人。托马斯·阿奎那和西格尔从未谋面，他们在公共空间通过论著和小册子展开辩论，遵守着规则和价值观。文字属于另一个领域，克洛德·戈瓦尔（Claude Gauvard）说："当众说出的话和做的事如果不立即辟谣，就会造成无法挽回的局面。"因此，托马斯·阿奎那的挑战需要得到一个回应。

托马斯·阿奎那之所以提出符合礼节的挑战，不是要洗刷受到玷污的荣耀，而是要维护受到损害的真理，面对真理，词语的激烈程度随着冒犯的严重程度增加，论战者托马斯·阿奎那的战斗性不应该被看作是心理学或传记方面的问题：它说明托马斯·阿奎那认为自己神学家的职责就是要维护真理，或者按他自己的话说，他是"真理的狂热信徒"②。神学家有责任驳斥错误、消灭错误、避免错误，在宣扬错误

---

① 阿兰·德利贝拉（Alain De Libera）：《引言》，第 39 页。
② 神学家的官爵问题，见文章《反异教大全》，I，第一篇："何为圣人的工作"，罗马，1918 年，卷 I，第 3—4 页，特别是第 4 页："智者的双重任务是在他所说出的话语里被指出的：众所周知，第一项工作是说出经过思考的神圣的真相，它的同义词就是真理，第二项工作是回击不符合真理的错误。"同时见勒内 – 安托万·戈捷的评论：《历史导言》，见托马斯·阿奎那：《反异教大全》巴黎，1961 年，第 7—123 页，此处引自第 88—89 页。

反对错误的人面前批判错误。这样就是抵制错误、昭示无知，二者不可分割。因此他使用的语气非常严厉，甚至有时候是公开谴责，质询语气激烈但不含侮辱性，话语坚定却并不亵渎神灵。

托马斯·阿奎那在自己的位置上秉持着如此的高尚思想，同时希望对真理进行集体研究，因为涉及真理问题，所以他提出的挑战要求得到非常具体的回应。西格尔被迫做出回应，不仅是为了遵守荣誉的规矩——不论是大学的规则还是知识分子的规矩，而且这还是实现真理的科学方法，因此必须展开对话。在中世纪大学的思想家看来，真理与交流之间存在着内在联系：追求真理是对话的过程，甚至是痛苦的过程。或者说，争论是寻求真理的集体方法，不仅适用于严格意义上的练习，而且适用于广义上在其思想中对真理的探寻。愤怒主义与和平主义甚至能够阻止科学进步，它们不属于 13 世纪的经院哲学范畴。托马斯·阿奎那的挑战虽说是一种挑衅，但更是一种对知识生产的制度要求。勒内－安托万·戈捷说："驳斥的目的并不是要说服别人，这是探索真理的必要组成部分。"① 因此，驳斥错误与彰显真理构成了不可分割的两部分，不驳斥对立方就不足以彰显真理："托马斯·阿奎那继亚里士多德之后，只是发现原因时才对错误感兴趣，这是在完成对真理的建构。"②

让我们来深入问题探看一番。《论理性的单一性》的最后挑战出现在托马斯·阿奎那所写的其他论战小册子的后记中，不同后记中的用词虽不尽相同，但其言辞都一样的激烈。请看作为批评热拉尔·德阿贝维尔（Gérard d'Abbeville）的小册子《精神生活的完善》（De perfectione spiritualis vitae）（1269—1270）的后记是怎么说的：

> 如何有人要撰文批评这部作品，我倒是很高兴，因为真理只有在反对批评者和驳斥错误时才会彰显，正如谚语书中所说的："钢刀相交锋芒露，与人相交方成熟"。[Prov.27,17]

---

① 勒内－安托万·戈捷：《前言》，第 292 页。
② 同上书，第 293 页。他补充说："为了完全地获取真理，只是完成圣人的第一项工作还不够，即说出真理，还应该完成第二项工作，即说明所反对的错误的根源。圣人只有在证明了对手犯错误的原因实际上与已经证明的真理相一致后，其使命才算圆满。这样对错误进行的驳斥要求站在对手的立场，不是要去说服对手，而是要为我们自己阐明道理：只有通过重新勾勒对手走过的路，我们才能发现他错在哪里。"

这里根据一句《旧约》名言又重新援引了"真理—错误"这对概念，以挑战的形式要求作出回答："如果有人要撰文批评这部作品……"同样，在1271年为批判尼古拉·德利西厄的《论神职人员的完美和最佳状态》(De perfectione et excellentia status clericorum) 所写的《驳退出者》(Contra retrahentes)，其后记具备了所有诅咒的要素（挑战，"真理—错误"这对概念）：

> 如果有人要反对这部作品，不要去无知的孩子那里去聒噪，而是要写一篇作品并发表，以便有能力的人能够判断真伪，利用真理的权威去驳斥假的东西。

这篇后记中还有辩论的公共范畴，以保证其诚实性："……他写一篇作品并发表……"争论的思想是公共的：它不再是大学里师生间的学术练习，而是扩大到巴黎的知识领域。一本书的出版几乎是对知识分子的正直品德提出的要求，必须要做到透明，论述过程要让所有人知道并看到，以确保其有效性。另外，"孩子"的形象在《论理性的单一性》的后记中已然出现，现在又出现在了这里。可能应该将公开性的要求和"孩子"的形象联系起来：托马斯·阿奎那传唤对手来到有经验的公众面前，即有判别能力的公众面前。所谓孩子们组成的公众，是指艺术院校最年轻的大学生（13—18岁），把他们当作听众就是怯懦的表现，因为这些孩子既没有知识分辨力，也没有科学敏感度，更无从奢谈驳斥错误、判断困难的问题。《论理性的单一性》的后记进一步提高了对辩论公开性的要求，它提到了"昏暗的角落"："请他不要躲在角落里说话"。阿兰·德利贝拉解释说，不在昏暗的角落表达，这是学者们不想暴露在公众面前、追求私密性、在私人地点甚至秘密地点教学的另一种方式。按照东丹（Dondaine）神父的话说，这可能是在影射针对国家或教会的谋反秘密会议，1276年在大学里关于禁止任何教师和学生在私人地方阅读①的法令对此就予以过揭露。在费尔南·范斯滕贝格看来，这一批评有些奇怪，因为人们不能去指责苦行的托钵修会会士的对手在大学人士面前隐藏他们的思想。②

---

① 参考亚森特-弗朗索瓦·东丹（Hyacinthe-François Dondaine）为托马斯·阿奎那的《论理性的单一性》所写的前言，卷43，第3期，罗马—巴黎，1976年，第249页，引用了《巴黎大学的小文章》，I，第463期，第539页。

② 费尔南·范斯滕贝格：《布拉班特的西格尔大师》，第59页。

为了更好地确定超出争论练习本身的知识分子实践的机制从而吸收其思想,最好去查看贝尔纳多·巴藏关于这些后记所提出的假设。对于西格尔的这位出版商而言,托马斯·阿奎那的挑战方式可能首先是一种"没有实际意义的俗套"[①],其表达方式使用了程式化短语,要求对手进行反驳,挑战的礼仪于是成为一种惯用的最后乐章:为了展开对话,就要刺激对手做出回应。辩论要求反击,使用的方式只是为了证明交流在进行:在回应《精神生活的完善》时,热拉尔·德阿贝维尔在他的《即兴论辩十四》(*Quodlibet XIV*)(1269年圣诞节作)公开攻击托马斯·阿奎那的观点,维护神父和副主教的完美无瑕。尼古拉·德利西厄也以他的方式回应了《精神生活的完善》的挑战,他发表了《论神职人员的完美与最佳状态》(*Liber de perfectioine et excellentia status clericorum*),其中的参考文献明白地指向了托马斯·阿奎那的小册子,让人看到这是论战中对托马斯·阿奎那的公开反击。托马斯·阿奎那的《驳隐退》(*Contra retrahentes*)(1271年封斋节和圣诞节之间写成)是对尼古拉·德利西厄的《论神职人员的完美和最佳状态》的回应,并且在后记中期待对方再次做出回复。总之,反对意见和回应你来我往,都带有论战的语气,构成一场层层叠叠的争辩,评判者嘲讽的不再是一群一上午随便在某个地方匆匆演出的大学生,而是巴黎的知识分子,他们的时间更加宽松,可以用几个月的时间来撰写论著和小册子。

能够在后记中看到老生常谈的话,从某种意义上说,这就如同在制度化最严格的领域读到论战最痛苦的组织工作一样:于是,公共的争论被极度地体系化,以至词语的严重暴力化与辩论的高度制度化并存。这是经院哲学暴力的一种礼仪,也是知识暴力的一种规则。

争论的启发意义的大繁荣

13世纪的经院哲学争吵的思想从暴力规则之中发现了自己的生命力,语言暴力

---

① 贝尔纳多·巴藏:《布拉班特的西格尔:第三灵魂的问题,理智的灵魂,世界的永恒》,鲁汶,1972年,第74页,n.36:"我们同样可以在圣托马斯的句子中看到一种无实际意义的俗套,它没有排斥对手的文章,这是要求用新的文章做出回应。"我们看到,亚森特-弗朗索瓦·东丹和费尔南·范斯滕贝格都不同意贝尔纳多·巴藏的解读。见亚森特-弗朗索瓦·东丹(Hyacinthe-François Dondaine)的《前言》,第249页,"我们认为,(后记的说法之间)的相似性说明的问题恰恰相反,因为《驳推出者》要面对一些论据,而尼古拉的作品中没有了不断重复的东西。"以及费尔南·范斯滕贝格的《布拉班特的西格尔大师》:"然而,很容易在这些最后的篇章里(特别是在《论理性的单一性》中)看到对年轻人秘密进行的思想灌输。"

和知识暴力通过咒骂谴责形式的后记、嘲讽的笔战和解构主义的小册子你来我往，互相攻击。从学术角度看，语言暴力和知识暴力既不意味着某种不理解或不宽容，也不是能够引起冲突甚至"思想冲击"①的健康机制。托马斯·阿奎那的痛骂和对他的挑战引发的两起事件就是证明，即布拉班特的西格尔事件和吉耶勒（Giele）的匿名者事件。

不可否认，对于托马斯·阿奎那提出的挑战，西格尔接招了，阿兰·德利贝拉写道："托马斯·阿奎那的《论理性的单一性》马上就对布拉班特的西格尔产生了影响。"②他的第一篇回应文章今天已然失散，题目为《论理解》（De intellectu）或《有关理解的研究》（Tractatus De intellectu）。贝尔纳多·巴藏和费尔南·范斯滕贝格认为《论理解》可能大概完成于1270年12月10日被查禁之前，而库克塞维奇（Kuksewicz）则认为该文的写作时间是1273—1274年。③15世纪阿威罗伊派的意大利帕多瓦人阿戈斯蒂诺·尼福（Agostino Nifo）（1473—1546）也在一篇同名的论著中④提到过该作品，其中费拉雷的多明我修士弗朗索瓦·德西尔维斯特（François de Sylvestris）同样在评论《反异教大全》（创作于1508—1517年）时对其进行了评论。根据弗朗索瓦·德西尔维斯特的说法，西格尔可能在动身前往那不勒斯之前把回应信"叫人送给了"圣-雅克（Saint-Jacques）修道院的托马斯·阿奎那，弗朗瓦·德西尔维斯特认为西格尔的《论理解》是后记引起的回应。回应之迅速是因抨击的激烈所致，其目的是"挽回颜面"⑤，争吵的礼仪仿佛是彼此之间反驳和论述的游戏，构

---

① 见艾尔莎·马米尔斯泰因（Elsa Marmursztejn）最近出版的书：《大师的权威：13世纪的经院哲学、标准和社会》，巴黎，2007年，特别是第3章：《词语的力量，思想的碰撞：神学教授的效果与界线》，如第80页："最终，'发展中的真理'的概念让神学家们遭到了审查部门的猛烈攻击，戈德弗鲁瓦·德方丹（Godefroid de Fontaines）明确地承认：错误就是真理在表现过程中的一个时刻。他把争执变成了知识分子生活中的一条准则。"

② 阿兰·德利贝拉：《引言》，第61页。

③ 贝尔纳多·巴藏为西格尔的《第三灵魂的问题，理智的灵魂，世界的永恒》写的引言，鲁汶-巴黎，1972年，第75页；费尔南·范斯滕贝格：《布拉班特的西格尔大师》，第63页；兹德兹劳·库克塞维克（Zdzislaw Kuksewicz）：《从布拉班特的西格尔到普莱桑斯的雅克：13—14世纪拉丁阿威罗伊派关于智力的理论》，1968年，第76页。

④ 奥古斯蒂努斯·尼菲斯（Augustinus Niphus）：《论理解》，I，威尼斯，1503年，布鲁诺·纳尔蒂（Bruno Nardi）引用，《意大利文艺复兴思想中的布拉班特的西格尔》，罗马，1945年，第19页。

⑤ 《布拉班特的西格尔大师》，第364页。

成了重重叠叠的讨论，这才有了送往圣 - 雅克修道院的那篇论文。可是托马斯·阿奎那并没有表示他收到过该论文，那么《论理解》真的存在吗？① 又或者，如费尔南·范斯滕贝格提示的那样，托马斯·阿奎那此举莫非是不希望再进一步折磨西格尔吗？而当时巴黎主教刚刚给这位艺术教师定了罪。②

西格尔对托马斯·阿奎那的第二次反击酝酿得更为成熟，准备得更加周密，《论思辨的灵魂》（De anima intellectiva）完成于1273年或1274年初，恰是在托马斯·阿奎那去世（1274年3月7日）之前。不光西格尔的论文是对托马斯·阿奎那后记的大胆回应，《论思辨的灵魂》的话语内容也消除了善良的托马斯·阿奎那对于西格尔注释亚里士多德文章的态度提出的质疑：西格尔一条条重拾《论思辨的灵魂》的注释，反而忽视了阿威罗伊的话。要反对托马斯·阿奎那的诋毁性进攻，就是要公开表示他也是亚里士多德思想的解读高手。③ 通过对斯塔及利亚（Stagirite）注释的重新学习，西格尔在《〈论魂〉的第三个问题》写成的四年之后，重新吸收领会了辩论的奠基之作《论思辨的灵魂》的第三卷，把与托马斯·阿奎那的辩论推向了高潮。无疑，西格尔的阿威罗伊主义发生了演变，他阅读《论思辨的灵魂》也是受到了托马斯·阿奎那的压力，并受到了其论证的影响。阿兰·德利贝拉写得很好："托马斯·阿奎那反对阿威罗伊对哲学的注释取得了成果：西格尔没有为了基督教而放弃亚里士多德思想，他所放弃的是过去对《论魂》（De Anima）的阅读。这一解读的战略变化至关重要，经托马斯·阿奎那重新评论和启发，西格尔身上的亚里士多德主义战胜了他的阿威罗伊主义。"④

西格尔对托马斯·阿奎那回应的第三个阶段以《对诉讼书的评论》（Commenta-

---

① 关于对《论理解》存在的真实性的质疑，见阿兰·德利贝拉：《引言》，第60页，和阿德里安·帕坦（Adrien Pattin）：《对被认为是西格尔所作的几部作品的几点说明》，载《中世纪哲学简报》，29（1987），第173—177页，特别是第177页："此次调查之后，面对《论理解》一文的存在问题，我们的意见有所保留也不为过，布律诺·纳尔迪将该文归于西格尔的名下，因为阿戈斯蒂诺·尼福 [Agostino Nifo（1473—1546）] 引用了《论理解》的一些片段，并认为这是这位布拉班特人所著。"

② 费尔南·范斯滕贝格：《布拉班特的西格尔大师》，第64页："没有任何一份资料让我们认为托马斯·阿奎那会批判《论理解》，西格尔新著的小册子大概会让托马斯·阿奎那失望了，他从中也许看到了深陷绝境的对手正在做最后的挣扎。很快，巴黎的主教的通谕就对西格尔等人散布的错误进行谴责，托马斯·阿奎那并不认为再次介入其中去攻击自己年轻的同事有什么不妥。"

③ 费尔南·范斯滕贝格：《布拉班特的西格尔大师》，第368页。

④ 阿兰·德利贝拉：《引言》，第62页。

taire sur le Livre des Causes)为标志，该文撰写于 1274 年至 1276 年，它反映了西格尔的总体变化，即他的"淡化的阿威罗伊主义"①。吕迪·因巴赫很好地展示了西格尔的文章和托马斯·阿奎那的《神学大全》(Somme de Théologie)之间的相似性，西格尔偷偷地摘抄了《神学大全》的一些语句，改头换面为自己所用，②在这位艺术教师最后这篇成熟的作品中，阿威罗伊主义仅仅成为了一段记忆。③当西格尔重新认真地研究亚里士多德的文集时，他反复阅读，从中获取灵感。亚里士多德是他哲学研究道路的起点，而且一直是他演变的航标。受到托马斯·阿奎那指责的激励，他用注释工作重新界定了自己的学说。在此，我们看到，思想交流的暴力推动了西格尔的哲学思想变化，谩骂影响了学说，暴力调整了异常。诚然，1270 年 3 月 10 日给布拉班特的西格尔的定罪令他惶恐不安，但是，激励他开始注释研究的不是巴黎的主教，而是托马斯·阿奎那，因为他一针见血地指出了西格尔的弱点。知识交流的暴力结出了硕果，争吵思想中开出了启发意义研究的灿烂花朵。

此次笔战中的第二件事的主人公是一位吉耶勒（Giele）的匿名者，吉耶勒是牛津手写本出版商的名字（Merton College 出版社，275 年④，1270—1275 年间再版）。对于托马斯·阿奎那提出的挑战的第二次回应在笔战领域的激烈程度不同寻常，吉耶勒的哲学家不仅没有像西格尔那样自我修正，也没有使自己的阿威罗伊主义有所缓和，而是宣称自己的阿威罗伊主义思想是一种"反叛的醉意"（阿兰·德利贝拉的说法），我们甚至可以说这是一种"左派的阿威罗伊主义"⑤。另外，吉耶勒的匿名者在语言和形式上越来越激烈，逼近了学术体制内爆的底线。这位匿名者随时抛出他的"我不在意"，他这句话差不多可以理解为"我嘲笑"或"我无所谓"：

---

① 阿兰·德利贝拉：《引言》，第 61 页。

② 吕迪·因巴赫：《对于布拉班特的西格尔的〈论原因〉的评论的评注以及他与托马斯·阿奎那的关系》，载《弗里堡哲学、神学报》，43（1996），第 304—323 页；吕迪·因巴赫和弗朗索瓦 – 格扎维埃·皮塔拉兹（François-Xavier Putallaz）：《职业：哲学家……》，第 142 页："西格尔是如何对托马斯·阿奎那进行指责的呢？他使用托马斯·阿奎那自己的文章中的词语，只是对其进行重新组织，从而得出相反的结论。"

③ 阿兰·德利贝拉：《引言》，第 61 页。

④ 参考莫里斯·吉耶勒（Maurice Giele）：《阿威罗伊对于〈论魂〉的第一、二卷的评述》的引言部分，见莫里斯·吉耶勒、费尔南·范斯滕贝格、贝尔纳多·巴藏：《对亚里士多德的〈论魂〉的三篇匿名评论》，鲁汶 – 巴黎，1971 年，第 13—20 页。

⑤ 阿兰·德利贝拉：《引言》，第 63 页；兹德兹劳·库克塞维克：《从布拉班特的西格尔到普莱桑斯的雅克：13—14 世纪拉丁阿威罗伊派关于智力的理论》，第 66 页。

但是如果说他们只通过使用错误来进行理解，我不在意。据说人是通过这种方式来理解的。如果你说：那么为什么人——那些自己行为的发起者水手们——比船懂得更多？那么需要说的是这并无可比性。由此，除非是特别错误地使用，我们不说我们从水手和船那里明白了什么是"联合"（aggregatum），我不在意。①

这段句子文字突兀②、语气粗鲁③，通篇显得无礼之极④，痛骂成为其中主要的交流方式⑤，话语不容置疑⑥，驳斥渐显挑衅性⑦。托马斯·阿奎那没有说服布拉班特的西格尔时代的所有阿威罗伊分子，事实就是如此。难道托马斯·阿奎那没有因此通过热情的论述来激发重要论战中的知识分子的活力吗？是否是以暴力对暴力，这无关紧要，重要的是这标志着科学生产在历史上取得了大繁荣。

被没收的暴力：受到控制的思想

具体说来，因为暴力达到了极限，知识交流的自由产生的语言暴力可能很快会令当局、大学界以及教会感到惶惶不安，当冲突的平衡被猛烈的暴力冲击得脆弱不堪时，建立在争论基础上的学术体制难道不会瘫痪吗？宽容有没有底线？当宽容的

---

① II, qu.4, l. 81-86, 莫里斯·吉耶勒编：《阿威罗伊对于〈论魂〉的第一卷和第二卷的评论》，见莫里斯·吉耶勒、费尔南·范斯滕贝格、贝尔纳多·巴藏：《三篇匿名评论》，第 11—120 页，此处引自第 75—76 页。

② 比如，I, qu.14, l. 56-58："但是，你想知道那个取决于那些知识分子的事物是否如同物质一样被变得不同，对此我无从知晓。"

③ 比如，I, qu.9, p.43, l. 69-70："因此必须要理解的是那具有普遍性的事情，仅理解一点是不够的。为什么不可以呢？"

④ 比如，I, comm. 3, p.47, l. 1-4："在此，关于古代哲学家对灵魂的论述应被考察。在他们所提出的'任何事物，若不是移动它自己，是不能动的'这个论断中，他们犯了错误。"

⑤ 比如，II, qu.4, p.77, l. 105-106："因此，鉴于这个动作的完成并非由于它的天性，当他想在运动中完成动作，可是没有成功。你认为这是因为不合适，而我不这么看。"

⑥ 比如，I, qu.17, p.56, l. 8-9："某些人曾询问通过何种方式可以让外形与物质相连，他们犯了错误。"

⑦ 比如，II, qu.4, p.76, l. 91-94："你会说：我通过实验知道并且发现我理解了，我说这是错误的；相反，理解力是自然地与你联系在一起的，就好像你身体的动力，自己就是经验者，就好像独立的理解力自己本身感知理解力一样。如果你说：我从身体和理解力中感知到我自己理解了，这是错的。"

底线被突破后，平衡就会被打破，争论的机制就会内爆。实际上，中世纪知识生产的痛苦的思想或多或少都处在控制之下，包括争论发生时学究的控制，发生公共笔战时教会权力部门的控制。

当局的干预

等级制度宣称能够扮演教道权威的角色，确定解决辩论的办法，专横地让人接受他的回复。等级制度以审查法律和规定的形式介入了1270年的危机，1270年3月10日，巴黎的艾蒂安·唐皮耶（Etienne Tempier）主教查禁了13篇论文，其中一篇就直接使用一元心灵论笔战的词语和概念："只有唯一一种智力从数字上来说是所有的人都一样的。"当然，一次查禁难以让阿威罗伊派偃旗息鼓，这一点我们已经看到。同样在1272年，大学当局颁布了1272年4月1日条例，禁止大学艺术教师和学生辩论纯神学问题。这次，艺术学校强制自己人立誓，其含义非常清楚：要在辩论触及神学和哲学之间的学科界限时宣布一项"沉默权"。它规定的原则与艺术人士推崇的争论的本质恰恰背道而驰，吕卡·比安奇甚至认为这是对于艺术学校的精神来说很陌生的规定，是对艺术学校身份的侵犯。①当局试图控制当时学科间辩论的激烈程度，却忽视了大学内知识分子的实践活动的内在丰富性。当局通过干预，打破了知识生产特有的思维模式，也同时熄灭了其活力。

引起这场由上而下的干预主义的乃是对暴力的恐惧，它因而破坏了大学教师言论和思想领域的自由交流，换言之，审查制度表明当权者因为害怕无法掌控局势而感到担忧，这是论战制度中缺乏自信的标志。由于一味害怕辩论的暴力和论著中的过激言论，审查者于是忽视了这样一点：他们眼前发生的暴力本身自有其防范措施，不致使辩论脱离学说范畴，而且暴力也是各家学说自我调节的场所，西格尔的故事便是很好例证。可是，审查者只要看到异端的争论便以为会发生偏离学说范畴的危险。1296年，戈德弗鲁瓦·德方丹对审查者进行抨击，支持辩论的启发意义的丰富性，他要求重审1277年的判罚。他在《即兴论辩十二》（Quodlibet XII）中为争论进行辩护，称辩论精神是探究真理、树立真理的最佳方法。他写道：

---

① 吕卡·比安奇：《审查与思想自由》，第198页："我想，只有与'诺曼底人分裂活动'联系的偶然情况才可以解释在我看来是与艺术学院的传统、习俗和语言相违背的规则的性质。"以及第201页："从某些形式过度、内容值得商榷的措施中，艺术学院从总体而言已经无法辨明方向。"

当一个问题还未解决,因为人们不能确切地知道什么是真的;当人们可以有自己的不同看法而不必担心什么宗教和道德危险;当人们不去冒失地支持某一个观点时,如果强制要求人们毫不动摇地支持其中的一个观点,就会阻碍人们对真理的认识。的确,由于饱学之士和科学达人提出了各种不同的观点,由于在争论中人们努力地支持其中的某一观点,从中寻求真理,人们才得以更好地发现真理。争论者们以理智的方式对尚未有是非定论的问题展开辩论,其目的应该是求得解决办法,而非以辩论为乐,不是因为这更加符合理智的原则。因此,如果阻挠这样探究问题和寻求真理的方法,就明显会阻碍那些努力研究和认识真理的人取得进步。①

我们在戈德弗鲁瓦的文章中又看到了托马斯·阿奎那的文章中提到过的对于真理的那种深深忧虑。在戈德弗鲁瓦看来,交流的自由性(通过争论)提供了可能的条件,维护着科学进行高质量的真正生产。戈德弗鲁瓦要求重审旧案,废止1277年的审查裁定,他赞颂对于知识的集体探索,主张各方自由交锋,以便能够真正"发明"真理:发现真相,更可以发现真理,找到更好的真理。审查制度妨碍了对于真理的探索。②

---

① 戈德弗鲁瓦·德方丹:《即兴论辩十一》,I, qu.5,见 M. 德沃尔夫(M. de Wulf)、J. 霍尔曼(J.Hoffmans)主编:《戈德弗鲁瓦·德方丹的即兴论辩五、六、七》,鲁汶,1914年,第100—105页,此处引自第101页。关于法语译本,见吕卡·比安奇:《审查与思想自由》,第83—85页。关于这一撤职的请求,见吕卡·比安奇:《主教和哲学家:1277年的巴黎判决与亚里士多德学派的演变》,意大利贝加莫,1990年,第33—35页;吕卡·比安奇:《审查与思想自由》,第83—85页,特别是第84页:"对于争吵中立场的对立其启发性的功能的信任,这一功能被设计成教育和研究方法,还有对于不同观点的肯定,这两方面都令戈德弗鲁瓦承认:给研究人员强加什么学术单一性无异于要阻止他们获得真理。"同样见艾尔莎·马米尔斯泰因(Elsa Marmursztejn):《大师的权威:13世纪的经验哲学标准和社会》,此处引自第69—77页,特别是第69页:"戈德弗鲁瓦的文章十分明确地表达了对于主教审查的批评,同时还透露出了他对获得知识自由的渴望,这成为追寻真理的必要条件。"

② 弗朗索瓦-格扎维埃·普塔亚兹(François-Xavier Putallaz):《傲慢的自由:13世纪的争议与谴责》,弗莱堡—巴黎,1995年,第93—95页,第168—170页,特别是第218—224页,第307—311页,此处引自第311页:"艾蒂安·唐皮耶不会阻挠自由,而是会阻止人们探寻真理的脚步。查禁会阻止知识的进步及其健全。"的确,直到1325年2月14日,巴黎主教艾蒂安·布雷(Étienne Bourret)才为被其前任艾蒂安·唐皮耶主教查禁的文章解禁。

中断辩论

除审查制度之外，还存在着另外一种拒绝论战暴力的形式。1295年之后的某一天，吉尔·德罗姆在其对《宣判书》(Sentences)的评论中重新提到了著名的第二卷的第17部分，托马斯·阿奎那曾在这里谴责过阿威罗伊的一元心灵论。吉尔·德罗姆的语气坚决，符合论战氛围。然而，与另外两本小册子不同，他的文章使人不再对辩论产生恐惧，他认为，辩论不再是通过严厉驳斥对手的观点让不同哲学论证一决高下从而反击对方。后来，吉尔·德罗姆主张结束辩论，他指出：

> 我们当时只是学士，我们有幸见到了某位老师，此人在哲学界闻名遐迩，魅力四射。他住在巴黎，支持评论者的观点，即相信人不会思考……然而，他因为这些论据让步说：他本人不会思考。他表示，任何人都不该和他去争论，因为人不应该和野蛮的动物或者树木去争论，总之，不应该和没有智力的生物争辩。①

吉尔·德罗姆的意思很清楚，当老师被认为是异端分子或者离经叛道的人时，他就不想去进行争论，因为"没有必要和没有理智的动物争论"。离经叛道会破坏思想者的智力，使其失去人性。或者可以说，选择中断辩论，哲学家就会中伤对手或者蔑视对手，否定其理性思考的能力，这就是从"人不会思考"的命题出发得出的

---

① 吉尔·德罗姆：《在第二本宣判书中》，威尼斯，1581年，再版，法兰克福，1968年，dist.17, art.1, fol.48vb："我们，鉴于我们仍然是业士或学士，我们曾见到过某个当时还在巴黎的哲学界知名教授，他想保持评论者的观点，接受人不能理解……这一观点。但是由此，他就接受了自己不能理解。接受了没有人应该与自己辩论这一观点，因为与呆滞的人、与树木、与普遍来说不能理解的人都是没什么好辩论的。"在最近的一篇文章中，孔塞塔·鲁纳(Concetta Luna)对这一段文字进行了评述，并这位吉耶勒(Giele)的匿名者就是吉尔·德罗姆在其作品《在第二本宣判书中》(II Sent.)所提及的这位"大师"。见孔塞塔·鲁纳：《就理性的单一性的争论提出的时间上的说明》，《哲学、神学杂志》，83 (1999)，第649—684页。特别是第656—658页："不仅要这位吉耶勒的匿名者继续充当无名氏，而且要将其认定为吉尔(Gilles)所说的'大师'，同时要承认，在1270—1271年，巴黎的艺术学院的哲学教师中有一位著名的阿威罗伊派教师，但他既非布拉班特的西格尔，也非博埃斯·达西，我们始终不知其为何许人也。"在这篇文章中，西尔万·皮隆得出了如下结论："奥利维(Olivi)和阿威罗伊派分子……"第304页："吉耶勒的匿名者没有为支持西格尔而回应托马斯·阿奎那，但这是因为他本人也可能成为了《论理性的单一性》攻击的目标。"

结论。论战中，各方彼此相互抨击，而中断对话就是给予对手的最大侮辱，对手受到的最厉害进攻不是猛烈的暴力，而是中断辩论，因为这意味着否认对手是富有理智的动物。与大学精神不同，吉尔·德罗姆本人不使用这一战术，因为在1270年前后，他撰写了《论哲学家错误》（De erroribus philosophorum），来抨击阿威罗伊派的错误，几年之后他又写了《论解读的多重性》（De plurificatione intellectus possibilis）（1272年或1275年），矛头依然直指西格尔及其一派。

*

在中世纪，不管是在大学还是托钵修会的知识生产中，讨论全都被定下了争论的主旋律，人们可以自由反击，自由对话。然而，这些交流中的暴力最终还是受到了权威势力的控制，无论是在教会还是在大学里，争论的暴力被疏导，被制度化、仪式化，最后被控制。当暴力达到极限后，控制就蜕变成为没收，暴力被没收，或者说其模式发生了蜕变：昔日，在知识领域，暴力是公开而公共的；如今，暴力变得安静但却强硬。有益而丰富的暴力原本脱胎于知识的自由交流，现在它改变了阵营，演变为审查机构和审判机构粗暴专制的暴力。

因此，这场危机（1270年，1272年和1277年）之后的审查和规定可以被解读为由争论引起的知识领域自由表达的中断。当局通过介入知识领域，令辩论息声，他们试图控制巴黎大学特殊的思维模式，进而彻底破坏启发思想的繁衍生机。严密控制下的思想是没有暴力的思想，或许这正是给活跃思想发出的一个最令人担忧的信号，要知道，暴力始终是进行知识交流的一个卓有成效的方式。帕斯卡说，痛苦的思想是大学精神活力的标志，但只是在一定的程度上才是这样[1]。控制之下的痛苦思想仿佛成为了中世纪知识生产的一个标志。

---

[1] 参考帕斯卡（Pascal）：《思想录》（Pensées），360，J. 舍瓦利耶（J. Chevalier）编，巴黎，七星丛书，1954，第1182页："无神论，思想的重要标志，但只是在某种程度上而已。"

人文主义是一种论战主义吗?
——关于彼特拉克的《抨击》

艾蒂安·昂埃姆

莫非我们永远不能休息吗？莫非我的笔将永远战斗不息吗？难道休战不是为我们准备的吗？难道我每天都要接受朋友们的赞誉和对手们的谩骂吗？是否退休也不能让我生出什么欲望，时间也不会将欲望抹杀吗？避开所有的人难道也抵不上休息吗？疲惫与年龄的增长都不能给我带来自由吗？这种毒药怎会有如此持久的药性？我的年纪让我们长久以来免受公共事务的打搅，但是还未能让我忘掉欲望！这些事情给了我安宁，而我对此又亏欠很多；欲望让我备受煎熬，而我对它什么也不亏欠。

我承认，我曾经能够和蔼地讲话，我的话语也曾更加平和，这一贯符合我的气质和年岁。请不要埋怨我，我的朋友们；而你，我陌生的读者，则请保持宽容。我的话主要想说给你听，我亲爱的多纳托（Donato）（作品的受献辞者——编者注），请你一定要原谅我。

我必须要开口讲话，不是因为说话更好，只是因为沉默不语是那么的困难：我的理智建议我三缄其口，我认为合理的愤怒和公正的痛苦从我的口中夺走了话语，我是如此的渴望和平，但却有人偏偏把我推向了战争。[1]

弗朗索瓦·彼特拉克（François Pétrarque）在他的晚年发出了以上这样的感慨，这段文字出自他1367—1368年所著的最后一部伟大的作品《论我和他人的无知》的

---

[1] 弗朗索瓦·彼特拉克：《论我和他人的无知》，奥利维耶·布尔努瓦（Olivier Boulnois）撰写前言，朱丽叶·贝尔纳（Juliette Bernard）翻译，克里斯托夫·卡罗（Christophe Carraud）审校并注释，法国格勒诺布尔，2000年，I, 1—3, 第50—53页。

开篇部分。听到这位狡猾的老人如此抱怨辩论、怀念青年时光，我们不禁哑然失笑，而他却是 14 世纪最杰出、最严苛，有时候又是最不公的笔战者。我们只想强调，他早期作品《家书》（*Lettres Familières*）中的第一本书中，就已经包含了两封著名的攻击信，抨击的是"一个年老而嚼舌的辩证学家"，而当事人的名字却始终不得而知（《家书》I，7，12）。他完成的第一封信是写给他的朋友托马·德梅西纳（Thomas de Messine）的，书上题写的亲笔献词缺少了基督教的仁慈："没有什么比一个年老的辩证学家更加丑陋的，当他口中开始喷吐三段论时，我建议你千万要远远地躲开。"①

经常阅读弗朗索瓦·彼特拉克的作品，我们会看到笔战无处不在：从他年轻时的信件到晚年的作品，以及 14 世纪 50 年代初收入《无题书》（*Liber sine nomine*）的反对教皇的小册子。《无题书》一书正如题目显示的那样，言辞非常激烈，所以不得不匿名出版。② 弗朗索瓦·彼特拉克表面上虚情假意，其实非常清楚使用的这条线索，比如他在 1352 年写的《对医生的抨击》（*Invectives contre un médecin*）中提到的可怜的辩证学家（"我感觉好像又重新和西西里的一个年老的辩证学家进行论战：他也一样疯疯癫癫，不过他的疯癫比较可以接受。"③），比如他 1355 年在一篇攻击一位匿名的红衣主教的诽谤性短文中表露的扬扬自得，这是他和米兰公爵的一个私生子之间的另外一场唇枪舌剑（"我可能会怕你，可是单单凭借着真理我就不再惧怕这样一个人吗？他不只掌握着语言、笔和灵活的剑，而且还有能够把我送进监狱的权力。而你头脑迟钝、笔头生涩、口齿不清，你会自己害怕自己吗？"④）。

"抨击"一词出现在了弗朗索瓦·彼特拉克的笔下，被他拿来当作上述两部作品的题目：《对医生的抨击》和《对一个位高却无才无德的人的抨击》，第二部作品旨在攻击一位红衣主教，可题目字面的意思却是要批判"一个位高却无才无德的人"。除此之外，他还在 1373 年写了最后一部同类文学作品，不过这次的题目中省去了

---

① 弗朗索瓦·彼特拉克：《家书》，家庭琐事，I-III，于戈·多迪（Ugo Dotti）撰写引言并注释，安德雷·隆普雷（André Longpré）翻译，巴黎，2002 年，第 1，第 7，第 84—85 页。

② 保罗·皮乌尔（Paul Piur）：《彼特拉克"匿名预定"和罗马教廷》，德国哈雷，1925 年，以及弗朗索瓦·彼特拉克的《无题》，丽贝卡·勒努瓦（R. Lenoir）翻译、介绍并注释，法国格勒诺布尔，2003 年。

③ 弗朗索瓦·彼特拉克：《对医生的抨击》，见《抨击》，丽贝卡·勒努瓦翻译、介绍并注释，格勒诺布尔，2003 年，第 138—141 页。

④ 弗朗索瓦·彼特拉克：《抨击一位地位高贵但才智低下的人》，见《抨击》，丽贝卡·勒努瓦翻译、介绍并注释，格勒诺布尔，2003 年，第 418—419 页。

"抨击"一词:《反对诋毁意大利的人》(Contra eum qui maledixit Italie),以此回击标榜法国优于意大利的法国人让·德埃斯坦(Jean de Hesdin)。以上三部作品被丽贝卡·勒努瓦(Rebecca Lenoir)编辑整理成为一部非常精美的双语文集。① 他收录的笔战文章完全属于文学体裁,自然吸引了历史学家的注意。

的确,人文主义研究领域的历史文献学传统(以弗朗索瓦·彼特拉克为代表)常常对文学低调处理,或者以文学为借口减少文学分量,正如弗朗索瓦·彼特拉克自己所做的辩解那样。弗朗西斯科·里科(Francisco Rico)属于朱塞佩·彼拉诺维奇(Giuseppe Billanovich)和欧金尼奥·加林(Eugenio Garin)的流派,在他的《人道主义之梦》(Rêve de l'humanisme)一书的前几页,他认为弗朗索瓦·彼特拉克通过反对巴黎经院哲学的僵化,唤醒了人类,他将彼特拉克的生命力归因于他的狂热。② 尼古拉·曼(Nicolas Mann)的传记中根本没有提及笔战问题,③ 而在于戈·多蒂(Ugo Dotti)的传记中,为数不多的谈到笔战倾向的段落在评论时则有失公允,正如在谈到《对医生的抨击》时所说的那样:"毫无疑问,在14世纪,医学还是形而上学和经院哲学刻苦钻研炮制出来的荒谬理论,或者是毫无进步的阿拉伯学术的僵化残余。不管怎么样,弗朗索瓦·彼特拉克的初衷是好的,不是凭着任何个人情感。"④ 女翻译家丽贝卡·勒努瓦本人低估了弗朗索瓦·彼特拉克的尖酸刻薄,她解释说他

---

① 弗朗索瓦·彼特拉克:《抨击辱骂意大利或法国—意大利的人》,见《抨击》,丽贝卡·勒努瓦翻译、介绍并注释,法国格勒诺布尔,2003年,第250—377页。

② 弗朗西斯科·里科:《人文主义的梦:从彼特拉克到埃拉斯姆》,巴黎,2002年,第13—14页:"人们同样不无夸张地说,所谓人文主义从很多方面看只不过是彼特拉克的伟大课程的传播、发展和修正而已。"从第21页开始,里科就强调了人文主义的角斗的一面,但他未对其进行特别的解读,似乎支持他所点评的作者们的观点。他这样提到了对让·德埃斯坦的抨击,第22—23页:"在'铺了干草的街道'上,索邦大学的教室宛如一座城堡中凛然地监视着经院哲学的森严统治:也就是说将一种唯一的方法施加于所有学科,从语法、数学到神学,这种方法是把注意力集中到细微的点上(《论辩》),通过逻辑的工具遵守讨论规则,讨论的目的是最终得出形而上学的结论,达到某种超越时间的定论,随时放之四海而皆准。经院哲学要求知识具有严格的层次,用严格的技术语言表达这一层次,使用专业的术语,使之成为少数内行人的领域。"人们仿佛读到了《论我和他人的无知》中的彼特拉克!这没有什么令人吃惊的,因为他为自己的斗争进行的论证符合其观点,如第35页:"烧掉这些诗句的熊熊烈焰,我们自己也在劫难逃。对于人文主义者来说,肯定文学的核心特点,这不仅属于知识的理论,而且更是个人的美学经验。在文化学习的基础之上,从其根本上焚毁享乐主义者对于古代取得的成就、对于作为艺术作品的古代世界的痴迷:这是人们对于一种美产生的无私的、完全自由的热情,而这美本身就是对自我的证明,这证明过程不需要有别的理由,只要看看从中得到的真正的乐趣就足够了。"

③ 尼古拉·曼:《彼特拉克》,阿尔勒,1989年(英语版,1984年)。

④ 于戈·多迪:《彼特拉克》,巴黎,1991年(意大利版,1987年),第209页。

继承了古代的抨击模式，但是"《福音书》的教育激励着他宽厚地对待他人，能够原谅他人"①。只有帕特里克·吉利（Patrick Gilli）最近关于人文主义者和法学者的争论的书才又将彼特拉克重新置于文化笔战运动的核心，虽然弗朗索瓦·彼特拉克所谈的是 15 世纪的问题，而且更加关心论题的实质，而非争论的形式。②

很明显，弗朗索瓦·彼特拉克的历史胜利掩盖了他的尖刻，让我们觉得他的尖刻是自然的。不过，他的论战主义不是人们习惯上称的"人文主义的奠基者"的一代身上的次要特点或者他们放浪形骸的结果：相反，我想说明的是，这一抨击行为何以成为弗朗索瓦·彼特拉克的核心方法，我们要研究这三次抨击中所维护的知识分子的立场，考察文字以何种方式从笔战变为了知识暴力，同时要探究 14 世纪这样的暴力形成的社会条件。

作为荣誉的人文主义

这三篇抨击文章实际上涵盖了弗朗索瓦·彼特拉克的人文主义思想的要义，我们能够从"人文主义"一词中品味出哲学方法之外的东西，这样就降低了它的意义，或者相反，一般做法是把人置于世界观的核心地位，这就完全削弱了人道正义的合理性。如果我们将人文主义看作是由知识实践和社会实践组成，建立在价值观和社会、经济基础之上的文化系统③，那么这三篇抨击文章就划定了行动范围。

其中最短的一篇抨击文章写于 1355 年，锋芒直指一位匿名的红衣主教，从文章

---

① 于戈·多迪：《彼特拉克》，巴黎，1991 年（意大利版，1987 年），5 页。

② 帕特里克·吉利（Patrick Gilli）：《正直的贵族：关于中世纪意大利司法文化和法学家角色的辩论（12—15 世纪）》，巴黎，2003 年，该书的引言部分以彼特拉克的《对医生的抨击》一书开篇。我们也注意到有一些作品研究的是更加局部化的主题，但不是彼特拉克文学、文化计划中的论战活动的作用，比如苏珊·诺亚克（Susan Noakes）的《反对商业的论战者彼特拉克：他在阿维尼翁和威尼斯的肖像画》，《后世对彼特拉克的回应 1304—2004 年：人文主义的辩护与说明，彼特拉克诞辰 700 周年纪念》，巴黎，2006 年，第 51—60 页。

③ 艾蒂安·昂埃姆：《对彼特拉克的新解读：个体，作品与崇拜》，见布丽奇特·米里亚姆·贝多斯-雷扎克（Brigitte Miriam Bedos-rezak）、多米尼克·伊奥你丑-普拉（Dominique Iogna-prat）主编：《中世纪的个体》，巴黎，2005 年，第 187—209 页。

的第一页开始,这位主教就被当成了小丑①,在文章的后面他也依然未能幸免,尽管他身着主教的紫色长袍,却为作者所鄙视,因为正如弗朗索瓦·彼特拉克所说,不应该"看着鞍辔去评判一匹马的优劣"②:这位先生只不过是"高居于累累黄金之上而无半点品德的人"③。弗朗索瓦·彼特拉克指责他当年还只是教廷公证人时曾和自己交过朋友,而一朝当上红衣主教就开始翻脸诋毁中伤自己,嘲讽自己的无知、作品的肤浅和流俗。这段话除了包含个人恩怨之外,还涉及了文学家的社会地位,红衣主教指责弗朗索瓦·彼特拉克生活在残暴的米兰公爵的宫廷④,这一攻击是严肃的,因为他质疑了弗朗索瓦·彼特拉克的理想中的一个关键要素:由资助艺术的王公、牧师们保证的娱乐。而弗朗索瓦·彼特拉克的反击则让红衣主教的攻击显得很是尴尬,米兰公爵们并不残暴,不管怎样讲,在公爵们看来,他是自由的,正如他在王公、牧师们面前作为诗人所应该表现得那样的自由:

> 从我效力的年轻人身上,你肯定能够了解我的观点:他们并没有残暴地统治自己的祖国,而是在治理祖国。你公正廉洁,而他们和你一样远离暴君——至少现在是这样,因为我不知道他们将来会变成什么样。灵魂是善变的,对于那些不知道财富的邪恶之人和恣意行事之人来说更是如此。但是,假如你错误地将其指责为暴君,或者随着时间的推移,他们真的变成了暴君,或者揭去了隐藏至今的隐形秘密面纱,这又与我何干?我和他们在一起,但并非听命于他们;我住在他们的土地上,而不是栖身于他们的家中。我们和他们没有什么共同之处,只不过,在征得我同意的情况下,他们会不停地给予我特权与优待,至于建议、执行命令和管理公共事务则由那些天生适合这工作的人来承担。我

---

① 弗朗索瓦·彼特拉克:《抨击一位地位高贵但才智低下的人》,第378—379页:"那些在演出场合以博得笑声为己任的人,都穿着珠光宝气的衣服,头戴鲜红的帽子,他们骑着鞍韂华丽的骏马,在城里的广场和路口招摇过市。但待到神气活现的一天结束之时,他们让别人得以尽兴,晚上却被人踩到了脚下,人家脱下他们的衣服将其赶走。你的命运也将是如此,因为很显然,财富利用了你来给世界增添欢乐,表演节目。"

② 同上书,第418—419页:"但是以众神的名义,我请求你——那曾经批评过如此愚笨的我的人,请不要以马的鞍辔评判马的优劣。"

③ 同上书,第422—425页:"我承认,我不能使其进入,以使我尊敬在累累黄金之上而无半点品德的人。"

④ 同上书,第410—411页:"但是,现在该我本人洗刷冤屈的时候了,我不该被人指责是暴君的朋友和近人,仿佛我与暴君生活在一起便必然会与他们同流合污似的。"

自己只管潜心享受清闲、安静、安宁和自由，这就是我的活动和工作。①

对于自由的这一诉求也体现了社会上对于势力阶层的批评：世界秩序不过是财富骄纵的结果和真正的层层统治的结果，对于弗朗索瓦·彼特拉克和提出该主题的但丁而言，世界秩序乃是文人应该培育的对于知识、才能和品德的追求。②

《对医生的抨击》四部伟大作品出版两年之后，弗朗索瓦·彼特拉克又写出了《对上流社会的抨击》(Invective contre un homme de haut rang)，几篇作品在 1353 年被整理成集，主要反映的都是 1351—1352 年的一场争论。③对手同样是阿维尼翁教廷的人，他是 1352 年的教皇克莱芒六世身边的一个医生。争论的起因是教皇 1351 年 9 月的一场病，在如何治疗的问题上，教廷的医生们彼此争论不休。弗朗索瓦·彼特拉克在 1352 年 3 月 12 日一封著名的信里（《家书》V, 19）对医生们进行了嘲讽：

> 我知道你的病床已被医生们包围，这是我担心的第一个原因，他们之所以彼此意见相左，其实是别有用心，因为他们如果显得是在重复别人的话而说不出新的东西，就会觉得丢了脸。普利恩优雅地说："毫无疑问，这些耍诡计的人不惜通过任何标新立异的手段来博取名誉，哪怕以我们的生命为代价……医学是唯一这样的艺术：人们立刻对自称医生的人给予信任，却不知道他的欺骗更为可怕。可是，我们对此却不注意，每个人都梦想着疾病能够得到治愈。另外，也没有任何一部法律惩罚能够夺去人性命的无知，从没有过这种行为受到惩罚的先例。医生们靠着我们的危险学习、进步，拿我们的生命继续试验，只有医

---

① 弗朗索瓦·彼特拉克：《抨击一位地位高贵但才智低下的人》，第 414—417 页。
② 同上书，第 412—413 页："正如你看到的那样，我最好的一面或者是自由的，或者是为了崇高的、美好的目的而牺牲了自由，正是这选择了不再自由：这因此可以质疑和拒绝限制。这是为了我的灵魂。而我的另一面，它生活这人间，它必须臣服于它所存在的人间的君主。压迫地位低于自己的人，他们为什么就不能自己也受着凌驾于他们头上的人的压迫呢？恺撒说过：'人类是为某些人而活的。'人类所供养的这些人会令人民生畏，正如人民也会令他们害怕一样。所以，任何人都不是自由的：到处存在着奴役、毒药和陷阱，或许只有很少的一些意志坚强且又得到上帝眷顾的人能够最终战胜困难。你环顾一下这片大地吧：暴君无处不在。"
③ 关于这场争执，见南希·S. 施特吕弗（Nancy S. Struever）的《彼特拉克的〈对医生的抨击〉：雄辩术与医学的一场早期较量》，见《现代语言札记》，108，1993 年，第 659—679 页，以及博尔托洛·马丁内利（Borolo Martinelli）:《彼特拉克与医学》，见弗朗索瓦·彼特拉克：《对医生的抨击》，皮埃尔·乔治奥·利奇（Pier Giorgio Ricci）编：《多明尼格·希尔维斯特里的拉丁语文章及方言译本》，罗马，1978 年，第 205—249 页。

生的杀人行为可以完全免于制裁。"①

至此，我们只看到了对于一种职业的怀疑，而信的第二部分则展示了对于宫廷御医批评的真正实质，信中批评的不是治疗水平的低下，而恰恰是实践某一知识学科的要求：

> 的确，如今的医生们忘记了他们的职业，他们敢于走出他们的树丛，侵略诗人们的树林和夸夸其谈的作家们的田野，仿佛他们不应该去治愈疾病，而是应该说服别人，他们围在可怜的病人床边高声争论！……总之，你要避开医生，就像要避开要你命的人、杀人犯或投毒者。医生不是凭着他的科学而是靠着漂亮的话语而引人注目的。②

这次攻击引起了教皇身边的一位医生的反应，可能他对号入座了，认为自己就是这样既有实践又擅长诗歌、修辞的医生，他写了一本批判小册子，不过现在已经散失，所以我们只知道后来人眼中的获胜一方的观点，而甚至连医生的名字也都被忘记了。③ 弗朗索瓦·彼特拉克重新作出了回应，他发表了他的四本《抨击》(Invectives)，其主旨就是捍卫如下的观点：医学是实践科学，没有资格获得与哲学或修辞学等密切相关的理论学科地位。④

---

① 弗朗索瓦·彼特拉克：《家书》，4-7，于戈·多迪撰写引言并注释，弗兰克·拉布拉斯卡（Frank La Brasca）和克里斯托夫·卡罗整理成法语，安德烈·隆普雷翻译，巴黎，2002年，第5页，第19页，第214—217页。
② 同上书，第216—219页。
③ 关于医生身份的讨论，见博尔托洛·马丁内利，同前书，第209—211页。
④ 弗朗索瓦·彼特拉克：《对医生的抨击》，《多明尼格·希尔维斯特里的拉丁语文章及方言译本》，皮埃尔·乔治奥·利奇编，罗马，1978年，如 I, 16, 第74—75页；II, 9, 第126—127页；或者 III, 15, 第192—193页："你想要成为一位雄辩大师，你需要做到这一点，这是必要的，这对你来说就是一切，否则你就一无是处。每一天，因为你的举止，你都需要有一位辩护人，而其他人需要有一位能够安慰他们的人。但是，假如你是你宣称要成为的人，而非你自己的辩护人或者他人的安慰人，而是一位医生，假如你的目标不是得到众人的掌声，而是要治愈患者——这就是你的职责——这又有什么意义呢？你在想什么？你和你那些遥远的目标有什么关系？你的良知难道没有在你耳边不断低声说'你捉弄的这个人生病了'吗？你作为医生对自己说：这些词是什么意思？我常常跟你一再说：医生，你要去治病救人！你想要掌控的雄辩术是你的敌人：从你想要成为演讲家和诗人之时，你就不再是医生了。"

弗朗索瓦·彼特拉克秉承中世纪给学科排座次的传统，在他看来，医学是一门机械的艺术而非自由艺术，因此属于和狩猎、捕鱼、航行、农业一类，而不是逻辑学、修辞学、几何学一样的艺术。① 作为纯实践活动，医学属于不确定的认识，在其基础之上无法构建真正的知识体系。② 相反，诗歌、语言艺术都是真理的载体，是一种科学，不过这与这位医生的说法完全相反③。二者还存在着一个根本的区别：这位医生讽刺弗朗索瓦·彼特拉克时说文学是百无一用的学问，对此，诗人彼特拉克当然会予以批驳：医学是实用的和能够带来收益的，这足以证明它的卑贱，属于卑贱的生意；而文学则是庄重的，它不收取钱财，只关心知识和荣誉。④ 两位对手对于真理和知识的理解没有半点共识，所以就没有什么可谈的了。

这次的笔战不是关于文学家的高贵问题，而是针对面对医生这一宫廷空间的知识分子对手时文学家所体现出的价值。在宫廷内开始出现"医学化"⑤时，这里也会集了法学家、神学家、天文学家兼占星家，总之，这些专业人士在大学接受教育后服务于王公贵戚。弗朗索瓦·彼特拉克通过包括著书在内的实际行动，去构建一个新的姿态：大公无私，非专业化，不从事任何有报酬的活动的文人高风亮节，虽然他很希望从赞助艺术的富豪那里取得具体的利益，让他们支持自己的艺术活动。⑥

这些抨击文章中包含的对经院哲学的尖刻批评延续到了20年后的《反对诋毁意大利的人》。如果说这部作品的攻击目标让·德埃斯坦是大学文化的产物，那么吸引

---

① 弗朗索瓦·彼特拉克：《对医生的抨击》，如 I, 10, 第58—61页："告诉我：既然财富可以搅乱一切东西，那么假定你也想要搅乱艺术，将自由艺术变为机械的艺术——既然你无法让自己成名——，那么为什么不把雄辩术变为航海艺术，而是变为了医学艺术呢？"

② 关于认识论和逻辑学方面的深入分析，见南希·S. 施特吕弗，同上书《彼特拉克的〈对医生的抨击〉：雄辩术语与医学的一场早期较量》。

③ 同上书，如 III, 4, 第146—147页："你说一门科学就是一个可靠而不变的学科，你说得不错：之后你又补充说诗歌使用了因时代的不同而变化的量度和术语，你进而认为诗歌应该排除在科学和艺术之外。你这话是我闻所未闻的令人厌恶的话。诗歌本来就别具特色，人们又怎么可以指责呢？有没有可以不使用语言的科学呢？"

④ 同上书，III, 2, 第138—143页，如："哦！疯子呀！你竟然相信是艺术的实用性赋予了他的贵族身份！恰恰相反！"

⑤ 围绕着约瑟夫·沙兹米勒（Joseph Shatzmiller）和迈克尔·莫克沃格（Michael McVaugh）提出的这一概念，对其进行的综合研究，见《医学伦理与实践：中世纪》，46，2004年春。

⑥ 艾蒂安·昂埃姆：同前书，第197—200页，以及《宫廷文化和国家科学》，见《社会学研究文集》，133，2000年6月，第40—47页。

攻击的同样还有他的法国人性格以及他对意大利的蔑视。[①] 14 世纪 50 年代抨击文章的问题具有社会特点和专业特点,而这次又增添了一层地理色彩,它不无现代意义上的民族色彩,弗朗索瓦·彼特拉克从中展示了一种突然出现的人民心理学,成为当时的一种全新科学。[②] 它把保卫意大利、保卫全人类和保卫古代融合到同一场战斗之中,而法国特别是巴黎,从所谓的经院哲学晦涩内容中被摒弃了。这次他的对手不再匿名,而弗朗索瓦·彼特拉克也永远不会称呼其名,只是简单地叫他"野蛮人"[③]。

抨击文章于是参与了构建一个被皮埃尔·布迪厄称为"有特色的"项目,这是被理解为文化体系的人文主义的发动机,其核心是一位作家的新的尊严,它打破了社会等级制度和职业竞争的束缚,唯一的目标就是培育一门具有古代模式或意大利模式的艺术。这一模式的意义一直延续到当代文化,说明这场笔战取得了成功,并证明这笔战不是人文主义的次要方面:正相反,它是成功的决定要素之一。论证技巧本身也带有这一融合的印记:对文献学的关注常常被当作人文主义活动的核心,这是弗朗索瓦·彼特拉克笔战的不可分割的一部分,对文献学的关注也成为洛伦佐·瓦拉(Lorenzo Valla)在论证君士坦丁大帝的假捐赠过程中的重要组成。[④] 这样,

---

[①] 关于此次争论以及对让·德埃斯丹文章的批评,见莫妮卡·贝尔特(Monica Berte):《让·德埃斯丹和弗朗索瓦·彼特拉克》,意大利墨西拿,跨学部人文主义研究中心(Centro Interdipartimentale di Studi Umanistici),2004 年。

[②] 弗朗索瓦·彼特拉克:《反对诋毁意大利的人》,此类例子很多,见第 326—327 页:"罗马人不会令朋友生畏,只会让人喜欢。厌恶罗马人的高卢人只不过是因循着世代继承下来的一种仇恨而已,他们认为罗马人不会有人喜欢,我必须承认,他们对罗马人的害怕并非没有根据,但是其敌意是不公正的,因为罗马人从未伤害过他们,虽然高卢人的祖先曾被罗马人战败、征服并被当作战利品加以炫耀,被迫向罗马人进贡。"22,第 330—331 页:"高卢人兴高采烈,欢欣鼓舞,人人都举杯庆祝。"22,第 332—333 页:"幸福的民族呀,他们自认为是最优秀的,而别人都是最差的,至少,只要有可能,他们就会将虚假的赞誉献给自己,以示庆祝!"

[③] 弗朗索瓦·彼特拉克:《反对诋毁意大利的人》,第 256—257 页:"此人没有任何理由来怪罪我,因为:假如说'野蛮'一词让他火冒三丈,这不能怪我本人——这个词并非我发明的——他要去怪所有的历史学家和地理学家,他们人数多到无法在这一封信之中一一列举。他们中又有哪一位没说过高卢人是'蛮族'呢?";第 336—337 页:"为了不始终站在谴责者的一边,我不会否认,高卢人有不少理由解释自己为何不能成为饱学之士,做违背自然的事都是徒劳无功的,从本性讲,高卢人学东西是有困难的。"

[④] 洛伦佐·瓦拉:《关于君士坦丁大帝的捐献,一场骗局》,巴黎,1993 年(只有法文文本);洛伦佐·瓦拉:《君士坦丁大帝的假捐献》,米兰,1994 年(拉丁-意大利语)。

弗朗索瓦·彼特拉克指责让·德埃斯坦曲解了维吉尔和吕坎（Lucain）的诗歌，并错误地解读了蒂托－利夫（Tite-Live）的作品，蒂托－利夫可是见证罗马辉煌的伟大作家。①

文学体裁与知识暴力

这些研究也提醒我们，人文主义的笔战是一种文学现象，它遵守着体裁的规范，这引出了我们的文集的中心问题：在什么情况下弗朗索瓦·彼特拉克的抨击文章可以算作是知识暴力？因为，不是任何笔战和宏观角度上的任何与众不同都属于知识暴力。而且，文学的法则会不会吸纳这种矫揉造作的知识暴力呢？为了回答这些问题，有必要走近笔战的书写本身一探究竟。②

弗朗索瓦·彼特拉克在抨击文章的写作中会使用各种传统的手段，包括好斗的比喻、暗示忽略法以及所有的论证方法，把卷入冲突的罪责抛给对手。③同样，他总是把真理放在冲突的中心地位，他虽然本性偏爱休息，但他的声誉和力量促使他去

---

① 弗朗索瓦·彼特拉克：《反对诋毁意大利的人》，同前书，如第 286—287 页："他不知道——我没有说'这个白痴'——saevus 一词的意思是'可怕的'，正如《阿奈德人》有名的第一句诗中的用法一样。"第 310—311 页："关于这一话题，我什么也不会多说，否则会显得冗长。蒂托－利夫对他的《罗马史》的第 9 卷已经谈得很好了。要让野蛮人读到它，要让他们气死。"第 372—375 页："这个人非常天真地补充了吕坎（Lucain）的这段诗，并将其中与我们的争论无关而无须评论的部分删去：'人类所求无多。'他希望以此展示自然没有太多索取，正像那句著名的谚语所说的。但是，这段诗没有被单独拿来反驳人们强行赋予它的含义，那么它在其所处的上下文中另有其他不同的含义。"

② 关于中世纪的抨击，见作品集《中世纪的抨击：法国，西班牙，意大利》，5，1994 年。

③ 弗朗索瓦·彼特拉克：《对医生的抨击》，同上书。该书以如下的文字开篇（第 44—45 页）："不管你是谁，你用可怕的吼声唤醒了我沉睡的笔，将狮子从睡梦中惊醒，我们敢这样说，你很快就会意识到：粉碎别人的美名——因为你禁不住要表达——是一回事，而懂得如何捍卫自己的名誉则又是另外一回事。"关于用军事所做的隐喻，见第 134—135 页："的确，我搞错了，新的希波克拉底，新的亚里士多德。的确，你的侮辱迫使我投入了反对你的战斗，你的第一个轻装步兵阵已经陷入绝境！我现在就要对你的三段论重甲部队发起进攻，而你把获胜的全部希望押在了他们身上，仿佛这就是你的王牌骑兵部队似的（……）"

行动，他模仿好战的贵族式的思想规范，特别是文学规范。① 首先，笔战的诗学体现在词法层面，运用话语明显的功能谩骂，可以把对手说成是野蛮人、肮脏的人、垃圾、野狗和小丑，更不必说其他构思更为精巧的人身攻击，以此最终彻底否认对手的哪怕一点点的品质。②

有时候，人们会不遵循抨击文章的和指责文章的传统模式，对此弗朗索瓦·彼特拉克本人非常清楚，在写完第一篇《对医生的抨击》时，他表示："如果你是正确的，那么我的回应也会是正确的。你听到的是配得上你的回应类型，而不是我习惯的写法。"③ 在此，弗朗索瓦·彼特拉克强调了他的笔战的一个根本特点：不会被迫去做出修改或使用理智（"理智让我缄默"④），笔战可以违反传统的对话标准，演变为知识暴力，它不单单是被调节的话语空间里的一种激烈的观点交流。

这种暴力无法简化为词法的选择或文学类型的模仿：这种暴力首先是一种语法，在对话者搭话的方式上做文章。从这点看，针对红衣主教的抨击文章运用的是传统的模式，因为它使用了第二人称的写法手法：在文中，弗朗索瓦·彼特拉克直接和对手讲话，仿佛只有他们两个人存在。而抨击让·德埃斯坦的文章则有所不同，文中的弗朗索瓦·彼特拉克是和一个朋友在谈论不在场的让·德埃斯坦，第三人称（那个"野蛮人"）和第二人称（被他当作证人的朋友）交替使用，这种构思可能并非毫无意义，因为话语的语气更加激烈。但是最能够说明问题的当属《对医生的抨击》：弗朗索瓦·彼特拉克在第二人称和第三人称之间犹豫不决，其构思参考舞台设计，他仿佛在与一群隐身的观众密语，与他们谈论他的对手，而对手却能把他的话听得一清二楚。彼特拉克这样逐步编排了一段独白，揭露了对手作为对话者的卑劣，他

---

① 弗朗索瓦·彼特拉克：《对医生的抨击》，第 44—45 页："我们之间的斗争既与钱财无关，也不涉及权力，而只是关于名誉，即你缺少的东西，这自不必说！但是，既然你逼迫我屈尊出手，既然我必须要说些什么（因为对你所作所为的不屑一顾，我有时候想要什么东西，也就作罢了，所以，对我的沉默不语，你或许该庆幸才是），所以我要对你的某些话做出回应，如果我偶尔使用了不同以往的口气，那么我要致歉，向我的读者致歉，而不是向你。"

② 同上书，如第 66—67 页："对于自己所说的每句话，你都说自己一无是处，一无所长，一无所知。"106-107 页："但是对你，我要冒昧地说：我们不能诽谤根本不存在的东西，你懂我的意思。"

③ 同上书，第 I 页，第 22 页，第 80—81 页："如果你说过了，你也同样会倾听的。你听到了，但那不是他习惯上讲的东西，而是你想要听到的东西。"

④ 弗朗索瓦·彼特拉克：《论我和他人的无知》，第 52—53 页。

之所以讲话，仅仅是为了表明他不与对手讲话（"可是，我正在和谁讲话呀？我感觉我自己和你一样可笑：我在对着驴子或你来弹琴。你会对我说：'我听到了，但是什么也听不懂。'"①），不过，他只与外面的公众讲话，在这些观众眼里，这意味着另一方并不存在（"我们的哲学家匆匆忙忙要去哪里呀？他凭借可怕的三段论，展示了诗歌的百无一用，我羞于引用他的话，因为我不希望人们在我的话里发现什么毫无价值的东西。"②），因为知识分子圈子里，难道还有比当着某人的面说他的坏话而对他视而不见更加具有杀伤力的吗？我们于是看到了"知识暴力"概念的可能的意义，在介于纯粹表述的羞辱和有理有据的争论（甚至言辞激烈）之间的空间里，它的前提是对于论证方法达成共识。知识暴力以理智的话语形式展开，目的是战胜对方，而非说服对方，与象征性暴力中的思想灌输没有任何关系，是要对方用他自己的话语来讲话。总之，知识暴力是在知识方面否定对方的理智，而不是否定对方的各种理由。

知识暴力的社会条件

这些语法选择的彰显会带来一些后果：暴力的展开需要一定的条件，它要求话语变为独白，和另一个第三者谈论某一个被迫沉默的人。弗朗索瓦·彼特拉克在一段文字中这样写道："我不是在为你讲话，而是为我们的读者在讲话。"③然而这里所说的读者，这位证人，并不只是虚构的写法，它的存在提醒人们：这些冲突有着一群观众，一个接收的场，同时也是宣判的诉讼，是阿维尼翁或米兰的教廷。与其对手一样，彼特拉克的努力不是为了进行对话，而是为了当着当权者的面战胜对手，这些当权者包括国王、教皇、大公和红衣主教，他们的手中掌握着弗朗索瓦·彼特拉克一干人等的社会命运和经济命运。

与经院哲学派关于知识和知识等级的对话如果没有共同语言就无法达成共识，弗朗索瓦·彼特拉克及其对手走进了没有交集的知识空间，他们因为难以估量的伟大问题而对峙。另外，他们活动在共同的制度空间里，即宫廷的空间，恰恰是这一

---

① 弗朗索瓦·彼特拉克：《对医生的抨击》，第 68—69 页。
② 同上书，第 138—139 页。
③ 弗朗索瓦·彼特拉克：《论我和他人的无知》，第 152—153 页。

点清楚地展示了知识暴力的社会条件。话语彼此对立，不是为了在同一话语层面求得正确，而是为了在非论证层面（在社会层面）的竞争中与对手争个孰是孰非[①]，从这一刻开始，笔战就变成了暴力。

共同的对话空间里，知识分子面对着水火不容的价值观体系的对立，这一对立无法避免却又没有出路，于是内部出现不和，弗朗索瓦·彼特拉克对这一转变看得清清楚楚，他在《对医生的抨击》的最后几页这样来解释他的文学活动：

> 而你，我的读者，不管你是谁……如果你无意中看到了这些无关紧要的信件，我就要对你细说一番……我为什么要诋毁他人的名誉？要我去攻击一个可敬的人，这是不公平的；要我去攻击一个毫无信誉的人，这是毫无意义的……如果一门科学和另一门科学之间出现了矛盾，或者是因为它们的目的论，或者是因为其他的主题，致使引起观点的分歧，此时，是否需要立即付诸文字、为了探求真理而不惜动武，仿佛凭借仇恨与暴力就能够找到真理？[②]

弗朗索瓦·彼特拉克最后被迫做出肯定的回答，因为除此之外别无其他办法：

> ……从本心而言，如果和我对话的是一个骄傲、妒忌、盲目、冒失而又无知的家伙，除非他靠着伶牙俐齿把我强行撵出我的宁静城堡，把我拖到这充满谩骂灰尘和噪声的竞技场，否则我永远也不会进行这样的争吵。[③]

看来矛盾断无解决或平息的可能了，有的只能是立场不同、难以调和的人之间周而复始的竞争，他们的立场基于制度和社会原因，通过竞争获取有限的资源，在当时是指取得在君主身边的地位和利益（用最直白不过的说法就是弗朗索瓦·彼特拉克靠着宫廷生活[④]），这或许可以解释中世纪末期宫廷中的论战的某些形式何以经久不衰。

从这一意义上说，知识暴力似乎是随着对手们在同一个社会制度空间展开竞争

[①] 艾蒂安·昂埃姆：《对皮特拉克的新解读：个体、作品与崇拜》，同前书。
[②] 弗朗索瓦·彼特拉克：《对医生的抨击》，第 IV, 12，第 238—243 页。
[③] 同上书，第 244—245 页。
[④] E.H. 威尔金斯（E. H. Wilkins）：《彼特拉克的教会职业》，见《鉴》，28，1953 年，第 754—775 页。

而不断增长的,这些对手没有共同的知识范式,其目的也非争个是非曲直,而是要逼得对方哑口无言,他们靠的是当局的认可,而评判的标准也与知识无关。知识分子实践中的这一暴力被弗朗索瓦·彼特拉克的评论者、哲学和社会学赶出了公共空间,在确定知识暴力这个概念的标准词义时,永远不能将其视为一种病理学或一种机能障碍。如果说知识暴力概念有着分析意义,那恰恰是因为它在同一个社会和制度空间内部揭示并制造了知识分子的界限。这种暴力有时候转向独白且又拒绝与对手对话,既是他律的标志——因为它与君王对话,同时也是革新的标志,因为它在知识的旧体制中讲的语言无法翻译。① 这种暴力有时无法被宽容,但同时又是奠基者:它远非副作用,而是知识分子革命尝试实现制度化的行动之一,有时候会取得成功,如在人文主义方面,这一暴力对我们来说好像是在合法地反对那已然无可奈何"中落"的中世纪。

---

① 这些思考受到了托马·S.库恩(Thomas S. Kuhn)的启发,见托马·S.库恩:《科学革命的结构》,巴黎,1983年。

教士的镜子：宗教战争（1560—1574）之初天主教和新教改革派之间的神学争论

热雷米·福阿

为了怀念皮埃尔·沙布里

虽然历史文献学研究取得了巨大的进步，人们依然对查理九世和他的母亲卡特琳娜·美第奇抱有成见，而实际上，他们二人都是和平主义者，始终与引发天主教和新教对立、引发宗教战争的各种暴力进行着不懈的斗争。① 他们不仅坚持推动和谐政策，改善基督教和倡导思想自由的人之间的关系，而且从法律上颁布了和平敕令，促进对立宗教信徒和平相处。② 通过内战后颁布的这些敕令和法令，国王请求臣民们摒弃前嫌，放下武器，像"兄弟、朋友和同胞一样"友好相处。

发出和平的倡导当然不可能立即就让法国人实现和解，人们不可能真心实意地原谅敌人，因为暴力事件达到过前所未有的地步，人们彼此的仇恨似乎难以遏制。③ 更何况，两个宗教派别都认为只有自己才掌握着唯一的真理，和解于是显得更加不确定。因为虽然法律上的多元主义能够保证每个群体的完整统一，但是它同时又构成了对每个群体的完整统一性的威胁：它要求两个宗教必须共处，而宗教共处的定义及合理性的前提是掌握永恒的真理。因此宗教共处出现了矛盾的倾向，它反而加

---

① 这篇文章从奥利维耶·克里斯坦（Olivier Christin）指导的一篇题为《争论的职业：法国天主教与新教的争论（1561—1572年）》的硕士论文中受到了启发，里昂二大，2000年。

② 1562年1月的《昂布瓦兹敕令》（1563年3月—1567年3月）、《隆朱莫和平敕令》（1568年3月—1568年9月）、《圣日尔曼敕令》（1570年8月—1573年8月）以及1573年7月的《布洛涅敕令》。各篇和平敕令最好的版本贝尔纳·巴尔比什［（Bernard Barbiche）主编］可以查阅网址：http://elec.enc.sorbonne.fr/editsdepacification/

③ 德尼·克鲁泽（Denis Crouzet）：《上帝的战士：宗教混乱时期的暴力（约1525—约1610年）》，塞塞尔，1990年，两卷。

剧了差异性和各自的身份认同。① 同样，宗教上的敌视即便在和平时期也会始终存在，只不过转移到了地下或者得到了疏导。国王命令法国人不要再兵戎相见，于是不肯放弃胜利目标的两个阵营就开始使用其他的武器继续进行战争，他们大量使用和平时期允许的工具设法"遏制"对方：司法上的纠缠、政治的竞争或者空间的隔离。② 城市空间里和政治、司法舞台上的斗争在继续进行，这也许是因为暴力的知识转变带来的最惊人的结果：以批判小册子形式出现的真正战争在宗教战壕间展开了，结果不光印刷品空前地大量增加，而且博学知识大量兴起。③ 天主教和新教的神学家们互相争执、发生口角，成为这些知识化了的竞争形式的范例。取得了两次胜利的冠军自诩证明了他们的宗教具有优越性，能够争取听众，也自然能够争取对手。

一方面因为法国的教派之争来得很晚，无力让非常虔诚的宗教信徒改变信仰；另一方面因为历史学家知道故事的结尾，而查理九世的故事结局很糟糕，所以这些和平的竞争曾经长期被人忽略，归入历史逸闻，断不会再被提起。这胜利者的故事非常灵活地给了神学争论一个合理的地位：除了"失败者"一词外，如何以另外的方式定义这些宗教问题辩论家呢？他们在一开始辩论时就宣称争取了对手、说服了听众，可是他们最终必将在夜幕降临时离开赛场，从没有真正胜利过，也没有真正犯过错误。没有任何一场争论能够让什么人皈依其他宗教，包括观众和竞争对手。正相反，受邀请的世俗人士费尽心机隐藏他们的愁烦，而神学家们终究要摆脱文明对话的条条框框，使用威吓、对人不对事的论证、抨击文章、嘲讽讥笑、暗示或者谬误

---

① 艾蒂安·弗朗索瓦（Étienne François）：《德国的新教教徒和天主教教徒：奥格斯堡的身份与多元化，1648—1806年》，巴黎，1993年。

② 围绕暴力问题进行的司法、政治对话，参考奥利维耶·克里斯坦：《宗教和平：16世纪政治理性的自治》，巴黎，1997年；关于抨击文章之间的战争，参考卢克·雷科（Luc Racaut）：《仇恨在印刷：法国宗教战争期间的天主教宣传和新教认同》，2002年；关于空间的冲突，参考热雷米·福阿：《"他们把耶稣安置在了错误的村庄"：关于宗教战争对于"私人空间"诞生的促进作用的评述》，见《城市历史》，2007年9月19日，第101—115页。

③ 安东尼·格拉夫通（Anthony Grafton）：《博学的悲剧原因：脚注的历史》，巴黎，1998年；弗朗索瓦·拉普朗什（François Laplanche）：《17世纪的宗教争议与历史的诞生》，见阿兰·勒布鲁埃克（Alain Le Boullouec）编：《宗教争议及其形式》，巴黎，1995年，第373—404页。

推论,简而言之,都是些他们过去禁止使用的计谋,而恰恰都属于知识暴力范畴。①

如果拒绝把这些交锋当成难以挽回的失败,那么我们就要去思考这些意外的变化,去思考争论者们何以一次又一次地去违反自己一手精心制定的规矩。尽管争论者们很痛快地坦言,表示他们对这些对话交流不抱什么希望,把其间的知识暴力当作他们失败的标志,还是应该暂时抛弃意向性的方法,而使用演讲会上的功能主义研究方法。辩论者们使用的知识暴力有什么用呢?这证明了他们的无能吗?这仅仅反映了一个礼仪沦丧时代的思想价值观吗?或者正相反,知识暴力是宗教斗争有效而合理的工具吗?实际上,辩论中的知识暴力仿佛不是什么失败的耻辱烙印,而更像是神学家的制胜法宝:单凭它就可以保证专业的人士能够战胜业余的人,贵族战胜群氓,特别是保证宗教人士战胜不信教的人。所以,并不是凭借着现有的比分就可以取得比赛的胜利。②

消除暴力:清理辩论活动

"今天的争论已经变为关于应该如何去争论的讨论了。"17 世纪初的一位争论派人物这样抱怨道。③ 这一看法用来说 16 世纪 50 年代非常贴切,因为当时,在辩论之前,没完没了的空泛讨论迫使对手就辩论的程序问题争执不休。这样,1566 年 7 月 1 日在巴黎进行的一场辩论经过了 8 天的吵吵嚷嚷,就辩论的组织安排事宜达成一致后,才终于正式开始。先行讨论的问题包括:讨论的地点,参加辩论的人数,调解人的数量,发言的时间,辩论的话题,允许参考的书籍,等等。与辩论者们的看法

---

① 关于驳斥的技巧和形式,参考马克·安若诺(Marc Angenot):《抨击文章中的话语:现代话语的类型》,巴黎,1982 年;吉尔·德克莱尔(Gilles Declercq):《人身攻击的论据的变形》,见吉尔·德克莱尔、米歇尔·缪拉(Michel Murat)、雅克琳娜·当热宋:《论战的话语》,巴黎,2003 年,第 366—367 页;吕特·阿莫西(Ruth Amossy):《法国挑战罗曼·罗兰:人身攻击的论据的使用》,见利斯·迪马西(Lise Dumasy)编:《抨击文章,乌托邦,宣言》,巴黎,2001 年,第 167—184 页。

② 该项工作很大程度上得益于奥利维耶·克里斯坦的思考和宝贵建议,尤其是他的论文《国家层面上学术空间的形成:16—17 世纪的宗教讲座》,《社会科学研究论文集》,(2000 年 6 月),第 53—61 页。

③ 穆兰和贡捷的先生们之间进行的真正的讨论会,由萨利涅阿克男爵夫人协助促成 [1609],引自雅克·帕尼耶(Jacques Pannier):《亨利四世时期巴黎的改革的教会》,巴黎,1911 年,再版。日内瓦,1977 年,第 241 页。

不同，为了能够表达不同意见而求得共识，花在这方面的时间算不得毫无用处的争吵。尽管辩论者对这些烦琐的准备工作不屑一顾，但游戏规则恰恰是在这些准备工作过程中制定的，同样，人们正是在口头争辩中看到了在挑战对手时自己可以赢得什么，可能失去什么。

教派之间的会议继承了中世纪争论的传统，被当作是一次学校的考试，因而必须让它免受身体暴力和突发的经济问题的干扰。① 于是，首先要清除外部的无关事物，以保证每个竞争者都拥有相同的武器和相同的衡量标准，总之，要给予竞争者同样的机会去维护自己的宗教信仰，也给予非宗教人士自由表达见解的机会。1567年在普瓦图的蒙费尼耶进行辩论时，牧师向听众们保证说，这场活动能够让人看到"这个王国里的两支宗教中到底谁才是上帝安排的"。②1563年在奥尔良，地方长官指出"他本人及他随行的支持者们都希望不同意见间的辩论能够让人放心并信任，因为对于宗教问题，人们常常相互攻击，他因此呼吁方济各会修士和新教牧师来做裁决。"③为此，人们专门为不同意见的表达和倾听划出了一块自由、中立而且神圣不可侵犯的空间。首先，在当时的多事之秋，制定具体细则绝非多此一举，辩论过程中严禁使用身体暴力，武器必须留在门口。比如在巴黎，从1566年开始，牧师们就拒绝在蒙庞西耶（Montpensier）公爵家中进行辩论，因为辩论现场周围站满了手持武器的人。④又如，南特的天主教徒（1562年）多次婉言谢绝了一些讨论会的邀请，因为人们在这些地方可能会遭遇危险，他们在回绝时表示歉意说：那些地方"没有建议不要执武器前往"⑤。虽然在当时看来可能很奇怪，但人们还是把禁止言语暴力列为辩论合约的中心条款。这样，1563年在奥尔良，神学家们一致认为应该"在辩论过程中

---

① 关于成功的和未成功的考验和荣耀，见卢克·博尔坦斯基（Luc Boltanski）、洛朗·泰弗诺（Laurent Thévenot）：《论论证》，巴黎，1991年。

② 莱昂纳尔·阿马里（Léonard Amary）：《两位新教牧师和索邦大学一位里昂卡尔默罗会神父的讨论会，马耶泽主教在普瓦图的蒙费尼耶贵族之地进行的布道》，出版地不详，1567年，第1页。

③ 《奥尔良一位方济各会修士与新教的"上帝之音"派一位牧师之间的争论与讨论》，出版地和出版时间不详（约1564年），第18页。

④ 《1566年7—8月索邦大学两位神父和两位卡尔文教牧师在巴黎举行的研讨会的文集》，凡尔登，1568年，第6页。

⑤ 雅克·迪普雷（Jacques Dupré）：《与布列塔尼地区南特市牧师的讨论会：卡巴纳和布尔·戈涅尔，由巴黎的神学博士、南特圣保罗教堂的普通传道者雅克·迪普雷先生在7月组织》，巴黎，1564年，第2页。

摒弃彼此抨击或使用尖酸刻薄的用语"①。在里昂，皮埃尔·维雷（Pierre Viret）写道：最好是进行争论，而不"使用抨击文章挑唆人们彼此仇视，挑起纠纷"②。

为了不让任何人垄断不恰当的力量，人们把那些可能影响判断的信号抛得远远的，或者让人看不到。的确，对这样的信号最好视而不见，以便公正地评判辩论者的表现，防止显赫的声望赋予辩论者从其他地方获得的不适合用来争论的力量。③首先，人们把前来为自己加油鼓劲的支持者的数量压缩到最少，牧师让·德勒埃斯皮纳（Jean de l'Espine）接受参加巴黎的辩论的先决条件便是"为了避免尴尬，现场的人要少之又少"④。因此，辩论者们得出结论："聚会要有私密性，要在内韦尔（Nevers）先生的家里，只有在这里才适合布永先生（Bouillon）和太太、两位神学家和各位牧师前来了解情况。"⑤ 很快，所有先期的讨论都得出了同样的结论：必须严格压缩列席者的人数。在奥尔良的克拉旺，让蒂昂·埃韦尔（Gentian Hervet）只有在"当着手拿书籍的两三个诚实的人的面"才愿意出席辩论会，因为"他担心百姓中间（他们可不会老老实实服从安排安静地坐在那里）会出现反抗的声音"⑥。人们说传道和皈依宗教可以使神学家的思想更加活跃，而我们却看到对于百姓的恐惧与这些目标有多么的不和谐。

要求辩论者仅凭自己的才能为自己的信仰辩护，这就意味着对话的地点要保持中立，竞争各方不应该熟悉，也不应该让人感觉像是主人在自己家以盛气凌人的姿态接待客人。因为一个充满了能够识别身份的符号的恰当空间，是上演象征性暴力的绝佳地点，这里可以不必诉诸武力就能让人接受未经讨论的定义和座位安排。因此，保持辩论地点的中立性这是必不可少的条件。于是，庙宇、教堂等宗教建筑被

---

① 《奥尔良一位方济各会修士与新教的"上帝之音"派一位牧师之间的争论与讨论》，出版地和出版时间不详（约 1564 年），第 3 页。

② 皮埃尔·维雷：《皮埃尔·维雷回应让·罗皮特尔向里昂新教牧师提出的问题以及其他针对他本人及其同伴的问题》，里昂，1565 年，第 6 页。

③ 卢克·博尔坦斯基和洛朗·泰弗诺：《论论证》，同前书，第 273 页。

④ 《1566 年 7—8 月索邦大学两位神父和两位新教牧师在巴黎举行的研讨会文集》，文章按日期编排，斯特拉斯堡，1566 年，第 5 页（新教版）。

⑤ 同上书，第 8 页。

⑥ 让蒂昂·埃尔韦（Gentian Hervet）：《对奥尔良新教牧师撰文批判让蒂昂·埃尔韦的书信和著作做出的回应》，1565 年，第 23—24 页。

排除在一边,当让蒂昂·埃韦尔建议在本堂神父的住处举行会议时,牧师们立即反对,辩论于是只好在村子里一个农妇的家中进行。只有奥尔良的天主教徒不得已在教堂讲话:在一座长期被新教教徒把持的城市里,在天主教神父已全部被赶走的情况下,能够组织辩论已然就是巨大的胜利了。如果辩论者们不住在同一地点,他们就会选择与其所在的两个本堂区距离的一个地方,这样便不会有任何一方可以坐守自己的住处。那么在兰斯,应该在什么地方安排让蒂昂·埃韦尔和奥尔良的牧师于格-叙罗·迪罗西耶二人的辩论呢?让蒂昂·埃韦尔说:"你们想让我专门走一趟奥尔良去辩论,而我却想让你们来我的兰斯。"①动身前往对手那里去辩论的一方等于把象征性的胜利拱手让给对方,还未参加辩论其实就已经输了。不仅如此,如果在自己地盘上,神父和牧师都能够得到自己的信徒的鼓掌支持。让蒂昂·埃韦尔因此建议选择位于兰斯和奥尔良之间的一处中立地点:"我同意选在巴黎,这里正好位于兰斯和奥尔良之间。因为这样,我们彼此都不会受到鄙视。"②最后,人们有时候会请一位协调人来监督发言时间的公平,因为判断一位神学家的价值不能只看他得到了多少掌声,只有严密的逻辑和有关《圣经》内容的准确性才能从理论上决定论述的力量。

知识暴力无法抗拒的吸引力

神学家们事先一致同意使用"支持"和"反对"的方法,特别是按照严格的三段论形式组织逻辑和驳斥技巧,一位牧师和奥尔良一位方济各修士在争论圣人求情问题时就使用了这种方式交流,任何辩论都是这样开始的。辩论的主题是圣人求情问题,而那位方济各修士首先提出了自己的论题:"罪人色萨利人向圣保罗祈求说:圣保罗要求做到这些,为什么我们心中只能想着圣人呢?他们没有罪恶,他们为我们祈祷,我们难道不能也去祈求他们要他们做到这些吗?"牧师反驳说:"结果毫无意义,因为受的是一个人的指引、许诺和榜样示范,而不是另一个人的。"根据预先制定的规则,如果在《圣经》中找不到任何例子,那么论据自动算作无效。那位方

---

① 让蒂昂·埃尔韦:《驳于格·叙罗,即对奥尔良所谓的卡尔文教牧师于格·叙罗批判天主教宗教信仰的亵渎神明的文章的反击》,兰斯,1567年,第4页。

② 让蒂昂·埃尔韦:《驳于格·叙罗》,同上书,第4页。

济各修士于是变换了攻击角度:"如果您说:祈求圣人我就会将他们变为人神之间的中介人,这样我就剥夺了耶稣的荣誉,那么我同样有很多理由说:您要求人们为您祈祷,是在把人变成你的中介人。"经过了几个回合的交锋,牧师提出了新的建议:"让我来这样组织我的三段论:最后一天没有圣人的求情,圣保罗希望从色萨利人那里得到的希望被放到了最后的一天,所以,这希望一点也不会寄托在圣人的求情上。这是形式上和方式上的三段论。"①

辩论就这样持续了整整一个下午,说实话,连听众们都被折磨得难以忍受。在听了一上午的辩论后,奥尔良的地方长官西皮埃尔(Cypierre)叫嚷着离开了会场,身后紧跟着他的随从,他们一个个无不如释重负地长出了一口气②。内韦尔公爵也很快离开,返回了巴黎,不过他倒没忘记致歉,说这是因为"布永夫人身体不适,自己也还有些私事,而且他是想让辩论双方都放松一下(……)双方可以将各自的反对意见和回应以书面形式写下来,并且签字"③。从早上就开始的辩论让大家昏昏欲睡,而且还要这样持续到晚上,听众们全都不胜其烦。辩论双方此时立即搬出了文明的手段,以保证局势不至变得与事先计划的目标南辕北辙。辩论不仅要求非宗教人士来点缀辩论气氛,还同时贬低《圣经》的权威,说它虽然能证明一件事情的正反两方面,可是却不能统一不同的神学家。然而随着辩论的进行,辩论双方逐渐抛开了事先定下的规则而去寻找其他更加惊人的技巧和手段,不再指望理性地驳倒对手的观点或者组织有说服力的论证来指责对手的信誉。这样,他们的手段从开始时使用贬低知识演变成为贬低学者本人。这些策略的设计思路就是从对人的论证过渡到真正的侮辱,虽然谩骂并不多见。我们因此知道,奥尔良的辩论还算是"充满和平气氛"的,"只有两句激烈的话,一句出自牧师之口,他说:方济各修士的上帝被老鼠吃掉了;另一句是自方济各修士的反唇相讥,他说:牧师们拿自己的上帝喂了狗。"④ 而在巴黎,神学家吕泽(Ruzé)好像也信誓旦旦地说要在胡格诺派⑤"祈祷的时

---

① 《奥尔良一位方济各会修士与新教的"上帝之音"派一位牧师之间的争论与讨论》,同前书,第17页。
② 同上书,第14—25页。
③ 《圣经》,法国国家图书馆,法文版,4683(15),fol. 112v(对巴黎争论进行的原始记录和公证材料)。
④ 《奥尔良一位方济各会修士与新教的"上帝之音"派一位牧师之间的争论与讨论》,同前书,第28页。
⑤ 16—18世纪法国天主教对加尔文派教徒的称呼。——译注

候去冲他们撒尿"。①

　　不过，神学家们更喜欢的方法还是揭露对手的自相矛盾，对手由于不能推翻论证，于是明显损害了自己的信誉，暴露了自己缺乏逻辑的弱点。如果说要证明一个宗教论证的错误非常困难，那么让对手自相矛盾进而无言以对则要容易得多。辩论者讲话的连贯性受到攻击却并不能说明其信仰的正统性，对人不对事的论据（包括指责讲话的不连贯性）会让神学的对立争论沦为神学家之间的决斗。这样的论据属于颠倒的权威论据②，是马尔多纳（Maldonat）常用的手段。为了诋毁对手贝特朗·德洛克（Bertrand de Loque）牧师的声誉，马尔多纳首先让对方接受上帝万能这一前提，继而从中推导出上帝无处不在，最后他又给对手猛力一击，他说：上帝的无处不在使得造物主可以同时出现在天国和圣体圣事仪式。后来，耶稣会会士马尔多纳描述他的虔诚的追随者时说："他有必要（……）否认上帝可以做他之前表示能够做到的事。"③对此，牧师选择不予回答，他于是就否定了自己的话语权。

　　人们也可以通过揭露对方的无知来迫使对手闭嘴，在普瓦图的蒙费尼耶进行的一场辩论中（1567年），关于女教皇让娜（Jeanne）历史年代的难题让一位傲慢的加尔默罗会修士蒙羞。这些问题对一位虔诚的宗教人士来说，远远不能消除不同教派观点的分歧，但其目的不是要揭露一个学说的恶习——不管是卡尔文教也好，天主教也罢——而是要通过借代的取消资格推导出一位神学家的无能和神学上的错误，把敌对方的宗教蔑视为异端，把对手讽刺为"野蛮人"。描写无知的词汇比描写异教的词语更加丰富。为了揭露对手的粗心大意，最有效的工具依然是古时候的语言工具，这是一种咒语，它的力量几近神奇："你能够闻到希伯来语的味道吗？"牧师这

---

① 《1566年7—8月索邦大学两位神父和两位新教牧师在巴黎举行的研讨会文集》，同前书，前言。
② 奥利维耶·勒布尔（Olivier Reboul）：《雄辩术导言》，巴黎，1991年，第178—179页："对人身攻击的论据是颠倒的权威论据，即驳斥一个观点，将这一观点与一个受人厌恶的人联系起来（……）揭露其言论的不负责任。"
③ 让·马尔多纳（Jean Maldonat）：《四先知——耶勒米亚、厄则克尔、巴路克和达尼尔评论；附加圣咏109篇阐述和关于与加尔文宗者在色当的早餐的书信》，巴黎，1610年。该信由让-玛丽·普拉翻译，让-玛丽·普拉：《马尔多纳和16世纪的巴黎大学》，巴黎，1856年，第295—325页，第314页（后引自《书信集》）。

样问蒙费尼耶的加尔默罗会修士，对方非常窘迫，小声说了句"一点点而已"。① 这些交流让我们进一步看清了没完没了的辩论的功能，涉及词源学、哲学或教会圣师生活、著作学说等，这些辩论虽然有专业领域之外的人士出席，却搞得旷日持久。这些外行人士固然不理解交流的意义，但他们却能够一眼看出哪位反应不灵活，或者操着几种语言的人突然卡壳了，也能看出哪位蹩脚的历史学家突然间出现了记忆空白。

所有形式的虚张声势和恫吓都属于知识暴力，一位辩论者挥舞着知识暴力威胁说要展示自己的知识学问，不过从来不会真正付诸暴力行动。比如在克拉旺，一位牧师企图恐吓一位神父，于是冲他说："您是想让我们和您用拉丁语、希伯来语和希腊语来辩论吗！"② 不使用武力而能迫使对手退却，这样，由于没有真正实施威胁，权威反而彰显得更加辉煌。沉默是威胁在文体上的体现，常常用于辩论之中，人们利用沉默的方法吸引听众注意某一点，而自己却佯装不会就此罢休的样子。③ 这样，在奥尔良，那位牧师非常宽容地让步了，他这样评价对话者的陈述："这里出了些小意外，我干脆略去不提了。"④ 伟大的主啊，慷慨的辩论者在各个方面都胜出了：在知识方面获胜，因为他诋毁了对手的讲话却保全了他的名誉；在伦理方面获胜，因为他把暴力隐藏在了"公平竞争"的外衣之下。为了保证活动有效进行，知识暴力要求辩论对手们相互认识，在组织过程中彼此默契。只有轻率、不专业的人才会去冒险挑衅某位知名的希伯来语专家或某位研究教会圣师生活、著作、学说方面的专家。可见，知识暴力往往是象征性的暴力，它影响着已经做好准备的人的思想，让他们受苦，教他们顺从，因此象征性暴力可以很好地运用。象征性暴力可以四两拨千斤，制服使用力量的人，同样，知识暴力无须任何论证也能达到目的，这两种暴力超越了武力威逼和说服这两个单调的选择，而知识暴力更是可以在维系表面的团结的情况下让对手的尊严扫地。

知识暴力经常变成象征性暴力，这种变化没有比通过身体、情绪表现得更为清

---

① 莱昂纳尔·阿马里：《两位新教牧师和索邦大学一位里昂卡尔默罗会神父的讨论会》，同前书，未标页码。

② 让蒂昂·埃尔韦：《对奥尔良新教牧师撰文批判让蒂昂·埃尔韦的书信和著作做出的回应》，同前书，第18页。

③ 马克·安若诺（Marc Angenot）：《抨击文章中的话语：现代话语的类型》，同前书，第240页。

④ 《奥尔良一位方济各会修士与新教的"上帝之音"派一位牧师之间的争论与讨论》，同前书，第7页。

楚了，这些透露了辩论者的内心变化，他们在浑然不觉的情况下，可能会脸色惨白，双手发抖，让人从中察觉到了提前到来的、注定的和接受的失败。但是，虽然如此尴尬的情绪很少在辩论的记录中出现，但间接的例子却不胜枚举，如耶稣会士马尔多纳所写的关于他与牧师贝特朗·德洛克在色当的过招：

贝特朗·德洛克这位伟大的辩证学家，他彷徨不定，满脸汗水，面色苍白，双目低垂注视着地面，好像在寻找他的三段论一样。布永公爵夫人以及其他的卡尔文教派信徒看到他们的牧师面对第一个问题就败下阵来，不禁都羞红了脸，而这位牧师素来被认为是最博学的人……前来为可怜的同事解围的卡佩勒（Cappel）给他组织了一个三段论。"让德洛克先生回答问题。"我对他说。这个人接着说："我的兄弟所说的一切，我都同意。"我反击道："这我相信。但是您的兄弟给您设计了回答，他认为您无法做到，这样就等于侮辱了您。"

因为他还坚持自己的看法，所以我补充说："我赞扬你们共同的仁慈，特别是谦虚的德洛克先生，他并不认为您的哥哥给您的帮助包含着什么凌辱的意思，或者他受到了屈辱却一忍再忍。我是个优秀的志向远大的人，我当然受不了另外一个人（哪怕是我哥哥）来替我回答问题。但是，既然您乐于助人的弟弟本人找不到这个三段论，那么我来给你推荐一个：上帝无法让耶稣的身体同时在天堂和在圣餐当中，而人们都知道，由圣言而来的耶稣的身体和圣餐在天堂中；那么，耶稣的身体并不是在圣餐当中。"①

从这一真正的知识暴力修辞格大全中（反语法，讥讽法，人身攻击法，伪谦虚法，贬低法，拉丁语表达法，等等），马尔多纳让他与对手之间的关系降格了，从平等的关系变为了师生关系。那位牧师"满脸汗水"，"脸色苍白"，"双目低垂"看着地面，把胜利拱手相让，他的理智支撑不起这胜利。这是一种身体与社会结构、知识的等级达成的"暗地里的默契"，但与拉伯雷一段作品中直白的描写比起来仍是小巫见大巫，拉伯雷笔下的托马斯特（Thaumaste）的癫狂最终让人看清了谁是真

---

① 让·马尔多纳：《书信集》，同前书，第 312—313 页。

学者，谁是伪君子。① 托马斯特因辩论的水平而哑口无言："他高声打着哈哈站了起来，但在起身的时候放了一个很响的屁，在场的人全都捂住了鼻子，因为放屁的时候，屎尿把他的裤子弄得污秽不堪。"② 从这里我们注意到，暴力一方面存在于辩论过程中真实使用的策略之中，一方面同样表现为调侃地去评论可怜的战败一方的激动，此时的狼狈神情总是被对手拿来当作笑料，在事后到处宣传。当泰奥多尔·德贝兹（Théodore de Bèze）介绍让蒂昂·埃韦尔和奥尔良的牧师们之间的辩论时，就这样取笑过被迫当着自己教区教众的面为自己的信仰辩护的那位神父，说他"鼻子里鲜血直流"③，他的表情不像真正的发泄，而是突然的沉默，这幅画面足以说明论据施加在人身体上的作用，它把斗殴和争论联系在一起，而不是简单地对二者比较。

所以，知识暴力能够改变辩论的方向，它从一开始两种神学理论之间毫无结果的对立（对立双方分别有着明确的逻辑论据）演变为一场两个进行人身攻击的神学家之间的戏剧化斗争。知识暴力的屡屡使用，揭示了争论的真正关键问题：通过知识暴力，知识合法性的冲突变为了合法掌握知识的人之间的对立，该变化足以说明问题。这不是要让听众改变信仰，而是决定着谁有权改变信仰，谁可以参加辩论，谁可以无情地开除自封的教士——他们竟然自诩不用学习便可以获得神职人员的资格。④ 这些"神学家一夜之间皈依了胡格诺教派"，让蒂昂·埃韦尔将其讽刺为"自封的教徒"，他们可以欺骗自己的信徒，但是却不能最终取得胜利：他们被束缚在所属的教区，无法去往其他地区，他们离开自己的家乡便不知所措，正如专门设计的远离了传统盟友的辩论活动显示的那样⑤。换言之，辩论既属于宗教间的竞争，也属于

---

① 关于象征的或知识的暴力在身体和情绪上留下的痕迹，参考布迪厄：《帕斯卡式的沉思》，巴黎，1997年，第201—206页；伊丽莎白·普罗宾（Elspeth Probyn）：《惭愧：羞耻面面观》，美国明尼阿波利斯市，2005年，以及《不合时宜：羞耻，身体与地点》，见《人类学与社会》，第28卷，2004年，第39—58页。

② 拉伯雷（François Rabelais）：《巨人传》，（1532年？），见《文集》，巴黎，七星丛书，1994年，第289页。

③ 泰奥多尔·德贝兹（Théodore De Bèze）：《法兰西王国新教的宗教历史（1580年）》，[J.W.博姆（J. W. Baum）和屈尼兹（Ed. Cunitz）重新编辑]，巴黎，1883年，第一卷，第327—328页。

④ 这是奥利维耶·克里斯坦得出的结论，奥利维耶·克里斯坦：《国家对学术空间的构建》，同前文，第53—61页。

⑤ 让蒂昂·埃尔韦：《驳于格·叙罗》，同前书，第43页。这一问题在下面的文章中得到了发展，卢克·博尔坦斯基和皮埃尔·希迪厄：《头衔与岗位：生产系统与再生产系统》，见《社会科学研究文集》，1975年，第95—107页。

神学家内部的遴选方式。但是在自我认可的情况下，合理性论证活动其象征性的效率几乎为零；而在组织辩论时大家都倾向于选择顽强的辩论对手，因此合理性论证的效率就大增。我们还需要理解另外一点：既然辩论只是宗教内部的事情，为什么还要请世俗人士前来出席辩论呢？

作为谅解表达形式的知识暴力

经常有观众出席可以大大减少对具有内部目的的辩论的猜测，实际上，争论借助一套不清楚的安排，以非暴力的走私形式，可以给出席辩论的人上一堂社会学课：面对圈外人，教士身份是唯一的保护，可以被用来合法地控制教会财产。

争论中荣誉的伦理很重要，这突出强调了以上的观点。辩论方在面对内部对手时多次表示担心有损身价，他们总是遵从了荣誉法则才支持辩论的：教士永远不寻求对抗或挑起对抗，他们像绅士接受决斗挑战一样去维护一个论断。[①] 这种贵族式的想象和实践展现了教士们想要在社会占据的位置，它们首先通过知识暴力的形式表现出来，被对手当成彼此攻击和攻击非宗教人士的工具。的确，人们不仅看到了争论中学校产品的价值的实现（经院哲学，亚里士多德的修辞，高水平的博学知识），同时也从学校表达方式那贵族式的鄙视中看到了这些产品的矛盾的价值正在丧失，这种不屑出现在大量喝倒彩的简短句子里，讽刺对手的知识过于书生气。耶稣会士马尔多纳出身高贵，他就是一个很好的例证，而牧师德洛克出身卑微，他怪罪马尔多纳不按照逻辑方式提出论据，对此，马尔多纳指出："我很是惊讶，有些人如此不重视辩证法和经院哲学，却想在贵妇人聚会时把自己装扮成古希腊哲人赫里西普（Chrysippe）。我对他们说：在这里可不适合提出如此的要求，不过既然你们愿意，那就请看我的三段论逻辑吧……"[②] 这次辩论的报告里的介绍和实际情况有多少出入这并不重要，重要的是，要进一步强调指责勤奋的对手的表达风格，这是贵族方式，

[①] 弗朗索瓦·比拉斯瓦（François Billacois）：《法国 16—17 世纪的决斗：历史心理学和社会心理学散文》，巴黎，法国高等社会科学学院（EHESS），1986 年，第 355 页。

[②] 让·马尔多纳：《书信集》，同前书，第 308 页。

要进一步强调说那些从学校学得风格的人"过于书生气的风格"失去了价值。①马尔多纳认为，只有知识不再仅靠学校而是从整个社会、宗教环境习得，教士才会掌控他的主题。所以，知识暴力表现为社会暴力，反映了教士与贵族之间的共谋，让·马尔多纳没有因驳斥对手的学说而感到尴尬，他突然转而贬低对手的知识，特别是作为其优势的学校知识，不过辩论的规则规定了其有效性。所以，争论没有制造什么宗教真理，反倒是下达了一项社会判决书。马尔多纳偶然写出的一句话暴露了争论的背景，他丑化了德洛克的形象，却挽回了牧师卡佩勒的耻辱，他解释说这位牧师"出身显贵"。

但是，这种暴力不能总是因知识领域卷入了社会问题而发生，它也同时源自宗教结构本身，在这一领域，每个对手都试图让别人接受对合理行为的定义，强迫所有的竞争者遵守对于他自己最有利的规则。不过，有别于胡格诺派，天主教徒毫不犹豫地依靠他们的学校文凭，转而去毫无风险地贬低（过于）书生气的知识。新教牧师们则不同，他们拒不提及索邦大学颁发的文凭——虽然他们也有同样的文凭。在缺少教廷的遗产和机构合法性的时候，他们常常遭到抨击，不得不断地证明自己的价值，努力让自己更加符合自诩的学者形象。记述辩论会议的作品在其封面上就已经写得足够明确了：在巴黎举行的辩论的双方是"索邦大学的两位博士和改革派教堂的两位牧师"，而普瓦图的蒙费尔尼耶的辩论者是"两位牧师和索邦大学的一位博士"。的确，和其他头衔一样，学校文凭的一个功能就是"使个人从无休止的自我认同工作中得到部分的解脱"②。并且，展示的功能和要求的功能之间的差距总是由文凭来加以弥补，所以文凭能够让文凭持有者与自己的角色保持一定距离。正是因为如此，天主教博士们才会不断地去蔑视学校知识，而很多的新教牧师却拒绝抛弃利用学校证明自己价值的方法。靠遵守论证规则来裁决辩论者的高下绝非易事，而改变现行的规则后裁判工作就变得很轻松。方法上的突然变化不仅可以让评判者根据当事人的个人的资源来区分他们的高下，而且还可以按照他们凭借掌握的学校知

---

① 皮埃尔·布迪厄、让-克洛德·帕斯龙（Jean-Claude Passeron）：《再生产：教育体系理论的诸要素》，巴黎，1970年，第163页。两位作者将耶稣教育学看作是"对于一种贵族上流社会的需要从学校层面和基督教层面的重新解读，该贵族想要把对职业工作的漠不关心变为所有显贵的职业成就的形式"，第143页。

② 卢克·博尔坦斯基、宴·达雷（Yann Darré）、玛丽-昂日·西尔茨（Marie-Ange Schiltz）：《揭露》，见《社会科学研究论文集》，1984年，第35页。

识对自身合法性证明的态度来进行评判。如果他们认为辩论仅仅是批准已经取得的文凭或社会统治秩序，学校知识的合法性就无关紧要；相反，有些人，如"异教徒"或新皈依的人，他们缺少传统的合法性证明手段，全凭参加宗教活动来证明自己的品质，那么对他们而言，学校的合法性就至关重要。通过辩论，新教的神学家在学校教育方面地位已经不同于他们的社会地位①，德洛克牧师对三段论近乎滑稽的辩护就很直观地说明了以上这一点。这位牧师在宗教领域应该说出身低微，条件很差，又是新教教徒："如果三段论是正确而必要的，我们就承认；如果它具有迷惑性，我们就去揭穿它的欺骗性；如果它的主张暧昧不清，我们就指出其模糊之处；如果它是错误的，我们就能看到它内容或形式上的错误之处；如果内容有错误，我们就否定错误主张；如果形式上出现了错误，我们就否认错误的推论，给出正确的理由，让人看到三段论在哪里存在着缺陷。"② 使用知识暴力，人们就不会"按照艺术规则"来争论，正如德洛克感叹的那样。不过，违反规则的做法其目的恰恰是想说教士不是一个简单的职业，而是一项使命：从社会角度看教士身份分配不均，圣宠的撒播存在偶然又变数不断，教士却要听从上帝的安排。教士身份根本不是标准化的衡量工具，而是属于特殊的机制。③ 利用知识的违抗，人们能够从一些恪守三段论的庸庸碌碌的"逻辑大师"中间识别出那些最为聪明的人，让更加有天赋的人（也就是说上帝赋予才智的人）发挥作用。那些仅凭勤奋的人是不够的，他们将一切成就都归功于自己的劳动而缺少使徒的传承、制度的支持、君王的赞同。有些人在辩论准备阶段严格遵守颁布的规则，他们的确被认为是学校舞台上的好学生；但是，正因为亦步亦趋遵守知识分子的标准，所以他们在辩论中面对本来就没有定论的问题时会显得缺少某些必要的素质，如解读上帝的神秘，况且他们根本没有得到神谕的启示。换言之，究竟是小心翼翼地谨遵知识分子的规矩，还是公然违抗这些规矩，这二者构成了划分标准，按照他们合理控制教会财产的能力对人进行排位，而这财产非常

---

① 这一说法借用自阿兰·加里古（Alain Garrigou）：《秘密写票间里的秘密》，见《社会科学研究论文集》，1988年，第22—45页。

② 同上书，第8页。

③ 娜塔莉·海尼希（Nathalie Heinich）：《当作家的方式：独特制度下的职业认同》，载《法国社会学杂志》，1995年，第499—524页。

靠不住，永远不可能如同他们在学校领域里的代用品那样稳定。①知识暴力远不是普普通通的违反行为，而是反映了上帝的圣宠。

圣宠的出现是对伪君子实施的暴力，与此同时，真正的象征暴力也实施在了非宗教信徒的人身上，他们在会场的地位一下子让他们变成了无能的门外汉，在知识面前只能永远保持缄默。他们因此极少被允许提问，神学家的所有举止都说明了他们地位的卑微。会议的安排力求让这些宗教外的人士保持沉默，而只要他们观看这令他们丧失归属感的表演。比如在巴黎，布永公爵请西蒙·维格尔"在辩论过程中不要说话，不要讨论，不要去劝诫"②，结果他的努力毫无效果。教士们很自然地采用了从中世纪大学那里继承来的制裁方式：争论，以此作为选择教士的学校式模式，全不顾听众是否能够受到教育，是否能够从中得到乐趣。同样，辩论的空间里从来没有可能出现非学术的判决，也没有被世俗化改变的话语。有数次这样的辩论其目的是想要使妇女改变信仰，这是 1565 年在安布尔维勒③、1566 年发生在巴黎（布永公爵夫人家中）、1567 年发生在蒙费尔尼耶 [玛格丽特·德·圣 - 乔治公爵夫人（Marguerite de Saint-Georges）] 或者 1572 年在色当组织的几次辩论。不过，神学家们一致认为妇女在这方面能力低下。布永公爵夫人因为自己是女人而表示歉意，并请神学家明确地解释他们的观点，而她受到了马尔多纳粗暴的对待："您说什么，夫人？您当年放弃我们的宗教时不也一样是女性吗？您难道在当年就更加有学识吗？"④17 世纪女性有了地位：出于礼貌原因，妇女可以参加准上流社会和准科学的活动，她们成为城市中一道风景线，但却依然被固定在信徒这一传统的角色上。⑤在争论中人们希望从妇女身上看到的就是这一被动的观众的角色，她们受着双重统治，既是女性又是不信教的人，学者们认为她们不会拥有理智：因为她们不可理喻，而只能够运用修

---

① 该问题源自尼古拉·多迪耶（Nicolas Dodier）的作品，特别是其文章《技术能力的竞技场》，见贝尔纳·科南（Bernard Conein）、尼古拉·多迪耶、洛朗·泰弗诺编：《行动的对象：从家到实验室》，巴黎，法国高等社会科学学院，载《实践的论证》杂志，1993 年，第 115—139 页。

② 《1566 年 7—8 月索邦大学两位神父和两位卡尔文教牧师在巴黎举行的研讨会文集》，同前书，第 5 页。

③ 雅克·勒翁格尔（Jacques Le Hongre）：《J. L. H. 和阿纳瓦尔的牧师纪尧姆·弗格雷在昂布维勒的贵族蒙塔古先生家进行的讨论内容实录》，巴黎，1565 年。

④ 让·马尔多纳：《书信集》，第 301 页。

⑤ 斯特凡纳·范达姆（Stéphane Van Damme）：《哲学中心巴黎：从投石党到大革命》，巴黎，2005 年，第 158 页。

辞来打动她们、恐吓她们或者吸引她们。马尔多纳就用所谓的"耶稣救世学暴力"数次威胁布永公爵夫人,说要将其永远打入地狱:"我没法向您证明,但您自己要多加小心,好自为之,假如您滥用了一个词,您那基督徒的宗教的灵魂就会出离上帝之家的大门,也就是教堂的大门,只能在围墙外四处流浪。"① 一步步放弃晓之以理的方法而选择动之以情的手段,这一转变在很多的天主教辩论者的知识历程中都出现过,比如埃韦尔和马尔多纳,他们逐步摒弃了逻辑,转而皈依了皮朗怀疑论的信仰主义和基督教怀疑主义,而后又坚定地表示:上帝是无法用理智所能够了解的。②

*

争论活动一方面要求教士们当着在教外人士的面捍卫自己的信仰,另一方面却与标榜的初衷相反,通过知识暴力贬低了两件事:第一,贬低学校知识,说它既无法分辨真正的教士,又不能表达圣宠;第二,贬低世俗知识,因为它难以对觊觎教士资格的人进行判别。知识暴力有意地违反既立的规则,要实践活动来做最后真正的宣判:说到底,辩论不是学校的考试,这和实际的安排不同,但辩论却是一场社会考验和宗教考验。能够成功地远离了先前谈判规定的狭隘局限的人,就能够证明自己拥有才能、品德和唯有圣宠才会赋予的超脱。谁能够高傲地拒绝学校知识那种狭隘方法和陈旧路线,谁就能一下子显示出他属于教士资格的人选范围:贵族。这样,辩论虽不会做出学校式的最终裁决,但是却会明确宗教的界限和定义,做出社会裁决,这裁决体现在教士与在俗教众、学者与百姓、贵族与贱民之间那重新出现的对立之中。

知识暴力的使用揭露了一个平等的机制曾试图掩盖的东西:辩论规则的制定从一开始便是希望被人违抗,或是希望证明某些当选者应该去违抗规则,以便充分确立自己的地位。因为圣宠能够顺利表现,人们在同样的情况下并不总是情有可原的,知识暴力把考验的变化(即评判地点的变动)具体化:通过知识暴力,人们不再比较知识,而是去比较学者;不再只是从在俗教徒中辨别教士,而是从贵族中分辨哪些是暴发户,从当选的人中区分哪些是勤勤恳恳的人。通过知识暴力,能够发现谁

---

① 让·马尔多纳:《书信集》,第 309 页。
② 里夏尔·波普金(Richard Popkin):《从埃拉斯姆到斯宾诺莎的怀疑主义的历史》,法文译本,巴黎,1995 年,第 111—112 页。

能够获得神的恩宠而谁不能。最终，知识暴力表现了旧制度下标准的多元化，特别是让我们看到，在一个不平等的、宗教信仰根深蒂固的社会里，存在着大量对人进行评判的诉讼。①

---

① 卢克·博尔坦斯基:《传播还是抛弃：爱与正义之争。对于行动制度的多样性的假设》，见帕特里克·拉德里埃（Patrick Ladrière）、保罗·法洛（Paul Pharo）、路易·凯雷（Louis Queré）:《行动理论：辩论中的常见主题》，巴黎，法国国家研究中心，1993 年，第 235—259 页。

附录

新教教徒和天主教教徒的辩论（1561—1572）

1561 年 7 月 10 日：克拉旺（博让西①）

1561 年 12 月 10 日：瓦西②

1562 年 2 月 1 日：尼姆③

1562 年 7 月：南特④

1563 年 7 月 6 日：拉费尔泰⑤

1563 年 7 月 20 日：奥尔良⑥

1563 年 8 月：帕米耶⑦

---

① 让蒂昂·埃尔韦：《对奥尔良新教牧师撰文批判让蒂昂·埃尔韦的书信和著作做出的回应》，同前书（法国国家图书馆，D-37664）；见泰奥多尔·德贝兹、西蒙·古拉尔（Simon Goulart）：《法兰西王国新教的宗教历史》（卷1），第 327—328 页。

② 《孔代关于弗朗索瓦二世和查理九世执政时期法国最重要历史事件的回忆录或文集》，伦敦，1740 年（卷3），第 133 页。

③ 莱昂·梅纳尔（Léon Ménard）：《尼姆市民事、宗教和文学历史》，尼姆，1874 年，再版；1989 年（卷4），第 310 页。

④ 雅克·迪普雷：《与布列塔尼地区南特市牧师的讨论会》，同前书，[法国国家图书馆，D-21992 (1)]。

⑤ 《曾经的教会圣师夏尔·迪莫兰以及其他博学而仁善之士对卡尔文教徒、牧师散布的诽谤、这些人滥施权力、僭越的行为进行的反击》，见《法国和日耳曼十分知名的法学家、巴黎最高议会的资深律师夏尔·迪穆兰的作品全集》（卷5），巴黎，1681 年。

⑥ 匿名氏 [作者或许是罗贝尔·勒马松（Robert Le Maçon）?]：《奥尔良一位方济各会修士与新教的"上帝之音"派一位牧师之间的争论与讨论》，出版社和出版地点不详，1564 年（法国新教图书馆，R2 1974 和 15962）。

⑦ 朱尔·德拉翁德（Jules De Lahondes）：《帕米耶年鉴》，图卢兹，1884 年（卷2），第 17 页。

1564 年 6 月：里昂①

1565 年 7 月 23 日：安布维勒 e②

1566 年 7—8 月：巴黎③

1567 年：蒙费尔尼耶（普瓦图）④

1570 年：普瓦捷⑤

1572 年 8 月之后：巴黎⑥

1572 年 11 月：色当⑦

1572 年？：布鲁阿热

1572 年？：波尔多⑧

---

① 安东尼奥·包塞维诺（Antonio Possevino）：《对抨击了安东尼奥·波塞维诺关于弥撒的论文的皮埃尔·维雷、尼格劳·巴尔巴尼和两位异教徒进行的回击》，阿维尼翁，1566 年（阿维尼翁市立图书馆．Avignon, 8° 18 389）；埃德蒙·奥格（Emond Auger）：《对皮埃尔·维雷一篇书信开端的回答》，同前书（法国国家图书馆，8-LD39-7）；皮埃尔·维雷：《论〈圣经〉研究派的权威与完美》，（Bibl. prot français, Rés. in-8° 5743）；梵蒂冈教廷图书馆，帕特塔（Patetta），1153 年，教皇领地的登记簿，fol. 334—337v.

② 雅克·勒翁格尔（Jacques Le Hongre）：《J. L. H. 和阿纳瓦尔的牧师纪尧姆·弗格雷在昂布维勒的贵族蒙塔古先生家进行的讨论内容实录》，（亚眠市立图书馆，LESC 4123A）；于格·加雄 Hugues Gassion），拉乌尔·勒迈斯特（Raoul Le Maistre）：《当今时代动荡的写照，卢森堡家族最显赫的君王的演讲以及他们参加的法国国内外的战争，多本书的合集，特别包括了马厩总管于格·加雄先生的回忆录》，南特，1592 年（特鲁瓦市立图书馆，hh. 9. 2822 bis）.

③ 《巴黎的争论和讨论文集》（圣-热纳维耶芙图书馆，D 8° 7064 inv. 8660）；《1566 年 7—8 月索邦大学两位神父和两位卡尔文教牧师在巴黎举行的研讨会的文集》（圣-热内维耶芙图书馆，D 4° 1857 inv. 2041）.

④ 莱昂纳尔·阿马里：《两位新教牧师和索邦大学一位里昂卡尔默罗会神父的讨论会》（马扎然图书馆，37209 号文件 n° 2）.

⑤ 皮埃尔·培尔（Pierre Bayle）：《历史与批判词典》（第 5 版），卷 3，阿姆斯特丹，1710 年，关于马尔多纳的词条，第 75 页.

⑥ 于格·叙罗：《因丑闻未能登上教皇宝座的罗西耶的于格·叙罗的忏悔与感激。展现了自暴自弃之人的脆弱、邪恶和上帝给予世人的无尽怜悯和真理》，巴塞尔，1573 年（法国新教图书馆，n° 1722）；阿格里帕·多比涅（Agrippa D'aubigné）：《通史》，E. 蒂埃里（E. Thierry）编，日内瓦，1981 年，第 3 卷，第 359—360 页；让·德赛尔（Jean De Serres）：《法兰西王国的宗教与国家状况第十二卷评论》（卷 4），1577 年，第 57 页.

⑦ 让-玛丽·普拉，《马尔多纳和巴黎大学》，第 295—325 页。

⑧ 让·多里尼（Jean Doriny）：《奥热神父的一生》，阿维尼翁，1716 年，1828 年再版，第 203—205 页.

博士们的争论：索卡尔事件中启发性的违抗与暴力（1996—2005）

洛朗－亨利·维尼奥

索卡尔事件始于一场中学生式的玩笑，以一场科学的殴斗结束。1996年纽约大学的一位物理学教授撰写了两篇文章，拉开了这一事件的序幕，当时知识分子之间的辩论非常之激烈，在美国，人们甚至称之为"科学战争"，索卡尔事件则成为其中最为血腥的一次战斗。[①] 争论的主要问题涉及科学知识的特殊性以及把自然科学当作文化产品加以研究的可能性，两个问题紧密联系[②]，随后冲突骤起，原因是科学知识被降级为一个"信仰"体系，或者因为科学实践活动的"宗教色彩"使它免受批评。的确，有些人认为"科学方面的研究"早就超越了纯分析的界限，致使其合理性受到质疑；而又有人却强调说，科学技术最新的演变说明了批评意见的某种激进性。

正如博士们之间的所有争论一样，这次论战因为围绕根本问题进行论据交流，偶尔会显得比较粗鲁，于是辩论气氛十分激烈。不过，它的一些特点使之相较于其他辩论火药味更浓：这次辩论始于一则与众不同的假消息，目的是要公开诋毁对手的信誉，至少表面上将"科学的"和"文学的"东西对立起来，它针对的是启发的条件和论证有效性的条件，它归纳并掩盖了很多问题，其中最严肃的问题并不是最热议的。最后一点——不过并非最次要的一点，是此次辩论展现了学术冲突中隐约提及却从未高声宣布的政治划分。笔战产生于一系列的违抗行为，正是这一违抗特点让此次辩论如此的旷日持久，如此的暴力：从原则上谴责违抗行为的人实际上正是进行违抗活动的人，而从理论上维护违抗的人不得不时时划清界限，回应别人的

---

① 见凯斯·帕森斯（Keith Parsons）编：《科学战争：科学知识与技术辩论》，纽约，2003年。
② 存在广泛争议的问题，在于是否能够像分析某种社会产品一样去分析科学理论的内容。

攻击。有鉴于这一背景，想要采取"中立"的态度着实困难。

在此，我着力介绍这次笔战的诸要素，分析辩论的暴力的产生原因。以索卡尔事件为主题，涌现了大量的英语文学作品，开展了轰轰烈烈的研讨；而处在讨论核心的法国，人们常常只能听到远方传来的隐隐雷声而已[①]。然而，对于致力于当代学术、传媒领域研究的知识暴力背景的人来说，索卡尔事件成了经典的学校教学案例。

以废话开启的索卡尔事件

索卡尔事件悄悄地发端于 1996 年，美国文化杂志《社会文本》(Social Text) 发表了一篇题为《跨越界线：通往量子力学重力理论的转换诠释学》的文章，作者是纽约大学的一位物理学教授阿兰-大卫·索卡尔（Aian D.Sokal）[②]。文章由引文和六个不长的章节组成，在引文中，作者批评了某些物理学家的观点，驳斥这些人的唯理论和唯实论观。他援引科学的历史文献学和社会学——这些科学观点在文章的注释中被阿兰-大卫·索卡尔大量引用，提出"科学界的讲话"只是"讲述"方式的一种。在第一章作者认为，20 世纪由量子物理建立的"不确定原则"使合理性和客观性都失去了稳定的基础；第二章探讨了相对论及由此引起的"参照"的混乱；第三章介绍了"量子引力"理论的出现，将其视为革命的、复杂的和"非线性"科学思想的范例；第四章分析了拉康所使用的用于精神分析学的数学模型；第五章支持吕斯·伊里加雷（Luce Irigaray）的观点，提出"科学的主体是否已经被性别化了"这样的问题；第六章则介绍了所谓的"解放的后现代科学"，认为该科学把人类从"'绝对真理'和'客观现实'的暴政下解放了出来"，被从"科学家永恒的世俗教士职位"那里解放了出来，教士职位的权力已经遭受攻击，这是一场场分别来自于女权主义者、多文化者和生态主义者的有益的攻击。

---

① 索菲·鲁（Sophie Roux）主编：《重温索卡尔事件》，巴黎，2007 年，该书对这场争论及相关文献做了很好的最新回顾。

② 阿兰·索卡尔（Alan Sokal）：《跨越界线：通往量子力学重力理论的转换诠释学》，载《社会文本》杂志，46/47（1996 年春—夏），第 217—252 页；在阿兰·索卡尔和让·布里克蒙（Jean Bricmont）的《知识的骗局》中被翻译成法语，巴黎，1999 年（第一版，巴黎，1997 年），第 305—367 页。我随后的引用出自第二版，该书配有新的前言和注释，在括号中添加了最初版本的页码和不同版本的表述。

首先需要说明的是，《社会文本》杂志尽管由杜克大学出版社出版，但这本批评类杂志的政治色彩要浓于其科学色彩，如果要与法国相比，那么它与法国的《外交世界》（Le Monde diplomatique）或《政治》（Politis）更相像，而与《年鉴》（Annales）或《综合杂志》（Revue de synthèse）距离要远些。阿兰－大卫·索卡尔的这篇文章中透露的激进语气并不显得过于惊人，然而他又同时在另一本杂志《通用语言》（Lingua Franca）发表了第二篇文章：《物理学家与文化研究进行的一次试验》（"Une expérience de physicien avec les Cultural Studies"），对自己的第一篇文章进行批判，说那是科学研究炮制出来的荒谬理论和拙劣的模仿作品。[1]如果没有这第二篇文章，那么他的第一篇文章本来称不上什么丑闻。而现在，第一篇文章只不过是一部"诈文"而已，旨在使某个"知识分子的主流标准"[2]的代表性话语失去可信度，通过几乎是"试验"性的做法揭露《社会文本》杂志编辑们（及其同行们）的无能和不负责任，居然刊出了这样的胡言乱语之作。次年，他与比利时鲁汶的物理学教授让·布里克蒙（Jean Bricmont）合作在法国撰写了一篇富有挑衅性的文章，题为：《知识的骗局》（Impostures intellectuelles）。这篇作品包含的抱怨和责备更多[3]，二人在随后发表的作品又不断地扩大打击面，甚至把《社会文本》杂志的"丑闻"和伊丽莎白·泰西耶（Elisabeth Tessier）"丑闻"相提并论。[4]

撰写滑稽的假作品来进行辩论，从本质上讲是要至少从语言层面激起被受到嘲弄的人的激烈反应，但是，《社会文本》杂志的编辑们尽管受到滑稽玩笑的质疑，却还是通过虚张声势的对抗、争论和简单的否定，坚持自己原来的看法，他们在一篇令人目瞪口呆的社论中解释说：尽管那篇"诈文"捉襟见肘，但是看起来还是值得刊登的，因为阿兰－大卫·索卡尔本身是物理学家，他激进的认识论观点引起了他

---

[1]　阿兰·索卡尔：《物理学家与文化研究进行的一次试验》，载《通用语言》杂志，第6期，1996年5—6月，第62—64页。

[2]　同上书，第62页。

[3]　从作品的目录中，便可以对这一扩大化有所了解：大多数章节都指向了一个目标（拉康，克里斯蒂娃，伊利格瑞，拉图尔，鲍德里亚，德勒兹，迦塔利和维瑞里奥），有两个章节谈的是认识论的一般问题（"认识论的相对主义"以及"后现代科学"），最后两章中分析了认识错乱的例子（雷吉斯·德布雷对于哥德尔定理的"使用"以及柏格森对于相对论的"拒绝"）。

[4]　关于这两次"事件"之间的关系，见让·布里克蒙为索卡尔的《伪科学与后现代主义：对手抑或同路伙伴？》所写的前言，巴黎，2005年，主要是第17—20页。

们的好感，尽管他作为自然科学的代表，提出这样的看法有些出人意料。① 阿兰－大卫·索卡尔迫使这本具有战斗性的杂志的负责人接受他的胡言乱语的文章，此举显然是希望他们丢丑；然而事与愿违，他最终得到的是对方更加高傲的姿态：人家追求的是揭示真理、宣布真理。② 该事件本来可以就此画上句号了，但是由于媒体的推波助澜，立即引来了一片略带讥讽的笑声，当事的双方因此不得不揭去面具，公开站出来为自己辩护。

阿兰－大卫·索卡尔想要借助文章来进行试验，意在证明某些科学批评者缺乏严肃的态度，居然轻易就刊出一篇字里行间满是愚蠢错误的文章。该文章包含的错误可分为三类：第一，违反科学的谎话，如宣称"（量子物理学的）引力场是一个不能累加的算子，因而是非线性的"③；第二，参考文献充满陷阱，文献的作者们的观点显得与阿兰－大卫·索卡尔企图表达的观点彼此矛盾④；第三，一些权威的引述突然之间使用并完全接受了当代哲学、社会学中最为激进的论断。⑤ 尽管如此，或者说因为所有这些问题，那篇文章还是被《社会文本》杂志的编辑们几乎是毫无保留地收下了。在揭穿骗局的同时，阿兰－大卫·索卡尔希望展现三个问题：（1）那些自我标榜善于对科学问题进行批评的人常常对最基本的科学知识都一无所知；（2）这些人

---

① 布鲁斯·罗班（Bruce Robbins）和安德鲁·罗斯（Andrew Ross）:《〈社会文本〉杂志出版社的回复》，载《通用语言》杂志，第 7 期，1996 年 7—8 月："索卡尔的文章如果是出自一位人文科学和社会科学的研究者之手，那么这篇文章就会显得有些过时了。作为自然科学的研究人员的作品，该文章在我们看来显得非同寻常，它可以被视作索卡尔研究后现代主义认识论的方法的展示，也就是说笨拙却勇敢地去掌握该领域的专业语言。"引自伊夫·让纳雷（Yves Jeanneret）翻译的作品：《索卡尔事件或者欺骗者的争论》，巴黎，1999 年（第一版，1998 年），第 25 页。

② 米歇尔·卡隆（Michel Callon）:《一件文学丑闻的多种语言表述及道德模式》，载《调合》杂志，35—36，（1998 年夏—秋），第 43—58 页，这里引自第 51—52 页，该文强调了《社会文本》杂志的辩护者们面临的尴尬，他们认为"文化研究领域的工作具有严肃性、严格的标准和科学的完整性"，而且这些人"宣传反对基础理论研究的概念，主张利用掌握的知识来对抗'科学'的霸权主义"。

③ 阿兰·索卡尔、让·布里克蒙：《知识的骗局》，第 321[223] 页。见《关于滑稽模仿的评论》，评论揭露了这些有意为之的几个错误。同上书，第 369—379 页 [253—260]。

④ 比如《知识的骗局》第 346 [241] 页，L. 施瓦茨（L. Schwartz）的《拉东的衡量标准》（1973）一书涉及奥地利数学家 J.K. 拉东（J. K. Radon）(1887—1954) 的作品，但索卡尔将其描写成一个支持核技术的"黩武主义分子"。

⑤ 阿兰·索卡尔、让·布里克蒙：《知识的骗局》第 321 [223] 页 L. 伊里加雷（L. Irigaray）认为："牛顿的划分将科学的方法引入了一个领域，在该领域中，通过意义进行认知不再有市场，甚至可能会取消物理研究的问题。"

尽管连篇累牍地引用著名的作品，可是却并不具体了解这些作品；（3）那些最为晦涩和他认为最为蒙昧的言论，虽然糟糕到令人作呕的地步，但大多数批评人士对此早习以为常，竟然不去做任何质疑。

这篇错误满篇的文章所要攻击的目标非常具体，但却吸引了很多人的注意，因为阿兰-大卫·索卡尔设置的陷阱让所有学科的科学杂志的主编及读者都惊出了一身冷汗。阿兰-大卫·索卡尔出的这道"测验题"，虽然没有把控好，却引发了人们对于学术文章编审过程的普遍质疑，特别是对那些没有固定论证标准的学科，这对编辑界出现的偏执狂产生了一定的后续影响。[①]笔战的暴力实际上超出了从事科学研究的专家们的小圈子，因为这一暴力让不同领域曾经的战火死灰复燃，它触及与大学中"真正"科学具有同样地位的学科其有效性与合理性的论证过程。《社会文本》杂志不是被随便选定的试验品：该杂志未设审读委员会，因此其战斗性有多强，其职业道德的要求就有多弱。在笔战中，不管是否有道理，它都表现为"文学"学科领域对审核工作的讥讽丑化，此举出于思想意识原因，这样一篇如此自命不凡地使用定义和参考文献的文章，超越了普通读者对它的忍耐程度。1996年这篇引起轰动的文章希望通过爆炸效应，唤醒文学王国大多数无辜的公民，让他们认识到某些大学讲授的社会学、认识论的某些倾向所掌控的权力是非法的和具有危害性的。尽管出于良好初衷进行抗议的人在事后努力使批评之声弱化为几个作者的恶意攻击[②]，但是，笔战过程中的暴力让丑闻的规模和很多人的激烈反应变得可以预测。

那篇满是错误的文章本身是对学术道德规则有意的违抗，如今却回应了更早的一次违抗，即科学"专家"的违抗行为，他们躲进实验室别有用心地准备演讲，以此来揭露这揭露那。该文于是为两派受害者的冲突组织起了一场辩论：一边是长久

---

① 因此，雅克·德里达（Jacques Derrida）在《索卡尔和布里克蒙并不严肃》（《世界报》，1997年11月20日）中抱怨说，索卡尔和布里克蒙让人为《解放报》翻译了他们先前发表在《时代文学补编》的一篇文章，之后德里达自己的名字便被不当地列入了一个"受人尊重的"哲学家之列。相反，索卡尔和布里克蒙则写了《对樊尚·弗勒里和云孙·利梅的回复》（《解放报》，1997年10月18日），二人在文章中表达了他们的愤怒之情，他们称，他们的一个反对派利用自己在Hachette出版社文集主任的地位，随便便根据他们《知识的骗局》的一篇手稿的草稿，就对后来在Odile Jacob出版社出版的该书中已删去的部分内容进行大肆批判。

② 阿兰·索卡尔、让·布里克蒙：《知识的骗局》，第39页 [15，补充的"驳江湖骗子的几个明显例子"]："我们根本无意攻击人文科学或者一般的哲学，相反，我们认为这些领域十分重要，我们要提醒从事该领域研究的人（尤其是那些年轻人）要小心提防江湖骗子的明显例子。"

以来饱尝"科学家"蔑视的"文学家",他们最近几十年来的历史性反击遭到了怀疑;另一边是"自然科学"的学者们,他们受人诽谤,被当成这几十年来最残酷的压迫者的共谋,他们此刻看到摆脱桎梏的时机已到。①这场争斗中受到伤害的除了上述两类人外,还有一些局外人也中了枪,阿兰-大卫·索卡尔就举了一个例子,其中的主人公是"后现代"和"相对论"的主导思想造成的一个可怜的"受害者",这位巴黎大学生在出色完成物理学学业后,尝试阅读德勒兹(Deleuze)的《区别与重复》(*Différence et répétition*),但是他"犹豫不决地总结说,假如连学习微分学和积分学多年的他都读不懂这些文章,那么很可能是因为这些文章本来就没有包含任何实际意思"②。笔战开启的这场公开辩论提供了良好机会,可以让辩论各方清点自己的人马,并且通过民众的声音让我们看到这群民众虽然深受蛊惑人心的话语的毒害,但实际上进行的思考并不少。③"被冒犯的人"的阵营划定后,战争行动随即展开,各方愤怒的力量通过媒体挑起了早就蛰伏在自我宣传的"被压迫者们"之间的这场冲突。

"这是拉康的错,这是德勒兹的错"

错误连篇的文章发表引发的笔战的第一阶段,主要出现在美国的主要报纸上,索卡尔事件被送上了言论法庭。④在英语国家,特别是在美国,脱离了辩论的知识分子很快就巩固了自己的地位,因为他们都得到了机构的认可,即大学的认可。文化

---

① 伊莎贝尔·司当热(Isabelle Stengers):《科学领域的战争:有无和平?》,载《调合》杂志,35—36 (1998 年夏—秋),第 268—292 页,她对这一点进行了很好的总结,第 277 页:"索卡尔及其他科学家的反应 (……)反映了一个勤劳民族的反抗('经受考验的劳动者们'),而他们所面对的则是一些只会花言巧语、信口雌黄的人、鄙视劳动的人。这些人鄙视他人的劳动,即他们竟敢谈论他人的实践活动,而全世界的人似乎对此从来不闻不问,这就是战争。"

② 阿兰·索卡尔、让·布里克蒙:《知识的骗局》,同前书,第 279 页(191,"数年里"一词修改为"严重地")。

③ 同上书,第 35 页 [12]:"在文学界、人文科学界,很多的年轻人(以及不那么年轻的人)都致信索卡尔表示感谢,并表示要放弃他们的研究领域中一统天下的后现代倾向和相对主义倾向。他们在信中有时写得非常动情。"

④ 见《可恶的索卡尔,震惊科学院的骗子》,林肯州-伦敦,2000 年。这是美国人对于这篇作假文章最早的评论文章合集。在法国,《解放报》1996 年 12 月 3 日的一篇文章引发了论战,在 1997 年初又延续到《世界报》和《研究》,当年 7 月,《知识的骗局》的出版重又挑起了论战。

研究学派的支持者丝毫不放松，科学研究学派的维护者进行了不懈的反击，索卡尔的拥趸们与他并肩英勇作战。或者说，人们很快就看到，"受害者"的姿态不过是方便的幻想而已，用来掩饰 1996 年的"诈文"虽重新展现却无力解决的经院哲学之争，由此产生了以研讨会、集体著作形式出现的旷日持久的辩论，摆出各种观点与对立观点、论据与对立论据。① 美国知识界各种力量相对平衡，因此会将各种立场神化，但这并不能完全实现索卡尔确定的首要目标：利用伪造的试验性文章来展示"皇帝什么也没穿"②。幸而，由于《知识的骗局》的出版，辩论被出口到了法国，使它得以在那里延续。

1996 年的那些文章与 1997 年的书中的话语显而易见有着连续性，而 1997 年出版的书中，进一步表达了对被认为平庸的法国哲学家们的不满，在该书第二版的序言中，阿兰-大卫·索卡尔和让·布里克蒙明明白白地透露了这一点：

> 当然，我们写这本书不是为了揭露一些孤立的流弊，我们的批判目标更为广泛，但这一次批判的是某些论证风格（或者说是对读者的恫吓）而不只是某种思想形式……本书的第二个批判目标是认知的相对主义……所以说，本书的同一封皮下实际包括了两部作品，它们各不相同却彼此联系：一方面，它是一篇集锦，收录了阿兰-大卫·索卡尔在准备他的"诈文"的过程中发现的粗鲁的社会不公现象，它们是对本书题目中的"骗局"一词的很好正名；另一方面，本书包含了我们对认知相对主义进行的批判和对后现代科学的模糊不清进行的批判，相比而言，这些模糊不清的问题更加微妙。两方面的批判主要是社会学方面的：这里讨论的法国作者们在英国大学里非常走红，对于认知的相对性人们更是司空见惯。③

不过，这些话虽然几乎介绍了他们的全部计划，却不过是对第一篇序言中袒露

---

① 见某些总结性的作品，如迈克尔·彼得斯（Michael Peters）编：《学科之后：文化研究的出现》，美国韦斯特波特-伦敦，1999 年；基思·M. 阿什曼（Keith M. Ashman）、菲利普·S. 巴林杰（Philipp S. Baringer）编：《科学战争之后》，纽约-伦敦，2001；詹姆斯·R. 布朗（James R. Brown）：《谁在统治科学？通往战争的武断的准则》，2001 年。

② 阿兰·索卡尔、让·布里克蒙：《知识的骗局》，同前书，第 35 [12] 页。

③ 同上书，第 17—19 页。

的意愿的重述而已:"这篇散文的目的旨在为批判后现代主义的模糊不清做出绵薄但与众不同的贡献。"①开始时,该书反对的是美国文学学院中的"后现代"的作者们的作风,后来,阿兰-大卫·索卡尔和让·布里克蒙就这些哲学家和他们对科学知识的使用(被认为是滥用)提出了质疑,引发了一些观点的交流,由于不能完全禁止辩论,笔战因此结束。②不过,关于"认知相对主义"的一章也指出了暴力的第二个靶子③,在整个一章中受到驳斥的众多作者之中,科学社会学家布律诺·拉图尔也在其列,因此能够更好地说明问题。④最后,暴力的第三个目标针对的是题为"有什么重要性"(Quelle importance?)的后记中的一些说法。索卡尔提到了"相对主义"涉及的"最严重的问题",他在后记中警告他的读者们:"在迷信、蒙昧主义、民族主义狂热以及宗教狂热秩序良好时——包括在'发达的'西方,如果轻率地对待世界理性观,那么这是非常不负责的,因为从历史角度看,它是抵御以上狂热思想的唯一堡垒。"⑤这里矛头直指的乃是"文化研究派"为反对科学界的"压迫权"(包括性别主义、种族主义和"西方中心论")而提出的某些极端的思想论断⑥,也就是1996年要真正揭露的半遮半掩的主题。法国大学里几乎完全见不到"文化研究"的身影,所以法国的公众无从听到这一说法,索卡尔更愿意用"后现代"作者们的原文本来替代这一最初的攻击目标。对这些文章,美国"文化研究派"的支持者们不断地参考引用,同时用几个结论对其加以丰富,这些结论是从所谓的"建构主义"科学的社会学那里得出的,从20世纪70年代中期开始,"建构主义"科学的社会学就自称推动了科学的社会认知分析,深入地研究了其客观内容。几个批判目标的叠加给辩

---

① 阿兰·索卡尔、让·布里克蒙:《知识的骗局》,第37 [14] 页。

② 同样,关于"隐喻的权利"(*droit à la métaphore*)问题的辩论,见让-米歇尔·萨兰斯基斯(Jean-Michel Salanskis):《关于阅读的认识论》,载《调合》杂志,35—36(1998年夏—秋),第157—194页,该文为这一"权利"辩护,以及雅克·布弗雷尔:《相似性的奇迹与晕眩:论思想领域纯文学的泛滥》,巴黎,1999年,该书揭露了"泛滥"的情况。这一讨论在马里翁·托马(Marion Thomas)的文中继续展开:《法国思想家隐喻的权利》,见索菲·鲁主编:《重温索卡尔事件……》,第137—167页,其分析方法不带有激情色彩。

③ 阿兰·索卡尔、让·布里克蒙:《知识的骗局》,第89—154 [51—99] 页。

④ 同上书,第175—185 [115—121] 页。

⑤ 同上书,第303 [207] 页,"包括'发达的'西方在内"。

⑥ 在关于"认识的相对主义"的一章末尾,阿兰·索卡尔和让·布里克蒙的《知识的骗局》(第153—154页 [98—99])就已经提及过M.南达(M. Nanda)的作品,这位女士是印度生物化学家,她反对印度的某种"后现代"言论,即某些人打着反对"新殖民主义"的旗号来为某些"迷信"活动辩护。

论增加了暴力，使辩论升级为笔战。

让我们来研究一下几个批判目标相互融合的背后原因。激起物理学家反抗的是"文学家"就科学问题在其文章中说的有些自以为机智的话，这些荒诞粗俗的话语有时竟然被用来反对科学。辩论中经常提到的一个典型例子是 S. 阿尔丹（S.Harding）的例子，这是教授科学"女性主义"哲学的一位女教授，她在 1986 年的一部著作中把牛顿定理说成是"性侵犯教科书"……①不难想象，一位读者如果偶然读到如此的说法时，会做出怎样不知所措的反应，他可能会大笑，可能会克制心中的怒火，也可能会表现出不光彩的漠然。但是 S. 阿尔丹一定知道自己是在进行挑衅，所以我们要将她的文章视作蓄意制造丑闻，这样，人们对其会比较宽容，至少某些人会想从字里行间理解这一惊世骇俗的言论②；不过对于其他人（包括阿兰－大卫·索卡尔和让·布里克蒙）来说，当他们遗憾地看到"蒙昧主义、民族主义狂热以及宗教狂热秩序良好"，很快就笑不出来了，而是会火冒三丈。阿兰－大卫·索卡尔第一次行动是采用包含错误的文章，这是介于怒火与笑声之间的表达形式。然后他又在 1997 年和 2005 年写出了两本书，两本著作中明明白白地表达了他的愤怒之情，展现了笑所具有的不稳定的特点。的确，人们总是想拿起科学的武器去反击这些如此蛮横如此孤陋寡闻的文学家。以 1996 年的文章和 1997 年的书为核心的整个计划都是一次"修正"活动，旨在推翻（或反转？）那些被认为曾经侮辱别人的人所受的欺侮，特别是那些发表激烈讲话反对科学的人，他们依靠那些从科学家那里窃取某些真理的"后现代"作者，从而无限制地巩固自己的哲学理论。后来，阿兰－大卫·索卡尔一

---

① 桑德拉·阿尔丹（Sandra Harding）：《女权主义的科学问题》，伊萨卡，1986 年，第 113 页。
② 如果我们认为《文化研究》的文章具有战斗精神，那么就有可能心平气和地加以阅读。这样，S. 阿尔丹关于原则的结论前提值得完整引述："女性主义历史学家已经关注的一个现象是对于培根等（如马基雅维利）痴迷于科学方法的人士的作品中关于强奸和折磨的隐喻。传统的历史学家和哲学家都说过：这些隐喻与科学概念的意义与所指毫不相干，而这些概念的使用者和公众正是他们写作的对象。但是，当自然被视作机器，他们就会进行截然不同的分析：在此，他们告诉我们，比喻提供了牛顿的数学定律的解释：它引导调查者使用富有成果的方法去实施牛顿的理论，并提出合适的调查方法以及那种新理论支持的形而上学。但是，如果我们相信机械隐喻是新科学提供的种种解释的一个基本组成部分，那么我们为什么要相信性别隐喻不是这一基本组成部分呢？"实际上，17 世纪的实验主义哲学家选择的"强奸"自然的词汇，也许就是滥用的隐喻的一部分，索卡尔恰恰揭露了其他的"后现代"作者的作品中的这一语言现象。关于这一问题，见让－马克·莱维－勒布隆（Jean-Marc Lévy-Leblond）：《蔑视和误解》，载《调合》杂志，35—36（1998 年夏—秋），第 27—42 页，尤其是第 28—31 页，其中介绍了大胆的隐喻和一些著名物理学家对他们的理论进行的解读。

再表示他论证的这一方面受到的质疑最少。① 事实的确如此，一方面，大多数犯错误的"文学家"无法去核实撰写批评文章的两位作者所做的修改是否准确，另一方面，很多人认为受到惩罚的人往往是罪有应得。②

最初，为了展开辩论而将这三个批判目标混在一起，然而在最后却很难加以证明。③ 由于不断地出现从一个批判目标转到另一个目标的情况和不同目标的混淆——其合理性似乎可以得到证明，这些都对笔战的形式发展变化产生了显著的影响，在辩论各方引起极大不安，因为本来看起来好好的边界突然消失了，于是需要不断地努力去重新划定，不管是地理边界，如 B. 邦索德（B.Bensaude）的说法（"法国的情况与美国的情况差别很大，法国既没有五角大楼，也没有上帝创造论者，我们有法国电力公司和原子能委员会，这就足够了。"），还是学科边界，如布律诺·拉图尔的看法，他反对指责，表示"唯一接受过科学培训的人和厌恶后现代主义者的人是和他一样的研究人员，他们属于科学研究派"。此外还有更加制度化的边界，如雅克·特雷内（J.Treiner）认为"科学不会按照民主的规则运行，人们不会为了要了解科学结论正确与否而去投票表决"④。这些调整因为辩论变化不定的特点而变得必要，

---

① 阿兰·索卡尔、让·布里克蒙：《知识的骗局》，第二版的前言，第 15—16 页。见另一位支持社会学家 B. 拉图尔（B. Latour）的物理学家的文章，戴维·默明（David Mermin）：《物理学家，又在进行尝试！》，载《调合》杂志，35—36（1998 年夏—秋），第 195—201 页。索卡尔在《知识的骗局》的 1999 年版本中对他给予的回复，见第 21 页、第 179 页和第 183—185 页。

② 比如，见历史学家阿米·达昂·达尔梅迪科（Amy Dahan-Dalmedico）的让步，不过她是反对索卡尔和让·布里克蒙的论点的。阿米·达昂·达尔梅迪科：《笑还是呻吟？》，载《研究杂志》，（1997 年 12 月），第 11 页，同时也否定了阿兰·索卡尔和让·布里克蒙的话："当然，所有的趾高气扬都是可笑的！当然，任何人都不可以将复杂的数学概念穿成珍珠，写下大量的愚蠢言论而不必担心这些数学概念的意义居然不会介入论点的连贯！被索卡尔和让·布里克蒙揭露的一些作者并没有剽窃。"其他人则相反，如心理分析学家马克·达尔蒙（Marc Darmon）和夏尔·梅尔曼（Charles Melman）：《拉康是科学家吗？》，载《研究杂志》，306（1998 年 2 月），第 10 页，对于这样一个被揭露的作者，他们要努力出手相救，特别在拉康的"文本"传播中，即索卡尔和让·布里克蒙"缺少引证的批判"，不过他们承认自己犯了一个"真正的、无可辩驳的错误：这是对赋予 f(x)=1/x 的功能的指数功能"。

③ 这样，2005 年出版的这本书的读者有些惊异地在第 130 页（共 161 页）读到了如下的总结："我应该从一开始便坦白（原书如此）：在我的研究过程中（我要承认这些研究并不全面），我们没有能够如我希望的那样找到足够多的支持伪科学的后现代作家，因此，我就按照我收集到的数据修改了我最初的假设！"

④ B. 邦索德（B. Bensaude）和 J. 特雷内的引文出自娜塔莉·勒维萨勒（Natalie Levisalles）节选的一些言论，娜塔莉·勒维萨勒：《科学战争》，载《解放报》，1997 年 9 月 30 日。拉图尔的引文出自娜塔莉·勒维萨勒的另一篇文章：《索卡尔教授伪造的文章》，载《解放报》，1996 年 12 月 3 日。

但是却引起了我们可以称之为"清教徒的忧虑"式的焦虑。对于尝试去重新划定这些边界的人，人们指责他是要建立"防疫线"①去阻断各学科间的对话：阿兰－大卫·索卡尔和让·布里克蒙因此被称为"思想警察"甚至"海关警察"②，但是同样受到指责的还有一些人，他们看到哲学家的事务里不合时宜地杀出一个物理学家而感到不快③。可见，划定界限和抹杀界限都是笔战中永远的关键问题，是激烈地排斥异己的常用借口。

　　法国包括报纸、杂志在内的媒体中的辩论之所以尖刻辛辣，正是这一关键的地理原因造成的结果，进行辩论的人有的把自己当成"男童子军""敌视法国人的人""代表知识正义的绿林好汉"④，有的则把自己看作"墨索里尼的门徒"或"被亵渎神灵行为惊呆了的教堂执事"⑤。这些激烈的交锋彼此叠加，有时取代了辩论，变为了"恶意的对辩"游戏⑥。这样，德勒兹、拉康、鲍德里亚因为把手伸到了自己地盘之外而受到攻击，而攻击他们的人自己也因为把脚踏进了"人文科学"和"哲学"领域而遭到别人的攻伐。当一个真正的不速之客——一位女记者闯入了正在发表意见的教授们的评审会时，她被客客气气但不容分辩地请出门外⑦：阿兰－大卫·索卡尔事件应该是博士们之间的争论，虽然双方都竭力想让因一种见解引起的这场闹剧

---

　　① 这一说法出自让－马克·莱维－勒布隆的《哲学家的弱点，物理学家的长处》，载《研究》杂志，（1997年6月），第9—10页。

　　② 罗贝尔·马吉里奥利（Robert Maggiori）：《无火之烟》，载《解放报》，1997年9月30日。

　　③ 见雅克·布弗雷斯：《相似性的奇迹与晕眩：论思想领域纯文学的泛滥》，第18页，第93页，第112—124页和第140—141页。

　　④ 吉尔·沙特莱（Gilles Chatelet）：《索卡尔事件》，与A. 芬基尔克罗（A. Finkielkraut）的对话，载《回击》杂志，1997年2月22日；朱莉娅·克里斯特瓦（Julia Kristeva）：《虚假的消息》，载《新观察家》杂志，（1997年9月25日—10月1日），第122页；德尼·杜克洛：《索卡尔并非苏格拉底》，载《世界报》，1997年1月3日。

　　⑤ 让－雅克·萨洛蒙（Jean-Jacques Salomon）：《索卡尔的开怀大笑》，载《世界报》，1997年1月31日；米歇尔·里奥：《感谢上苍和索卡尔式的人》，载《世界报》，1997年2月11日。总体而言，辩护方的语言暴力更加多，被索卡尔和布里克蒙批判的"目标"人群正在受到侮辱，被讽刺为江湖骗子，他们激烈地揭露这一丑闻，揭露他们遭受的滥施的"教训"。

　　⑥ 皮埃尔·盖尔兰（Pierre Guerlain）：《法国人对美国教授的谴责》，载《世界报》，1997年1月14日。

　　⑦ 见雅克·特雷内：《索卡尔和让·布里克蒙：不，这不是战争》，载《世界报》，1997年10月11日。回应马里翁·范兰特翰（Marion Van Renterghem）的一篇辛辣的专利文章，宣布该报刊登《知识的骗局》。（《世界报》，1997年9月30日）

持续发酵,尽管所有的辩论方都声称能够跳出自己的研究领域使公众了解真相,但他们最终都卷入了错误的立场之争。[①] 阿兰－大卫·索卡尔和让·布里克蒙离开自己的专业领域,却让人觉得他们是在批评别人脱离了自己的研究领域,他们这样就为对手设下了致命的陷阱:笔战中只会出现学科间牵强的团结或者令人担忧的抵抗[②],因此,报纸和学术杂志上出现了越来越多的论证和对立的文章,试图重新界定因笔战而不断改动的辩论的范畴。阿兰－大卫·索卡尔和让·布里克蒙的论断站得住脚,因此成为能够找到迷宫出口的唯一的阿里阿德涅之线,这是唯一可以(也应该)被讨论的主张,特别是被某些作者出其不意地在笔战之外进行了讨论。[③] 但是这不足以平息事态,因为违抗的游戏同时还伴有命令,要求维护人们发言的热情。[④] 索卡尔事件引起了一场难以避免又出其不意的阵地战,大大出乎参与者的意料,这战争一开始被设计成为快速而有效的运动战,后来却陷入泥潭不能自拔,出现了成排的坟墓。这是勇敢战士的不幸,他们因为疯狂或冒失,拒绝坚持守自己的阵地。这同样也是坚守阵地的人的不幸。

既然如此,那又能怎么样呢?诚然,几位作者,尤其是法国作者,在将科学概念引入哲学时酿成了大错;诚然,某些文化研究派的美国学者混淆了战斗精神与科学的严谨精神;诚然,20世纪70年代发展的"科学新社会学"的一些(甚至是大部分)激进主张在使用过程中显得没有预想的那般贴切。然而事实上,哪怕是某一学科最平庸的专家都会事先知道存在着糟糕的作者和糟糕的文章,根据经验,甚至很容易在读第一遍时就能辨别出此类作者和文章。惊讶和丑闻只能是违抗机制的一个结果,只有遭到批评的领域的外行人士才会真正感到震惊。但是,阿兰－大卫·索

[①] 小说家米歇尔·里奥(Michel Rio)提供了一个绝佳的例子,米歇尔·里奥:《感谢上苍和索卡尔式的人》,同上文。他的文章支持索卡尔和让·布里克蒙,在文章开头部分,小说家就表示,他作为"故事的作者"发声,希望"让人们在一场战争中能够听到他微弱的声音,这场战争中,'叙述'所发挥的作用值得商榷"。

[②] 随着雷吉斯·德布雷(Régis Debray)的文章的出现,事态达到高潮,雷吉斯·德布雷:《学者挑战博士》,载《世界报》,1997年3月18日,布迪厄被指责利用自己的教授地位对新兴学科"中庸学"进行了无端谴责,而雷吉斯·德布雷则借索卡尔的"诈文"的道歉来了结与布迪厄的这段纠葛。

[③] 米歇尔·迪布瓦(Michel Dubois):《索卡尔事件:文化研究和科学的相对主义社会学》,载《法国社会学杂志》,(1998),第391—418页,尤其是第408—412页,主张方法论的相对主义、认识论和本体论之间可能存在某种联系,但这一联系非常弱,要依靠知识的默契形式存在,而这种形式却一直是值得怀疑的。

[④] 索菲·鲁:《重温索卡尔事件》,第6页,作者非常诚实地证明了她最终服从的这一命令。

卡尔和让·布里克蒙却一再说：能够在事先和事后证明手段的暴力合理性的，是这许多疏忽大意造成的严重社会后果，这可以说是一种危险。不过，阿兰－大卫·索卡尔和让·布里克蒙辩护说，这主要是政治层面的危险。

同志，请选择你的阵营！

笔战随着不断的展开声势逐渐转弱，但在美国非常特殊的环境下，1996年的进攻还依然十分坚决。1997年的抨击目标是变化中的"后现代主义"，因此对其展开的进攻需要不断地调整，很快让论战变成了一片嘈杂之声。2005年所写的书迷失在"伪科学"的孤岛之上，勇敢地进行一番比较，对此连阿兰－大卫·索卡尔本人都表示不十分有把握。但是，在经过了对副本的修改和反伪后现代主义的斗争之后，索卡尔论述的重点依然是在描绘一个模糊而令人担心的威胁："后现代主义中没有诞生伪科学，在大多数情况下，也不明确支持伪科学。不过，后现代主义削弱了科学思想的知识基础和思想道德基础，成为伪科学的同谋，它扩大了'疯狂的海洋，任人类理智的一叶扁舟在风浪中艰难前行'。"① 这样，科学理性的知识基础和道德基础将大大削弱，但具体是被什么力量削弱的呢？

为了弄清这一点，我们应该循着辩论线索去考察"相对主义"问题。1997年所写的书始于对哲学—历史方面的考虑：阿兰－大卫·索卡尔和让·布里克蒙对20世纪认识论的发展进行了简略的全景式介绍，锁定了一段"危机"时期（与"核实主义""篡改主义"伟大系统的失败有关），给所有认知方面的胡言乱语留出了一片自由空间。在相关人物中间，两位作家确定了"一个不知收敛的库恩（Kuhn）（……）他可能违心地变成了当代相对主义的创始人之一"，他们把保罗·费耶阿本德（Paul Feyerabend）形容为"科学哲学王国里的弄臣"，他那句"一切都是美好的"名言充当了认识论田地中的稻草人。索卡尔和让·布里克蒙随后又提到了爱丁堡学派的科学社会学的"重要课程"，最后还批评了法国社会学家布律诺·拉图尔的著作。1997年的这本书的结尾从三个方面总结了"相对主义"在司法、教育和反殖民主义斗争

---

① 这是索卡尔的《伪科学与后现代主义：对手抑或同路伙伴》一书最后的一些话，第153页。引号中的这句话总结了全书内容，这其实是对罗素的引用。

领域传播的负面影响。① 2005 年的书又在这张黑名单上补充了其他危险：法国所有的星象学家都支持索邦大学的论断，赞成"交替疗法"，为各种"民族主义"火上浇油，拥护"激进的生态主义"，甚至认为历史学家有权相信"女巫和妖精"。② 最后，该书的第一个附录把宗教描绘成"伪科学"的主要形式，说保守的"基要主义"宗教是有害的，而当它"制衡金钱的无限权力"时却会是有益的。③ 这样，从第一本书谈到第二本书，我们也从卡尔·波普尔（Karl Popper）穿越到了教皇让-保罗二世身边。

这里，阿兰-大卫·索卡尔和让·布里克蒙的两个计划，其一是围绕"相对主义"问题④ 展开的认识论计划，其二为一项政治计划：他们要捍卫世界和知识的物质概念与实证概念。两个计划虽明显出现了知识方面的分歧，但在战术上却是互补的。一个新的违抗行动完成了，其合理性只能归功于它对当初"一切都说得通"的论断所做的论证。阿兰-大卫·索卡尔重新回顾当代的认识论辩论，讨论"科学的新社会学"方法，他最终承认，需要区分认识论相对主义、本体论相对主义和方法论相对主义，他想要解释是什么让后者的隔离无法抵抗前两个隔离。⑤ 在这场认识论的讨论中，有一条保持"现状"的捷径，在这里昔日的仇敌可以暂时休战，而从各自的阵地轻蔑地打量着对方：我们能够理解历史学家和社会学家要坚持"相对性"的方

---

① 阿兰·索卡尔、让·布里克蒙：《知识的骗局》，第 148—154 [94—99] 页。关于对 20 世纪认识论从更广泛的历史角度的研究方法，见卡洛斯·尤利西斯·穆利纳（Carlos Ulises Moulines）：《科学的哲学：一个学科的发现（19 世纪末—21 世纪初）》，巴黎，2006 年。

② 阿兰·索卡尔：《伪科学与后现代主义……》，第 17—20 页，第 53—87 页，第 87—118 页，第 119—124 页和第 124—127 页。

③ 同上书，第 156—157 页。引用的例子构成了对美国公民权利的辩护，同时反映了拉丁美洲自由宗教的情况，其结论如下："如果我们诚实地看待这一问题，那么现代科学的世界观自然会引向无神论——或者至少会引向没有进攻性的自然神论或泛神论，它们与所有传统宗教的教义水火不容，但是敢于对此承认的科学家却寥寥无几。"

④ 2005 年出版的该书的第二个附录中为这一计划进行了辩护，同上书，第 163—200 页，其形式是一篇文章，早在 2001 年就已经出版，题为《为一个谦虚的科学现实主义辩护》。

⑤ 这关键的一点出现在引用的作品的第 135 页上的注释 278，这场辩论最终可以演变成为一篇论证式的演讲，见杰伊·拉宾热（Jay Labinger）和哈里·柯林斯（Harry Collins）编：《一种文化吗？一场关于科学的对话》，芝加哥，2001 年。

法论原因①，正如科学家坚持"真实性"时对于道德的、认识的和启发性的考虑一样。这些激烈但不那么使人难堪的辩论，其基础是学科竞争和"激进性"的竞争，身处这竞争其中，没有人能够使自己完全保持清醒②，只有对于集体威胁的假设能够让辩论变得十分重要，这就是为什么阿兰-大卫·索卡尔那"绝对自由的天性"让他支持"无为政策"。他表示，"在孩子们因为伪科学信仰而身处危险时，（伦理问题）就变得更加严重。"而他又看到了另一个问题：对美国民众进行的调查显示，45%的受调查者认为，相比进化理论而言，人们更欣赏"《创世记》关于创世的讲述的客观准确性"③。正是为了避免这一危险倾向，阿兰-大卫·索卡尔和让·布里克蒙拿起笔，饱蘸酸楚的墨汁，以"启蒙时代继承者"的名义，著书反对"引诱了一部分左派力量的非理性思想"，并认为非理性思想"玷污了整个左派的声誉"④。

可见，"科学战争"包含了一场非常真实的"左派间的战争"，但其关键问题在大西洋两岸并不相同。的确，1996年的文章不是阿兰-大卫·索卡尔事件的第一次行动，而是第二次，它与一系列其他文章发表在了《社会文本》杂志上，以回应生物学家 P. 格罗斯（P.Grauss）和数学家 N. 勒维特（N.Levitt）所写的书，两位科学家对于"学术的左派"的蜕变进行了严厉的批判。⑤借助这些辩论，阿兰-大卫·索

---

① 见多米尼克·佩斯特（Dominique Pestre）：《科学与现代历史》，载《辩论杂志》，102（1998年11—12月），第53—68页。这些阻滞点解释了"相对主义者"和"现实主义者"彼此间的隔阂，伊恩·哈金（Ian Hacking）对这些点进行了清晰的分析，伊恩·哈金：《科学与现实之间：对于"何物"的社会构建》，巴黎，2001年，特别是第91—139页。

② 参加辩论的人不停地宣称他们既不是简单的"科学家"也不是纯粹的"相对主义者"。

③ 阿兰·索卡尔：《伪科学与后现代主义：对手抑或同路伙伴》，同前书，第143—144页。这些对于教育的影射呼应了 P. 费耶拉本德（P. Feyerabend）在他的《反对方法》一书中的论战式点评，在书中，他要求将国家政权与科学区分开来，正如政教分离那样，他伤心地看到物理、天文学和历史成为学校的必修课，却不能"将这些科目换成魔术、星相学或者传奇研究"。（阿兰·索卡尔和让·布里克蒙对其加以引用，《知识的骗局》，同前书，第129页）。然而，P. 费耶拉本德和索卡尔的研究方法还是具有相同之处的，主要是他们都有意地混淆了认识论与政治道德。二人首先注意到了一种"学术压迫"（P. 费耶拉本德看到了"二战"后的学者，索卡尔看到了1968年之后的大学人士进行的学术压迫），他们绕了一个很大的认识论的弯子后重新回到了伦理道德问题，也正是因为这一点，当人们想要讨论他们的论点和他们给人留下的言行不一的印象时，很难确定二人的观点。

④ 阿兰·索卡尔、让·布里克蒙：《知识的骗局》，第291[199]页和第290[198]页。

⑤ 保罗·R. 格罗斯（Paul R. Gross）和诺曼·莱维特（Norman Levitt）：《高级迷信：学术左派及其与科学的争吵》，巴尔的摩—伦敦，1994年。我所引用的该书的第二版在索卡尔事件出现后的1998年出版。

卡尔才得以让杂志接受他的讽刺戏谑文章，虽然其风格有些"过时"，因为，按照 B. 罗班（B.Robbins）有些自责的说法，阿兰－大卫·索卡尔的讽刺戏谑可以服务于一项显然是正确的事业："作为《社会文本》杂志的编辑之一，我会自由地表达我的看法，来评价阿兰－大卫·索卡尔的讽刺戏谑对我们产生的影响：对于科学知识的一点无知和一些娱乐性可以在面对假设的政治盟友时增添很多热情，这盟友却可能让人暂时变得盲目。"[①] 阿兰－大卫·索卡尔的文章之所以得以发表，是因为它可以被用来维护"学术的左派"，反对轻视左派的人，实际上，在美国，因为各派别之间的冲突，争论得以在政治层面和认知层面延续。在此背景下，大学内的文化研究派对于少数群体组织的斗争给予了极大的支持，对此，舆论看得清清楚楚。比较新的情况表现在辩论被移至科学研究学派的领地，因为科学研究派同样得到了上述少数群体代言人的支持。[②] 在辩论中，阿兰－大卫·索卡尔就是完成违抗行动的人：这位物理学家深受左派政治传统的影响[③]，他高举批判"后现代分子"的大旗，努力召集左派和右派所有的有识之士，即那些既不赞成他们的哲学蜕变，也不同意他们随意使用科学概念的人。[④]

法国的政治环境与大学环境都非常不同：首先，由于法国大学中没有"文化研究"，无法与少数派的斗争进行联系[⑤]；其次，法国的"后现代主义"没有和美国一

[①] 布鲁斯·罗班：《骗子的解剖学》，载《Tikkun》杂志，1996 年 9—10 月。伊夫·让纳雷引用并翻译，《索卡尔事件》，第 60 页。Y. 让纳雷（Y. Jeanneret）作品的整个第二章（第 55—87 页）是从认识论角度对政治进行的很好的展望。

[②] 就这一主题，见米歇尔·皮耶桑（Michel Pierssens）：《美国的文化科学》，载《调合》杂志，35—36（1998 年夏—秋），第 106—117 页。

[③] 从政治斗争角度看，斗士索卡尔让我们看到他早已取得了辉煌的成就：他在桑地诺时期就在尼加拉瓜教授数学。

[④] 这就是为什么索卡尔和让·布里克蒙（《知识的骗局》，第 35 页）非常小心地在注释中提到了对于"明显源自左派政治观点的后现代主义和社会构建主义"的三次"批判性"研究。保罗·R. 格罗斯和诺曼·莱维特对他们宽大为怀，没有向一种简单的宗派主义让步。"索卡尔阅读我们的这本书的时候，笑话就出现了。从一开始，作为一个原则很强的人，他怀疑我们两个人可能是激进的保守派，会借口捍卫科学而提出反对自由主义的计划。但是，他最终发现我们的论据很有说服力。"在上文，两位作者不去追究琐碎的政治计划，因为在极具政治色彩的争论背景下，这已然就属于背叛了。

[⑤] 弗朗索瓦·屈塞（François Cusset）：《法国理论：福柯，德里达，德勒兹公司以及美国知识分子生活的蜕变》，巴黎，2005 年（第一版出版于 2003 年），作者在第 335 页发出了这样的感叹："在法国的大学里，哲学、文学及其同质性的方法论、统一的研究素材，都很难去接受认识论去杂取百家和参考文献的不同类型，而这些是 25 年来美国出现的所有式微的跨学科的特点，从性别研究到文化研究，莫不如此。"

样的学术、政治传承，通过 1997 年的书引入法国后，辩论就要适应新环境①。在大学中，这种对新环境的适应表现在两方面：一方面，一部分研究人员迅速加入了阿兰－大卫·索卡尔和让·布里克蒙的事业之中；另一方面，他们的反对派的"解放言论"声势日益高涨。这样，在阿兰－大卫·索卡尔充满错误的作品来到法国之前，由社会学家 R. 布东（R.Boudon）和哲学家 M. 克拉弗兰（M.Clavelin）领导完成的作品《相对主义是否可以抗拒？》(Le Relativisme est-il résistible?）就已经试图将受到益格鲁－撒克逊学派影响的科学社会学、科学历史学流派（已经成为少数派）赶进边缘地带。②与美国、英国情况不同，在法国占据主导地位的是理性主义和普遍主义的传统，而绝对自由的、后现代主义的"多元文化主义"始终受到排斥。究其原因，首先，受皮埃尔·布迪厄影响的社会学占据重要地位③；其次，法国认识论学派在哲学方面和历史学方面具有深刻影响④。法国社会学家所写的科学社会学的三本最新教材中，只有一本表示支持"科学社会研究"的思想与方法。⑤ 1998 年在《辩论杂志》上，D. 佩斯特（D.Pestre）作为"社会研究"的发扬者，介绍了该学派取得的发展，以此反击对该学派的意义持怀疑态度的哲学家和学者。⑥ 安热勒·克雷默·马里耶蒂（A.Kremer Marietti）2001 年主持完成的文集给了"科学新社会学"的支持者们发表意见的机会，其中甚至包含了很多反对他的文章⑦。总之，阿兰－大卫·索卡尔的批

---

① 见帕特里克·珀蒂让（Patrick Petitjean）：《对法国科学的批判》，载《调合》杂志，35—36（1998 年夏—秋），第 118—133 页，该文提到了法国保护科学的"共和式的认同"。

② 雷蒙·布东（Raymond Boudon），莫里斯·克拉弗兰（Maurice Clavelin）编：《相对主义是否可以抗拒？对科学社会学的考察》，巴黎，1994 年。把本书与保罗·R. 格罗斯和诺曼·莱维特同年出版的一本书进行比较，就可以看到美国和法国情况截然不同：在美国，科学的争论式的研究中诞生的观点激进的文章形成的研究素材受到攻击；而在法国，科学社会学的一些流派所使用的概念和方法受到质疑。

③ 另外，在皮埃尔·布迪厄的《科学的科学与反射性》（巴黎，2001 年，这是作者生前出版的最后一本著作）中，对"强大的项目"的方法论原则进行了批判。

④ 见卡洛斯·尤利西斯·莫里纳：《科学的哲学……》，第 21—25 页。

⑤ 奥利维耶·马丁（Olivier Martin）：《科学的社会学》，巴黎，2000 年，以及米歇尔·迪布瓦：《科学社会学导言》，巴黎，1999 年。这两本书对"强大的项目"提出了有理有据的批判。只有多米尼克·万克（Dominique Vinck）的《科学的社会学》（巴黎，1995 年）一书显得比较宽容，不过也指出了该思潮引发的巨大争议。

⑥ 《如何撰写科学史？》，载《辩论》杂志，（1998 年 11—12 月），以及 C. 舍瓦莱（C. Chevalley）、P. 雅各布（P. Jacob）和 G. 诺朗（G. Jorland）的文章。

⑦ 见安热勒·克雷默·马里耶蒂（Angèle Kremer Marietti）：《伦理与认识论：从索卡尔和布里克蒙的〈知识的骗局〉一书谈起》，巴黎，2001 年。

评文章赢得了全部或部分法国大学界人士对他事业的支持。①

科学研究的捍卫者们丝毫不曾忽视阿兰－大卫·索卡尔提出的政治问题，1998年秋天《调合》杂志的一期特刊中由 B. 朱尔当（B.Jurdant）收录的几篇文章就能证明这一点：几乎所有的文章都认为，科学的某些批判观对于科学体系本身和公民社会而言都具有解放价值，让－米歇尔·萨朗斯基（J.-M. Salanskis）因此认为阿兰－大卫·索卡尔当初的那篇"诈文"中包含了人们熟知的政治活动："当我们是左派的时候，我们很多人都会对'榜样行动'加以理论化，这不是什么东西的经验展示，而不过是对意料之中的一些东西的实际'揭示'，目的是尽快实现距离化和抛弃。"②历史学家阿米·达昂－达尔梅蒂科（A. Dahan-Dalmedico）和 D. 佩斯特展望了科学、政治—科学环境演变的研究，提到了"全球范围内绝对自由主义的思想意识取得的胜利，以及与之相关的（国家）中立、公共服务、纯科学等概念"，他们认为这证明了批判意见的激进性是合理的，这些批评"（在这种情况下）'以自然的方式'研究社会的科学"③。在定义政治计划时，M. 卡隆（M. Callon）走得最远，他认为存在着一些"混合论坛"，可以实现专家与外行（法庭、患者协会、信息委员会，等等）的对话，他希望在参与公共辩论的各方之间建立一种"和平共处"关系，实现途径是"集体实验"，而其中"实验室依然是基本因素，但它不再是唯一因素"④。不过，这些思想的发展在后来的辩论中没有引起丝毫的反响。因为，这些发展恰好构成了阿兰－大卫·索卡尔几本书中关于《有什么重要性？》（*Quelle importance?*）的各章的对应部分⑤，体现了一种共同的忧虑，甚至让人看到了要求实现政治谅解的可能。

---

① 《知识的骗局》出版后媒体的喧嚣和激烈的笔战不应该掩盖这一事实，我们因此不能像若斯坎·德贝兹（Josquin Debaz）和索菲·鲁那样（《从一个事件到另一个事件》，见索菲·鲁编：《重温索卡尔事件……》，同前书，第 49 页），将法国的争论轻描淡写地说成是"我们报纸的知识分子"和"我们为了知识分子的记者"之间的争论。大学里的争论之所以更加谨慎、更加细腻，正是因为在法国的环境下，权力的关键问题和力量关系具有与众不同的特点。

② 让－米歇尔·萨兰斯基斯：《阅读的认识论》，第 157—194 页，此处引自第 163 页。

③ 阿米·达昂－达尔梅蒂科（Amy Dahan-Dalmedico）、多米尼克·佩斯特（Dominique Pestre）：《今天如何谈论科学？》，同书，第 77—105 页，此处引自第 103 页。

④ 米歇尔·卡隆：《为科学研究辩护》，第 253—267 页，此处引自第 263 页。

⑤ 见阿兰·索卡尔、让·布里克蒙：《知识的骗局》，第 299—304[204—208] 页，以及索卡尔，《伪科学与后现代主义……》，同前书，第 143—153 页。这一说法是受到了保罗·R. 格罗斯、诺曼·莱维特的《高级迷信……》的最后一章《有关系吗？》的启发。同前书，第 234—257 页。

因此，左派的战争（社会左派对文化左派）在科学研究及其他领域都不是因目的而起的冲突，而是手段的冲突。①这表面上的根本分歧却揭示了一种最终的违抗——从认识论思考变为伦理或政治话语，不使这一分歧绝对化。从这点看，F.屈塞（2003年）和让·布里克蒙（2005年）的文章的对立提供了很好的证明。F.屈塞以非常"后现代的"风格对自己的书做了总结，该书旨在捍卫"法国理论"，该理论的"新革命方式"产生于不同"群体"所经历和捍卫的"背离方式"。作者甚至大胆地去解释如何在"关于差别的非辩证法理论"方面与马克思思想和唯物主义之间"挂起钩"来②，而让·布里克蒙首先认为"政治方面的进步思想仅仅是科学怀疑主义在学说中的落实，这些学说在某个历史时刻证明了既立社会秩序的合理性"，他后又确信"最终，任何经济力量的关系都总是具有军事色彩的"，并且感慨地指出"大批科学家直接为军事服务，却没有受到同行的任何谴责"③。篇幅不长的这一章是阿兰-大卫·索卡尔的作品中就"伪科学"问题所做的总结，它似乎被错误地当作了"文化研究派"的最激烈的揭露性批评，属于明显而重要的个案，只不过这一章不是建立在科学话语的"解构"之上，而仅仅是对"军事—工业联合体"提出的更加一般性的质疑。这一次，语言暴力和论战的揭露针对的不是"后现代的"对手，而是直指一个共同的敌人，这个敌人不再被指责为假冒的激进性和"根本不去怀疑社会中力量和真实权力之间的关系，而这些关系始终依靠的是军人"。④F.屈塞提前回应了这一著名的反对意见，他承认对于"差异"的信仰的确已然成为"提前的资本主义潜在的盟友"，因为它允许"市场更为细致的划分"，但F.屈塞坚持认为，诞生于马克

---

① 从事件之初，索卡尔就明确而简单地表示："我得承认，长时间以来我就是一个无耻的左派，从来没有弄明白解构何以能够服务于工人阶级。"这段文字出自伊夫·让纳雷：《索卡尔事件……》，第69页。

② 弗朗索瓦·屈塞：《法国理论：福柯，德里达，德勒兹公司以及美国知识分子生活的蜕变》，同前书，第354页，第347页和第348页。在书中，作者将唯物主义定义为"对所有非连续主义的不信任"，可与索卡尔的支持者的出版计划相比较。让·迪贝斯（Jean Dubessy）、纪尧姆·勒库安特（Guillaume Lecointre）编：《科学领域的精神僭越与知识的骗局》，巴黎，2001年："在科学与认识论相结合的领域，这一文集意在展示唯物主义领域做出的丰富回应：不借助所有神学和唯灵论都接受的实质而去理解世界，这也是在推荐一些书籍，其作者虽没有自诩为唯物主义者，但也会要求理智至上，或者站到反对唯心主义的阵营。"

③ 索卡尔：《伪科学与后现代主义……》，让·布里克蒙作序，第34—36页。

④ 同上书，第37页。

思主义遗产的"法国理论"是"适应我们所经历的历史转型的唯一政治警醒形式"①。从某种意义上说,关于科学的辩论是纯粹认识论范畴的,因为它发动了一批只会因为科学知识的特殊性(或非特殊性)概念而爆发冲突的左派知识分子;但从另一个意义来说,关于科学的辩论也是纯粹政治范畴的,因为丑闻与辩论中的暴力因维护共同的解放事业(分为理性主义和后现代主义两种方式)而变得合理。

在媒体中,索卡尔事件的政治意义没有被遗忘,人们甚至对此基本达成一致意见,在《世界报》上展开辩论期间,人们披露了1996年12月的第一篇文章引发的事件的来龙去脉,指出这是一篇恶作剧式的文章②,D. 杜克洛(D. Duclos)表示这是"象征性的火刑,旨在将美国青年人从有害影响中解放出来",他对自己激烈的言辞没有否认③。相反,站在阿兰-大卫·索卡尔一边的 P. 盖尔兰的观点则更为激进,他表示:"索卡尔对新左派感到厌烦,因为他们挖了真理和社会公平的墙角,而这二者正是他们宣称的自己的基础。"④这里,布律诺·拉图尔提到了几个共同的回忆,揭露了"冷战的科学"⑤。J.-J. 萨洛蒙(J.-J. Salomon)也提到了这些记忆,他在同样的领域反对敌对方阵营,谴责"堪称冷战恐怖主义交流的论战"⑥。而 M. 范兰特翰(M. Van Renterghem)则试图就"1968 年思想的蒙昧主义蜕变"的衰落问题展开辩论,这始终是法国政治—媒体圈子非常敏感的话题。⑦最后,马克斯·多拉(Max Dorra)尝试站在社会左派的角度进行反击,他表示:"科学性的偶像化背后,存在着对政客的否认。"他分析了雷诺-维勒沃尔德工厂员工被解雇的例子,此事被工厂负责人说

---

① 弗朗索瓦·屈塞:《法国理论福柯,德里达,德勒兹公司以及美国知识分子生活的蜕变》,第346—347页。

② 尼古拉·威尔(Nicolas Weill):《阿兰·索卡尔教授的教育学欺骗》,载《世界报》,1996年12月20日。

③ 德尼·杜克洛(Denis Duclos):《索卡尔并非苏格拉底》,载《世界报》,1997年1月3日。

④ 皮埃尔·盖尔兰:《法国人对美国教授的谴责》,载《世界报》,1997年1月14日。

⑤ 布律诺·拉图尔(Bruno Latour):《冷战后还会有科学吗?》,载《世界报》,1997年1月18日。

⑥ 让-雅克·萨洛蒙:《索卡尔的开怀大笑》,载《世界报》,1997年1月31日。

⑦ 马里翁·范兰特翰:《美国人阿兰·索卡尔面对法国思想的"骗子"》,载《世界报》,1997年9月30日。见卢克·费里(Luc FERRY)和阿兰·雷诺(Alain Renaut)的书的出版引发的论战,卢克·费里和阿兰·雷诺:《1968年思想:关于当代反人文主义的散文》,巴黎,1985年,或者佩里·安德森(Perry Anderson)的小册子《温和的思想:对于法国文化的批评》,配有皮埃尔·诺拉(Pierre Nora)的回应:《火热的思想》,巴黎,2005年。

成是一个"交流的问题",而 M. 多拉则将其解读为拒绝正视"冲突的现实"①。接下来,法国知识界的争斗主要纠结于"后现代主义"的未来和当下问题,因为实际上这是法国民意唯一讨论的话题,知识战争的背景永远与这些政治分歧和政治是一致的,它们显然源于过分有名的"法国激情"。阿兰－大卫·索卡尔和让·布里克蒙提及的其他"危险"(学校问题,大学问题,伪科学问题)没有或很少被提出并讨论,因为这些话题在全国范围没有产生任何反响②。

*

索卡尔事件引发的辩论,其基础是三种违抗,它们或许一个比一个激烈。第一,学科违抗:文学家／科学家给科学家／文学家上了一课;第二,伦理或本体论违抗:对有些人来说,这是最初的玩笑之作和攻击"目标"的不断替换,而对另外一些人来说,这是支持"相对主义"和"后现代主义"的论据的某种诡辩术;第三,政治违抗:打着辩论的"解放"特点的旗号在事后证明前面的两种违抗。由节略和否认构成的辩论总会在以考据学反对语言的背叛和滥用的战斗中险些摊上官司,被指知识分子不诚实和操纵概念。③不过我们敢打赌,假如当初阿兰－大卫·索卡尔在学术杂志上只满足于心平气和地解释为什么他觉得"科学研究"的几个结论非常滑稽,那么他便不会燃起这场战火。"科学研究"的威信是 20 世纪 70 年代中期以来通过一篇批判科学的讲话建立起来的,若想要终结它的确需要一次轰动的事件。但是辩论的暴力具有显著的优点:它一方面是交战各方的一部分,同时也表达了他们的对立方的声音。每个阵营都将表现出受害者的姿态,于是,想要保护自己,便只能依靠通过拉壮丁招来劣等士兵,逼他们去保护阵地,然而这阵地却只是他们可笑的思想。

---

① 马克斯·多拉(Max Dorra):《隐喻与政治》,载《世界报》,1997 年 11 月 20 日。
② 弗朗索瓦·屈塞:《法国理论……》,第 335—336 页。
③ 但是,假如进行违抗的人恰恰又是对违抗行动进行谴责的人(阿兰·索卡尔),或者,如果另外一个人高兴地声称是自己进行了违抗,那该如何是好?(弗朗索瓦·屈塞:《法国理论……》,同前书,第 350 页)凭着"老施本格勒(Oswald Spengler)"的话,十分骄傲地宣布自己是"积极的反叛一边的",雅克·布弗雷斯(《相似性的奇迹与晕眩……》,第 99 页)认为老施本格勒虽然"其论点具有惊人的现实性",但无法再被接纳,因为他"处在了政治角度上的一个值得怀疑的位置",他会立即被人揭穿。这就是索卡尔受到质疑的一个矛盾:这一质疑所触及的只是那些赞同索卡尔的观点并努力去探索"变节"的范围的人,而其他人虽然被正式"锁定了目标",却去嘲笑这种无理取闹,说这种无理取闹只会证明他们的"哲学"是一个"无法无天的领域",能够"从主流话语中解读所有权力运作和强加的标准"。(弗朗索瓦·屈塞:《法国理论……》,同前书,第 352 页和第 349 页)

阿兰－大卫·索卡尔的批评文章自相矛盾：其初衷是要哀叹各门"科学"之间彼此的不理解，但是只有在这不理解永远得不到解决的前提下，他揭露的策略才能得以进行和发扬。"文化研究"派的专家丝毫不否认他们正在指挥着一场政治和知识的战斗，并将战斗视为自己的手段之一。科学社会学家和科学历史学家的思想比较接近爱丁堡学派的思想，他们没有忽略这股思潮内部和外部的激烈争论。而"年轻的研究人员"——特别是在法国，却很少感受到压迫。至于"后现代的"哲学家及其继承者们，他们受到批判和公众制裁，在一个对自己不再有利的时期（我们可以将其定义为"后后现代"时期）只能要求获得被人阅读的权利。① 阿兰－大卫·索卡尔及其支持者们要求得到同样合理的权利，他们想要说：这是一个只有恶作剧和糟糕的哲学的时代。

谈到索卡尔事件时，人们使用最多的两个比喻是"学校"和"战争"，但是，学校暴力和战争暴力之间有什么相同之处呢？其相同之处可能就在于人们可能在公共场合受到专业人士（拿着高级文凭的成年人）的嘲讽②，除了讽刺之外，就是这两种情况下人们都会为保卫土地而与心目中的强敌进行殊死抵抗。但这种抵抗徒劳无功，索卡尔事件中所展现的语言暴力和知识暴力在争取民意时就总是以失败告终，科学领域的民意自然是息事宁人的态度：对于那些不熟悉学术圈里的思想道德的公民来说，笔战的品位和争论的方法或许是最难以捉摸的。③

1996—2005 年期间，在政治领域和认识论层面，20 世纪 70 年代及其充满冒险思想的狂欢已然曲终人散，历史又走过了二三十年，终于来到了进行总结的时刻，围绕索卡尔事件展现的暴力虽说不上是唯一的总结机会，却也是非常精彩的时机。④

---

① 见让－米歇尔·萨兰斯基斯：《关于阅读的认识论》，载《调合》杂志，35—36（1998 年夏—秋），第 157—194 页，以及阿尼巴勒·弗里亚斯（Anibal Frias）：《索卡尔和布里克蒙以及哲学话语中的意义》，见《哲学事实》，第 247—264 页。

② 对于索卡尔的"诈文"，一些美国的评论家将他揭露的作者们的反应说成是"裤子滑落一般的尴尬"。

③ 索卡尔的反对者都相信，使用言辞激烈的话语进行揭露就能够教育民众，但这却会损害索卡尔及其反对者。索菲·鲁：《文学家和科学家：使用粗俗的话语不无危险》，见索菲·鲁编：《重温索卡尔事件……》，同前书，第 105 页，文章提到了公开辩论的必要性，因为它不再局限在"已经被说服的内行人的圈子"，但是索卡尔所说的"公众"更加被期待，因为他们是事先提出的政治问题的关键。

④ 就在 1996 年，随着热拉尔·努瓦里埃尔（G. Noiriel）关于"危机"一书的出版，人们能够进行富有成果的比较。

第三部分

吵闹与争论,知识分子身份认同的基础

作为基础的暴力?
——对旧制度下自由思想身份认同源头的考验

斯蒂凡娜·范达姆

（只有）对力量或弱点的考验，或者更简单地说：只有考验。这就是起点，它是一个动词：考验。
——布律诺·拉图尔：《微生物：战争与和平，对无法降服的力量的关注》，1984年，第243页。

本书提议围绕模糊的"知识暴力"概念进行热烈的讨论。暴力固然是施于知识分子身上的暴力，但也是知识分子掌握的暴力。不过，不信教的自由思想的身份总是与暴力问题联系在一起，纠缠不清，有的属于自由思想的经验，与性质、规模不同的反复考验紧密结合；有的属于历史文献学的建构，很大程度上建立在著名的诉讼案件基础之上。在本篇文章中，我想对构成不信教的自由思想历史的两个问题进行一番考察，第一个论题由自由的殉教史论组成，认为王权国家或教会的"象征性暴力或真实暴力"把"知识人口"变成了受迫害的少数群体。第二个论题是将自由论者的行动和实践归结于旧制度下精英们的"暴力文化"①，将自由思想论者改变为知识游击战的实践者。这两种暴力形式，一种是隐忍的，成为牺牲品，而另一种则积

---

① 见斯图尔特·卡罗尔（Stuart Carroll）具有代表性的书：《早期现代法国的鲜血与暴力》，牛津：牛津大学出版社，2006年。

极而富有创造性,它们被当成自由思想者们集体身份认同的源头。①

王权的司法,宗教秩序,自由思想的"代表",这三种力量之间的斗争因为一系列重大事件而被搬上了舞台,它们提供了一个绝佳的机会,让我们可以看到知识暴力在实践和应用过程中所表现出的多样性。但是,还应该看到方法论方面的不同,并且当自由思想者将这一暴力变为自由思想论定义之外的一个要素时,就不应再去视"具体情况"而使用知识暴力。在考验的社会学范畴②(争吵、笔战、辩论、诉讼、事件),人们"通过考验来定义参与者(……)他们可能拥有各种经验,在经验中表现出新的能力。参与者是在经受各种考验的过程中被定义为参与者的"③。考验的这一概念与参与者的概念和能力的概念三者相互联系,让人们更加重视自由思想史上充斥着的这一暴力。让我们记住科学人类学方法的这一教训吧:"科学人类学没有从已经成为世界组成部分的实体开始研究,而是去研究对于参与者来说是偶然存在的复杂而有争议的东西的性质。"④该方法意欲与自由思想的司法历史一刀两断,因为后者从不同的考验中看到的是虚假的连续性,并计划组建一些团体,形成一股反社会的力量,在这其中,参与者只能看到特殊的情况与割裂。诉讼的专题范畴常常被视为"内部的"分析范畴,在对考验进行研究的过程中将其摒弃,我们便可以致力于观察的幅度,以再现对于自由思想质量评定工作表现出的不确定性——不论是在文

---

① 对于这一双重暴力的思考可能非常接近瓦尔特·本雅明(Walter Benjamin)的思考,瓦尔特·本雅明《破坏性特点》,发表在1931年11月20日的《法兰克福汇报》上,见瓦尔特·本雅明:《瓦尔特·本雅明全集》(OEuvres),第2卷,巴黎,散文丛书,2000年(1972),第330—332页。正如哲学家菲利普·西迈(Philippe Simay)分析过的那样,暴力的概念有两个:一种是破坏性的暴力,让人想到了国家垄断的合法暴力;另一种是创造性暴力,旨在重建文化传递的阴影部分,它被认为是连续的和累加的。的确,瓦尔特·本雅明认为可能还存在另外一种暴力,即行动的主体所毁掉的自己传递的暴力,这是一种"不信教的原因",它按照自己的样子改变了传统,使得自由思想的集体记忆无法建立。这样一来,它使得自由思想在破碎中、在与主流历史的距离中从"不可改变的保存的东西"中得以保存下来。菲利普·西迈:《作为训令的传统:瓦尔特·本雅明与历史批判》,见安德鲁·本雅明(Andrew Benjamin)编:《瓦尔特·本雅明与历史》,纽约,2006年。
② 我在此将自己的观点纳入了西里尔·勒米厄(Cyril Lemieux)提出的社会学范畴,如他的《权利与圣宠》。
③ 布律诺·拉图尔:《潘多拉的希望:科学活动的现实版》,巴黎,2001年(1999),第326页。
④ 同上书,第323页。

学、神学方面，还是在其司法形成中的揭露。① 人们因此去关注作为社会形式的争吵、考验和事件。的确，考验是"评定和再评定与一个突出问题相关的整体的时机"②。因此要全面地研究这种暴力发生的经验，研究历史文献学的目的，正是该目的将这一暴力变为了关于自由思想集体身份认同③的基础话语模型。除了国家方面的破坏性暴力外，我们看到这些考验还要展现自由思想历史的次要意义，即它不能被当成群体的和出世的、隐退的"知识分子"的模式。这样，暴力一方面，远离了古代传统的主题，即自由思想者的实践的全部逻辑④；另一方面，它又有别于对自由思想事件从神学角度进行的解读，而后者是18世纪公共空间出现的范式或表征。

我站在历史文献学和方法论的角度来审视自由思想，从而研究旧制度下的知识暴力问题，我遵循了三条思考线索。首先，我将重新回顾"自由思想考验"的计划的背景，是它构成了19世纪以来自由思想的历史文献学的"自然"框架，因为"自由思想考验"可以把案例的收集与对威胁的全部理解二者结合起来。其次，我将反思20世纪90年代初开始的历史文献学复兴，它把自由思想形象的出现解读为暴力的产品或暴力的施行者，推翻了司法的范式，打破了自由思想与考验的联系。最后，我要广泛了解司法范式、揭露活动和阴谋活动，以期在此基础之上对相关资料进行历时性阅读，随后将转而采用研究个案的历史社会学方法，其中的个别情况同样牵扯到集体情况，但却不从属于集体情况。我将尽力解决贯穿自由思想历史的一些矛盾，这些有利于展现考验所使用的手段：文献特点与社会实践活动的二分法，思想道德方面的自由思想与知识方面的自由思想的二分法，个人主义与集体的身份认同的二分法，政治领域中的公开性与秘密性或脱离政治现象的二分法。

---

① 见雅克·雷韦尔（Jacques Revel）的方法论介绍，《等级的游戏：对于经验的微观分析》，巴黎，1996年。

② 尼古拉·多迪耶：《艾滋病的政治教训》，巴黎，2003年，第31页。关于考验的社会学如今多种多样，我们可以记住拉杜尔所给出的定义，该定义由卢克·博尔坦斯基和夏娃·基亚波洛（Ève Chiapello）提出，《资本主义的新思想》，巴黎，1999年，第73—80页。

③ 反本质主义的方法与本质主义的词汇相矛盾（如"身份"一词），见马蒂纳·阿旺扎（Martina Avanza）和吉尔·拉费尔泰（Gilles Laferté）方法论方面的观点，《超越"身份构建"？身份的确定、社会形象与表现》，见《起源：历史与社会科学》，2005年12月，第134—152页。我们还可以借用娜塔莉·海尼希的研究来为这一概念赋予活力和反批判意义。

④ 让－皮埃尔·卡瓦耶（Jean-Pierre Cavaillé）：《自由思想者：伟大世纪的另一面》，见《17世纪的自由思想和哲学》，2003年，第291—319页。

第三部分　吵闹与争论，知识分子身份认同的基础 | 153

自由思想的旧制度？通过国家暴力实现的制度

在第一阶段，对一个自由思想的旧制度的认可好像是19世纪历史文献学的发明，它直接从旧制度末到19世纪20年代这段时期的著名案件去获取资料。①这一历史文献学的动机将沿着两条轨迹前行，一是以文学迫害为主题的浪漫主义的平反，二是19世纪80—90年代之间自由思想者们早期历史上的道德揭露。②这两个论题的前提都是通过国家暴力实现的自由思想的制度，其中包括三个原因。

第一个原因：司法的范式

长期以来，所谓自由思想的历史学家就是指司法案例的收集者。自由主义思想作为19世纪和20世纪上半叶历史研究的领域，它的逐渐出现并非没有立场，而是在众多浪漫主义批评家公认的平反活动和道德、政治揭露活动之间摇摆不定。所有解读者都对这些个案充满好奇，这些特殊的案件很快被当作"社会边缘和异常的"案例，似乎把各种制度当作了旧秩序的文化代表，并很好地对其加以检验。第二次世界大战之后，某些研究宗教史和思想史的历史学家③养成了一种习惯，喜欢把自由思想现象划归巫术蔓延和神秘主义的一时热潮[对皮埃尔·肖尼（Pierre Chaunu）④或罗贝尔·芒德鲁（Robert Mandrou）⑤作品的分析]，而其他的历史学家则致力于综合

---

① 米歇尔·德隆（Michel Delon）展现了1794—1820年这一时期自由思想的空想是如何构建的，尤其是他关于移民和上流社会的论文，参考米歇尔·德隆：《放荡，自由思想，不信教者》，见《法国社会政治学基本概念（1680—1820年）》，德国奥尔登堡，第3—45页。

② 在此我们可以引用历史上关于自由思想的一些开创作品，雅克·德尼（Jacques Denis）：《17世纪上半叶怀疑论者或自由思想者：加桑迪，加布里埃尔·诺代，居伊·帕坦，拉莫特·勒瓦耶，西拉诺·德·贝热拉克》，法国卡昂市学会学术论文，1884年，日内瓦，1970年；勒内·格鲁塞（René Grousset）：《自由思想者》，见《遗著汇编：散文与诗歌》，R.杜米克（R. Doumic）和P.安巴尔·德拉图尔（P. Imbart de la Tour）收集、注释并出版，巴黎，1886年；弗朗索瓦·汤米·佩朗（François Tommy Perrens）：《法国17世纪的自由思想者》，巴黎，1896年。

③ 吕西安·费夫尔（Lucien Febvre）：《现代思想的起源：自由思想主义，自然主义，机械论》，见《16世纪的宗教》，巴黎，巴黎高等研究实验学院图书馆，1957年，第337—358页。

④ 皮埃尔·肖尼关于自由思想现象研究的社会学家加拉斯（Garasse）的介绍，见皮埃尔·肖尼：《教会、文化与社会：关于改革与反改革的论文（1517—1620年）》，巴黎，1981年。

⑤ 罗贝尔·芒德鲁（Robert Mandrou）：《欧洲思想史，从人道主义者到科学家》，巴黎，1973年，第171页。

研究文学史、非法书籍的历史和哲学史,他们建议要恢复一个被忘却的知识分子世界,这是一个由批判传统和唯物主义者 [从勒内·潘塔尔(René Pintard)到奥利维耶·布洛克(Olivier Bloch)①] 传统构成的世界。

第二个原因:资料的历史

这里我们想到了弗雷德里克·拉谢夫尔(Frédéric Lachèvre)长达 11 卷的鸿篇巨著,该著作题为《自由思想的资料历史》(*Histoire documentaire du libertinage*),1909 年至 1924 年间在 Honoré Champion 出版社出版②。该著作的亮点在于其新颖的方法和佐证该方法的思想意识,弗雷德里克·拉谢夫尔致力于完成一项艰巨的任务:完整地发表诉讼案件,包括司法档案的原本(判决书,公证书,等等)以及诉讼进行期间发表的文学资料。他的方法是拼接和积累一手的手抄资料和印刷资料,且不做任何背景介绍或解释说明,文件本身就能向读者展现其内容。"资料的"一词并非不包含任何立场,它代表了预审的司法范式。这段原告的历史应该揭露启蒙运动时期的罪恶根源,这正是弗雷德里克·拉谢夫尔得出的结论和雄心勃勃的目标。他和最高法院的检察长使用了相同的方法程序,即在文章和议会档案中搜寻蛛丝马迹,从文字上做文章去抨击自由思想,其区别仅在于时间上的不同。我们因此在他的文章中又重新发现了卡洛·金斯堡(Carlo Ginzburg)所定义的司法历史文献学的一个特点,卡洛·金斯堡继法学家们之后把司法文献学说成是"所有重大事件或历史进程演变成的"有意的行动,即"由一个有能力理解和提出愿望的个体完全有意识地和自愿地完成的"行动。③自由思想者的负罪感就源于这种"蓄意性",但是这一点无从证明,因为他们的负罪感总是被施行者战略性地予以否认。弗雷德里克·拉谢夫尔之所以开始寻找自由思想留下的资料新大陆,是因为他从这一思想潮流的主要代表中看到有些人正在一步步从内部侵蚀旧制度与道德的大厦,他的博学因而被人用来从司法角度解读自由思想的历史,其资料来源很大程度上是诉讼案件和犯罪调查的法律原本,这里的案例仿佛是一个谬误和一个病理的案例。

---

① 奥利维耶·布洛克(Olivier Bloch):《唯物主义与秘密性:传统,写作,阅读》,见《从解释到浪漫主义》,1988 年,第 13—26 页。
② 弗雷德里克·拉谢夫尔(Frédéric Lachèvre):《17 世纪的自由思想》,13 卷,日内瓦,1968 年。
③ 两处引用出自卡洛·金斯堡:《法官和历史学家》,巴黎,1997 年,第 118 页。

第三个原因：自由思想的传统

除了方法、风格、研究对象的与众不同外，自由思想的这第一次历史文献学的另一个特点是"家庭气氛"。首先，一次资料的行动奠定了对于自由思想大陆的考古探寻，对文献、图书馆、著作的研究指引着这次行动，不过人们却不常关注收集到的材料的陌生特点，因为这些材料往往是支离破碎的、神秘的、杜撰的。除了要构建自由思想的文学之外，自由思想的首批历史学家还要为原告或被告搜寻材料，其中汇总了所有关于自由思想者的线索的参考资料。他们的方法广泛地借鉴了处理自由思想问题的神学家和法官的实践工作，同时采用了资料的剪接和扩大的批判两种方法。第二种行动在于将汇总的案例划分为社会意义不同的两种思想，即博学的自由思想和思想道德的自由思想，这一划分是勒内·潘塔尔（René Pintard）在1943年的书中提出的①。这里，一边是宫廷中的人和放荡的贵族们毫无价值、无法让人接受的自由思想，另一边是知识分子博学的自由思想，二者彼此对立——知识分子自由思想家为了反对思想意识的控制，只能选择伪装、地下活动和模糊艺术——两方面的对立很大程度上是因为法国被占领的历史环境。安妮·西莫南（Anne Simonin）因此重新开始使用1943年以后抵抗者研究霍尔巴赫（Holbach）和萨德（Sade）时所使用过的战略方法②。历史文献学的第三次行动在于建议不断研究自由思想现象，弗雷德里克·拉谢夫尔收集的案件应该可以构建自由思想下的旧制度，它损害了旧秩序的基础，暗中颠覆了旧有秩序。最后一种行动在于减少对现实抱有的幻想，在仔细研读幻想文章的基础上描写自由思想。不过，这种方法引出了很多重要的方法论问题，自由思想现象很大程度上使用了"幻想化"。假如自由思想的唯一的证据都是虚构的，又如何对待把自由思想的文章和自我认同进行虚构的现象呢？第一个方法就是延伸法官和神学家的活动，否认自由思想作者作品中具有文学性，仅按字面意思解读自由思想作者的文字作品的文学性 [对索雷尔，维奥（Viau）]，西拉诺·德·贝热拉克，萨特的作品的现实主义解读者。第二个方法在于推翻未来，把这些文章看

---

① 勒内·潘塔尔：《17世纪上半叶博学的自由思想》，巴黎，1943年。
② 安妮·西莫南（Anne Simonin）：《纳维尔和多尔巴克，或者如何成为18世纪那一时代的人？》，见西尔维·勒当泰克（Sylvie Le Dantec）编：《皮埃尔·纳维尔的生平》，里尔，2007年，第183—199页。

成纯虚构的东西,将其当成讽刺性的、无聊的文字。①

"自由思想者",暴力的结果抑或暴力的实施者?

自从 20 世纪 80 年代中期开始,一项振兴计划就尝试对潘塔尔制定的分析范畴进行革新,不再局限于道德、社会学、心理学三个观察角度,该计划从多方面考虑,通过研究现象的多重社会"构建"去破坏"自由思想"和"自由思想者"范畴的稳定。这些方法丝毫没有抛弃暴力的手段,而是进行了卓有成效的迁移,能够更好地反映建立自由思想身份认同的这些实验场,自由思想的身份认同既被理解为自我的体现,又被当作特殊能力的认识。另外,这些方法还可以扩大考验的范围,建立起高低不同的级别。亵渎神明的人、丑闻和诉讼都是自由思想历史的传统元素,围绕它们展开了争论、笔战或者著名事件。从这一点看,自由思想的人或者表现为暴力的产品,或者表现为知识暴力的施行者和实践者。为了说明通过暴力完成的这种社会构建,需要区分三种类别的方法。

第一,文化主义的解读

第一种方法属于对自由思想的文化主义解读,它强调自由思想者的实践活动处于不同的文化氛围之中,并因为文化的不同而有了意义。所以,这些解读者从多个更宽广的背景下去探讨自由思想现象:阿兰·卡邦图(Alain Cabantous)选取了亵渎神明者的文化,若昂·德让(Joan DeJean)和克莱尔·高迪亚尼(Claire Gaudiani)聚焦小酒馆文化和猥亵文化。②这里,我们走近了一段令人愤慨的实践的历史,这些活动在更加广泛的总的空间里为自由思想者的举动编制索引。违反行为不是简单的亵渎神明方面的(属于禁语的范畴),或者知识方面的,它首先包括了反常的性行为。若昂·德让就这样对带有"通俗小报"文化的案件的揭露和公开活动进行了比较。③我们当然想要了解这一文化主义的方法的限度,想要了解稳定而统一的"丑闻

---

① 雅克·普雷沃(Jacques Prévot)编:《17 世纪的自由思想者》,七星丛书,1998 年。
② 若昂·德让:《自由思想的策略:17 世纪的自由与小说》,哥伦布市,981,第一章;以及《诉讼的自传:泰奥菲勒·德维奥事件》,见《诗论》,XII(1981),第 431—448 页。
③ 若昂·德让:《淫秽的再创造:法国早期现代的性、谎言和通俗小报》,芝加哥,2002 年。

文化"何以在现代存在,因为它与自由思想的其他事件迥然不同。阅读这些著作鼓励了自由思想们受害者式的、被动的表现,自由思想的丑闻则让我们看到了替罪羊式的非时间的表现,该表现完全是从斯特凡·吉拉尔(Stephen Girard)的理论孕育而成的。

第二,自由思想,争论和笔战的产物

第二种方法在于打破自由思想历史的封闭性:正是一系列著作给予了文学和编辑活动至关重要的地位。这里,17—18世纪自由思想现象的突然出现与修辞学或文学的一次建设有关,在初期是要解构自由思想的类别,展示神学家、辩论家、文学家在建立这一名词的过程中所发挥的作用,但很快,调查工作就变为了对于文本模式的分析。[①] 文本的缺点在于将文学主题与其真实对象脱节开来。这里提出的问题并非文学类别与行动类别的相关性问题,而是两个不同的行动体系的问题:一方面是要确定它的类别这一问题,借助的是自由思想的行动和经验(在当前情况下,这项工作更多的是对亵渎神明行为进行控诉)以及"人们能够完成的特别行动";另一方面是空间问题,在其中,判断的类别已经确定。[②] 将定义1降为定义2,这样就把所有虽未有过自由思想却被当作自由思想者的人都囊括其中。这两个行动计划非常不同,不至彼此混淆。进行揭露的人制造了大量揭露活动,他们提供了研究文献,使其更加彰显,因而有助于自由思想的形成。这些调查虽然有益地丰富了对于自由思想的语义学空间的理解,强调了该现象的异质性、修辞和笔战手段的力量、词语的不稳定性,但却又将自由思想者变成了文字形式的人。而其他的方法却相反,把重点放在了"笔战的推测"[③]和超出自由思想问题的特别笔战空间[④],强调了在人类学领

[①] 路易斯·戈达尔·德东维尔(Louise Godart de Donville):《起源于1665年自由思想者:护教者的产品》,巴黎 – 西雅图 – 图林根,丛书17,1989年。

[②] 关于这一批判,见哈罗德·贝克尔(Harold Becker):《局外人,对于离经叛道行为的社会学研究》,巴黎,1985年,第211页。

[③] 关于这一概念,见迪娜·里巴尔(Dinah Ribard)和尼古拉·沙皮拉(Nicolas Schapira)在其文中的看法,《一同思考写作与名誉:对于自由思想的社会角度研究》,法国社会科学高等学院文学史跨学科研究小组网站。

[④] 克里斯蒂昂·茹奥(Christian Jouhaud):《文学的权力:矛盾的历史》,巴黎,2000年。

域出版伪装自由思想的重要性①。如此的解读让我们看到了自由思想者出版作品的渴望；另外，安东尼·麦肯纳（Antony McKenna）等人也对非法手抄本进行了广泛思考，这成为17世纪向18世纪过渡的标志。这种解读体现了一种尝试，即人们努力在哲学历史与哈罗德·勒夫（Harold Love）所说的"抄写作品的出版物"的历史之间建立对话。

第三，自由思想行动

随着最后的这一方法的发展，自由思想者的活动历史应运而生，这首先是自由思想者自己撰写的批判活动的历史。这些自由思想者在其中被描写成知识分子游击战的践行者②，正像索菲·古维纳尔（Sophie Gouverneur）所写的那样："从事此项研究的三位学者非常清楚地展示了这种发表作品的强烈愿望，对于其中透露出的介入社会领域和政治领域的意愿怎能视而不见呢？"为了猛烈抨击逃避政治范畴的论断，学者们推出了一大批作品，以期使"伪装"概念保持协调一致，该概念不仅仅被当作了批判国家意志的关键概念，而且还被视为一整套工具和知识手段。国家暴力催生的自由思想的哲学著述也许是一种受到限制的文字，将意思隐藏在字里行间。如果将自由思想发表的作品看作是一种行动，那么就改变了公共范畴和私人范畴之间的界限："如果我们还记得这些人的身份是作者，他们的书籍是要呈现给公众的，那么我们就不能再让这两个范畴保持各自封闭的状态；假如文字是一种私人活动，甚至可以去为退却带来的好处进行理论归纳，那么文字的发表就具有了明显不同的性质。"③正如索菲·古维纳尔展示的那样，对于自由思想的伪装的关注，会让人质疑私人内心世界和17世纪政治事务二者的分裂，不过却混淆了二者之间的界线。自由思想者虽然发展了一种"谨慎政策"，"以谨慎为核心，将其视为欺骗的艺术，对得失锱铢必较"，但他们并没有重拾主张不择手段的马基雅维利主义，而是要勾勒"损害

---

① 索菲·古维纳尔（Sophie Gouverneur）：《自由思想的谨慎与颠覆：对于弗朗索瓦·德拉莫特·勒瓦耶、加布里埃尔·诺代、萨米埃尔·索尔比耶的国家理性的批判》，巴黎，2005年，第20页："不过，在我们看来，对于自由思想的批判活动进行得如此限制，显得不那么令人满意，第一个原因便是它解决问题的方式太过简单化，不管是对于个人与国家的关系还是私人与公共的关系，而明显的问题恰恰出现在这里。"

② 他们作为讽刺文章的作者或者政治批判文章的作者又出现在了这里，见西拉诺·德·贝热拉克：《无私的报纸》，出版地不详，1649年。

③ 索菲·古维纳尔：《自由思想的谨慎与颠覆……》，引自第22页。

第三部分　吵闹与争论，知识分子身份认同的基础 | 159

权力的受保护范畴，包括内心世界的范畴和友谊的范畴"。① 这一让步并不是仅仅要避免受到迫害，而是"颠覆道德与宗教的手段（还未上升到颠覆政治的程度），这种颠覆是为了服务于某种私生活的方式，该方式不符合基督教教义的准则，其哲学基础是'谨慎的伦理学'"。然而，发表作品的需要带来了一种"谨慎美学"的出现，它"假定是一种特殊的写作艺术"，"目标是宣传哲学思想，同时保存哲学思想"②。这些作品再次提到了令伪装堕落为谎言的道德评判，将假装的伦理道德与谎言区分开来，以此重塑自由思想的伪装的合法性。③ 这一调查领域囊括了很多内容，包括：分析自由思想的书写和阅读的动力（特别是分析它如何艺术地进行解读活动、建立另外一个公众的概念），研究自由思想活动的语法和作品汇编（关于谨慎、秘密、公众的作品），设计知识伪装和出版伪装的技术手段 [诺代（Naudé）在作品中使用了匿名的手段]，以及能力的培养。这里我们又看到这样一些研究活动：它们不同于让－皮埃尔·卡瓦耶关于模糊的技巧④、伊莎贝尔·莫罗（Isabelle Moreau）关于自由思想的书写和阅读的策略⑤、佩雷兹·扎戈林（Perez Zagorin）关于谎言与伪装活动的作品⑥，但读来一样令人振奋。想加以伪装的作家却又希望公布自己的秘密，表现为自我矛盾的作者⑦。自由思想的文本发明的主题因为自由思想者成为了文字和伪装的实践者而实现了平衡。自由思想的世界不是一个普通的文学、学术空间，如果说图书馆⑧和陈列室成为它的中心，那是因为它首先是一个面向政治活动和伦理活动的书写工作坊。

这些不同的历史编年史研究活动无疑考虑到了"自由思想的作坊"的多维性，

---

① 索菲·古维纳尔：《自由思想的谨慎与颠覆……》，第 23 页。
② 同上书，第 24 页。
③ 同上书，第 27—28 页。
④ 法国重塑自由思想历史的作品，见让－皮埃尔·卡瓦耶：《异化／伪装，于勒－塞萨尔·瓦尼尼，弗朗索瓦·德拉莫特·勒瓦耶，加布里埃尔·诺代，路易·马雄和托尔凯托·阿切托，17 世纪的宗教、道德与政治》，巴黎，2002 年。
⑤ 伊莎贝尔·莫罗：《17 世纪自由思想者的写作策略》，法国文学博士论文，指导教师安东尼·麦肯纳（Antony McKenna），圣埃蒂安大学，2005 年，2006 年在 H. Champion 出版社出版。
⑥ 佩雷兹·扎戈林（Perez Zagorin）：《说谎的方式：近代早期欧洲的隐蔽性、迫害与顺从》，剑桥，1990 年。
⑦ 索菲·古维纳尔：《自由思想的谨慎与颠覆……》，同前书，第 327 页。
⑧ 关于像城堡主塔的图书馆，见同书，第 329 页，以及雅克·雷韦尔：《两个世界之间：加布里埃尔·诺代的图书馆》，见《图书馆的权力：西方书籍的回忆》，巴黎，1996 年，第 243—250 页。

并且重新赋予自由思想者们作为参与者的地位。这里，伪装行为和迫害艺术这两个主题最终干扰了自由思想者作为受害者的被动表现，但是，这些研究增加了"构建"自由思想的渠道，全部解构了所使用的社会类别和哲学类别，同时灌输了这样的思想：自由思想可以成为社会控制的纯粹产物。在分析揭露的空间时，人们常常将其当作纯粹的语义场或辩论交锋的文本空间，却不去真正区分不同的竞争形式及其关键问题。但是，发表现象是错综复杂的，人们并不总是能够在此看到一个公共空间的产生。争论可能会一直保持其封闭性，最终的策略和阅读的艺术也充斥着矛盾。自由思想者们有时候希望把书奉献给数量有限但具有普遍代表性的人群（公众而非人民），而有时则又期望广泛吸引公众，像索尔比耶尔（Sorbière）所说的融入人民的公众。同样，书籍可以是为好奇的读者专门选取的（如拉莫特·勒瓦耶 [La Mothe Le Vayer] 所说的读者①），或者也可以为范围广大、不拒绝读书的读者，如诺代在他的《建立一座图书馆的建议》(*Avis pour dresser une bibliothèque*)② 中所说的那样。对这些危机的解决过程人们研究得很少（虚构过程，立法过程，对重大事件记忆的构建，等等），因此，关于退缩和秘密性的主题往往被高调提出，接下来却不做实质性的分析。这里，心理学范畴可以被吸纳进来，成为影响自由思想者身份认同的一致性的一个结果。③ 的确，考验可以影响参与者们的内部一致性和自我的代表性，并揭示空间的不一致性（不管是在此处还是在别处）和时间的不一致性（之前抑或之后）。在描写自由思想实验过程中，"考验"这个动词才拥有了全部意义。④ 我们不必去裁决关于虚构的人（卫道的自由思想者）和真实的人（作为参与者的自由思想者）的类别的辩论，而是可以考虑一下，考验怎样才能变成真正的对自我身份认同的考验，甚至足以颠倒真实与理想，扭曲高度的特殊性（常常被评论家说成是个人主义）

---

① 《关于作文及图书阅读的各种评论》，见《弗朗索瓦·德拉莫特·勒瓦耶作品集》(卷1)，第369页。

② 索菲·古维纳尔：《自由思想的谨慎与颠覆……》，第318—319页。伊莎贝尔·莫罗（Isabelle Moreau），《加布里埃尔·诺代，对阅读方面的小心谨慎的辩护书》，《自由思想与哲学》，2002年，第83—95页。

③ 这种类型的方法适宜在自由思想的历史层面去考问，自由思想远离了历史心理学或者将自由思想当作病理学加以分析，关于这类方法，见娜塔莉·海尼希的建议，《伟大的考验：文学奖与认可》，巴黎，1999年，第187页，以及贝尔纳·拉伊尔：《心理学的社会学》，见《复数的人：行动的动力》，巴黎，1998年，第223—240页。举例说，对诗人泰奥菲勒·德维奥（Théophile de Viau）的监禁是一个插曲，它很好地展示了因禁造成的失调：心理痛苦，失去自由的后果，不能辨别人……

④ 我们想到了 B. 拉图尔写在题词处的引言。

和集体身份认同的构建之间的关系。两种认识制度之间的紧张关系将自由思想的社会实验置于考验的背景之下，呼唤提出新的方法论。

严肃地对待考验：自由思想存在的历史社会学

为了反对文献式历史，就应该如瓦尔特·本雅明倡导的那样，选择"唯物主义"历史，它建立在自由思想经验的记载和指标基础之上，而不是建立在法官、教士所做的类别划分基础之上，这样是为了避免使用"真正的历史文献学暴力"去加剧暴力，"历史文献学暴力"倾向于重新产生司法历史的效果。在此可能需要推出其他可能的方法去表现自由思想，去重视自由思想那秘密的（从统计意义说）、耸人听闻的和不连贯的特性，这样还可以转移关于自由思想的信仰/现实的划分。对自由思想的某一事件进行测定，这不是什么中性的活动，它具有重要意义，法国17—18世纪自由思想因此而引人瞩目。在此，我们力求展现关于自由思想、社会、政治、文化的"材料"的这一研究工作是由影响和意图各不相同的行为者共同完成的，这些人中有警察、法官、神学家、预言家、书商、作家、读者。我认为这一方法的启发价值来自四个方面：

第一，作为解读和互动的空间的考验

自由思想的考验将定义类别的问题置于中心地位，把自由思想变为了一个有利的观察点，可以审视旧制度下社会文化资格的评定程序，不管人们采用的是共时性方法（旨在把自由思想者描写成考验的图画），还是历时性的顺序方法（旨在进行排列，并且从一种形式变为另一种形式[①]）。米歇尔·德塞尔托（Michel de Certeau）在探究对自由思想者、巫师、神秘主义者的追踪的相似性时，强调指出，有必要去研究行动者展现这些物体、这些行动者的"本质"以及这些考验的陌生性。[②] 正如他在提到审判巫师的法官时写道："他们使用手中的工具讨论（巫术），'伪装'和'虚构'的假说常常是他们的托词，可以让他们（不光他们，随后的很多历史学家也一样）

[①] 见哈罗德·贝克尔：《局外人，对于离经叛道行为的社会学研究》，第45—48页。
[②] 米歇尔·德塞尔托：《他者的地点：宗教神话历史》，巴黎，2005年，第310—311页。

避免裁定相同的问题。"① 这意味着撇开"自由思想威胁"的现实问题或者"异化"问题②，以便更好地理解自由思想者怎样成为一种建立的现实，专家们根据什么能力、知识去划定自由思想者这一现实的界线。③ 自由思想的揭露者和施行者以诽谤的方式提到了自由思想，使靠阅读宗教文学和公告进行的历史研究统统无效④，因为按照米歇尔·德塞尔托所说的，巫术或自由思想事件，除了职业和技术层面外，还"揭露了一个哲学场"，这些事件置身于公共空间，摆脱了议会和大学的藩篱，构建起巫师或自由思想者的"存在的新制度"。⑤

在我看来，很有必要深入自由思想，了解其"夙愿"，以此展开人类学调查，首先要实事求是地看待这些愿望，而无须一下子将其看作是自由思想背景的矫揉造作或文章汇总，免得因为事件不同而逐一研究。必须审慎看待自由思想存在的形态维度和"形式上的投入"，这些特征使得自由思想引人注目且十分稳固：知识行动，出版行动，司法行动。这些行动虽不一定可以"跨项"，却常常可以按照适用于所有范畴的共同"协议"运行。然而，对这一协议的实质和方式，人们研究得很少，司法的形成和神学的揭露很快就展现了集体的情况，让人们去思考自由思想的社会联系。在几次诉讼案件中——1621年图卢兹的瓦尼尼（Vanini）案件⑥，1624—1625年泰奥

---

① 米歇尔·德塞尔托：《他者的地点：宗教神话历史》，第310页。

② 这种对异常行为的研究方法，精神状态历史非常青睐，哈罗德·贝克尔对该问题提出了相似的看法："异常行为并非一个人的行动的质量，而是他人对一个'违抗者'实施的处罚、规定的规范产生的后果。（……）我认为异常行为属于一个社会群体与被视为违反规范的个体之间进行的交易的产品","异常行为并非行为本身的特性，而是完成活动的人与对此做出反应的人们之间的互动"。《局外人，对于离经叛道行为的社会学研究》，第33页和第38页。

③ 多米尼克·林哈特（Dominique Linhardt）：《怀疑的经济：对于威胁的社会学的实用主义贡献》，见《起源：历史与社会科学》，44，2001年9月，第76—98页。

④ 勒瓦耶和诺代与自由思想者保持了距离，请看诺代是如何讲的："我不会像本世纪的自由思想那样行事，他们讽刺我们君主制的圣迹，将其说成是谎言。"索菲·古维纳尔引用，第356页。笛卡尔也是如此，关于旧制度下对于资格问题的活跃研究工作，见范妮·科桑代（Fanny Cosandey）编的《法国旧制度下对社会秩序的描写与体验》的引言，巴黎，法国社会科学高等研究院出版社，2005年。

⑤ 我们采用了伊丽莎白·克拉弗里（Élisabeth Claverie）的方法论建议，伊丽莎白·克拉弗里：《童贞女，混乱，批判：科学时代童贞女的出现》，载《实地》杂志，1990年3月。

⑥ 关于瓦尼尼，见迪迪埃·富科（Didier Foucault）：《瓦尼尼诉讼案》，历史博士论文，图卢兹二大，1996年。以及迪迪埃·富科所写的《Giulio Cesare Vanini，一位现代的自由思想烈士，按年代编排的著作目录》，载《现代和当代历史社会简报》，1996年，41-2，第206—220页。

菲勒·德维奥（Théophile de Viau）案件，18世纪的拉巴尔（La Barre）案件，人们都在尽力展现一个具有施行者和具体背景这样网络的一个自由思想世界。在这些资料中，自由思想不仅简单地局限于文本范畴，即自由思想言论的汇编，而且也通过舞台、行动、情况来发声，因为在这些平台上，被告可以对自由思想的违抗行为和针对的目标进行自己的解读。自由思想的"意愿性"就从这些标志中脱颖而出。① 如果不问是否正确，原告给了自由思想的实践活动披上了一件社会性的外衣，这样，在于泽教区工作的司法官助手勒内·勒布朗（René Leblanc）给出了以下的证词：

> 他在康达尔（Candal）伯爵（诗人的第一位保护人）家中遇到了泰奥菲勒，泰奥菲勒就住在伯爵家，多次在讲话中说出亵渎上帝、圣母和圣人的话。他数次拿来《圣经》，从中寻找最神圣的词语，而泰奥菲勒却对之嘲讽蔑视。他多次反击说，讲出如此恶毒和肮脏的话语是大错特错的，他必须悬崖勒马……泰奥菲勒说他既不相信上帝，也不相信天堂和地狱，死后他什么都无所谓。一位意大利骑士侍从约瑟夫先生与他谈话时，请他不要再讲侮辱圣母玛利亚和众圣人的话，泰奥菲勒对约瑟夫先生回应说他是先生的朋友和仆人，宁肯打残天堂里所有的圣人也不愿惹先生不高兴。②

自由思想仿佛是一个互动的空间，也就是说它并非存在于揭露和论战的这些阶段之外，这些阶段也要受到真正的自由思想的考验：通过实践和自我展现。自由思想被扯进了秘密与公开、无声的知识与轰动之间的紧张冲突之中，那么又怎么去评论"秘密的自由思想"③呢？秘密的自由思想之花绽放在没有冲突的地方，处在谨慎的、秘密的状态之下。这里，我们提出假设，这种"低强度"的自由思想或者说"墨守成规的"自由思想只是因为怀疑的需要、行动和挑衅的引导才得以存在。在谨慎的范畴中自由思想只是因为这种接受考验、颠覆道德标准的意愿才能够存在。对不同的考验之间自由思想存在的阶段进行思考，或许也就是对行动的汇总、手段、设备（图书馆，出版社）的建立进行思考，是这些条件确保了在时机成熟时付诸行

---

① 在宗教人类学领域，信仰问题常常与参与主体愿意相信的意愿有关。
② 阿兰·卡邦图（Alain Cabantous）：《西方亵渎神明的言语的历史》，巴黎，1998年，第96页。
③ 在此，我们移用了哈罗德·贝克尔所使用的"秘密的异常行为"一词。

动。秘密的行动根本不是中断的行动,而只是自由思想行动的一种方式,以此发表言论或进行亵渎神明的挑衅。[①] 怀疑的空间让我们可以去看清这种付诸"暴力"行动的可能的过渡,使得自由思想好像一个威胁,随时可能颠覆社会秩序。但是这一互动并非单单的控告或揭露,它还靠了施行者作为"自由思想者"的行动意志或自由思想的思考意愿,包括在自由思想自相矛盾地否认的时候。不存在违抗和控告之前的自由思想和之后的思想的区别,也不存在热情的、外向的自由思想和冷漠的、封闭的自由思想的不同,事实上,自由思想的两方面的特征在彼此定义着。自由思想者自身也需要经受考验,以使其自由思想更加"客观化",为其划出一个轮廓。就像哈罗德·贝克尔所写的:这些行动"属于两个集体行动的系统,其中一个系统中的人互相合作完成行动,另一系统中的人互相合作制造道德悲剧,从中发现和处理'违法行为',不管其过程是正规、合法的还是完全不正规的"[②]。奥瓦尔·贝克尔使用了身份的两个概念:第一,通过宗教权力和王权定义的自由思想的身份;第二,自由思想的个人身份的概念可以始终是流动的、间断的或者居于次要地位的。

  从互动的角度看,我觉得施行者们并没有被按照同样的方式加以对待,进行宗教揭露活动或进行发表的施行者立即吸引了人们的注意力,而在自由思想形成过程中法官的工作仍需具体研究。在自由思想事件中,急需针对这一"权利的转移"[③] 展开一次调查。虽然,司法的范畴已经建立起来,总体上完成了从领主、教会(正式性)司法权向国王司法权的过渡,可是我们对于这些不同案件的工作和竞争却知之甚少,一直到 18 世纪 90 年代,圣日尔曼-德普雷、唐普勒和圣-马丁-德尚等地

---

  ① 这一假设很大程度上是受到了多米尼克·林哈特关于恐怖主义行为的分析的启发,特别是:"我们会认为在这些秘密性的技术中,在这些技术需要的能力中,没有什么属于特别恐怖主义的东西,实际上,这些技术是任何形式的有组织犯罪都具有的,不管是否表现为政治形式。反对意见可以部分地接受。的确,假如这些技术所要求的情况和能力同样存在于有组织犯罪的非政治形式中,它们与追求的目标保持着一种特别工具化的关系。相反,对于恐怖主义的情况,秘密性完全属于斗争,否则,秘密性就属于城市游击战的政治行动之列。"多米尼克·林哈特:《怀疑,挑衅与社会凝聚力》,法律哲学研讨会,法国高等法律研究学院,2006 年 4 月 3 日,第 11 页。

  ② 哈罗德·贝克尔:《局外人,对于离经叛道行为的社会学研究》,第 209 页。

  ③ 我们在此看到了法律的现实方法中常用的"法律之路"(Path of the Law)的概念,见奥利弗·温德尔·霍姆斯(Olivier Wendel Holmes):《法律之路(1897 年)》,见 W. 费舍尔 III(W. Fisher III)、莫顿·J. 霍维茨(Morton J. Horwitz)、托马斯·A. 里德(Thomas A. Reed)编:《美国的法律现实主义》,牛津,1993 年,第 15—24 页。同时见布律诺·拉图尔:《法律工厂:行政法院的人种志》,巴黎,2002 年。

的封建领主还继续在审判亵渎神明罪。① 巴黎的斗争十分激烈，一起又一起案件之后，司法的标准越来越细致。② 阿兰·卡邦图展现了对立法反对亵渎神明行为的支持和王权加强的政治环境二者之间的关系。尽管如此，人们并不了解其中的过程。阿兰·卡邦图使用的司法文献资料既包括了国王的文献资料（议会的法令，国王声明）又包括了国王的法学家［巴黎的尼古拉·德拉马尔（Nicolas Delamare）］，或者判例评论汇编者［主要有1609年拉罗谢尔市的克洛德·勒布兰（Claude Le Brun）和1617年图卢兹的拉罗什－弗拉万（La Roche-Flavin）③］的资料，这些学者悉数列举了危害君主罪的种种表现。相反，卡邦图抛开了评论犯罪程序的传统，即在实际上定义了标准、运行和邀请的专家……在1670年法典问世之前，这些司法调查实际上是对自由思想进行分析的实验室。我们饶有兴趣地看到，18世纪司法的谨慎是如何直接丰富了皮埃尔－弗朗索瓦·米亚尔·德武格朗（Pierre-François Muyart de Vouglans）（1713—1791）关于亵渎神灵罪行的思考。对于皮埃尔－弗朗索瓦·米亚尔·德武格朗来说，在法国大革命爆发之前的几十年间，他公开自己的"犯罪法"是穆瓦内尔（Moynel）和拉巴尔（La Barre）之后的又一次活动，因为早在1766年，穆瓦内尔和拉巴尔就发表抨击文章，批判1765年奥莫森的神父帕潘（Papin）亵渎神明。

第二，自由思想不可能完成的事业

集体的范畴假如真像人们所说的那样是有问题的，那么，对于自由思想集体的动员方面的描述就是非常难以捕捉的线索，因为这一过程常常是没有完成和没有实现的。对于自由思想的"怀疑"是一项长期工作，但这项工作最后很难进行一般性的系统阐述，这一点不同于其他的文化运动，它们与旧制度下的文化秩序的主导表现背道而驰。比如，笛卡尔的学生们为了传播老师的哲学而爆发的彼此间的交恶，就属于一次对"怀疑"的阐述，是围绕一种不公平思想或愤懑情绪进行的动员，尽管笛氏的哲学备受审查和批判。为什么在18世纪的下半叶之前不适合去为自由思想的案子辩护呢？从瓦尼尼的诉讼案到伏尔泰所支持的事件，自由思想的事业很难被

---

① 阿兰·卡邦图：《西方亵渎神明的言语的历史》，第81页。
② 不过，相较于18世纪下半叶的诉讼案，我们要强调1670年法典问世之前的法律活动具有特殊性，自由思想事件让我们开始质疑犯罪程序并提出反对意见。
③ 阿兰·卡邦图：《西方亵渎神明的言语的历史》，第83页。

人们知晓。这一问题让我们看到,不可能去定义一项集体事业,无法去轻松地描绘自由思想的身份证,因为这些"拼凑在一起的一群人组成的集体,其唯一的共性只是他们的边缘化,不管他们会发出谴责还是能够使人提高身价"①。自由思想同样提出了一个有趣的表演问题(并非指戏剧中的表演,而是指生活和政治范畴的表演),自由思想建立时基础就不牢固,一再成为贬义、挑衅、争论、讥讽的代名词。自由思想要求开启我们的工具箱,重新思考旧制度下的集体表演,区分不同的范畴:揭露者使用的作为"作坊"的表演范畴,辩护中常常使用的团体的政治表演范畴(来定义控告者的身份),以及实验范畴。② 只要我们摆脱纯戏剧上表演的概念,就能重新拷问自由思想的实验范畴,而不必批判自由思想的言行不一,"表里不一"是无法证明的。那么,旧制度下各自为政的个体,对其集体的身份又该怎样看待呢?

第三,"特殊的制度"与"群体的制度"③

19世纪之前,自由思想不能成为"事业"来确保其集体身份得到正面的定义,这包含了阴谋的成分,让人去思考另一社会概念。对于社会历史而言,这是一次真正的挑战:如何看待这一特殊性在类别、团体、最多的集合之外的其他方面的表现,总之不使用拿来定义旧制度下身份与团体的那些标准。④ 自由思想的特立独行之所以有了意义,倒不是因为其传统的绝对范畴,而是因为相对于一个包含了非常局部化的实践活动和施行者的网络来说,自由思想有了与众不同的理由。与其按照普通的社会实践活动的逻辑来评价自由思想现象,倒不如尽量去考察"特殊性的制度",

---

① 娜塔莉·海尼希:《艺术精英:民主制度的优越性和特殊性》,巴黎,2005年,第177—178页。

② 正如娜塔莉·海尼希所写:"我们看到,'代表性'的时刻并非戈夫曼(Goffman)在其'环境-分析'(cadre-analyse)中所定义的一种'作坊'(即瞒着受骗者设计的装置:陷阱、恶作剧、间谍活动,等等),而是一种'方式',即源自普通关系的经验环境,它以演出的形式来到这个世界(仪式、戏剧、体育比赛,等等)。从这一角度看,表演没有受到任何伤风败俗的言行的干扰:它与隐瞒或谎言无关,但是涉及自我的打造和与自己身份有关的工作,这两项并不排斥谎言与隐瞒,不过这只是极端的情况。"娜塔莉·海尼希:《艺术精英:民主制度的优越性和特殊性》,第176—177页。这里,需要考察旧制度时期的实践活动与这一民主标准之间的差距。

③ 这一划分,我们引自娜塔莉·海尼希,《文学考验:文学奖与认可》,巴黎,1998年。

④ 雅克·雷尔:《制度与社会》,见贝尔纳·勒珀蒂(Bernard Lepetit)编:《经验的形式:另一种社会历史》,巴黎,1995年,第63—85页。在《批判的历程:12个社会历史练习》中再次被引用,巴黎,2006年。

它使得自由思想的情节和活动中常常存在"差别"。我可以提出这样的假设：考验的环境有利于去思考"群体的制度"（往往是指控者和机构部门的制度）和"特殊性制度"之间的对立。阿兰·卡邦图在分析了巴黎的亵渎神灵的案件后这样写道："如果排除了自由思想的混乱，其实不存在纯粹意义上的什么因志趣和实践活动而得以巩固的亵渎神明的群体。"[1] 我甚至还要进一步扩展视角，直击自由思想者们本身，司法文献资料和亵渎神明的人一样，无法去展示能够压缩一个群体存在的集体活动。当然，这一群体存在于神学家或法官的想象之中，但是与其他受迫害的知识分子群体不同（我们会想到前几代的"笛卡尔分子"或者"斯宾诺莎分子"），他们没有群体归属感。[2] 这一群体在很长时间里都会一直是辩论的组织，是谴责留下的结果。对他们而言，为了争取自己的名号得到承认而进行的斗争长期以来就是有问题的：这场斗争过于执着于去鉴定一部"作品"、一份"文献"、可以帮助缔结有利的盟友的著名"言论"。作为笛卡尔弟子的第一批编辑们致力于协助这一"鉴定"工作，并推翻指控的项目。自由思想的情况也一样，"自由思想者们"既不想要融入旧制度的社会之中，不想要为自己创造一点空间，也不想取得身份，因此很难建立文化地理学或现象社会学。拉布鲁斯（Labrousse）的社会历史学的工具备受质疑，人们不相信其在自由思想的领域生产知识具有启发性价值。从这一点看，我们不禁要问，自由思想者的"地位""职业""经历"的重现，是否过于遵循职业、团体、机构这样的逻辑，而忽略了让人们去倾听另外一个"社会"的小众声音，即在更为稳妥的其他身份的缝隙间去思考（不仅是参考"职业"的领域，而且也是要参考地域和政治身份，如巴黎的贵族西拉诺·德·贝热拉克）。他们所说的自由思想的"能力"并不一定依靠一项国家使命或一个职业（图书管理员），但是可能建立在掌握知识技术的能力或一个社会技巧或一种运动性之上。像索雷尔或西拉诺·德贝热拉克笔下的人物那样，自由思想者仿佛一个运动中的人，同时存在于知识的世界和社会世界里。首先，正如罗歇·沙尔捷提出的[3]，《太阳帝国》（Etats et les empires du soleil）展现了这本哲学著作流传和被接受的各种情形。其次，罗歇·沙尔捷强调了读者的异质性及其阅

---

[1]　阿兰·卡邦图：《西方亵渎神明的言语的历史》，第102页。
[2]　这与指责他们的耶稣会士们所做的解读截然相反，这些人处在社群的体制之下，他们意见的不同可以从其反对加拉斯（Garasse）的言论与学科制裁中可见一斑。
[3]　罗歇·沙尔捷：《记录与磨灭：书写文化与文学（11—18世纪）》，巴黎，2005年，第5章。

读期待的重要性：有学问的公众与愚昧的公众之间的对立，轻信与讽刺之间的矛盾。最后，英雄们都被说成是"多个世界之间的人"，他们穿越不同领域，每个领域都拥有自己独特的秩序、合理性原则和审判机构。进行如此的穿越需要特殊能力与技术，虽然要付出很高的代价，但却可以促进社会流动性（三个极之间的空间变化所代表的横向流动性包括：城堡及其图书馆，城市及其书店，村镇与监狱）。自由思想的话语之所以能从一个世界传播到另一个世界，其代价是第一个意义上的误解与极端变化。不过，笛卡尔的作品立即被认为是危险之作："他们问了一下是否要去捉住骡子，深思熟虑后认为应该这样做。但是解开包裹后，打开了第一卷，看到了物理学家笛卡尔写的东西。当他们看到这位哲学家所画的代表每个天体运动的圆圈时，异口同声地叫着说这是我画的年轮，是用来召唤恶魔巴力西卜（Belzébuth）的。"①

自由思想的言论传播空间破碎了，从作家的职业化来看，他们的社会地位很低，自由思想的经验和"局势"又不可累加，这些都令普遍性的提高举步维艰。传记文集的研究针对的是所有的社会现象，使用的是同样的分析方法，即"群体的制度"（常常是反映控告者们视角的制度：宗教秩序，大学，议会），相对于传记文集的研究，我们要更多地去选择其他反映这一差距的研究方法。

第四，非连续性：对自由思想的历时性进行的反思

还有一些问题有待澄清：人们是如何经过了一次又一次考验的？规模和性质各不相同的考验是如何交织在一起的？是否应该使用"自由思想文化"方面的分析方法、知识分子的传统、笔战的结构、司法的手段，甚至痛苦经历之上的"记忆"？对自由思想的连续性和非连续性进行思考并不意味着填补空白，也不意味着通过重建知识的传承和出版链来建立错误的谱系，或者制造"供保存之用的确而无疑的东西"②。我们知道，自由思想哲学的历史其基础是历史编纂活动，不过从未有过对这些工作的明确介绍。也许我们会问，在自由思想的世界里，能否识别出"自由思想

---

① 西拉诺·德·贝热拉克：《太阳帝国》，巴黎，1978年，第163页。
② 瓦尔特·本雅明（Walter Benjamin）：《破坏性特点》，发表在1931年11月20日的《法兰克福汇报》上。

第三部分　吵闹与争论，知识分子身份认同的基础

的数值"①？这些"数值"可以让参与者相信自己就是自由思想者，也可以借助虚构等手段来充当身份识别的基础，总是在特定的环境中被反映、被重新发明。②对这些"数值"进行磋商性研究，我们就可以去思考时间性的介入，思考自由思想过往的不断回放，提高占有物的文化比重。卡洛·金斯堡在论及犹太人的安息日的历史时说："不论在哪一个现实纵向部分，人们都能找到镶嵌其间的很多昔日的片段，它们的时间长短不一……联系着另一个更加宽广的空间环境。"③通过对于这些"数值"的分析，我们渐渐懂得，除了非连续性外，自由思想的材料中还包含着韧性。这些"数值"不一定是人，可能是文章、集体的发言、叙述的方式，我们因此想到了瓦尼尼或者泰奥菲勒·德维奥的案子的后续，这些案件让自由思想的作品中关于监狱的主题一下子变得丰富起来，这一假设让我们可以把非连续性作为自由思想的一个特征收纳进来，为分析历史局部特点开启崭新道路。

*

在关于知识暴力的更广泛的思考空间里，我们把注意力投向"自由主义"身份通过考验形式进行的不同构建上（社会的，政治的，文本的，知识的，历史文献的），这样就可以去思考旧制度下"知识人口"何以不可能形成，这也成为一个重要观察视角，由此去思考行动的社会学（参与者对行动之源的思考，对论证的思考，对意向性的思考，等等），"人口"只能按照论战的模式存在，不仅把（广泛建立在一致性基础上的）丑闻和诉讼纳入分析之中，而且要对争论、笔战的各种形式进行分析，这样就可以把握自由思想的特殊性，思考其非连续的历史性；我认为这就是研究自由思想的历史方法的关键所在，该方法摆脱了卫道的意图，抛弃了揭露行为。我以为，不应该被摒弃与自由思想历史的司法范式广泛联系的历史文献学的这些动机，相反，要认真对待"考验"的不同形式，因为它们彰显了一个社会现象复杂定义之中的不确定一面和矛盾的一面。恰恰是在这些危机时刻，我们可以围绕自由思想问题畅所欲言，关于自由思想的"本质"的辩论才可能平息下来。

---

① 这里使用了若埃尔–玛丽·福凯（Joël-Marie Fauquet）和安托万·埃尼翁（Antoine Hennion）给出的定义，《巴赫的伟大：法国19世纪对于音乐的热爱》，巴黎，Fayard，2000年。

② 让–夏尔·达尔蒙（Jean-Charles Darmon）：《自由思想的梦想：从一个世界到另一个世界的西拉诺·德·贝热拉克》，巴黎，法国罗曼丛书，2004年。

③ 卡洛·金斯堡：《女巫的夜会》，巴黎，1990年，第34页。

皮埃尔·波姆的诉讼案：18世纪一场医学争论中凸显的职业合法性与论战暴力问题

亚历山大·旺热

医生比安维尔（Bienville）在1775年所写的《身体所遇的普遍健康问题》（*Traité des erreurs populaires sur la santé*）中，对18世纪治疗阵热病的名医皮埃尔·波姆（Pierre Pomme）做了这样的描绘：

> 虽然人们批评皮埃尔·波姆先生的治疗方法，说那是会置人于死地的危险方法，完全有悖于艺术原则——欧洲最知名的一批作家巧舌如簧，试图凭借渊博的学识及其权威来击垮皮埃尔·波姆，但是他们却劳而无功，皮埃尔·波姆坚持自己的治疗方法，他从边远省份的一个默默无闻的医生，一跃成为宫廷和首都倍受宠信的人。对于病人和准备治愈病人的人来说，他都是人们学习的楷模。①

仅仅凭借着自己高明的医术，皮埃尔·波姆就敢于去对抗一个强大、教条、固守传统、嫉妒他人特权的医学小团体，他从一个无足轻重的乡野之人变为一个游走于上层的名人，由默默无闻的大夫一下子跃升为业内的榜样。总之，比安维尔在这里展现了医生皮埃尔·波姆的双面形象：一方面，他是好医师，治病救人大获成功；另一方面，他又是报复心很强的医生，满腹理论知识，为了诋毁对手而在语言上大做文章。

比安维尔为皮埃尔·波姆勾勒的这幅肖像过于美好而且又过于简化，他没有

---

① 《身体所遇的普遍健康问题》，海牙，1775年，第126页。

怎么提到严格意义上的医学,谈得更多的反而是关系网问题、职业声誉问题和知识的形成问题,但是他指出了18世纪阵热引发的争论问题的复杂性。实际上,皮埃尔·波姆掀起的论战主题不是某一治病良药的治愈功效,而是一位职业医生应有的能力表现问题,医学领域的开业医生凭借他们的文章和著作的介绍,参与了这场关于阵热的争论,参加了不同争论形式的论证活动,从而扩大自己的知名度。好医生、坏医生的形象单凭一次思想观点的交锋就能够尽数展现,皮埃尔·波姆的好医生形象就是这样的例子。

我们本次研究的前提是这样的一个假设:这些活动意在当着业内人士和世人的面诋毁对手的信誉,从而让人们接受他自己的观点和假定,促进知识领域的形成[①],这些活动属于知识的暴力,其显著特征是人身攻击。围绕皮埃尔·波姆引发的医学争论将在这里被当作一个观察点,让我们从这里去了解使用辩论暴力的方式和职业合法性商讨的方式——其研讨平台就是法国第一本医学期刊,它原则上专门为专家服务,但实际上也吸引着更为广泛的公众的注意。虽然这里首先不是要提出个案的研究,但是,若要很好地厘清主要问题,非常有必要首先介绍一下皮埃尔·波姆诉讼案的背景和大事记。我们会看到,这些问题关乎开业医生自己订立的医学职业化的要求,关乎同行认可和在公众心目中的知名度二者之间的矛盾,还关乎利用丑化手段把医生描绘成江湖骗子等论战武器。

诉讼案的背景

皮埃尔·波姆(1735—1812),法国蒙彼利埃大学医学博士,他于1760年发表了《两性之间阵热疾病的测试》(*Essai sur les affections vaporeuses des deux sexes*),该书从两年后的第二版开始更名为《阵热疾病专论》(*Traité des affections vaporeuses*)。该学术著作及其倡导的治疗方法很快就让作者在上流社会取得了巨大的成就。1760

[①] "医学领域"内外的多个因素都促使该领域与"知识领域"走到一起:根据不同的"公众"而制定的初步策略和文字传播,确立医学史,仿佛将其移入先贤祠一般[如达尼埃尔·勒克莱尔(Daniel Le Clerc)的《医学史》,1696年],将职业合法化的活动与制度进行的自治化,等等。关于"领域"的贴切性的历史扩展问题,参见德尼·圣-雅克(Denis Saint-Jacques)、阿兰·维亚拉(Alain Viala):《关于文学领域》,见《年鉴,历史,社会科学》,2(1994年,特刊《文学与历史》),第395—306页,此处引自第396页。

年末，皮埃尔·波姆迁居巴黎。1772年前后，他因为卷入争论而生活拮据，不得不回到了故乡阿尔勒，在那里继续不懈地捍卫自己的治疗原则。

皮埃尔·波姆提出的治疗阵热的方法让他得到了公众的认可，却也给医学界造成了深深的隔阂。他推翻了之前所有的概念，的确，从16世纪开始，当关于阵热的首批论文问世时，该病被认为有着各种各样的病理表现，病原学非常复杂，但发病主要集中于女性。施用何种治疗方法，取决于每位患者的个人的体质，但主要是使用补药，包括滋补类的或抗痉挛的补药。皮埃尔·波姆不仅将阵热扩大到了男性——他称之为"疑病阵热"（vapeurs hypocondriaques），以区别于"癔症阵热"（vapeurs hystériques）——而且还提出该病只有一个原因，即神经干燥或者神经硬化。① 他推翻了当时医学界提出的病因，将其说成非常次要的原因，他因此否定了所有传统药物，因而惹恼了整个医药界。如此一来，治疗阵热的方法就简化为给所有患者统统使用软化药物或滋润药物②。这一病原学和治疗学共同构成了一个简单但同质的体系。

《阵热疾病专论》引发的争论在最初是彬彬有礼的，而且仅限于医学理论问题之争，不过渐渐的，争论的气氛就变得激烈起来，最后在1765年到1775年之间终于爆发。此时争论各方开始去质疑对手的职业声誉及其知识的合法性，他们的手段转向了对"人格"的怀疑，即人身攻击。

如果严格从题目看，皮埃尔·波姆在世时其《阵热疾病专论》一书有6个正式的版本，实际上还不只这些，因为某些版本又进行了再版，或者又增加了几卷，出版时间有时候间隔数年，如1763年的第二版之后，1765年又出现了"第二次修订增补版"，而共和七年（1798—1799年）两卷一套的第6版在1804年又进行了增补③。不同的版本按照积累的原则连续传承，书中补充的内容成为对阵热相关争论的思考观察资料④。此外，皮埃尔·波姆还在1771年出版了《阵热治疗在医学界引起的诉讼案的预审文件的新专集》（*Nouveau recueil de pièces pour l'instruction du procès*

---

① 波姆认为正常状态下的神经可以比作一块浸过水的羊皮，柔软且可以随意弯曲，而蒸汽会导致这一特性出现问题："完全干燥后的羊皮会变得坚硬干瘪。"《阵热疾病专论》，第二版修订增补版，1765年，第29—30页。

② 即沐浴、部分沐浴、足浴、热敷、镇痛药汤、母驴奶、鸡汤、冰块，等等。

③ 随后陆续问世的版本有：1760年第一版，1763年第二版，1765年修订增补版，1767年第三版，1769年第四版，1782年增补本，1782年第五版，共和七年第六版，1804年增补本。

④ 比如，1760年第一版有180页，1769年第四版超过1000页，这还不算1782年补充的部分！

que le traitement des vapeurs a fait naître parmi les médecins），该书长达四百多页。攻击皮埃尔·波姆的文章主要是《对阵热疾病的思考》（"Réflexions sur les affections vaporeuses"），作者是同为蒙彼利埃医生的罗斯坦（Rostain），他于1767年匿名发表了该文。

争论同样在当时主要期刊杂志上激起了轩然大波，如《学者报》（*Journal des Savants*）、《特雷武论文集》（*Mémoires de Trévoux*）、《法兰西信使报》（*Mercure de France*）、《健康报》（*Gazette de santé*），反响最热烈的当属《医学、外科、药剂学报》（*Journal de Médecine, Chirurgie, Pharmacie, Ec.*）上的争论。此事非同小可，因为这份杂志自1754年创立以来就每月出版一期，是法国专业医学领域的第一本杂志。[①] 根据这份杂志的上的文章的报告和评论，我们可以列出这场争论的大事记。

大事回顾

《两性之间阵热疾病的测试》第一次被人提及是在1761年。夏尔－奥古斯丁·范德蒙德（Charles-Augustin Vandermonde）是《医学、外科、药剂学报》的主编，他在一篇报告中指出阵热是一场灾难，传播很广但人们却知之甚少，他赞扬皮埃尔·波姆的发现，而且如实地总结了波姆提出的治疗方法。[②] 1764年，皮埃尔·波姆再次被奥古斯丁·鲁（Augustin Roux）提及，他接替了范德蒙德的位子，宣布出版《阵热专论》的第二版。尽管奥古斯丁·鲁对皮埃尔·波姆的理论的普遍适用性持保留意见，但他还是盛赞了该书的新版本，认为书中的观点得到了更好的发展，而且其中还包含了很多补充评论，他表示这本书将会征服所有"内行的医生"[③]。

1765年到1766年，《医学、外科、药剂学报》上论战又起，这次争论的焦点是治疗阵热的湿润性药物和滋补药物的质量。法国各地的医生纷纷写信，加入到这场

---

① 这本杂志每月一期，每期有一百多页，纸张为12开，最早刊名为《医学、外科、药剂学论述期刊汇编》，主编为巴黎医学博士（1727—1762），杂志从第8卷开始更换刊名（1758年1月），波尔多的医学博士（1750）和巴黎医学院的博士生导师（1760）奥古斯丁·鲁（Augustin Roux）（1726—1776）于1762年重新主持该杂志。

② 《医学、外科、药剂学报》，1761年3月，第14卷，第195—196页。

③ 同上书，1764年9月，第21卷，第208页。

论战中来，言语之间不断对波姆含沙射影，特别是有两种指责声音反复出现：一、波姆使用湿润性药物，将其视为新的治疗方法，可是这种药物早在古代就已经使用了；二、波姆的治疗方法体系过于简单，因为千篇一律地使用湿润性药物，在特定情况下可能会给患者带来危险。

  1766年，辩论演变成为一桩诉讼案。当年8月份在一期杂志上，奥古斯丁·鲁在卷首语中宣布他将登出别人给他写的关于使用湿润性药物治疗阵热的4份材料。"这是一个长期以来人们纠缠不休的重要问题，无法特别准确地讨论：我们小心谨慎地收集诉讼材料，希望受过教育的医生从中找到最健康的方法，将其用于这类疾病的治疗。"[①]这些材料包括医生们寄来的个人评论和理论观点，其中有三位医生支持皮埃尔·波姆的治疗体系。从这些材料可以看出各方的立场是多么的极端化，讨论的主要问题也由皮埃尔·波姆宣称的治疗方法的新颖性悄然变为他本人作为首创者的地位问题。另外，使用的词语的暴力特点变得更加明显，特别是普罗旺斯地区皮尼昂的布兰（Brun）医生的表态，他是波姆最狂热的支持者，在他大部分的文章中，他都在怀疑那些反对波姆为人的人们的诚实态度，指责他们滑稽可笑，认为他们不值一提。

  从1766年底开始，本已十分激烈的辩论最终陷入了一场充满敌意的笔战之中。之前，都是波姆的支持者来为他辩护，现在波姆突然破天荒地亲自站出来参加辩论，指出一个对手的很多"谬误"。[②]此外，他不再专注理论内容的问题，而是去批判程序方面的问题，甚至会在意对手的说话方式。[③]这样，主张使用湿润性药物的一方和反对方互相指责，都声称对方缺乏敬意、不够庄重、缺少公允、无知愚昧，他们教训对方，指出什么才是"真正的医生"，什么又是"人类的朋友"[④]。

  就在这时候，奥古斯丁·鲁在《医学、外科、药剂学报》1767年12月一期的

---

  ① 《医学、外科、药剂学报》，1766年8月，第25卷，第122页。
  ② 同上书，1766年10月，第25卷，第324—326页。
  ③ 这方面的例子，见《维勒昂比热的医学博士科斯特先生给普罗旺斯皮尼昂的医生布兰先生的回信》（《医学、外科、药剂学报》，1766年10月，第25卷，第326—331页）。
  ④ 《给住在普罗旺斯地区阿尔勒的医生小波姆先生的回信，作者是诺曼底贝克修道院的医生德让》（《医学、外科、药剂学报》，1767年3月，第26卷，第231—236页，此处引自第231页）："先生，对于我们所从事的职业而言，最重要的是减轻人类的痛苦，对此做出的所有努力，我们怎能不去给予正面的评价呢？对于自我的怀疑是一种美德，而偏见则有时是一种罪恶。因此，真正的医生，或者说人类的朋友，应该饱含热情地去学习，或者培养自己的情感，听取一位同样理智和聪明的同事的意见，因为他在理论方面是伟大医生阿勒（Haller）的追随者，在实践中是医学的奠基人。"

"新书"栏目中宣布：罗斯坦匿名发表的《对阵热疾病的思考》从头至尾是一篇讨伐文章，它批判的不是波姆的著作，而是他的为人。不过，1768年1月奥古斯丁·鲁罕见地第二次为该著作做了出版预告，其中有如下的评论：

> 请注意：应波姆先生迫切的请求，我们第二次为这部作品做预告。他亲自给我们写了以下的旁注，算作是回复：
> "本书的这一新版的作者站出来得稍晚了些，他给反对波姆先生的人提供的意见和另一篇发表在报纸《百科知识、学者及特雷武报》(*Journaux de l'Encyclopédie, des Savants & des Trévoux*)上的匿名文章的观点相似。对这些反对意见，波姆先生在其第二版的《阵热专论》中予以了回应。除了那些著名人物外，这本小册子上没有什么新鲜的东西。因此，我们建议匿名者拿起笔来，为这一材料引出的诉讼案的预审提供一些与波姆先生已经发表过的事实相反的情况，我们今天可以作为这一切的见证。"①

奥古斯丁·鲁在皮埃尔·波姆寄给《医学、外科、药剂学报》的这一旁注（使用正体字）前面亲自加了一篇通知（使用斜体字），指出他的同事皮埃尔·波姆的"迫切的请求"，把皮埃尔·波姆塑造成了一个机关算尽、诡计多端的人，通过波姆谈及自己时使用的第三人称，把他的旁注描绘成了与表面上的客观性相去甚远的文章。这样的手段本已让波姆十分生气，随后一个月的又一期的杂志上（1768年2月），奥古斯丁·鲁刊登了罗斯坦的一篇火药味十足的文章（还是以匿名形式发表的）来回应波姆，指责他无知、怯懦、无能②，这令皮埃尔·波姆愈发怒不可遏。

最后，笔战在1769年达到高潮，皮埃尔·波姆在其《阵热疾病专论》的第四版指责奥古斯丁·鲁有失公正，批评他反对刊登有利于自己治疗体系的评论。《医学、外科、药剂学报》7月一期上的一篇长文宣布《阵热疾病专论》的第四版即将问世，虽然是预告，但奥古斯丁·鲁却是在借此公开为自己辩护，他列出了波姆的众多罪

---

① 《医学、外科、药剂学报》，1768年1月，第28卷，第94—95页。
② 罗斯坦指责波姆，说他不了解"他所进行点评的疾病"，说他把"蒸汽与没有任何关系的疾病混为一谈"，说他对"自己引用的不同作者的大量文章的含义"丝毫不清楚。(《医学、外科、药剂学报》，1768年2月，第28卷，第177—179页，此处引自第178—179页）

名，把波姆说成是一个庸俗的诽谤者、一个人格中充满傲慢的不学无术的人。从此刻起，奥古斯丁·鲁作为编辑部成员，其态度更加鲜明，他会毫不犹豫地插手某些文章，特别是布兰医生的文章，因为他是皮埃尔·波姆的坚定支持者。奥古斯丁·鲁开始揭露不公、恶意和过于简单化的学术行为。

皮埃尔·波姆和罗斯坦之间的敌对，他和奥古斯丁·鲁之间逐步升级的仇视，这些都只不过是一场不断变化的论战的两个方面而已，论战在多条战线展开，融入到众多的论战之中，焦点往往是某一具体治疗药物，一个药方让医生内部形成了对立派[①]。一直到18世纪70年代中期，关于波姆官司的文章才明显减少。

关键问题

然而，当论战进行到最激烈的时候，敌对双方都不回避这样一个事实：一般来说，他们都未怀好意，都支持加入讨论，唯一的目的是寻求真理，为谋求公众福祉而奋斗。他们在争论过程中抛弃了"人格"，令对手名誉扫地，要求对手明确而诚实地为辩论做出贡献。因此，他们声称要做的事和真正的所作所为之间存在着距离，比如，有一位辩论者拿自己的和平主义攻击反对者是好战分子，或者诋毁对手的名誉，声称对方进行人身攻击。其实他讲话中所打的旗号与其实际的做法恰恰相反。其演讲的目的是分配辩论角色：保证讲话的人占领知识尊严与职业合法性的制高点，让讲话的对象始终以名誉可疑、言语恶毒的论战者的形象出现，这样，论战讨论的就不再是治疗阵热使用湿润性药物这种方法的利弊问题，而是就该问题向医生同行们表达观点的权利。换言之，相对于其对思想辩论的贡献而言，其立场因为他们在"医学界"的能力而更有价值。

在明确而诚实的论证与人身攻击式的辩论暴力之间，或者在表面的修辞与真正的关键问题之间，存在着全部的话语活动，辩论各方借此转移辩论话题，波姆的诉讼案也因为这些活动具有了特殊的知识暴力的特征。

这一假设可能受到诉讼案的三个根本问题的考验，这三个问题彼此联系，都与阵热的治疗过程中提出的问题息息相关。第一个问题涉及18世纪医学职业化的新阵

[①] 比如，波旁莱班的多位医生就激烈地反对波姆拒绝使用所有水疗方法的态度。见下文。

地,《医学、外科、药剂学报》就是在这一时期出现的。第二个问题针对的是从业医师施治方法的合法性,以此赢得同业的认可,特别是医学鉴定的质量和在公众中的知名度。最后一个问题涉及好医生、坏医生自相矛盾的榜样的打造,以及他们在公众眼中树立的价值观。

职业化

自 1754 年创刊以来,《医学、外科、药剂学报》就表露了自己的雄心壮志,希望成为医学职业化的阵地,与江湖骗子进行斗争。杂志的使命旨在组织医学新闻的讨论,在全国范围内组织从业医师交流,分享专家们原来独享的资源。[①]《医学、外科、药剂学报》的历任主编——范德蒙德以及后来的奥古斯丁·鲁——都常常限制编辑选择文章的权力,或者当遇到含有"辛辣"味道的批评文章时限制编辑部撤下此类稿件的权力,这样,"《医学、外科、药剂学报》始终保持着开放精神,使不同意见得以自由表达而不会受到编辑的干预"[②]。

然而,我们依然记得在《阵热疾病专论》的第四版,皮埃尔·波姆就批评了奥古斯丁·鲁的偏袒,他甚至还加上了一段后记,呼吁医生们不要再将自己的评论文章寄给奥古斯丁·鲁,而是要当面交给他,以确保文章能够登出。[③] 如此一来,皮埃尔·波姆不仅是在进行个人攻击,而且还是在质疑《医学、外科、药剂学报》这份杂志的科学性。

面对如此激烈的攻击,奥古斯丁·鲁被迫两次违反自己作为编辑的中立原则,他在 1769 年 7 月首次表态,当时恰逢波姆的《阵热疾病专论》第四版出版。因为波姆指责奥古斯丁·鲁过多地插手文章的发表,所以奥古斯丁·鲁决定为自己辩护:

[①] 18 世纪 50 年代,主要的论战涉及的是易怒性和敏感性,之后主要的话题是与波姆诉讼案同时出现的思想感染问题。

[②] 罗塞林·雷伊(Roselyne Rey):《医学观察报告期刊集(1754—1793 年)》,见让·斯加尔(Jean Sgard)主编:《报刊词典 1600—1789 年》,巴黎,牛津,伏尔泰研究会,1991 年,第 2 卷,第 1063a—1067a 页,此处引自第 1064b 页。

[③] "我有必要提醒那些要对我的体系进行评价的医生先生们,请不要再把观测报告交给医学杂志的记者,因为这些评价与他在匿名的批评文章出版后收到的其他观测报告一样会被弃之不用。我反倒要请这些医生们把报告直接给我,我会在整理好文集后将其出版。"

他向杂志的读者说明他之所以沉默至今,是出于自己的诚实为人,他介绍了与波姆之间前前后后的关系变化,透露了波姆经常会表现出粗鲁与暴躁。奥古斯丁·鲁举例说,就在杂志某一期预告要刊登罗斯坦的著作的当天①,波姆就寄来了他的反驳文章,要求将该文刊登在接下来的一期上。另外,蒙彼利埃人波姆的批判空洞无物,"至多是要人知道他想粗鲁地咒骂一番而已"②。奥古斯丁·鲁于是"借此机会请求那些意欲就该问题写文章的作者先生们避免使用任何粗鲁和谩骂式的语言,虽然其中一些人(特别是新学说的拥护者)这样做过,不过需要承认的是,没有人再比皮埃尔·波姆先生更加不检点的了"。③皮埃尔·波姆在这里成了一个搞阴谋诡计的人,因为奥古斯丁·鲁强调了自己作为《医学、外科、药剂学报》杂志负责人的诚实态度,以此回击皮埃尔·波姆有时不当的要求,皮埃尔·波姆的言行于是就显得愈发违背了探求真理的理想。

奥古斯丁·鲁的第二次讲话针对的是布兰给舍瓦利耶(Chevalier)先生的回信,舍瓦利耶先生是波旁莱班的一位外科医生,他强烈反对皮埃尔·波姆在治疗阵热时不使用任何矿泉水的做法④。实际上,奥古斯丁·鲁曾三次直接修改布兰的文章,在其中加入一些脚注。这样,在布兰请一位叫作蒂利埃的同行进行评论后,奥古斯丁·鲁依据皮埃尔·波姆的治疗理论,给出了这样的说明:

> 假如布兰先生因为自己些许的公正而自鸣得意的话,他不该忘记在引用蒂利埃先生的评论观点时,还要声明这些看法的准确性曾经受到过波旁的医生蒙然·德蒙罗尔(Mongin de Montrol)先生的批评。[请参考 1770 年 3 月的《医学日报》(*Journal de Médecine*),第 246 页,编辑所做的注释。]⑤

---

① 《医学、外科、药剂学报》,1769 年 7 月,第 31 卷,第 3—20 页,此处引自第 15 页。
② 同上书,第 16 页。
③ 同上书,第 19 页。
④ 《香槟地区波旁莱班的水对癔症和慢性病的疗效的论文与观测报告,作者为波旁皇家军队医院的著名外科医生舍瓦利耶先生》,该文在 1770 年 7 月(第 33 卷,第 17—39 页)和 1770 年 8 月(第 33 卷,第 122—145 页)两期上刊登了两次。
⑤ 《医学、外科、药剂学报》,1770 年 9 月,第 33 卷,第 245 页。

布兰随即写道:"任何挑衅者如果不想因自我的观点前后矛盾而失了颜面,那么站出来时就只能使用有把握的武器,皮埃尔·波姆先生的多位对手都陷入过这种境地,如加缪,奥古斯丁·鲁,罗斯坦,马尔托,等等。"这里,奥古斯丁·鲁插入了第二条注释:

> 请参考 1769 年 7 月 27 日、9 月 28 日、1770 年 1 月 11 日和 9 月 18 的《健康报》(*Gazette salutaire*)。
> 这些所谓的驳斥只在皮埃尔·波姆先生、布兰先生或几位医学学生那里取得了胜利,比起盲目的经验主义来,研究他们所从事的漫长而艰苦的艺术规则要更加困难。①

最后,奥古斯丁·鲁又在布兰的文章末尾添加了这样几行文字:

> 请注意:我们认为有必要提醒我们的读者:虽然上面两段回复的正式署名是布兰先生,但人们交给我们的副本却是由皮埃尔·波姆先生亲笔所写。②

奥古斯丁·鲁认为布兰信誉扫地,指责他不公平,像大学生那样按经验主义行

---

① 《医学、外科、药剂学报》,1770 年 9 月,第 33 卷,第 258 页。
② 同上书,1770 年 9 月,第 33 卷,第 262 页。根据这条注释,因为布兰在论战中宣读的论文常常言辞辛辣,我们会想,莫非这是波姆故意塑造并准备推向论战前线的一个人物。虽然我们无从找到可以证明布兰身份的信息,但是也没有任何确凿的证据说明此人并不存在(况且他的名字十分常见)。我们看到一个叫作约瑟夫·布兰(Joseph Brun)的人被提到过,他生于塔拉斯孔,在 1747 年通过了博士论文《人体脱离的毛细血管》答辩,并于 1748 年 9 月在蒙彼利埃获得博士学位。见埃莱娜·贝朗(Hélène Berlan):《18 世纪的医学学习(1707—1789 年),蒙彼利埃大学学生的录取与就业》,法国蒙彼利埃三大博士论文,第 7 卷,2000 年 12 月。这个人同样出现在约翰·克里斯托夫·阿德隆(Johann Christoph Adelung)的《克里斯蒂安·戈特利布·余希尔德〈普通学者百科全书〉的续篇与增补》,莱比锡,见 Johann Friedrich Gleditschens Buchhandlung 书店,Bd 1, A–B, 1784 年,第 2326 页:"布兰(约瑟夫)一位梅迪库斯,曾在蒙彼利埃进行研究并攻读博士学位,他写了《论吸入型脱发》,蒙彼利埃,1747 年,4.《缓解生理学》1753 年,4. Carrere Bibl. de la Méd"在这一注释中,奥古斯丁·鲁想让人觉得波姆和布兰彼此默契,甚至是相互串通的。

事，而且善搞阴谋。布兰违反了不拒异议的辩论精神，但是他猜想奥古斯丁·鲁只是在刊登了布兰的文章后才回复他。皮埃尔·波姆向奥古斯丁·鲁发起挑衅，也即向辩论的协调机构发起挑战，因此威胁了《医学、外科、药剂学报》主张的医学职业化。奥古斯丁·鲁不愿被人指责说自己偏袒某一方，于是继续刊登波姆的支持者的文章，但是他要维护自己的权威，因此重申要遵守游戏规则，对那些违反规则的人提出批评。

同行的认可与在公众中的知名度

在医生职业化和医学知识专业化方面，出现了从业医师为了证明自己的理论而采取手段的问题，在阵热的例子中，同行的认可与在公众中的知名度的联系显得特别重要，因为在18世纪，阵热既是一种病理学，又是一种风尚，会让能够治愈阵热的从业医师感到步入了上流社会。

然而，不管是在《阵热疾病专论》连续出现的版本中，还是在当时期刊上发表的不同论文中，波姆都始终坚持请公众来做评判。他在上流社会打造的名气靠的是一些治愈病例，这些成就常常被他挂在嘴边，这些他引以为傲的阵热治愈病例的患者主要是一些地位显赫的妇女[①]。佩科（Pécauld）夫人等人于是决定加入《医学、外科、药剂学报》杂志的辩论[②]，她们不仅给奥古斯丁·鲁写信，而且要求他刊登为皮埃尔·波姆的医术提供证据的文章，在这些信里，波姆那些治病救人的例子重被提起：

> 皮埃尔·波姆的大名传到了我的老家阿尔布瓦后，我立即就给这位慷慨的医生写信。我拜读过他的书，我和他治愈的夫人们聊过天，全世界都知道这个闻名遐迩的名字，这些足以让我下定决心前往巴黎，于是，我在1768年12月抵达了巴黎。

---

① 比如，在《阵热疾病专论》的第四版中，波姆提到了奥特曼（Autheman）小姐、克里尼（Cligny）夫人、库扎热（Couzages）伯爵夫人等多位波尔多的贵妇人以及贝宗侯爵夫人的治愈情况，他每次都会在其论文中或在不同的杂志上谈及这些治疗的一些细节。（前言，第12页）

② "您或许感到诧异：一个女人竟然卷入了医学之争（……）我在巴黎久居期间看到了您杂志上的文章，我因此加入了引起医生争论的诉讼案。"《医学、外科、药剂学报》，1771年2月，第35卷，第149页。

[脚注] 我已经知道几位患者治愈的事：德克利尼（De Cligni）夫人，我们的女管家德拉科雷（De la Corée）夫人，努瓦永（Noyon）的主教先生，贝宗（Bezons）侯爵夫人。①

这里提到的治愈病例没有被当成医学领域的评论，而是被当成了某种排名榜，是介于上流社会的健康通讯和城市新闻之间的东西，增加了伟人头上的光芒和他在人们心目中的魅力。

皮埃尔·波姆试图让同行去认可自己的医术，他为此展示了一些并非医生的人所写的"证明"，这与《医学、外科、药剂学报》倡导的专业化相矛盾。在与阵热有关的三份材料（其中包括佩科的信）刊登之前，奥古斯丁·鲁在一篇"警告"中表达了他对皮埃尔·波姆这一做法的愤怒之情：

注意：我们已经做出了规定，在我们的报纸上不予刊登已经发表在其他报纸上或通过其他途径印刷的文章，尽管如此，我们还是要遵从负责书店事务的法官的命令，刊登下面的文章，虽然该文已经发表在《百科报》（*Journal encyclopédique*）、《布永健康报》（*Gazette salutaire de Bouillon*）、《法兰西信使报》（*Mercure de France*）上。接下来的评论文章也是通过同样的途径交到我们手中的。我们认为有必要将皮埃尔·波姆先生亲自做的修改用斜体文字排版，之后，我们会刊登直接从阿尔布瓦寄来的评论。我们恳请读者对两篇文章对比阅读。②

一方面，皮埃尔·波姆把司法手段搬到了医学界的辩论之中；另一方面，他被怀疑删除（或篡改）了公众所写的评论文章。总之，奥古斯丁·鲁刊登这些评论文章，是要让医生们做出评判，而皮埃尔·波姆则试图把辩论扩大到坊间。罗斯坦在自

---

① 《医学、外科、药剂学报》，1771 年 2 月，第 35 卷，第 151—152 页。实际上，佩科（Pécauld）夫人的哥哥是以其妹妹的名义用第一人称的手法写的这封信："我是亲眼看到了我的妹妹佩科夫人的治疗和治愈。我正是上述论文的作者。写于巴黎，1770 年 9 月 13 日。署名为德雷兹（De Résie）院长。"（第 35 卷，第 154 页。）

② 同上书，1771 年 2 月，第 35 卷，第 141 页。

己的论文中更是对波姆大加批判，将其描绘成一个自吹自擂的人：

> 有些人习惯于不择手段以获得声望，要求名流支持自己，让公众把注意力从自家的灾难那里转移开，这些人不停地发表文章，要求别人也发表文章或发声。有时候，人家乐意帮他们一把，他们自然很幸福；但是人家不会没完没了地提供这样的机会，因为他们把本与自己无关的成就归功于他们所开的药物，把病人原本无足轻重的身体不适说成是最严重的疾病，皮埃尔·波姆先生就是这样做的，他说病人"黑胆汁呕吐""腹胀""颈部淋巴肿瘤"，其实患者的病没有那么严重。（……）于是在很长时间里，非常站不住脚的声望却得以立足，靠的仅仅是公众的不谨慎。①

在接受公众意见的同时，波姆重新使用了"官司"一词，不过又改变了其意义。奥古斯丁·鲁在使用该词时没有什么导向性②，而波姆则表示这是原告的官司③，是一些胆战心惊地执着于教条的医生用来攻击他的，这其中包括巴黎的一些医生，他们不愿意任何特权旁落外省④。这样一来，波姆就俨然成为了一位被请来打败"医生成见"的独行侠，这是"最精妙的作品"，要求具有"最有说服力的口才"，因为"异教徒的数量"非常之多：其中的某些人"抱有成见，对常规亦步亦趋"；而其他一些人"自己不能创新时就对新鲜事物百般嫉妒"。波姆在总结中质问那些他"无私"服务的"公众"："我毫不隐瞒地公开我的方法，治愈了一种迄今无法治疗的疾病，难道因此要获罪不成？"⑤

波姆的对手认为，这一说法说明他在努力争取那些轻信自己患病的有钱的顾客

---

① 罗斯坦：《对阵热疾病的思考，或两性之间阵热疾病的测试，P 先生于 1767 年出版的第三版》。阿姆斯特丹和巴黎，1768 年，第 196—197 页。

② 《双方的所有作品，都对一桩诉讼案的预审和判决有用》，见《法兰西学院词典》，第 4 版，1762 年，第 475 页。

③ "人们说，和某人打官司，就得把他当作罪犯。"（同上书，第 475 页。）

④ 这正是波姆笔下反复出现的论点，比如 1782 年的《〈阵热疾病专论〉增刊》的前言中（第 V 页）："我丝毫不想去写彼得堡，也不会写柏林和罗马，但我会和巴利维（Baglivi）那样在我的祖国写作。因此人们会知道我在阿尔勒（……）我的同胞们都可以证明我从未离开过自己的国家。"

⑤ 《〈阵热疾病专论〉修订增补版》第二版的前言，1765 年，第 25—27 页。

以及普通的妇女，他邀请公众参与，建议使用靠湿润药物进行无痛治疗方法，这可能仅仅是广告宣传式的诱人策略的两个方面。对此，罗斯坦再次毫不隐晦地表达了他的不满情绪：

> 众所周知，波姆先生争取的主要是疑心病患者，他们轻易地就痴迷上那些向他们高调允诺能够治愈他们疾病的人。①

但是，公众的信赖并不能为他带来医生们的信赖，正相反，人们在争论中引入外部的证据（如果不是删去的证据，至少也是没有鉴定价值的证据），把波姆变成了假币制造者式的人：

> 谦逊应该是所有人的美德，特别是某些作者们的美德，他们要做的就是赢得欣赏他们能力的人的宽容。他们另外的一个任务是凭借话语取得别人的信任。如果一旦失去了信任……再想去努力取得证明也是徒劳无益，就如同波姆先生拿给公众看的证明一样：这样的货币，人们知道它价值几何。②

奥古斯丁·鲁自己也想进一步强调波姆贪得无厌的形象，他指责波姆出卖别人对自己的赞誉，让别人为他受到的敬重买单：

> 可能他看到人们为他在《医学、外科、药剂学报》上建立起一座神坛会感到更加惬意，在那里人们必须给他燃起最浓郁的香。这样做，我或许能够换来他在几本书中给予过我的赞誉，我或许能够加入他的治疗方法支持者的阵营，这可是他在其第二版中的一个注释中大加赞颂的方法。③

这些言辞都是在批评波姆的人品，其目的是将他赶出《医学、外科、药剂学报》所追求的医学职业化运动，给他打上江湖骗子的标记，因为他始终受到派系逻辑和

---

① 《〈阵热疾病专论〉修订增补版》，1765年，第193页。
② 同上书，第191—192页。
③ 《医学、外科、药剂学报》，1769年7月，第31卷，第7—8页。

图慕虚荣的贪欲的驱使,或者说,是为了把他赶出为构建真理而进行的辩论和运动。① 波姆所自诩的"独行侠"形象变成了他被边缘化的标志。②

使用漫画的方式

波姆的对手把他宣称研究的症状讽刺为"着实的神奇"的东西:神经居然会像羊皮纸那样破裂,神经膜会随着大便排出体外,等等。这些症状只有江湖郎中才可能发现,却为"真正的医生"所不齿,比如热克斯的医生科斯特就在致信波姆时这样说道:

> 在这个问题上进行大规模讨论是徒劳的,您已经与医学渐行渐远,您抛弃了化学,您的物理学也根本不是其他人的物理学,您进行了全新实验,证明流体静力学规律是错误的。您曾经红极一时,先生。您根本不是和别人一样的医生,您给医学论文带来了新模式……原则……推理……结论……这是寻常的套路,十分令人厌烦,对各种疾病进行排列,区分种类,确定可以识别不同疾病的症状,这一工作方法和写作方法不仅适用于阵热,该方法在为患者阅读的书中把那层可笑的学术色彩剥去了,因为您的书是为他们所写的,而不是为无须借助词典就能通读的医生准备的。③

江湖医生的特性在于他们不是要准备一篇反映真理的演讲或者对大自然运行加以描述,而是要使自己的演讲适合患者的口味,继而使现实适应他的演讲,波姆摒弃知识之举就足以证明他是在把观点强加给患者。罗斯坦也对其进行了讽刺,说他"宣称流体静力学规律是错误的,因为它与波姆关于'患者漂浮在浴盆中'的推论难

---

① 真理有两种,一种是辩论者强加于人的不变的真理,一种是能言善辩的人建立的运动中的真理,关于二者理论上的对立,见米歇尔·福柯:《言与文》,巴黎,1994年,第4卷,第591—593页。

② 罗斯坦认为,波姆坚持自己的治疗原则,反对"希波克拉底以后的所有医生,或者(……)所有国家所有时期所有阶层的人"。《对阵热疾病的思考……》,第52页。

③ 《医学、外科、药剂学报》,1770年1月,第32卷,第18页。

以相符"。①

　　这里的讥讽与人身攻击密不可分，因为通过讥讽可以使波姆沦落为坏医生的滑稽形象，他的反对者先是对他表示不满，而在争论达到高潮时，不满就变为了江湖骗子式的讽刺，就如同很多轻喜剧中（情景剧或当时的小说）表现的那样：波姆是唯利是图的吝啬鬼②，教条而又笃信经验③，他满嘴术语以掩饰自己的无知，只要对自己有利便会谎话连篇。④为了让波姆和布兰声名扫地，罗斯坦还给他们二人起绰号，称他们是"热水大夫和凉水大夫两位先生"，以此批评他们湿润药物疗法的无效。上文提到过一处注释，奥古斯丁·鲁在其中指出一篇署名的文章出自"波姆–布兰先生"。⑤而奥古斯丁·鲁则明确地把波姆归为阿兰·勒内·勒萨日（Alain René Lesage）所写的《吉尔·布拉斯的故事》（*L'Histoire de Gil Blas de Santillane*）中的滑稽大夫之列⑥。

*

　　波姆是出没于上流社会的医生，对于医学界内部的平衡构成了危险，他因为在公众那里有很高的知名度，让他游离于医生同行的科学认可之外。医生们多次强调波姆的风尚潮流，言外之意，这种显赫的声誉是偶然的且容易昙花一现的，无法让当事人获得医学界传统意义上的地位或者流芳千古。然而，问题背后的原因是，上流社会的医生扮演着大使的角色，象征着这一职业的社会地位的提升，他们受到一批有影响力的公众的赏识，因此得罪不得。波姆的反对者使用的艺术手段在于，虽

---

① 《医学、外科、药剂学报》，1769 年 11 月，第 31 卷，第 429 页。

② 相反，波姆舍弃了一切金钱利益，而只追求象征性利益："这正是这部作品的命运，在十年间，他便靠着我的书店挣了大钱，而我却没有受益：但是他让我从我想要教育的人那里获得了尊敬与认可。"（《作品新编……》的前言，第 3 页）。

③ 在《法语批判词典》中，让 – 弗朗索瓦·费罗（Jean-François Féraud）解释说："经验论者常常把自己当成江湖骗子，因为'江湖骗子'一词适用于那些靠了实践经验，'毫无原则和道理地给人开药的人'。"（马赛，Mossy 1787—1788，第 B064b 页）；而"讲授教理"则走向了另外一个极端，是指教授"虚假的、危险的学说"。[《法兰西学院词典》，第 4 版 (1762 年)，第 552 页]；这里，我们看到，作者指责波姆过于坚持自己的"体系"，而去质疑流体静力学规律。

④ "难道这是因为我们的作者不会理解他所给出的或指出的文章，而他的大多数引用语句又特别不准确，与其推断的结果并无太多关系？我觉得他对此也很难说清楚，抑或这是在影射那些漠不关心或没有文化的读者？"（罗斯坦：《思索……》，第 184 页。）

⑤ 《医学、外科、药剂学报》，1770 年 11 月，第 33 卷，第 444 页。

⑥ 《医学、外科、药剂学报》，1769 年 7 月，第 31 卷，第 6 页："请看文学报纸《吉尔·布拉斯》的作者是怎样把他那个时代的一些医生描写成为好色之徒的。"

然诋毁他，但又不打击整个医生行业。上文提到的三个关键问题因此表现为同一意愿的三个阶段：（从职业领域）驱逐他，剥夺他（医学专家资格），贬低他（对其进行丑化）。"官司"的暴力不全是词语的暴力，抑或意图剥夺对手的权威的暴力，它包括了规范逻辑的权威以及认识方面的权威。①

现如今，医生的职业及其在旧制度下的社会地位这两个问题都从根本上得到了理想的或现实的研究，也就是说人们把注意力放在了修辞环境，其中"医生"一词表现为从业医师们的经历和财产状况。从知识暴力概念去探究诸如"波姆诉讼案"之类的医学争论，这让我们可以采取一种文化的方法②，关注医生是如何讨论他们职业的根本价值的，并且在医生自我设计的形象与集体的约束准则这一对立中把握其背后原因。从这一角度看，"波姆的官司"就不再仅仅是医学科学化的漫长过程中的一个阶段，而是18世纪下半叶对医生职业的价值进行展现与协商的平台。

这样一场关于好医生、坏医生的争论变为了一件论战的武器，为了攻击对手，人们使用的辛辣言语（总之是莫里哀式的）"总是夹杂着正面的修辞，即总是展现好医生的形象，从而反过来让人可以衡量江湖医生的罪行"③。这既是医生对自己权威的合法性证明，同时也是对他人权威的否定。波姆的诽谤者和支持者都分别试图强行建立一个知识的秘密组织、制定一个价值等级制度，实现知识、实践的形式化。他们在"诉讼案"中的立场之所以重要，不是因为他们严格的内容，而是因为他们的权威，在同一场运动中，权威属于陈述者，而收听者的权威则被否定。

---

① 根据〔德〕约瑟夫·玛利亚·波亨斯基（Joseph Maria Bochenski）提出的划分："认识论的权威就是在这方面懂得的更多、比认识主体有更深入了解的人的权威。所以，一位老师对于弟子的权威就是认识论的权威，属于专家的权威；相反，道义论并非理解得更深刻的人的权威，而是工作人员、首领、领导、'领袖'的权威（……）"[《权威是什么？权威逻辑入门》，菲利贝尔·塞克雷坦（Philibert Secretan）介绍并从德语翻译成法语，弗莱堡，巴黎，1979年，第62页]"认识权威与一些主张有关，规范权威的领域中没有主张而只有命令和行为规矩。"（同书，第87页）这些权威彼此依赖，波姆的对手们并没有意识到这些，因为他们不承认波姆具有知识能力和医生的合法性。

② 关于就此话题的方法思考，见格雷戈里·布朗（Gregory Brown）：《启蒙时代的社会冲突与自我形象：18世纪文化史学中的Norbert Elias》，载《早期现代历史报》，卷6/1（2002年），第24—51页。

③ 洛朗斯·布洛克利斯（Laurence Brockliss）：《莫里哀与其所在时期的医学话语》，见让-路易·卡巴纳（Jean-Louis Cabanes）主编：《埃多隆丛书，文学与医学II》，波尔多第三大学，2000年，第156—167页，此处引自第161页。

革命中的知识暴力：科尔奈·迪拉威尔的斗争

让－吕克·沙佩

研究法国大革命时期的"知识暴力"问题，这似乎是去开启一个真正的潘多拉盒子，因为这一话题在当时的文学史、科学史上蕴含了太多的问题。我们甚至可以提出这样的问题：能否绕开知识暴力问题去研究法国大革命的历史？不管是从对原动力和政治斗争的分析角度看，还是从历史文献学角度看，这一问题都显得至关重要。如果我们将知识暴力视为"知识分子"的行动对政治、社会领域产生的影响，那么，我们会想到，从1789年开始，围绕著名的"哲学阴谋"话题就出现了反革命言论和反革命身份，之后，热月党人努力解释并发明了恐怖时期[1]，揭露理智思想的"疯狂"，随即推翻了罗伯斯庇尔，而在他倒台后第二天，知识分子的斗争、政治极端化过程的逻辑与当时的暴力之间实现合流，并贯穿这一时期。解读作为"启蒙运动之女"的大革命变得符合要求，成为知识范畴与政治范畴之间这种关系的标志。社会对立与制度对立贯穿了科学界和文学界，从这二者的对立去理解，或者从"理智产物"的"危险"或语言的危险（比如"词语战争"的不同阶段[2]）去理解，知识的混乱与知识暴力问题就成为一个重要因素，让当代人能够去"思考大革命"，总结激进化与暴力的不同阶段。对于众多的法学家来说，理智"规则的缺失"和"过度的"残暴二者间只有一步之遥，这就是词语"暴力"与行动暴力之间的关系，对此，莫纳·奥祖夫（Mona Ozouf）在《小说的心声》（*Les Aveux du roman*）中提及过，她称之为大革命在文学界开启的"百年战争"，文学因此变成了"无可比拟的观察台"，

---

[1] 让－克莱芒·马丁（Jean-Clément Martin）：《暴力与革命：关于民族神话的诞生的论文》，"历史世界"丛书，2006年，第7章。

[2] 雅克·吉约莫（Jacques Guilhaumou）：《政治语言与法国大革命：从事件到语言原因》，巴黎，1989年。

从这里可以了解"独裁与民主"间的斗争：

> 身为作家的人，又怎能不会相信文字的权力呢？他们又怎能不会想到：大革命在恐怖时期偏爱使用的一些过激而粗俗的词语成了迫害活动的前奏，悄无声息地引导人们走向了野蛮行径。……书写活动意味着总要从词语到行动去认为结果是好的。如果我们承认这一联系，就要同时承认文学与雅各宾思想……以及贵族制度水火不容。①

显然，对如此的解读需要进行一些稍微不同的品读和批评（最近出现的很多关于大革命的暴力问题的著作②都证明，不能将行动的范畴降为词语的范畴），不过，它也让我们可以看到这一知识暴力的主题是怎样深深地渗透进当时的历史文献学中的。很多历史学家都认为有必要研究社会、制度、理论冲突在文学领域中产生的"效果"，以最终展示知识界的"无序"是怎样引出政治"无序"的，在这一点，我们想到了德纳·古德曼（Dena Goodman）的博士论文③，作者认为18世纪70年代的妇女被排除在文学社交领域之外，这标志着第一次政治激进化。从更广泛意义上看，我们还会想到"过度使用"这一概念，这是美国的罗伯特·达恩顿（Robert Darnton）在关于"溪流中的溪流"作品中提到的，这一概念让我们看到，知识空间的变化和"名人"与平庸作家之间的斗争都是解读的关键，有助于解释冲突的激进化形式和政治暴力④：我们没有必要去对拉瓦锡（Lavoisier）和孔科尔代（Concordet）两位著名的"烈士"进行点评，他们常常被当作为了救赎无知而自我牺牲的人，或者是马拉式的

---

① 莫纳·奥祖夫（Mona Ozouf）：《小说的心声：旧制度与大革命之间的19世纪》，2001年，第11页。

② 关于在拉斯塔特刺杀事件（1799年）中文学家所扮演的角色问题，见让-卢克·沙佩：《拉斯塔特刺杀事件及督政府时期"复仇的呐喊"的关键问题》，见 M. 贝尔纳（M. Bernard）、J.-C. 卡龙（J.-C. Caron）、P. 布尔丹（P. Bourdin）主编：《声音与动作：对从法国大革命至今的政治暴力进行的文化研究》2005年，第69—96页。

③ 德纳·古德曼（Dena Goodman）：《文学共和国：法国启蒙运动的文化历史》，伊萨卡和伦敦，1994年。

④ 格雷戈里·布朗（Gregory Brown）向我们展示了18世纪70年代文学家立场的复杂性，同时质疑了为分析旧制度末期文学界的活力而使用的某些诠释类别，《法国的文学、社交性和文学著作权，1775—1793年。博马舍、剧作家协会与法兰西剧院》，2006年。

人物，一心扭转学术秩序带来的悲观失意。① 从路易·德博纳尔德（Louis de Bonald）到马克·富马罗利（Marc Fumaroli）②，在谈及学者和作家的地位时，这些解读即便在今天也能够反映革命时期的坏名声：一方面，18 世纪伟大的"哲学家"们反对绝对主义的"泛滥"和宗教的不宽容；另一方面，社会中的反击者和失意者利用混乱趁机推翻知识领域的制度秩序、象征秩序，甚至突破理智思想的"正确界限"，必然将启蒙运动引上专制之路③。在常常被人遗忘的斗争的背景之下，这些建立在当代人构建的表现的基础上的解读值得加以细致入微的分析，虽然如此，这些解读强调指出：由知识分子实施的暴力或针对知识分子的暴力问题是革命者在事件进展过程中自己提出的一个重要问题，让我们倾听一下博物学家索尼尼·德玛农库尔（Sonnini de Manoncourt）是怎么说的吧，作为《摩泽尔省共和报》（*Journal républicain du département de la Meurtbe*）的编辑，他在 1794 年 8 月 16 日一篇题为《关于新近作家的问题的错误》（"De l'erreur de quelques écrivains *de fraîche date*"）的文章中揭露了这种可能带来专制的"书写狂热症"：

> 如果说革命培养的才能在独裁的统治下可能会被埋没……我们不得不同样说有些人奇怪地滥用了自由的呼吁：呼吁一切有才能之士捍卫自由、保存自由。……啊，您，您染上了这种所谓的"书写狂热症"……请看您的笔是否受到了理智和良好品味所指引，缺少了这两种动力，就不会有优秀作品存在，您会担心人们把您当成这些阴谋家的走卒，说这些阴谋家使用粗俗而令人作呕的风格去传播无知与野蛮，这些无疑成为专制暴政的前兆……④

我们看到，在揭露"新时期作家"过程中提出的主要问题大大超出了文学范畴：当罗伯斯庇尔被处决的消息传到法国各地时，索尼尼·德玛农库尔借助这种谴责之声撰写了一篇关于恐怖政策的记述，将这些"作家"及其作品说成是暴力的罪魁祸

---

① 这些诠释依然十分广泛，特别是在某些科学历史学家那里，他们仍然认为革命及其引发的社会变化是对"正常的""严肃的"科学的挑衅。
② 马克·富马罗利：《夏多布里昂，诗歌与恐怖》，巴黎，2003 年。
③ 关于这一话题，见围绕启蒙运动的这些"模糊不清之处"在 2006 年组织的不同论战，茨维坦·托多洛夫（Tzetan Todorov）：《启蒙运动思想》，2006 年。
④ 《C.S. 索尼尼撰写的摩泽尔省共和报》，南锡，在寡妇巴肖家中，共和二年，在巴黎的雷蒙和维里耶书店（塞纳河奥古斯丁河岸）散发的报纸，n° 30，共和二年热月 29 日，第 233—236 页。

首。为了进一步介绍知识暴力问题与政治动力之间的辩证关系，我选择返回去研究一段历史学家认为非常关键的时期，以此来分析知识分子与政治家的对立。这段执政官时期（1799—1804）充满了两派力量的矛盾，矛盾一方是"空想理论家"，另一方的人士利用拿破仑提供的新"自由"（特别是在报刊和戏剧中），聚集到反对启蒙思想的大旗之下，这一冲突之中，启蒙思想完成了向浪漫主义的过渡。"反对启蒙思想"的阵营中①，最活跃的夏尔－约瑟夫－奥古斯特－马克西米利安·德·科尔奈·迪拉威尔（Charles-Joseph-Auguste-Maximilien de Colnet du Ravel，简称科尔奈）（1768—1832）扮演了先锋的角色，他反对督政府时期建立的文学范畴的社会基础、制度基础和理论基础，具体说来，是在利用升级为行动的暴力，反对被督政府统统称为空想理论家的政治精英和知识分子精英。考察科尔奈所使用的暴力的方式和关键问题，就等于要去了解这种暴力是如何参与了文学家的身份的打造。研究一个默默无闻的文学家说不上是收藏爱好或者好奇心，但是可以让人去思考这样一个问题：从督政府时期到帝国时期，暴力在文学界的重组中发挥了怎样的作用？

暴力的使用

凭借着自己的各类作品，科尔奈从 1799 年开始就成为了最激烈的笔战者，反对"官方"作家和居于统治地位的文学制度。从法国国家科学、艺术、文学院的成员到教育机构的人员，以及各类学术组织的成员②，无人能逃过科尔奈的攻击，这些人被他讽刺为"江湖骗子"。在一本共和八年芽月（即 1800 年 4 月）创刊的杂志《文学反对派报》（Journal d'opposition littéraire）上，科尔奈痛斥道："文学江湖骗子（……）聚集在这些中学、这些回廊、这些标志着我们的堕落的永恒建筑之间，这里，他们不断地阴谋反对美好品味，平庸的骄傲沉醉在无知的芬芳之中；这里，出于对法国的敬意，人们推出了几个孱弱的小学生，他们没有在伟大的榜样后亦步亦

---

① 让－卢克·沙佩：《反启蒙运动与反对革命的知识界》，见让－克莱芒·马丁（Jean-Clément Martin）主编：《进行中的革命》，2005 年，第 165—180 页。

② 其主要目标是"共和之门"及其组织者，即皮斯和古彼埃尔两位"骑士"。参考让－卢克·沙佩：《"共和之门"与共和八年雾月艺术的动员中的主要问题》，见 P. 布尔丹（P. Bourdin）、G. 卢比努（G. Loubinoux）主编：《舞台艺术与法国大革命》，2004 年，第 487—508 页。

趋，而是为自己开启了新的道路，他们荒诞的作品可笑之极，令我们惊愕不已。"①科尔奈不断地揭露文学的"堕落"，他认为这与大革命紧密联系，因为大革命开启了轻松成名的路径，让文学界的"招摇撞骗者"占据了最佳位置。科尔奈拿起笔，重新使用1770—1780年启蒙思想的反对派的手法，针对文学的没落发动了一场真正的战争，因为他认为是文学的没落引发了政治、社会和道德方面的堕落。在拿破仑·波拿巴上台之后，科尔奈并非唯一抨击"空想理论家"的人，但是如同他之前的其他人②一样，他凭借猛烈、公开的攻击在文学界小有名气，回顾他的发展路程颇为有趣，因为这样可以彰显当时活跃的文学氛围之下图书领域从业者所发挥的作用。

科尔奈于1768年12月出生在法国庇卡底一个最古老的家族，他的父亲是路易十五的贴身保镖，在丰特奈战役中表现出众。科尔奈先是在勒比的奥拉托利会中学学习，后进入巴黎军事学校，最后在弗莱什中学完成学业。1792年，他开始学习医学，因此没有应征入伍。1794年4月，他在绍勒尼一位药剂师的家中隐居③，直到1797年方才重新回到巴黎，他此时的身份是居住在巴克街的一位书商。当时反对共和制与共和三年宪法的势力在抬头，政治环境异常紧张，科尔奈此时创建了第一份期刊《文学共和国的秘密论文》(Mémoires secrets de la République des lettres)，在上面他首次攻击法国国家科学与艺术学院的人士，认为该机构象征着大革命带来的政治社会的混乱。1797年共和四年果月18日（即1797年9月4日），共和党人发动政变之后，该刊物被查封，科尔奈被迫保持缄默。后来因为督政们一心削弱新雅各宾派的势力④，对媒体的审查放松，科尔奈借此机会在1799年重新办起了报纸，并逐步被看作最猛烈攻击文学界制度和文学家的代表人物，他常常号召人们起来推翻那些"巨头"。科尔奈请读者们哼唱下面这首名为《给我换掉这个头》的歌曲："我痛恨，我承认 / 这所卑鄙的学校 / 恶棍将它赞颂 / 流放犯视它为荣耀 / 这个注定倒霉的学派 / 建立在阴谋之上 / 向我们进行道德说教 / 而心中的他却装满罪恶 / 快快把这些头换掉 /

---

① 夏尔-约瑟夫·科尔奈：《文学反对派的报纸或文学共和国的秘密论文》(卷1)，巴黎，共和八年（1800年）芽月1日到牧月1日。第7页。

② 达林·M. 麦克马洪（Darrin M. Mcmhon）：《启蒙之敌：法国的反启蒙运动与现代性的制造》，2001年；〔法〕迪迪埃·马索（Didier Masseau）：《哲学家的敌人》，巴黎，2000年。

③ 这些关于他出身的资料都出自《贝尔维尔的隐修者或夏尔·科尔奈从〈法兰西报〉及其他期刊集中节选的政治、文学、讽刺小册子》(卷I)，巴黎，1833年。

④ 贝尔纳·盖诺（Bernard Gainot）：《1799年，一种新的雅各宾主义》，2001年。

这些罪恶的头 / 快快把它换掉 / 它让我的热血变得如冷水浇。"① 在《法国国家科学与艺术学院的新年礼物》(*Etrennes de l'Institut National*)中,科尔奈揭露了保护行为和拉拢行为的各种表现,批评这"是对法国文学的威胁,必将使其很快不可避免地衰落"②,而他又把《文字共和政体的秘密论文》上的文章当成了真正的抨击文章,矛头直指所有赫赫有名的作家和学者。科尔奈在《文字共和政体的秘密论文》的"传单"上摘录的下面这段文字中强调说,他尤其要指责那些"平庸的作家",因为他们从当局那里领取了各种形式的救助和津贴,因而窃取了"名誉":

> 我们是在阅读我们的文学报纸过程中构思出作品的大纲奉献给公众的,的确,当人们看到怯懦的审查人员使用低俗的玩笑去谄媚时,看到现代哲学的宗派主义分子时,看到没有肩负任何使命的区区文学专制者胆敢对文学发号施令时,心中的怒火实在难以遏制。……现在正该扯起反对的大旗,勇敢地进攻哲学和文学强人,他们彼此之间已经缔结了攻守同盟。要揭去当今的哲学家的面具,让这些可鄙的篡权者重新回到自己的位置。他们的才能之所以受到重视、得到回报,仅仅是凭借了诡计和胆大妄为。这就是我们所有努力的目标。我们深知,因热爱真理而去写作,这是一项充满危险的工作,虽然如此,我们还是要为了文学的荣耀和理智思想的胜利而勇敢直面种种危险。③

科尔奈不断地发表文章,愈发加强了抨击的力度,被他批判的那些人"不停地重复说哲学的统治时期已至,理智思想已然取得了胜利,我们已经来到了知识的时代"④,他因此投身到了反对"启蒙思想的继承者"的运动之中,这场运动乘着新背

---

① 夏尔-约瑟夫·科尔奈:《文学反对派报》(卷III),巴黎,共和九年(1800年)葡月1日(9月23日)至霜月1日(11月22日)。
② 夏尔-约瑟夫·科尔奈:《法国国家科学与艺术学院的新年礼物,或共和七年的文学杂志》,巴黎,共和七年(1799年),第10页。
③ 夏尔-约瑟夫·科尔奈:《文学共和国的秘密论文》一书的"内容简介",卷1,巴黎,共和八年(1800年)。
④ "我们给哲学界的江湖骗子中又增加了文学江湖骗子,这些人聚集在这些中学、这些回廊、这些标志着我们的堕落的永恒建筑之间,这里,他们不断地阴谋反对美好品味,平庸的骄傲沉醉在无知的芬芳之中;这里,出于对法国的敬意,人们推出了几个孱弱的小学生,他们没有在伟大的榜样后亦步亦趋,而是为自己开启了新的道路,他们荒诞的作品可笑之极,令我们惊愕不已。"夏尔-约瑟夫·科尔奈:《文学反对派的报纸或文学共和国的秘密论文》,第7页。

景的契机卷土重来，因此特别重要。很快，科尔奈就成为这场运动的领军人物，除了办报纸外，他还逐渐开始了写作工作，并与他人一道推广辛辣讽刺的文风，① 继承了"林神派"，安托万·德巴克（Antoine de Baecque）在18世纪下半叶尽现了该派的活力②。从萨巴捷·德卡斯特（Sabatier de Castres）、帕利索（Palissot）到比耶夫尔（Bièvre）公爵和里瓦罗尔（Rivarol），从1780年开始直至大革命的前期，讽刺文体就汇集了哲学家和革命家的反对派：对"自命不凡之士"的推崇，笑，刻薄话语，文字游戏，激情，讥讽，这些都成为批判"严肃"思想、"体制"思想以及晦涩哲学的工具。从1792年开始，随着政治环境的变化和这些表现形式的变化，讽刺就渐趋销声匿迹，不过，它在雾月18日之后再次强势复出。科尔奈认为，讽刺由"直接的线条组成，直击目标，让最固执的自尊心都张皇失措"，其目的不仅是利用滑稽的手法揭露蹩脚的文人，而且可以凭借真正的道德使命去反对"坏人"。从很多角度看，讽刺都演变成为一件武器，可以让文学家以"作家斗士"的新面孔出现③，对"野蛮人"发起圣战式的战争：

这样，我敢说，一个愿意去存续道德、修复废墟的政府应该鼓励具有讽刺才能的人，因为他们将以细腻的手法歌颂真正的功绩，有力地鞭挞各种丑恶，为其打上无法抹去的滑稽烙印。（……）这样的目的下运用的讽刺手法，只有对正直的人的社会或完全堕落的民族才会失去作用。我认为应该允许进行直接的讽刺，它是批判罪恶的伟大成果，而与此同时，我更认为讽刺是批判自命不凡之士的不可或缺的手段，我了解人们对此的看法。我深知，平庸的思想面对讽刺甚至任何批评都会大发雷霆……④

科尔奈进行大量的人身攻击，猛烈地批评当时形形色色的文学作品的问题，他

---

① 弗朗索瓦·格鲁瓦斯（François Groise）：《讽刺作品专论》，巴黎，1801年。
② 安托万·德巴克：《笑声：18世纪笑的文化》，巴黎，2000年，第120页："讽刺作品仿佛是……文学界的争论之声，不过这是一场有益的战争，会给一个毫无生机的组织重新带来生机，凭借公平的等级制度的竞争带来生机，通过呼唤先人的光荣带来生机。"
③ 这一"作家斗士"形象与那些自谓为贵族的人中的一部分的贵族身世有关吗？根据这一推测，文学会变为一个新的战场，作者们可以在文学领域内设计贵族的与战争文化有关的过时的价值观。
④ 《18世纪的讽刺作品作家》，巴黎，科尔奈的家中，共和八年（1800年），第9—10页。

因此获得了声誉，成为各种"反对力量"的代言人，包括反对启蒙思想的人，反对科学、文学、艺术组织的人，如法国国家科学与艺术学院，这一组织是由热月党人的制宪会议一手缔造的。科尔奈同时在知识领域和政治领域两线作战：他一方面要揭露在"健全"共和国的体制和精神活动中生理学"学者们"被赋予的使命，另一方面要推翻文学界的秩序。在这一活动中，科尔奈不是单枪匹马在战斗，他作为书商可以在文学界发挥纽带作用，领导着一个由作家组成的小团体，他们专门进行讽刺作品写作，他们的作品由出版商莫莱出版[①]，一篇篇辛辣文章成为对显赫的作家的批判。科尔奈的书店于是成为文学、政治的社交场所，吸引着法国执政府初期的讽刺专家：约瑟夫·德帕兹（Joseph Despaze）[②]、亚历山大·奥古斯特·马格卢瓦尔·库佩德圣-多纳（Alexandre Auguste Magloire Coupé de Saint-Donat），以及贝尔纳·弗朗索瓦·安妮·德·丰维耶勒（Bernard François Anne de Fonvielle）。科尔奈作为指挥者领导对著名作家和"爱国"作者的斗争，使得他成为捍卫启蒙运动者[③]的主要批判目标，如玛丽-约瑟夫·谢尼埃（Marie-Joseph Chénier）、弗朗索瓦-让·迪索苏瓦（François-Jean Dusausoir）[④]、费利克斯·诺加雷（Félix Nogaret）[⑤]、米歇尔·德屈比埃（Michel de Cubières）。米歇尔·德屈比埃自诩为"曾经为了贵妇人的荣誉奔赴竞技场的老骑士，他头盔的护眼罩总是低垂着，因为能够尽到自己的义务而幸福地离

[①] 莫莱的印刷机安置在正对着维维耶纳街的圣·托马女修院里。在这里印刷的书籍目录中，人们找到了反对督政府的作品，如：《正义的呐喊》《向共和五年果月18日的所有流放者发出号召的迫切原因》《被放逐者的事业》《关于移民法律的理性说明》。

[②] 约瑟夫·德帕兹：《四位讽刺作家》或《18世纪的终结》，巴黎，1799年。本书中的题词献给Baour Lormian，这是一次商业上的成功：1801年，该书已经第四次再版。关于1797年之后讽刺作品的使用，见《灯塔》书店，约瑟夫·德帕兹的历史、政治、文学小册子》，巴黎，1797年11月16日星期四，n° 63。

[③] 他同样受到了皮埃尔-路易·罗德里尔（Pierre-Louis Roederer）的攻击：《小册子》（卷II），巴黎，共和八年（1800年），第228页。

[④] 弗朗索瓦-让·迪索苏瓦：《对于讽刺作品〈18世纪的终结〉的回应或者对于一个有志讽刺作品的创作的年轻人的建议》，巴黎，共和八年（1800年）。

[⑤] 费利克斯·诺加雷（Félix Nogaret）：《极端思想的危险：对于几位作家的批评论文，其中包括中国的天文学家Kia-tsing Marabou-tsky的历史》，巴黎，共和八年（1800年）。（这里提到的中国天文学家没有能找到其准确的汉语名字，所以未译。——译注）

开竞技场，纵然是战败也毫不在意"①，他猛烈地抨击科尔奈，指出："这位先生只会夸夸其谈，其实根本没有一个听众会关注他，他将自己的刻毒投向了文学殿堂。"②科尔奈被逐出了知识分子的圈子和分发援助和津贴的体制，这位巴黎的小书商，只能和很多人一样去面对已经波及出版业经济的激烈竞争③，他是一大群小作者的典型代表，这些人继里瓦罗尔（Rivarol）之后也希望通过谩骂和人身攻击来一举成名。然而，在我看来，这样使用暴力其中包含的问题大大超越了科尔奈的个人利益。

暴力的关键问题

从1799年开始，科尔奈不仅投身到知识界的斗争激进化运动之中，而且还致力于建设代表性系统，将知识空间变为斗争空间，甚至变为战场。要知道，这种代表性恰恰与1795年起构建的系统背道而驰：法国国家科学与艺术学院的创建，文学界和科学家进行的制度、社会层面的整肃，这成为督政府时期的一个特点，因为这一时期着力打造集体的身份，并且隐喻性地使用"大家庭"的概念，从而宣扬友谊、价值观与和谐价值观。这一代表性可能会受人怀疑，质疑者主要是那些被逐出文学和科学新制度的人（如莫雷莱）或者那些攻击认识论原则的人，这些原则恰恰是该组织提出的④，而这一组织在督政府时期得到了加强：我们知道，在罗伯斯庇尔倒台后，在科学界和文学界推广的集体理想随即成为共和国纲领的重要部分，正是为了阻止"野蛮"和民众暴力的卷土重来，人们才大力发展知识群体，呼吁其成员

---

① 米歇尔·德屈比埃：《哲学的捍卫者或者对几篇反对18世纪的终结的批评文章的回应：一位艺术、文学和道德界的朋友的讽刺作品》，巴黎，共和八年（1800年），第31页，第v—vi页："受到进攻时，防守是自然的权利，这篇批评文章的作者在莫莱书局刚刚出版的文章中就行使了这一权利，这些文章被用来反对哲学和18世纪的终结。作者在进行防守：人们会将其变成罪行吗？不过，如果人家只是攻击他一个，他会保持沉默；但是如果要粗鲁地侮辱地球上最圣洁的哲学！（……）"这样，让我们注意莫莱所发挥的角色，他出版了分属两方"阵营"的作者的作品。

② 米歇尔·德屈比埃：《哲学的捍卫者或者对几篇反对18世纪的终结的批评文章的回应：一位艺术、文学和道德界的朋友的讽刺作品》，巴黎，共和八年（1800年），第16页。

③ 卡拉·黑斯（Carla Hesse），《革命中的巴黎的出版与文化政策》，牛津，1991年，第204—205页。

④ 我们尤其想到了1795—1797年间十分活跃的天主教政论家们，他们涉足科学和文学领域，揭露道德原则和政治原则，从共和三年（1795年）开始，这些原则构成了"共和化"的作品基础。

同心协力建设人类的普遍科学①，即真正的统治科学，能够保证推动理智思想和文明的进步，以对抗一切形式的"堕落"。科尔奈通过自己发表的作品，推翻了所有这些基础，他不仅攻击制度、社会和文学三方面的秩序，而且还攻击政治和共和的计划，而该计划正是要为被科尔奈打入"江湖骗子主义"之列的这一社会和制度组织提供合法性证明。科尔奈把妥协、友谊、和谐的原则与完全建立在战争和暴力之上的代表性体系对立起来：在他的笔下，文学界俨然一个军事的世界，将军们率领的部队彼此开战，仿佛一个人摘掉了面具，策划阴谋、敌对和嫉妒，让作家们相互敌视，他开始颠覆的这一集体理想的代表性，却正是督政府的共和计划建立的基础。科尔奈通过对文学界著名代表人物（谢尼埃，德勒雷尔，迪皮伊，梅西耶，等等）的猛烈攻击，破坏了规则（即他的对手不断捍卫的"健康的"批判所应遵循的规则），抛弃了所有形式的妥协与讨价还价：

> 我在巴黎见过这些无名的革新家是怎样出现的，我看到他们躲在暗处散布自己的错误，恭维那种他们自己都厌恶的伟大，他们一幅乞求的样子羡慕着财富。我希望他们懂得运用艺术去吸引人，好让人类能够呼吸他们那动人的文字！可是他们却在美妙外表之下不断地进行着罪恶勾当。招摇撞骗的宗派主义分子们，你们的面具已然被人揭去：你们谈论美德，而心中却充满敌意。我们在这里不必搜寻你们的牺牲品，千万个断头台足以证明你们犯下的罪恶。你们赢了，靠的是残暴成性，法国人血流成河，却铸就了你们的成功。让我们因赞颂这些伪学者而感到脸红吧！我们的敬意只能奉献给美德。②

对于科尔奈而言，督政府的共和带来了一个"宗派"的重建，这个知识分子阶层的成员不仅在文学领域夺取了权力，而且强行树立了"理智思想"的权力。科尔奈文章的"暴力"就这样合情合理地成为了对在他眼中更加严重的"暴力"的回应，后一种暴力是指"学者"们的暴力：他们雄心勃勃，想要完善社会体制和政治体制，希望科学成为"致命的"东西，继而演化为"犯罪"，要去证明那些最为激烈的反对

---

① 让-卢克·沙佩：《从人的科学到人文科学：知识结构的政治关键问题（1770—1808年）》，载《人文科学历史杂志》，2006年，第43—68页。

② 夏尔-约瑟夫·科尔奈：《18世纪的终结：讽刺作品》，巴黎，第5—6页。

"学者"的声音是合法的("我要去他们的殿堂攻击这些假冒的神灵/彻底捣毁他们那危险的信仰"①)。需要说明的是,这些号召总是向"读者或看戏的观众"发出的,让他们来充当见证人:"我丝毫不担心这些尊敬的傻瓜们会来报复,我发誓,我必将令其缄默,他们将停止写作,或者,我将用满意的眼神,看着他们倒在一记记耳光之下。"②如果我们停留在所谓的批判领域的"上流社会",不能进行严格意义上的攻击,便将会错误地仅仅把这些形形色色的立场看成文学界和战场上作者风格的恰当表现。科尔奈根本没有只局限于表现,他似乎在斗争的形式化中和政治、知识对立的激进化中发挥了核心作用。

科尔奈使用军事领域的比喻(如"荣誉"的概念),不断地构建文学领域的等级分类,最终划分了不同的参与主体,逐渐将其变为职员或士兵,参加善恶二元论的斗争,或支持或反对启蒙思想。就在当时文学领域的不同研究不断地强调分类的复杂性的时候,我们却可以强调某些参与主体构建解读文学界和知识界的类型的重要作用("空想理论家"挑战"启蒙思想的反对派"),因此,历史学家在使用这些分类时必须小心谨慎。文学领域的对立根本不会变为简单的表演游戏,而科尔奈公布矛盾冲突的做法会导致激进化,一点点排挤了参与主体所有妥协或者对话的可能,他们的阵地已然被固定在对立的阵营。如此的进程在法国执政府最初的一些年里(1799—1802年)非常重要,正如保罗·贝尼舒(Paul Bénichou)长期以来展示的那样③,这一时期文学界气氛日益紧张,该现象既与大革命的反对派再次出现这一有利情况有关,也关系到某些文学家为了施加一个文学领域的善恶二元论而使用的出版形式。科尔奈发表的《小神的战争》(La Guerre des petits dieux)尤其能够说明问题:在这部作品中,他把文学界简化为两个机构的对立("共和之门"④与特鲁森中学),我们深知这对矛盾情况非常复杂,科尔奈将其比喻为两个明确的阵营之间的壕堑战:

---

① 夏尔-约瑟夫·科尔奈:《18世纪的终结:讽刺作品》,巴黎,第2页。
② 同上书,第18页。
③ 保罗·贝尼舒(Paul Bénichou):《作家的渎神的话,1750—1830年,关于现代法国世俗神权的到来的论文》,巴黎,1973年。
④ 夏尔-约瑟夫·科尔奈:《小神的战争,或从"共和国之门"看特鲁森中学的地点》,巴黎,共和八年(1800年):"我要为当代伟人歌唱战争,我要说我们的思想燃起了怎样的怒火,那些著名作家即将化为尘土,却在垂死之际重新发现了他们的作品。"第21页。

  特鲁森中学与"共和之门"之间的对立根本不是虚构的故事，人们建立"共和之门"只是为了在文学领域培养一个反对党。……其成员是平民文学家，他们没有受到过思想教育和知识学习，他们的名字和形象都是那样的阴森可怕，因此公众对这一滑稽的组织充满了鄙视。特鲁森中学的样子则要体面很多，其成员言谈举止之间表现出一副上流社会的样子，人们可以毫不羞愧地坐到他们旁边……"

  科尔奈就这样在 1799 年到 1802 年之间，确定了个体和集体的身份，并且对启蒙思想的支持者和继承者进行了分类物化加工。诚然，对立是存在的，但是科尔奈逐渐把战争当作了知识分子空间组织的基础，他弱化了不同作者立场上的千差万别，卷入了一场冲突的激进化，让他人（如一个叫皮埃尔 - 西蒙·巴朗什的人）去描述并证明理论和思想意识框架。科尔奈列出了一些人名名单，无法挽回地把作者们划入了对立阵营，如此，他利用文章来反对文学界的组织，并逐渐使得任何妥协的可能变得不可能。他凭借《小人物的社会编纂的当代伟人词典》(*Dictionnaire des grands hommes du jour par une société de très petits individus*)[①]一书，参加了 1799 年至 1802 年一次影响更大的运动，当时文学人物的传记词典及其他年鉴大量涌现，这些书都从属于不同阵营，要求文学界做出善恶二元论的表现。这些作品的写作初衷是总结 18 世纪和大革命时期[②]的文学，但因为其作者积极地加入了冲突纷争之中 [比如约瑟夫·罗赛（Joseph Rosny）]，因而实际上他们确定了（有时是永久地确定了）作家的个人身份和集体身份，使贯穿文学界的对立变得形式化。我们因此认为也可

---

  ① "那么您呢，您写作吗？为什么不呢？现在大家都跻身这一领域，况且……这一领域中人人都可以糟践纸墨……您凭什么来指挥帕那斯山，或者来审查道德和公共意见？……思想和交流思想的自由凭什么向着自由的人民欢笑？（……）凭什么努力就要永无休止地向着自由哭泣，卑微地匍匐在如今的强权脚下？……我们于是可以增加公众的人数，而且假如我的书（或其他的书）要被革行的公众抛弃，注定要受到垂死的'共和之门'学会的怜悯与歌颂。好吧！人们能够习惯一切。"《小人物的社会编纂的当代伟人词典》，巴黎，共和八年（1800 年）花月，第 231 页，第 ix—ix 页。

  ② 菲利普·布尔丹（Philippe Bourdin）:《两个世纪之间，无法完成的总结：受到文学讽刺的革命》，见米夏埃尔·比亚尔（Michel Biard）主编:《已经结束的革命……》，2002 年，第 25—42 页。

以在如此的作家分类中去发现科尔奈的"暴力",即对于文学界的痛斥①。我们无意将科尔奈与他人的作品等量齐观,不过应该看到他发表的作品为 1802 年接受夏多布里昂的《基督教精神》(*Génie du christianisme*)开启了道路并做好了铺垫。和 19 世纪的"讽刺派"成员一样,科尔奈参加了 18 世纪和启蒙思想的反对派领导的广泛批判活动,这些人从 19 世纪开始就巩固了自己的地位,并在 1802 年以后不仅推翻了空想理论家的知识"权力",而且埋葬了共和的理想。我们于是不禁会想,科尔奈及其战友能够从这样的情况受益。法国国家科学与艺术学院的改革,文学被赋予的反对"学者"的新角色,新制度对于文学昔日里"曾经的光荣"的认可,这些都似乎标志着科尔奈取得的胜利。然而,从某种意义来看,他的成功又转而形成了对他不利的因素,可以说他成为了自己的暴力的牺牲品。

暴力的影响

从 1802 年开始,正当空想理论家的反对派的阵地得到巩固、科尔奈的揭露活动取得愈来愈大的成功(莫莱书局印刷的作品取得的商业成功证明了这一点)之际,科尔奈却渐渐从文学界隐退了:自 1802 年开始,他就不再出版任何书,仿佛只想安于出版商的活动。这一现象远远不能被简单说成人物传记中的一次偶然,而或许应该重新将其视为政治、知识领域的"恢复秩序",这是 1802 年以后执政府时期和第一帝国时期的一个特点。事实上,从 1801 年 11 月开始,当拿破仑因为文学"战斗"影响了公共秩序而忧心忡忡时,科尔奈便成为了作品审查的对象,当局禁止他发行自己的《文学反对派报》,他只能做他书商该做的事,继续认真地与《艺术报》(*Journal des arts*)合作。事实上,似乎从 1802 年开始,科尔奈等人在文学界和政治领域的处境就变得越来越"尴尬"。人们声称要揭露知识领域、政治领域、社会领域的暴力,向往和平,于是出现了一次秩序的恢复,它表现为政治、知识领域新型的统治和等级的新形式的建立,而这其中却没有科尔奈的一席之地。在拿破仑·波拿巴渐趋强化其权力并证明强权的合法性的时候,我们可以说科尔奈的"暴力"开始

---

① 这里,我站在布迪厄的角度,一方面,请大家来研究"统计学家研究的作家创立的历史,即经典化、等级化的过程,划定某一时期的知名作家的范围;另一方面,要去探究排名制度的起源以及时代、年代、派别、'运动'、文体等名称",见《实践理由:关于行动的理论》,1994 年,第 66 页。

为和解政策与国家推动的公共领域的和平进程进行了合法性论证。我们可以将科尔奈的"暴力"及其领导的斗争定义为"理论上的"暴力,这并不妨碍他的介入活动在构建官方话语的过程中扮演至关重要的角色,他认为拿破仑的干预是必要的,有利于实现文学界的秩序与和平。从 1801 年开始,政府委托公共教育部[①]的皮埃尔－路易·勒德雷尔(Pierre-Louis Roederer)对"18 世纪进行诽谤的报纸"展开调查,逐步使包含两个刀兵相见的阵营的文学界的代表性正式化,甚至使之强化。拿破仑·波拿巴先是支持启蒙思想的反对派进行表达,之后从 1802 年起开始表现出一副"天降大任之人"的形象,似乎能够平息知识界的纷争。我们因此可以说针对暴力(不管是不是知识暴力)的揭露和斗争都成了加强执行权力的杠杆,可以去证明一个新的政治、知识、社会界精英群体存在的合理性,证明建立新形式约束的手段的合理性。我们由此看到与督政府的本质不同:在罗伯斯庇尔垮台的第二天,"学者们"就表现为反对(人民的)暴力的必要"依靠力量",在执政府,人们为强化拿破仑代表的国家权力的合理性予以广泛证明,此举成为整肃社会、政治秩序和反对知识暴力的手段。在此过程中,科尔奈的作用至关重要,因为他的作品(那些支持或反对启蒙思想的人的作品也一样积极地参与了 1799—1802 年之间的战斗,如德帕兹和屈比埃)受到了广泛谴责,成为当局论证的工具,用以揭露文学领域的混乱无序。这一运动一步一步将这些参与主体逐出了文学界,他们被指使用了暴力。运动还促进了文学精英群体的形成,精英们真实的划分权将掌握在国家手中,控制在 1803 年改组的法兰西学院:这一进程可以被看作文学界自治进程中的重要阶段,新生的精英阶层要求逐步从国家那里获得更大的自主权,1810 年十年文学奖的失败[②]就是很好的证明。自此,拿破仑对科学界和文学界所使用的干预政策被以反对"知识暴力"的名义得到了合理性证明,成为他"结束"法国大革命的手段。法国国家科学与艺术学院的改革,驱逐空想理论家,1808 年建立法兰西大学,这些都是知识领域"去政治化"活动不同阶段的措施,也就是说,把知识界的冲突和斗争降到文学、科学论证的层面,从而切断了知识分子斗争和政治斗争之间的联系。学者(如以乔治·居

---

① 让－卢克·沙佩:《皮埃尔－路易·勒德雷尔和督政府、执政府时期的媒体:公众意见和出版政策的关键问题》,见《法国大革命的历史年鉴》,第 1—21 页。

② 琼娜·赛斯(Catriona Seth):《学院与文学奖》,见让－克洛德·博内(Jean-Claude Bonnet)主编:《缪斯的帝国:拿破仑,艺术与文学》,巴黎,2004 年,第 111—132 页。

维耶为代表的"教授")和作家(如以夏多布里昂为代表的"诗人""天才")身份的提高不仅被用来阻止暴力,而且被用来约束一种知识"权力",约束可能制衡权力的一种"高明的意见",而这恰恰是该政策的主要目的。围绕文学"批判"空间①的建设进行的大量思考,在我看来都是排除暴力、恢复文学精英秩序过程的一部分,此后,任何形式的"暴力"都成为非法的。第一帝国时期,在法兰西大学(1808年)等官方知识机构里,还在将启蒙思想派与其反对派之间的战斗变为简单的文学、美学争论,迪娜·里巴尔(Dinah Ribard)分析过这一改变过程,她指出了"重新将哲学纳入教育机构"②的关键问题。我们要重申,我们由此看到对知识暴力的谴责是如何成为替巩固执行权力的合法性进行论证的工具,成为描绘新的知识精英的手段,精英的身份是通过使用上流社会的社交新地点、新活动来打造的。③这一秩序的恢复会让一些人笑逐颜开,他们在报刊上或机构中欢呼"大革命的结束":

> 在经过了一段过于漫长的中断后,文学作品审查在本世纪初重新执掌了大权,我们看到大批卓越的文学家在齐心协力恢复高尚品味的主导地位,他们要做的事情很多:因为文学领域中所有关于"真"与"善"的概念都已经被割裂,文学的共和国里,呈现的是完全混乱的蹩脚演出,但是他们的努力并非没有成效……得益于他们进行的有益改变,19世纪初变成了文学界一个非凡的时代,从这一角度看,我们可以非常理性地将这一时期看作一个崭新的新纪元。④

但是科尔奈又是怎样做的呢?从1802年起,科尔奈就成为激烈批判的对象,原因不是他反对18世纪的敌对态度,而是他的写作风格、文字和语言……众多攻击试图让人怀疑他作为作家的能力,并将其贬低为"江湖骗子"。对科尔奈展开进攻的是

---

① 如,按照皮埃尔-路易·罗德里尔的说法,就是要进行"审慎的""理性的"批评,这种批评要考虑作品而非人。他批评了"放荡的人",认为有必要建立一个能够进行文学评判的机构(他认为是文学院)。关于批评问题,参考收在《小册子》中的多篇文章,巴黎,第10—13页。

② 迪娜·里巴尔(Dinah Ribard):《讲述,体验,思考:哲学历史 1650—1766 年》,巴黎,法国社会科学高等学院,2003年,第393页。

③ 克洛德-伊莎贝尔·布勒洛(Claude-Isabelle Brelot):《平等时代的贵族》,见娜塔莉·珀蒂托(Nathalie Petiteau)主编:《通往第一帝国历史的新道路》,巴黎,2003年,第215—224页。

④ 《1800—1817年〈论战报〉上迪索先生刊登的文学年鉴或主要文学文章年表》(卷1),巴黎,1817年,出版商(Eckard)。

新的文学精英，他们为了巩固自己的地位而呼吁当局打击那些"卑微的"蹩脚作家。我们知道，这些呼吁的一例就是1807年内政大臣呈给皇帝的报告，报告中无情地揭露了"一群没有才能的作家，但他们却要获得作家的名头，令作家的尊严扫地，为公众提供了一堆毫无价值的作品"①。后来，国家重新建立起文学艺术资助制度，并于1810年重又制定了对图书市场的管控制度，逐步把一些游离于知名机构的作家边缘化，他们所面对的是文学界的学院化。如此的全面变革之中没有科尔奈的容身之地，而他的书商业务又遭遇了第一帝国时期的经济萧条和激烈市场竞争，对他而言，这真是雪上加霜！然而，科尔奈并没有因此而沉沦，正相反，从1808年开始，他"东山再起"，重又参加了反对新型统治的斗争：他渐渐地加入到反对第一帝国的政治力量之中，依然使用讽刺的手段 [如他于1810年发表的《城市晚餐艺术》(Art de dîner en ville)] 去揭露被国家神化并予以资助的文学界的新"预言家"。他于是参与了建构和传播作家新形象的活动：他抛掉了"作家斗士"的盔甲，穿上了"隐士"的破旧衣服②，形单影孤，一贫如洗③，这就是"被诅咒的"作家的形象。第一帝国时期和复辟时期，科尔奈继续在政治和知识领域积极充当反对派（他于1815年被捕）。科尔奈身处出版业、媒体和文学之间，他代表的是19世纪初的一大批作家，这些人被描绘为大革命的产物，常常被指责引发了混乱和暴力。知识暴力问题因为被过度简化和丑化，往往给文学界和科学界蒙上一层帷幕，让人在革命期间无法看清其中的动力。

在结束这一番分析之后，我们不想去拷问大革命期间的知识暴力其特殊性何在，而是应该注意到在19世纪初文学界的推动力方面，暴力问题是如何被利用和被工具化的：通过他们建构的代表性以及他们遭受的谴责，科尔奈及其他"被遗忘和被蔑视的"作者们——他们还被批判为制造了严重混乱和暴力——在"启蒙主义时代和浪漫主义时代"的文学界发挥了重要的推动作用，这一作用不该被世人忘却，否则人们将会陷入参与主体亲自设下的类别陷阱而无法自拔。

---

① 法国国家档案，AF/IV/1289, d.77, 第131—134页："内政部关于鼓励文学文化的措施的报告"。

② 在艾蒂安·茹伊（Étienne Jouÿ）编辑的文集中，科尔奈发表了两篇作品，其中就有《圣日耳曼郊区的隐士或者科尔奈先生对19世纪初法国思想道德的评述，科尔奈是〈城市晚餐艺术的作者〉，成为德茹伊先生关于法国道德的作品集的后续》，巴黎，1825年。

③ 《我的梦想，科尔奈先生最新文章的片段，文章后附有德博勒加尔先生对这位谦逊的作家的一生及其作品的评述》，摘自《法兰西报》，1832年6月4日，巴黎，1832年6月。

第四部分

雄辩家,神学家,知识分子:权威的暴力

击败对手：西塞罗修辞中演讲暴力的使用与限度

夏尔·盖兰

公元前 56 年 3 月 11 日，一场指控普布利乌斯·塞斯提乌斯（Publius Sestius）使用暴力的案件开庭审理。庭审由马库斯·司哥路斯（Marcus Scaurus）主持，普布利乌斯·塞斯提乌斯的辩护律师们依次进行陈述。① 像往常一样，西塞罗最后一个进行陈述发言。② 按照当时的法庭程序，最后一步是盘问环节，由辩方律师对控方证人进行质询，特别是对一位名叫普布利乌斯·瓦提尼乌斯（Publius Vatinius）的法官质询。这最后的质询③阶段会使用各种诘问方法④，对证人证词的效力提出疑问。最终，普布利乌斯·塞斯提乌斯被判无罪释放，而西塞罗也连忙致信他的弟弟昆图斯（Quintus），讲述他的胜利。不过，阿尔皮诺人西塞罗在信中表示：令他沾沾自喜的并不是这场辩护的胜利，或是其产生的政治影响，而是他在盘问普布利乌斯·瓦提尼乌斯过程中使用的方法与技巧。

> 我尽情地讽刺瓦提尼乌斯，把他……贬得一文不值。一时间四周掌声如潮……还有什么可说的呢？这个高傲的激进分子被彻底击败了，当他起身离席时，已经浑身瘫软，精疲力竭。⑤

塞斯提乌斯和西塞罗都非常享受这份残酷带来的快感——他们当众羞辱了这控

---

① 负责为塞斯提乌斯辩护的律师团成员有 Q. 霍尔登修斯、M. 克拉苏、C. 李锡尼和西塞罗。
② 参考《演说家》，第 130 页。
③ 参考亚伯·格林吉利（Abel Greenidge）：《西塞罗时代的法律程序》，牛津，1999 年（1901 年），第 272—275 页和第 487—488 页。
④ 参考《修辞学》II, 9；《演说术的分类》, 49。
⑤ 《致兄弟昆图斯》II, 4, 1–2。

告的发动者①。这也是因为在公元前 58 年和前 57 年，西塞罗曾当众受到过政治凌辱，而那次事件中，瓦提尼乌斯也参与其中。西塞罗在自己的著作《驳瓦提尼乌斯》(*In Vatinium*)中记录下了他的盘问，这被人们奉为言语进行人身攻击的效仿样板。②从这段话的开场我们马上就能体会到西塞罗的此番攻击究竟有多么猛烈。

> 瓦提尼乌斯，如果我早一些想想你的平庸，我就会赞同我朋友们的意见。我本应不置一词地远离你这样一位证人——你的卑劣与无耻早已让你的证词失去了一切价值……事实上，由于对你的仇恨……我是绝不会就这样轻蔑地把你撵走的，我一定要让你品尝这份粗暴的折磨，虽然我对你的蔑视超过了对你的仇恨。③

正如西塞罗在引言中宣称的那样，这段话使用了最为恶毒的语言痛骂瓦提尼乌斯。他极具天赋，也从中感到了乐趣，他的言辞是那样激烈，甚至在最后表示要让对方去死：

> 你的邻居、盟友、部族都厌恶你，甚至将你的失败视为他们的胜利；每个人一见到你就恶心得难以忍受，一谈到你就咬牙切齿地咒骂，大家回避你，逃避你；不愿谈起你，人们看到你，就会诅咒你，仿佛遇到了灾星一般；你的父母要赶走你，乡里们会诅咒你，邻居们会畏惧你，盟友们会因你而感到羞耻；你的淋巴结结核病病毒已经转移，侵入身体的其他器官；你在民众间、议会中甚至是乡村的部落里，都毫无例外的是被仇恨的对象。既然如此，你还奢求什么大法官的职位，你为何不直接去死呢？与其梦想自己成名，你为何不无所事事，好让民众更加欢愉呢？④

---

① 西塞罗的《致兄弟昆图斯》II, 4, 1，声称塞斯提乌斯特别想要实现这次对瓦提尼乌斯的公然侮辱。

② 关于"人身攻击"的概念，参考吉尔·德克莱尔（Gilles Declercq）:《人身攻击论据的变形：辩论，诡辩，雄辩》，见吉尔·德克莱尔、米歇尔·缪拉（Michel Murat）、雅克琳娜·当热尔（Jacqueline Dangel）主编：《辩论的话语》，巴黎，2003 年，第 327—376 页。

③ 《驳瓦提尼乌斯》1 [让·库赞（J. Cousin）由拉丁语译为法文，并略加改动。]

④ 《驳瓦提尼乌斯》39。

这段话语中流露出的语言暴力令听者震惊。文字中含有大段的批评与攻击，却几乎没有什么真正的询问。正因如此，《驳瓦提尼乌斯》一文的编辑让·库赞（J. Cousin）曾这样做出评价："西塞罗在盘问瓦提尼乌斯时的话语是……少见的语言暴力。不过，人们也不必对此过于惊讶，因为这是律师的一种手段。"① 确实，如此表达的结论无可置疑：罗马共和国演说中论战的一面在现存的所有演讲中逐渐显现出来。② 如果我们想要放弃现代的想法去理解暴力的使用者、受害者、多少带有帮凶性质的愉快的围观者对这种暴力方式的看法，那么我们就需要超越这个论断。这种行为会引起多种反应，当然无法明确地直接加以研究；但是，抱有说服目的的古代理论家对演讲中的暴力泛滥所持的观点却可能超越这种演说攻击的最初黑暗阶段，并且会在知识、政治、社会背景下再次定义演说暴力，使其获得曾经的意义。

思考演说暴力

事实上，除了这种攻击的明显实践特点和普通特点外，我们还能自问：修辞学本身是否能够对这种暴力持一种既成看法——修辞学是否把暴力变成了一种明显形式化的武器——或者说暴力是否是说服技巧的一个黑暗部分和隐藏的、被忽视的、不可告人的一面。问题的关键在于确定修辞文本把可接受的抨击和暴力之间的界线定在哪里，是否形成一个像《驳瓦提尼乌斯》中逐渐显现出的攻击行为的理论上的辩护言论，最后是否能够制定一种控制协议，以规范我们眼中的真正暴力的使用。这是独一无二的西塞罗式修辞学③，它之所以能引起我们的注意，不是因为它组成了

---

① 让·库赞：《支持塞斯提乌斯，驳瓦提尼乌斯》，巴黎，1965 年，第 231 页。

② 关于古代演说活动中论战的概念，可以参考马克·巴拉廷（Marc Baratin）：《古代罗马的辩论和演说的论文》，见吉尔·德克莱尔、米歇尔·缪拉、雅克琳娜·当热尔主编：《论战的话语》，同前书，第 255—262 页。

③ 具体来说，我们采用了"修辞"（rhétorique）这一词的狭义意思，指能够组织一篇具有说服功能的讲话的技术（而非话语的灵活使用）。西塞罗关于修辞的作品包括五篇文章，是他在不同的时期所写：1.《论取材》（公元前 86 年），这是西塞罗青年时代所写，反映了他在公元前 90 年代末师从 M. 安东尼乌斯（M. Antonius）和 L. 克拉苏（L. Crassus）的所学；2.《论演说家》（公元前 55 年）；3.《演说家》和《布鲁图斯》（公元前 46 年）；4.《命题》（公元前 44 年）；5.《演说术的分类》（公元前 54 年或公元前 46 年），该作品反映了对修辞学说的学术继承。如果想要了解这些不同文章的主要问题，可以参考乔治·肯尼迪（George Kennedy）：《罗马世界的修辞艺术》，普林斯顿，1972 年，第 103—113 页、第 205—230 页和第 239—253 页；以及詹姆斯·梅（James May）编：《布莱尔与西塞罗的志同道合：演说和修辞》，莱顿，2002 年。

第四部分　雄辩家，神学家，知识分子：权威的暴力

体现西塞罗使用暴力的语篇的理论蓝本——这种暴力如同一个划分，提供一个主题供演讲者进行不同的发挥——而是因为这种修辞学不太像规范性文集，更像是一个反思性的文集。西塞罗于公元前55年完成的《论演说家》(De oratore) 是此类型的主要且唯一的论著，他奉献给公众的这部作品并未重拾过去的理论传统，而是与之一刀两断。① 这位阿尔皮诺人从众多理论家前辈中脱颖而出之时，他意在把希腊修辞技巧完全融入到公元前1世纪的罗马环境中去。他的著作不是修辞学教科书 [秉承他第一部作品《论取材》(De inuentione) 的模式]，而是一部建立在罗马演说实践上的综合反思集。西塞罗致力撰写真实的实践理论，拒绝传播僵化的理论工具，他试图分析雄辩术的行为、真实实践以及尚未被前人发现的成分。这些成分之所以未被发现，是因为不符合希腊习惯和由此出现的形式化。与其他所有的修辞文本相比，《论演说家》以及之后公元前46年所写的《演说家》(Orator) 和《布鲁图斯》(Brutus)，都更加关注那些通常在修辞学的拉丁形式化中被忽视的东西。而且，《论演说家》中允许使用罗马公共实践中忠实的解释标准的论著。

　　面对西塞罗修辞学创造的概念工具，同样需要精确定义我们想要赋予"知识暴力"一词的意义。准确地说，西塞罗不是一位纯粹意义上的"知识分子"，我们可以只去描述随后使用的知识暴力的一类标准，并由此将所有针对这种罗马暴力意义的质疑搁置一旁。如果我们同意对知识暴力的意义加以限制，那么罗马共和国晚期的背景提供了很多有关暴力的令人信服的例子。因此我们将使用"知识暴力"一词的两个相反意义。在演说实践的框架下，这种暴力首先与一系列推论手段完全相符（推论手段目的在于确定目标，通过削弱对手而控制对手）。这种暴力同样可能违反演说规则。西塞罗主义允许区分两种暴力的制度，也不使用同一方式讨论这两种暴力，因此西塞罗主义允许我们提出这两种不同的定义。于是，西塞罗提出的第一种制度包括了我们刚刚提到的例子和第一类知识暴力。尽管辩论手段本身不具有暴力性，但其目的是通过抨击对手——而不是反驳对手的论据——来让对手处于不利地位。看到西塞罗论著里出现的军事词汇，我们就应当知道这完全是可以接受的，并

---

① 修辞的传统常常会出现割裂的要求，比如在亚里士多德那里就出现过，他强调自己的《修辞》是全新的，与传统上所教的修辞截然不同。参考亚里士多德：《修辞》，1354 a 11–12。

且在修辞学中占有一席之地①：这些词汇代表一种合法暴力。第二种暴力明显具有挑衅性。与其相关的描述性或评价性词汇（如尖锐、苛刻、暴力、攻击行为）让人立即断定这种暴力不是雄辩家可以随意使用的工具。与第一种暴力相反，这些挑衅方式没有被真正地理论化，西塞罗只是对其进行谴责并向读者提供一份阅读协定，来帮助读者对其进行识别。因此，关键问题在于发现西塞罗修辞学如何设计可接受的暴力的使用方法，如何将可接受暴力和不可接受暴力区分开来，以及区分的原因。

雄辩家语言暴力的理论化在西塞罗主义中未占有确定的地位。这种边缘化的情况很容易解释，因为雄辩家语言暴力的理论化并不能做出完全符合罗马国情的分类，拉丁修辞学很难实现这一目标：语言攻击的方式在不同的文化环境中有所不同，因为罗马继承的系统模型并非是为拉丁语修辞学设计的，故而语言攻击的方式很难与之适应。希腊社会创立的民主修辞对拉丁语作者影响甚微，他冒险将贵族阶级特有的攻击行为进行形式化处理。并且，这些攻击行为有悖于修辞学的目标：使公共言论成为去除人与人之间暴力的最佳方式。②因此，为使理论与实践很好地结合，有必要使用委婉策略和变换策略：如果我们想在西塞罗的著作中发现有节制的、受调节的攻击理论，需要稍微将视线转移到雄辩家处理笑的方法上，《论演说家》在论及古代修辞传统时对笑进行过很多研究。③通过笑进行语言暴力有两大优势，西塞罗认为笑既是一件能打败对手的十分合法的武器，在道德上又是一件中立的工具。这便是西塞罗在修辞学哲学传统方面的创新④。但是笑同样可能偏离成为一种非法暴力。雄辩家的笑是一种修辞技巧，我们可以规范其使用并禁止其滥用。评论家的笑能够帮助人们明确语言可接受性的界限，帮助发现我们刚刚谈及的两种暴力的关系。可以说，微笑辩论构成了演讲中使用暴力的理论标准。虽然这一理论标准并不完整，没有包含所有的辩论攻击，但它仍然提供了理解不同语境所需的分析框架。

---

① 对于军事的隐喻在西塞罗的文章中也使用过，如《论演说家》II, 72 ; II, 84。关于这类词语的使用，参考巴拉廷（Baratin），同前文。

② 就这一问题见《论发现》（De inu. I, 1-6）的前言，参考卡洛·莱维（Carlos Lévy）：《西塞罗文明思想诞生的传说》，见萨尔瓦托·塞拉苏洛（Salvatore Cerasuolo）编：《马特西斯和菲利亚：关于马尔切洛·吉根泰荣誉的研究》，那不勒斯，1995年，第155—168页；詹姆斯·卡斯特里（James Kastely）：《侵略的顽固性：西塞罗的〈论发现〉的一个神秘的时刻》，载《修辞》，20，2002年，第235—262页。

③ 《论演说家》II, 第216—291页。

④ 参考我们在下文的阐述。

笑的暴力和笑的中立性

雄辩家所用的笑并不像在宴会上的笑那般善意。《论演说家》中的人物恺撒·斯特拉波（César Strabon）这个人物强调，笑本身没有目的性。雄辩家不是喜剧演员，他们在辩论中一定是为了说服别人才运用笑的手段："我们开玩笑并不是为了显得滑稽可笑，而是为了从中获利。"① 西塞罗在他创立的理论中赋予笑一个暴力的目标：

> 在第三点上，毫无疑问，雄辩家应该让人去笑：……可能因为我们每个人都欣赏思维敏捷的人，尤其在反驳时，或者在攻击时。也许是因为让观众发笑会令对手气馁、尴尬、害怕，从而将他驳倒。或者因为该行为可以彰显雄辩家的温文尔雅、博学多才……②

因此，我们可以发现雄辩家使用笑有两个主要目的：一为了打败对手，二为了衬托自己。虽然前者与我们联系更紧密，但是也不能完全忽视后者：因为只有在笑这一手段无法再让演讲人发挥自己的优势时，它才变为单纯的暴力表现。在传统雄辩术中，利用笑来打败对手并非什么新鲜手段。亚里士多德认为古希腊的高尔吉亚（Gorgias）是这一技巧的鼻祖，因为在高尔吉亚看来，演说中的笑是击败对手的利器。③ 但是之后，西塞罗对高尔吉亚式的技巧进行了发展和改造，一方面使其适用于古罗马雄辩术，另一方面也符合西塞罗个人的理论研究兴趣。接下来的两个实例能够让大家理解演说家是如何灵活地运用笑来进行辩论的。西塞罗在其著作《论演说家》一书中提到的这两个例子，使我们的举例具备了理论基础，同时两个例子也成为了我们进行分析的试金石。在第一个例子中，西塞罗使用刻薄的话，利用相似性使听众哄堂大笑。西塞罗借伟大的演说家恺撒·斯特拉波（César Strabon）之口，讲述其击败对手埃尔维斯·芒希亚（Helvius Mancia）的方法：

---

① 《论演说家》II，第 247 页。
② 同上书，II，第 236 页。
③ 《修辞》，1419 b 3-7："关于玩笑，因为这看起来在诉讼案中有一些用处，所以高尔吉亚认为应该使用笑击败对手的严肃，而用严肃击败对方的玩笑。我们在关于诗歌的文章中说过，玩笑有多种多样。"

相似性总是能够引人发笑；通常，人们把对手的丑陋或是身体缺陷与更丑陋的事物进行比较。这就是我曾面临的情形，当时我对埃尔维斯·芒希亚说："我会告诉你你是谁。"他回答说："愿闻其详。"我用手指了指一幅画在松木盾上的高卢人，这面盾牌由马吕斯收藏并陈列在一间新店铺里，上面画着一个高卢人，伸着舌头，脸拉得老长。听众们哄堂大笑：这简直就是芒希亚的肖像啊！①

第二个例子是关于李锡尼·克拉苏（L.Licinius Crassus）的一次演说，他是西塞罗的老师与楷模。一次，演说家埃留斯·拉弥亚（L.Aelius Lamia）同他对峙时说道：

人们同样创造了反语，克拉苏在贝贝纳先生（Perperna）面前为阿古勒留（Aculeo）辩护时便使用了反语。众所周知，拉弥亚奇丑无比，而他拥护格拉提第留斯（Gratidianus）。辩论中拉弥亚以难以令人接受的方式打断了克拉苏，于是克拉苏说道："让我们听听这位俊俏的男士有何高见。"听众席笑声四起，于是拉弥亚回答说："既然我无法塑造我的外貌，我只能修炼我的内心。"克拉苏随即答道："那么就让我们来听听这位英俊的舌辩之士怎么说吧！"笑声再度响了起来。②

第一个例子看起来似乎显得幼稚，第二个也不免有些粗俗和费解。这是因为，只有在人们反思类似的辩论场景时，这样的技巧才会奏效。芒希亚以及拉弥亚都是《论演说家》一书中的反面教材，而他们的确也是来自外省的演说家。公元前2世纪末，司法程序的一系列改变③使得来自拉丁语自治市的演说家能够进入政府各机关工作，公元前1世纪初的时候，他们担任起司法辩护的职责。这些新成员成为旧

---

① 《论演说家》II，第266页。
② 同上书，第262页。
③ 关于罗马的刑法程序的变化及其在各省的开放应用，可以参考让－路易·费拉里（Jean-Louis Ferrary）：《关于萨图尼努斯和格劳西亚二世立法研究：C.塞里留斯·格劳西亚的〈贪污审判法〉》，91，1979年，第85—134页；让－米歇尔·达维德（Jean-Michel David），《公民权的提升及话语权：李锡尼·克拉苏，控告者与拉丁语演说家》，91，1979年，第135—181页；让－米歇尔·达维德：《罗马共和国最后一个世纪的司法保护》，罗马，1992年，第281—310页。

贵族的众矢之的，他们不同于贵族，与政权阶层几乎没有联系，还是贵族嘲笑的对象。埃尔维斯·芒希亚就是从旧贵族体制中脱颖而出的新成员，我们于是可以猜想他其实从未担任过行政官员。[1] 几乎不为人所知的拉弥亚没有社会威望，年轻而缺少经验。[2] 我们因此要从这些具体素材，尤其是这些身份地位的不公平，去阅读这些辩论和对峙。

攻击芒希亚的演讲之所以如此奏效，那是因为斯特拉波通过指摘高卢人的相貌特征，强调了对手的外省出身，甚至可以说是外国出身。而喜剧效应的产生首先来源于芒希亚以及公众的惊愕，A. 科贝伊（A. Corbeill）分析说，大众对于"我会告诉你你是谁"这句话的认识是模糊的，自信的芒希亚预料到会遭受关乎其道德的批判（"我会告诉你你是哪种人"），恺撒·斯特拉波则玩弄文字游戏，因为人们从他的句子中给出不同的诠释，同时，他也乐于把人们的想法引向高卢盾牌（"我会告诉你你看起来像什么"）。[3] 芒希亚则受限于他的外貌，这样的外貌也使他有些不同寻常。难道这真的意味着芒希亚看起来像那个丑陋的画像吗？其实未必，相似性首先针对的是他独特的身份。通过"相似性"这一文字游戏，斯特拉波把芒希亚与其他公民区别开来，并将其排除在了城邦之外：谁会信任一个这么像"高卢人"的人呢？公众对拉弥亚再度的嘲笑就能说明一切。对拉弥亚丑陋外貌的攻击——这似乎已经为听众所接受——引发了哄笑。身体方面的缺陷确实成为了演说家选择的主题，只为博取公众一笑：这方面没有任何道德的考量，也根本不关心对手的切身感受。这样的笑都产生于低俗的话题[4]，人们可以尽情地笑，逗别人笑，不惜嘲笑他人的缺点。而拉弥亚在反击对手时犯了一个错误：他想以巧妙的言语回击，结果却引来了更加猛烈的语言暴力，直指其社会地位。年轻的拉弥亚没有名气，也没有显赫的出身，因

---

[1] 瓦雷尔·马克西姆（Valère Maxime），VI, 2, rom, 8, 参考让-米歇尔·达维德，同前书，第 728 页。

[2] 参考让-米歇尔·达维德：《公民权的提升及话语权……》，第 740—741 页。关于拉弥亚（Lamiae）家族与西塞罗家族建立的关系网之间可能的联系问题，见苏珊·特雷吉亚里（Susan Treggiari）：《西塞罗，贺拉斯和共同的朋友：拉弥亚和维罗尼·穆雷纳（Varrones Murenae）》，见《菲尼克斯》，1973 年，第 246—247 页。

[3] 参考安东尼·科贝伊（Anthony Corbeill）：《控制笑声：罗马共和国晚期的政治幽默》，普林斯顿，1996 年，第 40—41 页。

[4] 《论演说家》II, 第 235—236 页："可笑之处……肯定会包含着一定的卑鄙的东西。"

为自诩雄辩而遭到嘲笑，而且不巧，他遇到了当时公认的最伟大的演说家。①

雄辩家的玩笑并不是让听众放松的，而是为了显示自己居于对手之上，无论我们将这个来自罗马的做法归为"控制性的玩笑"（根据社会标签的不同而设计②），还是弗洛伊德分析过的"有倾向性的玩笑"③（旨在揭示和暴露对象的缺点）。而拉弥亚遇到的则是建立在沉思之上的"亚里士多德式的玩笑"——使用一个词来激起听众兴趣，并且让他们意识到一个以前未出现的事实。④这个玩笑也是对侵略性逻辑的回应。一位雄辩家就是要在不符合集体原则的范围内攻击对手，而社会出身和种族出身则是不二的攻击对象。我们也看到，这种攻击同样针对外表、着装、现实的性行为或假想的性行为、一个人的过往，总之针对所有能产生社会和道德评判的方方面面。⑤因此，雄辩家的笑其实完全是一种排斥的行为。通过这种公开的羞辱，雄辩家能够攻击对手的态度和外表，同时还重申自己所属群体的价值理念，并加入这一群体。

不论拉弥亚再怎么惊讶，西塞罗都不会觉得这种行为真的那么过分。这便是雄辩术的关键所在，可以让对他人的冒犯和谴责能够显得非常正常，对于作者而言，

---

① 李锡尼·克拉苏公元前98年任法务官，在公元前95年任执政官，于公元前92年达到了人生的光辉顶点，成为监察官，西塞罗将其描绘为文化底蕴深厚的学者（《论演说家》II，第4页），并在《论演说家》第三卷的开头部分情真意切地对其给予了盛赞（《论演说家》III，第1—17页）。在《布鲁图斯》中，西塞罗认为他是那个时代最伟大的演说家（《布鲁图斯》，第143—164页），关于克拉苏的情况，参考达维德，同前书，第714—715页；格雷厄姆·萨姆纳（Graham Sumner）：《西塞罗的〈布鲁图斯〉中的演说家：人学和年代学》，多伦多，1973年，第94—97页。关于克拉苏和西塞罗的报告，参考伊丽莎白·罗森（Elizabeth Rawson）：《李锡尼·克拉苏和西塞罗：一个政治家的形成》，见《剑桥语言学协会论文集》，1971年，第79—88页；托马斯·米切尔（Thomas Mitchell）：《西塞罗：上升的年代》，1979年，第10—21页，第42—44页和第140—191页。

② 参考埃德温·舒尔（Edwin Schur）：《标注偏差行为：它的社会学意义》，纽约，1971年。关于该方法在罗马时代的应用，参考科贝伊，同前书。

③ 西格蒙德·弗洛伊德（Sigmund Freud）：《与下意识有关的思想一词》，巴黎，D.梅西耶（D. Messier）翻译，1988年，第188—189页。

④ 《修辞》，1410 b 21，1412 a 19—22。

⑤ 特别可以参考莫德·格利森（Maud Gleason）：《性别的符号学：公元二世纪的生理和自我主义》，见D.M.霍尔珀林（D. M. Halperin）、J.J.温克勒（J.J.Winkler）、F.I.彩特林（F. I. Zeitlin）编：《性之前：古希腊世界色情体验的建构》，普林斯顿，1990年，第389—415页；凯瑟琳·爱德华兹（Catharine Edwards）：《古代罗马不道德的政治》，剑桥，1993年，第1—33页，第63—97页；科贝伊，同前书，第128—173页；科贝伊：《自然的体现，古罗马的手势》，普林斯顿，2004年，第118—137页。

第四部分　雄辩家，神学家，知识分子：权威的暴力

这种玩笑在道德层面是不偏不倚的。与柏拉图和色诺芬（Xénophon）流传下来的"苏格拉底式的玩笑"不同，西塞罗的这种方式并不区分玩笑的好与坏。① 因为它仅仅出于功利主义的目的，所以没有任何一种关于对错的道德评判能够用在类似的玩笑上。如果说，雄辩家在特定的环境或者面对特定的对手时需要克制自己和公众开类似的玩笑，那也是在保证自己能有效传递信息的前提下。比如，不能谴责听众的亲人，以免让他们感到不舒服。（《论演说家》II, 237）

在这种情况下，调节的尺度取决于要遵守的限度（《论演说家》II, 239），拿捏不好的话，演说家非但无法让听众笑，反而会损害自己在对手心中的形象，不仅得罪了受害者，还有可能疏远自己的听众。《论演说家》和《演说家》都就这一点提出了告诫，而且还详述了西塞罗想要付诸实践的调节模式。对演说家的第一个要求就是要考虑到时局、事情、当事人的社会地位及他们的人格特征。演说家要根据这些因素来调节自己玩笑的尺度，只有时机恰当，才能在风趣中表现出应有的谨慎（《论演说家》II, 238）。同时，要通过自律（《论演说家》II, 247），避免过于频繁地挖苦别人，保持应有的庄严（《论演说家》II, 229）。如果无视这些原则，或者过于急切地抛出友善的话，都会让雄辩家陷入僵局，如在西塞罗的《论演说家》中发生在卢修斯·腓力普斯（Lucius Philippus）身上的事：

> 一个身材矮小的证人走上前去。"可以询问他吗？"腓力普斯问道。主席稍显局促地回答说："可以，但不要太久。"腓力普斯说："你没有什么理由可以责备我的，我比他还矮"。这话非常有趣。但因为担任法官的 L. 奥利菲克斯比证人还矮，因此这个玩笑就直指法官，玩笑显得十分滑稽。②

九年后，西塞罗在他的著作《演说家》里这样总结这些教训：

> 我们从而得出以下教训：演说家不能过于频繁地开玩笑，以免让自己显得滑稽；不能使用低俗的言语，以免自己像个丑角；不能带有"侵略性"，

---

① 参考柏拉图：《法律篇 XI》，934a-936a；色诺芬：《居鲁士的教育》，2, 12-14, VIII, 1, 33。亚里士多德也反对恶意的讥笑，《尼各马可伦理学》，1128 a 4-7.

② 《论演说家》II。

以免显得厚颜无耻……最后，不能以不适合自己、法官以及周围环境的方式来演说。①

这最后的论述将"嘲笑"的使用放在第一位，西塞罗在《论演说家》中对此关注得不够："明显的侵略性"胜于不合时宜的嘲笑或者不恰当的用词。因此这是演说中要遵循的底线，即不能让精练的话语抨击显得具有侵略性。

暴力的离经叛道及其底线

在西塞罗看来，演说家在运用"嘲笑"时所面临的最大风险，有可能从诙谐的抨击滑向纯粹的暴力。"petulanita"（"明显的侵略性"）并不是一个新词，早在公元前46年，西塞罗就在《演说家》中使用了这个术语。从公元前56年起，在为马库斯·凯利乌斯（Marcus Caelius）进行辩护时，西塞罗便使用过"petulanita"一词来形容那些辱骂他的攻击者：

> ……恶语相向……是一种侮辱，如果带有明显的侵略性，那就是辱骂；但如果使用更加风趣的方式，那便可称之为文雅。②

对于西塞罗来讲，究竟用嘲笑还是用令人无法接受的辱骂来实现有效的攻击，这取决于我们的具体做法，即他所说的"以一种风趣诙谐的方式"或者"以一种带有侵略性的方式"。西塞罗认为，对此判定的标准并不是语言自身的暴力，而是演说家进行抨击时的暴力行为。所以，这种被谴责的侵略性一直不属于更深的层面，而仅仅只是表现在说话的方式上。想探究西塞罗眼中的暴力界限，关键在于如何确定"petulanita"（"明显的侵略性"）这个词的内涵。"petulanita"的词义广泛，但在西塞罗的语言里有其特定的意思，这也让我们质疑演说家本身的合法性及其地位。"明显的侵略性"与所有无理的人身攻击的表现形式联系紧密，并涉及各种各样的道德缺

---

① 《论演说家》88。
② 《为凯利乌斯辩护》6。

陷、性暗示和强权①。说一个演说家具有"侵略性"无异于说他在道德上和保卫城邦方面都无法自控："侵略性的人"（homo petulans）必然崇尚暴力，从而也沉溺于酒色并滥用权力。暴力的演说家在他的演说中抛弃了道德准则，这让其背负了疯子的骂名，例如西塞罗在《论演说家》中提及的安东尼，他表现出的稳重让那些攻击他的人立即变成了疯子 ["这（他的稳重）让我占了优势，那些侮辱我的人显得有攻击性（petulans）或者完全是疯狂的（insanus）"②]。

当西塞罗对这种明显的暴力感兴趣时，他采用的研究角度可谓是畸形的。不恰当的演说暴力有不同的表现形式，然而西塞罗没有力图对此详加分析，而只将其抛进违反道德和违法、精神错乱以及暴行之列。在西塞罗的各种论著中，演说家的暴力被描述为一种非正常的行为。因此，演说暴力不再被当成一种修辞手法，而那些沉溺于其中的人也变成了西塞罗的批判对象。如果要用词汇来描述演说家"明显的侵略性"的特点，那么这种受到谴责的暴力有两种表现形式：演说家的说话方式和演说家采取的行动③。

在每个案例中，对这种明显的暴力都可以用两种不同的理论角度加以分析：第一种是象征性的，暴力仅仅是一个人违法的信号，它是道德败坏的代名词。演说家的体态、谈吐、声音大小或者攻击性的说话方式同样能变成离经叛道的信号。演说家及其演讲也会受到公众的评价，西塞罗由此来引导公众的解读。④ 在西塞罗看来，这种演说的暴力是现实暴力的温床：过度扯高的嗓门，时断时续的风格，生硬粗鲁的手势，这些都预示着会对听众和整座城邦形成一种有形的危险。因此，对于演说家斯塔雷努斯（Staienus）也是如此，他的行为方式和说话风格只会暴露他的犯罪倾向：

> C. 斯塔雷努斯……的演说风格暴躁、狂热、咄咄逼人，由于很多听众喜欢他的这种风格并总是对他致以掌声，如果他在当时没有实施犯罪并受到法律的

---

① 《论取材》。
② 《论演说家》II，305。
③ 我们可以为这两种表现类型补充一个词法类别，这里的淫秽内容被当成了一种演讲暴力形式。不过，我们可以暂时将其放到一边，西塞罗学说在抨击被视为堕落的演说家的暴力时，主要看重风格和行动。
④ 参考安东尼·科贝伊：《控制笑声》，同前书，第43—55页。

审判和制裁的话，他本来是可以获得法官的职位的。①

西塞罗主义的第二个分析角度主要是起到了规范的作用，在这方面，西塞罗不再满足于在相关的篇章中阐述他人对暴力的解读要点，而是通过提出道德要求来进行训诫。因此，演说者不可任由自己走向暴力，而是应该监控自己的形象：说话风格和行为方式也应该和微笑一样遵循适度的要求。在这两种情况，无论是为了摒弃违反道德规范的笑还是演说家自我监控的笑，都不会产生明显的暴力。但是，对于这种适度，无论是微笑的适度还是行为举止的适度，西塞罗都并没有给出清晰的界定：这个"度"完全是根据不同情形而定。② 作为演说家必不可少的一种品质，这种适度原则并不能通过技巧传授或是理论学习获得。这一修辞学学说的盲点保障了演说家实际获得的是良好的行为举止，并且是建立在对已被社会所接纳的演说家的模仿和学习上的，③ 渠道只有一种，也只有精英阶层才有机会了解这些行为密码并接受这方面的训练。

我们因此了解到，西塞罗所提出的道德观点只是一种社会和政治手段的表达，它们描绘了一种建立于掌握暗码的控制程序之上，并且这些暗码深受领导阶层的重视。所有致力于谴责明显暴力的理论架构都应该被当作一种意识形态的构建加以分析，这种意识形态的构建谴责了那些把共和国的灭亡强加到贵族头上的行为。从2世纪中叶开始，对于贵族来说，关键在于通过指控程序，使那些最新融入公共生活的市政演说家丧失信誉。由于允许这些新演说家介入公共空间中，公元前149年之后相继出台的审判法威胁到了贵族家庭对刑事系统和政治系统的操控。但是，这些社会地位不断上升的演说家并没有机会接触传统的训练方式：因此他们会由于不得体的行为举止而遭到谴责，这种行为举止被当时的人们看作是一种充满暴力的行为——不论这种暴力是由于不完整的训练造成的，还是被故意玩弄他们的谴责者们

---

① 《布鲁图斯》，241。同时见玛利亚修会会员C. 费姆布里亚的情况，《布鲁图斯》，233。

② 这里使用的"行为举止"（habitus）概念采用了布迪厄的解释意义，参考皮埃尔·布迪厄：《一种关于实践的理论》，巴黎，2000年（1972年），第234—320页；布迪厄：《帕斯卡式的沉思》，巴黎，1997年，第153—193页；布迪厄：《语言和象征权力》，巴黎，2001年，第57—98页。

③ 关于演讲能力的传授方法，参考夏尔·盖兰（Charles Guérin）：《成为罗马的演说家：理论与实践之间的西塞罗》，见克里斯蒂安·雅各布（Christian Jacob）（主编）：《知识的地点：空间与群体》，巴黎，2007年，第207—226页，以及提供的参考文献。

所强加的。① 在 1 世纪中叶，这种暴力成为一种政治选择的标志：暴力的语言表达和行为举止将演说家置于格拉古兄弟（Gracques）和平民派的行列之中。演说家通过将自己置于共和国末期所吹捧的行为模式中，使大众清晰辨识他们的立场。一般的演说家对自己行为的控制和对穿着的讲究显示出他们对贵族的行为密码的尊重，但狂热的行为举止和极富激情的呼吁是平民派演说家们所独有的。因此，那些用来描述语言暴力的形容词（"acerbus"，尖酸的；"acer"，激烈的；"vehemens"，强烈的；"asper"，残酷的）都被西塞罗用在了这些平民派演说家身上。② 西塞罗通过批判那些"习惯大声讲话的人"③ 来谴责这种暴力，这种批判首先是对政治姿态和社会出身的攻击。在这一偏离传统的视角下，西塞罗的眼光被认为是整个罗马共和国的社会观点，因而最好赋予这一学说意识形态武器的地位：通过谴责明显的暴力演说行为和重视由"精神"工具实施的暴力，西塞罗实际上打造了一个独特的合法性模式，这种模式恢复了所有贵族所接受的行为编码，并且展现了对贵族的新认识。然而西塞罗认为，演说家斯塔雷努斯的例子和他可能取得的成功都说明，还存在着其他可以被接受的行为举止，这揭露了一种符合特定社会群体和政治群体利益的导向。

在西塞罗的学说中，通过笑实现的隐秘的侵略性与可谴责的暴力之间并没有什么连续性，这二者中的一个定义了西塞罗认为合法的演说家的特点，另一个定义了他所反对的思想和道德方面的离经叛道，因此，能够帮助我们区分语言暴力的这两个方面的标准依然是模糊不清的，西塞罗从未明确给出一个定义。节制和自我控制是两个有效的概念，因为这两个概念本身就模糊不清：合法暴力和可接受暴力之间缺乏明确的界限，这同样属于这种策略。所以我们可以认为暴力调节带有严格的社会性色彩。因此，攻击一个人们都瞧不起的人总是合理的，只要这符合公众的意愿，对敌人使用暴力也永远是可以接受的。这种明显的从众态度催生了一种对受怀疑的人的社会地位、威望和名声的不言而喻的控制协约。除此之外还有第二种暴力调节，相对而言，这一种调节方式侧重于演说家对语言暴力受害者的态度，而不是公众的感受。一位知名的演说家攻击一个他讨厌的人，这也是可以被接受的，支持者网络

---

① 让－米歇尔·达维德：《公民权的提升及话语权》，同前文。
② 关于这些模式的对立，参考让－米歇尔·达维德：《民众的口才与罗马共和国末期演说家的象征性举止：效率问题》，载《历史笔记手册》，12, 1980 年，第 171—211 页。
③ 《论演说家》I, 202；《布鲁图斯》, 180, 226；《演说家》, 47.

和影响力网络之间更广泛的敌对关系可以解释这种仇恨。① 所以李锡尼·克拉苏在指责广受尊重的演说家兼法学家斯卡沃拉（Scaeuola）时有所克制，而在攻击他深恶痛绝同时又为公众所不齿的告密者布鲁图斯（Brutus）时却毫不留情，对其百般羞辱。② 所以，判断暴力是否能被接受的标准必须在技术领域进行，这是在社会成见之中消除雄辩术的一种形式，公众的评判于是自然而然成为最终标准，可以判断攻击是否属于不可接受的语言暴力的形式。

*

西塞罗式的雄辩术区分了两种截然不同的口头暴力。第一种是为公众所接受的，是刻意而为的，属于策略的层面。这是强者和演说家专属的语言暴力，他们深谙各种规则，可以以群体的发言人的身份将他人排除在外。西塞罗认为这是一种有节制的攻击形式。另一种语言暴力属于不为社会接受的人，西塞罗认为他们是偏离社会常规的人，甚至是一群疯子。这种语言暴力完全受演说家的行为的行事风格影响：这是一种纯粹的个人情绪的表露。西塞罗认为此类语言暴力超出了演说家的控制，体现出说话者堕落的本质，也意味着会对整个城邦构成危险。在我们讨论的背景下，作为服务于强者的工具，雄辩术不认可有效暴力。这种暴力是沉默的，不可以揭露，因为它具备思想和文明的某些特质，因此暴力摇身一变，成为一种技术手段，可以在社会契约中找到自己合法的位置。相反，当雄辩术明确指出语言暴力时，语言暴力就仅仅是蔑视和谴责的对象，只能进入理论建构框架之中。在西塞罗看来，暴力总是属于"他者"的，属于潜在的被排斥在群体之外的人，准确地说，他们是精心雕琢的语言暴力攻击的目标。

---

① 这正是西塞罗在《驳瓦提尼乌斯》开头部分的点评的意义。
② "克拉苏不喜欢布鲁图斯，在公共场合曾对他大肆嘲讽。"西塞罗：《论演说家》，第 222 页。

罗马帝国前一百年的演讲、揭露与审查

宴·里维耶尔

面对国内战争，忘却是最好的保护手段。
——老塞内加（Sénèque le Père），《诉讼辞》（*Contr.*）10，3，5

"知识"和"暴力"这两个词语放在一起既是有说服力的，但同时也是不协调的。有说服力是因为在罔顾规则、充满欺骗和滥用职权等不良风气的知识界（和人类其他活动领域一样），人们很容易成为这些不良风气的傀儡。脑力劳动出于本能应该摆脱这些沉重的束缚。那么为什么又说二者的组合是不协调的呢？因为"暴力"这个词语所体现的野蛮粗暴看起来很难与"知识"这个词和谐相处，因为我们给"知识"一词赋予了"客观判断"的含义。知识分子！这个词语难道不是在指摒弃专制帝国的暴政的介入作家及其在语言上的反映吗？暴力！它难道不是来自于知识界外部的主导和限制活动，以此规定着暴力（比如对讲话的收回和限制）吗？当然，自从这个词普及之后，"知识分子们"纷纷论证在政治范畴实施暴力的合法性，而且号召人们去使用暴力，而不是修正法律上的错误。那么，知识分子如此卑鄙无耻的活动，我们也可以称之为"暴力"吗？说到不可逾越的限制，其实在思想领域，任何形式的限制都会变成一种暴力。然而在古罗马，当我们想要列举充满矛盾力量的领域中的各种行为、状况和演讲时，"知识暴力"这一说法的不协调性便显得尤为突出。

首先，从哲学角度讲，尽管这两个词都源于拉丁语，二者的结合还是缺乏依据。形容词 intellectualis（"智力的"）指的是掌握知识的天赋与能力，它使人们能够去"理解""欣赏"和"牢记在心"。没有文章会把思想活动与"限制""凌辱"或者"暴力"这些概念联系在一起；如果将它们放在一起，字面意思就是"以暴力的方式去学习和理解"。但是在这一点上,"知识"这个词语的使用不会影响调查,尽管这个词语在现代打造的指示意义具有很大的包容性。在古代,历史学家就频繁使用这个词语,但是现在只能借助于拉丁语来描绘和诠释古罗马那一方奇特的世界。因此,人们会讲"知识分子""知识界""知识流派"甚至更常见的"学识",以便汲取"教育"的精华,罗马人称为"修养"。在彼得·布朗(Peter Brown)一部作品的法语译本里就出现了"学识"一词,这本书以"教育"为中心,展现了古代晚期文人的世界。不过,之所以提到这本优秀著作,它的写作文体还只是一个次要的原因,主要原因则是在这本书中,古代晚期的人们发现了一种对立关系,一方面,是对权力暴力及其野蛮行径(4—5世纪的残酷统治)的认可;另一方面,是指知识界,知识分子为了减轻"残酷的政府体系"[①]的粗暴蛮横做出了很大努力。他们是否仅仅是因为一个时代的特殊与动荡才发现了这种暴力呢?当时动荡的主要原因是入侵者的扰乱以及王权的恣意妄为,抑或我们对罗马帝国后期的研究资料变得更加清楚?

在古罗马帝国,"知识暴力"这一说法的不协调性之所以受到批判,还有第二个原因。如果我们尝试着从历史的角度解释"知识"这个词的意思,即超越其被普遍接受的一般意思,就会看到我们所要研究的社会和时代的特性引出了另一个困难,我们将很难去认识调查的先决条件,即认识到"在更广泛的社会劳动分工中,存在着一个与社会相对分离的领域"。首先要强调的是,在古罗马时期,知识分子的作用仅限于扫除文盲,或者促进大众文化与文学领域交流互动,除此之外,知识分子始终占据少数,他们十分孤独,影响也很有限。其次,我们要承认,在知识分子活动的发展与相关的主体的社会立场之间存在着必要的联系。无论是演讲,还是哲学、历史、诗歌抑或文法,都曾经只是精英人群的专属活动,也成为他们社会身份的象征:尽管奴隶出身的爱比克泰德(Epictète)的作品《语录》(*Entretiens*)和身居皇位的马可·奥勒留(Marc Aurèle)的《沉思录》(*Pensées*)如今都被收录进了斯多葛学派文集中,但此种个例并不能否定当时社会的整体状况。关于前面提到的第一点,即知识分子作品的微弱影响力,就像摩西·伊曼努尔·芬利(M. I. Finley)所说:"印刷术的发明是人类历史的分水岭(……)在很大程度上,古希腊罗马时代所

---

① 彼得·布朗:《古代晚期的权力与说服力:走向基督教帝国》,巴黎,1998年(第一版在美国出版,1992年)。

有的作品都处于'地下出版'状态……。彼时的作品仅仅是靠手手相传的手抄本来传播的。"① 在古希腊罗马时期，"知识分子"阶级还是一个客观明确的事实描述，而非今天我们所说的一个带着贬义的指称——像如今一群由所谓思想家组成的"巴黎帮"，任何人都能在哪怕外省的图书馆和书店看到他们的作品。至于第二点，古罗马的"知识分子"首先必须是男性，因为女性只是"城市沙龙"里的听众。而这些"知识分子"也一定是生活在掌管着城邦中的政治、行政、军事、经济领域甚至整个帝国中（君主首先就是一个知识分子）。在屋大维皇帝的儒略 – 克劳狄时代，开设了由演说家任教的修辞学校。尽管如此，演讲与法庭事务仍是密不可分的，而后者是政治对峙的核心。在罗马共和国，为了维持皇权的长期稳固，历史的书写者一定都是能接触到国家档案的人，而他们之所以能够做到这一点，正是因为他们是在教廷占有一席之位的大法官或教士。② 罗马时期的某位将军编著的《高卢战记》（*Guerre des Gaules*）中有句话足以概括知识分子在社会活动中的作用："看吧，恺撒集结了议会，召集了所有步兵大队的百夫长，用激烈的言辞批评他们的自命不凡，他们竟然以为知晓自己会被带向哪里，以为知晓我们的意图，并为此争论不休。"③

在此背景下，我们似乎已经很难区分何为"由知识分子阶级引起的对外暴力"，何为"知识分子之间的暴力"④。然而毋庸置疑的是，尽管在编年史上存在错误，这些研究却都为至少两个研究领域提供了史料支持：一是罗马帝国前期雄辩术的流变和演讲艺术规律，二是同时期发生的几乎史无前例的习惯做法——焚书。

---

① 摩西·伊曼努尔·芬利（Moses Immanuel Finley）：《古代的出版审查》，载《历史杂志》（*Rev. Hist.*），104，n° 263（1980年），第5页。

② 库尔特·A.拉夫劳布（Kurt A. Raaflaub）、洛伦·J.萨蒙斯（Loren J. Samons II）：《屋大维的反对派》，见库尔特·A.拉夫劳布、马克·托赫（Mark Toher）编：《共和与帝国之间：对屋大维及其最高权威的解读》，伯克利，1990年，第437页。两位作者强调：或许与希腊不同，罗马的历史学家不是职业的文学家，因为罗马人认为只有亲身经历过重大事件的人才能够撰写历史，我们可以称之为"积极的史学"。

③ 恺撒：《高卢战记》I, 40。

④ 樊尚·阿祖莱，帕特里克·布舍龙：《知识暴力，历史新主题》，见上文，第23—52页。

告密者①的"犬式雄辩术"

在罗马共和国末期，律师团已经成为了一个展示口才的绝佳场所。西塞罗的文集中，无论是一遍遍润色过的辩护词、仿佛已经在法官面前展示过的高谈阔论，还是华丽高深的辞藻，无不证明了口才在共和国末期的法庭演讲中的重要地位。②

也就是说，演讲艺术和修辞论证是当时论证证据真实性的关键。在罗马帝国时代，尽管随着修辞学校的发展，演讲艺术也在日臻完善，其主题也越来越偏重于教育感化和追述历史，但是广场式的公众演讲并没有完全消失。实际上，在民事诉讼中，各方的唇枪舌剑仍然十分激烈，这也是为什么在图拉真（Trajan）时代，小普林尼（Pline le Jeune）还可以按照打擂的方式来遴选百人法庭的审判官。尽管演讲在刑事诉讼中已经很少见，但是某些习惯一直保持到了塞普蒂米乌斯·赛维鲁（Septime Sévère）时代。然而，随着屋大维皇帝建立起元首制，其继承者提比略（Tibère）又进一步巩固完善了君主专制制度，刑事司法方式也随之发生了深刻的转变，只在涉及重大政治诉讼时，元老院和皇宫才闭门审判。小普林尼曾在其《通信》（Correspondance）中提到过对几个犯下贪污罪的政府官员的审判，除此之外，塔西佗（Tacite）和迪翁·卡修斯（Dion Cassius）等历史学家的记录也为我们再现了当时法庭上唇枪舌剑、慷慨激昂的演讲和最终的审判。这些记述是在参阅了议会文献后完成的——这是帝国时期演讲和研究的传统，由于有了这些记述，人们才得以能够分析当时的诉讼程序和机制。这样的分析显示了刑法规则如何受到多重因素的影响，既有来自帝国精英内部权力关系的影响，也有来自君主势力崛起的影响。随着纯粹的刑事诉讼制度（辩护人、诉讼发起人在陪审团面前分庭抗礼，为自己的客户辩护）向刑事纠问制度（讯问过程中，法官拥有主导地位，而原告只是检举人）的演变，雄辩术的地位和性质也发生了变化。自此，诉讼程序多被看作是对"知识""学识"的研究，后来被当作是一种"调查"，这都很有意义。同时，文书（物证，被告的私人信件，严刑拷打之下证人的证词）和保密的重要性也与日俱增。不过，根据被告

---

① 罗马内战结束后，战胜者发布"公敌名单"以求对战败一方赶尽杀绝，很多被列入名单的人于是到处逃避追捕，因此产生了"告密者"人群，他们到处打听逃亡者的下落，向官方揭发。——译注

② 在这一点上，甚至私人性质的程序的形式主义也都总是会非常重视修辞学，而修辞学又催生了法律规则。参考奥尔加·泰勒根-库普鲁斯（Olga Tellegen-Couperus）：《罗马的法律与修辞》，载《比利时哲学与历史杂志》，84（2006年），第59—75页。

出庭的法院的情况，这时无论是元老院还是皇帝都会要求原告积极参与。这项原则与共和国的司法制度一脉相承，并未受到质疑，法律起诉也因此总被看作是一种控诉。但游戏已经被做了手脚。所有人都能够看出，这些原告被招至陛下的麾下，受到物质报酬的诱惑，堕落成为一群"告密者"[①]。这些演说家的活动虽然严格意义上说并非由国家负担，但他们客观上已经化身为君主的奴仆，君主却又乐于称其为法律的守护者。塔西佗就曾在儒略-克劳狄（Julio Claude）时代的政治诉讼记录中揭露过他们的阴谋。不过，这些告密者也因为他们雄辩术中的某些特点而名声大振。这种雄辩术的特征首先在于它的猛烈、暴力、冷酷，以及表现出的一种尖刻、粗鲁和过分的力量，这几乎背离了自西塞罗时代以后人们广泛接受的传统规范。在斐德罗（Phèdre）的寓言《狼和羊》的故事中（根据伊索的文本创作），通过其罗马式的解读，故事背后的喻理直指提比略时期的告密者：

于是它抓住了羊羔，将它撕碎，它是消灭一切正义的凶手。这篇寓言讲的是某些人通过假诉讼来证明无辜者有罪。

因此，根据早期文本，"犬式雄辩术"[昆体良（Quintilien）：《教育论》*Inst*, 12, 9, 9]大概算是告密者诞生的标志。这种雄辩术被小普林尼同时代的同辈雷古鲁斯（Régulus）所推崇：

一天，我们为同一方辩护，雷古鲁斯对我说："您的方法是全面地分析任何与案件有关的内容；而我则能立即看到对手的咽喉所在并且紧紧掐住它。"他对自己判断为咽喉的东西确实掐得很紧，但有时他的判断是错的。[②]

不过，简单说来，这种以特殊雄辩形式进行的干涉印证了古人的观点，即演说艺术在衰落。塔西佗《演说家对话录》（*Dialogue des orateurs eloquentiae*）中人物讨论的核心就是这个问题，而这也是昆体良已经失传的《论罗马雄辩术衰落的原因》

---

① 我冒昧地在这几行文字中总结一下另外一场详细的变革。参考宴·里维耶尔：《罗马帝国时期的告密者》，罗马，2002年。

② 小普林尼（Pline le Jeune）：《书信集》I, 20, 14。

（De causis corruptae eloquentiae）的论述。于是问题的关键超越了司法辩论本身，而且司法辩论应当被再次置于其古代背景下，那时它才是真正的风格运用。更何况，由于没有检察官和类似检察院的国家机构，当时的大演说家就像上文提及的那样操纵权力并投身于由皇帝或皇室某个人物赞助的攻击活动中。

马塞尔·奥菲尔斯（Marcel Ophuls）的电影《悲哀与怜悯》（Le Chagrin et la Pitié）中，当皮埃尔·孟戴斯·弗朗斯（Pierre Mendès France）的律师提及维希政府曾在里永（Riom）诉讼中指定的检察官时，说"他全身散发着仇恨的气息"，这种话语是否应该算作"知识暴力"呢？我们可能会说不应该算，因为这里所涉及的是过往的法律范围内一些缺乏根据的、反犹太的攻击。所以这是司法和政治暴力。与此相反，尼禄（Néro）统治下的两个告密者比乌斯·克里斯普斯（Vibius Crispus）和艾普利乌斯·马尔塞鲁斯（Eprius Marcellus），他们逃过了公元70年的肃清运动，当塔西佗谈及他们表现出的仇恨时，所指的恰恰就是属于知识暴力范畴的东西，因为这种仇恨违反了演说的规则，因为这种仇恨意味着效忠暴君，因为这种仇恨抗议特拉塞亚·帕埃图斯（Thrasea Paetus）或其女婿海威迪乌斯·普利斯库斯（Helvidius Priscus）这样的斯多葛主义者。司法对抗在此更多印证了一种伦理、哲学、政治思想的对抗。

但在帝国的光辉下出现了什么新的变化吗？一直以来，包括共和时期在内，原告难道不都在使用演说暴力，使用这份与控诉行为本身别无二致的"激烈"（vehementia）吗？我们知道，在西塞罗时期，攻击的要诀在于通过影射对手的私生活来陷害对手，使他成为被审判者，这与证明他的罪名成立同等重要。大量作品都展示了这一点，比如本书的一篇文章[①]。

美国历史学家史蒂芬·H. 拉特利奇（Steven H. Rutledge）在论证罗马共和国和帝国间的连续性时曾写道："我认为新派的雄辩术——尽管大家通常认为其言辞更加激烈——并没有证明雄辩在罗马从共和国到帝国转型时期有很大改变。"[②] 他承认，罗马在这一转型时期固然发生了深刻的变化，但告发活动仅仅是之前控诉人行为的延

[①] 夏尔·盖兰：《击败对手：西塞罗修辞中演讲暴力的使用与限度》，见上一章。

[②] 参考斯蒂文·H. 拉特利奇：《告密者与罗马演讲暴力的传统》，载《美国哲学杂志》，120（1999年），第555—573页。该杂志宣布了《帝国的调查：从蒂贝里乌斯到多米提那的检察官和告密者》一书的出版，2001年；以及《帝国的演说和政治》，见《罗马修辞的伴侣》，牛津，2007年，第109—121页。

续：从本质上说，控告始终是一种暴力活动，只有帝国时期史料中有关君主、仆人的恶意记载才会令人产生这种假象，正是由于这种假象我们才认为雄辩术的激烈程度有增无减。拉特利奇继而说：事实上，我们很难证明告密者的雄辩术比之前更具攻击性。西塞罗曾指责同一时代的告密者，认为他们暴力且阴险。而上述特征也可用来形容雄辩家卡修斯·西弗勒斯（Cassius Sévérus），他在屋大维统治时期被判有罪，在提比略统治时被流放并死于途中。他可能算是新派雄辩术的开创者："他不是拳击手，但会用拳头攻击对手。"①

不可否认，数十年之后的告密者仍符合上述特征，不管是富尔西尼乌斯·特里奥（Fulcinius Trio）、多米提乌斯·阿弗尔（Domitius Afer）、罗马尼乌斯·伊思波（Romanius Hispo）、苏利乌斯·罗福斯（Suillius Rufus）、伊普留斯·马塞鲁斯（Eprius Marcellus），还是阿奎留斯·洛古鲁斯（Aquilius Regulus）。或许之后的所谓"新派"并不是一种特定的称呼，而只是在控告时雄辩的一种常用方式，长久以来都是这样进行的。史蒂芬·H. 拉特利奇因此建议我们要改变帝国时期史料给我们造成的错误认识，他还发现，从西塞罗到昆体良，控告始终都被当成控告。最初的雄辩术难道没有反对哲学家拥有"演说家"的自由，从而向一切粗暴行为敞开大门，甚至包括恶意指控？"在日常生活中，演说家会想方设法获取所有被认为是糟糕的、不雅的、要逃避的事情的信息，用言语将其加以夸大并加剧其痛苦"，之后利用其言论自由来对付哲学家。作者坦言，论述到这一点，就产生了两个问题：为什么我们会认为告密者的雄辩术比之前的言辞更加激烈，正如从历史文献发展而来的现代文学所宣称的那样？告密者的语言风格在何种程度上可以与共和国时期的雄辩家相提并论？针对第一个问题，史蒂芬·H. 拉特利奇给出了一个双重回答：透过帝国时期演说家的颂词，我们感觉到在罗马帝国重新立法后，刑法比之前更为严苛，而流放和死刑却是始终存在的。但如果把刑法制度放入其建立的历史背景中，不用太过关注细节，我们就会发现用上述结论来论证共和国时期司法暴力是不正确的。在共和国内战时期，国家在行使一些特殊权利时（例如宣布进入紧急状态，颁布死刑公告等）使用了司法暴力，但这只是特殊情况。在共和国的最后一个世纪，没有任何史料显示常规审判中有人被判处死刑；但在儒略-克劳狄王朝时期，执行死刑已成为常态，不

---

① 塔西佗：《演说家对话录》，26。

论是立即执行还是缓期执行,许多被流放者都在流放地被处决了。但与此同时,每个城市还在组织流放犯人统一出发,以便让他们逃过死刑。雄辩术那就更不用说了,在一场评审团秘密投票的诉讼中的发言,怎能与经过长期精心准备并在君王监督下进行的诉讼相比呢?

我们不再进一步分析拉特利奇的论证,而是要回忆一下主要的结论:史料的歪曲导致我们认为曾存在一种告密者专用的雄辩术,这种歪曲尤其是由塔西佗和昆体良造成的。我们掌握的史料零零碎碎,这使我们在鉴别告密者是否有一套自己的雄辩体系时产生了错觉。有时,我们能够收集到他们的言论,但其用语与西塞罗在《驳皮索》(*In Pisonem*)、《驳卡提利纳》(*In Catilinam*)、《驳韦雷斯》(*In Verrem*)、《驳瓦提尼乌斯》中的用语同样具有攻击性。总之,共和国末期贵族间的争斗并没有比元首制时期更加激烈,而且共和国时期起诉的获利比帝国时期更多,在这一点上,我们要强调,直到佩迪安法(lex Pedia)出台——这是一部在屋大维提议下编纂的用以处置恺撒谋杀者的法律,出席一场诉讼没有任何物质补偿,但在随后的一个世纪里补偿制度却得以普及①。共和国时期的司法暴力和元首制时期的司法暴力最初是建立在法庭陈词基础之上的,这些陈词有违普通法(特别是流放制度),这一现象也预示了帝国的独裁统治。但拉特利奇的论证此时产生了巨大转变,转而支持以下观点:我们之所以认为元首制下的雄辩术暴力且激烈,仅仅是因为元首制独裁的本质,尽管史料认为共和国和帝国这两个时期具有一致性,但元首制还是为司法领域一成不变的雄辩术创造了一个新环境。

在屋大维和他的继任者统治时期,不断激化的司法暴力有力地解释了塔西佗提出的"利欲与鲜血的雄辩术"。但是,我们能够把演说本身与其产生的条件割裂开来看吗?能否说演说是一个甚至排在政治之前的封闭领域吗?蒂埃里·弗洛芒(Thierry Froment)在一项首创性的研究中运用自然的口才发起了攻击,让我们对他的话加以完善:"起诉是在调查取证过程中对犯罪的肯定,但也是善意的、公平正义的成功诡辩。这是人们在处理危害国家罪时使用的决疑论。"②那么我们不禁会问,在运用决疑

---

① 在此问题上,我想到了我在《罗马帝国时期的告密者》中尝试进行的论证,第425—494页。
② 蒂埃里·弗罗门特:《告密者们的口才》,见《波尔多文学院年鉴》(1880年),第35—57页。决疑论(casuistry)由拉丁文"casus"而来,是指一系列基于个案的论证,通常用于法律和伦理学的讨论中,作为基于原则的严格论证方法的对立面出现。——译注

法处理国事罪时，是否能够保证它本质不变，它是否只是为了权力运作演变而使用的一个工具，仅仅原则依然如故而已？违背贵族道德观和蒙受被告责难的风险影响了判决者对于告密者话语暴力的感知。但是这难道不是让演说具有一种新的随行力吗？与告密者同时代的某些历史学家为了避免"来源主观性"，现在竟然完全抛弃了证据，真是令人惊诧。他们一方面滑稽地模仿老加图（Marcus Porcius Cato）①对于演说家的定义，即"演说家是能够掌握语言的正义之士"，而同时他们又支持判决官雷古鲁斯（Marcus Atilius Régulus）②所持的截然相反的论断，即"演说家是不会运用语言的邪恶之人"。矛盾态度，何以至此？的确，诉诸抨击已不是新奇的事，在阿鲁勒努斯·鲁斯提古斯（Arulenus Rusticus）③被判处死刑后，雷古鲁斯在《斯多葛学派的猴子》（Singe des stoïciens）和《维提里乌斯铁印的奴隶》（Esclave marqué du fer de Vetellius）里表达了不满，类似的批评也出现在《抨击录》（Philippiques）④里。但是，从权力关系的角度看，雷古鲁斯在第一本书和第二本书发出的批评之声是不尽相同的。其次，损害对手名誉在罗马共和国时期也是司空见惯的事，但是通过一种所谓"失灵"的新程序，对私人生活的批评成为了新的抨击主题，例如说男人性格阴柔、通奸等。这种批判于是便被赋予了新的重要意义。此外，显而易见，元首确立的新的司法秩序加剧了这种批评言论的火药味，皇帝提比略对告密者富尔西尼乌斯·特里奥（Fulcinius Trio）提出的警告能够说明这种情况的存在，皇帝认为富尔西尼乌斯·特里奥因为过度使用暴力而毁掉了他的演说，他提醒："要警告他不要做任何激起暴力的事情。"⑤最后，调查取证的过程也使演说的规范走上歧途，要通过司法方式使被告招供，而非保证法庭辩论的平衡。

告密者的话语是直截了当的，他们其中有一位罗曼努斯·锡波（也是言辞犀利

---

① 马尔库斯·波尔基乌斯·加图（Marcus Porcius Cato，公元前234年—前149年）通称为老加图（Cato Maior）或监察官加图（Cato Censorius）以与其曾孙小加图区别，罗马共和国时期的政治家、国务活动家、演说家，前195年的执政官。老加图在拉丁文学的发展方面有重大影响。——译注
② 马尔库斯·阿蒂利乌斯·雷古鲁斯（Marcus Atilius Regulus，？—约前248年）古罗马军事活动家，第一次布匿战争时期的统帅。——译注
③ 阿鲁勒努斯·鲁斯提古斯因为称颂他人获罪而被处死。——译注
④ 《抨击录》是西塞罗抨击马克·安东尼的14篇演说的合集。——译注
⑤ 塔西佗：《编年史》，3，19。

的雄辩家），老塞内加就记录了他颇能说明问题的立场。在共和国末期这位伟大演说家的一场动人辩论中，罗曼努斯·锡波是唯一一个支持流放的人，同时他又打破了演说术领域的传统，他表示：西塞罗应该死。① 受招供效率驱使的演说或许能够揭露真相，演说不再关心是否尊重道义和尊严标准，也不再考虑什么自由。昆体良写道："如果正义之人变得大吵大闹无比聒噪，那么演说家赖以保持其权威和威信的谦逊将荡然无存。"

尽管有不少正直的观察，但我们觉得斯蒂文·H.拉特利奇的分析看上去并没什么说服力。在司法辩驳领域确实发生了割裂，对于暴力激化的感知并不只是虚构的，而是在权力运用过程中产生的。同样，君王形象的出现极大地改变了历史的书写，这不仅仅是因为从屋大维开始，历史学家自由表达观点的权利就开始屈从于国家控制，更是因为历史书写规则也随着政治发展而不断改变。② 此外，如果再看一看关于今天所说的"审查制度"的几个证据，我们会发现不同时代之间的区别正在加大，因此还应该使用其他术语。

焚毁历史作品和抨击作品

正如摩西·芬利所说，使用"审查制度"一词来描述这些属于思想禁锢的现象并非古代社会自然而然的现象，因为"狭义的合法定义反映了现代社会对国家审查的反对，也反映了伴随这一运动并源自于该运动的自由意识形态。"③ 我们同样应该注意精神分析法中"禁忌"（*tabous*）和"自我审查"（*autocensure*）的含义："如今，在知识分子阶层中，'审查（*censure*）'一词具有负面含义，而其他阶层并没有广泛意识到该词贬义的一面，在古代更是如此。因此人们互相审查、揭发，倘若不这样，当权者或公众的介入通常会得到更广泛的民意支持。"根据芬利的研究，在介绍下面的例子时我们需要把握一个重要原则。与现代极权体制相反，在古代，当权者的

---

① 老塞内加：《诉讼辞》，7，17。

② 参考马克·托赫：《屋大维和罗马史学的变革》，见库尔特·A.拉夫劳布、马克·托赫编：《共和与帝国之间》，同前书，第139—154页。

③ 摩西·伊曼努尔·芬利：《出版审查》，同前文，第3—4页。

"审查"行为无法界定,既没有根除的办法,法律追究也从来都不成体系,而是往往受某些特定局势的影响。"只要这些应受指责的言论或观点没有被不具备相关资质的人大肆公开发表,没有出现在禁忌的地方,不是专门准备给本不应该了解这些信息的人,也不是针对本不应受到批判的人",那么不同政见或意见就无足轻重。事实的确如此,但告密者的行为使得私下交流信息与公开发表言论的界限变得模糊,然而事实上这两者截然不同。例如,当人们受邀参加文学沙龙时,身处一间令人放心的私家公寓时,或与好友共进晚餐时,其言行举止却可能被告密者揭发并受到控诉。有时,一些文学作品也会被检举,随即,元老院便会下令将其销毁。

屋大维和提比略统治期间[1],三位高级知识分子就成为了这种制度的受害者——他们的著作被销毁。古罗马共和时代已知的最早案例的当事人是诗人奈维乌斯(Naevius),他因作品触怒权贵而被投入监狱,之后遭到流放。[2]诚然,我们不能只因为一个参考文献的缺失就断定焚书是当时新出现的惩治手段,但这确实是当时这些作家的共识。[3]苏埃托尼乌斯(Suétone)在为皇帝卡里古拉(Caligula)所写的自传

---

[1] 对于这三种情况的连续分析,全部引自文献,并不先入为主地认为已经存在着反对屋大维制度的"知识分子反对派",这样的标签过于宽泛,而且会误导人们的看法。参考库尔特·A.拉夫劳部、洛伦·J.萨蒙斯:《屋大维的反对派》,第436—437页。

[2] 参考坦尼·弗兰克(Tenney Franck):《奈维乌斯和自由言论》,载《美国哲学杂志》,48(1927年),第105—110页;贝尔纳多·桑尔卢西亚(Bernardo Santalucia):《奈维乌斯的监禁》,见卡尔塞尔(Carcer):《古代的监狱与剥夺自由》,巴黎,1999年,第27—39页。不过这一传统说法可靠性值得怀疑。参考哈罗德·B.马丁利(Harold B. Mattingly):《奈维乌斯和梅泰利》,载《历史》,9(1960年),第414—439页。

[3] 参考克拉伦斯·A.福布斯(Clarence A. Forbes):《焚烧书籍》,TAPhA, 67(1936年),第114—125页;弗雷德里克·H.克拉默(Federick H.Cramer):《古罗马焚烧书籍和出版审查:言论自由史的一章》,载《思想史杂志》,6(1945),第157—196页。在罗马,人们知道,在李必达死后,屋大维接任了大祭司,之后于公元前12年让人焚烧了内战期间大量创作的所有预言类书籍,而只留下了女巫的书。这些举动也许有时候具有赎罪仪式的特点,仿佛安东尼时期的 Lucien 的"假冒预言家"亚历山大所证明的那样:他把伊壁鸠鲁的著作全都摆放在广场中间,然后命人用无花果的木头将书付之一炬,"仿佛要将书的作者本人烧死一样",接下来,他口中念着咒语,将灰烬投入大海。但是,当一个人被视为了怪物,如此的仪式就特别像是控制奇迹。我在此想到了我对《罗马世界对双性人和弑父者的流放》的研究,见《怪物和神圣。边缘化和整合之间神话的细节和礼仪的差异》,历史总监和罗马大学组织的学术研讨会(即将出版)。这一点值得小心谨慎地深入研究,因为并非所有环境都与所研究的时期一致,正如达尼埃尔·萨雷菲尔德(Daniel Sarefield)提出的那样。达尼埃尔·萨雷菲尔德:《基督教的罗马帝国的焚烧书籍:净化的异教仪式的改变》,见哈罗德·A.德雷克(Harold A. Drake)编:《近古代的暴力:认知与实践》,2006年,第287—296页。达尼埃尔·萨雷菲尔德认为所有焚毁书籍的举动都是一种"净化的"行动,它旨在洗刷一种"耻辱"。

中，不仅记录了在其统治初期，先前受到惩罚的作家得以平反昭雪（不过后来，卡里古拉不再如之前那般宽厚），同样也一一列举了他们之前受到的指控："此前根据罗马元老院法令，提图斯·拉宾努斯（Titus Labiénus）、克里莫提乌斯·科尔都斯（Crémutius Cordus）、卡西乌斯·塞维鲁斯等作家的作品被下令销毁，但卡里古拉统治初期开始批准可以查找这些作品，后又批准传播和阅读这些作品。他曾说：'让我们的子孙后代可以有途径了解到这些历史，这是我十分乐意做的事情'。"①

提图斯·拉宾努斯和另外一位演说家玛莫库斯·艾米利乌斯·斯卡鲁斯（Mamercus Aemilius Scaurus）命运相似，老塞内加写道："玛莫库斯发表了七篇演讲稿，但随即就根据元老院法令被焚毁了，这把火反倒帮了他的忙，此后他继续撰写抨击性的文章来捍卫自己的名誉，这些文章风格跟法律诉讼文书相比，更为狂放不羁。"② 这些指责不仅针对他们个人，还针对他们的著作，例如纪事、抨击性文章等，而这些诉讼的特征可以帮助分辨上述四种情形。我们可以一起来研究一下事件的进展以及撰文作者的评判，首先是被拉宾努斯（T. Labiénus）的控告，此事记录在老塞内加写给孩子们的一则前言中。该文估计是年代最久远的版本，应该全篇呈现在这里，因为作者的想法和讽喻的文笔与事件本身的发展过程同样重要，摘录如下：

> 你们问我关于拉宾努斯的事情，他从不在公共场合发表言论，他能够非常纯熟地运用演讲这一艺术。他不在大众面前演讲，一方面是因为他没有这个习惯；另一方面，他认为这是不体面的行为，是没有任何意义的炫耀。他表现得像一个高傲的审查者，但事实上，他的观念和想法完全是另外的样子。这位伟大的演说家克服了重重困难才成为天分过人的伟大演说家，他得到了广泛公认，没有一味去迎合公众的期待。某些人对拉宾努斯的侮辱、仇恨来自极其卑鄙的想法。而拉宾努斯的口才确实极佳，让这些诋毁者不得不去夸赞——纵然他们内心里不愿承认，这样的夸赞能够显示他们对有才之士的宽宏大量和对可造之才的雅量高标。我们可以想象，在拉宾努斯成功的路上制造困难的力量有多么强大，其实人们对他一肚子的不满，没有人重视他的才能。

---

① 苏埃托尼乌斯：《卡里古拉传》，16，2。
② 老塞内加：《诉讼辞》，10，前言，3。

拉宾努斯的演说闪烁着旧时演说艺术的光辉，又不乏新演说艺术的力量，其表达之细腻，融合了当代与从前的演说特点，所以，各家演说流派都宣称他属于自家一脉。拉宾努斯表现出了极大的自由，甚至可以超越自由之名，因为他不加区别地推翻了命令与发号施令者，人们幽默地将他称为 Rabienus。说到缺点，他的无比聪明如他的才能一样充满了激情，他喜好宁静，没有放弃对于庞贝派风格的偏爱。

新的惩罚形式正是针对拉宾努斯而发明的，的确，他的书籍被对手付之一炬：酷刑竟然施于思想作品，这是史无前例的变化。凭着海格力斯起誓：人们在西塞罗之后发明出利用残酷手段惩罚有才能的人的方法，这对于公众不失为一件好事。假如古罗马的三巨头不仅流放西塞罗，而且否定他的才能，并引以为荣，那会带来何种结果？不灭的神祇是有才能的人的报复者，他们态度坚决而又可以耐心等待时机，为有创造力的人准备奉上严厉的惩罚。人们从来都是轮流坐庄承受痛苦的，某个人想象出的制裁他人的手段常常会落到自己头上。荒唐的人啊，你们这种有违常理的逻辑简直不可思议！或许，人所共知的惩罚措施显得不够残忍……用野蛮的火炬指挥思想作品，让它统治知识教育的文字。感谢诸神，让如此的酷刑强加到有才能的人身上，这开启了一个才华泯灭的时代！宣判焚烧拉宾努斯的书籍的那个人，他自己的书籍却也在随后被人焚毁，而当时作者本人还依然在世……

拉宾努斯无法承受如此的攻击，不愿意看到自己的才能被扼杀而自己却苟活于世，他要人把自己安顿到自己先人的墓地，他也许怕的是毁掉他名字的火焰烧不到他的身体：他不仅结束了自己的生命，而且安排了自己的葬礼。

我记得有一次，拉宾努斯大声朗读一篇历史故事时，翻弄着书中很厚的一部分说道："希望我看过的这些段落在我死之后还能被人读到。这些段落中该会蕴含了怎样的言论自由啊"[①]，连拉宾努斯本人都居然发出了这样的警语！

这篇对拉宾努斯的大段描绘透露了告密者的三个特点：诚然，对于雄辩术的式

[①] 老塞内加：《诉讼辞》，10，前言，4—8。

微的欣赏也许是辩术的一个元素，只是过去作者们的一个议论话题而已。① 不过，对于演讲艺术前后两个时期的认识，可以让我们划分雄辩术的两个时代，去印证古代王权时期关于该领域的风云变幻。一个出身卑微的人，凭借演讲才能取得了社会地位的提升，这在塔西佗笔下的告密者的原型那里得到了印证。最后，拉宾努斯"Rabienus"的这一外号直接回应了那些告密者的"疯狂谴责"（rabies② accusandi）不过，这位大胆的年轻才俊和上述那些攻击他的人分量完全不同，告密者们从提比略统治时期开始，就将其口才用于审判谋害君主罪的法庭上，服务于权力，拉宾努斯成为了这样的做法的牺牲品，他想通过自杀来避免受到司法的指控。③ 如此的自杀形式不会是无足轻重的，因为他要通过这一举动来引起世人对作品存在的重视，并提醒人们别忘记他们曾承诺要出版诸如老塞内加等人的故事。

通过这一例子，我们要力戒在现代的分类中清清楚楚地划分对抗王权的"反对派"和服务于王权的人员。贵族的竞争既不是统一的，也不是结构整齐划一的，而是有些飘忽不定，因为其同盟体系摇摆不定，随着局势的变化而发生变化。令人吃惊的是对于风格使用的重视，也即对社会、政治领域文学创作的重视，而文学创作却又永远无法形成独立的领域。演讲活动从来不能与地点、条件割裂开来，同样与尊严的标准紧密联系。拉宾努斯由于恃才放狂，不尊重这一领域，最终没有取得言论自由，正如老塞内加所写的那样，"文学创作超出了自由之名"。这是"演讲自由"吗？"演讲自由"一词与现代革命遗留下的价值观联系过于紧密，难以反映罗马时期的现实。维尔祖伯斯基（Ch. Wirszubski）的说法提醒我们，罗马人的自由不是一个意志的自律，而是一份义务和一项权利，是社会关系的一种平衡，始终无法与尊严分割。过度的自由会变成失控的运动（licentia），乃至"放纵"（libido），会危及社会秩序：老塞内加提出的指责恰恰印证了马特努斯（Maternus）在《演说家对话录》中所说的话，重又强调了与罗马共和时期雄辩术的割裂。"但是，过去这种伟大的、光

---

① 参考康拉德·埃尔德曼（Konrad Heldmann）：《古代理论发展和演说的衰落》，慕尼黑，1988年，第163—198页。

② 拉丁语 rabies 意思是"暴怒的"，将拉宾努斯本名 Labiénus 稍做改动变为外号 Rabienus，借用文字游戏影射了 rabies 一词。——译注

③ 迪特尔·昂（Dieter Hen）：《拉宾努斯和著名的小册子的第一个庄严的写作过程》，载《凯龙评论》，3（1973），第245—263页。

荣的雄辩术乃是放纵的产物，被傻瓜们称为自由，属于引诱活动……"① 至于拉宾努斯在读历史故事时所做的自我检查，我们会在下面拿来与莫提乌斯·科尔都斯的命运进行比较：这是与诽谤不同的相近领域，因为在重现过去和国内战争的时候，这涉及了被允许的评判自由的界线问题。

拉宾努斯的自杀很可能是迫于审判威胁的压力，这常常被与卡修斯·西弗勒斯的流放相提并论，卡修斯·西弗勒斯是位才华横溢的演说家，激烈的批判文章作家，他出身低微，但是"虽有卑贱的出身，屈辱的生活，却十分擅长演说"②。他的作品被销毁，这在前面说到卡里古拉的平反措施时提到过。虽说拉宾努斯曾与他为敌（有人偶尔会揣测是卡里古拉指控了拉宾努斯），但拉宾努斯却能够背诵卡里古拉的作品，对此，老塞内加能够予以证实。两个人受到的惩罚几乎是在同一时期，不过因为文献的不统一我们不晓得具体时间，只知道大概是发生在屋大维统治的后期，或者是在公元 8 年（这一年，奥维德被流放），或者是在公元 12 年。当时的统治因为多种原因而变得强硬：皇帝的年纪，军事新遭遇的困难，皇帝继承问题的不确定性。③ 就是在这种背景之下，当局采取了对于撰写诽谤文章行为的制裁措施。④ 然而，卡修斯·西弗勒斯表现得就像一位创新者，提出了雄辩术的新风格，这种辩术"较之判断更加关注愤怒"，热衷于"谴责的欲望"⑤。我们从《演说家对话录》中能够汲取的例子，如老塞内加的《诉讼辞》(Controverses)，也都证明了讲话中的辛辣和尖刻，这些手段旨在诋毁对手的尊严而触怒对方。老塞内加因为以高谈阔论聚拢了"亲密无间的关系"而被流放到克里特岛，他在那里继续撰写诽谤文章，"招来了新仇旧恨"，于是新的元老院法令决定加重对他的刑罚：宣判将其流放，剥夺其罗马公民身份及其遗产，他立即被软禁到塞里福斯岛，在那里度过了人生最后一段悲惨的时光。

---

① 塔西佗：《演说家对话录》，40。
② 塔西佗：《编年史》，4，21，3。
③ 编年表在这里并不准确，而说到被称为"压迫年代"的统治末期，这一说法有时候有待商榷。参考库尔特·A. 拉夫劳布和洛伦·J. 萨蒙斯：《屋大维的反对派》。
④ 迪翁·卡西乌斯（Dion Cassius），56，27；塔西佗：《编年史》，1，72，3；苏埃托尼乌斯：《屋大维》(Aug)，55。
⑤ 昆体良：《论演说家的教育》，10,1,117;11,1,57。到卡修斯·西弗勒斯的这段时期被认为是古代演说家的分界线。(塔西佗：《演说家对话录》，19)

针对知识分子的此类系列暴力活动还有最后一例要举，即克里莫提乌斯·科尔都斯的例子。简单说来，在一位罗马历史作家的作品中欣赏到一篇华美篇章（即便是一篇记述的演讲），不见得就是得到了一杆锻造精良的长枪，可以只服从于意识形态的策略或者作者笨拙掩饰的话语策略。在这一点，我们完全同意卢西亚诺·坎福拉（Luciano Canfora）的观点，他认为：克里莫提乌斯·科尔都斯公元 25 年在议会所做的辩护演说（记述在塔西佗的《编年史》中）的内容广泛取自真实材料，甚至有文献支持，并非纯粹的虚构、人为的矫饰或者"辞藻富丽的演讲"。凭借着对该演说的记述，塔西佗穿起了他的前任克里莫提乌斯·科尔都斯的服装，从而可以保护自己。① 这一点我们随后再看。

议会控告克里莫提乌斯·科尔都斯谋害君主，其背后真正的原因是塞扬努斯（Séjan）对他的仇恨：两位提出控告的人皮纳鲁斯·纳塔（Pinarius Natta）和萨提乌斯·赛昆都斯（Satrius Secundus）是省长的手下人员。② 小塞内加（他是哲学家）多年后撰写了《安慰玛尔西亚③》(*Consolation à Marcia*)，通过他，人们知道克里莫提乌斯·科尔都斯曾公开对塞扬努斯恶意中伤：庞贝的剧院在经受一次火灾后重新修复，这里竖起了塞扬努斯的一座雕像，而克里莫提乌斯·科尔都斯却说这意味着这座剧院的末日：科尔都斯高声叫嚷着说失去了一座真正的剧院。④ 小塞内加的评论让人们更好地理解了这一句话的弦外之音："在这样一座永远纪念我们伟大的将军的建筑物里居然竖起一个缺少忠诚的士兵的雕像！在庞贝城的灰烬中看到塞扬努斯矗立在那里，对此，他会按捺住心中的怒火吗？"在贬低塞扬努斯的同时，科尔都斯赞颂了庞贝，而我们知道这正是别人对他文章的一项指责，为他辩护的人有如下的记述：克里莫提乌斯·科尔都斯说"蒂托 - 利夫（Tite-Live）因口才和正直获得了最高的荣誉，他极力赞颂庞贝，屋大维因此称其为'庞贝分子'，不过其实他们并没有结成好

---

① 卢西亚诺·坎福拉（Luciano Canfora）：《克雷姆齐奥的诉讼（〈编年史〉IV，34—35）》，见《古罗马历史编纂学的历史研究》，1993 年，221—260。玛丽·R. 马克修（Mary R. Mc Hugh）："史学和言论自由：克里莫提乌斯·科尔都斯的情况研究"，见因内克·斯卢特（Ineke Slutter）、拉尔夫·马克罗森（Ralph M. Rosen）：《自由演讲》，第 391—408 页。
② 塔西佗：《编年史》，4，34，2；塞内加：1，2，22，4；迪翁·卡西乌斯：57，24。
③ 玛尔西亚是科尔都斯之女。
④ 小塞内加：《致马可》，22，4。

友"①。的确，我们这里读到的也有可能是对于告密者的怨恨的明确回应，既是靠了科尔都斯的文章，也是凭借了他的无畏，而恰恰是这种勇气导致了他的失败。

如果说对塞扬努斯的冒犯是被指控的原因，那么指控的内容是什么呢？对此，塔西佗给出了最明确的解释："克里莫穆提乌斯·科尔都斯受到了新的指控，因为他在发表的历史作品里赞扬了布鲁图斯（M.Brutus），将卡西乌斯称为'最后一位罗马人'。"②而塞内加的总结也同样富有教育意味，这位哲学家使用对克里莫提乌斯·科尔都斯的拟人法，以下面的话来开启他文章的最后一部分："想象一下吧，从天空的最高处，马尔西亚，这位圣父对你表现出的威严犹如你对自己儿子的权威。他和你说话，不是用一种哀悼内战或者永远放逐被流放者的口气，而是用一种更加崇高的口吻……"③

很显然，谴责聚焦在塔西佗强调的这一点，而这在以前从未构成一种罪行：颂扬布鲁图斯，把卡西乌斯称为最后一个罗马人。然而，科尔都斯并没有无中生有或者歪曲事实，因为事实上，这就是对布鲁图斯的传统评价，正如后来的两条信息证实的那样。④诚然，所有武断的看法在这里都可能是危险的，但克里莫提乌斯·科尔都斯似乎很可能是在通过布鲁图斯之口来间接地发表言论——他反对恺撒阵营，反对三巨头指挥的流放中的暴力行为。大概这里谴责的只是其中一方面。但在一个挥舞着谋害君主罪和专横的诉讼大棒的政权系统中，所有的言语冒险都可能开启一次认知（cognitio）。克里莫提乌斯·科尔都斯大概知道自己触犯了提比略引入的"新语言"准则，该准则规定，要给卡西乌斯与布鲁图斯永远带上"窃贼"和"弑君者"的帽子。⑤这种对书写历史的束缚在同时代伦理学家瓦雷尔·马克西姆（Valère Maxime）那里得到了印证，马克西姆的作品流传至今，他也许是在腓立比平原的战斗中形成了对恺撒的看法，他这样写道："卡西乌斯，在提到他名字的时候，永远要讲他对我们祖国之父所犯下的罪行。不，你没有杀害恺撒，卡西乌斯，因为没有一

---

① 塔西佗：《编年史》，4，34，3。
② 塔西佗：《编年史》，4，34，1.同时可以参考苏埃托尼乌斯：《提比略传》，61，9。
③ 小塞内加：《致马可》，26，1。
④ 普鲁塔克（Plutarque）：《布鲁图斯》，44，2；Appien，4，114。
⑤ 我们知道蒂托－利夫出于谨慎，已经推迟了他的《罗马史》的一些章节的出版，后来皇帝克劳狄被周围的人说动，决定撰写一篇反映这一时期的记述作品。

个神能够被消灭；但你若在他化身为人的时候攻击他，待他恢复为神之后，你必然会遭到他的疯狂报复。"①除了颂扬权力的时候，瓦雷尔·马克西姆都会讲自己的话语。

面对这一机制，科尔都斯的论证是徒劳的。其论证主要基于四种类型的论据：（1）除了一些词语外，他不能被任何事情谴责。而且这些词语不能用来批评君主或其亲属，因为这属于亵渎君主罪；（2）科尔都斯之前的历史学家们，首先是蒂托-利夫，已经向敌人或谋杀恺撒的凶手表示敬意，不过没有因此而触怒对庞贝心怀崇敬之情的屋大维；（3）内战属于过去，我们不会因为提起内战中主要人物的名字而让国家面临危险："我们会认为全副武装的卡西乌斯和布鲁图斯能够占领腓立比平原吗？或者相信我能够通过演讲来鼓动人民参加内战吗？"②（4）论战或冒犯只会遭到反驳，或者看到表示原谅的沉默以及表示宽恕的沉默，愤怒就等于承认了冒犯内容的真实性。

克里莫提乌斯·科尔都斯的最后一个论据很好地说明，在古罗马，不可能把"知识分子"阵营单独分离出来，因为他们与行使权力的形式是联结在一起的。如果没表现出坚决的分离意愿（但即使是在哲学领域，这也是一种决裂的表示，这种决裂就像塞内加对待尼禄的例子一样），那么知识分子也是政治参与者。因此，为了捍卫自己的作品，他们会在作品受到攻击时借助贵族竞争的规则和在法庭面前的辩护规则："对于西塞罗极力吹捧加图的那本书，"科尔都斯惊呼道，"独裁者恺撒除了辩驳（就像在法官面前辩护一样）之外还有其他方法来回击它吗"？③历史学家们为了自我保护而变成了演说家，他们求助于谴责体系和辩论的价值观，甚至可以使用谩骂方式，而历史学家自己也要屈服于被收买的告密者的淫威，面对告密者训斥的才能，在进行审问的君主的注视下被迫低头认罪。最终，历史学家使用古希腊修辞的模式，他们强调说，在古希腊，自由和欲望都是不受惩罚的，或者，假使有人对此过于在意，那么他就会用话语去报复他们的话语。④

如果我们承认小塞内加在《安慰玛尔西亚》中提出的议案，那么克里莫提乌

---

① 瓦雷尔·马克西姆（Valère Maxime）：1，8，8。

② 塔西佗：《编年史》，4，35，2。

③ 塔西佗：《编年史》，4，35，4。在加图死后（公元前46年4月），恺撒给西塞罗的《加图赞》（Aulu Gelle,13,20,3）的回信是受了希腊风格的启发，具有抨击文章的特点。

④ 塔西佗：《编年史》，4，35，1。

斯·科尔都斯的文章也意在保留过去的记录，以便为国内战争期间受到迫害的人平反。回忆录是一场文学运动的核心，它实现了其永远"流放那些流放犯人"的目的。从这一意义上说，这样的文章与屋大维进行的和平努力相矛盾，屋大维希望抹去人们对那场冲突的记忆，正是这一冲突结束了罗马共和，抹杀了他作为集团领袖在内战中发挥的作用，虽然他当时还依然保留着"奥古斯都"的称号。在第一任皇帝统治时期，那场报复运动得到了原谅，但从提比略统治初年政治加强时，这被塞扬努斯的手下怀恨在心，克里莫提乌斯·科尔都斯被说成是君王的敌人。然而，我们或许可以研究得更加深入些，去判断这位议员的报复心理和修补历史创伤的想法，同时注意一个被普遍忽略的人物传记细节。我们不知道克里莫提乌斯·科尔都斯的父亲扮演了什么角色，但是小塞内加的一句影射的话让我们看到，克里莫提乌斯·科尔都斯的父亲成为了三巨头流放的牺牲品。在上面提过的拟人的篇章中，克里莫提乌斯·科尔都斯对自己的女儿说了这样一段话："看着你的父亲和你的祖先，你的祖先成为了一次谋杀的牺牲品；而我则没有给任何人凌驾在我头上的权利，我可以被剥夺食物，但是我要世人看到，在我一生中，我的灵魂和文字一样的高尚。"① 我们不去谈这段话中所影射的环境，这里所说的凶手指的正是那些不经审判就将流放者处死的人，作为犒劳，他们反过来又受到了法律授权的庇护。科尔都斯的文章成为一种报复，似乎是国内战争的延续，而屋大维却在通过元首制度努力阻止国内战争。

让我们对这桩诉讼案的脉络一步步进行总结：科尔都斯因为两个告密者（起诉者塔西佗和支持者塞内加）的控告而被带上议会法庭，他当着君主的面自我辩护，回应别人对他的怨恨，为了推迟审判，他选择了自杀（他在家中绝食，无声无息地死去。他的举动让人想起了从显赫的祖先那里走来的提图斯·拉宾努斯）。正如数年前发生在对皮索（Pison）的起诉中发生的那样，案子还在继续（"就在议会对被告评议的时候，告密者又使出了新的招数，科尔都斯被宣布与本案无关。"）②，元老院会议最终决定下令要求罗马及其他地方的市政官将克里莫提乌斯·科尔都斯的书全部焚毁。

庭审于是于公元 25 年在特殊的情况下展开，法庭大法官塞扬努斯建立起自己的

---

① 小塞内加：《致马可》，26，3。
② 小塞内加：《致马可》，22，7。

支持联盟,力求获得君主的信任。有必要提醒的是,某些分析认为,由于"重要事件"和社会、政治、司法条件的存在,塔西佗一篇文章的唯一目的就是构陷《塔西佗的叙述技巧》(*Tacitus' narrative technique*)的作者克里莫提乌斯·科尔都斯。当然,科尔都斯的辩护在《编年史》中的一个游戏镜里看到了自己的位置,他在开篇引子中对历史文献进行了思考,在结语中对记忆与暴政进行了反思。不过,这并不意味着塔西佗只是在尽力通过这个例子表明他本人在当时所冒的风险。实际上,他所生活的时代已经不同于科尔都斯受到批判的时代,几十年后,普鲁塔克和阿皮昂毫不担心地把布鲁图斯的话带到了卡修斯遗体前。几代人已然随风而逝,政治形势也已然发生了变化,国内战争成为了记忆,因此,当我们读到下面的文字时倍感惊诧:"在叛逆案中,塔西佗借助克里莫提乌斯·科尔都斯之口间接地发声,让人觉得他是在客观地讲述历史。"这样的说法至少引出了三个问题:公元25年难道没有发生任何大事吗?何为客观叙述?过去的人难道发明了另外一种描写历史的方法吗?

*

我们能否撇开知识暴力形成的政治条件去谈论罗马的知识暴力问题呢?告密者的话语之所以显得特别激烈,是因为它形成的过程中,演讲艺术因为审查的要求改变了性质,同时也是因为"利益的、流血的雄辩术"效命于独裁的权力。政治解释可以让人明白演讲流派是如何从屋大维元首制开始发展起来的。虽然在演说家之间,所有主题都能毫不避讳,但辩论过程却禁止旁听,所以不能马上对城邦产生影响。对于君王皇室的权力的肯定,对于其领袖魅力的歌颂也恰恰证实了这种趋势,也就是从雄辩式的演讲逐步演变为典礼演说,不吝啬溢美之词来为皇室歌功颂德。这种讲话规则的混乱虽然不能融入暴力的表达,但是至少得承认这是一种对皇权限制的结果。最终,每当书籍被烧毁,每当对于历史的探究被禁止,每当话语权被支配,政治权力便会受到指责。

今天,面对"语言转向"和"新历史主义"的延续,历史学家们放弃了对政治现实重要性的考量(或不再绝对地看待它),不再去定义历史演变,他们提出的借口是政治现实脱离了话语其表现便难以捉摸。这一情况很是令人意外。如果总是不断地追忆昔日作家们的努力,怀念他们以前的年代,一味留恋他们创作的修辞,反而忽略了他们所实现的功绩,这似乎也是很让人担忧的。我们赞同罗兰·巴特的看法,承认塔西佗的"阴森巴洛克"开创了一种假象:在塔西佗的记述中,经济条件

第四部分　雄辩家，神学家，知识分子：权威的暴力　　239

增强了人们对于死刑的共鸣，而切实的计算考量却限制了行刑的次数。然而，是否应该根据这种文学分析，便要弱化在暴君压制下的罗马贵族成员受到的压迫呢？我们有时在这种见解下观察到的过度行为最终都归于一个简单的事实：塔西佗的著作是一部文学著作。然而，得说这一事实应该成为分析的开始，而非终点。这种分析可以研究历史学家本人的作品，将其作为主要的研究资料，来撰写社会历史和政治历史。是的，塔西佗重新整理了克劳狄一世在公元48年在元老院发表的讲话，修改了他混乱的行文风格，同时也提炼了其论点，但是克劳狄一世铜表刻录的他的讲话和塔西佗的《编年史》的对比却明确地显示出了塔西佗阅读档案资料时内心的忧虑重重，因为可以看出，他是核对着克劳狄的讲话稿小心翼翼地编写史料的。对于受到指控而自杀的人，在其死后第二天要实施除忆诅咒（磨灭其各方面痕迹和功绩），而元老院中的"十二铜表法"提供了今天人们称之为"除忆诅咒"的相关细节和规定。但塔西佗选取了其中一部分而非详尽地全部展现，目的是有意识地漏掉一部分，对此我们是否该感到震惊呢？① 我们再次惊异于它并不是最引人注目的碑铭文和文学文本之间的联系。修正主义完全将"话语策略"中的事情弱化，而"话语策略"能够让事件存在，没有让历史学家投入到修正主义的研究上，完全把事件融入"话语策略"，从而让修正主义继续存在，相反，话语策略难道不应该鼓励在语言学知识的进展中去思考文字材料的获得、建立与对比吗？所有的笔语和口语首先是一种话语，这是显而易见的道理。相对主义以这种道理为基础，摆脱了精准表达这一要求的困扰，并同时引领了古代的作家们，在"实证主义"的学说下糟糕地决定将历史编撰学的一部分割裂出去（有时因为纯粹语言原因而禁止阅读），在某种程度来说，这难道不是一种精神暴力吗？

---

① 参考约翰·P. 博德尔（John P. Bodel）：《处罚皮索》，载《美国哲学杂志》，120（1999年），第43—63页。

威严的演讲，权威的话语，隐藏的暴力：
对拉昂的安塞尔姆语句的分析（1117）

塞德里克·吉罗

为了更好地理解知识分子所特有的暴力形式，对他们使用的语言提出疑问无疑是一个很好的研究出发点。实际上，拉丁语中 *violentus*（暴力的）一词和它的名词形式 *violentia*（暴力）均来自前缀 "*vis*"（力量）。[①] 拉丁语中 "vis"（力量）一词表示物质上的暴力，如拉丁语中 "vim afferre alicui" 可以逐字翻译为 "对某人使用暴力"。同时 "力量" 也表示非物质暴力，如知识方面的暴力，故而拉丁语中的 "vis verborum" 表示 "语言所要表达的内容，不仅包括语言的含义，还包括了含义背后的价值，甚至是含义所具有的力量"。因此，拉丁语和它衍生的罗曼语系本身都蕴含了模糊的暴力：尽管无声的暴力的确存在，但要相信，拉丁语的词句具有一种力量，具有一种意义深远的、有说服力的意愿，这种力量和意愿可以立即产生影响。就像学者保罗·里克尔强调的那样，早在修辞学这门学科出现之前，就已经存在着一种 "野蛮的" 修辞，而规定着修辞学的哲学则是在更晚之后才诞生的。[②] 从此，对于哲学家们来说，是否存在一种理性的暴力，这个问题已经不复存在了，取而代之的问题是如何限制这种理性暴力或者寻求消灭这种暴力的方法。

而历史学家们的任务则不同：他们描述过去发生的情形并对其进行相应的解释。因此对历史学家而言，让他们来辨别理性、劝说性的语言和知识暴力着实不易：一方面，历史学家的 "局外人" 的立场会让他们冒险去用过去的一种理性标准去评判

[①] 阿尔弗莱德·埃尔努（Alfred Ernout）、安托万·万梅耶（Antoine Meillet）:《拉丁语词源词典》，巴黎，2001年，第740页。

[②] 保罗·里克尔（Paul Ricoeur）:《修辞与诗歌之间：亚里士多德》，见《生动的隐喻》，巴黎，1975年，第13—61页，此处引自第13—18页。

另一种理性，即去评判我们包含较少暴力成分的理性。另一方面，历史学家对史料的内部阅读会演变为解说，这在宗教历史上的护教活动中曾经发生过。

面对这种两难的境地，我们可以去研究历史上一些有争议性的演讲，从而获得一种有利的崭新空间：这些演讲的作者们公开地选择辩论主题，其辩论模式符合文学标准和社会标准，并由历史学家来解读这些模式的机制，这样，对语言价值的判断和其背后意识的曲解就会大大减少。相反，那些教学性质的文学则复杂得多：这些文学在结构上不存在什么功能方面的争议，其目的在于传播知识，而非反复灌输暴力；实现这一目的的方法则是理性劝说，而非侵犯他人意识。因此，我们应当揭开间接的、隐藏在表象之下的暴力的面纱，并且认识到教学演讲并不是完全不含恶意的，这些演讲有时表现为强制力的载体。一种"超级"批判的立场一旦走入极端，便会迷失在对可疑演说的过度解读之中，最终使人觉得所有可疑的演说都是欺骗手段。如果我们对一个基督教相关的演讲感兴趣，相关的研究方法会有很多：在这个理智具象化的宗教中，如何定义劝说与威胁之间的界限呢？有些举动在基督教看来是虔诚的，实际上却是围绕一些非理性的东西在故弄玄虚而已，对于这些举动我们又当如何看待呢？

将语言学家提出的"信仰世界"这一说法吸收进某一特定词汇，似乎就可以避免陷入批判主义和护教主义矛盾的危险。[①]"信仰世界"是被某位演讲者确认为真的概念，或者他自己坚持认为是真实存在的。[②]信仰世界限制了被承认的可能性，并且也界定了演讲：它定义了第一种沉默的暴力，即所有画外音，或者这些事实在当时不允许被思考，因为历史学家拒绝对其加以评判；或者当时的背景使人猜疑这些事实是被间接拒绝的。在这样划分的信仰世界里，通过了解讲述事实时使用的演讲策略的渐变，我们可以更加深入地研究这个世界。换言之，我们要去确定演讲家从其信仰蜕变为暴力的方式。拉昂的安塞尔姆（Anselme de Laon）是研究神学的教师，他曾在12世纪的前25年里教授神学，通过研究他的学校，我们希望展示这位教师的话语是如何演变为具有真理强迫力的演讲的。

[①] 关于历史学的语言工具的一致性问题，见埃尔韦·马丁（Hervé Martin）:《中世纪11—15世纪的精神面貌》，巴黎，1998年，第51—76页。

[②] 参考罗贝尔·马丁（Robert Martin）:《语言与信仰，语义理论中的"信仰世界"》，布鲁塞尔，1987年，第10页；以及罗贝尔·马丁:《论意义的逻辑》，巴黎，1992年，第38页。

拉昂的安塞尔姆的信仰世界

拉昂的安塞尔姆与 12 世纪的复兴

首先应当简单介绍一下我们为什么要选择拉昂的安塞尔姆这位大人物作为研究对象。原因有二：第一个原因是积极的，即在于他当时享有很高的声誉，与另外几位学者共同推动了 12 世纪的"学校革命"。[①] 拉昂的安塞尔姆是教会学校首屈一指的名师，关于该学校我们拥有大量证据来证明它的成功。[②] 安塞尔姆在拉昂市教士会议内部的任职履历十分辉煌：从 11 世纪最后的几十年直至 1117 年去世，他曾担任主席、教长和主教代理。而且，他的教士职务为其赢得了学术界的盛名。安塞尔姆把他的城市变成了西方神学学习的圣地，在那里吸引了众多人士，其中有二十几人在该领域名声赫赫。[③] 安塞尔姆让我们能够从头了解这位经典大师：教学的成功让他得到了社会的尊重，由此他直接参与城市生活。所以他的话语的重要性不容忽视，在 12 世纪的文艺复兴初期，他的讲话就是金科玉律。安塞尔姆大师的讲话别出心裁，因此，直到 1170 年都是独树一帜的。

选择安塞尔姆加以研究的第二个原因是消极的：一个不和谐的声音足以在后来的时间里抵消我们刚刚提到的对于安塞尔姆的一片赞扬。1113 年前后，皮埃尔·阿贝拉尔（Pierre Abélard）决定学习他之后称为"神学"的知识，于是前往拉昂市拜在安塞尔姆的门下。[④] 在《灾害的历史》（*Historia calamitatum*）一书中，他对自己在拉昂

[①] 关于这一说法，参考雅克·韦尔热（Jacques Verger）：《12 世纪的文艺复兴》，巴黎，1996 年，第 98 页和第 108 页。关于这场学校运动，见雅克·韦尔热的各类作品，如：《12 世纪学校改革的一个阶段？》，见费朗索瓦兹·加斯帕里（Françoise Gasparri）编：《12 世纪，12 世纪上半叶法国的变化与革新》，巴黎，1994 年，第 123—145 页；《从 12 世纪的学校到首批大学：成功与失败》，见《西欧知识的革新（12 世纪）》，第 24 届 Estella 中世纪研究周论文集，1997 年 7 月 14 至 18 日》，西班牙潘普卢纳镇，1998 年，第 249—273 页；《从阿贝拉尔的学校到首批大学》，见让·若利韦（Jean Jolivet）和亨利·阿布里亚斯（Henri Habrias）编：《皮埃尔·阿贝拉尔，南特国际研讨会论文集》，南特，2003 年，第 17—28 页。

[②] 可以参考我的博士论文《拉昂的安塞尔姆大师，他的学校及 12 世纪的神学运动》，巴黎，巴黎索邦四大博士论文，2006 年 12 月答辩通过。本文主要参考了这篇博士论文第五章第 272—300 页的详尽分析。

[③] 同上书，第 68—112 页。

[④] 对该事件当时的背景的质疑，见米夏埃尔·克朗西（Michaël Clanchy）：《阿贝拉尔》，巴黎，2000 年，第 100—104 页。关于对知识分子的主要问题的评价，见埃麦尔内吉多·贝尔托拉（Emernegildo Bertola）：《阿贝拉尔对安塞尔姆和吉约姆·德香浦的批判》，载《新经院哲学杂志》，52（1960 年），第 495—522 页。

第四部分 雄辩家，神学家，知识分子：权威的暴力

短暂生活的描述通篇都充斥着对安塞尔姆毫不留情的抨击：安塞尔姆想要点燃知识之火，可实际上只是漫起了一阵烟雾；从远处看起来枝繁叶茂的这棵大树，走近后却发现没有半点果实。①阿贝拉尔把拉昂的名声贬低为一种实用的甚至是名不副实的声望。他之所以抛出这一引发论战的指责，主要原因在于安塞尔姆只是掌握了词汇的用法，却并没有精通词语的深层含义。②因此，一代大师被视为普通的诡辩者，一个被想要接任他的学生们严密保护起来的腐朽的权威。

对该事件一瞥之下，我们看到一个问题暴露出来：安塞尔姆学术权威的性质是什么？它是否像阿贝拉尔所证实的那样，揭示了一种粗暴的学术操纵？按照阿贝拉尔的说法，安塞尔姆凭借传统而非才干来行使自己的权威，这难道不是在实施一种潜在的暴力吗？

假设和问题

为了回答这些问题，我们选择了安塞尔姆的神学警句汇编来加以分析。这是一本由 60 多篇长度从几行至两页不等的短文所组成的文集，按照出版标准有 50 多页。③从教义的角度来看，这些句子是安塞尔姆对于一些有争议的神学问题所做讲解的记录。我们的目的不在于对该文集展开一番文学方面或是教义方面的研究，因为神学院的历史学家们类似工作已经进行得非常深入。④我们的目的是从语言层面对这

---

① 当他点燃火焰时，他将家里灌满浓烟，而不是以光明来将之照亮。他的整株大树和树叶从远处看十分清晰可见，但是走近来更仔细地观察，却发现并无果实。当我接近这棵树来摘取果实时，我突然发现它竟是一株曾被天主诅咒的无花果树，或者是一株卢卡努斯（Lucanus）用来比喻庞培（Pompeius）的老橡树，卢卡努斯说：伟大名字的影子仁立于此，就好像高大的橡树立在果实累累的农田之间一般。（皮埃尔·阿贝拉尔：《灾害的历史》，雅克·蒙弗兰（Jacques Monfrin）编，巴黎，1978 年，第 68 页）。

② 关于这一点，见让·沙蒂永（Jean Châtillon）的详细分析，《阿贝拉尔和学校》，见《阿贝拉尔在他的时代》，巴黎，1981 年，第 133—160 页，此处引自第 148—155 页。

③ 奥东·洛坦（Odon Lottin）：《12 世纪和 13 世纪的心理学与道德》（卷 5），《文学历史问题，拉昂的安塞尔姆和吉约姆·德香浦的学校》，比利时让布卢，1959 年，第 32—81 页。接下来，我们将按照洛坦（缩写为字母 L 以做标记）的版本中的排列序号来指代这些语句。

④ 参考阿蒂尔·米夏埃尔·朗德拉夫（Artur Michael Landgraf）引用的参考文献，《新兴的经院哲学神学文学历史纲要》，巴黎—蒙特利尔，1973 年，第 67—74 页，以及塞德里克·吉罗（Cédric Giraud）的《拉昂的安塞尔姆大师，他的学校及 12 世纪的神学运动》，第 346—434 页。

些文本进行分析，以便说明其话语功能，并展示中世纪史学家和拉丁文化专家很少使用的一种方法的重要性。

定义安塞尔姆信仰世界的最好方法是对它的外部边界做出界定，由此，我们才能评估那种潜在的暴力。一些话语要在错误的或"无法判定的"（这是语言学的说法）领域中注入可能性，此举恰恰有赖于潜在的暴力。所以我们的关注点在于安塞尔姆所质疑的内容，或是他否认包含有真理价值的那些内容。虚拟式中不真实的过去时的使用提供了一种有利的手段，可以去描述一个伪造的世界，即一个本该是真实的、但却错误的世界。[①] "上帝缘何成人"（*Cur Deus homo*）的命题无疑是最需要使用假说的神学问题之一。和众多同时代的人一样，安塞尔姆亦对此有所著述。[②] 在论述此问题的过程中[③]，这位神学大师试图摒弃上帝尽其所能拯救人类的所有方法，而只保留基于正义的"操作手法"（*modus operandi*）。[④] 安塞尔姆一一回顾了他认为不甚妥当的四种可能性：一、上帝可以拯救人类无疑，但是要借助武力；二、人类自身缺乏力量；三、仅靠天使无法合情理地一并拯救人类；四、化为人形的天使力量太

[①] 罗贝尔·马丁：《语言与信仰，语义理论中的"信仰世界"》，第 16—19 页。

[②] 卷帙浩繁的参考文献中，特别要参考 E. 德克莱尔（E. De Clerck）的《中世纪的救世论问题》，载《古代与中世纪时期的神学研究》，13（1946 年），第 150—184 页，此处引自第 172—183 页。同时还可以参考让·里维埃（Jean Rivière）更为全面的介绍，《救赎的教义：历史研究散文》，巴黎，1905 年；让·里维埃（Jean Rivière）：《中世纪初期救赎的教义》，巴黎，1934 年；让·里维埃：《救赎》，见《天主教神学词典》，13-2，1937 年，1912—2004 年丛书；华金·吉麦诺·卡萨杜埃诺（Joaquín Gimeno Casalduero）：《救赎的神秘与中世纪文化》，西班牙穆尔西亚，1988 年，第 39—85 页；C. 威廉姆·马克思（C. William Marx），《英国中世纪文学中魔鬼的权利与救赎》，剑桥，1995 年，第 7—27 页（《12 世纪的争论与原因》）；卡罗琳·沃克·拜纳姆（Caroline Walker Bynum）：《鲜血中的权力：中世纪晚期的救世论的牺牲、满意与替代》，见斯蒂芬·T. 戴维斯（Stephen T. Davis）、丹尼尔·肯德尔（Daniel Kendall）、杰拉尔德·奥克林斯（Gerald O'Collins）编：《救赎：关于救世主基督的跨学科研讨会》，牛津，2004 年，第 177—204 页。

[③] 参考语句 L 47, 48 和 54，奥东·洛坦（编）：《文学历史问题，拉昂的安塞尔姆和吉约姆·德香浦的学校》，第 44—47 页，以及第 50—51 页。我们更为推崇语句 L 54，因为它表达清晰、透彻。

[④] "于是应该有拯救之人，通过他能够以正当的理由回归上帝，那么让我们来看谁能成为这位救世主吧。"（语句 L 54, l. 36—37，奥东·洛坦编，同上书，第 51 页）。

第四部分　雄辩家，神学家，知识分子：权威的暴力

过薄弱。① 最终的结论是，似乎只有化为人形的上帝才有能力救赎原罪。诸如此类的假说在试图揭示其契合度的同时也佐证了上帝的救世计划。② 这些论说虽然未曾形成理论化的观点，但却成为阐述基督教信仰神秘之处的重要论据，并试图将其纳入研究框架。③

在一些章节中，作者用假说式命题的形式更加直截了当地提出了驳论，也更简明、切实地解释了天使与人类的堕落——如果天使和人类中没有一个是恶的，那么也没有一个是善的。④ 此段论述的力量在于预示并提出了神正论中的古典驳论：为什么一位善的上帝会允许恶的存在？创造一个十足善的生灵的可能性一经提出便因有失谦逊而遭到批驳。因此必须使神祇避免受到那些从未清晰阐述的指控——指控也因此而早早消散。在一段关于欲念的文字中，安塞尔姆用一种无足轻重的、相似的方式解释了上帝缘何要让人类进行无法逃避的肉身运动，原因很简单：如果我们坚信自身的善，心生骄傲之情，我们将变得更糟。⑤ 一旦上帝让人类在神祇中占据一席之地，他亦无法再抱怨肉身的缺陷。⑥

此外，一些其他论述（即询问式命题），相较于现实而言也显得模糊不清或者说

---

①　"如果上帝仅仅存在，他肯定能战胜魔鬼，拯救人类，但是这仅是力量已经存在，而不是正义的理性……如果人仅是简单存在，如何能在腐朽的天性下抵御处在更好的位置且如此容易控制我们的魔鬼？……如果天使参加这场战斗，并通过这场战斗，被战胜的魔鬼将人类也卷入其中，理性就不复存在。然而天使无法拯救人，因为如果在他单纯但强大的天性中被找出弱点，这弱点在与人类的天性中的弱点混合之后将会变得更加脆弱。因此只有上帝能成为人类的救世主。"［语句 L 54, 1. 38-39, 43-44, 46-51, 奥东·洛坦（编）：《文学历史问题，拉昂的安塞尔姆和吉约姆·德香浦的学校》，第 51 页］。

②　这就解释了为什么同样的程序被用来对《圣经》进行注释，参考 L 39, 奥东·洛坦（编），同上书，第 37 页。

③　参考吉尔贝·纳尔西斯（Gilbert Narcisse）的博士论文：《上帝的理由：圣托马斯·阿奎那与汉斯·乌尔·冯·巴尔萨泽的得体的论据和神学美学》，弗莱堡，1997 年。

④　"如果天使和人类中没有一个是恶的，那么也没有一个是善的；因此如果善的创造物不是通过它天性的堕落学会谦卑，就会因为它的善而骄傲自大，而谦卑在人类和天使的堕落中显得极其有用。"［语句 L 40, 奥东·洛坦（编），同上书，第 37 页］。

⑤　"但无法避免的愉悦是某种不情愿的灵魂的运动，这种运动在肉体的律法之下。……如果我们对于我们的善十分确定，或许我们就犯了骄傲的错误，而且我们会变得更坏。"［语句 L 85, 奥东·洛坦（编），同上书，第 74 页，1. 35-36 和 42-43），同时见语句 L 87, 同上书，第 76 页，1. 9-10］。

⑥　关于未受洗的夭折儿童罚入地狱的语句，可以参考："如果我们胆敢相信灵魂从葡萄架上降落，因为未受洗儿童的灵魂被损坏，我们会轻松地找到。"［语句 L 43, 奥东·洛坦（编），同前书，第 38 页，1. 1-2］。

悬而未决。这种形式的命题值得探究，因为经院哲学方法的特点之一就是使用询问（*quaestio*）作为寻求真理的方式。询问在书中起始章节中即被使用了 14 次。① 然而，在所有情况下，询问以被动态提出，并主要探究事件的"可能性"（potest）以及更常见的"通常"（solet）。因此，询问没有明确的发出说明者，而始终是以一种普遍而客观的论述形式出现的。与假说式命题批驳某学说的立场不同，询问式命题更多的被用于学院中亟待解决的案例。这两种论述的共同之处在于它们的普遍性，不给个人评估留下任何空间。因此值得注意的是，安塞尔姆所摒弃或质疑的命题从不带有任何个人权威的色彩。相反，作者总是以客观的、社群式的间接评估方式提出命题。在安塞尔姆式的信仰世界中，虚假、怀疑皆归属于个体之外、普遍性范畴的调节形式。

逻辑推论策略

开场句：叙述及定义性句子

根据安塞尔姆使用的逻辑推论策略，我们知道演讲的标准的功能也十分重要。人们尤其对演讲的开场白感兴趣。实际上，无论对中世纪的听众还是之后的读者而言，安塞尔姆提出的首句问题一直将理论和论据联系在一起。② 在 54 个论句中，安塞

---

① 连词、副词、代词都被用来引出间接问题"被问哪一个"（queritur utrum）（语句 L 36，L 59，奥东·洛坦，同前书，第 35 页，1.1 和第 54 页，1.1），"被问为何"（queritur quare）（语句 L 44，同前书，第 40 页，1.1），"论题……通过它"（questio...qua）（语句 L 46，同前书，第 42 页，1.1），"被问什么"（queritur quid）（语句 L 60，同前书，第 54 页，1.1）；"被问如何"（queritur quomodo）（语句 L 74，同前书，第 65 页，1.1），"被问哪一个"（queritur...an）（语句 L 78，同前书，第 67 页，1.1-2），"被问通过何"（queritur...quo）（语句 L 83，同前书，第 72 页, 1.1）。更为复杂的形式证明了主从关系的多样性："常被怀疑是……还是……"（dubitari solet... an）（语句 L 77，同前书，66-67 页，1.1-2），"能够被询问从何处"（queri potest unde）（语句 L 84，同前书，第 73 页, 1.1），"常被怀疑是……还是……"（queri solet... an）（语句 L 88，同前书，第 76 页, 1.1），"常被询问他"（queri solet qui）（语句 L 94，同前书，第 79 页，1.1），"然而常被怀疑为何"（solet autem dubitari quare）（L 9，同前书，第 80 页，1.1）此外还有这样的表述："关于它是否由物质的声音构成的观点既没有被肯定也没有被否定"（De judicio si sit faciendum materiali voce neque affirmatur, neque negatur）（语句 L 92，同前书，第 79 页，1.1-2）。

② 乔治·维尼奥（Georges Vignaux）:《表达，论证：讲话的程序与逻辑》，载《法国语言》，50（1981 年），第 91—116 页，这里引自第 91 页："对此进行论证意味着讲出几个句子，人们对其加以选择并进行组织；反之，讲话意味着论证，人们会有选择地表达某些意义，而不是其他意义。"

尔姆使用最多的是用陈述句，用以教授知识。作为一种陈述性的论句，演讲词属于教育性的语句，因为其目的不只在于告诉目标读者句子的信息，而且还在于让读者理解句子包含的意义。①

这些论句中，有10个是简单的陈述句。②关于《圣经》的故事中的句子在写作风格上隐去了讲述者的信息，并且经常使用《圣经》中的原话。③11个论句中，有一句使用了命令式首句，这种方式更为常见④，与其他句子相比，这一句更强烈地吸引了听众，并希望对听众施加影响。从这一意义上来说，该论句体现了安塞尔姆的思想，因为在不提及他的情况下，该句子体现了他以权威方式定义的理论规范。而通过注解来使用的命令句表现出显而易见的矛盾：这种句子突出了原句的普遍真理，因而超出了它原本的意义。

许多演说都以定义性的语句开头，这同样体现着安塞尔姆式演说的力量。我们

---

① 参考皮埃尔·阿塔尔（Pierre Attal），《提出论点的行动》，载《语义学》，1–3（1976年），第1—12页，这里引自第9—11页。

② 《圣经》中在提到亚当时使用的叙述句式最多："从灵感到生命的气息""在他鼻孔内吹了一口生气"（nspiravit ei spiraculum vite）（语句L 37，同前书，第36页，l. 1），和"第一个人被确定了位置"（Primus homo locatus fuit）（语句L 38，同前书，第36页，l. 1），"在罪恶之前亚当的身体是动物"（Corpus Ade ante peccatum erat animale）（语句L 41，同前书，第37页，l. 1），"上帝创造了正义之人"（Deus fecit hominem justum）（语句L 47，同前书，第44页，l. 1），"他成为第一个人……"（Primus homo factus est…）（语句L 55，同前书，第52页，l. 1）。记述的事件同样也涉及了关于拯救历史的伟大时刻，如圣灵的降临："圣灵在主"（Spiritus sanctus in Domino erat）（语句L 35，同前书，第35页，l. 1），圣洗约翰："约翰没有受洗"（Baptismus Johannis non erat）（语句L 52，同前书，第49页，l. 1），基督："上帝的儿子……孕育而生"（Deus Dei Filius… conceptus et natus）（语句L 48，同前书，第46页，l. 1），或者圣礼制度："圣礼已经被破坏，而法律……"（Cum lex… quantum ad sacramenta destructa et）（语句L 51，同前书，第48页，l. 1），以及"上帝……不需要借助神秘"（Deus… nullius indiguit… auxilio sacramenti）（语句L 57，同前书，第53页，l. 1-2）。

③ 参考语句L 37："从灵感到生命的气息""在他鼻孔内吹了一口生气"（Inspiravit ei spiraculum vite）（Gen. 2, 7）和语句L 55："他成为第一个人……"（Primus homo factus est…）（I Cor. 15, 45）。

④ 开头的命令式语句使用无人称的方式体现了一个明显的事实："如何……需要注意"（quomodo… attendendum est）（语句L 31，同前书，第32页，l. 1-2），"要注意的是"（notandum quod）（语句L 42，同前书，第38页，l. 1以及语句L 86，同前书，第75页，l. 1），"要注意的是"（notandum est）（L 90，同前书，第78页，l. 1），即表达更为直接："请注意"（nota quod）（语句L 34，同前书，第35页，l. ），"请注意"（nota）（语句L 67，同前书，第58页，l. 1），"注意"（nota quia）（L 79，同前书，第67页，l. 1）以及"在那些事中请注意"（nota in quibus rebus）（语句L 81，同前书，第69页，l. 1）。它同样否定了一个解决方案："不应相信那些……的人"（non est credendum illis qui）（语句L 49，同前书，第48页,l. 1），"不应相信……"（non est credendum quod）（语句L 93，同前书，第79页，l. 1），或者提出要求："应该相信"（credendumest）（语句L 62，同前书，第55页，l. 1）。

列举的 28 个陈述句都以普遍性的事实开头，并使用直陈式现在时，随后据此展开论述。这些句子当中，一部分直接以毋庸置疑的现象开头①，另一部分则使用同样的客观陈述方式，以《圣经》或教会的权威语句开场②。这些论述包含了一种权威的等级关系：因为只有面对一位教父或其他德高望重的权威人士，演讲者才能将他们的话语纳入自己的论述当中。在这种论述中，演讲者就像腹语者那样：他闪在一边，却可以借权威人士之口发言。

在这些陈述句中，有 16 句使用了典型的定义形式。③ 使用基本的"主项 – 谓项"

---

① 这里可能指一种用法："在无罪之人的节庆中……教会不歌唱"（In festo innnocentium… non cantat Ecclesia（语句 L 96，同前书，第 81 页，l. 1），"第八个在更大的神秘中被孕育"（In majori misterio coluntur octave）（L 97，同前书，第 81 页，l. 1），或者是指一个事实："在《圣经》中可以找到"（Inveniuntur quedam in scripturis）（语句 L 64，同前书，第 56 页，l. 1）。只有在一种情况下，才给动词 posse 的使用开辟了空间："身体……可以被放置"（Corpora… poni possunt）（语句 L 63，同前书，第 56 页，l. 1-2），但是通常，意见被表现为不容置疑的事实："愚笨者自然被拯救"（Naturaliter fatui… salvantur）（L 58，同前书，第 54 页，l. 1），"正如圣灵在洗礼中被授予一样……如此主的身体应被接受"（Sicut in baptismo datur Spiritus… ita dominicum corpus necessario recipitur）（语句 L 61，同前书，第 55 页，l. 1-3），"人被三种方式诱惑"（Tribus modis temptatur homo）（语句 L 85，同前书，第 73 页，l. 1），或者"保留有一些联系"（…manent quidam nexus）（语句 L 91，同前书，第 78 页，l. 1）。

② "比德说"（Beda dicit）（语句 L 65，同前书，第 57 页，l. 1），"教宗列奥说"（Leo papa dicit）（语句 L 66，同前书，第 57 页，l. 1），"那个唯一的使徒对科林斯人说"（Quod ille solus…Apostolus ad Corinthios）（语句 L 89，同前书，第 77 页，l. 1-2）。

③ 该定义参考了以下的划分方式："在希望和新年中他说"（Inter spem et presumptionem hoc distat quod）（语句 L 70，同前书，第 61 页，l. 1），"饮食成为另一种"（Comestio alia fit）（语句 L 80，同前书，第 68 页，l. 1），"预言被解释为"（Prophetia interpretatur）（语句 L 82，同前书，第 70 页，l. 1），或者因使用了动词"是"（esse）而使结构显得简洁："与之相反的……完全没有"（Quod obicitur… nihil est）（语句 L 45，同前书，第 41 页，l. 1-3），"这血液是确认者"（Hic sanguis est confirmator）（语句 L 62，同前书，第 56 页，l. 19），"德行是行为"（Virtus est habitus）（语句 L 68，同前书，第 59 页，l. 1），"慈悲是行动"（Caritas est motus）（语句 L 71，同前书，第 61 页，l. 1），"奴隶、雇工、儿子在教会中"（Servi, mercenarii, filii in Ecclesia sunt）（语句 L 75，同前书，第 75 页，l. 1），"有一些是"（Quedam sunt que）（语句 L 76，同前书，第 66 页，l. 1），以及"轻视天主是……做）"（Contempnere Deum est… agere）（语句 L 87，同前书，第 76 页，l. 1），同时可以参考语句 L 33，该语句开始便使用了一个名词句，暗示了"是"（est）这个词："主的正义是其他的，其他的是提出的要求"（Justitia Dei alia, alia exigens）（语句 L 33，同前书，第 34 页，l. 1）。而对于"据说"（dicitur）一词，他指出了一个被认为是真实的事实："据说没有人能抵抗主的意愿"（Dicitur nullus posse resistere voluntati Dei）（语句 L 32，同前书，第 34 页，l. 1），以及"关于古代教父……据说"（De antiquis patribus… dicitur quod）（语句 L 50，同前书，第 48 页，l. 1-2），或者具有称呼功能："证明被称作是在其中"（Testamentum dicitur in quo）（语句 L 53，同前书，第 50 页，l. 1），"据说他有"（Ille dicitur habere）（语句 L 69，同前书，第 59 页，l. 1），以及"那……的人被认为是说谎的人"（Ille mentiri dicitur qui）（语句 L 88，同前书，第 76 页，l. 16）。

逻辑形式（如"慈善是一种行动"这种类型）能够促使论述具有普遍真理的地位，并在一开始就挫败所有的反对观点。现在时的总结句、具有普遍作用的肯定句以及强调手法，这些都能够增强论述的可信度，有助于掩盖修辞手法的痕迹。① 因此，比起逻辑论述，这种真实性更多地存在于陈述性的论述与论据中。因而，开头的定义性句子清晰准确地体现了安塞尔姆的教学法特点。②

规定性的回答

安塞尔姆所做的答辩同开始定论的方式一样有趣。一般来说，他根据不同的命令给出答案，而这些答案均具有客观性和命令特征。③ 回复一个问题，这并非作者或

---

① 《一个基本符合逻辑的主要技巧在于如何确定讲话主题的各个要素》，见卡伊姆·佩雷尔曼（Chaïm Perelman），露西·奥尔布莱奇-蒂特卡（Lucie Olbrechts-tyteca）:《论证：全新的修辞》，布鲁塞尔，1988年，第282页，以及整个第50个段落："论证中的身份与定义"（Identité et définition dans l'argumentation，第282—288页。

② 安塞尔姆的语句介绍了让·迪布瓦（Jean Dubois）反复说过的教学话语的诸特点："讲话的主体于是隐身了，以便让读者把自己当成讲话主体。（……）人们不再需要付诸行动，而是相反，要把这一身份的认同当作基本的数据。（……）教学话语假象读者的表达为零，读者要将自己融入自己的话语，并占有话语。"参考让·迪布瓦:《词汇学与话语分析》，载《词汇学杂志》，15（1969），第115—126页，此处引自第120页。

③ 验证诚实的过程始于一个简单的事实："常被问谁曾是……他们曾是……"（Queri solet qui fuerint […]. Fuerunt[…]）（语句L 94，同前书，第79页，l. 1-2），包含了一些积极性："被问……通过何种精神他们做了此事。因此……被看做。但是要知道的是……"（Queritur […] quo spiritu hoc faciant. Videtur enim quod […]. Sed sciendum est quod […]）（语句L 83，同前书，第72页，l. 1-2），"被问为什么……对此，据说……"（Queritur quare […]. Ad quod dicitur quod […]）（语句L 44，同前书，第40页，l. 1-3），"可以被问从何处……但是如格里高利所说，魔鬼有……"（Queri potest unde […]. Sed ut dicit Gregorius diaboli habent[…]）（语句L 84，同前书，第73，l. 1-4），"然而常被怀疑为什么……他们的理由是……"（Solet autem dubitari quare […]. Quorum hec est ratio […]）（语句L 95，同前书，第80，l. 1-4），后来演变为绝对的命令口吻："但是常被问身体是如何的……但是的确……应该被相信"（Sed solet queri quale corpus […]. Sed pro certo debet credi quod）（语句L 62，同前书，第55页，l. 10-11），"关于这些常被问是否……于是必须知道……"（De his queri solet utrum […]. Sciendum est igitur […]）（语句L 68，同前书，第59页，l. 2-3），"然而常被质疑爱是否……但是要知道爱……"（Dubitari vero solet utrum dilectio […]. Sed sciendum quod dilectio […]）（语句L 71，同前书，第62页，l. 32-37），"被问如何被理解……回答如同在你……也不能被如此理解……"（Queritur quomodo intelligendum […]. Responsio sicut in te […] nec ita intelligendum quod）（语句L 74，同前书，第65页，l. 1-11），"那么被问何时或以何方式……那么看来……对此，必须说……"（Queritur igitur quando vel quomodo […]. Videtur enim […]. Ad quod dicendum est quod […]）（语句L 85，同前书，第73—74页，l. 18-24），"关于该观点……没有被证实也没有被否认。但是……这是确定的"（De judicio […] neque affirmatur neque negatur. Sed hoc certum est quod […]）（语句L 92，同前书，第79页，l. 1-2）。以下的形式可以融入到一个问题之中："但是似乎……但是需要知道的是……"（Videtur tamen quia […]. Sed sciendum quod […]）（语句L 82，同前书，第71页，l. 41-45）。

是思想的主体的一种行为，而是"所说的话"（叙述文本）从匿名且普遍的"说话行为"（叙述行为）那里获取真实性的一个过程。这也就解释了为什么从调查研究这种以教育角度看能够有效呈现真理的语式到客观命令式的定论之间，差距如此之小，而安塞尔姆屡屡能够跨越这一距离。

无论是从劝告意义上还是从命令意义上，命令式的使用都具有细微差别，它与安塞尔姆的教学法完美契合，后者的目标并非要"讲得好"，而是要"讲正统的话"。为此，安塞尔姆喜欢运用注解的形式来使人关注论证中的某一具体观点。[①] 同样，许多命令的表达方式呈现出显而易见的叙述文本特点，于是这些表达方式不再提及叙述者或是受话者，因为其普遍性足以确保普遍的有效性。[②] 这些表达方式明确地指出应该认识什么，理解并相信什么：真理并不是个人的判断，而是一种主张，错综复杂地包含着真实的规范和善举的践行。言下之意，学生的任务其实就是去吸收学习这些普遍的论述文本，以使自己的言语符合老师的论述行为。而该定论除了具有明显的美学意义外，还包含着同样明显的道德和义务价值。

这样，验证真实的不同方式就定义了安塞尔姆诸如"客观的话语"等有关神学方面的讲话。于是，其教学法具有对真实的巧辩性质，这种巧辩因其假装客观并且影响了整个话语场而更具效果。其实，该定论并不仅仅局限于对受语者产生教育作

[①] "请注意天主……"（Nota Deum […]）（语句 L 35，同前书，第 35 页，l. 14），"也请注意亚当……。也请注意魔鬼……"（Nota etiam quia Adam […]. Nota etiam quia diabolus […]）（语句 L 47，同前书，第 44，l. 5 及 16），"请注意不可战胜的脆弱……"（Nota quod invicibilis infirmitas […]）（语句 L 75，同前书，第 66 页，l. 19），"并且请注意愿望不能被叫……"（Et nota non esse appellandum votum […]）（语句 L 76，同前书，第 66 页，l. 4），"并且请注意没有被更加允许的……"（Et nota quod non magis licet […]）（语句 L 77，同前书，第 67 页，l. 10）。

[②] "但是据说割礼……"（Sed dicendum circumcisionem […]）（语句 L 49，同前书，第 48 页，l. 4），"然而要知道的是……"（Sciendum est autem quod […]）（语句 L52，同前书，第 49 页，l. 8），"而要相信的是……"（Credendum est tamen […]）（L 59，同前书，第 54 页，l. 8），"因此要相信的是……"（Credendum est itaque quod […]）（语句 L 62，同前书，第 55 页，l. 7），"但是要理解他所说的……"（Sed intelligendum est illum loqui […]）（语句 L 65，同前书，第 57 页，l. 3），"以同样的方式要决定的是……"（Simili modo est determinandum quod […]）（语句 L 66，同前书，第 57 页，l. 17），"如此被决定"（quod ita determinandum est）（语句 L 67 页，同前书，第 58 页，l. 4），"通过这个目的又一次被看到的是……"（iterum videndum est qua intentione […]）（语句 L 79，同前书，67-68 页，l. 4-5），"丑闻也不能被避免"（Nec est vitandum scandalum […]）（语句 L 81，同前书，第 69 页，l. 5-6），"也不能被相信的是……"（Nec credendum est quod […]）（语句 L 86，同前书，第 75 页，l. 7），"但是应该知道的是不……"（Sed sciendum est quod non […]）（语句 L 88，同前书，第 77 页，l. 37-38），"并且被知道的是不……"（Et sciendum est quod non […]）（语句 L 92，同前书，第 79 页，l. 5）。

用，它还影响着教师的形象。在教育学生的过程中，话语的主观性间接地受到教师职业习惯的影响，其本身的特点就是讲出真实情况。这一行为使教师的主张同法律上的判决具有相同之处，只是教师的主张直接源于上帝的法令，没有经过实证法令的中介，因而更加强大有力。

标示词

关于标示词（即安塞尔姆话语中出现的不同人称）的几个注解可能会证明以上所做结论。我们若是关注第一人称单数的作用，就会发现两种对我们自己说话有用的用法。首先，老师说的"我"直接指向安塞尔姆，他绝对非常重要，仅在材料中出现过一次[1]。安塞尔姆也不是什么头脑简单的人，面对如此独特的变故，他退缩了，因为他不敢将"爱自己多于爱他人"判断为罪恶。[2] 他将真正主观的"我"同能力暂时的否定相连接，暗自证明了其他任何情况下"他都敢做出判断"。老师这个唯一的"我"的出现是一个特例，它证明了话语运行时的默认规则。而该规则基于老师对具有明显的客观性的叙述文本的担保。根据这一例子来判断，叙述文本在语言学层面越是具体化或越是脱节，叙述者"安塞尔姆老师"越是会肯定其真实的价值。

这个统一的"我"的使用一样有趣，它可以适用任何人：对于安塞尔姆来说，"他人"对我所做的一切，不论是好是坏，都会令我高兴，因为好和坏都受着神意的支配，只有反对拯救他人的说法会令我不悦。[3] 正如规范动词 "debere"（应当）在其

---

[1] 《论爱德》的语句是否出自安塞尔姆之手，常常受到质疑，有时候人们认为其作者是戈蒂埃·德莫尔塔涅（Gautier de Mortagne）。但是假如我们承认这是安塞尔姆本人的作品，可以参考罗贝尔·维洛克（Robert Wielockx）:《〈论爱德〉的语句以及关于爱的讨论》，载《鲁汶神学大事记》，58(1982)，第50—86页，以及第334—354页，59(1983)，第26—45页。

[2] "然而如果是关于其他人，受到轻微的传染，我不敢判断这是罪"（Non autem judicare audeo peccatum esse, si minor sit affectus circa alienum）(语句 L 71，同前书，第 61 页，1.16–17)。

[3] "无论我身边的人对我说了什么或做了什么，无论是做了好事还是坏事，所有关于我的事都应当使我愉悦。如果是好事，没人会怀疑；如果是坏事，是关于我的，它就应该让我愉悦，因为对于我来说是有用的，而且不违背天主的安排，在他的家园，没有任何事情是毫无根据地发生。如果是关于有损于我身边人安康的事，它应该使我难过。"（Quicquid enim proximus meus mihi vel dicat vel faciat, sive bonum sive malum, debet mihi placere, quantum ad me pertinet. Si enim bonum sit, de hoc nemo dubitat. Si malum, debet placere mihi quantum ad me pertinet, quia et mihi utile et Dei dispositioni non contrarium, in cujus domo nichil evenit inordinate.Quantum vero ad salutis impedimentum proximi mei debet mihi displicere)(语句 L 69，同前书，第59—60页，1.9–14)。

他例子中大量出现所显示的那样，主语只是一种精神上的虚构，负责以生动的形式告诉给听者所应遵循的规则。① 统一的"我"的使用相比于无人称形态更为具体，它告诉听者人们期待他如何行事，而使用含有命令意味的"你"则显得简单粗暴。

人们重新发现了第一人称复数所具有的独特价值。这里具有包容性的"我们"为老师提供了一个全新且有效的隐喻方式，暗示了一种事实或者道德行为，例子不胜枚举，大部分来源于义务以及意愿的词义学范畴。②"我们"告诉了听者他的意图、愿望甚至痛苦。教学法层面的"我们"把老师和学生的道德力量连接到了一起，并建立了一种可调节的、人人应该效仿的模式。③ 这就是安塞尔姆的杰出表达方式的一种典型，使他能够提出规则，避免将自己排除在规则之外，并且使他人接受规则。在这种语境下，"我们"的使用更加突出教学演讲的"镜像功能"，即为听者提供一面镜子使其融入理想图像并努力把自己打造成镜像中的样子。④

---

① 语句 L 70 同样使用了第一人称，泛化地运用了"我"这个词："如果我做了些好事，对于我来说是罪恶"（Quod si aliquod bonum facio… mihi peccatum est）（语句 L 70，同前书，第 61 页，l. 4-6）。从语义层面讲，这里的表达相当于"如果一个人做……"（si quis… facit），但是其意思并不完全相同，我们在语句 L 81 中看到了"我"总称的、有代表性的用法："如果在星期日我想伏在教堂的地上祈祷……我应该放弃……我想吃饭……我害怕出生，我将不打破……我不该……我不该……我已认出……我应该"（Ut si die dominica velim in ecclesia prostratus terre orare… debeo dimittere… comedere vellem… nasci timerem… non rumpam… non reddam debeo… non debeo… cognovero…debeo）（语句 L 81，同前书，第 69 页，l. 10-23）。又如在语句 L 88 中："如果我以说谎的方式救了我的兄弟，我就处在了低处，因为我不应该说谎"（Si enim mentiendo… fratrem servo… mihi infero… quantum ad me mentiri non deberem）（语句 L 88，同前书，第 77 页，l. 23-25）。

② "鉴于我们活着并不是因为我们……应该让我们高兴……我们应该拥有"（Cum vivamus non propter nos… debet nobis placere… habere debemus）（语句 L 69，同前书，第 59 页，l. 2-8），"我们应该爱……让我们期待……为了让我们保有……我们应该渴望……我们应该……为了天主我们给予……我们不能……让我们爱"（diligere debemus… expectemus… ut serviamus… desiderare debemus… debemus impedere… debemus proximis impedere… propter Deum tribuamus… non possumus… diligamus）（语句 L 71，同前书，第 61—62 页，l. 2-34），"我们应该渴望，但是如……我们能够"（desiderare debemus sed ut… possimus）（语句 L 75，同前书，第 66 页，l. 8-9），"我们必须归还……如果我们不许诺，我们不会被迫归还"（reddere debemus… nisi voveamus reddere non cogimur）（语句 L 76，同前书，第 66 页，l. 2-3），"其实允许我们知道……不……我们应该将我们自己抽回"（Licet enim sciamus… non… debemus nos retrahere）（语句 L 81，同前书，第 69 页，l. 2-4），"我们应该感到痛心……我们被抛弃了"（dolere debemus… dejecti sumus）（语句 L 85，同前书，第 74 页，l. 46–47）。

③ 参考路易·盖潘（Louis Guespin）:《我们、语言与互动》，载《词语》，10（1985），第 45—61 页。

④ 关于"思辨的功能"的概念，见阿兰·贝朗多内（Alain Berrendonner）:《命名的讲话与教学的讲话》，载《应用语言学研究》，61（1986），第 9—17 页，这里引自第 14 页。

第四部分 雄辩家，神学家，知识分子：权威的暴力

*

为了综合赏析安塞尔姆的语言，我们最后有必要回顾一下皮埃尔·阿贝拉尔提出的问题：作为12世纪教学界的大师，安塞尔姆操纵了听者吗？或者说，他是否以隐蔽的方式实施了知识暴力呢？如果我们了解阿贝拉尔做出严厉的判断的原因，特别是他让对手信誉扫地，并在非神学的辩证法领域与其针锋相对，我们就会发现阿贝拉尔提供了一个有趣的线索。尽管有所保留，但他还是发现了我们尝试评价的语言的功能，即确保语言的规范性以及来源的合法性。安塞尔姆的语言正如一面金属镜，忠实地反映着天意。阿贝拉尔深知安塞尔姆语言的巨大吸引力及其局限性：这位大师把他的话语装进了一个封闭的世界，神学的真理变成了一个毋庸置疑、不可侵犯的重心。在西方世界知识领域飞速发展的时候，拉昂的安塞尔姆凭借其完美的技巧塑造了神学家的形象。

我们不能忽视教学法语言产生的社会效应。要把真理变成教学法的对象，就意味着要为掌握着宝贵知识的大师建立一种社会职业类型，因为社会职业类型是无法转移的。一旦神学教员请求这些大师判断出正道，大师们的学问就变成了一种权力，他们的能力就变成了鉴定书。阿贝拉尔清楚地认识到了这一点，他由于安塞尔姆的两个学生的发难而首次于1121年在苏瓦松被判刑。这两个学生是兰斯的阿尔贝里克（Albéric）和诺瓦尔的洛图尔菲（Lotulphe），这两位受到阿贝拉尔嘲笑的安塞尔姆的传人迫使其亲手烧掉了自己的神学著作。这一暴力源于大师的演讲，因为课堂上的做法被拿到了对异端的诉讼案的审理之中：在大师的权威保护之下，正统真理得以传播四方。

为了更好地界定大师演讲的独创性，除了要对神学领域进行整理之外，弄清楚大师演讲话语和其他类型的演讲话语的关系也是十分必要的。目前开展更加广泛的研究的困难之一在于要对现代源自不同领域的演讲进行比较。与前面的情况相比，从共时性出发比较大师的演讲与神学演讲非常恰当，因为上帝不仅仅给神学带来启示，也给心灵送去不可磨灭的意外的力量。两种不同类型的演讲皆宣称其源头相同，但语言表达的方式显然不同。中世纪的神学家心中仍然对寻找真理情有独钟，而其实际的做法则更趋近于以隐蔽的暴力方式进行说服。在这种情况下，安塞尔姆并不代表着一场调查的终结，反倒是标志着调查工作的肇始，有待人们以更广阔的视野对其进行研究。

"听从良知，永不低头！"：亨利希·曼向德国人发出的号召（1933—1939）措辞激烈的命令性讲话

瓦莱丽·罗贝尔

　　1933—1939年，亨利希·曼（Heinrich Mann）流亡法国期间，多次呼吁德国同胞反抗纳粹的民族社会主义统治。[①]他运用独特的文体，以文章或准文章的形式写出了一系列的演讲稿，以此发出号召。其中很大一部分文章都发表在流亡海外的德国知识分子所创办的报刊上，并被印刷成小册子或传单，在德国秘密传播；还通过共产国际设立在西班牙的德语广播电台进行宣传，共产国际设立该电台的目的就是为德国人民阵线组织的成立做准备。该阵线成立于巴黎，亨利希·曼担任主席。另外，在这一时期，亨利希·曼作为政治人物发挥了巨大的影响力，所以有人曾试探性地询问他是否愿意成为未来民主德国的最高领导人，而这也与他向德国人民发出的号召不无关系。[②]

　　基于亨利希·曼的文章，我想提出以下问题：若一名知识分子号召"人民"接受某种观点或参与某种活动，那么他是出于什么立场呢？他又有怎样的权利？他想去证明自己扮演着某种观点或者行动的倡导者的角色，如果是这样，那他又该如何去证明呢？这样一种行为已经得到历史的证明，它意在强制他人认同某种观点或活动，告诉别人要如何思考、如何行动，对此，我们能否将其看作是对他人实施的暴力呢，哪怕这是出于为他人的利益着想？一般情况下，知识分子所参与的旨在引发世界观变革的活动，是否是一种暴力呢？

[①] 此类文章经我统计有39篇。

[②] 参考乌苏拉·朗考·亚历克斯（Ursula Langkau-Alex）：《德国人民阵线1932—1939年，第一卷：历史和德国人民阵线的成立筹委会》，柏林，2004年，第340页。

反抗"对思想的侵犯"

流亡海外的亨利希·曼发表文章，反对仇恨的话语，反对残暴的纳粹主义使用语言暴力和身体暴力，而我们如今却要从暴力角度去研究他的作品，这乍一看似乎不够妥当，甚至是对作者的亵渎。况且，我们一直以来都将亨利希·曼视作一位继承了启蒙时代宝贵遗产的启蒙者[①]，对他这样的评价从一篇比喻性的讲话那里间接地得到了证明，讲话中将纳粹的民族社会主义思想比作黑暗势力；然而该评价从未得到论证，似乎只不过是源于亨利希·曼反抗活动的最终目的——推翻民族社会主义制度，在德国建立长久的民主制度。人们之所以这样评价他，常常是因为忽略了亨利希·曼文章中所运用的写作手法，而只关注他本人以及其他流亡海外的知识分子对于这些倡议活动的言论。流亡者们反抗纳粹主义的活动具有启蒙意义是毋庸置疑的。另外，面对敌人的宣传和镇压，人们要使用怎样反抗的方法，如何兼顾伦理道德和效率，这也是流亡时期的一个辩论主题。

亨利希·曼将纳粹的宣传定义为"道德的败坏"[②]"秩序思想"[③]"对思想的侵犯"[④]，是一种"一个人代替所有其他人进行思考"的情况[⑤]。他认为，流亡海外的知识分子其首要任务就是让德国民众重获独立思考的能力：

> 的确，政治制度将人民控制在自己的权力掌控之中；然而关键问题在于政治制度如何对待人民。真正的民主能够让人民奋进，而虚假的民主只能让人民沉沦；真正的民主为人民服务，而虚假的民主却会剥削人民；真正的民主教会

[①] 可以参考威力·雅斯佩尔（Willi Jasper）：《鲁特西亚酒店，巴黎的一位德国流亡人士》，慕尼黑，1994年，第117页；汉斯－沃尔特·阿尔伯特（Hans-Albert Walter）：《流亡法国的亨利希·曼》，见海因茨·路德维希·阿诺德（Heinz-Ludwig Arnold）（编）：《亨利希·曼》，斯图加特，1971年，第135页；威力·雅斯佩尔：《结语》，见亨利希·曼：《勇气》，法兰克福—梅因，1991年，第316页。
[②] 《言语的力量》，载《新的世界舞台》，Jg. 4, Nr. 10, 1935年3月7日。
[③] 《一种秩序思想》，载《新的世界舞台》，Jg. 3, Nr. 10, 8, 1934年3月8日。
[④] 《秘密学校》，载《新的世界舞台》，Jg. 31, Nr. 4, 1935年1月24日。
[⑤] 《德国工人的道路》，载《国际文献》，Jg. 6, H. 11, 1936年11月。

人民实现自我管理，而虚假的民主则会煽动、麻醉甚至愚弄人民。①

他将流亡的知识分子称为"大众的思想教育者"②，他认为，民主教育——他在法国等国家看到了学习的榜样——在于"让所有人都能够形成自己的积极的观点"③。

这一番话不包含任何暴力的痕迹，除非我们认为知识分子对大众进行教育——特别是通过自上而下的方式进行教育，会引发暴力。这一点我会在下文讨论。

权威的论证

在其呼吁中，亨利希·曼试图引导德国人起来反抗当时的制度，不过他却从未具体说明自己真正的想法：这一反抗仍停留在象征意义层面，而没有探讨具体的对敌人施加暴力的问题，号召的对象被认为能够变为暴力活动的参与者。亨利希·曼进行论证所依赖的修辞手段有哪些呢？其论证的基础是什么？如果不先行区分论证与操纵，那么我认为这里的"论证"就是指"为了让人们对拿出来求得赞同的论断进一步支持而使用的所有话语技巧"④，并且按照这些论断行事。通过对话语策略的分析，可以看到亨利希·曼在1933—1939年的所有呼吁都是通过假定已然获得的因素去行事的，仿佛这是非常自然之事，已经为所有人接受，而与发表文章的作者没有什么关系了。这些假设嘲笑了关于现实的信息、对现实的评估以及改变这一现实规定的方法。这一论证间接而权威，因为从某种意义上说，它被看成是已经完成了的⑤。

这些文章明确地强调新闻不是必要的，并告诉世人不要去轻信新闻：

---

① 《欺骗民众》，该文首先以法文发表，题目为《一个冒牌货》，载《图卢兹快讯》，1935年6月4日。随后又以德文形式发表，亨利希·曼：《这一天会到来》，苏黎士，1936年。

② 同前文

③ 同前文

④ 皮埃尔·邦热（Pierre Bange）引用柴姆·佩雷尔曼（Chaïm Perelman）：《论证与想象》，见《论证》，1981年，第91—92页。

⑤ 就这一问题，参考瓦莱丽·罗贝尔（Valérie Robert）：《暗指，直接论证，间接论证，操纵》，见妮科尔·费尔南德斯·布拉沃（Nicole Fernandez Bravo）主编：《字里行间的解读：暗指与未表达的意思》，法国阿斯涅勒，2003年，第117—132页。

第四部分　雄辩家，神学家，知识分子：权威的暴力

您拥有自己的理智，知道应该坚守什么，因此我不必就希特勒及其在国际舞台的朋友们的事向您做什么说明。①

反宣传的活动其作用得以实现，同时又被掩盖了起来：

必须摆脱他，您非常清楚人们对他已经厌倦，他让你们的国家遭到太多的仇恨与蔑视。②

在亨利希·曼向他们递过去的镜子中，德国人，或者说文章中提及的一部分相关的德国人（工人，学生，士兵，士兵的母亲，等等）被表现为理智清醒而且知情的人：

你们，德国工人，你们不会为任何东西所欺骗。③

人们希望看到的人民觉醒似乎已经实现，因而这不是文章的写作目的：

你们遇到的是无耻的行为，对这一点你们都会赞同。④
很长时间以来，你们就已经感受到并表达了这一点：这不可能会有好结果。⑤

抵抗思想的这一传统主题在亨利希·曼未被论证的论断中不断被重复着，其论

---

① 《德国工人们！你们就是希望！》，该文由亨利希·曼在1938年9月撰写，文后也有利翁·福伊希特万格（Lion Feuchtwanger）、古斯塔夫·雷格勒（Gustav Regler）、鲁道夫·莱奥纳德（Rudolf Leonhard）的签字，在"德国自由站"的网络，借助秘密小册子在德国传播，原稿保存在"民主德国政党与群众组织"基金档案馆，柏林，Ry1/I 2/3/428 Bl. 第39—45页。

② 《致德国人民！周年讲话》，这是由亨利希·曼在1939年5月以反对德国行动委员会的名义撰写的宣传小册子，在德国传播，原稿保存在"民主德国政党与群众组织"基金档案馆，柏林，Ry 1/I 2/3/426。

③ 《德国工人们！你们就是希望！》1938年9月。

④ 《时机已到》，载《新的世界舞台》，Jg. 33, Nr. 3, 14.01.1937年1月14日。

⑤ 《德国人！打倒希特勒！》，这一呼吁利用广播和宣传小册子的形式传播开来，它是从战争开始至1939年9月27日这期间写成的，收入西格莉德·安热（Sigrid Anger）（主编）的《亨利希·曼1871—1971，文档和图像间的工作与生活》，柏林/魏玛，1971年。

断往往具有驳斥性质，特色十分鲜明：

> 虽然希特勒大权在手，德国却不属于他。①

所以，看起来不必说服德国人，不必告诉他们应该思考什么，因为很显然，他们对此已经进行过思考。纵然有时候"说服"行为是被指定的，它或者被当成已经完成了的："你们不会仅寄希望于苏联红军去推翻希特勒，因为你们自己就能做到，即便不借助战争，你们也能做到。由此可见，你们真是被说服了。"②或者，"说服"行为是被看作在德国人自己的封闭循环中进行的："德国人，说服你们自己吧！相信这次不是国家对抗教会，而是国家在对抗文明（……）"③

亨利希·曼呼吁德国人进行思考的出路没有开启：

> 这一点你们知道，你们只需探寻一下自己的灵魂，正因为如此，你们现在懂得了应该如何行事。胜利来临之前，需要战斗！"

亨利希·曼鼓励德国人表达一种被认为已经实现而无须讨论的思想：

> 成千上万的证据都证明了这一点：你们深切渴望着的唯一的事情，就是自由，只有在自由的指引下，你们才会真诚地彼此达成一致。请拿出勇气来，勇敢地承认你们的想法吧！④

带有描述特点和约束力的讲话

在其呼吁中，亨利希·曼并没有表现为秉持着所有传播的意见的样子（这些文章中，完全没有使用"我"字），而是表现为一个深思熟虑的行动背后的推动者，在

---

① 同前文。
② 《德国工人们！你们就是希望！》，1938 年 9 月。
③ 《对基督教徒的迫害》，载《新的世界舞台》，Jg. 33, Nr. 30, 1937 年 7 月 22 日。
④ 《致全体德国人》，这篇文章登在秘密的小册子《Höhenluftkurort Todtnauberg》上，题目是《5 月 1 日》，Deutsche Volkszeitung, Jg. 3, Nr. 18, 1938 年 5 月 1 日，第 1 页。

其描写中，这一行动已经出现或不可避免地正在进行。所以，很自然，他在呼吁人们行动起来结束现行制度时，常常使用将来时态来表达，这是一个具有预言意义的时态：

> 你们不想要战争，但是，最强大的人是谁？是你们自己，只要你们携起手来，你们绝对要携起手来，这样你们就会是最强大的。(……) 你们走着瞧吧，工人们。(……) 你们的反抗将最终结束这个制度。①

这样的表达形式大大增强了号召的力量，使其具有了强制性色彩②：

> 你们，去战斗吧！去胜利吧！③

这样，德国人被要求要像亨利希·曼赋予他们的形象④那样行事，这一命令更像是"以情动人"和咒语，而不是"以理服人"，因为亨利希·曼没有试图去说服其对象去批判民族社会主义制度及其政策，而是反复说这是已然实现的情况。这样的话语不仅仅面向德国人，而且更加广泛地针对现实，仿佛只需重复讲现实和纳粹所宣传的不同，情况便会真的如此。对于语言力量和"动词的直接力量"⑤的这一态度，我们可能过于乐观了，但是这可能是唯意志论者反对因失望而产生的悲观情绪的结果。或许，对于亨利希·曼而言，这也是在说服自己（和作为其作品首批读者的其他流亡者）在德国前途问题上打消疑虑。不断地站出来发声，说明这是一个防守策略，是在否认丝毫不令人高兴的现实⑥。另外，亨利希·曼私下里还表现出怀疑态度，

---

① 《德国工人们！你们就是希望！》，1938年9月。

② 参考卡特林·凯尔布拉-奥雷基尼（Catherine Kerbrat-Orecchioni）：《暗指》，巴黎，1986年，第292页。

③ 《自由永远不会消失》，载《德意志人民报》，Jg. 4, Nr. 1, 1939年1月1日，第1页。

④ 同样可以参考米夏埃尔·斯塔克（Michael Stark）：《从焚烧人民到民主：亨利希·曼与知识分子的时代》，海因里希-曼-贾布奇（Heinrich-Mann-Jahrbuch），18/2000，第80页。

⑤ 安德烈·巴奴尔斯（André Banuls）：《亨利希·曼：诗人与政治》，巴黎，1966年，第385页。

⑥ 同时参考米夏埃尔·斯塔克：《"他回避了，但并非没有用处"，大众的要求和亨利希·曼怀疑态度的影响》，见赫尔穆特·柯普曼（Helmut Koopmann）、彼得-保罗·施耐德（Peter-Paul Schneider）主编：《亨利希·曼，魏玛共和国的工作》，法兰克福—梅因，1981年，第130页和第150页。

他在 1939 年 8 月 21 日给朋友克劳斯·平库斯（Klaus Pinkus）的信中这样写道：

> 您的忧虑我也感受到了，我要重申，我的鼓励——特别是对那些被引导着走向德国的人们的鼓励——不是因为过分的乐观。我虽然写作多年，但还是必须寄希望最有利的情况发生，还要为了它的实现而工作。①

我们能说这是暴力吗？希望进行劝告或者希望制造新闻，这本身不足以算是暴力的标准，同样，也并不肯定他尝试去施加影响就属于操纵行为。诚然，我们可以把亨利希·曼一遍又一遍重复必然观点的举动，当成"纯粹的语言暴力"②，但在我看来，同样是因为重复的内容被说成是无可争辩的，才会有暴力出现。把劝告强加于人，仿佛情况已经存在，仿佛是来自于被劝告对象自己。话语既具有描写特点，又包含了强制性，正是因此它才属于一种知识暴力，一种限制思想的暴力。如果我们把暴力定义为"不征得同意而强加于人"，那么在亨利希·曼的这些文章中，施加影响的行为就因为被掩饰起来而更加暴力，因为他假定目标对象是同意的，因而似乎是在自我否定。

知识分子，人民的腹语者

亨利希·曼作为发出话语的人从文章表面消失了，他躲到了一桩次要的揭露诉讼案子背后去发声，他在呼吁中写道："德国人，你们的良知高声地告诉你们：西班牙的将军们的暴乱是可耻的阴谋。"③ 他的呼吁针对的是德国军队干涉西班牙国内事务，所以它把德国人民的良知变成了信息和命令的制造者，而这些信息和命令都是向他们发出的，但是同时，亨利希·曼间接地塑造了自己的身份，使其介于这一良知和文章的具体作者之间，文章作者是指令真正发出者，也即他本人：

---

① 见亨利希·曼：《卡尔·莱姆克和克劳斯·平克斯快报》，汉堡，1964 年，第 143 页。

② 菲利普·布雷顿（Philippe Breton）：《民主的无能：政治危机引发的话语危机》，巴黎，2006 年，第 123 页。

③ 《时机已到》，1937 年 1 月。

请谴责暴力的桎梏吧，暴力不该让你们进一步受到侮辱。请抵抗谎言、激动的本能和疯狂，请抛弃暴君，这是他们难以承受的。不要屈服于任何诱惑，不要服从这位"元首"，除了你们自己的良知外，不要屈从于任何人。①

表面的东西往往至关重要，亨利希·曼从表面看起来只是德国人的译员和代言人，他们在内部的交流过程中彼此交谈：

作为争取自由的战士，你们坚信自己的事业，谁都会对你们说：自由永远不会消亡，请说出你们那重新燃起希望的心灵之声吧！②

亨利希·曼因此拉开了表达者和讲话对象之间的象征性距离，他在这两次诉讼间似乎保持了对称，而第二次诉讼更配得上"合作表达者"的称呼 [这是安托万·屈利若利（Antoine Culioli）创造的说法]，因为表达者的语言是讲话对象语言的集中且经过检查的反映。或者说，在亨利希·曼对德国人讲话时，就意味着德国人对德国人在讲话。然而，这一对称只是表面上的对称，因为实际上，这些文章并不等于说"我的话比你的更有价值"，这是菲利普·布雷顿（Philippe Breton）定义"民主话语"时所说的话语的对称、平等原则。③ 的确，亨利希·曼通过强有力的语言表达想要强加给德国人民的，正是他自己的话语和自己的观点。这绝不是开放性的公共辩论，虽然面向公众的意见，但并不允许有不同的解读，亨利希·曼就是这种情况。这一讲话属于某种话语暴力，权威性话语的暴力，它打着想象中的一致性的旗帜，去猛烈抨击一种话语。但是，亨利希·曼敢于发表意见，成为被迫沉默（被迫的沉默自然引发了各种诠释和计划）的德国人民的代言人，因而使这种权威性话语具有了合法性。这里，我们可以和布迪厄谈论神谕效果了，也就是说有一种力量"让批准的代言人可以依靠那个授权的群体，使他对其中的每一单独的个人施加被认可的限制，即施加一种象征性暴力"④，这一授权也几乎是想象的。

---

① 《致全体德国人》，1938 年 5 月。
② 《自由永远不会消失》，1939 年 1 月。
③ 菲利普·布雷顿：《民主的无能：政治危机引发的话语危机》，第 30 页。
④ 布迪厄：《语言与象征性权力》，巴黎，2001 年，第 270 页。

当亨利希·曼发出号召时，既成为来自德国的一个信息的接受者，又是将该信息传递给德国的代言人，他于是成为了布迪厄所说的代言人的"篡权的腹语者"①，或者"名正言顺的骗子"，这一矛盾修辞法其背后的原因是，"骗子不是一个厚颜无耻精于算计的人，他不会有意地欺骗人民，而是真心相信自己与实际的自我不同"②。这对亨利希·曼的情况而言是完全合理的，因为他将自己看成德国人民的代言人，收到来自德国的和经由德国共产党转交来的很多信件，这给了他极大的安慰，德国共产党有可能就是该信息的发起人甚至是作者。③

当亨利希·曼把自己打造成德国人民民意的代言人时，他没有让自己的角色流于形式，而是加强了其重要性：因为，虽然说在德国人思想中的交流程序里，知识分子表面上只是其中的一环，但是这一环也是必不可少的，因为如果没有了知识分子，德国人甚至无法听到自己良知发出的声音，而知识分子恰恰是这一良知的代表。一个意见仿佛必须要经过证实，并通过一位知识分子的检查，由其充当代言人，这意见才会拥有价值。当然，亨利希·曼作为发出话语的人躲开了，而且也未清楚地证明自己的介入和他发出的呼吁都是合法的，但他在人们内部的这场交流中占据着中心地位，恰恰是这一点含蓄地证明了他的介入的合法性。

这些文章至少能够象征性地改变亨利希·曼和流亡的人们希望渺茫的困难处境，他们基本被切断了与公共环境的来往，没有了对其施加影响的可能。他的这些呼吁成为一种幻觉中的补偿，弥补了现实中的无能为力，向德国人发声意味着积极地建立与这个国家公共意见的联系，要求得到一个实现双向交流的渠道。德国人民在流亡过程中成为一切积极的和消极的幻想的对象，在这里，他们被理想化并与知识分子融为同一思想整体，由知识分子充当他们的代言人。背后的社会模式构成了连接着被教育者和施教者的身份的模式，以及人民、知识分子共同统治的模式，但是人们梦想的这一合作其实隐藏着知识分子的统治。这一点很是矛盾，因为给予"人民"一个中心地位——正如这些呼吁通过自己的存在所要求的那样——就是给予知识分子一个中心职能，并间接地证明知识分子的统治，其依据的原则是："我只不过是上

---

① 布迪厄：《语言与象征性权力》，巴黎，2001年，第269页。
② 同上书，第273页。
③ 参考亨利希·曼：《给多个人的回复》，见《自由德国，德意志自由图书馆资讯》专刊，1938年，这一宣传册子是对德国文学作品的改写，针对的是亨利希·曼。

帝和人民的委托人，但是在这一名义之下，我所说的就是一切，所以我就是一切。"①于是乎，统治变得既十分自然却又无影无形。

在这些文章中，亨利希·曼在为德国人思考，站在他们的角度思考，换言之，他在努力"促使德国人思考"，这里的"思考"不是不及物动词所包含的"使进行思考"的意思，而是用作及物动词，包含着"使其就具体问题进行思考"的意思，促使他们接受唯一可能的成熟意见，立即付诸行动，实施亨利希·曼以及其他人想到的和预见到的事情②，行动主体形成自己意见的环节被直接跳过，这样思考得出的结果就仿佛是已经确定而不容置疑的。③不过，这一环节同时在呈现时又好像已经进行完毕。在第一层面上，这篇权威的讲话所要实施的象征性暴力表面看起来已经停止；而从第二层意义看，这一暴力恰恰因为表达过程中的弄虚作假而得到了加强，它隐藏了最终的统治关系，不至于被人看穿，因此避免了矛盾。亨利希·曼的呼吁所蕴含的象征性暴力就存在于这一伪装的统治关系之中，他的呼吁在某一具体历史时刻活灵活现地呈现了（这里堪称富有魔力的思想）乌托邦式的理想：争取知识分子得到"被受支配的人们承认却不了解"的一种权力，进而利用这一权力"隐藏其力量所依托的力量关系，让人接受某些意义，使之具有合法性"④。

作为国务活动家的知识分子

这些文章为居于主导地位的知识分子勾画出了一幅神奇画卷，它同时也呈现了其他的社会竞争力量。在对德国人的这些呼吁中，并通过这些呼吁，亨利希·曼充当了人民的耳朵和喉舌，在德国人民阵线的初创时期，这一角色给了他在德国流亡人士之中的主导地位，其主导地位既体现在知识分子中，又体现在政治领域。的确，甚至从一开始，这些文章就同时属于流亡人士内部的交流，在这其中，亨利希·曼

---

① 布迪厄：《语言与象征性权力》，第269页。
② 同样可以参考彼得·施泰因（Peter Stein）：《亨利希·曼》（Heinrich Mann），斯图加特—魏玛，2002年，第128页。
③ 这一点与米歇尔·万奴苏斯（Michel Vanoosthuyse）的看法不谋而合，《历史小说：亨利希·曼，布莱希特，德布林》，巴黎，1996年，第165页。米歇尔·万奴苏斯认为亨利希·曼的讲话是"独白"，仿佛"这是唯一可能的方式"。
④ 皮埃尔·布迪厄：《实践的理论纲要》，巴黎，1972年，第18页。

发挥了行动模范的作用，他发表的讲话被人用了再用：

> 这正是所有生活在德国边境的人需要重复的，直至那些对此还没有完全理解的德国人领会为止。要让所有能够把自己的声音传到德国的人这样说：你们成了国际资本主义的雇佣兵，这正是希特勒统治的意义，也正是所有他想要做的事情。①

通过这样的行动，亨利希·曼给予了自己在话语方面主导的地位，对此他甚至已经预见到了。该地位既反映在象征性资本方面，也反映在其作品具体的宣传方面：他写的东西可以被编辑、出版、阅读、通过秘密的小册子在德国传播，等等。他向德国人发出的号召是流亡的知识分子群体中主导地位的象征和手段。他们实现并强调了在流亡知识分子中他律的顶点地位，标志着与政治领域的交叉点。然而，在流亡过程中，能够取得主导地位的是那些最政治化的人，他们长期以来宣称并践行他律，靠着这一点，他们可以给流亡知识分子中的任何"资产阶级"上政治课。所以，流亡者们为了晋级为介入的知识分子而互相竞争②，亨利希·曼对德国人发出呼吁这一行动就带有这种斗争的烙印。

但是，这些呼吁也是知识分子在政治领域夺取权力的一种方式，就在同一时期，亨利希·曼发展了"作为国务活动家的知识分子"的理论，他从马萨里克（Masaryk）、罗斯福和斯大林身上看到了榜样，于是暗暗地为自己向政治领域转型进行合法性证明，当然这不仅仅是象征性的转变。通过向德国人发出号召，他以国务活动家自居，因此在流亡者的政治领域取得了合法性，反过来，他在该政治领域的活动又使得他名正言顺地可以对话德国人，同时，他使用的手段也成为合法手段。

在反复与德国人民的交流过程中，亨利希·曼为了弥补自己在政治领域非专业地位的不足，将赋予自己的象征性资本作为标准，他贴近人民，这让他短时间内就似乎可以改变"被统治者的统治者"的地位，布迪厄认为这正是知识分子的地位。不过这只是亨利希·曼的一场幻想，因为实际上他被一些共产党工具化了。但

---

① 《致全体德国人》，1938 年 5 月。

② 瓦莱丽·罗贝尔：《出发还是留下？面对流亡的德国知识分子（1933—1939 年）》，巴黎，2001 年。

是沉浸在这种幻想之中,他从其他流亡者那里得到了安慰。作家鲁道夫·莱昂哈德(Rudolf Leonhard)在1937年12月所写的一篇文章中,把亨利希·曼与雨果相比较,而亨利希·曼的确写过一些关于雨果的文章,并在其中赞颂这位伟大历史楷模与人民心心相印①。鲁道夫·莱昂哈德在提到亨利希·曼时也使用了同样的溢美之词:

> 讲话的是一个人,然而整个民族的信仰、愿望甚至诉求都在他的声音里震颤、回响。一个人在讲话,以人民的名义,他没有虚构这一代言人的地位,他阐述这一观点时没有丝毫的蛮横无理,不是通过狡诈和欺骗窃取这一地位,而是通过自己的劳动,因为他决心斗争到底,对于自己人民的胜利他充满希望。②

这段文字中对希特勒的影射昭然若揭,从而反衬亨利希·曼,仿佛希特勒窃取了本该属于亨利希·曼的地位。当他写到希特勒在电台的讲话时,二人之间的竞争关系同样隐约可见:

> 你们,德国人,(希特勒)只要在他的国家就会蔑视你们,在两个半小时中,你们甚至都没有现身。(……)对于他来说,你们是不存在的。③

其弦外之音非常清楚,因为就在亨利希·曼在向德国人发出号召表达这一观点时,他树立了国务活动家的正面形象,与希特勒形成鲜明对比。

知识暴力与民众的教育

如果我们谈的是一个参选人为了竞争一个职位而发表的演说,那么这里介绍的所有讲话策略都甚至不值得做一条脚注,因为这些方法都是政治修辞惯常使用的套

---

① 西尔维·阿普里勒(Sylvie Aprile):《从犯罪史到海牙,流放的雨果与被希特勒流放的人命运的交汇》,见让-克洛德·卡龙(Jean-Claude Caron)、安妮·斯托拉-拉马尔(Annie Stora-Lamarre)(主编):《政治的雨果》,法国贝桑松,2004年,第234—235页。

② 鲁道夫·莱奥纳德:《亨利希·曼和人民阵线》,载《新的世界舞台》,Jg. 33,1937年12月16日,Nr. 51,第1613页。

③ 《致德国人民!周年讲话》,1939年5月。

路。不过,这并不意味着这不是暴力或不是为了控制思想、控制代表性而进行的知识暴力。另外,齐格蒙·鲍曼(Zygmunt Baumann)强调指出:"在那些拥有政治权力的人和那些控制文化领域的人之间,在法律、秩序卫士和真、善、美的守护者之间,都有着主要的相似性:他们都是立法者,都是是非的评判者,都制定标准,他们希望标准必须被接受,希望人们遵从这些标准。"①

但是,我们这里具体谈的是来自一个知识分子的暴力,所以属于双重的知识暴力,因为我们把实施暴力的尝试当作了独立于物质条件之外的暴力行为,这使得这种暴力真正地施加到其目标身上。在构建知识分子的社会统治的话语过程中,知识分子既是毫无争议的提供者,又证明了代表性和行动模式的有效性,而"人民"除了自身的投影外没有别的真实性,被号召的对象则是作者打造的虚构人物,其目的是确认他的世界观和知识分子的中心地位。对现实的描写产生了一幅图像,被号召的对象被间接地命令去据此图像塑造自我,这一构建行动本身就是针对真实的对象施加的暴力,该对象只是被封闭在预先设定的角色中。这一点与卢曼(Luhmann)提出的操纵的定义相吻合:根据该定义,操纵是"单向的、不可能有反应的交流"。该定义没有预见到交流的接收者可以提出另外的意见,"如此的交流之中的对象所面对的,是一个人家偷偷给他安排的角色,如此的角色在自己的价值和某些意见之间建立起了联系。"②

我们这里讨论的是知识分子对民众进行教育的问题,这与一般意义上的教育不同,而布迪厄和帕斯龙(Passeron)恰恰是从研究学校教育开始,发展了象征性暴力这一概念,当布迪厄做出以下判断时,该概念在此看起来很是恰当,他认为象征性暴力"就是给人和事提出意见的权力,就像不要告诉孩子他应该去做什么——这像是在下命令,而是告诉他是谁,要引导他不断地把自己塑造成他应该成为的那种人"③。确实,这一观念是为下面这样的情况设计的:象征性暴力的对象没有什么脱身

---

① 《不求回报的爱:动力、知识分子和知识分子的力量》,见乌特·丹尼尔(Ute Daniel)、沃尔夫冈·塞曼(Wolfgang Siemann)(主编):《宣传:意见、诱惑和政治意义建构的斗争》,美茵河畔的法兰克福,1994年,第186页。
② 尼古拉斯·鲁曼(Niklas Luhmann):《民意》,见沃尔夫冈·R. 兰根堡(Wolfgang R. Langenbucher)主编:《政策与交流,舆论的形成》,慕尼黑,1979年,第35—36页。
③ 布迪厄:《语言与象征性权力》,第80页。

之计，这与我们所研究的交流不同；但是，我们从教育方面努力对象征性暴力进行分析，就能够澄清知识暴力问题。

上文提到的比喻非常值得研究，因为这种代表性本身就能说明问题，彼得·斯劳特戴克（Peter Sloterdijk）请人们去关注一种情况："民众代表着一个伪命题，如果我们不对其投去几分鄙夷，就无法走近它了解它，我为此奉上我的恭维，算作是与鄙夷相反的形式。"① 彼得·斯劳特戴克认为，这一计划宣称旨在把民众（比如"德国人"）变为一个主体，或者要去奉承和引诱其对象（他称之为"横向交流"），或者"让其对象懂得他还尚未变为应该成为的样子（纵向交流），从而伤害他"。② 但在彼得·斯劳特戴克看来，选择并非只有一个，不论哪种情况都属于暴力形式，不论其是否经过了伪装。

亨利希·曼的呼吁乍一看似乎属于横向的交流方式，因为他觉得德国人民已经达到了希望的发展阶段，但是在对其呼吁进行分析后我们会发现，其中只是涉及了话语的组织，而且，从他1939年8月用法语撰写并发表的一篇文章中，也能够看到他的态度中所包含的唯意志论成分：

> 和德国人讲话，重要的是强化他们对自己的情感，要知道，他们的领导人只是想把那些最可憎的行动推到他们头上，根本不会重新振兴他们的国家，而是要使其没落。（……）和德国人讲话，就要脚踏实地地与他们站在一起，因为他们怀疑自己的职责，他们的良知爆发了。（……）要避免带着趾高气扬的姿态去和他们攀谈。③

这段话中的用词很显然是经过了推敲的（要知道亨利希·曼的法语运用得非常纯熟）：为了能够完全平等地与某人交往，开始时的姿态就需要站得高些。在所有这些情况下，亨利希·曼的做事方式仍然是从上而下，不论是平等待人，还是清楚地

---

① 彼得·斯劳特戴克：《群众的蔑视，关于现代社会文化战争的随笔，美茵河畔的法兰克福，2000年，第31页。

② 同上书，第30—31页。

③ 《与德国人对话》，《图卢兹快讯》，1939年8月16日，第1页，见《流亡谈话》，这些文章发表在德国第三帝国的流亡人士创办的《快讯》上，图卢兹，南方电讯，1983年，第94页。

"居高临下"的讲话,都只是知识分子主导地位的两个变形而已,这一地位规定了其表现方式,宣称自己只是思考的催化剂。亨利希·曼本人在 1923 年 10 月在给总理施特雷泽曼(Stresemann)(人们戏称他为"理智的独裁",但是联系到上下文就不能过度解读)的一封公开信中就对这一功能进行了归纳:

> 但是,实际上,每个时代都有一个共同的意愿,战斗只是流于表面……只有那些能够召集原本各自为战的零散力量进行富有成效的活动,才能去引导这些力量齐心协力实现目标,这个目标人们在朝思暮想,却始终找不到。①

这正是亨利希·曼世界观中的症结所在:一方面,对人民需要教育(这是知识分子应该扮演的角色);但是另一方面,人民已经拥有了理智(所以人民才会追随知识分子,正如法国人民追随卢梭一样),因此不必对人民过多地施以教育,不必让他们在理智之外的思想层面达到亨利希·曼提出的"中心类别"。这样,亨利希·曼就将知识分子的中心职责和主导作用、人民的乐观主义都融入进了一种理想观,一个竭尽全力回避自身矛盾的"无法解决的问题"②,这是否属于反过来施行到自己头上的知识暴力呢?

---

① 《理性的独裁》,1923 年 10 月,见亨利希·曼:《七年》,美茵河畔的法兰克福,1994 年,第 149 页。
② 格特鲁德·蔡普乐–考夫曼(Gertrude Cepl-Kaufmann):《生活的精英实践与亲人之间,亨利希·曼在魏玛共和国末期的生活理念》,见瓦尔特·德拉巴尔(Walter Delabar)、瓦尔特·法恩戴尔(Walter Fähnders)主编:《亨利希·曼(1971—1950)》,柏林,2005 年,第 186 页。

皮埃尔·布迪厄和知识暴力

夏洛特·诺德曼

如果我们只把"知识暴力"当作暴力的一种指代方式,且将其局限在"知识领域",又或者把"知识暴力"当作知识分子利用暴力进行的自我保护,那么"知识暴力"的概念就会变得非常狭隘,这是不恰当的。的确,根据我们所能够界定边界和统一原则的"知识领域"来看,它和所有领域一样,是一个有斗争、有竞争的地方,自然,这种竞争所使用的方式往往不是那么的"廉正"或者"公平",因为这些"暴力"在已规定的竞争中违反了该领域的规则,我们称之为"人身攻击"式的袭击和恫吓,抑或使用制度手段让理论上的对手哑口无言。知识分子已经成为,或者依然是暴力的捍卫者,不管这种暴力被视为是"历史助产士",还是被看作因一场"正义战争"[1]而受到遏制的委婉的暴力。但是,知识在这里没有任何特别之处,因此,在理解这些暴力的不同形式时,我们会迷失方向;同样,若要将这些不同的形式关系阐述清楚,我们也会显得无能为力。

不过,"知识暴力"这一概念确实变得十分有趣,如果我们因此认为知识分子的身份保护固有的暴力,便会看到一个本质的问题被提了出来。这一身份依靠的是以下几个方面:首先是体力劳动与脑力劳动的分工,这意味着某些人的思想"确实"优于"其他人",就如同艾蒂安·巴利巴尔在评价马克思时所写的那样:在引入"文化和知识的劣等性"[2]这一概念时,体力劳动与脑力劳动的分工把"人类学异化和暴力问题纳入到经济不平等以及经济冲突的范畴之中"。这个初创期的暴力可以让我们

---

[1] 迈克尔·沃尔泽(Michael Walzer):《关于恐怖主义的五个问题》,载《异议》杂志,纽约,2002年冬。
[2] 艾蒂安·巴利巴尔:《知识分子的暴力》,载《路线》杂志,第25期,1995年5月,巴黎,第13—14页。

明白为什么"知识分子"虽然散发着魅力却常常遭到排斥，它也解释了讲话中的暴力以及如下特点：知识分子的介入实际上是企图切断自身与其他形式论说的联系，以使自己卓尔不群，知识分子的介入会成为传播高级真理的媒介，甚至会成为一门科学知识，一门只能在知识领域积累的知识。

皮埃尔·布迪厄总是对这些问题特别敏感，他提出了在知识斗争中的暴力，揭露了"智力"垄断地位形成的暴力。然而他的态度却完全暧昧不清，使他去支持自己曾经首先站出来揭露的一些方法。

知识领域：解决了的暴力

正如我们所知，皮埃尔·布迪厄致力于揭露知识分子看上去很"纯粹的"理论立场中的关键问题，我们也知道，他努力揭示好处与利益，哪怕是那些能够激励知识领域的参与主体的"无私的利益"。皮埃尔·布迪厄旨在说明，像在其他领域一样，知识领域也是一个存在斗争的地方，在这里，对于当事人而言，任何立场的关键问题都可能是必不可少的，而这正是"范畴"这一概念的意义所在，该领域的一些人具有从同一历史继承下来的共同特性，这种特性被特殊的社会立场所决定。参与主体通过自己的方式，参与到同一场社会"游戏"之中，他们拥有自己的价值观，与整个社会中的其他价值观迥然不同，这些价值的取向也决定着它们的社会存在。即便某个领域的价值观显示出"普遍意义"，这也改变不了什么。只有在对这些价值观的尊重成为实现统治地位的条件的空间里，对"真理"或"道德"这些价值的重视才可能成为一种决定性的热情。但是自从"统治的欲望"（libido dominandi）被定义为某一领域成员的活动的主要动力后，"道德"就只有在可以确保在它某一领域拥有统治地位的情况下才会被重视，比如该领域的自主权因此会得到尊重。当"道德"在某一领域变得薄弱时，一些行为便会要摆脱这一原则。

对这一破除权威的举动，很多人都觉得不能原谅布迪厄。他在职业生涯中遭受的抨击的暴力以及今天他引起的愤怒，大多都源自他对待文化主题的方式，来自制造文化主题的人们，是这些人将这些主题当作了"其他东西"，他们的动机和逻辑虽然是特别的，但是与社会中其他领域的动机和逻辑并无本质上的区别。从此，"误解"就此产生，并始终未能消除，这项指控不停地在重复，指责皮埃尔·布迪厄质疑一切"文化"价值。但布迪厄已经明明白白地表示过：他不是质疑一个现实的价值，而是要澄清实现这一价值的可能的历史条件和社会条件。这样一位革新的艺术家的举动看起来非常有趣，因为它代表了明显的社会利益，同样，如此一位科学家的话语也是真实的，因为他想要确保在领域内的统治地位。

关于普遍概念的垄断的丑闻

皮埃尔·布迪厄认为知识领域以及更广泛的文化领域内的成就具有无可辩驳的价值，正是因为如此他才不停地揭露被他称之为"普遍概念垄断"的现象，他使用矛盾的表述来阐述该问题的各个方面。"理智是在一定的历史条件下产生的，任何表现，无论是否以科学自居，都是在忘却或故意掩饰这些条件，从而希望证明这种最难证明的垄断，即普遍概念的垄断。"[1] 对某一丑闻的揭露曾经成为激励着皮埃尔·布迪厄撰写作品的动力之一，的确，布迪厄看到文化已经普遍地垄断在了一些人的手中，更有甚者，连客观阐述和理性思考的能力也被转包给了"被统治者"。"我们不能毫无矛盾地阐述（或揭露）为某些人创造的并非十分人性的生存条件，同时将完全开发出了类潜能的这一功劳记在那些饱受如此生存条件之苦的人的头上，这些潜能包括采用我们默认的无偿、无私的态度，因为这也是社会所认可的，就如同在'文化'或者'美学'中所阐述的那些概念一样"[2]，所以，这不只是因为被统治者根据社会的级别被看作了下等人，被统治者塑造了理想的楷模，但与真正的他们却并不相符[3]，还是因为被统治者实际上所处的境遇使他们无力充分发展他们所谓的"人类的潜能"。

为了解释人们对被统治者们所犯下的错误以及社会秩序如何打造他们自己的能力，皮埃尔·布迪厄又重新使用了亚里士多德所说的"理性"（logos）和"现象"（phonè）。皮埃尔·布迪厄在其晚年的作品《帕斯卡式的沉思》（*Méditations pascaliennes*）中，尽可能地将自己置于哲学领域，提到了《政治上的介入（1961—2001）：

---

[1] 皮埃尔·布迪厄：《帕斯卡式的沉思》，巴黎，1997年，第85—86页。
[2] 同上书，第91页。
[3] 同上书，第87页。

关于一种特定的政治介入方式：文选》第一卷中做出的划分，以描述一种不可能性，"最贫困的人们"无法把他们的控诉（被视为一种痛苦、不如意、不满的表达而已）变为法律意义上的控告，变为一种对不公正的错误的控诉（……）或者变为一种普遍的诉求"①。实践中的人类获得的"理性"因需要而产生，是一次真正的"跳跃"——这一点布迪厄反复强调过：为了实现从一种"思想感情"（ethos）向"理性"（logos）的转变，从一种明显的特殊性的话语转变为普遍性的有意图的语言，一定要跨越"经院哲学的藩篱"，要以"理论"的眼光审视自己的经历，这种眼光不仅仅是学者的目光，而是所有客观视角的前提。

然而，我们要明白，在皮埃尔·布迪厄的论说中，我们发现了一些注释和懊悔，这是对这一言之凿凿的非连续性的质疑，就像1977年他在一次讲话中所做的总结中表示的那样②：

> 我曾经吃惊地看到，和我谈话的同一群人在闲聊着，他们对领导者、工人、工会及其地方组织之间的关系进行非常复杂的政治分析。当我向他们提出一些类似于民意调查的问题时，他们却全然不知所措，只能讲出些平淡无奇的话，他们的论断也是如此，也就是说在论述一些问题时，需要采用有别于真伪判断式的方式去讨论。教育系统教授的并不只是一种语言，而是一种与语言有关的关系，与事物、人、与现实完全脱节的世界休戚相关的关系。

正是在这里，被统治者们的语言突然之间不再禁止进行"极其复杂"的政治分析，他们的问题也不再是取得政治话语问题，而只是要掌握一种特殊的语言，一种"政治科学语言"③，这种语言假定了一种与世界之间失去现实感的关系。就像在学校里，为了能够从政治舞台发出自己的声音，大家便会学习掌握合理的规章制度，将

---

① 皮埃尔·布迪厄：《帕斯卡式的沉思》，巴黎，1997年，第72—73页。

② 是否可以总结说皮埃尔·布迪厄的论说正在渐渐地走向激进化？或者说在他近期的文章中正在表现出这种倾向。可能情况并非如此，因为在《帕斯卡式的沉思》（1997）中，他的表达格外清晰、激烈，与1979年出版的《论优异：对品味的社会批判》一书中最后一章有着直接的连贯性。皮埃尔·布迪厄：《社会学的问题》，巴黎，1984年，第111—112页。

③ 皮埃尔·布迪厄：《社会学的问题》，第243页。

其翻译成一种已经形成的政治语言，但这是一种还未得到认可的语言。这一翻译活动不会没有损失，因为统治地位的语言具有抽象性，它将普通的表达方式从现实中剥离开来，而同时又要求在表达中放弃具象性，以便让大家真切地听到。

问题是这些评论直接反驳了皮埃尔·布迪厄一直以来所坚持的那些观点，他认为，若想获得政治上的表达和思想的权力，一定要超越被统治者们话语那顽固的特殊性。诚然，这一特殊性常常被当作"真实性"的一个标志，与政治语言的不切实际正好相反，然而它也是一切政治化的绊脚石，因为它"试图禁止作为动员活动条件的普遍化"[①]。理性论说和实践意义之间连续性的根本中断一旦被提出，我们就很难想象被统治者们能够重新获得理性。正因为如此，当皮埃尔·布迪厄对为了取得普遍概念就建立"理性的现实政治"的必要性问题提出更加积极、更加系统的断言时（其具体内容也更加含糊不清），他并不能够真正地说服大众。皮埃尔·布迪厄认为，为了获得所有这些价值观，社会学家们应该允许超越对普遍价值观的简单辩护，这些价值观被认为是知识分子的代表。为此，首先需要说明，这些价值观属于垄断的对象，但这对于知识分子来说并不是一件显而易见的事。按照皮埃尔·布迪厄的观点，该领域的独立自主应该确保知识分子站出来为"普遍价值"进行辩护，而社会学的批判则允许他们不必纠结于此，但是同样要求继续努力"推广取得普遍概念的经济条件和社会条件"。但问题是，普遍性的可能性的条件迄今为止基本上还没有确定。

知识分子，反抗统治的唯一途径？

皮埃尔·布迪厄以最激烈的方式揭露这一丑闻的真面目时，他对知识分子的形象表现出一种奇怪的信心，他相信知识分子是唯一能够划分类别并以此批判社会的人，只要知识分子能够反思自己的立场。事实上，只有他才可以摆脱继承自既立社会秩序的思想类别，从现实的思想方式角度去观察，他所处的情境使他能够得到解脱。因此，这是一个真正的重新恢复的垄断，这一垄断表面看来是必要的，甚至是

---

① 皮埃尔·布迪厄：《论优异：对品味的社会批判》，巴黎，1979年，第507页。

合理的①。

我们对被统治者们进行过描绘，也对其主要特点进行了一番勾勒，但是，他们的特点真的会发生变化吗？如果被统治者们真的像定义的那样"没有言语"，没有符合他们作为"被统治者"的话语，如果他们真的只有一种"声音"，一种"尖叫"，而不是连贯而理性的讲话，那么，他们又是如何获得知识方面和政治方面的某种独立自主呢？

我们只有从知识分子那里，才可能提前找到一种"可以使被统治者相互理解并且按照他们的内心的使命组织起来的理论"②。围绕统治问题进行争议的运动需要知识分子的亲身参与，因为没有经过争议的"理论"是不会有效果的，并且只有理论家才可以建立一种理论体系。也正是在这一观点上，皮埃尔·布迪厄认为知识分子可以"给别人提供一种解放的方式"，他们能够带来真正的"文化财富的传递"。布迪厄认为，如果没有这些，他们的工作便没有任何意义。如果社会学只是专家之间的一种话语，如果不允许在整个社会中对秩序广泛批判，那么"对社会学花上哪怕一个小时去研究都不值得"③。

知识分子批判使命的基础及局限

需要指出的是，皮埃尔·布迪厄认为知识分子通过两种不同的途径参与到围绕统治问题进行的争议之中，然而这两种途径一定都要符合一个原则：所有的行动背后都有着"社会学原因"，也就是说完成某一行动的人都受着"利益"的驱使。知识分子与被统治者之间第一个团结的原则被皮埃尔·布迪厄称为"同质"作用④，即知

---

① 这也是《帕斯卡式沉思》一书中所提出的观点（第99—100页）："社会科学是唯一能够揭穿、反抗、遏制那些完全没有被使用过的统治策略，社会科学有时候又可能会为这些统治策略提供灵感和武器。社会科学应该更清楚地在两个立场间做出选择"：或者与统治力量合作，或者揭露"逻辑丑闻和政治丑闻，即对普遍性的垄断"。
② 皮埃尔·布迪厄：《政治领域的观念》，里昂，2000年，第102页。
③ 皮埃尔·布迪厄：《社会学的问题》，第8页。
④ 皮埃尔·布迪厄：《论优异》，第513页："对立势力之间的同源性建立在以下两个对立关系上：统治者和被统治者之间的主要对立，以及统治阶级中的统治阶层和被统治阶层之间的对立。这种同源性促使不同领域持相似立场的人走到一起并联合起来，这个矛盾的统一在统治阶级的统治阶层（如知识分子、艺术家、教师）与被统治阶级之间表现得最为明显，他们的共同之处是在表现自己与（共同的）统治者之间（客观上非常不同的）关系时倾向于投票给左派。"

识分子与被统治者的立场相同,他们都受到某种形式的统治。的确,知识分子不能被简单地与被统治者画等号,因为知识分子所掌握的资本并不是最有价值的。文化资本持有者的立场与经济资本持有者相比,地位会略显低微。这一点也说明,知识分子和被统治者们一样,在某种情况下,都会通过反对社会秩序实现自己的利益。他们与被统治者的团结并不是一种算计,相反,这一"策略"源自现实的原则和一种暂时团结的"感觉"。

如此的同质性引出的协作必然有其局限性:从某些角度看,知识分子同时也是被统治者,他们会因为某个决定性因素占了上风而改变看法。有的情况下,他们会感觉与被统治者的团结不再那么紧密,这就是当他们自己的权力受到质疑时。"在与他们认为的'资产阶级'进行斗争时,他们在资产阶级层面上是团结的,正如在所有危机时期——他们在社会中的特殊资本和立场受到真正威胁的时候——我们看到的那样。"[①]

问题来了:知识分子是否会怀疑他们所享受的特殊权力的基础呢?在何种情况下他们才可能会致力于自己的消亡?当知识分子自己手中的权力受到质疑时,他们与被统治者的结盟就会暴露出模糊不清的特点。知识分子会从剥夺中获得利益,哪怕是因为他们的资本只有在独享时才会有价值。然而,对统治权的质疑如果忽略了对知识和政治的垄断这一基础,那么这种质疑是否仍然有效呢?

此外,知识领域的自主性使得知识分子能够扩大特殊利益、发展维护整体社会秩序的竞争性价值观,这种价值观在此情况下会表现为"普遍的"规范。出于社会层面形成的这种"对无私表现出的私利兴趣",知识分子们很可能会参与到被统治者的斗争中去。因此,一些文章暗示说,知识分子的"批判使命"会直接随着"文化生产领域"的自主性的变化而改变:自主性越大,知识分子就越是贴近为御用"专家"的形象,或者"自由的、具有批判精神的思想家"的形象[②]。因此,在《艺术的规则:文学场域的诞生及其结构》(*Les Règles de l'art. Genèse et structure du champ littéraire*)一书的附言部分,知识分子的"批判才能"被描绘成他们自己领域的自主性的产物。政治斗争的主战场之一是保卫"文化产品领域的自主性,或者套用如今

---

① 皮埃尔·布迪厄:《被说出的事物》,巴黎,第 173 页。
② 同上书,第 173 页。

不再时髦的说法，是保卫文化生产者对其生产工具及流通工具的所有权"①。这一表述奇迹般地应和了皮埃尔·布迪厄对普遍概念的垄断进行的阐述：当知识分子成为重新剥夺进程中的一员时，是否真的"首先要捍卫知识分子"②？伴随着这一宣言，衡量斗争的紧迫性的标尺似乎发生了变化，由对普遍概念的垄断进行的斗争转变为保卫知识领域的自主、捍卫自身价值观的斗争。

专家官僚作风的合法化？

知识分子们应该承担起他们所应该扮演的角色："以左拉的方式，运用权威和才能介入到世界政治中，权威与才能都是因从属艺术、哲学、科学自主领域才具有的能力。"③ 因此，社会学家应该是确保知识被"好好利用"的担保人：他们在引导"知识团体的社会批判"的同时，还应该澄清"隐藏的利益"，让知识分子们将其应用到政治活动之中，"不纯正的"动机会让知识分子们不再单纯地听从自己思想中的"无私"的召唤。

这里的问题在于如何理解知识分子拥有的这一"自主性"：它是否是一种社会权威，一种合理性被认可的、可以对抗"权威的效果"（例如，政府所拥有的权威的效果），抑或，它是否是另外一种权威效果，可以让人听到本不会被听到的一个普通公民的声音？又或者这种权威只有在建立起一种"鉴定"的形式模式后（尽管皮埃尔·布迪厄对此已经很明确地加以否认④）才可能被证明是合理的？皮埃尔·布迪厄在两种断言之间举棋不定，他的著作也被相似的知识分子和专家们所研究，这一相似性有规律地出现，同时也有规律地被推迟或低估，就像受到了一种压抑行为的控制一样。

我们感觉，皮埃尔·布迪厄尽管对暴力产生的普遍概念的垄断问题心知肚明，

---

① 皮埃尔·布迪厄：《艺术的规则：文学场域的诞生及其结构》，巴黎，1992年，第467页。

② 这是皮埃尔·布迪厄在《新观察家杂志》上发表的一篇专题文章的题目，第1140期，1986年9月12—18日。

③ 同上书。

④ 皮埃尔·布迪厄：《反扑的火：为反对新自由主义的攻击而作的抵抗论述》，巴黎，1998年，第62—63页。

第四部分　雄辩家，神学家，知识分子：权威的暴力

但他不能承认自己的立场几乎就是在替经验丰富的专家政治说话，他表示：

> 我认为，我们若想很有效地与国家和国际的专家政治进行斗争，就只能直面迎击其专有的领域，比如科技、经济领域，将其炫耀的抽象的、残破的知识与一种更加尊重人类、尊重人类所面对的现实的知识对立起来。①

权力以强硬的态度企图以科学之名展现自我，同时将实权交给了科学家们②，但是如果我们可以设想从战略角度考虑占有这项权力，同时得出结论，认为只有"学者"才可以回应专家政治，这样难道不是在重新使用一种"强硬态度"吗？如果我们像皮埃尔·布迪厄那样接受在专家政治的地盘上与其进行斗争，是否就已经做出了大大的让步？这是否就是"重新获得民主"的道路呢？只有从介入动机观察（源自他们所属的、代表其利益的自立范畴，一种特殊的"欲望"），知识分子才能够与专家治国论者区分开来，皮埃尔·布迪厄也称这些人为"知识民主人士"（épistémocrate），这样，专家治国论者就被危险地当作了仿佛"学者"式的人，他们的权力都是建立在科学的基础之上。有才能者和无才能者之间的划分还未涉及。这也让皮埃尔·布迪厄再次对政治与医学进行比较③：所有的政治艺术都旨在解读不明确的信息；对患者含混不清的诉说不能仅仅去转述，而是要进行分析、解释，从社会和经济原因来解读，当然，这些首先是社会学家需要做的工作。皮埃尔·布迪厄表示应该"教人们怎样把医生（社会学家可能成为医生）当作一件工具来利用"，以减弱隐喻的力度④。但这真的是一种解决方法吗？另外，有人批评布迪厄企图垄断知识，对此进行的回击颇具讽刺意味地形成了另外一种权力形象，例如教师的权力，教师的使命是引导"人们"走向相对的独立自主。专家治国论者和社会学家俯身面对病人，仿佛就是政治领域唯一的两个可以想象的参与者。

---

① 皮埃尔·布迪厄：《政治言论集》，第 68—69 页。
② 见《艺术的规则：文学场域的诞生及其结构》一书的结束语。
③ 皮埃尔·布迪厄：《世界的悲惨际遇》，巴黎，1993 年，第 1451—1453 页。
④ 皮埃尔·布迪厄接受《喧嚣》杂志采访录，2000 年 12 月。

科学与政治

然而，并不是说只有从属于一个独立自主领域的"专家"才有能力与权力分庭抗礼，即便是在知识领域进行斗争的时候。近几十年中的政治运动可以证明"被统治者"是以何种方式发展了一种真正鉴定，并且使其适用于"统治者"，伊莎贝尔·司当热（Isabelle Stengers）在分析中将其比喻为吸毒者，他们要别人接受他们亲身经历中得来的知识的价值，并且最终左右与之相关的公众政治。①

在 1980—1990 年，政治所采用的新形式见证了马克思主义范式一统天下局面的结束，见证了与政治与知识的另一种实际关系的发展。皮埃尔·布迪厄对这些改变表现得十分冷漠，这或许与他要让科学界的独立性发挥主要作用有关，同时要保证知识分子工作的科学性及其"道德的纯洁性"：在皮埃尔·布迪厄来看来，科学领域和政治斗争之间的所有相互影响都是可疑的，因此他反倒否认政治制度对知识发展有什么推动作用。②

皮埃尔·布迪厄在分析被统治者的某种独立自主性（特别是在知识界）产生的过程时遇到了困难，他给予知识分子一个决定性的、必不可少的角色，让他们得以解放，巩固知识分子的地位和他们代表的暴力的方式，我们不禁要问，他遇到的困难以及帮助知识分子的方式是不是部分地源自他过度自信地认为社会科学可以实现"科学性"呢？根据"科学"的某一概念，比如按照制定好的具体规则而拟定的决定性论说，它包含的真理却无法被理解。因为皮埃尔·布迪厄将希望寄托在知识领域的自我保护上，他认为应该确保知识分子对真理价值观和"道德规范的纯洁性"的笃信，这样可以清除该领域中的"暴力"。从违反规则方面来说，他忽略了还有其他途径可以发表讲话，对社会进行批判，而批判社会也并非知识分子才能使用的特权。

在这里，并不是要再次使用卢克·博尔坦斯基或者布律诺·拉图尔对皮埃尔·布迪厄所提出的异议，他们指责布迪厄的社会学粉碎了"普通参与主体的话语"，总是认为其话语不够恰当；这并不是说，不是任何人都可以像社会学家一样，能够很好地并精确地掌握一些关于社会的知识。不可否认，社会学家确实拥有一些调查方法

---

① 伊莎贝尔·司当热：《科学与权力：面对技术科学的民主》，巴黎，1997 年，第 99—100 页。
② 在皮埃尔·布迪厄的《男性独宰制》（1998）中，有一点很是惊人，因为该书中，女权主义的批判仅仅在研究中被赋予了一个"鼓励作用"的次要角色，同时，它也因为从战斗的角度歪曲了观点而招致指责。

和分析类型，使得他们成为现实的解读者，而这一解读能力并不是所有人都具备的，总而言之是不可能不经过一定的适应工作就能具备的。此外，面对社会，知识界并非唯一制定等级以及进行批判性分析的地方，相反，知识界常常受到外界论说的压力，被"强迫"去思考一些它曾经回避过的问题。社会科学的讲话永远不会是一个最终的讲话，而是表现出转移、变化以及修正过程，皮埃尔·布迪厄试图回避这一事实，因为他有直觉（部分是社会原因形成的直觉），只有在被批判时或者在理解现实的过程中遇到困难时，这些直觉才可能被批判、被改革。皮埃尔·布迪厄总是想要让这些必要的理论难以察觉，默默地吸收对自己的批判意见，似乎保持他理论框架在表面上整体的稳定性是非常重要的，仿佛需要让他论说中暂时的、不确定的范畴消失，仿佛要保存幻想，希望只能根据知识领域的特殊运行撰写这一讲话，而不受任何干扰，似乎其价值靠的就是这种"纯洁性"。

一切都仿佛是在掩盖皮埃尔·布迪厄的论说出自论战背景这一事实，仿佛是要忘记论战是获得某种真理的决定性因素，这里所说的论战不只是完全按照规则和知识领域自身的价值观所进行的论战，还包括对知识分子施加"暴力"的论战。然而，事实是，社会科学是在与外界的对话过程中缔造的，这就让人重新质疑布迪厄为科学论说与普通论说划定的界线。发生的这一切好像都在说应该不惜任何代价让政治"撤出"社会科学领域，于是政治重新为某些专家治国论者所用，增强了"真正的"科学家过度的自信心，这些正直的科学家会对自己和社会秩序提出批判。皮埃尔·布迪厄也认为普通论说和社会学家的论说之间出现了彻底的决裂，他于是不再寻找什么方式去怀疑"普遍概念的垄断"这一"知识暴力"，而"知识暴力"恰恰是他曾经竭尽全力想要揭示的。

第五部分

对世界实施的暴力：理论化与规定

战斗的雄辩术：知识分子的论战以及伊索克拉底号召的暴力

樊尚·阿祖莱

公元前 399 年，苏格拉底被当时一位知名的雅典法官以"亵渎宗教"的罪名判处死刑。在之后的几年里，他的门徒们竭尽全力为自己的老师洗刷罪名，将其塑造成死于无知平民之手的知识领域的烈士。尽管如此，柏拉图依然认为，人民并不是这场不公正裁决的唯一罪魁祸首：那场审判只不过使用了昔日的打击手段而已，是雅典知识界的缩影，特别是使用了阿里斯托芬（Aristophane）的批判风格。[①] 确实，阿里斯托芬在他的剧作《云》（Nuées）中，将苏格拉底描绘为滑稽之人。这位喜剧诗人明确地指责苏格拉底蔑视宗教的言行及其给年轻一代带来的不良影响，显然，这两项指控在 20 年后也成为对苏格拉底判处死刑的依据。[②] 阿里斯托芬的这部戏剧于公元前 423 年在全城公演后，成了对谋杀发出的真正号召[③]：苏格拉底的"思想"被付诸一炬，他本人也被烧死！[④]

那么是否有必要在喜剧作品中想象的暴力和司法领域的真实暴力之间建立一种直接的联系呢？我们对此持怀疑态度。的确，喜剧中的侮辱构成了"一些可与法庭

[①] 苏格拉底在《申辩篇》19b 中论及将他送上法庭的诽谤，他特别提到了阿里斯托芬的喜剧。如果我们相信柏拉图的《会饮篇》的说法，那么我们要说喜剧诗人阿里斯托芬和哲学家苏格拉底有着相同的交往和爱好。

[②] 关于苏格拉底对城邦众神的否认，见《云》，v. 1476—1477，而年轻一代的变质这一问题则正是这部作品的主题。

[③] V. 1465：亚巴顿。

[④] 《云》V. 1499 及随后部分。关于《云》的最后一场以及表现出的逻各斯暴力，见黛芙妮·奥雷根（Daphne O'Regan）：《修辞，阿里斯托芬的〈云〉中的语言喜剧和暴力》，牛津，1992 年，第 112—132 页。

上的言论相提并论的指控或辩护的话语"①。然而，这些辱骂话语只能产生微不足道的政治效果②，特别是在喜剧《云》中；该剧并没有收获作者所希望的成功③。另外，在喜剧领域内，侮辱和夸张的手法首先具有一种仪式性质和宣泄的功能：喜剧言语的暴力更像是仪式化语言的发泄④，而不是明确的政治计划。总之，人们根本没有料到真实的暴力会突然爆发，阿里斯托芬的言语暴力没有用于真实暴力，而且被搁置，同时又使表达方式变得仪式化。⑤

言语暴力如果要转变为"激烈的"暴力，需要有一个全新的政治局面，用不再时髦的话来说，其特点是雅典社会表现出的一种"粗暴性"⑥。从公元前423年《云》第一次公演到公元前399年苏格拉底被判死刑，这20年间，雅典的战火几乎从未停息，最后以失败告终，而且这20年间，雅典又经历了由苏格拉底昔日弟子们⑦发动的两次流血的寡头政治革命。对苏格拉底的判刑就如同划破寂静天际的一声巨雷。为了促成暴力的这一转变，还需要再添加一种"配料"，那就是苏格拉底自己的态度。苏格拉底本人拒绝接受任何刑罚，哪怕是最轻微的处罚，他要求人们承认他是雅典的造福者，因此惹恼了雅典的法官们，这就意味着他在接受审判的时候就已经

---

① 西尔维亚·米拉内兹（Silvia Milanezi）：《对雅典纪念酒神的比赛的国民滑稽的回忆》（前5世纪—前3世纪），巴黎，2004年9月，卷1，第165页。

② 尽管蛊惑人心的克里昂（Cléon）在《骑士》中受到了阿里斯托芬的嘲讽，但他还是在几个星期之后被选为军事战略家，而推选他的人正是几周前还在为阿里斯托芬的喜剧鼓掌喝彩的同一批雅典人！见肯尼斯·J. 多佛（Kenneth J. Dover）：《阿里斯托芬的〈云〉：引言与评述》，美国克拉伦登，1989年（第一次出版于1968年），第LVI页。《云》提出了最后一个解读问题：这部喜剧流传至今，其形式经过了大幅修改，在阿里斯托芬的朋友当中，一些译者甚至认为这一版本原本只是供作者的朋友们阅读之用。如此看来，呈现在雅典公众面前的这一版本，难道没有明确地发出杀害苏格拉底的召唤吗？根据一个笺注（Nub. 543），《云》的前几个版本并没有因为智者被判火刑或者因为被送上火刑架的哲学家们的惨叫而销声匿迹。

③ 《云》在酒神节的竞赛中排在最后几名，正如阿里斯托芬本人独白中所说的那样。

④ 见罗赛拉·塞塔·科托纳（Rosella Saetta Cottone）的《阿里斯托芬和被侮辱的诗学》一书，罗马，2005年；以及伊索尔德·斯塔克（Isolde Stark）的《可恶的缪斯：希腊喜剧的社会和精神控制中的调侃》，慕尼黑，2004年。

⑤ 对于法国在20世纪30年代的语言暴力以及激烈暴力之间的复杂联系的分析，请参考阿兰·布罗萨（Alain Brossat）：《敌人的尸体：极端暴力与民主》，巴黎，1998年，第139—159页。

⑥ 这一概念由乔治·拉赫曼·莫斯（George Lachmann Mosse）提出，《从第一次世界大战到极权制：欧洲社会的粗暴化》，巴黎，1999年（第一次出版是在美国，1990年）。

⑦ 关于这次蔑视宗教诉讼的具体政治背景，见安德鲁·沃尔珀特（Andrew Wolpert）：《记住失败：古代雅典的内战和公民记忆》，巴尔迪摩—伦敦，2002年。

间接地结束了自己的生命。①

苏格拉底之死成为研究知识暴力这一问题的引子，因为它可以让我们思考不同形式的暴力是如何彼此联系和分级构建的，包括言语上的暴力和身体上的暴力，这暴力有时产生于雅典城，有时诞生于雅典的知识界。

然而，在苏格拉底死后，这些问题还是以不同的方式被尖锐地提出。雅典的知识界因苏格拉底的判刑受到了沉重的打击，此后的论战方式表面看起来更加文明，但实际上依然是同样的残忍。我这里所要探讨的是这种"战斗的雄辩术"的出现，主要研究对象是伊索克拉底的著作。首先，我会分析左右知识论战的新规则，以及知识分子可能的违抗。之后，我会去验证一项假设：知识界内部的论战强度可以部分地解释为对战争和对波斯人发动战争的召唤，这些都是伊索克拉底发出的号召。作为最后的总结，我们还要衡量伊索克拉底的诅咒带来的影响，拷问知识暴力和激烈暴力之间复杂的联系。

公元前4世纪调整与违抗之间的论战

为了分析公元前4世纪初期的新型知识暴力，还需要再次从苏格拉底之死谈起。

知识暴力另辟蹊径

事实上，不论根本的原因是什么，苏格拉底的死都给雅典的知识界带来了重大影响，令知识分子分化为明显不同的两派。第一派中人员众多，创作者们继续依赖于市民们的需求，使用被认可的习惯方式发表演讲：悲剧，喜剧，口头诗歌，散文。在这一主导趋势中，知识交流中的暴力以一种传统的方式继续存在着：喜剧的斥骂或者司法的抨击，这些还被用来攻击敌人，公开敌人的姓名，让其当众受辱②。

第二派人数较少，其核心是一部分精英分子，他们因为苏格拉底之死以及三十僭主寡头政治的垮台而受到打击。和柏拉图、伊索克拉底以及他们的弟子一样，为

---

① 参考色诺芬（Xénophon）：《苏格拉底的申辩篇》第1—2页，第9页，第14—15页和第32页；以及樊尚·阿祖莱：《色诺芬和权力的恩赐：从说教到神赐的能力》，巴黎，2004年，第270—274页。

② 关于喜剧作家彼此间经常出现的抨击，见大卫·哈维（David Harvey）、约翰·威尔金斯（John Wilkins）：《阿里斯托芬的对手：雅典旧戏剧研究》，2000年。

了建立一片秩序的、纯粹研究问题的知识空间，他们放弃了公民的承诺①。因此，这一派虽被政治所掌控，但在知识方面却是独立的和逐步形成的②。他们分属观点对立的不同派别，都声称自己是苏格拉底的嫡传③。他们因为都反对极端的民主主义而联合起来。这新的一派也经历了残酷的竞争④，而如此的残酷竞争又广泛存在，难以尽数。柏拉图反对亚里士多德，伊索克拉底反对柏拉图，伊索克拉底反对亚里士多德，色诺芬反对伊索克拉底，色诺芬反对柏拉图⑤：这些多样性的对阵组合简直要让人头晕目眩⑥！

在保持同质的社会和政治领域中，论战却无处不在，对此又如何解释呢？很明显，这些冲突植根于斗争文化，该文化是希腊人共有的，并且渗透到社会生活中的

---

① 这一自主化过程是探讨布迪厄所定义的"知识领域"的条件之一，《实践理性：论行动的理论》，巴黎，1994年，第68—72页。

② 关于希腊历史上对这一概念的理性使用，见樊尚·阿祖莱：《四世纪上半叶雅典知识领域与成名策略：从苏格拉底到伊索克拉底》，见让-克里斯托夫·库维纳（Jean-Christophe Couvenhes）、西尔维娅·米拉内兹（Silivia Milanezi）：《从索伦到米特里达梯的个体、群体与政治》，图尔，2007年，第171—199页。

③ 在整个公元前4世纪，我们只找到两处对于诉讼案的简短的影射，一处是在演说家希佩里德斯（Hypéride）的一个演说片段中（fr.55 Jensen），另一处则是在艾辛（Eschine）笔下（《驳提马克》[I]，173）。从这些影射中，我们看不到雅典人民对于苏格拉底命运怀有丝毫的内疚。

④ 约西亚·欧博（Josia Ober）：《民主雅典的持不同政见者》，普林斯顿，1998年。关于知识精英内部的争斗，可以参考苏格拉底：《泛雅典娜节献辞》（XII），18—21，或者《论财产交换》（XV），2。

⑤ 柏拉图和亚里士多德的情况我们已经非常熟悉，无须再多费笔墨，他们当时的争论一直都是彬彬有礼的。[见雅克·布伦瑞克（Jacques Brunschwig）：《古希腊哲学辩论的方方面面》，见吉尔·德克莱尔、米歇尔·缪拉、雅克琳娜·当热尔（编）：《论战的话语》，同前书，第25—46页，此处引自第39页]。关于伊索克拉底和柏拉图的对立，参考伊索克拉底：《海伦颂》（X？），1；《腓力二世》（V），12；柏拉图：《欧西德莫斯》，305C，以及乔治·马蒂厄（Georges Mathieu）的分析文章《柏拉图与伊索克拉底的初期冲突以及〈欧西德莫斯〉的日期》，见《古斯塔夫·格洛兹文集》，巴黎，1932年，555—564年。关于亚里士多德和伊索克拉底的辩论，参考西塞罗的《论演说家》，III，141；昆体良的《雄辩术原理》，III，1，4。见雷蒙·韦尔（Raymond Well）：《让伊索克拉底讲话？》，见《能量：献给玛格丽特·A.雅若娜的对于亚里士多德的研究》，巴黎，1986年，第261—270页。关于色诺芬和伊索克拉底的争论，参考伊索克拉底的《颂词》（IV），第145—146页，和樊尚·阿祖莱的文章《伊索克拉底的"阿希达穆斯"：时间与空间的政治》（2006），第504—531页，此处引自第514—515页。而柏拉图和色诺芬就苏格拉底的回忆问题争执不休（两个人都写了《会饮篇》和《苏格拉底的申辩篇》），他们很可能是就教育问题而进行的论战，参考柏拉图《法律篇》，第695a—b页。

⑥ 雅克·布伦瑞克（Jacques Brunschwig）：《古希腊的哲学论战的一面》，同前文，第25页，该文对这一看法进行了引申，提出在赫拉克利特之后，"希腊的哲学史就只是一部希腊哲学家彼此之间的论战历史而已"。

方方面面。但是这一激化的竞争也反映了雅典知识界这一新兴派别的结构局限性：在这个局部的小圈子中，只能容下数量有限的学派同时存在。于是，这种"小众的规律"在知识分子之间开始制造残酷的斗争，并试图让别人接受他们自己的思考，以吸引同行的注意①。

对人身攻击的禁止

在这一小小的领域中，竞争已经受到了"潜在"规范的调整，以减轻对抗中的粗暴行为，所以，在对手还健在的情况下，人身攻击是被禁止的。②伊索克拉底一改过去对公民的抨击做法，从来不指出恶意中伤他的那些"诡辩家"的姓名③；同样，他在猛烈地抨击那些"辩论派哲学家"及"诽谤者"时，也从来不明确说明这些人是谁④。当然，根据柏拉图的对话录记载，苏格拉底也会经常与身份明确的对手进行论战，例如，普罗狄科（Prodicos）、特拉叙马阔斯（Thrasymaque）、普罗泰戈拉（Protagoras），这似乎违背了他一贯的做法。⑤但是，我们不能仅仅相信什么人的一面之词，事实上，在柏拉图的这些作品中，他会附和一些过时的论战而去"炒冷饭"：在将这些已经不在人世的人的辩论搬上舞台时，柏拉图有意去掉了人身攻击中表面

---

① 兰德尔·柯林斯（Randall Collins）：《哲学的社会学：一个全球知识变化的理论》，马萨诸塞州剑桥，1998年（《分区注意空间：以古希腊为例》，第81—82页和第911页）。

② 个人攻击的论点构成了"一种从调整的、伦理逻辑、论证、辩论角度看的违抗范式"。吉尔·德克莱尔：《修辞与辩论》，见吉尔·德克莱尔、米歇尔·缪拉、雅克琳娜·当热尔编：《论战的话语》，第20页。

③ 参考《泛雅典娜节献辞》（XII）（XII），18。伊索克拉底在最后这部著作中另外提及了公民抨击的传统模式。他批判了那些"欣赏公共集会场合的谩骂并以此为乐的人"，《泛雅典娜节献辞》（XII），第135页。

④ 参考《反对诡辩派》（XIII），散见于文中各处；《致尼古克里斯》（II），51；《论财产交换》（XV），第261页。伊索克拉底在他的著作中不止一次提到柏拉图、亚里士多德和色诺芬，虽然他反对这些人的观点。

⑤ 《普罗泰戈拉篇》（Protagoras）展示了参与辩论的人之间激烈的对峙，苏格拉底描述他看到某个诡辩学家的表演时的反应时，说这仿佛是拳击台上对自己的一次真正的 KO，让自己感到被击晕，跟跟跄跄站立不稳。（《普罗泰戈拉篇》,339f）。见弗雷德里克·伊尔德丰斯（Frédérique Ildefonse）：《柏拉图，普罗泰戈拉篇》，巴黎，1997年，第58页。

的暴力色彩。①

不过，柏拉图学派的对话偶尔提及当时依然健在的知识分子时，他的语调就会变得友好许多，他似乎不惜一切代价避免发生正面的冲突。因此，在柏拉图的《斐德罗篇》（*Phèdre*）中②，伊索克拉底的形象是正面的，但是之后的一些资料中却记录了这两位作家的彼此仇恨。由于这一明显的矛盾，一些评论家以讥讽的方式解读柏拉图对伊索克拉底的赞颂③；事实上，只要我们始终铭记当时论战的作用，这所谓的矛盾也便会迎刃而解。伊索克拉底在《布里西斯》（*Busiris*）中描写了自己的一个对手，夸夸其谈的演说家波吕克里特（Polycrates），他正是使用了同样的手法：他并没有去抨击这个被自己蔑视的对手，而是假装给他提出建议，建议虽然是不屑的，但却表现得很是友好。④

在这一背景下，对尚且健在的作家之间的论战进行介绍，这犹如一场赌注一般。毋庸置疑，这些论战确实存在，但是他们的言论受到过审查，至少那些出版的作品是这样。为了重现这些有时候非常暴力的辩论，解读者们不得不做一些注解，努力重新讲述一些别人的观点以及文章之间或明或暗的文字游戏。因为缺少正式的证据，如此的比较还是经不起推敲的，过去的作者之间一些传说中的论战往往也会引起今

---

① 在他的演说《论财产交换》[（XV），269] 中伊索克拉底以同样的方式抨击了那些"旧时雄辩家的理论"，如爱奥尼亚派、阿尔克梅翁（Alcméon）、巴门尼德（Parménide）、墨利索斯（Mélissos）和高尔吉亚，他们都已作古多年；不同的是，当他在对"辩论派的王公"进行批判时，他的批判对象的名字便语焉不详：抨击的矛头或许瞄准了柏拉图及其弟子，在伊索克拉底撰写自己的作品的时候，这些人依然健在。同样可以参考《海伦颂》[（X），2—3]，在文中，伊索克拉底指名道姓地批判了那些已经去世的雄辩家。

② 《斐德罗篇》227b 及随后一页。在同一个对话中，介绍里息雅（Lysias）时就远远没有那么客气。很有可能是在作者撰写《斐德罗篇》时，这位演讲家已经不在人世，这也让柏拉图可以恣意地对他进行批判。见斯皮罗·帕纳乔图（Spiro Panagiotou），《里息雅和柏拉图的〈斐德罗篇〉的日期》，《摩涅莫辛涅》28（1975），第 388—398 页。斯皮罗·帕纳乔图认为，此对话没有出现在第 364—364 页。

③ 见朱塞佩·马扎拉（Giuseppe Mazzara）：《里息雅与伊索克拉底：〈斐德罗篇〉中的讽刺与模仿》，见利维奥·罗塞蒂（Livio Rossetti）编：《解读〈斐德罗篇〉第二届柏拉图研讨会论文集》，1992 年，第 214—217 页。

④ 《布里西斯》（XI），散见于文中各处，这一规则并没有在书信这类特别的作品中得到遵守。因此，斯珀西波斯（Speusippe）在他的《致腓力的信》中，毫不犹豫地对伊索克拉底进行点名批判（10—11），之后又毫不隐讳地抱怨狄奥庞波（Théopompe）对自己的老师柏拉图进行过诽谤。这一违抗可以解释为书信的私人特征，所以，虽然读者为广大公众，却不会招致审查。关于斯珀西波斯的信，见安东尼·F. 纳托利（Anthony F. Natoli）的书的最后一部分，《斯珀西波斯致腓力二世的信：引言，文本，翻译与评述》，斯图加特，2004 年。

天的评论者之间的辩论！①

这些论战致力于疏通观点交流中的暴力，但并非所有雅典知识界的成员都遵守了其使用规范。柏拉图就在《理想国》(République)中辛辣地指责其对手违反了禁止人身攻击这一准则：

> （……）大众之所以对哲学感到不满，错误就在于那些罔顾礼仪、吵吵嚷嚷擅自闯入哲学领域的人，他们彼此愤怒地谩骂着，总想要发表一些批判别人的演说，他们的举止为哲学所不齿。②

在这段关于论战的文字中，柏拉图尽量含蓄地定义进行论战的合理方式，他间接地提出了论战中应有的良好举止。按照他的定义，知识分子们就应该拒绝语言暴力和人身攻击。否则，他们只能引起人民的愤怒，让人民发现了这些内部斗争，进而变成一群忧心忡忡的观众。

即便柏拉图没有特别指出什么人，但为了避免违背他刚刚制定的准则，他的心中也一定有一个明确的对手。根据大部分评论者的看法，伊索克拉底才是被他指责的目标。③事实上，在《论财产交换》这篇演说中，伊索克拉底抱怨自己受到了那些被他所称的"辩论术痴迷者"④的恶意中伤，也就是受到了柏拉图学派分子的中伤。面对这些轻视他的人，伊索克拉底表现得很温和，拒绝使用任何的口头暴力。他表

---

① 从这点看，柏拉图和色诺芬之间的论战非常典型：大部分批判认为柏拉图的《法律篇》是对色诺芬的《居鲁士的教育》的一种不明确的回应，而《居鲁士的教育》本身就是对柏拉图的《理想国》的隐晦批判。见樊尚·阿祖莱（Vincent Azoulay）：《色诺芬，皇帝与宦官》，《法国政治观点历史杂志》11（2000），第3—26页，这里引自第23—25页。相反，有些人借口缺乏可靠的证据而怀疑这次论战的真实性，见加布里埃尔·当齐格（Gabriel Danzig）：《柏拉图和色诺芬之间所谓的敌对》，16（2002），第351—368页。

② 《理想国》，500b。这一段有另外的意义：这些争论可以让知识分子们相互争斗，而人民则成为站得远远的局外人。

③ 安德里亚·W. 南丁格尔（Andrea W. Nightingale）分析了柏拉图和伊索克拉底之间的论战，《对话的类型：柏拉图和哲学的建构》，剑桥，1996年，第14页。作者向我们展示了柏拉图怎样利用"哲学"这一主题来开辟一个新的哲学领域：被前辈或者同时代的人公认的形形色色的"智者们"（包括伊索克拉底在内）彼此之间的对立。

④ 《论财产交换》(XV)，第258页。

示自己本可以"言辞非常刻薄地"评论对手们①，但他拒绝这样做，以免让自己降格成为对手们一样水平的人：

> （……）我们掌握着政治雄辩术，针对的只是仇恨，我们比他们更加温和；因为他们（那些雄辩学家）总会对我们说些恶毒的话，然而我却不想以相同的方式反唇相讥，并且我只关注事实本身。②

在这段很是吸引人的话语中，伊索克拉底重新提到了那些柏拉图在《理想国》中曾使用过的诋毁他的说法，但他用来回敬柏拉图的却是恭维的言辞。并且，和柏拉图一样，伊索克拉底谨慎地避免对他的对手指名道姓，以便证明自己并不是柏拉图所描绘的那般阴郁的形象：他并不想要违反知识论战的准则，也不想屈服于人身攻击的号召。两位哲学家在斥责他们敌人的逃避时，都在小心审慎地遵循着辩论的规则。

伊索克拉底最后一部作品《泛雅典娜节献辞》编著于公元前339年，在其中，他再次否认那些针对他的暴力的指控。他自我辩护的技巧更加巧妙。在论说之初，伊索克拉底首先使用了一个经过实验的手段，自称是受到知识分子对手们无理诽谤的人：他表示，亚里士多德学派的"三四个庸俗的诡辩家"，胆大妄为，竟敢来诽谤他③，声称"他摧毁了其他人的哲学及教育，并宣称，除了那些来与他对话的人外，其他所有人都只会说些蠢话"④。这段话中的动词 anairein 的词义为"摧毁"，有意强调自己按照规矩没有透露对手的姓名，而对手却指责伊索克拉底言辞粗鲁。不过，伊索克拉底并不满足于使用形式上的手段来否定这些抨击，例如，他坚持表明自己不只是厌恶论战和抨击，并且也厌恶任何言辞激烈的对话。我认为，正是因为这一原因，伊索克拉底在他讲话的最后一部分设计了一个长期以来让评论者们感到莫名

---

① 《论财产交换》（XV），第259页。

② 《论财产交换》（XV），第260页及之后。伊索克拉底在这一段文字中批评了那些中伤他的"雄辩术痴迷者们"（258），他将其称为"柏拉图分子"。值得注意的是，这些知识分子的论战作品包含了很强的报复心：它们很有可能是在公元前386—前370年之间编写的，此时《理想国》早已问世20年了，而《论财产交换》这篇演讲则是在之后的公元前350年前后所写。

③ 他的对手们间接地批评过他，这一点在前文曾提到过：《泛雅典娜节献辞》（XII），10。

④ 《泛雅典娜节献辞》（XII），19。

其妙的复杂修辞。

　　让我们对伊索克拉底《泛雅典娜节献辞》中使用的不同寻常的写作方式略作研究。伊索克拉底并没有以传统的结束语来结束自己的论说，而是出人意料地选择了附录这种方式。在这一独特的附录中，他讲述了自己如何召集从前的学生，请他们来听自己演说并给自己提出意见；这次演说结束之后，他曾经的一个"聪明并且经验丰富"的学生起身发言，批评了老师的论说，伊索克拉底对此给予了新的回答。在这次交流结束后，弟子们纷纷向这位雄辩术教师表示祝贺，祝贺他"打了一场漂亮仗"[1]，同时让提出异议的那位学生重新归位。伊索克拉底对大家的支持做出了很是奇特的反应，他并没有因为自己的成功而趾高气扬，而是表明自己对知识领域的争辩已心生厌倦，哪怕是友好而柔和的争辩："至于我，我很失望，我也许胜利了，但与此同时，我输掉了自己的判断力，并且，我感觉自己心中生出了一种并不符合我年龄的骄傲和自满：我内心充满了青少年才有的那种烦恼。"[2]伊索克拉底在为自己"说了一些不必要的话"而自责的同时[3]，在这个附录中展现了自己沉着的形象，以此表明他更喜欢做研究时的沉静，而不是雄辩家舌战中的冲动："笔头工作闲适而宁静，而口头言语会产生狂怒的危险。"[4]

　　伊索克拉底更喜欢把自己表现为受到敌人暴行迫害的受害者，而不是知识暴力的煽动者。在这一方面，对于故作姿态自谓为受到知识不公平虐待的人（比如像苏格拉底那样被判死刑）来说，伊索克拉底堪称一位不可超越的典范。在公元前4世纪的上半叶，就是这个灵魂不断地游荡在雅典的知识殿堂里。尽管人们做了所有的尝试以协调论战，知识分子们还是被束缚在一个致命的假想之中，这一假想的参照依然是对哲学家的判决。

假想的苏格拉底：伊索克拉底，一位新的知识殉葬者？

　　伊索克拉底的作品无疑可以打开一扇大门，继而去发现这一恐怖假想的意义的评估工作。事实上，这位雄辩术教师不断地在抱怨自己的作品以及他本人受到了恶

---

[1] 《泛雅典娜节献辞》(XII)，229。
[2] 《泛雅典娜节献辞》(XII)，230。
[3] 《泛雅典娜节献辞》(XII)，234。
[4] 莫妮克·迪克索（Monique DIXAUT）:《苏格拉底反对不善诡辩的诡辩家》，见巴纳拉·卡森（Barnara Cassin）编：《讲话的乐趣》，巴黎，1986年，第63—85页，此处引自第72页。

意对待。在他的最后一次演说《泛雅典娜节献辞》中，伊索克拉底指责他的对手们对他说了"冒犯的话"，特别是"他们最恶意地解读了他的演说，对这些作品错误地划分，将其随意肢解，以各种方式曲解，最终破坏了他的演说"①。伊索克拉底谈论这一破坏性的想象，其目的不仅是要介绍自己作品的命运，同时也是为了展现他自己所处的险境。在伊索克拉底的演讲《论财产交换》中，他甚至断言自己会受到"致命的指控"，这一指控足以让雅典的法官们判处他死刑。②很明显，他这是在拿苏格拉底的审判作为参照，况且有迹象表明，伊索克拉底受到了"毒害青年"罪名的指控，正如他的著名前辈苏格拉底那样③。在近五十年之后，苏格拉底之死仍然在人们心中构建着雅典知识暴力的假想。

因为，这里的确是一种假想：在伊索克拉底撰写他的演说之时，没有面临任何的实际危险，更不必说什么生命危险。审判的危险是想象的，所以他在辩护词的开头就对此予以承认了：

> 如果相反，我假设我会受到审判，受到一种危险的威胁，假设一个要向我挑衅的人对我提出指控，这个告发者使用辩论的诽谤，而我则拿自己的观点来自我防卫，这样我就会有最好的理由来谈论我想说的一切。④

与其强调这一叙述过程有多么的奇特，我们不如去把握其中的逻辑。伊索克拉底之所以展示这个虚构的审判（经过了两年前输掉的一次真正的审判后），目的是为了夸大知识对抗中的问题。通过假设自己受到了死亡威胁，伊索克拉底可以为自己使用必要的暴力与对手论战的权利进行合法化辩护。在这场生死对决中，他的对手们就这样被移送刑事法庭，甚至被当作了亵渎神灵的人。⑤

这样对可能的危险有意夸大其词还有一个好处，那就是，伊索克拉底把自己的

---

① 《泛雅典娜节献辞》(XII)，17。
② 按照伊索克拉底的说法，这是一个"致命的指控"：《论财产交换》(XV)，21。这一点在演说中多次提到（§23，25，28，等），另外，伊索克拉底表现出了一副遭逢巨大的致命危险的样子。
③ 《论财产交换》(XV)，30。
④ 《论财产交换》(XV)，8。
⑤ 《论财产交换》(XV)，14。

生命放在一个天平上，想要给自己的思想增加一些砝码，并且战胜控诉他的人们。我们的这位雄辩术教师同时还提醒评委会成员，"如果他的论说构成危险，他不希望得到任何道歉；而如果他的演讲技不如人，他愿意接受最后的惩罚"[①]。在一种假想的神意裁判中，死亡成为一种检验思想和人的参考标尺，成为了最后的担保，它证明了伊索克拉底话语的真实性及他所宣称的知识的优越性。

尽管死亡是假想的，对知识论战的这种夸张还是与伊索克拉底提出的极端的政治解决办法之间存在着联系。内部残酷的对峙有时候会导致在外部宣扬仇恨，以进一步吸引同行和有学问的公众的注意。现在，我想要探究的正是内部论战的激烈性与号召外部斗争之间的联系的这一假设。

从内部论战到外部斗争：伊索克拉底是战争的煽动者吗？

关于仇恨的必读书

伊索克拉底之所以一直德高望重，首先是因为他曾经反复呼吁对波斯人发动战争。自从公元前380年前后他编著《颂词》（Panégyrique）以来，这位雄辩家将他所有的才华全都投入了唯一的一项事业上，即让希腊人征服古波斯帝国。这一说服工作的基础是对蛮族激进的批判，他们被说成是"天然的敌人"和希腊人的继承者[②]，这两个民族之间存在着一种与生俱来的敌意，被不停的冲突再次点燃，最终在特洛伊战争中爆发[③]。伊索克拉底指出了波斯人众多的缺点，以此保持这种仇恨。波斯人最温和的缺点当然是他们的优柔寡断：这一缺点被伊索克拉底根据一个传统的看法加以援引，因为波斯人的这一缺点让人预见到希腊人将会轻而易举地战胜懦弱而软弱的敌人。[④] 按照伊索克拉底的说法，蛮族是"一群既没有纪律，也没有经历过危险

---

① 《论财产交换》（XV），51。同样可以参考《论财产交换》（XV），55。这一对关键问题的戏剧化早已以一种温和的方式出现在了《颂词》（IV），4之中："如果我不能以一种适合我主题的方式来表达（……）那么请求你们不要原谅我，请尽管对我尽情嘲笑和蔑视。"

② 《颂词》（IV），184。

③ 希罗多德（Hérodote）（I，3—5）已经将特洛伊战争归入到希腊人和亚洲人这旷日持久的冲突中，最终导致了米提亚人的战争。

④ 《颂词》（IV），149："同样，波斯人也将他们的软弱展现得一览无遗，在亚洲的边缘，他们多次战败；当他们来到（欧洲）时，又受到惩罚，有些人悲惨地死去，其他人可耻地逃掉；最后在王家的宫墙下他们显得那样的滑稽可笑。"

的人，他们在战争来临时变得十分懦弱，但在奴隶制方面受到的教育比我们的仆人受到的教育还多。① 这些波斯人不愿沉溺于奢靡生活而丧失意志，他们过于狂妄自大，"整日里去侮辱别人，却又成为另外一些人的奴隶"②。还有最后一点需要特别指出，这些蛮族人性情奸诈，没有宗教信仰③，伊索克拉底为了证明自己的断言，他得意地谈论波斯人曾犯下的众多罪责，特别是在与米提亚人的战争中：波斯人居然敢在上一次的战争中洗劫和焚毁教堂和庙宇。④ 显然，亵渎宗教的行为是伊索克拉底所列出的波斯人罪行中重要的一项。正是这一罪名，给了宗教界介入的理由，进而发动了战争，"只有这场战争比和平更有意义：它更像是一种仪式而不是一种讨伐"⑤。懦弱，出格，没有信仰，伊索克拉底用细腻的笔触勾勒出敌人的形象，而他们唯一的命运就是成为奴隶，或者死亡：至少，希腊人被号召去"把所有的蛮族都变成希腊社会介于奴隶和公民之间的自由人"⑥。

揭露敌人亵渎宗教的罪行，追忆那些痛苦的记忆，《颂词》中这一演讲策略其最终目的就是要点燃希腊人的仇恨和怒火。⑦ 总之，伊索克拉底在他的结束语中指出那些"让人愤怒的"波斯人的罪行，强调"我们要研究能够一雪前耻、重塑未来的方法"⑧，呼吁"遭受侮辱的希腊要去复仇"⑨。为了激起希腊人的愤怒，伊索克拉底转而使用一种全新的典型的司法斗争手段。的确，在雅典的审判中，控诉方常常会使用"愤怒"这一手段，意在激起陪审团对被告的愤怒，并希望法庭最终能够对他们判

---

① 《颂词》(Ⅳ), 150。

② 《颂词》(Ⅳ), 151。伊索克拉底继续写道："他们在变得富有之后完全沉醉于奢靡的生活，他们的灵魂受到君主制度的侮辱与恐吓，他们在宫殿的大门前接受审查，他们蜷缩在地上，用尽一切卑躬屈膝的手段去爱戴那个他们称之为神的凡人，而这个凡人却比其他人更加蔑视神力。"其实之前的埃斯库罗斯（Eschyle）和希罗多德就有过如此的贬低蛮族人的观点，见伊迪丝·霍尔（Edith Hall）：《发明蛮族：希腊人在悲剧中的自我定义》，牛津，1989年。

③ 《颂词》(Ⅳ), 147：在提到"希腊军队万人大撤退"过程中波斯国王的表现时，伊索克拉底说"他宁愿在神面前犯错也不愿意和这些人公开斗争"。

④ 《颂词》(Ⅳ), 155–156。

⑤ 《颂词》(Ⅳ), 182。参考《颂词》(Ⅳ), 184："既想展示自己的虔诚又一心想着自己的利益，那么这样的远征适合讨伐什么样的人呢？"

⑥ 《颂词》(Ⅳ), 131。

⑦ 伊索克拉底同样指出了希腊人的利益，强调了波斯王国虽拥有亿万财富，但其军事方面却很是脆弱。

⑧ 《颂词》(Ⅳ), 181。

⑨ 《颂词》(Ⅳ), 182。

刑。① 在伊索克拉底的演说中，这一次所有的希腊人都扮演了陪审团的角色：伊索克拉底期待他们做出暴力的反应，期待对波斯人进行不容辩驳的制裁，从而开启一场无情的战争。这一战术的改变也许可以从伊索克拉底昔日为人代写演说词的经历找到解释：一个告发者，就要去嘲弄挖苦敌人。② 由此，一种新型的政治演说应运而生，它建立在一种表示不满的雄辩术之上，并且依赖于一种重复教学法。

重复教学法：伊索克拉底，希腊的新教育家？

事实上，伊索克拉底并不满足于宣扬对波斯人的仇恨，他在同一部作品中一再重复自己的挑衅性想法，仿佛是要弱化煽动性效果。伊索克拉底没有拘泥于公民辩论，他创作了一些不朽的演说，在这些演说中，他写下了冗长的和谐复合句，结果这些文章不再适合用来做演讲词：《颂词》就是第一个具体的例证。伊索克拉底偶尔会假装对自己"过度冗长的话语"或者"他的啰唆"③ 感到抱歉，但这完全就是在故作姿态，其目的是想掩饰自己深思熟虑设计好的出格言语④。事实上，这种出格言语旨在让听众们接受他好斗的观点，他在《泛雅典娜节献辞》的开头部分就做了这样的阐述：

> 我曾将所有的这些演说都放到一边，以便全身心地准备一些关系到我们的城市及所有希腊人利益的建议，这些建议中不仅使用了大量的论述，同时包含了众多的反命题、对称的阐述和各种修辞文体，令演说熠熠生辉，使得听众们

---

① 参考利西阿斯（Lysias）：《反对亚西比德》（XV），9；德漠斯提尼斯（Démosthène）：《反对提漠克拉底》（XXIV），90和118；艾辛（Eschine）：《反对泰西封》（III），197。见达尼埃尔·S.艾伦（Danielle S. Allen）：《愤怒的蜜蜂，黄蜂和陪审员：雅典的"大麦"象征性政治》，见苏珊·布朗（Suzanne Braund）、格伦·W.莫斯特（Glenn W. Most）编：《古代愤怒：从荷马到盖伦的视角》，剑桥，2003，第76—97页，特别是埃弗兰·沙伊德–蒂西耶（Evelyne Scheid-Tissinier）的《雅典法庭上愤怒的作用》，见波利娜·施密特·潘特尔（Pauline Schmitt Pantel）、弗朗索瓦·德波利尼亚克（François de Polignac）编：《雅典和政治：沿着克劳德·莫塞的足迹》，巴黎，第179—198页。

② 见樊尚·阿祖莱：《四世纪上半叶雅典知识领域与成名策略：从苏格拉底到伊索克拉底》，同前文，这里引自第192页。

③ 分别出现在《泛雅典娜节献辞》（XII）84和88，同时可以参考《泛雅典娜节献辞》（XII），136。

④ 《论财产交换》（XV），310—311。

不得不用手势和声音来表达自己的赞同①。

伊索克拉底通过他结构匀称的长篇演说，以及冗长的和谐复合句②，想要对自己的听众们施加真正的控制。这里，我们再次借用伊索克拉底的老师诡辩家高尔吉亚非常欣赏的一个观点：理性是一种暴力形式③，它的力度同时取决于文体修辞的质量和阐述观点时的篇幅。现在，我们可以更好地理解伊索克拉底演说的长度问题了：他将重复及叠加的技巧视为将自己观点强加于听众的一种方式④。

在雄辩的过程中，重复这一技巧并不仅仅适用于某一篇演说，而且体现在伊索克拉底整个作品中，特别是在他对自己作品的引用中。如在演说《论财产交换》中，他从《颂词》引用了近50段文字⑤；同样，在伊索克拉底去世前，他再一次提到了在《泛雅典娜节献辞》中提出的征服计划⑥。"重复"这一写作特点可能在写于公元前346年的《致腓力》一文中表现得更加明显，在这本书中，伊索克拉底尝试说服马其顿的国王统率大军讨伐波斯人。⑦伊索克拉底明确地援引了《颂词》，将他35年前提出的论题重新搬了出来："鉴于我再也不可能找到比这个更美好、更有意思，对我们

---

① 《泛雅典娜节献辞》（XII），2。关于他个人演说的力量可以参考《论财产交换》，54。

② 关于伊索克拉底无休止的句子，可见德米特里·德法勒鲁姆（Démétrios de Phalère）的批判，法文版，169 韦赫里（Wehrli），以及 P. 德蒙（P. Demont）的分析：《伊索克拉底和谐复合句的风格的理论与实践》见玛利亚·希尔瓦尼（Maria Silvana Celentano）、保罗·希龙（Paul Chiron）、玛丽–皮埃尔·诺埃尔（Marie-Pierre Noel）编：《图示和形象：古人的形式和形象》，巴黎，2004，第77—87页。

③ 高尔吉亚：《海伦颂》，法文版，11，l.75-79 D.-K.；关于约束和说服的互补关系，见让–皮埃尔·韦尔南（Jean-Pierre Vernant）为马塞尔·德蒂安（Marcel Detienne）的书中所写的引言：《阿多尼斯的花园：香料的神话》，巴黎，1972，第 XIX—XX 页。

④ 同样可以参考《论和平》（VIII），27："那些想要对群众使用一种他们习惯之外的一种语言并且想要改变你们看待事物的观点的人，一定会碰到很多问题，并且要做长篇演说，一会儿让你记住一些事情，一会儿去责骂，一会儿去赞扬，一会儿又会提出一些建议。"同样可以参考《论财产交换》（XV），55。

⑤ 《论财产交换》（XV），59.，对《颂词》的唯一引用符合柏拉图的某些对话录的长度。

⑥ 《泛雅典娜节献辞》（XII），14 和 172，在这里，伊索克拉底引用了《颂词》（为了指出一个矛盾）。在《泛雅典娜节献辞》（XII，74-87）中，伊索克拉底对阿伽门农进行了长篇赞美，将他赞颂为带领大军远征蛮族、实现希腊统一的伟大人物。根据胡安·西涅斯·科多尔尼（Juan Signes Codoner）：《伊索克拉底的〈泛雅典〉，1，阿伽门农的附记》，64（1996），第137—156页。阿伽门农不能代表马其顿的腓力二世，就像我们经常认为的那样：他通过支持伊索克拉底而赞颂自己宣传泛希腊主义的活动。

⑦ 《致腓力》（V），13。参考《致腓力》（V），16："我向您建议与希腊合作，打击蛮族"。见沙洛姆·帕尔曼（Shalom Perlman）：《伊索克拉底的〈致腓力〉：一次重新解读》，载《历史》6（1957），第306—317页。

更有用处的论题，我必须要重新研究它。"① 不过，伊索克拉底要求有权在文章中重拾他曾经发表过的内容："因为，研究同一个主题时，我不想自找麻烦再去用另外一种方式来解释我已经很清楚地论证过的东西。"② 伊索克拉底于是开始赞美"重复"，指出这是一种雄辩术的技巧。事实上，他在《致腓力》中的很多地方都反复提及过波斯人，而这些在《颂词》中已经论及：蛮族人因此被认为是"软弱的，缺乏经验的，并且经不住奢靡生活的诱惑而堕落"③，他们甚至被拿来与脆弱的妇女相比较④。应该怎样理解这一大规模的重复以及自我引述呢？这并不是某一种懒惰行为，这一方式可能体现了伊索克拉底的某一种教学意图：仇恨并不是一下子就会产生的情感，而是需要不停地召唤。按照《颂词》中的说法，伊索克拉底在这方面完全是在模仿荷马的诗作：

> 在我看来，荷马的诗之所以变得那么有名，那是因为他对那些抵御蛮族的人大加赞颂；也正因为如此，他的诗才可以在众多的诗歌中脱颖而出，受到我们祖先的尊敬，并且被用来教育年轻人，因为只要不断地听到他的诗句，人们就可以酝酿出一种仇恨，这种仇恨在与蛮族开战之前就已经存在，并且，通过与这次讨伐中的道德进行比较，我们会更加向往同样的辉煌成就。⑤

伊索克拉底介绍荷马时使用了一种平淡的口气，用柏拉图著名的话来说，他是"希腊的教育家"⑥。不管怎样，行吟诗人伊索克拉底所传播的是一种十分不同寻常的

---

① 《致腓力》(V), 10。同时参考《致腓力》(V), 84。

② 《致腓力》(V), 93。参考《致腓力》(V), 149："如果我所说的东西很像我在公众面前已经说过的内容，应该相信这不是因为我的老迈年高，而是因为我受了神灵的启示。"

③ 《致腓力》(V), 124。参考《颂词》(Ⅳ), 149—151。

④ 《致腓力》(V), 90。就像在《颂词》中写的那样，雄辩家同样援引过去来论证未来的征服。腓力二世因此被邀请和他伟大的前辈赫拉克勒斯来一争高下，赫拉克勒斯也是与特洛伊的蛮族斗争的胜利者：《致腓力》(V), 112。

⑤ 《颂词》(Ⅳ), 159。荷马的角色在当时很是有名。在《反诡辩派》[(XIII), 2] 中就是这种情况，在书中，荷马被称为"因为智慧而变得最为著名的人"。但是，在《致尼古克里斯》(Ⅱ) 中的演说中，观点却有着略微的差别：荷马首先善于取悦群众，但却不是一个向国王提供严肃意见的人。

⑥ 柏拉图：《理想国》, X, 606e。参考《普罗泰戈拉》, 339a。见亨利·伊雷内·马鲁（Henri Irénée Marrou）：《古代教育史》, 巴黎，（第 4 版）, 1958 年, 第 34—36 页："荷马，希腊的教育家。"

教育方式。他认为，荷马式的诗是在培养希腊年轻人的仇恨文化，这种仇恨会因不断地重复而变得愈加强烈。建立在重复基础上的思想灌输为付诸行动做好了准备，即要去征服亚洲。

这里对荷马式诗篇的介绍一定是有失偏颇的，因为它首先反映了伊索克拉底对自身的忧虑。事实上，不断向人们灌输对蛮族人的仇恨，呼吁希腊人去征服别人，这些是雄辩家而非行吟诗人想要做的。在假意夸赞荷马时，伊索克拉底实际上是在委婉地为自己大唱赞歌，他甚至因此自称行吟诗人的衣钵传人，从而成为希腊新的教育家。①

愤怒的缘由：介于公民边缘和知识集权之间的伊索克拉底

现在还要去弄清楚是什么原因使得伊索克拉底选择仇恨作为重要阐述主题的，也就是首先要了解愤怒的背后原因。很明显，他并不是第一个号召与希腊和谐共处、宣扬对波斯人进行抵抗的人②。在公元前4世纪的上半叶，伊索克拉底对仇恨的号召成为希腊人的外交中特别是雅典城的生活中的不和谐的声音。从公元前5世纪末期开始，在我们所说的"泛希腊主义大会"中，波斯人又加入到希腊的外交活动之中。自公元前386年开始，波斯人甚至通过著名的"国王和平条约"成为希腊各城邦联盟的担保人。如何解释伊索克拉底演说中的攻击性和希腊政治生活中真正的运转之间的差异呢？③我们在这里可以大胆假设，这很可能是因为伊索克拉底作为一个平静的人，身处政治边缘，很可能提出一些激进的建议。他无心介入现实政治，他可以在不受任何干扰的情况下发表清谈，宣扬要与波斯人断交。④

---

① 在《泛雅典娜节献辞》(XII) 第263页中，伊索克拉底的一个弟子把荷马和自己的老师进行了对比。因此，在提到那些抨击伊索克拉底的人时，他写道："他们不明白，他们的作品远在你的作品之下，那些模仿荷马诗歌的人绝不会取得这位伟大诗人的辉煌。"虽然亨利·伊雷内·马鲁认为伊索克拉底的作品"苍白且单调，缺乏影响力"，但在介绍伊索克拉底时还是认为他是"公元前四世纪希腊的教育家，甚至是希腊与古罗马的教育家"。

② 米夏埃尔·A.弗劳尔（Michael A. Flower）：《从西蒙尼戴斯到伊索克拉底：公元前四世纪泛希腊主义在公元前五世纪的起源》，19（2000），第65—101页。

③ 伊冯·泰贝尔（Yvon Thebert）：《对外国人概念的使用进行的思考：古代野蛮人形象的演变与作用》，载《第欧根尼》，112（1980），第96—115页。

④ 事实上，尽管演说者假想在自己所有的作品中听众无处不在，他与审判员谈话，斥责记录员或者抱怨计时器限制了自己发言的时间，但演说从来不会在真实的听众面前进行。[《论财产交换》(XV)，320]。

不过，当伊索克拉底指责希腊的政治领导层不去解决真正的问题时（即波斯人产生的有害影响），他自己肯定了以上的假设，他表示："但是如今，那些声望最高的人却只关心一些小事，反之，人家却要我们这些远离政治的人去就如此重要的事情提出建议。"① 伊索克拉底的断言必然将会被推翻，他如此大胆地进行讽刺，并不是因为他远离政治，而完全是出于以下原因：政治的激进性与知识的被边缘化是一同出现的，二者彼此相互维系。

尽管如此，这样发出暴力的呼吁主要是与伊索克拉底在城市所处的无足轻重的地位有关，而其激进性同样与其在雅典这一小知识团体内要求得到的集中性有关：正是因为伊索克拉底在外部鼓吹暴力，所以他才想要在雅典知识团体内部取得重要的一席之地。伊索克拉底通过某种方式，希望能将他靠着对外部世界的激进态度获得的象征性利益重新带回知识领域的内部。②

《颂词》中的最后几句话足以让我们看到伊索克拉底所做的努力："你们不能只靠听听别人怎么说就重新开始；但是那些能够行动的人应该互相勉励，并且要努力实现我们的城市和斯巴达人的城市之间的和解；那些鼓吹雄辩术的人应该停止写文章反对'Dépôt'③或者其他的长篇大论，他们应该拿自己的东西和我的这篇演说来一决高下，应该就同一主题去发现能够超越我的表达方式"④。伊索克拉底呼吁对波斯人进行"圣战"，这与他希望在自己的领导之下重组知识领域的计划有着密切的关系。事实上，伊索克拉底排斥他人的任何形式的演说：他的竞争对手被勒令拿自己的作品来和他比拼，他们被要求摒弃那些过于有用的作品，比如那些用于和解的辩护词，同时又要摒弃那些特别没有意义的东西，例如一些纯粹的修辞。⑤ 他的对手们从此只

---

① 《颂词》（Ⅳ），171。伊索克拉底继续写道："不管怎样，我们的领导越是心胸狭隘，其他人越是要尽力去审视那些能将我们从当前的仇恨中解放出来的方法。"

② 见瓦莱丽·罗贝尔（Valérie Robert）：《引言》，见瓦莱丽·罗贝尔编：《日耳曼空间中的知识分子和论战》，巴黎，2003，第56页。

③ 这里，伊索克拉底很有可能是在影射利西阿斯（Lysias）所作的一篇辩护词，题为《就 Dépôt 反对尼卡斯》，但他也有可能是在指他之前的活动 [《反对俄第努斯》从此以后归入了伊索克拉底贬低的这一类别之中]。其中最厉害的一个对手，柏拉图学派哲学家斯珀西波斯（Speusippe）可能就同一主题写过一部作品。（Dépôt 一词未能确定具体意思。——译注）

④ 《颂词》（Ⅳ），188

⑤ 关于"过于有用"和"特别没有意义"二者之间的对立关系，见樊尚·阿祖莱：《雅典的知识领域以及区分技巧……》，第190—191页。

能按照他制定的规则行事，充当永远的抄袭者。不过，在伊索克拉底后来的作品中，他还是以此为借口来批评对手，指责他们抄袭自己的作品。① 归根结底，伊索克拉底不断地号召仇恨，他想要获得的并不是对暴力的合法垄断，而是要垄断围绕暴力问题进行的演说。

总结：伊索克拉底的演说带来的不明确的反响

现在还有最后一个问题有待解决：伊索克拉底的咒语在知识领域内部及外部、在雅典以及雅典之外产生了怎样的实际影响呢？对此进行总结确实是很棘手的工作。这些演说有可能只是一些没有实际意义的指手画脚而已，如果是这样，我们难道不是要过高地估计其影响力吗？因为伊索克拉底只留下了一些文章，解读者只是根据某个无意识的学究式方法，赋予这些文字现实生活中本不具备的一些权力，在不知情的情况下替换了"语言的无限力量"这一思想，而伊索克拉底曾经积极地对此进行宣传。为了粉碎这一陷阱，我们应该从两个方面来分析伊索克拉底式的演说：首先，要区分这些作品在雅典知识领域内外的不同影响；其次，要明确划分其长期效果和短期效果。

在知识领域内部，伊索克拉底的做法似乎为自己在生前带来了丰硕的果实；他涉猎了许多领域，正如他的那些演说所证明的那样（例如《泛雅典娜节献辞》和《论财产交换》②），云集到他门下的学生数量甚至超过了柏拉图和柏拉图学院的学生。德尼·达里卡尔纳斯（Denys d'Halicarnasse）在公元前1世纪末记录到，伊索克拉底"在他的同行们中间获得了极高的名望：当时雅典以及整个希腊的杰出的年轻人，都会来到他的学校（……）伊索克拉底按照雅典城的样子把他的学校打造成为学习雄

---

① 参考《泛雅典娜节献辞》（XII），16，以及《腓力二世》（V），11："我同样看到，就同一主题撰写出能够让人接受的两篇演说是不容易的，特别是已经发表的第一篇受到了那些喜欢嫉妒的人的模仿和钟爱，其反响远远超出了在对这部作品倍加赞扬的人中的影响。"

② 参考《论财产交换》（XV），41。在书中，伊索克拉底为自己拥有的学生数量高于其他诡辩家而感到骄傲。根据普鲁塔克（Plutarque）（837C）的说法，伊索克拉底可能有近百个学生。见罗贝尔·约翰逊（Robert Johnson）：《对伊索克拉底学生数量的说明》，1957年，第297—300页，以及保罗·萨内格（Paul Sanneg）：《伊索克拉底的学校》，哈雷，1867年。作者列出一份名单，证实资料有据可查的门徒有41个。然而，马鲁（Marrou）认为，伊索克拉底不可能同时拥有十几个学生：亨利·伊雷内·马鲁（Henri Irénée Marrou）：《古代教育史》，第129页和第496页。

辩术的营地"。①

伊索克拉底的继承者们作为知识分子其成就与他本人形成了鲜明对比②，因为伊索克拉底的学校的光辉只是昙花一现，随着他的离世开始陨落③。与柏拉图以及之后的亚里士多德不同，伊索克拉底没能够让自己的知识存续和传承。然而，他还是有一些门徒的，他甚至指定了一位继承者，委托其领导学校。伊索克拉底的对手斯珀西波斯（Speusippe）是柏拉图学院的负责人，他就这样回忆说："但是你很快就能了解伊索克拉底的历史作品的价值，以及他的教育（……）因为他指定了最杰出的学生作为学校的继承人，比如你（腓力二世），你见过很多的诡辩学家，再没有比他们更无耻的了。"④不管怎么样，与作为柏拉图思想衣钵传承人的斯珀西波斯截然不同，伊索克拉底门下的"杰出的人"在我们看来只是一个昙花一现的人物⑤，很明显，长期看来，他没有能力让恩师伊索克拉底的教育事业源远流长。

从此以后，柏拉图和伊索克拉底之间的对抗告一段落：面对那些能够实现自己的知识传承并捍卫自己学说遗产的对手，伊索克拉底注定要成为哲学历史上的最大输家。事实上，他无法在雅典知识界获得他那梦寐以求的中心地位。第欧根尼（Diogène Laërce）的《著名哲学家的传记》（*Vie des philosophes illustres*）就是伊索克拉底的这一失败的真实写照，作者写道：伊索克拉底并没有真正现身，除非是作为柏拉图和亚里士多德的对立方。由于没有学校能够来捍卫他的理论，伊索克拉底很快就沦落成一个普通的雄辩学教师的形象，这与他曾野心勃勃一心要扮演的伟大的政治、哲学顾问的形象距离是那么的遥远。

---

① 《反对伊索克拉底的演说家》，I, 5—6。
② 朱安·L. 洛佩兹·克鲁赛（Juan L. Lopez Cruces）、佩德罗·P. 富恩特斯·冈萨雷斯（Pedro P. Fuentes Gonzalez）:《雅典人的伊索克拉底》，见里夏尔·古莱（Richard Goulet）编:《古代哲学家词典》（卷3），巴黎，2000年，第935—938页。
③ 关于伊索克拉底的学校，详见朱安·L. 洛佩兹·克鲁赛、佩德罗·P. 富恩特斯·冈萨雷斯，同前文，第896—898页及第907—909页。
④ 斯珀西波斯（Speusippe）:《致腓力二世的信》，11-12（法文，130, 11-12 Isnardi Parente（*Speusippo*，Cisadu, Rome, 2005（互联网）。另外见安东尼·F. 纳托利（Anthony F. Natoli）:《斯珀西波斯致腓力二世的信：引言，正文，翻译和评述》，（《历史人物》），斯图加特，2004年。关于柏拉图学院作为学校这件事情，见约翰·狄龙（John Dillon）:《柏拉图的继承人：老学院的研究》，公元前347—前274年，2005年。
⑤ 见玛达琳娜·菲里切尔-达那（Madalina Firicel-Dana）:《阿波罗尼亚杜蓬的演说家伊索克拉底，伊索克拉底的继承人》，载《古典研究》，37—39（2001—2003），第41—63页，此处引自第44—45页。

伊索克拉底的演说是否在雅典知识领域之外具有更大的影响力呢？对此我们还是需要区分短期影响力和长期影响力。乍一看，伊索克拉底的一些煽动性的演说似乎一下子就能左右希腊的命运。《泛雅典娜节献辞》这本著作写于公元前339年，距离亚历山大大帝征服波斯王朝相隔不到6年。腓力二世的儿子亚历山大，这位伊索克拉底多封信件的收件人，他是否受到了伊索克拉底一再发出的进行"圣战"的呼吁的影响呢？尽管这一想法最初看上去显得很是吸引人，但它还是应该被摒弃的。①首先，需要强调的是，亚历山大大帝没有把教育的重任委托给伊索克拉底及其门徒，而是交给了亚里士多德。其次，对亚洲马其顿的征服并不是因为雅典几个知识分子对敌人的抨击谩骂而发动的，而是源于马其顿的政治军事制度：军队事实上是马其顿君主制度唯一可以依仗的统一的领域，此外，军队也是驯服异常不安分的贵族的主要工具。因此，正是军队促使腓力二世制定了对外征伐的政策，并由亚历山大亲自统率大军。②然而，或许也不必急于否认伊索克拉底的演讲能付诸行动。他的作品虽然不能直接对即将来临的混乱产生影响，但是这些作品却会划定新的思想范畴，从而间接地酝酿古希腊时期的政治变化。就这样，伊索克拉底和其他的知识分子一道共同推动了新的政治概念的制定，而这些概念之后被古希腊时期的皇家部门及希腊城的显贵们再次利用。③这些其实就是某些文字的发展权，它甚至会超出其作者的初衷，经新的作者利用后会重新焕发出青春。

---

① 见皮埃尔·布里昂（Pierre Briant）：《亚历山大大帝》，巴黎，2005年（第一版，1974年），第27—28页。作者再次怀疑伊索克拉底对腓力二世施加的所谓的影响。同时见R. 马尔克姆·埃林顿（R.Malcom Errington）：《马其顿历史》，纽约，1990年，第88—89页，以及尼古拉·诺若弗雷·L. 阿蒙（Nicholas Geoffrey L. Hammond）、盖伊·T. 格里菲斯（Guy T. Griffith）：《马其顿历史公元前550—前336年》，第2册，牛津，1979年，第456—463页。

② 见尼古拉·诺若弗雷·L. 阿蒙（Nicolas Geoffrey L. Hammond）：《马其顿国家》，第195—199页，以及樊尚·阿祖莱：《马其顿历史的非殖民化：从非洲到希腊》，载《非洲与历史》，3（2005），第97—102页。

③ 见樊尚·阿祖莱：《伊索克拉底，色诺芬，或者理想化的历史学家》，载《古代研究杂志》，108（2006），第133—153页。

11—12世纪西方知识暴力在教会中范例的形成

多米尼克·伊奥尼亚-普拉

严格按词语的意思来说，只有在 13 世纪"知识分子"这一概念出现时，也即在大学以及作为第三种权利的学习出现并成为社会调节的两个传统功能（教士和掌握国家权力的非宗教人士[①]）的补充的时候，历史学家才可以谈论"知识暴力"。我接下来要做的简单论述针对的是更早的历史，我要去探讨一些大事件是怎样在语言冲突中产生划时代影响的[②]：11—12 世纪教会的伟大改革（被称为"格列高利宗教改革"），宗教神职人员和帝国的冲突，"受迫害社会"的形成（确定控制范畴，排斥所有圣事之外的人物，包括异教徒、犹太人、无宗教者。论战从基督教教义的形成（言语夸张、转弯抹角，诡计以及对演说的"布局设计"）之初就积累了百年历史遗产，在此基础之上，我尝试从长期角度审视改革派教士在言语斗争中所扮演的角色，看他们如何通过语言的艺术以及大学的著作来创立学说。

一神论的暴力以及教士自己领域的建设

教士和知识分子二者界线的模糊不清始终伴随着西方历史，例如"教士的背叛"，也就是在法国德雷福斯事件过程中的那些"介入的知识分子"，在朱利安·邦

[①] 有一部从前的著作和一部最近出版的作品在这方面具有很好的指导作用，即雅克·勒高夫（Jacques Le Goff）的《中世纪的知识分子》，巴黎，1957 年，以及艾尔莎·马米尔斯泰因（Elsa Marmursztejn）的《大师的权威：13 世纪的经院哲学、标准和社会》，巴黎，2007 年。

[②] 罗贝尔·I. 莫尔（Robert I. Moore）：《迫害型社会的形成：西欧 950—1250 年的权力与偏差》，牛津，1987。（法文译本为 *La Persécution. Sa formation en Europe X-XIII siècle*，巴黎，1991 年）；罗贝尔·I. 莫尔：《格列高利时代的异端、镇压和社会变革》，见斯科特·L. 沃（Scott L. Waugh）、彼得·D. 迪尔（Peter D. Diehl）编：《基督教及其不满：排斥、迫害与叛乱，1000—1500 年》，剑桥，1995 年，第 19—46 页。

达（Julien Benda）著名的"反现代"的抨击材料中对这种"教士的背叛"予以了揭露。① 这些教士兼知识分子粗鲁质问的艺术和斥责的艺术实际上由来已久，通过教会组织在一神论的组织暴力的旧有基础之上生根发芽。在一篇受到激烈争议的论文中，让·阿斯曼（Jan Assmann）一直强调一神论的长期"价值"：真假宗教之间混杂衍生出一种"宗教经典阐释学"，这是一种真正的"反宗教"，从中产生了"注入世界人民心中的"② 仇恨。就像让·阿斯曼解释的那样，"反宗教"这一概念并非只是仪式上的排斥，而且也意味着解读其他宗教系统的不可能性；在这里，便产生了一种言语暴力，弗朗索瓦兹·德博尔德（Françoise Desbordes）将基督教一神论定义为"长篇大论的辩论"，利用它，诅咒者可以"不费吹灰之力就能战胜不在场的敌人"③。正是这一"反宗教"的逻辑为基督教注入了生命力，基督教"耶稣军"（militia Christi）那濒临灭亡的形式从开始教授《福音书》以及圣保罗的《使徒书信》时就被清清楚楚地确定了。这是主张吸收耶稣门徒神圣团体的救赎"设计"（économie）④；《路加福音》的"勉强人进来"（"compelle intrare"）（14, 21–24）很快被解释为受邀加入教会，去吸收西方传统精华，甚至接受矛盾的指令，在卢梭所说的契约社会中实现自由。⑤

"进入"和"加入"，这些术语是专门为反对外人准备的，比如那些不属于集体救赎的异端分子或者异教徒。圣保罗说"应该存在一些异教徒"（oportet hereses esse, I Cor. 11,19），不知不觉间开始建构教条及权威，将其作为正统，不再排斥从里昂主教依勒内（Irénée）时期（第二世纪）开始被正式确定的异端分子。就此，"反宗教"的影响力随着基督教的历史表现和调整社会的能力的改变而变化。简言之，我们要

---

① 朱利安·邦达：《教士的背叛》，巴黎，1927 年；安托万·孔帕尼翁（Antoine Compagnon）：《从约瑟夫·德·梅斯特尔到罗兰巴特的反现代主义》，巴黎，2005 年（"思想"丛书），第 214—217 页。

② 让·阿斯曼：《一神教的代价》，巴黎，2007 年。在第 37 页注释到，巴比伦尼亚犹太教法典条文 89a 在定义"西奈"时说，"从这座山开始，仇恨便注入世界中。"

③ 弗朗索瓦兹·德博尔德：《他者的位置：对于拉丁语修辞中"争议"的几个用法的看法》，见阿兰·勒布吕克（Alain Le Boulluec）编：《宗教争论及其形式》，巴黎，1995 年（"文化遗产：图书中的宗教"丛书），第 29—46 页和第 405—406 页。

④ "économie"一词为多义词，其中一个意思是"技巧"，指讲话艺术的策略，见玛丽-若泽·蒙赞（Marie-José Mondzain）：《形象，象征，技巧》，巴黎，1998 年，第 78 页。

⑤ 关于这一意外的系谱学，见艾蒂安·巴利巴尔（Etienne Balibar）：《知识分子的暴力》，载《路线》杂志，25（1995 年），第 9—22 页。

强调吸纳运动的重要性，这场运动作为中世纪早期的制度促进了教会的建设。这场变革也混淆了思想权威、世俗权力以及暂时权力的演变三者的概念，因此在公元800年前后，变革落下帷幕后建立起的教会君主制，既具有"原国家"形式，又具有等级制度的特点，（尽可能理想地）为基督教社会指定了最高的领袖，可以说，"教堂"和"社会"变得能够共存，基督教国家怀有征服世界的抱负；从那时起，在俗教徒这一定义就在社会中不复存在了，人们只能在基督教徒和非基督教徒之间做出选择。从1050年开始，弥撒常典的评述给出一份证明，明确区分基督教徒和非基督教徒的界线，特别是"使我们的主耶稣基督可以为我们成为你们最爱的儿子的身体和血液"这句话，它给出了清楚的解释。参考奥古斯都的格言"在天主教会之外不存在真正的牺牲圣地"，注释者们添加了对"我们"（nobis）这个词的一条限制性定义，排除了其他人，也即那些异教徒、犹太人以及不信教的人。① 在一个秩序的社会中，不同工作在这些人中间进行分配：第一，信仰神、相信对于神圣言语的阐释的"继承人们"；第二，负责集体物资完整性的军人；第三，负责物资生产的大众，他们祈祷的首要功能在于团结所有"调解者"，因为他们神圣的权力能够接纳和或者剥夺别人在等级制度中的位置，成为连接人间与冥间的一座桥梁，也就是说，他们是制造永恒的生产者。按照马克斯·韦伯的说法，他们形成了"合法的组织"，会集了教士、掌控权威的人以及掌握控制信仰方法的人，总之，他们行使权力的领域就是上演"知识暴力"的地方。

"格列高利"时期，抑或公平与真实的暴力

"格列高利"时期已经被中世纪的历史学家以协议的形式确定下来，代指在11世纪50年代进行的教会的伟大改革（11—12世纪），在教皇格列高利七世（1073—1085）时期达到顶峰，这是中世纪历史上关于论战和反异教徒的一段重要时期，从阿拉斯的主教会议（1025年）一直到13世纪初与清教派教徒的斗争，同时还伴随着一段中间时期（1070—1120），即教士与帝国的对立时期。在对待异端派的问题上，

---

① 例如奥东·德康布莱（Odon de Cambrai）:《大众教规的解释》, PL160, col. 1053-1070（col. 1061D）。

有三个重要转折点值得记录：

1. 加大接受异教的力度，禁止一切反对罗马权威的行为，也即禁止一切对等级权力和教会团体特权的质疑[1]；

2. 制定属于世俗或教会权力的诉讼程序[2]，以替代原来为解决冲突而制定的、表现为神意裁判的一致性条例；

3. 13世纪完成的诉讼程序的演变，标志着诉讼制的结束和法官审判制度的到来。人们不再因异常行为而争辩，而是希望侵犯君权（教皇或者皇帝）的人承认自己的错误。[3]

本书旨在描述知识暴力的历史，其中在关于格列高利的那一时期展示了通过学校传统辩论艺术来延续对抗所需要的全新条件。[4] 除了卡尔·米尔博特（Carl Mirbt）和霍斯特·福尔曼（Horst Furhmann）的研究工作之外，我们要特别强调的是，圣职与帝国之间的斗争是在一种新的条件下展开的，它采用了公开的辩论形式。[5] "诽谤短文"这一技巧因为在19世纪《日耳曼的纪念碑》（*Monumenta Germaniae*）一书的出版而被保存下来。这种短文使得对立阵营的论战者成为真正的政论家，即专门为论战应运而生的职业论战家，他们使用特殊的雄辩技巧令敌人迷失方向，比如"引言斗争"（*Zitatenkampf*），这种方法旨在借助《圣经》文字上的多义性，将神谕的模糊不清发挥得淋漓尽致。当然，关于主题资料的工作并不只是涉及《圣经》，还涉及法

---

[1] 威廉姆·卢尔多（Willem Lourdaux）、达尼埃尔·韦尔斯特（Daniel Verhest）编：《中世纪异端的概念（11—13世纪）》，英国利文—海牙，1976年；莫妮克·泽内（Monique Zerner）：《异端》，见雅克·勒高夫、让-克洛德·施密特（Jean-Claude Schmitt）编：《中世纪欧洲分类词典》，巴黎，1999年，第464—482页。

[2] 彼得·布朗（Peter Brown）：《社会和超自然：中世纪的一次变化》，见同一作者：《近古时期的社会和神圣》，巴黎，1985年。（法文译自英文本：*Society and the Holy in Late Antiquity*，伦敦，1982年），第245—272页。

[3] 雅克·希福洛（Jacques Chiffoleau）：《违背自然：中世纪自然的决疑论方法与程序方法》，见《自然舞台》，载《微观理性》IV，（1996年），第265—312页。

[4] 伊恩·斯图亚特·罗宾逊（Ian Stuart Robinson）：《授权仪式的竞争中的"颜色修辞"》，*Traditio* 32（1976年），第209—238页；伊恩·斯图亚特·罗宾逊：《授权仪式的竞争：权威和抵抗：11世纪晚期的论战文学》，曼彻斯特，1978年。

[5] 卡尔·米尔博特：《格列高利七世时期的新闻业》，莱伯尼茨，1894年；霍斯特·弗尔曼（Horst Fuhrmann）：《伪教规：奥托·冯·奥斯提亚（乌尔巴诺二世）和加尔斯通的箴言论战》，载《萨维尼基金会法律历史杂志教会部》，99（1982年），第53—69页。

律范畴［甚至从 12 世纪中期开始就随着格拉提安（Gratien）的《法令》（*Décret*）已经出现］，这一手段已成为使用矛盾引言的艺术和博学的评论的对象，是制定法令的人从来没有完成的。按照吉尔·德克莱尔（Gilles Declercq）的观点[①]，对"机构"的需求（教堂，建设中的现代国度的不同形式）说明雄辩术已经摆脱它"画外音"的地位。但是，像 1120 年的《奥拉·杰马》（*Aura Gemma*）那样，语言艺术中"斥责"的形式化并不仅仅进入了司法及政治领域，正如海因里希·费西特瑙（Heinrich Fichtenau）所指出的那样。[②] 通过布丽吉特·博多 – 雷扎克（Brigitte Bedos-Rezak），我们也可以认为在将对手当作神的"化身"时，这一形式化标志着人类学上的首次重要飞跃，它否认了人类的动物性、基督徒的相似性与异类（异教徒，无宗教信仰者，特别是犹太人）的个体性及相异性的矛盾，毫不犹豫地把基督徒逐出了牲畜的世界[③]；我之所以说这是"人类学上的飞跃"，是因为被取消比赛资格的敌人意味着同时丧失了人性，也就是说，他的死亡这一"出离"可能会是象征性的，因为从种族方面说，西方中世纪的人类都是同源的。11—12 世纪的语言公约专家、政论家以及其他的论战家也可以更好地象征性地将他们的敌人置于死地，他们会有意识地使其在"假象"中发生演变（我们称之为"权利假象"），他们所维护的秩序的真理都是相对的，并且，这些真理应该投身到维护这一秩序的斗争中去。

从昔日伟大的人物［特别是昆体良和西塞罗，人们在很长时间里认为他们就是《致赫伦尼乌斯的雄辩术》（*Rhétorique à Herennius*）的作者］那里继承来的雄辩术重新获得了身份，与此同时雄辩术出现了新的用途。我们继续使用语言防御的传统形式——属于诅咒和神圣资格的免除，这是一种与《圣经·旧约》中《申命记》的诅咒相关的模式，为熟悉修道院训令发布处的习惯和做法的教士们所钟爱，特别是当在祝福一个敌人可以拥有犹大、达坦（Dathan）和阿比龙（Abiron）的命运并将他

[①] 吉尔·德克莱尔：《修辞与论战》，见吉尔·德克莱尔、米歇尔·缪拉、雅克·当热尔编：《论战的话语》，第 17—20 页。

[②] 海因里希·费西特瑙：《异教徒和教授：中世纪繁荣时期的异端和理性主义》，慕尼黑，1992 年，第 228 页。

[③] 布丽吉特·米里亚姆·博多 – 雷扎克（Brigitte Miriam Bedos-Rezak）：《差异：法国 12 世纪的谩骂、个性和身份》，见阿卢瓦·阿（Alois Hahn）、热尔·梅尔维尔（Gert Melville）、维尔纳·罗克（Werner Röcke）编：《交际的规范和危机。中世纪文学和社会互动的形成》，德国蒙斯特（Munster i. W.），2006 年，第 251—271 页。

摆脱掉时,这些形式使用起来便格外娴熟。① 这里的新意很大程度上在于突破性地使用了"理智"和讲话的方法,这种演讲方法来自马克斯·韦伯提出的"理性诉讼"。11—12 世纪辩论讲话中援引的"理性"颇似经院哲学之前的大规模神学论战中的论据,特别是坎特伯雷的安塞尔姆(Anselme de Cantorbéry)的公理学(1033/34-1109),他在"为什么上帝是一个人"(Cur Deus homo)中,认为含有疑问形式(即"为什么?")的"论证理由"就是要说服那些上帝化身的基督教人士之外的对话者("自然主义"哲学家,穆斯林,等等)。② 当代的论战家,例如可敬的修道院院长克吕尼·皮埃尔(Clunny Pierre,1122—1156)就公开主张使用论证理性来对抗内部的敌人(异教徒)或者外部的敌人以保卫教会,而犹太教徒则既属于内部敌人也属于外部敌人,人们不知道该如何将其归类。③ 做一次先期的调查可以收集所有必要的证词,以便在基督教徒传统内部或外部进行交流。所以异教徒只承认《圣经》的部分权威(通常只承认《新约》),然而,研究犹太教徒时需要从《圣经》的《旧约》以及犹太教士文学著作(《犹太法典》)出发。也正是因为这个原因,大家投入巨大精力去收集和翻译相关资料(特别是《犹太法典》),使得教士论战家们远离了自己的阵地。这些收集起来的资料可以成为在"封闭的阵地"攻击敌人的主题资料,它遵循的是学校(僧侣的学校以及 11 世纪 70 年代城市的学校)中的冲突逻辑和格列高利或罗马帝国争论家的引文之争。"争论"(discussio)要遵循严格的规则。首先,要在对立的权威的基础之上详细梳理对手的反对意见,继而改变笔调,因为权威最终会消逝,讨论活动只能依据人类共有的"理性"进行。于是,我们将使用类比手法或者以"仿佛是……"的表述形式来证明圣体仪式的变化(改变或者质变):面包和红酒成为了耶稣身体的象征,这让我们联想到物质世界,它经历了神秘的形式变化,却没有发生物质的突变,比如,水变成冰,或者冰变成水。另外一个推理的技巧是使用假设逻辑,即运用"既不……也不……"或"如果……那么……"这类连接词

---

① 莱斯特·K. 利特尔(Lester K. Little):《本笃会的诅咒:罗马式法国的礼拜仪式的亵渎神明》,伊萨卡—伦敦,1993 年。

② 吉尔伯特·达昂(Gibert Dahan):《中世纪的知识分子和犹太教徒》,巴黎,1990 年("犹太教遗产"丛书),第 428 页。

③ 关于这一点,我想援引多米尼克·伊奥尼亚 – 普拉:《秩序与排斥:面对狂热、犹太教、伊斯兰教的克鲁尼修道院与基督教社会,1000—1150 年》,巴黎,特别是第 4 章。

来串接论点，构建推理逻辑，此举可以用一个命题推翻另一个命题，所借助的命题本来就是它所包含的，因而能够更好地驳斥对立命题。因此，可敬的修道院院长克吕尼·皮埃尔因禁了异教徒伯多禄（Pierre de Bruis，或 Pierre de Bruys）以及他的门徒，因为他们拒绝承认孩子接受洗礼（或者称儿童洗礼）的有效性，他矛盾的行为是他自己在对手提出的权威基础之上一手建立的：没有纯真的信仰就没有洗礼，没有洗礼就没有纯真的信仰。只有第一个命题得到了伯多禄弟子们的支持，他们只承认成年人许下的诺言；但是克吕尼·皮埃尔院长将这一论据的逻辑用一种交错配置法进行了改变（洗礼/信仰，信仰/洗礼）；从此，他表示，接受洗礼之前被处决的基督教殉教者可以有他们的信仰，因此小孩子也可以接受洗礼，虽然他们无法像初学教理的大人那样宣布自己的信仰。同样的花招在学校经过技术性的包装，摇身一变成了一种理性的知识暴力，它没有别的逻辑，只会去与那些赤裸裸的斥责划清界限，揭露并且谴责别人的错误。论战者的言语行动实际上是直接确认他们自己的权威，将对手置于"战场之外"，对手因为被从基督教神圣的集体中扫地出门，所以会更加不见踪影。从这里可以看到 11—12 世纪审判程序中的不真实性，这是被称为"知识"的暴力的文明形式，它系统地使用某个职业领域中的言语斗争：教士的论战首先在普通学校中被教授，然后在大学中传授。

中世纪教士模式的长期影响

11—12 世纪教会的改革，是基督教社会通过吸收社会经验实现的一项伟大计划，因此有利于教士合法群体的出现（神的"继承人"要抵制女人的污迹和战争的鲜血），有利于建立合法的象征性暴力的特别的权威领域和行动领域。按照教会的做法，国家君主（国王或皇帝）也掌握必要的行政机构以便发挥雄辩术的威力，确保可以战胜或者制约臣民。从这个意义上说，在学校和大学教师出现之前，教会是西方世界里一片充满"痛苦思想"的土地。① 教育界的权威在 13 世纪形成，之后，教士的领域缓慢向知识分子的领域演变，教士企图发挥他们的权威以及象征性暴力，而

---

① "痛苦思想"这一说法由阿兰·德里贝拉（Alain de Libéra）提出，关于这一问题，见贝内迪克特·塞尔（Bénédicte Sère）的深入研究。

这暴力将慢慢地成为依然具有教士特征的知识分子们的一个标志。正是因为这一历史逻辑，朱利安·邦达才提出"教士的背叛"一词，用以揭露这一时期的"知识分子"的面目。同样，也是这一逻辑，从19世纪初期开始，就解释了教士何以成为"无赖作家"这一新形象的，仿佛社会的构成过程中不能抛弃往日里教士们媒介的权力和蜕变的权力[①]：

  今天，作家已经取代了教士，他穿起了殉教者的短风衣，他各种疾病缠身，在祭坛上沐浴阳光并将阳光撒向群众；他是王子，他是乞丐，他会去安慰、去诅咒、去祈祷，他预见未来；他的声音并不是只能传到教堂的大殿中，有时候也可以传到世界的另一端。人类成了他的信徒，倾听他的诗歌、他的诅咒；如今，在政治天平上，一种言语或一首诗都有着和往日的胜利同样的分量。……拥有这一非凡神圣能力的神职人员不是国王，也不是伟大人物，因为他奉着神的旨意，他用心和思想拥抱世界，并试着将世界变成一个家庭。[②]

  从教士到知识分子的转变，或者说教士和知识分子之间的平衡游戏，在19世纪建立知识领域的这一时期成为非常敏感的问题，而我们在本文简略地提到了格列高利教士的权威的表达方式，那么现在需要澄清的是这二者之间是否存在某些关系。面对如此复杂的问题，我们也许只能给出部分的回答。在此，我仅提出三条思考的线索。

  1. 我认为，19世纪40年代在重建"社会学"的伟大梦想的背景下，由于具备了教士变为知识分子的条件，知识分子被打造成了现代性与传统性碰撞的绝佳空间。巴尔扎克提到的从"祭坛"和"教堂大殿"一直到"世界"的天涯海角的这一飞跃，并不只是代表了古代基督教在现代的一种变形，新的教士的光辉来自于中世纪这一基督教历史中的特殊时期。中世纪是现代性的反义词，在19世纪带有"无赖作家"特点的中世纪主义的不同浪潮中，它被认为是社会生活的最好历史成果。站在知识分子的位置上——不管人们拒绝知识分子还是接受他们——就是去参考教士权威的

[①] 保罗·伯尼舒（Paul Benichou）：《作家的神圣 1750—1830》，巴黎，1973年（"思想"丛书）。
[②] 巴尔扎克写给汉斯卡夫人《天主教神父》的手稿，巴尔扎克：《人间喜剧》，皮埃尔-乔治·卡斯泰（Pierre-Georges Castex）主编，巴黎，1981年（"七星"丛书），XII，第802—803页。

传统，坚持自我质疑的能力（社会是怎样运转的？人类在整个社会的经济和世界经济中占有怎样的地位？），同时重新使用专业的做法（建立思想体系，使用雄辩技巧）。

2. 在这最后一点上，我们可以在提出要求时大可不必担心犯什么重大错误，我们要求教士的传统在知识分子的领域暂时出现，充当教士的有效话语的延伸和教会对指控的安排。有的人在圣礼情况下"制造"上帝，同时"消灭"所有对立的人和异常的人，这个人的话语有着生杀予夺的大权，其中显而易见包含着一些信仰成分。根据传统，如同莱昂·布卢瓦（Léon Bloy）所说的那样，现在的知识分子懂得，有那么一些词语是从"幽静的隐修之地"说出的"蔑视"的话，其威力不亚于雷霆霹雳，完全可以通过简单的诅咒暴力摧毁所有的抗辩①。然而，他们同样知道教会组织会实施一样具有高效杀伤力的沉默"策略"，这一策略是知识暴力的补充形式。我们可以根据所有现代主义的受害者们去做出评判，这些人在 1990—1995 年间受到指责，被教士体制体系剥夺了发言权，这方面的例子很多，比如我们现在知道埃德蒙·奥尔蒂格（Edmond Ortigues）在罗马匆匆完成的论文被埋葬在了什么样的铅袍②之下：1952 年，他撰文揭露罗马教士体系及其僵化机制的堕落，其"刻板的形式主义"最终将信仰变为了一种简单的"意见"。③

3. 中世纪教士转向现代知识分子这一假设的过程，迫使人们去思考教会所抱有的成见的影响及其直接的言语连续性问题。关于格列高利时期教士的知识暴力可能的暂时出现，有一个经典的例子，12 世纪 40 年代出现的对犹太人的仇恨造成了长期影响，这一仇恨情绪是为了谴责那些在《旧约》传统思想和犹太教教士宣讲的荒谬新思想之间犹豫不定的犹太教徒。这些知识形式既来自对确定的权威的讨论（特别是《犹太法典》），也来自于对异常敌人的诅咒，这就是我所说的"人类学的飞跃"，它意在将犹太人打入动物之列，并且使用一种蛊惑人心、含糊不清的雄辩术进行思

---

① 莱昂·布卢瓦：《暗夜》，I（"蔑视"，收莱昂·布卢瓦：《作品集》，雅克·珀蒂（Jacques Petit），IX，巴黎，1969 年，第 291—292 页。"霹雳"一词，见德尼·拉布莱（Denis Labouret）：《镜中的辩论者》，见《论战的语言》（第 326 页第一条引文），第 209—212 页。

② 西方历史上的一种刑具，用以压抑犯人使其窒息。——译注

③ 埃德蒙·奥尔蒂格（Edmond Ortigues）：《至罗马的信》，见埃德蒙·奥尔蒂格：《革命与权利》，巴黎，2007 年，第 27—59 页。

索，拷问犹太人是否属于人类物种。还有一次同样针对《犹太法典》的判决，是在对犹太人所犯的仪式罪行开始定罪那一时期出现的，这一点迫使我们像加文·I. 朗格缪尔（Gavin I. Langmuir）和罗伯特·查赞（Robert Chazan）那样去思考：格列高利时期的论战家们对犹太教的仇视是否不应被放在反犹太主义的史前史中？因为它首先是由传统基督教在反犹太主义过程中产生的一种暴力形式，后来才演变为具有破坏性的大屠杀式的纯粹暴力[1]。十年前，我在《秩序与排斥：面对狂热、犹太教、伊斯兰教的克鲁尼修道院与基督教社会，1000—1150 年》一书中大胆地提出了这一观点。之后，一位专业的读者被这种时代的错误所激怒，他或许渴望见到一个更加遥远、更加具有异域情调的中世纪，同时他也因为如此的言语连续性而感到惊诧，他质问我："犹太人的人性"这一问题是不是和"女人的灵魂"或者"天使的性别"等命题一样，只是在玩弄辞藻？昔日的知识暴力虽只是短暂出现，却促进了我们自己的冲突以象征性形式出现，我们是否因此就会对这种暴力望而生畏呢？

---

[1] 加文·I. 朗格缪尔（Gavin I. Langmuir）：《走向一个反犹太思想的定义》，伯克利—洛杉矶—牛津，1990；罗伯特·查赞（Robert Chazan）：《中世纪的成见和现代的反犹太思想》，伯克利—洛杉矶—伦敦，1997 年。

15 世纪小说对社会的谴责、揭发以及分类：
对中世纪文学恶语形式的评述

帕特里克·布舍龙

"从前，在锡耶纳城有一名来自农村的小伙子名叫马塔诺（Mattano），他是一个很富有的农民的儿子，曾经多年学习杂货店的经营艺术，他得意忘形，感觉自己已经成为了和其他公民一样的人。"这是詹蒂莱·赛尔米尼（Gentile Sermini）一部小说的开头部分。詹蒂莱·赛尔米尼是锡耶纳 15 世纪初期的作家，也是意大利 15 世纪短篇小说这种文学形式的代表作家。我们是否可以说，这篇以故事开启的小说本就是事先安排好的呢？因为小说取材于普遍的社会现实，但又通过主要的情节揭示了命运的冷酷无情："这个农民离开农村，住进了城里，刚刚披上一件彩色斗篷，穿上一双有着漂亮鞋底的鞋子，他就开始飘飘然，自以为成为那些大人物中的一员。"作者接下来又写道："若有人能够将他引上正路，他自然不会违反上帝的旨意。"①

这就是讲述者向读者提供的笑料，他告诫暴发户们要遵守秩序，回归正确道路，也就是指一种本性的回归（即社会关系的自然归化）和一种神圣事物的回归（换言之，让"本性"的行为变得神圣化）。读到这些，现代的读者很难不去想到由埃米尔·涂尔干建立的社会学传统，他认为，上帝不是别的什么，而是美化的社会和象征性的想法。如果我们将这一言论（社会只是上帝投射在人间的影子）反过来看，就可以得到对中世纪社会秩序的一个比较合理的定义。但是一条个别的路线似乎与社

---

① 詹蒂莱·赛尔米尼（Gentile Sermini）：《小说》，朱塞佩·维多利（Giuseppe Vettori）（编），罗马，1968 年，第二册，第 437—448 页（小说 25），译文见奥迪勒·勒东（Odile Redon）：《一座城市的空间：锡耶纳城与锡耶纳地区（13—14 世纪）》，罗马，罗马法国学校丛书，1994 年，第 127—135 页。奥迪勒·勒东凭借自己的翻译和历史分析，促进了中世纪法国对意大利小说的了解，他在这方面发挥了至关重要的作用。

会秩序不符，小说叙述的实效性就是要纠正社会秩序，向其施加社会决定论的暴力。①

就连主人公马塔诺的名字也预先注定了故事的荒唐②，这是一种怎样的荒唐呢？这里是指人们相信一个演说的真实性：该演说认为城市有赖于城市的制度，也就是说要承担起政治宣传中的"理想观众"这一角色，然而有的时候，历史学家们会在匆忙之间让社会主体③扮演"理想观众"的角色。马塔诺是一位公民，因此在理论上能够取得城市的公职，在 15 世纪，城市的人们还因为保持着市镇传统而感到骄傲自豪。④但是，马塔诺是一个初来乍到的市民，他遭遇了无形的身份壁垒。⑤他参加了一个"帮派"，即一些年轻富有、游手好闲的年轻人的组织⑥，他们

---

① 要从城市/乡村经济和社会关系的背景去对小说进行历史分析，见乔瓦尼·切鲁比尼（Giovanni Cherubini）：《14—15 世纪意大利中篇小说中的农村世界：詹蒂莱·赛尔米尼的一篇小说》，见维托·弗马加利（Vito Fumagalli）和加布里埃拉·罗赛蒂（Gabriella Rossetti）编：《中世纪的农村：循着农村文明的踪迹》，波兰，1980 年，第 417—435 页，以及乔瓦尼·切鲁比尼：《托斯卡纳的著作：中世纪的城市化和佃农》，佛罗伦萨，1991 年，第 327—346 页。

② "Mattano"一词在意大利语中是"喜怒无常，怪脾气"的意思。——译者

③ 假使马塔诺有幸能够进入锡耶纳城镇宫殿的和平大厅 [在这里，阿姆勃罗乔·洛伦泽蒂（Ambrogio Lorenzetti）于 1338—1339 年制作了历史学家们习惯称的"美好统治的壁画"]，他就会见到他梦想中的真正的政治景象：所有进入城市大门的人都成为某一和谐群体的市民，这里的人们心跳都是一致的。关于观看这一过于理想主义的政治绘画所带来的危险，我想引用帕特里克·布舍龙的说法："'执掌权力的人，请你转动双眼，尽情赞美这里的绘画吧'。阿姆勃罗乔·洛伦泽蒂的美好统治的壁画。"《年鉴：历史与社会科学》，2005 年，6，第 1137—1199 页。

④ 马里奥·阿切利（Mario Ascheri）：《锡耶纳和意大利中世纪的城邦国家》，锡耶纳，2004 年。

⑤ 我们从这一故事情节中仅仅读到了城市人对农民永远的蔑视，这是人类学一成不变的特点，如此，我们也许选择了错误的道路。的确，传统文学作品对市侩小民的讽刺是挖掘不尽的，并且也成为很多研究的主题，特别是对于研究意大利的法国学者而言：见研究论文集《文艺复兴时期意大利文学作品中的城市和乡村》，巴黎，新索邦大学，2 册，1976—1977 年。同时也可以参考克里斯安·贝壳（Christien Bec）：《十四世纪下半叶和十五世纪初托斯卡纳的中篇小说中农民的身影》，见克里斯蒂安·贝克：《文艺复兴时期的佛罗伦萨的文化和社会》，罗马，1981 年，第 79—103 页。同时可以参考克莱尔·卡巴约（Claire Cabaillot）：《中世纪时期几篇作品中透视出的对市侩小民的讽刺》，见《意大利编年史》，15，1988 年（http://www.univ-paris3.fr/recherche/chroniquesitaliennes/PDF/15/cabaillot3.PDF）。在把马塔诺塑造成为农民的社会类型时，我们落入了作者在小说中设计的叙述陷阱之中：马塔诺确实是一个锡耶纳的市民，他社会地位的上升使得城市化完全合法化，他的政治敌人在不停地重新提及他的农民出身。最终，大家关注的不是不可改变的农村特性，而是可以促进农村精英融入城市的社会流动性。

⑥ 关于这些年轻人协会的社会活动，见伊丽莎白·克鲁塞-帕万（Elisabeth Crouzet-Pavan）：《一朵恶之花？中世纪意大利的年轻人（13—15 世纪）》，见乔瓦尼·勒维（Giovanni Levi）、让-克洛德·施密特编：《西方年轻人的历史》第一册，《从古代到现代时期》，巴黎，1994 年，第 199—254 页。

栖身郊区一座瘟疫笼罩的别墅：这里所有的一切都笼罩在《十日谈》那让人窒息的氛围中。马塔诺试图融入这个本不属于他的骄奢淫逸、挥霍无度的贵族阶级的文化。然而，他越是这样努力改变，大家越是取笑他，很快他的同伴们就让他债台高筑，而且受尽侮辱。詹蒂莱·赛尔米尼写道："他不假思索地开始和别人攀比，并且学着他们的样子肆无忌惮地花钱。因为这都是些'心地良善'的年轻人，他们不知道如何才能摆脱他。"

小说生动的叙述中可以用一个词来形容一个新贵在道德方面的沦丧，即"嘲讽"，这是一部由嘲讽者设计的糟糕的闹剧，其目的是为了嘲弄他人，并引来洛罗·马蒂纳（Lauro Martines）所说的"社会惩罚性的笑"①。在小说中，作者要让马塔诺相信他曾经成为贵族的一员。这一欺骗手段成功地吸引了城镇中所有政治人物，并且残酷地让一位母亲喜极而泣，因为她的儿子得到了他父亲梦寐以求期望自己的儿子实现的社会地位，而市民们则为他们城市中一位新的政府官员马塔诺的光临而做着各种准备。于是，每个人都可以尽情嘲笑这位来自农村的暴发户，并且去验证我们已经知道的道理：疯子就是疯子，贵族依旧是贵族，马塔诺身上只能表现出马塔诺式的举止。

马塔诺式的举止表现在三方面，首先，他不善于在公众面前发言，马塔诺在消沉和多言之间犹豫不决，却从来找不到合适的话语。正是这一弱点让他无法进入政治系统，因为政府部门的管理工作就是讲话。其次，他不懂得如何控制自己的身体，詹蒂莱·赛尔米尼对其是这样描述的：他"眼睛不停地转动"，"双手不知道该往哪里放"。他一会儿装腔作势，一会儿又脾气暴躁，总之是手足无措，"但是他都不知道如何举手投足，怎么可能有能力去管理偌大一个共和国呢？"我们不知道如何更好地去解释政体（regimen）在中世纪的含义②。马塔诺式的举止在最后一幕中也表现得

---

① 洛罗·马蒂纳（Lauro Martines）：《文艺复兴时期小说和讽刺诗歌中的社会嘲讽》，见雅克·韦尔热（Jacques Verger）、伊丽莎白·克鲁塞－帕万（Elisabeth Crouwet-pavan）编：《中世纪的嘲讽：从社会实践到政治仪式》，巴黎，2007 年，第 107—114 页（引文出自第 108 页）。从洛罗·马蒂纳的文章中，我们同时也会看到他在尝试对 6 部意大利小说进行自由的历史解读，洛罗·马蒂纳（Lauro Martines）：《一部六重奏：历史背景下的六篇故事》，纽约，1994 年。

② 米歇尔·塞内拉尔（Michel Senellart）：《统治的艺术：从中世纪的体制到统治的概念》，巴黎，1995 年。

淋漓尽致，他洋相百出，因为他在城镇举行的宴会中不晓得如何得体地行事。马塔诺三次摔倒在地，而且将食物的顺序完全颠倒，把上等食物（天空中的飞禽）和下等食物（地上的走兽）混淆：“吃阉鸡、野鸡、松鸡时配上了大蒜这种下等佐料”。

一位厨师给了他温柔的致命一击，这位厨师出身低微，知道应该将抱负与客观机会结合起来。理性之神在他的梦幻中出现了，并告诉他，马塔诺将最终当选，只不过他是被选为了"愚蠢之王和莫格隆的隐修院院长"。这里影射的是一日国王的"荣誉"称号，就像狂欢节上假扮的国王那样，这些人每年可以穿上一次"彩色披风"，自以为是国王，哪怕第二天他们还是要恢复本来面目。

最后这样的一个结局提出了一个本质的问题，即小说中想要呈现的笑的问题：这是否是得到控制的违抗产生的荒诞的喜剧效果呢？在揭示游戏规则的同时，意大利小说却可以通过引起真正的笑声，让自身变得更加能够为人接受。但是这种笑同样可以具有一种释放功能，使小说更加成熟，并摆脱政治束缚，从而彰显出一切文学活动都具有的揭露社会这一不可控制的本质特点。[①]此外，很多解释彼此虽并不矛盾，但却会随着社会适应或者社会竞争逐渐累积矛盾的效果。况且，14世纪城市居民们在提到作为城镇建立基础的价值观的土崩瓦解时，都会不约而同地发出笑声。

象征性暴力，知识暴力：
社会学的表述以及叙述的历史真实性

我们应该怎样在如此的背景下阅读这些小说呢？又该如何反映其中的暴力呢？这就是在"嘲讽"中展开的一种象征性暴力，它可以自我定义为"只能通过被统治者对统治者的依附（也就是说统治）才能形成的强制权"[②]。这或许就是为什么这种类型的文字作品可以让社会学家充分分析[③]，同时也解释了为什么这一明显的便利条件

---

① 这一质问在历史文献中由来已久，它建立在对米卡伊勒·巴克蒂纳（Mikhaïl Bakhtine）论题的讨论的基础之上，他坚信自己在中世纪末期的讽刺文学中感受到了一种"教诲式的资产阶级趋势"[米卡伊勒·巴克蒂纳（Mikhaïl Bakhtine）:《拉伯雷的作品和中世纪及文艺复兴时期的大众文化》，法文译本，巴黎，1982年，第120—121页]。

② 皮埃尔·布迪厄:《帕斯卡式的沉思》，巴黎，1997年，第204页。

③ 关于这种类型的分析例子，见玛丽娜·玛里耶蒂（Marina Marietti）:《〈故事三百篇〉的"嘲讽"中的村镇社会危机》，见安德烈·罗雄（André Rochon）编:《文艺复兴时期意大利文学中"嘲讽"的形式和意义》，巴黎，新索邦大学，1971年，第9—63页。

在解决问题的同时又引发了同样多的理论问题。我们将"帮派"给马塔诺带来的耻辱说成是象征性暴力，还可以从当代社会学角度解读那些中世纪的人物没有加以理论化的机制，尽管对该机制他们一清二楚，并希望发展一种描画更加细致的文学形式。可是除此之外，我们还能做些什么呢？在小说中展示社会的冷酷无情，以此宣称要揭露那些揭露行动的真正本质，这样做，我们有可能会落入作者（以及他的文学形式本身）设计的论说陷阱，作者最终会迫使我们找到他预先安排好的东西。

如果我们在这里想找到象征性暴力的永恒表达之外的东西，即一种历史定义的知识暴力的形式——我们可以暂时将其定义为"文章的能力"以及写作文章作家的能力，以便把一种分类强加给人类社会，从而塑造社会，限制社会，那么就有必要关注小说的叙述性，这不仅是为了揭露作者的意图，更是为了领会叙述性的广泛用途。对于这种文学体裁，我们能够提出的最有阴谋性的问题应该就是：文学的这一"泄密"的权力从何而来，为什么会在这个时候进行，又是为什么在社会的这片领域中进行呢？

为了回答这一历史问题，社会学的介入显得弥足珍贵。比如，我们想到了文学的社会学在应对普鲁斯特式抨击的挑战时所使用的方法。① 在《追忆逝水年华》中去研究人类社会，总是会冒风险：或者会过于冗长，或者会过分沉重。雅克·杜布瓦（Jacques Dubois）的研究就有意识地避开了这些危险，他展示了普鲁斯特所说的社会的意义是如何承认"社会的划分具有一种沉默的暴力"，以及"个人由外部决定性的力量组成，并在其中寻找冲突的平衡和仲裁者"②。换言之，"社会同时从内部和外部对人进行塑造"。这一基本的思想与樊尚·德孔布（Vincent Descombes）的分析不谋而合，樊尚·德孔布努力说明"作为小说家的普鲁斯特要比作为理论家的普鲁斯特更加大胆"③。作为理论家的普鲁斯特认为内在性的小说要高出一筹，而《追忆逝水年华》中浪漫性的基础则是两种对立的观点：自身的观点和社会的观点。这本小说与作者主张的思想主体的哲学相左，让人看到，如果不结合第三人称对主观看法进行

---

① 这一点详见贝尔纳·拉伊尔（Bernard Lahire）：《社会学的精神》，巴黎，2004年。
② 雅克·杜布瓦（Jacques Dubois）：《致阿尔贝蒂娜：普鲁斯特与社会意义》，巴黎，1997年。
③ 樊尚·德孔布：《普鲁斯特，小说的哲学》，巴黎，1987年，第175页。同时见芭芭拉·卡纳瓦利（Barbara Carnevali）：《普鲁斯特与声望的哲学》，见《哲学家读者》，载《寓言：文学，历史，理论》（卷1），2006年2月，URL: http://www.fabula.org/lht/1/Carnevali.html。

考量，那么完全主观的观点（第一人称）是不完整的，也就是说在哲学角度看是荒谬的。这同样是我们这里采取的双重观点，对小说这种文学体裁进行定义，结合小说中表现的人物的社会范畴和塑造人物的作者进行分析，同时还试图理解知识暴力如何影响社会分类和个人身份的界限的变化，由此，围绕这种文学恶意在中世纪表现形式的效率问题，出现观点上的摇摆不定。

作为一种题材的小说：
关于文本研究历史的四点简单看法

或许我们首先要站在历史角度对小说题材进行分类。我们可以料想到，这一问题会引发很多博学的文学评论。我们此后就会明白意大利短篇小说（novellistica）借鉴了韵文故事以及中世纪短篇故事的例子和所有文学形式，而兼收并蓄后又会将主题、动机和喜剧手段糅杂在一起。① 我们在此提出四点看法。

1. 我们首先要明白，意大利小说的发展是薄伽丘（Giovanni Boccaccio，法文写作 Boccace，1313—1375）叙述的改革成果之一，在他所著的《十日谈》的序言中，薄伽丘提出自己建立了一种新的小说形式。但是同时，他将这种文学形式放到了互文范畴，互文视角下文体种类的交织使得区分彼此更加不易，因为人们要去讲述"很多小说、传奇、寓言、故事，人们可以随意称呼这一文体"②。从历史的角度来看，毫无疑问，通过互文手段（在 14 世纪的贵族和商人中间，逐步形成了萌芽状态的知识界，该领域没有政治领域那样的包容性，而是处在独立过程中），薄伽丘时期的意大利的一些东西在 14 世纪显贵的环境之下仍然保存了下来。小说这种文学形式形成的核心可能就是这一时代错误，同时，这一时代错误在不停地表现着时间的不一致性。

2. 小说会根据它的社会作用被清晰地定义，同时，各篇的序言中也多次提到：它的目的在于通过故事在当前的呈现，让同时代的人们得到消遣、受到教育。它的

---

① 这方面的参考文献非常丰富，可以参考《意大利中篇小说，卡普拉罗拉会议的诉讼（1988 年 9 月 19—24 日）》中收集的文章，罗马，Salerno，两册，特别是安里克·马拉托（Enrico Malato）的《意大利小说的诞生：具有儒雅传统的另一种资产阶级文学》，第一册，第 3—45 页。

② 薄伽丘（Boccace）:《十日谈》，克里斯安·贝克编辑并翻译，巴黎，1994 年，第 33 页。

娱乐功能就如同治疗悲伤的一剂良药，同时，叙述的题材可以和动乱、内战、暴力联系起来。如果说现代的读者会自然而然地被小说中所揭示的言语暴力所震撼，那么他们同样永远不会忘记这些暴力是被外化的，时而对暴力进行夸张，时而又对其委婉地表现，就如同戏剧中表现鬼怪的面具一般。这也是为什么中世纪末期意大利的历史文献学在不停地重新评估冲突性的激烈暴力。①

3. 也许小说的明显特征之一在于它对于真理的忧虑。从薄伽丘开始，一部小说就是在叙述一段真实、新鲜而且值得被大家了解的事件。小说情节中的那些事件所展示的都是新颖的，是在叙述现实，但同时也在讲述时事政治。②由此我们想说，这是集体的现实，而非特殊的现在，也就是说，我们要探讨的是我们正在变成的样子。③小说正因为如此才会将真实的人物设置在情景之中。有一些人物非常有名，常常把读者带回到最切近的过去：在托斯卡纳，就是指但丁（Dante）和乔托（Giotto）的黄金时期。但是14世纪中期也有一些不是什么正面人物（这令人想到了薄伽丘的小说）：如1353—1361年间埃斯特的侯爵阿尔多布朗蒂诺三世（Aldobrandino III）、费拉莱和摩德纳的爵爷，或者是1354—1385年间米兰的贝尔纳多·维斯孔蒂（Bernabo Visconti）大人，此人的暴君的名声构成了一种含糊不清的喜剧效果。④这些人物见证了永远无法消逝的过去，他们确保了文章的现实性能力，这些文章的意义并不仅仅局限在其创作的历史背景之中。

4. 历史会以一种巧妙并且荒诞的形式融入短篇小说之中，短篇小说的叙述动力是固有的，没有什么神奇的东西（与寓言相反），但却又具有一种内在的逻辑，以不可抗拒的方式发挥出来⑤。因此，有必要以描述的方式展现人物的能力，这些人物符

---

① 关于早前的一段时期，见让－克洛德·梅尔·维格尔（Jean-Claude Maire Vigueur）：《骑士与公民：12—13世纪意大利市镇的战争、冲突和社会》，巴黎，法国社会科学高等研究院，2003年。

② 里奥奈罗·索兹（Lionello Sozzi）：《小说作家的想法：从导入文章到小说集》，见《文艺复兴时期法国和意大利面对公众的作家》，巴黎，1989年，第71—83页：第71页。

③ 根据吉尔·德勒兹（Gilles Deleuze）对此给出的划分。阿尔诺·布阿尼什（Arnaud Bouaniche）：《吉尔·德勒兹，一篇导论》，巴黎，2007年，第33页。

④ 达尼埃拉·皮扎加利（Daniela Pizzagalli）：《博纳博·维斯康蒂尼》，米兰，1994年，第175—201页。我目前正在对这一复杂的问题做一些研究。

⑤ 海尔曼·维泽尔（Hermann Wetzel）：《以小说式的故事作为开场：爱情小说，从两个到六百个》，见《意大利中篇小说，卡普拉罗拉会议的诉讼（1988年9月19—24日）》，第一册，第265—281页，特别是第274页。

合具体而限制性的社会学的要求，因为这一社会资本显然分配不均。被搬上舞台的并不是各种人物，而是不同的社会类型，他们被冠以自己的名字，而这名字又规定了他们的态度，让他们如同掉入社会身份陷阱中一般。在意大利的小说中，一个男人会被他的职业所定义，一个已婚的女人会被她丈夫的职业所定义，不同小说作者其叙述动机的循环证实了这一僵化的社会从属：《十日谈》中的一个砖瓦匠可以在詹蒂莱·赛尔米尼的小说中变成一个细木工匠，《故事三百篇》（*Trecentonovelle*）中的一位医生可以在赛尔冈比（Sercambi）笔下变身为一名法学家[1]。所以小说主张一种职业道德，并且严厉地批判那些去自己专业能力范围之外冒险的人。

寻找"中间状态"作者的人物

总而言之，小说的类型已经被理论化了。第一部理论论著是弗朗西斯科·波西亚尼（Francesco Bonciani）于1574年撰写的《小说写作课程》（*Leçon sur la composition des nouvelles*），他是托斯卡纳公爵科西莫一世资助的佛罗伦萨学术学会的成员。弗朗西斯科·邦西亚尼在文中解释说：小说不应该丑化那些有权势的人，这样做是有失礼仪的；也不应该丑化那些穷苦的人，因为他们"应该得到我们的同情，而不是嘲笑"。总之，"那些处于中间状态的人（di mezzano stato）才应该是我们小说描写的对象"[2]。

这个处于两极社会之间的阶级，在这一有着运动性及反抗性的空间（特别是在意大利的城市中，历史学家们通常都认为它具有变化不定的特征）[3]实现了第二次划分。这一划分使得"箴言"（motto）和"嘲讽"（beffa）相互对立。"箴言"为著名

---

[1] 正如奥迪勒·勒东（Odile Redon）在《14—15世纪托斯卡纳小说中劳动者的形象》中所展示的那样，见《工匠和劳动者：意大利12—15世纪的工作领域（历史和艺术研究中心），皮斯托亚，1981年》，皮斯托亚，1984年，第395—416页。

[2] 弗朗西斯科·波西亚尼：《小说写作课程》，见努奇奥·奥迪纳（Nuccio Ordine）编：《关于文艺复兴时期的小说的专论：波西亚尼，巴尔嘎利，圣索维诺》，巴黎，2002年，第119—181页，这里引自第172—173页。关于这篇专论，见《笑、嘲讽和力量：变质的学院中的弗朗西斯科·波西亚尼的小说诗学》，见《意大利中篇小说，卡普拉罗拉会议的诉讼（1988年9月19—24日）》，第二册，第939—955页。

[3] 伊丽莎白·克鲁塞-帕万（Elisabeth Crouzet-Pavan）：《意大利的文艺复兴，1380—1500年》，巴黎，2007年，第407—408页。

的精神特质，那些失礼的笑话曾经令伯克哈特（Burckhardt）着迷，甚至将它变为了文艺复兴时期的专门的解放工具：这是对长者、上级的讽刺，以幽默而克制的方式让他们遵守规矩①。相反，"侮辱"是居高临下的：这是对比自己地位低的人开的玩笑，目的是让那些不知道如何自我约束的人恪守规矩。所谓的惩罚是象征性的，因此惩罚针对的只是些小错误②，而不是那些犯罪的人或坏人：罪人和坏人应该受到严厉的惩罚，他们罪有应得，况且，我们也不会让他们在公众面前受辱并以此为乐。因此，"嘲讽者"的对象就是些"受人摆布的傻瓜"③。

所以，要对两种讥讽性文学活动加以区分：当我们攻击那些中间状态下的男人或者女人时，要使用散文；但如果我们攻击的目标是有权势的人，则最好使用诗体。在第一种情况下，攻击是直接而猛烈的（意大利语散文 prosa 一词从词源上解释是"笔直的道路"）；然而在第二种情况下，我们会对攻击方式进行一番委婉的修饰。我们了解罗马的讥讽，这种去公开揭露的诗体猛烈地攻击了教皇以及红衣主教们，但是在 15 世纪的最后这三十几年中，意大利的很多城市中还流行着一种传统的拉丁讽刺短诗，被张贴在公共场所，用来抨击君王及其朝臣。从 13 世纪开始，这种讽刺短诗就在意大利城镇中所有发表讽刺言论的活动中流行开来，就像让-克洛德·梅尔·维格尔（Jean-Claude Maire Vigueur）近期指出的那样，在当时，有一批专业的抨击者在诽谤中伤对手的名誉，讥讽诗体正是那些扰乱分子制造冲突的一种表现形式④。

处罚违反社会规范的行为，让新贵们名誉扫地，展现那些出身低微却自命不凡的人的伎俩，凡此种种，即便不是社会功能，至少也是小说的叙述功能。为了能够了解这一机制，我们要努力尝试描绘构建这一机制的人的政治社会学结构。即便是仅仅从 14 世纪托斯卡纳城那些小说的同类素材看——因为意大利短篇小说在南部地

---

① 雅各布·比卡尔（Jacob Burckhardt）：《意大利文艺复兴时期的文化》，编辑并译为法文，巴黎，1958年，第一册，第225—226页：这位瑞士历史学家"通过精神词汇的胜利形式"，把现代讥讽文学的发展描绘为对有权势的人的光荣和野心进行的一次"纠正"。

② 安德雷·罗雄编：《"嘲讽"的形式与意义》。

③ 弗朗西斯科·波西亚尼：《小说写作课程……》，第142—143页。

④ 让-克洛德·梅尔·维格尔（Jean-Claude Maire Vigueur）：《讥讽与政治斗争：以意大利城镇为例》，见雅克·韦尔热（Jacques Verger）和伊丽莎白·克鲁塞-帕万（Elisabeth Crouzet-Pavan）：《中世纪的讥讽……》，第191—204页。

区有着另外一种形式：例如马苏乔·萨尔尼塔诺（Masuccio Salernitano）的"实验小说"——，这一构建工作也并不像看起来的那样轻松。首先，一些文集是匿名的 [例如《短篇小说集》(Il Noveliere) 可能就属于第一类作品]，又或者作者身份不明。其次，有些作者没有多少文献依据：我们根本不了解锡耶纳城的詹蒂莱·赛尔米尼，我们对被人称为"威尼斯的皮耶罗"（Piero Veneziano）的皮耶罗（Piero del Nero）也几乎一无所知，我们仅仅知道此人曾经在佛罗伦萨学习过纺羊毛技术，并于 1433 年在普拉托城担任过最高行政长官。这些不确定性就注定了一点：这些文字作品的创作并没有受到新的作者功能的影响，虽然当时的人文主义者在试图赋予他们的作品这一功能[①]。

我们将某些作家的传记的零散信息收集起来后，发现这些信息似乎首先在证明，这些作家属于传统的历史文献所含糊定义的"作家商人"。但待我们近距离观察时，就会看到，这些作家在社会和政治方面的分歧过大，我们并不能很清晰地勾勒出他们的集体像。例如，长期以来，文学批评就想让《故事三百篇》的作者弗朗科·萨切蒂（Franco Sacchetti）成为被佛罗伦萨人捍卫的公民价值的化身[②]。

弗朗科·萨切蒂大概出生在 1335 年，来自贵族阶级，他曾经学习过汇兑，和其他那些小说家一样，他积极地参加了城市管理工作。但是他所处的是一个十分特殊的环境，即"八圣王战争"时期。

从 1375 年到 1378 年，佛罗伦萨城坚持反对教会，受到被驱逐出教的惩罚，城市分裂：一边是教皇派成员的有资产的富人，他们因为与教廷发生过冲突而心有余悸，且担心冲突会给精神和经济造成伤害；而另一边的力量是支持"八圣王"的人，其中有萨尔维斯特洛·德麦第西（Salvestro de Medici），他受到了西奥姆皮发生的暴乱的牵连，还有弗朗科·萨切蒂，他也参加了集体行动，撰写过言辞激烈的押韵抨击文章反对教皇格列高利十一世。当弗朗科·萨切蒂于 1389—1397 年撰写自己的小说集时，他在比别纳、圣米尼亚托、法恩莎等城市担任最高行政官，因为在同一时期，佛罗伦萨政府的寡头政治日渐僵化，对于一个支持装饰艺术和政治思想的人来

---

① 罗歇·沙蒂埃（Roger Chartier）：《书写文化与社会：书的秩序（14—18 世纪）》，巴黎，1996 年，第 69—70 页。

② 玛丽娜·玛里耶蒂：《城镇社会的危机》，第 9—13 页。

说，他的工作变得更加艰难①。

　　1378 年之后，一方面，文学致力于揭露隐藏的统治机制；另一方面，因为社会流动性停滞，市镇体制下出现政治寡头化，政治颓丧情绪蔓延。将这二者结合起来加以研究似乎很有意义，但是人们也许会引用托斯卡纳的另外一位小说家乔瓦尼·赛尔冈比（Giovanni Sercambi，1348—1424）的作品及其职业生涯，来与"陷入困境的卢梭"这一过于简单的模式进行比较，同时针对他们的政治失意情绪，通过对社会的残酷性的无情揭露，进行文学反击。乔瓦尼·赛尔冈比的父亲是一个普通的杂货商，一家人才搬到卢卡城不久，他从父亲那里继承了杂货店，后来又开始他的政治生涯，他结交了桂尼吉（Guinigi），此人在 1392 年夺取权力，并且借助 1400 年以来逐步开展的机构领主化运动给这座城镇造成了破坏。1397 年，乔瓦尼·赛尔冈比担任佛罗伦萨共和国领导，他的小说集受到了他政治生涯的影响，从中读者不难感受到对领主专制权力的召唤②。他学习弗朗科·萨切蒂的做法，拒绝削弱城镇制度的社会基础，他像弗朗科·萨切蒂那样推行领主权的善治。托斯卡纳的小说家们的社会地位与他们笔下的人物特别相似，用弗朗西斯科·波西亚尼的话说，这是"皮条客的状态"。这种地位不会自动地带来一致的政治行为，但却可以见证社会游戏以及影响知识界的紧张关系，在意大利城镇的背景下，知识领域的自治化正在形成，并且有时候会引起知识暴力的突然爆发。

知识暴力在诗体暴动与政治揭露之间的爆发

　　普拉托城的乔瓦尼·盖拉尔迪（Giovanni Gherardi）的情况足以证明这一点。乔瓦尼·盖拉尔迪于 1367 年出生在普拉托城，他属于小说家的新一代人物，亲身证明了通过学识可以实现社会地位的提高，佛罗伦萨的政治体系虽然控制知识，但还是

---

　　① 关于这一时期佛罗伦萨政治社会历史的总结，见克里斯蒂亚娜·克拉皮什–祖贝尔（Christiane Klapisch-Zuber）:《城镇的佛罗伦萨的政治作家（1350—1430）》，见让·布捷（Jean Boutier）、桑德罗·兰迪（Sandro Landi）、奥利维耶·鲁雄（Olivier Rouchon）编:《14—19 世纪的佛罗伦萨和托斯卡纳：意大利的活力》，雷恩，2004 年，第 217—239 页。

　　② 皮奥特·萨尔瓦（Piotr Salwa）:《服务于新制度：乔瓦尼·赛尔冈比的〈小说〉》，见《托斯卡纳晚期的哥特式叙事文学》，意大利菲耶索莱，2004 年，第 107—142 页。

给人提供了学习知识的机会。乔瓦尼·盖拉尔迪是一个在帕多瓦城学习过法律和人文主义的旧货商人,他成功地融入到佛罗伦萨的文化圈子。他是法学家、诗人和建筑师,甚至还编写讽刺风格的十四行诗去挑战布鲁内莱斯基(Brunelleschi),怀疑他建造圣母百花大教堂穹顶的能力,不过他的言辞还算比较谨慎的。乔瓦尼·盖拉尔迪属于阿尔比齐(Albizzi)那一派,阿尔比齐是佛罗伦萨研究院的保护者。1417年,乔瓦尼·盖拉尔迪承担了一门关于但丁研究的公共课,这也使他的社会知名度达到顶峰。但是美第奇家族与民众联系密切,其影响日盛,这对乔瓦尼·盖拉尔迪来说是致命的。在政治上突然受到排挤后,他开始撰写《阿尔贝蒂的天堂》(*Paradiso degli Alberti*),这部没有完成的复杂的作品中充满了寡头政治的幽怨之情,大人物们在阿尔贝蒂家的别墅的花园中闲谈,讲述一些故事,试图阻止正在进行的变革。当时的1389年,正处于一个尚未受到动摇的政治秩序的理想状态,安东尼奥·阿尔贝蒂(Antonio Alberti)、高鲁乔·萨鲁塔蒂(Coluccio Salutati)、鲁吉·玛尔西里(Luigi Marsili)都是这座文学伊甸园的主要角色[①]。

  文学历史学家分析《阿尔贝蒂的天堂》时通常会将其作为从《十日谈》到《巴尔塔扎·德卡斯蒂永伯爵的朝臣四本书》(*Les Quatre Livres Du Courtisan Du Conte Baltazar de Castillon*)文学发展过程中的决定性阶段[②]。然而,乔瓦尼·盖拉尔迪不是凭着小说作者的身份来征服后世读者的,而是作为使用罕见暴力的讽刺诗体的诗人,就像安东尼奥·兰扎(Antonio Lanza)的主要作品展示的那样。例如,一位无名诗人在1417年至1425年期间写了一篇题为《细流》(*L'acquettino*)的诗,其目的完全就是为了诋毁乔瓦尼·盖拉尔迪[③]。从理论上,1415年出台的一项法律禁止一切淫秽的、直接指名道姓恶意中伤他人的歌曲。但是这种歌曲(事实上是一种韵文诗)可能是为了在修院院长的宴会上吟唱而创作的,这使其轻易地逃避了禁令的约束。这

[①] 乔瓦尼·盖拉尔迪:《阿尔贝蒂的天堂》,A. 兰扎(A. Lanza)编辑,罗马,("意大利的短篇小说家"),罗马,1975年。见雅克琳娜·布吕内(Jacqueline Brunet)对这一作者在詹卡多·马扎库拉蒂(Giancarlo Mazzacurati)编的《文艺复兴时期意大利的短篇小说作家》中做的解释,巴黎,七星丛书,1993年,第1214—1223页。

[②] 玛丽娜·玛里耶蒂(Marina Marietti):《乔瓦尼·盖拉尔迪的〈阿尔贝蒂的天堂〉中的贵族商人》,见《薄伽丘之后:15—16世纪意大利的小说》,巴黎,新索邦大学,1994年,第43—78页。

[③] 安东尼奥·兰扎(Antonio Lanza):《文艺复兴早期佛罗伦萨的论战与文学讽刺》,第二次出版,罗马,1989年,第321—335页。

种歌曲出现之时，正在爆发一场轰轰烈烈的文学和社会运动：那些暴露丑闻的诗歌因而得到发展，它们旨在侮辱有权势的人的名声，特别是那些有地位的知识分子，对他们的指控有三项：鸡奸，博学，欠债。这真是惊人的三段论，在"违背自然"（contra naturam）这一概念被用来制定指控策略的时候，这三段论也许值得从政治人类学角度去解读①。我们不要忘记当时的整个大环境：1406 年，比萨城的陷落点燃了民众真正的激情，要知道，自从羊毛工人的暴动（1378 年）②遭到残酷镇压后，社会政治极度压抑。寡头政府似乎有意给了这场反映民意的运动一次公开表达的机会。

　　谴责之声立即都投向了那些国家组织内的知识分子：诗人，有文化的人，以及融入到佛罗伦萨独特的人文主义社会中的政治宣传人员，如此的谴责行动既体现了行政长官的文化，同时又是在显示自己的特殊身份。这一反对知识分子既得权力的诗歌领域的起义是集体的发声，包括小客栈式的诗歌 [以安东尼奥·加尔蒂（Antonio Guardi）为代表]、店铺的诗歌 [理发师布尔切罗（Burchiello）的诗歌是这一作品的象征]、监狱的诗歌。诗歌被异端的政治宣传集中到一些著名地点（例如维斯科沃的圣马蒂诺广场）③，它展示了佛罗伦萨的另外一个公共空间，有别于文艺复兴的城市中那宏大的、纪律森严的空间，在这个崭新的空间里，继莱昂·巴蒂斯塔·阿尔贝蒂（Leon Battista Alberti）之后，著名的建筑学、历史学家们倍加推崇视觉秩序④。这些拙劣诗人中的一部分人又重新拾起城镇专业讽刺家的传统，如被人称作"Za"的斯特法诺·费尼格里（Stefano Finiguerri）创作的《山洞》（*La Buca di Montemorello: Lo Studio D'Atene; E Il Gagno*）和《雅典研究》（*Studi d'Atene*），就是 1407—1412 年这一时期知识研究领域典型的讽刺作品⑤。他的诗句首先是一连串粗鲁的恣意辱骂，但

---

　　①　雅克·希弗洛（Jacques Chiffoleau）：《违背自然：12—14 世纪对本性的细致思考》，见《大自然舞台，微观逻各斯，自然科学和中世纪社会》，4，比利时蒂伦豪特，1996 年，第 265—321 页。

　　②　1378 年佛罗伦萨的羊毛工人和工匠要求建立自己的协会并享有选举权，遭到当政者的反对，遂在米什莱·迪·兰多的带领下举行抗议，后演变为暴动。暴动持续了两年时间，后被镇压。——译注

　　③　安东尼奥·兰扎在《文艺复兴早期佛罗伦萨的论战与文学讽刺》（同前书，第 223—224 页）中的所有这些内容构成了对该主题进行研究的基础。

　　④　阿尔贝蒂对于视觉秩序和政治秩序之间关系的看法，见帕特里克·布舍龙的《作为政治语言的建筑：15 世纪伦巴第大区的情况》，见安德里亚·甘贝里尼（Andrea Gamberini）、朱塞佩·佩特拉里亚（Giuseppe Petralia）编：《文艺复兴时期的意大利政治语言》，罗马，2007 年，第 3—53 页，特别是第 9—16 页。

　　⑤　安东尼奥·兰扎：《佛罗伦萨的伟大诗人"Za"》，见《论战和文学讽刺》，第 267—319 页。

是，待我们近距离观察时，发现他非常熟悉但丁的作品，不过因为对但丁的作品进行滑稽模仿，使他的诗失去了神圣意义，而其实，但丁的《炼狱》就已经被看作是包含着一系列讥讽的作品。很明显，这一文化水平的复杂交错并不能阻止受到斯特法诺·费尼格里讽刺的人[如著名编年史的继承人菲利普·维拉尼（Filippo Villani），或者普拉托城的乔瓦尼·盖拉尔迪]起来反对"对无知的人进行的无数嘲讽"，从而以文化的方式化解攻击①。

通过这样一场诗体上和政治上的考验，人们看到，被历史学家们称为"公民人文主义"的理想受到了彻底质疑。马基雅维利对这种讽刺性诗歌十分了解，他在当时也在尝试创作，并且人们认为，他没有被优美词语所冲昏头脑或麻痹，而是坚持去"直面事物真理"，他的这一想法源自知识暴力的这第一次浪潮②。总之，这是一种与知识领域的割裂相联系的政治醒悟的体验，正是在这一体验中人们理解了短篇小说中知识暴力的爆发。

用词语杀人：社会的分类以及自我的界限

为了反映知识暴力的这种爆发，我在这里只去描述"嘲讽"的两个基本方面。第一方面指言语力量把表述行为交由社会裁决；另一方面在于，真实暴力靠的不是斥责、责骂或侮辱，而是靠社会分类。

只要有一个词语被说出，那么这一人物的道德便会沦丧，这可能就是小说叙述功能中突出的一点，因为这一功能在此表现出一种极其强烈的言语力量，一个城市的政治社会是一个被规范的言语所调整的环境，因此它总是在担心出现不可控制的变动。这一表述性的社会困扰有很多的文体表达方式，其中一种传统小说的喜剧形式为"一词两意"，一个"自动开关"的多义性可以使故事发生改变。比如萨切蒂（Sacchetti）的作品就是这种情况：著名的小丑巴索黛拉佩纳（Basso della Penna）邀

---

① 安东尼奥·兰扎：《佛罗伦萨的伟大诗人"Za"》，见《论战和文学讽刺》，第225页。
② 马基雅维利（Machiavel）：《君主论》，让-路易·富尔内尔（Jean-Louis Fournel）、让-克洛德·赞卡里尼（Jean-Claude Zancarini）编辑并翻译，巴黎，2000年，第136页（XV, 3）。关于马基雅维利的文学文化以及他对于托斯卡纳讽刺诗的认识，见马里奥·马特利（Mario Martelli）的作品，特别是他的《〈曼陀罗〉及其序幕》，载《译员》，23，2004年，第106—142页。

请他的朋友们去他的家中吃饭,这些朋友都期待在他家可以尽享大餐,但却发现主人并没有给他们上酒,客人们于是明白了,这次所谓的受邀"吃饭"的意思应该从字面意思去理解①。

将乔托搬上舞台的小说或许更有意思,弗朗科·萨切蒂是这样介绍这篇故事的情节的:"一个普通的手工艺人听说了乔托的大名,并且知道他可能要出任领主,需要让别人装饰一下他的彩旗,于是就迫不及待地来到乔托的工作室。"②就如同锡耶纳的小说将马塔诺搬上舞台一样,我们必须透过历史学家分类学的中立性去解读小说家笔下的贬义词汇,唯有这样,我们才能把握社会影射的政治一致性:"庸俗的手艺人"被任命担任城堡管辖地的工作,也就是说管理农村中的一座城堡。这其实没有什么大惊小怪的,但是,一个扩大了的政治社会的普通功能,允许那些中间状态的社会成员担任一些次要的职位和行政工作,因为它们带来了社会荣誉,这对于维护政治共识是至关重要的。然而,这位手艺人则会被排除在这场社会游戏之外,因为他一心融入到集体的文化规则,模仿学习时却又显得笨手笨脚,让别人过多地纠正他。而不寻常的是,牧羊人的儿子乔托在这里成了嘲讽者。他是想在他的彩旗上画上武器吗?"为保险起见,我会以我的方式为他制造武器。"

乔托在工匠们的护板上绘制了(更确切地说是让他的一个学徒画了)步兵成套的武器。因此,小说在"武器"一词的含糊不清上做文章,这个词在意大利语和法语中意思相同,但是小说还锁定了"步兵"和"战士"由来已久的词义差别(即那些靠脚来战斗的士兵和在马背上战斗的士兵),他们建立了 12 世纪城镇的政治秩序,并且,尽管城镇在两个世纪之后被社会、军事改革所淘汰,但是如今,在谴责社会地位过快上升的时候城镇还是随时想要重新出现。另外,我们知道,彬彬有礼的文化永远是后城镇时期合法性的社会建构的决定因素,小说同样很好地表现了骑士精

---

① 玛里娜·加利雅诺(Marina Gagliano):《弗朗科·萨切蒂的〈故事三百篇〉中的精神的词汇和词汇的精神》,见克洛德·佩鲁(Claude Perrus)编:《滑稽演员阿尔扎纳的几种形式:意大利中世纪文学备忘录》,2,1994 年,第 101—126 页。
② 弗朗科·萨切蒂(Franco Sacchetti):《故事三百篇》,瓦莱里奥·马鲁奇(Valerio Marucci)编,罗马,("意大利的短篇小说作家"丛书),第 181—183 页(小说第 63 篇)。我们这里依据的是奥迪勒·勒东(Odile Redon)的译本,见奥迪勒·勒东编:《中世纪意大利的语言》,比利时蒂伦豪特,2002 年,("中世纪的作坊"丛书,8),第 303—307 页。

神可以毫不矛盾地渗透到商业思想之中。① 乔托并不是帕索里尼（Pasolini）梦想中的离群索居的画家：他在这里扮演了一个绘画承包人的角色，他接受一些订单，不惜采用某种方式谨慎对待，避免因为要满足显赫的出资人的需求而让自己的艺术贬值（他在小说中影射的是他那些著名的顾客，即巴尔迪家族）。② 当突然发生金钱纠纷时（被戏弄的那位工匠理所当然要拒绝乔托给他们在护板上绘制带有侮辱性的武器），大家就到格拉西亚的法庭解决，该法庭是专门审判商业纠纷的。不过在意料之中的是，最后乔托又一次侮辱了他不知所措的顾客。他的雄辩才能让他借助政治上的成功（他被当作象征性财富经济的担保人）实现了经济收益的大幅增长（他完成的订单虽然并不符合客户的想法，但他最后还是拿到了薪酬）。

在乔瓦尼·赛尔冈比的一部小说中，卑微者面对给人和事物命名的权力时所表现出的脆弱一面被以一种令人心痛的方式呈现出来。小说中，乔瓦尼·赛尔冈比塑造了皮货商甘佛（Ganfo）的形象。③ 甘佛生病了，有人建议他去锡耶纳一处温泉疗养中心去洗浴。④ 他来到这个地方，发现笼罩在蒸汽里的人们一个个赤身裸体，没有了分辨彼此的特征，皮货商害怕了。皮货商是跟衣服打交道的职业，他很清楚，如果脱掉了衣服，他就会丢失一部分社会身份。这一身份的丢失对他来说非同小可：集体洗浴危及的不是外貌文化，而是每个人的个人身份："我怎样做才能认出自己呢？"从本体论说，他这是因为担心会丢失自己，甘佛将一个小小的十字架贴在肩膀上。这一自我保护方式于事无补：一不小心，他的这个区分标记落在了水中，贴在了一个佛罗伦萨人的肩膀上。"你是我，而我是你！"甘佛大声抗议，想要回自己的十字架。但是他的"另一个自我"不耐烦了，对他叫道："走开，你这个死人！"甘佛听了这话便信以为真，他从浴池中出来，穿好衣服，回到了卢卡，假装死去。大家将

---

① 关于这一主题，见吉多·卡斯泰尔诺沃（Guido Castelnuovo）：《城市贵族的政治身份（13世纪初—16世纪初）》，见雷纳托·博尔多纳（Renato Bordone）、吉多·卡斯泰尔诺沃、吉安·玛利亚·瓦拉尼尼（Gian Maria Varanini）：《农村领主贵族的贵族阶级》，罗马–巴里，2004年，第195—243页。

② 阿尼塔·西蒙（Anita Simon）：《文学与形象艺术：弗朗科·萨切蒂，一位非凡的证人》，见《罗马法国学校文集，中世纪》，105，1993年，第443—479页。

③ 乔瓦尼·赛尔冈比（Giovanni Sercambi）：《小说》，乔瓦尼·西尼克罗比（Giovanni Sinicropi）编，佛罗伦萨，1995年（小说第2篇）。

④ 迪迪埃·布瓦瑟伊（Didier Boisseuil）：《中世纪末托斯卡纳的温泉疗养，13世纪末至16世纪初的锡耶纳浴室》，"罗马法国学校丛书"，罗马，2002年。

他安葬,他的妻子诅咒他的灵魂,甘佛因为人家说的一个词而无可挽回地丢失了自我,他为此感到无能和羞耻。①

我们在这一例子中所看到的远不是斥骂,而是言语的力量,它使得赤条条的生命变得不稳定,搅乱了本体论所有的可靠性。然而,人类学的这一本质基础正是我们应该考虑的,这样我们才能理解小说对人物所施加的知识暴力属于分类层面的暴力。从叙述的第一层意义看,这个问题不难理解:小说描写的是一个丢失了个人社会分类的人的痛苦。阿格诺洛(Agnolo)是萨切蒂(Sacchetti)一部小说中的人物,他是一位纺羊毛的老工人,但希望别人把自己当成公证人,希望自己举手投足都像一位贵族。这一身份的错位是危险的,因为我们知道公证人的社会角色是多么的重要,他掌握着公共信仰,保证着协调整个社会生活的行为的可靠性,要知道,在中世纪末期,意大利城市社会深深地浸染了文学和司法的特点。当然,阿格诺洛的自欺欺人最终失败了,全城的人都把他当成笑料。弗朗科·萨切蒂总结了自己小说的道德寓意,给了小说主人公慈悲的致命一击,他对其训斥道:"你还是去拍打羊毛吧,那才是你的本行,还是把其他的职业交给那些有能力的人去做吧!"②

但是有一点更糟,也就是说更加难以平息和难以捉摸。在乔瓦尼·赛尔冈比文集的第 15 部小说中,一个名叫格里洛(Grillo)的工人在砖瓦厂工作,他买了一本书、一身衣服、一只羽毛笔、一瓶墨水,租了一家商店,堂而皇之地充当起了公证人。小说家称他"俗不可耐"。但是与萨切蒂的小说不同,没有人因为他的欺骗行为感到不快。这正是非常现实的一点,因为没有比知识分子更容易伪造的职业了。这个砖瓦厂工人虽然很是愚蠢,但他伪装成公证人后就再也没有被揭穿过。他决定给自己更名为塞尔·马蒂诺(Ser Martino),开始相信自己真的拥有财富。之后戏剧性的变化出现了:格里洛因为感到内疚,突然放弃了自己伪造的社会身份,又可怜地的恢复了他农民的身份③。对这一转变我们应该如何去理解呢?为什么在这种情况下,对他而言,受人讥笑是最严重的嘲讽呢?在这里,我们有必要听一听布迪厄的看法:"依据一般规律,通过习惯性的设计(通常这设计会根据地位自我调整),希望值基

---

① 奥迪勒·勒东(Odile Redon):《14 世纪托斯卡纳小说中的身体》,见《让人相信:12—15 世纪宗教信息的传播及接收方式》,罗马国语学校丛书,罗马,1981 年,第 147—163 页,特别是第 157—158 页。
② 弗朗科·萨切蒂:《故事三百篇》,第 165 页(故事第 64 篇)。
③ 奥迪勒·勒东:《14—15 世纪托斯卡纳小说中劳动者的形象》,第 415 页。

本上会与客观的机会保持一致"①。

这"基本上"的说法属于失意的范畴，它为发挥小说的叙述性而制定了一种社会游戏。小说只有在描绘那些界线尚不分明的不同社会领域类型的时候，才能发挥其作用，例如，艺术世界就频频在短篇小说中展现②。艺术家（通常是画家）在这里扮演嘲讽者的角色，他们带着几分幽默和坏脾气要求社会上的人们回归到自己的所属阶层，具体说来，这是因为在15世纪，艺术环境处在两种力量的矛盾之中，一方面人们渴望最高权力具有创造性，另一方面希望在控制和劝诫的世界中施以社会纪律。

例如，萨切蒂在其五部小说中，都描写了博纳米高·迪克里斯托法诺（Buonamico di Cristofano）这个人物，他被人们称作"布法马可"（Buffalmacco），是14世纪初历史上有名的托斯卡纳画家，代表作是比萨公墓中的壁画《死神的胜利》（*Triomphe de la Mort*）③。在《故事三百篇》中的一篇小说中，布法马可和他的那些早起的邻居们开了个玩笑。他的一位邻居是个羊毛工人，每天很早就出门，另一位女邻居为了纺织，每天起得更早。然而布法马可是位画家，晚上要工作到很晚，所以他想白天多睡会儿④。在这种情况下，我们可以很容易便能读懂小说的寓意，它是想划分体力劳动者和脑力劳动者的区别，作者不想再从事体力劳动，而是渴望成为脑力劳动者。

这一斗争表现为一种行为的反复灌输，这让习惯发挥了其最大的效能：与性别的关系，与时间的关系。第一种关系在这里有些不明晰，而与时间的关系在这里却被清晰地主题化，因为布法马可与他的邻居们不同，想要维护艺术家的创作时间这样一个概念，而抛开了劳动时间的意外情况和规律⑤。

---

① 皮埃尔·布迪厄：《帕斯卡式的沉思》，第257页。
② 马尔塞洛·奇古托（Marcello Ciccuto）：《作为"艺术家"的小说作家：薄伽丘和班戴洛的差异策略》，见《意大利中篇小说，卡普拉罗拉会议的诉讼（1988年9月19—24日）》，第二册，第771—793页。
③ 弗朗科·萨切蒂：《故事三百篇》，故事第136篇，第161篇，第169篇，第191篇以及第192篇。见奥迪勒·勒东：《14—15世纪托斯卡纳小说中劳动者的形象》，第395页。
④ 弗朗科·萨切蒂：《故事三百篇》，第649—654页（故事第191篇）。
⑤ 帕特里克·布舍龙（Patrick Boucheron）：《企业家式的艺术家》，见菲利普·布劳恩斯坦（Philippe Braunstein）、卢卡·莫拉（Luca Mola）编：《意大利的文艺复兴和欧洲》，（卷3），《生产和技术》，意大利丰达齐奥·卡萨马卡，2007年，第417—436页。

小说《胖木匠的小说》（*La Novella del Grasso Legnaiuolo*）① 提出了一个类似的问题，不过是以一种非常宽泛的方式提出的。这篇别具一格的小说的多个版本都广为流传，塑造的典型的人物"胖木匠"从 16 世纪开始便家喻户晓。今天人们认为，这篇小说最早的版本应该是安东尼奥·马内蒂（Antonio Manetti）所写，他与洛朗·勒马尼菲克（Laurent le Magnifique）交往甚密，而洛朗·勒马尼菲克的好友马西勒·菲新（Marsile Ficin）是人文主义者兼数学家，并且创作了第一本艺术家传记《菲利普·布鲁内莱斯基的一生》（*La Vie de Filippo Brunelleschi*）（1485）②。因此，我们处于另外一种政治、文化背景之下，美第奇家族的资助范围更加普遍。然而，叙述的时间停在了 15 世纪初，就如同处于 1380—1420 年的短篇小说的叙述性这块母岩上所展示的那样。确切地说，故事被认为发生在 1409 年，它把很多特别著名的艺术家都搬上了舞台，如多纳泰罗（Donatello）和布鲁内莱斯基。当时正是佛罗伦萨艺术史上的黄金时期，不过有人会说，安东尼奥·马内蒂对布鲁内莱斯基作品的后继者提出了很多异议，因为布鲁内莱斯基搅乱了美第奇家族控制的佛罗伦萨那些学术圈子③。在这些人周围聚集起了"一群善良的人，他们充当着一些公共的职能，或者成为不同的艺术职业中的领军人物，如画家、金银匠、雕刻家、细木镶嵌工人，等等"。这些是"政权的人"（uomini di reggimento），这个政治术语在佛罗伦萨用来指忠于制度的人。他们的保护者是来自佩科里家族（Pecori）的人，在佛罗伦萨颇有势力，不过他们的祖上可不是什么历史清白的人物，他名为迪诺·迪·乔瓦尼（Dino di Giovanni），是一个粗暴且善于蛊惑人心的屠夫。13 世纪末 14 世纪初，佛罗伦萨正在为解决政治危机而制定司法条例，迪诺·迪·乔瓦尼当时成为了民众面前一个激情四射的演说家。在黛诺·孔帕尼（Deino Compagni）的《时代大事记》（*Cronica*）

---

① 保罗·普罗卡乔里（Paolo Procaccioli）、帕尔莫（Parme）、丰达齐奥·本布（Fondazione Bembob）编：《胖木匠的小说》，1990 年。安娜·莫特·吉耶（Anne Motte Gillet）将这篇小说译为法语，见詹卡洛·马扎库拉蒂编：《文艺复兴时期的意大利短篇小说作家》，第 181—214 页。（同时也可以参考第 1296—1302 页的简介）

② 安德烈·龙雄（André Ronchon）：《嘲笑的历史中的重要时期：格拉索·勒拿沃罗的小说》，见安德烈·龙雄编：《嘲笑的形式及意义……》，第 211—374 页。

③ 安德烈·沙泰尔（André Chastel）：《"伟大的洛伦佐"时期佛罗伦萨的艺术以及人道主义：对文艺复兴时期和柏拉图式的人道主义的研究》，巴黎，1959 年，第 130—131 页。

中，作者不惜笔墨叙述了这一极端的政治话语对社会产生的影响[①]。佩科里家族的存在是对佛罗伦萨的读者开的一个"私人玩笑",其目的是给历史增加一分忧虑和一种不稳定的因素。

在这个由一些知名的艺术家组成的"队伍"中（他们的小说记述了一些传统的聚餐以及闲谈等活动），是否需要把"胖木匠"发展进来呢？文学批评家对这一虚构的史实性有过多次质疑，他们在这同一类的社会角色身上看到了一个真实存在的人的影子，此人就是亚科坡·阿玛纳蒂尼（Iacopo Ammannatini, 1381—1450），他来自于一个专门为帽子、箱子做装饰的绘画世家，并且他的爷爷和父亲都曾被选为修院院长（分别在1368年和1380年）。亚科坡·阿玛纳蒂尼本人是细木工，我们如今称之为"高级木器细工"。现在的问题是，他是否属于为了自己领域的自治权而工作的艺术圈子（与手工业者的圈子不同）呢？当我们了解了高级细木工所从事的镶嵌工艺在景观透视构建中（特别是对于布鲁内莱斯基来说）的重要性后，就会看到以上问题与艺术史之间有着直接的关系。

因此，佛罗伦萨的艺术圈子邀请"胖木匠"参加他们的宴会。但是"胖木匠"没有去，并拒绝参加活动。文章中并没有交代原因，但我们懂得其中的含义，这是统治的又一次介入。象征性暴力于是会被施加在这里，那些同行们就决定用剥夺身份的方式惩罚这名细木工人。一天上午，"胖木匠"从家中出来，有一个人见到他后用另外一个人的名字马修（Matteo）称呼他。佛罗伦萨的所有人都联合起来，为了让受嘲弄的他相信自己已经变成了另一人：人们伪造了他的登记簿，给他编造了另外一种生活，用以前的收据作为证明，诬告他欠债不还，将他打入监牢，将其归为疯子那一类的犯人。"胖木匠"被击败了，他逃往匈牙利，而那些艺术家们则为他们的胜利在圣母百花大教堂的穹顶下欢呼庆祝。布鲁内莱斯基也在品味自己的胜利，他的表现特别显眼："我们和菲利波（Filippo）一样，猜想马修和多纳托（Donato）之后一定会笑的；见过他们本人、听到过他们说话的人，都说这些人似乎比'胖木匠'还要疯狂，特别是多纳托和马修，他们完全无法克制自己，而菲利波则微笑着注视着他们两个。"[②]

[①] 迪诺·孔帕尼：《时代大事记》，P. 米拉（P. Mula）编辑并翻译，格尔诺布勒，2002年，第76—77页。
[②] 吉安卡罗·马扎古拉蒂（Giancarlo Mazzacurati）编：《文艺复兴时期意大利短篇小说作者》，第209—210页。

因此，就像在前面小说中卢卡城那个把自己当作别人而失去姓名的皮货商甘佛，又或者是马塔诺，故事中，整个城市一起密谋，理智地制造出一个"虚假的真实"，但这只是一个靠不住的虚假世界，一个语言把戏。很难找到更为悲怆的表达方式来形容这个社会分类和社会影响的不同。被统治者们是容易受到伤害的人群，这不只是因为他们要屈从于脆弱的命运，也是因为连他们自身的存在都因本体论的脆弱而解体。我们通常认为，那些有权势的人会为公众在各种仪式上受到的侮辱而付出沉重的代价，然而意大利的城邦却广泛地使用此类仪式，因为他们的名声的社会成本很高，容不得受损，这便是损害别人名誉的故事中普遍存在的问题。在这些意大利小说中，当社会分类的知识暴力施加到那些在一个正在形成的社会领域之外的人身上的时候，他们的身份就会摇摆不定，于是连他们自己都搞不清自己到底是谁，他们被剥夺了这一最珍贵的私人财产，而那些人道主义者在同一时间里却将这一财产说成是不会变化的，当然，他们只是为了自己才这样想。还有什么比这些意大利小说能更清楚地反映这些呢？

*

在积极地捍卫人类本性的尊严的同时，那些人道主义者也可能会去研究社会关系之间的相互融合，暴力因为无法被察觉而显得更加难以消除。小说作家们与人道主义者的社会地位不同，因为他们通常就如同他们笔下塑造的人物一样，是处于中间状态的，他们展现了知识领域自治化过程中的各种缺陷和矛盾，而他们借助的不是个人地位或者自己对价值观的明确判断，而是他们集体创造的新的文学体裁。新小说不但继承了文学多样性的动机及丰富的传统，而且也受益于长期以来的政治考验，特别是城镇社会中的那些抨击者们提出的考验。但是，短篇小说考验的不是斥骂和抨击，甚至不是残酷的凌辱手段，而是社会分类的语言暴力，它同时揭露了社会统治隐藏的动力以及受害者们本体论完整性受到的深刻影响。

但若想描述这一揭露活动的政治意义的特点谈何容易，因为这可能会引起矛盾的社会后果，虽然我们深知，通过轻松的笑来巩固的一个社会秩序并不公平，但它或许可以使读者们熟悉真正的"社会游戏规则"。当然，这些规则不是那些旨在论证社会机制的变幻莫测特点的演讲。如果总是要通过阅读去身临其境地解读一篇文章的含义，那么这一问题可能是没有意义的。作者们可能会有着反动的想法，当文学作品切中要害时，总是具有潜在的革命性。普鲁斯特批评圣勃夫（Sainte-Beuve）沦为了"文字的小丑",因为他宣称要为文学撰写其本来的历史,这又让我们发现了融合与叙述性之间的结构性联系。然而,圣勃夫在他的记事本中记录了他所谓的"报复的军火库"①,因为他认为,文学要不停地"清算账目"。他提到了另外一部揭露社会的伟大作品,并写道:"《箴言录》(*Maximes et Reflexions diverses*)是拉罗什富科(La Rochefoucauld)的复仇之作。"我们很容易就可以找到将文学看作报复这一概念的大量当代例子。小说家埃里克·舍维利亚尔(Eric Chevillard)最近发表了作品《摧毁尼萨尔》(*Démolir Nisard*),把诋毁历史上一个不知名的人物的名誉当作了自己的反常的写作目的:"我在此发誓,我要让我的狗去咬他,放出我的隼去啄他,我要掠夺他的果园,折磨他的家人,你们听到了吗?我要毁了尼萨尔。"②斯特法诺·费尼格里对乔瓦尼·盖拉尔迪穷追猛打,同时也造就了他矛盾的名声,而埃里克·舍维利亚尔也是一样,他无法从自己作品中的男主人公那里摆脱出来:他想要创作一本"没有尼萨尔的书",他拼尽了全力攻击尼萨尔,但却无论如何也不能如愿。尼萨尔踉跄着,但却在反抗着,更糟糕的是,尼萨尔开始发起攻击了:"后来他又扑到我身上,我们两人仿佛是被一根橡皮筋拉扯着一般,我越是用力推开他,他越是会重新扑向我;我用的力气越大,他就扑过来得越快。"③

我们无法更好地描述复仇的行动本身了。但是,如果文学作品是一种报复形式,那么它想要报复的又是谁呢?14世纪的意大利短篇小说继承了普通文学的抨击性,这种文学可以被看作一种即将演变为行动的谋杀语言,将对手从社会层面消灭,从而实现真正的报复。但它也可以被视为暴力的代替品,"一种因为没有真正的执行权而被反复提起的报复,一种由抨击活动点燃并火上浇油的仇恨"④。然而,14世纪后城镇时代的意大利不再是一个报复性的社会,因为社会不再认可世仇中的对称性。相反,因为它正在变成一个排斥性的社会,在这里嘲讽的规矩正在成为国家的工具,它并不追求家族间仇杀的平衡性,而是重视社会统治的不对称性。小说作家的嘲笑

---

① 圣勃夫(Charles-Augustin Sainte-Beuve):《备忘录》(卷1),见拉法埃尔·莫洛(Raphael Molho)编:《绿色的备忘录》,巴黎,1973年,第124页,被沃尔夫·勒佩尼(Wolf Lepenies)引用:《欧洲的知识分子是怎样的?欧洲历史上的知识分子及思想政策(法兰西学院欧洲院士的位置1991—1992)》,巴黎,2007年,第321页。

② 埃里克·舍维利亚尔(Eric Chevillard):《摧毁尼萨尔》,巴黎,2006年,第8页。

③ 同上书,第34页。

④ 让-克洛德·梅尔·维格尔:《讥讽与政治斗争:以意大利城镇为例》,第197页。

就直接源于此，成为知识界矛盾的表达，知识界在政治宣传的对立中形成，继而催生了一种社会抨击，将矛头直接指向公民人道主义的知识分子手中的权力。或许就是从这里出现了这一巨大的觉悟，这一觉悟的实现，靠的是对历史演绎和使人平静的范式的怀疑，就如同后来主张权术的马基雅维利的思想那样。同时，也是在这里，产生了这种文学类型的恶毒特性，它似乎验证了保罗-让·图莱（Paul-Jean Toulet）的话："所谓邪恶，就是先行进行报复。"①

---

① 保罗-让·图莱（Paul-Jean Toulet）：《三个谎言》，见《作品全集》，巴黎，1986年，第185页。

脑力劳动与政治暴力：17世纪末法国贵族制度的理论化

蒂纳·里巴尔

法国旧制度下贵族制度的理论化时期（在17世纪末的书籍中出现了一种整体的贵族现象的思想，仿佛成为一个实践的体系和一种信仰的实际）在过去和现在都是一个历史性时期。如同罗贝尔·德西蒙（Robert Descimon）指出的那样，在清查假冒贵族的过程中，政治权力与工作人员的行动一道用一种有效的方式定义了贵族，以便深入历史文献并且变得无影无形，理论学家们的行动为历史学家提供了（历史学家很乐于对此进行参考）这项权威工作的一种形式化定义，它表现为一种简洁的概括，总结了贵族在百年发展中过渡时期的表现[1]。我们在这里提出的问题针对的是某个社会中暴力所包含的两种行为的协调性。

因为这一时期存在着暴力。从17世纪60年代起，科尔贝（Colbert）通过大规模的调查，从窃取贵族身份问题入手，在整个王国中重组了贵族，也就是说要辨别谁是真贵族，谁是假贵族。同时，通过调查，国王收回了评判真假贵族的权力。这两次行动结束后，就只剩下两种真正的贵族——连历史学家都持这种看法：一种是

---

[1] 罗贝尔·德西蒙（Robert Descimon）：《15—17世纪的巴黎精英：关于贵族头衔办公室的作用》，见《巴黎古文献学院图书馆》，155（1997），第607—644页，以及《寻找阐述现代法国贵族现象的新道路：贵族，"本质"抑或社会关系？》，载《现代当代历史杂志》，46-1（1999），第5—21页。同时见米歇尔·纳西耶（Michel Nassiet）：《姓名和家族徽章：关于血统及联姻的演说（14—18世纪）》，载《人》，XXXIV（1）-129（1994），第5—30页，以及瓦莱丽·彼得里（Valérie Piétri）发表在《地中海杂志》上的两篇文章，可在线上阅读：瓦莱丽·彼德里：《真假贵族：面临改革考验的普罗旺斯地区的贵族身份（1656—1718）》，载《地中海杂志》，66（2003），URL：http：//cdlm.revues.org/document117.html. 和《现代性和社会等级的降低：巴尔西隆·德莫旺对丧失贵族资格现象的解释》，载《地中海杂志》，69（2004），URL：http：//cdlm.revues.org/document792.html. 关于对贵族的介绍，见埃莱利·沙尔克（Ellery Schalk）：《剑与血：关于贵族概念的历史（约1500年—约1650年）》，C. 特韦尔（C. Travers），塞塞尔（Seyssel）、尚·瓦隆（Champ Vallon）翻译，1996年。这部分资料被皮埃尔·塞尔纳（Pierre Serna）用来作为研究17世纪之前的历史，《贵族》，见米歇尔·沃韦勒（Michel Vovelle）编：《启蒙时代的人》，巴黎，1996年，第39—93页。

历史悠久的贵族，那些大家族就属于这种类型；另一种则是受到国王册封的显赫贵族。自此，曾经的那种通过取得知名度和贵族身份心照不宣地得到社会认可的通道被彻底堵死了。长久以来，这种转变身份的可能性广泛存在，人们能够悄悄地逐步由一个等级上升到另一个等级，而这些调查揭露了原来经常使用的篡改身份的手段，一种根深蒂固的伎俩。贵族头衔同时让第二种类型的人有了本体论的优越感，并且加强了贵族的意识，这一行动使得社会更加巩固。

在调查行动展开的同一时期，或者说面对这一行动，一些论文为该问题的研究提供了专门的资料。历史学家试图为法国旧制度最后几个世纪历史上的贵族找寻明确的定义，这些学者的众多著作中最有名的当属吉尔·安德烈·德·拉罗克（Gilles André de La Roque）于 1678 年发表的《贵族专论》（Traité de la noblesse）①。其他人的论著几乎是同一时期发表的，其中包括亚历山大·德贝勒吉兹（Alexandre de Belleguise）于 1669 年发表的《关于普罗旺斯地区依据特派专员提供的主观看法来验证贵族头衔的论文》（Traité de la Noblesse suivant les Préjugés rendus par les Commissaires députés pour la vérification des titres de Noblesse en Provence），之后罗贝尔·于贝尔（Robert Hubert）于 1682 年在奥尔良发表的《贵族论》（Traité de la Noblesse）知名度稍逊一筹，而耶稣会神父克洛德-弗朗索瓦·梅内特里耶（Claude-François Ménestrier）所写的《贵族的不同类型和举证方式》（Les Diverses Espèces de noblesse, et les manières d'en dresser les preuves）（1658 年②）闻名遐迩并多次出版。这些作品（特别是拉罗克和梅内特里耶神父的著作）建议通过复杂详细的类型学来甄别真假，

---

① 本书正式的题目很长，不过其中的部分内容值得记取：《关于贵族、不同类别、出身的专论（……）以及关于贵族的多个问题和准则，其中多数得到了真正的证书、头衔及很多相关的判决印证》，巴黎，埃蒂安·米沙莱，1678 年。

② 罗贝尔·于贝尔（Robert Hubert）是奥尔良的议事司铎，他不只是出版了一本理论作品，奥尔良地方长官在 1667 年进行调查时收集到了大量资料，根据这些资料，他又发表了八卷奥尔良贵族的家谱（让-玛丽·康斯坦（Jean-Marie Constant）：《16—17 世纪自由的贵族》，雷恩，2004 年，第 48 页）。关于神父梅内特里耶（Ménestrier）的作品，见斯特凡纳·范达姆（Stéphane Van Damme）：《克洛德-弗朗索瓦·梅内特里耶神父的书（1631—1705）及其传播》，载《现代当代历史杂志》，42（1995 年），第 5—45 页。

或者说提供证据，从而审慎地构建起贵族确定制度。①

这一理论性工作就如同对权力调查活动进行的理论化。拉罗克的《贵族专论》中对一个概念性的主题的分析过程，其出发点不是使用科学知识分类的方式对少数种类进行的类别划分：人性，或者贵族性。虽然在序言中使用了上述论文的作者们给出的博学的定义，但在分析中，拉罗克还是用了数页的篇幅来谈分类，上溯到圣哲罗姆和圣格列高利（Grégoire de Nazianze）、柏拉图和亚里士多德。虽然拉罗克宣称自己只是通过收集比前人更多的类别，来确认贵族的"种类"②，但是这一方法是通过一个严谨而有理有据的讨论，来检验社会所展示的每种贵族的本来面目，并且将其归入一个广泛的出身类型：历史悠久的贵族，历史上有据可查的册封贵族，或者窃取的贵族头衔，其众多形式都被详细地记录了下来。③册封贵族是一种国王的行为，即便不一定是在17世纪也可以被识别，如骑士以及政府高官，这些人在拉罗克的文章中被认定为贵族，他所依据的是国王授予王公的特权，而非根据他们的职责。④提

---

① 研究这一主题的其他作者并没有提出其他的看法，但其论述更加简洁。有些家族历史渊源因年代久远而无法查到贵族来源，因此出现了验证方面的问题，贝勒吉兹（Belleguise）为其中没有封爵的贵族提供了有效的证据：婚约、财产分配、监护书、效忠书、清单以及其他原始材料，《根据主观判断确定贵族身份专论》，出版地点不详，1669，第60页。正如书中所说，这张清单来自于王室的决定，乃是1667年国务会议做出的裁决。

② "我在思考，一些作者想要减少贵族的种类，并且我可以展开研究一些他们没有涉及的内容（……）假如大家认为我在这一主题上没有遗漏什么的话，可能会承认这一数量：因为已经有人对贵族种类进行了多种不同的划分，我不妨也为其添加一些种类。"《贵族专论》，序言，未出版。

③ 序言的结尾部分一共列出了二十种不同种类的贵族，除了"花钱买来的"贵族，还有"宣布的"贵族，即"当一个地方的居民和使人担心的那部分人都一致对一个假说的、证据不足的贵族做出肯定的判断的时候"；还有一些从外国"后来的、迁移来的"贵族，即来自国外、使用借来的名字，或者是一些说不太清楚的显赫贵族的姓名；"借用的"贵族，是指一个被封爵的亲戚将他的契约借给族内那些没有被封爵的某个人，以便提高整个家族的声誉，并可以让受益者免交人头税；"移植的"贵族是指"某个人因为姓氏与另外一个贵族的姓氏相近，便故意与之混淆"；"受到庇护的"贵族，就是"通过结亲与大家族结盟"；"窃取的"贵族，是指"在契约中，取得与贵族、见习骑士、骑士同样的资格"；最后一类是"非正式的"贵族，他们体察贵族的性情爱好，投其所好，为他们培养仆人，让他们更好地服侍贵族"。（《贵族专论》序言，未出版）虽然"窃取的"贵族只清楚地出现过一次，但也展现了不同的窃取类型，并且我们可以在其中加入所谓的"自由自卫队"贵族（1448年由查理七世创建，队员选拔自各个教区，享受减免捐税等待遇——译注）。

④ 《贵族专论》分别参考第22章，第80—86页和第31章，第121—123页，特别是第122页：因为皇帝"是首领，他主持公正，得到大臣们的辅佐，我们可以说，他设立的这些官员都是他的左膀右臂（……）贵族也同样是国王的人员的重要一部分，但是同时也存在一些不愉快的情况，因为其中的一些成员没有贵族的身份"。拉罗克和贝勒吉兹都强调这种册封贵族的形式与通过君主的册封信取得的贵族头衔是一样的。

出一个理论主题，或者说提出一个科学主题①，并且采用分析的方法综合地加以考察，这种做法与当权者及其服务人员的做法相吻合。但是，我们这里所说的"吻合"到底是指什么呢？

这里所谈的不是在其他历史景象中必然会出现的暴力词汇间的通道以及暴力词语转化为行动（仿佛是预先或同时期的宣言一样）。关于贵族问题的论文更加直接地提出了另一个问题，同样不能被忽视，否则，任何对理论的可能的特殊暴力（也就说世界中的知识关系）的思考都可能会流于口头形式且劳而无功：这一问题是向理论行为过渡的问题。如果说（很可能）要对暴力加以理论化，那么就是要去理论化一种行为。然而，要如何理解这一行为呢？它是如何从理论中产生的，又是什么使得人们以理论学家的身份自居呢？我们想到了用来指代拉罗克的用词方式的词汇，它们在展现其主题时，仿佛正在深刻改变这些主题的政策能够展现其永恒的本质，例如上面提到的"吻合"一词，又或者是更为具体的"合法化"一词，它们只是在进行描述，所有的工作都有待去做。本文接下来便尝试概述这一工作。②

理论效果

吉尔·安德烈·德·拉罗克是如何成为贵族问题的理论家的呢？他在创立并发表关于贵族的理论那一时期在做什么呢？他又是怎样创建并发表该理论的呢？1678

---

① 拉罗克表示，《贵族专论》以及其他一批作品，都是取材自同一篇手稿，参考《贵族专论》中两篇文章的序言，这两篇文章分别是《关于所有人的专论》，巴黎，米歇尔·勒佩蒂（Michel Le Petit），1676年，以及《姓氏起源专论》，巴黎，埃蒂安·米沙莱，1681年。第一篇序言开篇便表示："这部作品的第一个观点（……）取自我的《贵族种类专论》（那时候还并没有出版）。"而后他决定要写一部"包含17个章节、与贵族的种类无关的讲话"。第二篇序言表示，自从他之前的作品出版以来，他就"开始根据他关于家族徽章的科学和规矩的手稿撰写一部有关姓氏起源的专论（……），这部手稿包括了300个章节，以及45个不同的主题，彼此之间相互联系（……），我研究过很多关于徽章、姓氏的变化的问题，有些是关于个人的，有些是关于团体的"。他希望自己可以"继续不断研究纹章科学的其他部分"。参考《贵族专论》的序言，同前书："我研究过的关于拥有纹章的著名贵族的论文将会包含在我即将出版的《纹章科学及规则论说》之中。"之后，他认为自己能够"解释关于这方面的所有问题"，并且在其间收集的资料的基础之上完成了自己的论文。

② 接下来的分析补充了我在《书籍、权力和理论：17世纪末法国会计学和贵族》中进行的分析，见蒂纳·里巴尔（Dinah Ribard）、尼古拉·沙皮拉（Nicolas Schapira）主编：《书籍的历史（16—20世纪），综合杂志》，1/2（2007年），第97—122页。

年的《贵族专论》是对他之前著作的重新研究和重新定位。在拉罗克曾经用了很长时间撰写的手稿中，对"贵族种类"这一主题首先进行了切分，我们看到，多部著作便是从这里诞生的。这批手稿汇集了很多关于贵族活动的知识，例如转让姓氏、使用同一家族徽章的做法。① 但是这一取自实践知识的概念性主题同时也表现为一个特别具体的东西，即一本印刷精美的四开本书，这书被当作礼品献给了宫廷中一位重要的人物，此人便是蒙托西耶公爵（Montausier），他从 1668 年开始担任路易十四的大太子的老师。我们可以将这样完成的双重回归看成是"理论影响"。拉罗克根据自己对贵族的了解写出的一本书，其核心意图不再是划定特别重要的实践类型，而是要界定社会信仰，这信仰使他将所有相关的实践活动融入其著作并构建起体系，成为某一整体的专门的行动。此外，这本书收集了很多关于这一主题的已经出现过的定义和言论；其中援引了很多权力部门，特别是法律部门，这样做不是为了显示权威，因为其中自相矛盾的说法鲜有得到解决的，而是为了将所有的因素都汇集到一处，其中也包括来自不同类型真假贵族的言语。然而，那些构成它的行为却引导着这一贵族真实性的科学，因此所有关于这一科学的调查都被掌握在了作为政治权力中心的宫廷手中，但是手写本的其他开头部分（可能还有一部分没有发表），从 1673 年到 1681 年以一种不那么精美的形式陆续出版了，为普普通通的 12 开的版本，而且没有题献。②

这一出版方面的不同也暴露出了行动的另一个问题。拉罗克 1678 年所著的《贵族专论》同样展现了一种变化，即从为一位雇主舞文弄墨的直接关系转变为一种自由的学术写作活动，而源于手稿内容的其他作品也经历着同样的转变，只是没有表

---

① 就如同我们看到的那样，拉罗克将它说成是他的"关于科学和家族纹章规则的手书作品"。关于现代的一些有关纹章的书中，见米歇尔·帕斯图罗（Michel Pastoureau）:《纹章学的专论》，第四版，巴黎，2003 年，第 72—76 页。

② 《关于纹章的新颖专论，包含了法国武器纹章的规则（……）》，这篇论文是这一系列作品的第一篇，因为它于 1673 年出版（巴黎），似乎与这一分析相反。这篇文章是奉献给国王的，它向国王建议，说拉罗克具有在皇室象征方面的学识，他可以帮助佩利松（Pellisson）更好地完成其历史文献学家的工作（关于这一点，见克里斯蒂安·茹奥（Christian Jouhaud）:《文学的权力，一个反论的历史》，巴黎，2000 年，第 151—250 页）。向国王奉献一本书，对于现代作家来说是一种庸俗的行为，不如直接将它奉献给未来君主的老师更加有意义，因为这样君王可以更真切地了解一部作品，而这作品又是出自通过保护人关系与未来的君主有关系的阶层。此举的目的，是要通过向国王呈递一个样品，来显示作者借助文笔为其效力的才能，而还不是要提出建立一个特殊的理论。

现出来而已。这些著作中最具理论性的一部也是因献给了一位君主制象征性权力的核心人物才显得与众不同，这位大人物肩负着教育君主继承人的重任，可是该书除了卷首献诗之外就再也没有提到他的大名。在 13 年前的 1665 年，也就是说在拉罗克擢升为有同等级封臣称号的公爵的时候，他按照传统的方式，作为家谱专家和家族徽章专家为蒙托西耶效力，向他呈上了一本印刷的小册子，介绍他们圣莫尔家族的纹章。这一举动尽显其学识造诣，并且符合当地的习惯。拉罗克是卡昂城人，并且被授予过爵位，就如同我们所看到的那样，他积极参加过卡昂城的学术活动。他向刚刚出任诺曼底长官的蒙托西耶（1663 年）献上了自己于 1662 年出版的一部鸿篇巨制，这部四册对开的书研究了当地豪门阿尔古家族（Harcourt）的历史[①]，展示了自己的卓越才华。他在 1678 年献给蒙托西耶公爵的献词则标志着他才华的用途的改变：他拉罗克并不是把知识和文章奉献给了一位权贵，而是献给了权力，或者说是献给了蒙托西耶公爵所代表的君主制度，他的行为因此变得纯洁而高贵[②]。拉罗克的理论之所以产生影响，正是因为他与其他的研究工作保持了距离：他让人看到自己这些年来关于家谱和家族纹章的研究活动不是为了要结交当地的大人物，不是为了在当地站稳脚跟，才应别人的要求做的，或者说在雇主或保护人建议下才进行的。这样，从 1653 年起，拉罗克发表了为当时刚刚出任法国议会首任主席的蓬波纳·德·贝利耶弗尔（Pomponne de Bellièvre）所写的《致显赫的贝利耶弗尔家族的颂词》(Eloge de la très illustre Maison de Bellièe)，对此，他解释说自己早在蓬波纳·德·贝利耶弗尔荣升之前就与他相识，而那时他尚住在诺曼底[③]。

家谱学者拉罗克从一开始就把自己设计成一位历史学家。1653 年，他发表了

[①] 让·夏普兰在科尔贝时期是文学界政治权力的主要官员，就如同在黎塞留时期一样，他在回复德国家系学家斯佩纳鲁斯·鲁皮斯 – 维拉努斯（Spenerus Rupis-Villanus）的信中，将拉罗克对阿尔古家族的研究收入了法国伟大的家谱历史之中。这封信对蒙托西耶的声望在欧洲的提升有一定的贡献，除了这信外，他还写了蒙托西耶的家系，1665 年的小册子还仅仅是第一步 [《法国学院的让·夏普兰的书信》，由菲利普·塔米泽·德拉罗克（Philippe Tamizey De Larroque）出版，巴黎，1880—1883 年，卷 2，第 636 页，1669 年 4 月 19 日]。

[②] 《贵族专论》的书信体题献被用来展示蒙托西耶在他的位子上是多么的实至名归，因为他多年前与贵族曾经会面，而且凭借功劳而得到了皇室的赏识。题献的末尾处提出了委婉的建议（但是熟悉书信体题献的多义性特点的读者还是能够从中解读出这层含义的），希望自己向太子老师进献的理论能够得到使用。

[③] 《对显赫的贝利耶弗尔家族的赞颂，以及对其十分久远的家族纹章和标志的解读》，出版地点、日期不详（约 1653 年）。

《拉罗克先生致对诺曼底省贵族家族家谱历史感兴趣的先生们的信》(*Lettre adressée par le sieur de la Roque à Messieurs les intéressés en l'Histoire généalogique des maisons Nobles de la Province de Normandie*)，这样一封信要比为一位或者几位雇主提供服务显得更有意义[①]，这倒不是因为他这次不是在提供服务。这篇文章写给诺曼底地区那些有关的贵族，向他们建议利用他们自己的家谱资料编写一部能够表现他们"卓越不凡"的著作，并且帮助他们"解决一些麻烦事，这些麻烦事经常会在难以为其辩护以及他们被敌人追击的时候出现"[②]。为这些诺曼底家族的历史写作计划所收集的资料，事实上应该收进关于阿尔古家族的那本书中，并且这本书也在1654年出版后由一本关于三个家族功绩的唯一见证的书[③]陡然升华成为同样没有实现的诺曼底历史项目的一部分。但是这本书提前问世，表达方式被精心打磨，这些都表明，理论之路不能够被当成一种学术的野心或是一种普遍性的扩大来加以分析。

事实上，拉罗克首先被看作一位知识专业广博的专家，其研究领域囊括了家谱学、历史、完整的实践研究和家族源头的调查、对诺曼底贵族的赞颂、对贵族真实性的辨识。他在1653年所写的《拉罗克先生致对诺曼底省贵族家族家谱历史感兴趣的先生们的信》的开篇就预言这是一部"附带包含诺曼底教会及世俗的简史的作品……书中介绍了从诺曼底走出去的很多大名鼎鼎的人物，宗教团体的创立，教会旧时的建筑，修道院，寺院，城市，各类宗教团体及大学"[④]，也就是说，这些与他的作品《姓氏起源专论》(*Traité de l'origine des noms*)很是相似，并且使用能够反映《贵族专论》的逻辑方式的语言来描写"这项工作的效用"：

> 每一个人都会受着多重的教育：自己的出身，出生地区，家系和家族徽

[①] 那一年，他将这封信印刷出版，这封信讲述了一段历史，按照涉及的各教区、行政司法辖区和财政区的字母顺序分作七卷（出版地点不详），为了完成这部作品，所有相关人士都被要求提供手中掌握的全部资料，拉罗克因为这部作品而拥有了特权，同时这也是因为在完成阿尔古家族的家谱史，为了"纹章学合法的科学"——这是对纹章学科学的首次记载。

[②]《对显赫的贝利耶弗家族的赞颂，以及对其十分久远的家族纹章和标志的解读》，第5页。

[③] 这本小册子的题目为《诺曼底贵族的家族史，第二卷包含布罗萨尔家族、费伊家族和图谢家族的介绍》（卡昂，1654年）。一篇抨击文章于同年出版，重新研究了费伊家族的家史：这正是在出现"麻烦"时对于拉罗克的研究工作的使用。

[④]《对显赫的贝利耶弗家族的赞颂，以及对其十分久远的家族纹章和标志的解读》，第2页。

章，成为贵族的原因，出生阶层，家族的历史和优势，基础，宗教庇护，家族的特权和收入，盟友的影响力及功绩。这是一种重振败落家族的方式……那些依然勉强维系的家族和那些横遭厄运的家族将由此迎来他们的春天……这一著作（如果顺利的话）会在将来阻止僭越行为——不管他们是否是真正的贵族——阻止那些企图窃取贵族证书的非贵族……另一方面，这一做法可以取悦那些依然保留贵族头衔的知名贵族……所有不同的贵族都会提到，这一行为也使得给予家族带来荣誉的公职为众人知晓，获得骑士身份和教会的头衔，这里，贵族身份是要提供证据的……确保拥有封地及领主权，明确继承人和财产分割顺序……可以展现职位、大使和谈判的工作：那些为国家荣誉而血战沙场的人，他们用热血在此留下了自己的美名，我们甚至可以看到我们勇敢的诺曼底人从他们离开北方直到今日所记录的无数慷慨事迹，也许正是这些让他们的子孙后代继承了他们的勇气和斗争精神……

最后，我为能够证明我的故乡的光荣而感到无限骄傲……在法国，没有任何一个省可以像诺曼底这样养育了如此之多的古老而显赫的贵族家族。①

这样一种糅杂的知识就如同在一个文字熔炉一般，在对它的材料经过多年漫长的重新书写后，最终向中心权力靠近，从理论上凝结成了一本著作，提出了"所有贵族"的标记的问题，也就是说出身的问题，从此后，这一问题就被从（诺曼底的）一般的历史作品中分离出来。这一行为还有另外一面，即抹杀其作者的工作。对于拉罗克来说，放弃为雇主进行知识创作（虽然雇主一定是资助艺术的人或者对知识感兴趣的人）也意味着放弃一种曾经非常明确的诉求，即要求得到刻苦写作的权利。《贵族专论》就证明了已经悄悄在关于族徽和征召诏书的文章中所写的这第二种放弃，同时也展示了第一种放弃。拉罗克在《阿尔古家族的家谱史》（*Histoire généalogique de la Maison de Harcourt*）之后的作品标题页上都写明了自己的贵族身份②，这与

---

① 《对显赫的贝利耶弗家族的赞颂，以及对其十分久远的家族纹章和标志的解读》，第 4—5 页。
② 所有在这部作品之后出现的书籍都声明是出自"吉尔·安德烈·德·拉罗克阁下这位骑士先生"之手。

他所有其他的作品是一致的①。1653 年的《拉罗克先生致对诺曼底省贵族家族家谱历史感兴趣的先生们的信》不断在强调他"很多年的工作"、他的"强烈的好奇心"②，以及阿尔古家族历史的源远流长，尽管在《拉罗克先生致对诺曼底省贵族家族家谱历史感兴趣的先生们的信》这部作品中没有标明作者的贵族身份，尽管他进行过关于威望的研究，他却同样突出了作品的长度、写作的困难以及作者工作的有用性，这在《贵族专论》中没有任何问题。但是拉罗克并不过多地谈论他在研究贵族真实性时采用的另外一种形式，然而这却可以证明本书的写作和权力的合理性：他在鲁昂（而不是卡昂）财政区亲自参加了由科尔贝发起的大规模调查。甚至在关于公证人的那个章节（CXLVIII）中加入了一段他亲历的事，但他并没有因此使用第一人称来叙述③。

理论的影响同样也会在排斥知识工作的时候发生，哪怕这一工作曾经为政治权力服务过。那么应该如何去理解这样的现象呢？

脑力劳动和贵族阶级

17 世纪末，王国中对假冒贵族阶级展开的大规模调查政策具有暴力特征，这是由于这一行动的范围远远超出了个人以及贵族阶级中那些家道中落的家族（例如那些穷困的家族或者那些未获核准的家族）。在影响着合法晋升身份的方法以及形式的同时，暴力尝试着封闭不同家族间的界线：那些掌握着重要机构的家族，延续了数

---

① 关于这一问题，见格里尔（Grihl）：《从文艺复兴时期到启蒙时期的出版物》，克里斯蒂安·茹奥（Christian Jouhaud）、阿兰·维亚拉（Alain Viala）收集整理，巴黎，2002 年。

② 《拉罗克先生致对诺曼底省贵族家族家谱历史感兴趣的先生们的信》，同前书，第 2 页及第 3 页，拉罗克同样把第 3 页内容与不同研究者的内容进行比较："然而，如果领航员知道暴风雨就要来临，人们绝对不会把金子运出印第安；如果不是农民和园丁们疏忽了毛虫的存在，人们绝不会种下小麦和果树。"

③ 一份在 1701 年围绕《专论》中这一章完成的材料（法国国家图书馆 Ms Clairambault–451, fol.5），很明显是为了维护一位公证人的贵族身份，显现出拉罗克为他自己 [巴黎公证人勒塞克·德洛奈（Le Secq de Launay）保管着他的遗嘱，A.N.,M.C.,LXXXVI,89,22 1686 年 4 月] 提供了一份证明，以证明 1668 年对这一情况裁判的真实性，并且作为"受命调查鲁昂财政区窃取贵族头衔情况的特派员和陛下的检察官"签了字。我们要强调的是，虽然他的这些书仅仅表示要得到"骑士"的身份，但是时间更远久的公证材料显示他曾经学习过法律：他多次担任国王枢密院的律师（A.D.Calvados,8E300, 1629 年 8 月 24 日），后又在大议会任律师（8E2522,1641 年 10 月 10 日，在这份文件中，他被授予"见习骑士"的称号）。

代的贵族家族，以及诞生贵族的社会。以前大学的文凭可以让学生谋得普通的工作和职位，从此，一个家族便能够逐步地跻身贵族行列，而上述家族间的封闭性便令文凭部分地失去了价值。科尔贝对贵族身份的调查因此应该成为促使 17—18 世纪知识分子活动中的大学、专业地位形式逐渐贬值的因素①。

  从另外一方面看会更为直观，这一领域的权力的显著作用就是给书写工作赋予更重要的角色、更高的效率和更重要的社会意义，这里指撰写特殊家族起源、整理头衔和历史资料、认识家族的真实历史，因此这是另外一种知识活动类型。具有多样性的整个社会群体中，所有家族以及成员（且不论政治权力本身）都越来越需要有能力的人去提供此类服务，进行此类研究，撰写这样的文章。然而，这项工作若根据文学界和学术界的模式来进行，必然难以完成，因为文学界和学术界的活动具有意识形态方面的价值，甚至在社会方面是有益的。这项工作不能够在学校知识以及科学的等级结构中找到位置（此类结构很是脆弱，但却仍然存在于人类社会，并且能够证明自身的合理性），同时也很难与"缓和"修辞格（otium）相融合，后者会令写作活动变得更加高尚。如果说这工作变得驯服而且是领取报酬的，这似乎并不会有损名誉，但作者无须拥有任何创作"才能"和写作天资②，这点与利用文学、诗歌或者其他作品来向雇主展示自己的才能不同，作者大多都没有印刷的作品，除非是在为特别重要的家族工作的时候，如阿尔古家族，因为这些家族没有任何被从贵族行列中除名的危险，并且长期以来，定制家谱作品也是这些望族巩固自己地位的

---

  ① 对这一贬值现象的分析与教育历史学家在同一时期对教育的供需情况的看法并无半点矛盾。一方面，这一分析让我们看到了政治行为的时间性与其影响之间的差距，另一方面，它展现了家庭学习投资行为的社会化（见罗歇·沙尔捷：《社会空间和社会假想：17 世纪失意的知识分子》，《经济、社会、文化年鉴》，1982 年，第 389—400 页）。这一学校的改革，其特点是中学得到发展，而大学受到忽视，引起了人们对于知识分子才能的社会价值的关注，一改过去对于头衔所代表的知识的崇拜。对于这些问题，见范妮·科桑代编：《法国旧制度下对社会秩序的描写与体验》，巴黎，法国社会科学高等研究院，2005 年。

  ② 见下文中对拉罗克的引用，这里的"才能"是指个人的知识才能，即"ingenium"。

手段之一①。因此，这项工作很难将那些从事该工作的人变为作者，更不用说变为作家了；那些当地的工作人员协助到各省调查的特派员，或者协助那些税收承包人对冒充贵族的人进行处罚，他们的活动更不敢妄称是作者一类的工作。《贵族专论》在这里就非常具有代表性。"贵族种类"的名单中留出了一席之地，给予"精神贵族、文学贵族、学者贵族，他们拥有艺术与科学的文凭赋予的伟大才智，被认为胜任一些最重要的职位"②，书中的多个章节都在探讨从事头衔、证书的写作职业（如公证人、书记员、抄写员）提出的贵族资格丧失的种种问题。即便书中没有将他们宣布为失去贵族资格的人（特别是公证人，在这一点上他们与诉讼代理人迥然不同③），拉罗克还是很明确地指出，这些职业不能够从文学及科学的象征性贵族身份获得什么利益。

在拉罗克看来，对贵族的调查工作没有什么高尚可言，更确切地说，这工作没有很好地适应已经存在的使知识成果变得更加高尚的不同方式。在动用政治权力

---

① 为一个保护人的政治服务而出版书信，之后予以大量印刷来当作雄辩的资料，关于这一点，见克里斯蒂安·茹奥（Christian Jouhaud）：《文学的权力：一段奇异的故事》；马蒂尔德·邦巴尔（Mathilde Bombart）：《盖·德·巴尔扎克和文学的争论：17世纪初期法国的写作、论战及批判》，巴黎，2007年；尼古拉·沙皮拉（Nicolas Schapira）：《旧制度下特殊的秘书：保护关系的用处》，见《法国历史研究中心备忘录》，40（2007），第111—125页。我们注意到，那些地位最高的贵族可以找那些已经凭借自己的作品而闻名的作家（给予不菲的报酬）来为自己做这项工作，印刷家系族谱。见米歇尔·纳西耶（Michel Nassiet）：《口头演讲与书面讲话之间的家谱学（15—16世纪）》，见《科学与激情之间的家谱学》，巴黎，法国历史科学工作委员会，1997年，第207—219页；热尔曼·比托（Germain Butaud）、瓦莱丽·彼得里（Valérie Pietri）：《家谱学的关键问题（12—18世纪）：权力与身份》，巴黎，2006年。我们也可以进一步说，对那些家系历史上并不那么光彩的某一方面加以掩饰，甚至进行编造，这一方法倒是委托写作任务的保护人所乐于接受的。

② 《贵族专论》序言，未发表。按照拉罗克历来的说法，这一文学的贵族性首先表现为知识分子活动的学科形式，然而又不同于"偶然性的、政治的、民事的或王权的活动形式"。

③ 我在这里引用拉罗克保存在夏多布里昂基金会所藏资料中的直截了当的看法，因为这一观点体现了对于《贵族专论》的利用："尽管人们的观点不同（……）但是从今往后，我们可以说，那些认为这项工作（指公证人和誊写人的工作）非常高尚的人要比那些认为这工作十分卑微、有损贵族身份的人更加公正。"（Ms Clairambault-451, fol.5, 第28页）拉罗克历数了与这一问题有关的权威部门以及地方的案例，包括诺曼底在内的其中大部分人都支持公证人，但是首先提及的普罗旺斯地区却对公证人不屑一顾，这揭示了贵族事务对知识分子的活动的性质产生的影响："这些契约在普罗旺斯地区使用拉丁语拟定，所以公证人需要有渊博的知识并且要学习过法律，这样，有地位的人根本不会拒绝这一职位；倘若他们被剥夺了贵族身份，肯定会接受这工作的。但是从1540年起，普罗旺斯伯爵领地开始使用法语撰写合同，贵族们于是不愿再参与这项工作。"第35页。

的时候（即便是对于一些受到威胁的家族，他也会对皇家调查员的工作提出反对意见，让那些窃取贵族身份的人重新获得第二类的贵族身份），他为贵族们的意识形态服务，并宣布他们固有的优越性不可侵犯，这与该意识形态的社会结构有着很大的差距，因为该结构在排斥这项工作。如果更深入地研究这个问题，会发现这一差距甚至会走向矛盾。进行贵族身份调查的官僚及显贵们雇来的技术人员不只是唯一的相关人员。人们会把这项工作说得更加神奇，也就是说很有可能让人跻身"文学的、有学问的"贵族阶层，一些著名的系谱学学者在整个17世纪中都受雇于最上层的贵族阶级，发表作品，赞美他们的家族荣誉，而这样的工作同样也因为取得了决定贵族真实性的权力而改变了意义。操控这些旧时的文件和资料的能力（这种能力虽被光明正大地使用着，却并非名正言顺，因为这一活动中也可能会有人失败，即那些既不想直接服务于政治权力也不想拜倒在有权势者脚下的人[①]）逐渐表现为一个真正有用的知识范式，与此同时，对祖先、婚姻以及血统的巧妙虚构产生了一种它之前不曾具备的政治力量。而且这种虚构也变得更加明晰，有时候更加危险，有时候还是可逆的。因为，即便当这些家族依然拥有贵族地位的时候，即便他们不会因没有贵族身份而面临任何危险，对一些家族历史的研究还是会遇到一些不能言说的东西，一些被隐藏起来的缺点，一些他们不愿提及的平庸的身世，比如，某位获得贵族身份的祖先曾经不十分光彩的职业，抑或母亲那边的亲戚出身庶民，这些并不会将家族置于危险之中，因为调查只涉及父系这边成员的出身，所以对上述"瑕疵"的担心情况只会出现在名门贵族。这些贵族的故事充满谎言，又或者因为政治控制而造成了贵族真实性的缺失，如此的故事并不一定会公之于众，特别是由于受到庇护等原因，有时候假冒贵族的行为不会受到控诉或者不了了之。但是所有的系谱学专家都希望在他们面前将这些故事保留下来，也就是说将其记录下来，让其得

[①] 在此，我们会想到著名的艾蒂安·巴吕兹（Etienne Baluze）及其《奥弗涅家族的家谱史》，这本书令他在国王那里失宠。我们还想到了米歇尔·德·马罗勒（Michel de Marolles），他是这方面的专家，但（在他的写作生涯中）却是受害者，他因自己的保护人，即冈萨格（Gonzague）家族事业的波折而受牵连，同时还受到了夏普兰的嫉恨。

第五部分　对世界实施的暴力：理论化与规定

以流传至今①，通过口头形式流传，最终诉诸文字。卡昂的总督居伊·沙米亚尔（Guy Chamillart）在 1666 年对贵族进行了身份调查，其中相当一部分手抄文件保存在卡昂市的市立图书馆内，这些文件本身就很能说明问题，因为它们记录了伪造贵族身份的人的姓名，于是包含着一些记录和点评，揭露了地方关于贵族家族记述的不一致这种传统做法以及被调查官员掩饰的谎言②，正如拉罗克在自己的作品《阿尔古家族的家谱史》（*Histoire généalogie de la Maison de Harcourt*）的前言中指出的那样：这样的历史如影随形伴随着家族家谱的故事记述，这些记述至少从 16 世纪便已经开始，是由最显赫的家族为自己所编撰的③。但是随着 17 世纪 60 年代的大规模调查的开展，这些故事形成了涉及贵族阶层之外的更多人的知识体系。这些知识被政府工作人员（至少被政治权力部门）所掌控，同样也属于共享知识，可能更加片面，更加局部，不过却具有某种传播能力，它借助的是其他进行研究并操纵着关于家族的证据、头衔和资料的技术人员④。拉罗克作为一名系谱学学者兼皇家调查委员会成员，身处一个实际的矛盾之中：他要参与到加强贵族意识形态的工作之中，但同时又要

---

① 1994 版的《贵族专论》（巴黎，回忆录与文件）指出，作者送给奥齐耶（Hozier）的书（奥齐耶是皇室的系谱学学者兼法国家族徽章问题裁判官）（法兰西国家图书馆 Rés. G 1398）所写的评注对拉罗克的评价并不是很高："我们认为他的作品内容庞杂，不过为贵族方面的研究提供了丰富的证据材料。"

② BM 卡昂的手写稿更是这种的情况，Ms in-folo159：《关于卡昂市贵族的概况的文集》，其中从 fo 60 开始的一个章节题目是：《卡昂轶事或者沙米亚尔先生在他 1666 年研究过程中提供的关于卡昂部分家族的回忆》。同样被隐藏起来的历史（或者是"轶事"）被以多种形式呈现出来，供人们阅读，特别是 Ms in- folo64，题目为《诺曼底贵族字典补编》。

③ 《阿尔古家族家谱史（……）有多份证书证实的（……）以及从政府档案中找到的多份其他真实证明材料》，巴黎，1662 年，前言，卷 1，第 2—3 页："庸俗的人常常会捏造一些对大家族贵族不利的假想，他们为我们编造了莱维（Lévy）家族的空想，让这一家族的地位一落千丈（……）那些持有偏见的人在上个世纪发表了一部诽谤短文（……）想要诋毁受到普遍尊敬、被奉为最高贵的家族之一的洛林沃德蒙家族的费里伯爵，说伯爵其实是诺曼底格拉维尔一个普通的贵族子弟（……）同样，蒙莫朗西家族的敌人出于怨恨，印制了这一无稽之谈的材料，然而他还不能予以反驳，因为他是最早的基督教徒之一。"我们可以注意到，拉罗克很长时间都在使用这种口气，以保证他想要反驳的那些记述能够保存下来并公之于众。

④ 法兰西国家图书馆手稿部的艾蒂安·巴吕兹（Etienne Baluze）的收藏品，主要来自他在科尔贝身边工作期间收集的资料，其中的一卷作品汇集了很多直至 1660 年关于诺曼底贵族的研究副本（Ms Baluze，卷 184）及系谱方面的资料，在其中，我们找到了关于阿尔古家族的系谱资料（卷 59, fo 188 vo 及随后一页）以及叙布莱·德·努瓦耶（Sublet de Noyers）的系谱资料（此人曾任黎塞留的国务秘书），这篇资料的开篇用几行文字进行了简单的介绍，指出其中的内容"非常神奇"（fo 222）。

夺取对意识形态的政治权力，因为具体来说这是一份工作，因为当社会力量介入时，他的工作催生了一个由掩盖的秘密组成的现实，逐步削弱了作为信仰和价值的贵族制度（人类眼中唯一看到的或许就是权力带来的利益，哪怕人类没有直接效命于权力）。向理论的过渡自此表现为一种姿态，可以让人们再次在知识活动方面找到或者重新创造这一价值，这一完全脱离了所有形式的劳动的价值①；而从另外角度看，由于放弃了撰写家族历史，社会秩序也得以重新建立。理论化的行为在这里可以些许减少政治工作中的实际暴力，更加贴近其实践活动。需要说明的是，这根本不意味着理论行动会指引人们走向人与人之间的平等。

从贵族的起源到对贵族起源的调查

吉尔·安德烈·德·拉罗克并不只是要对贵族进行理论化，他在晚年又重新开始研究他在系谱学和调查工作中一点一滴累积的材料，并且最终找到了使他的研究课题与自己追求的贵族身份一致的方式。他的那些作品，从1653年的《拉罗克先生致对诺曼底省贵族家族家谱历史感兴趣的先生们的信》到1670年至1680年的那些专论，都是在这一领域撰写的，或者说是在一个研究学会的活动中撰写的，拉罗克在该学会刚刚开始创立的时候便加入了其中（1652）。该学会名为"大马学会"（Grand Cheval），借用的是学会聚会的公馆的名称，公馆属于学会创始人雅克·穆瓦桑·德·布里厄（Jacques Moisant de Brieux），卡昂市的一位新教贵族。学会的研究涵盖各个领域，包括经常以集体形式创作的诗歌和广博的知识（特别是卡昂市当

---

① 我们可以注意到，贝勒吉兹的确参加了皇室的调查，他在自己的文章《至普罗旺斯的贵族》（1669年）和《致贵族》的书信体献词中采用了业余作家的姿态，认为写作不是一项工作，"对于亚历山大·贝勒吉兹先生来说，人们说他的作品写得好还是差，这又有什么关系呢？他的工作不是写书（……）：'的确，这并不是我的天赋，我从未因善于写作而感到荣耀。'"（《贵族专论》献词，未出版）。我们同样看到，拉罗克在他的《贵族专论》以及后来的作品《姓氏起源专论》中都始终认为：直到他的作品《徽章科学》得以发表（这是一本关于家族徽章的论著，家族徽章被贵族视为艺术中的艺术，即便从事这方面的研究也被认为是光荣的贵族活动），他的作品才算达到自己成功的顶点。

地的各种知识及图片）[①]。学会受到了穆瓦桑·德布里厄的保护人蒙托西耶公爵的庇护，拉罗克与雅克·穆瓦桑·德布里厄在色当的学会学习时相识[②]，此时拉罗克还在信奉新教。该学会会集了受蒙托西耶公爵保护的很多其他人，特别是著名的语法学家兼诗人的博学的吉尔·梅纳热（Gilles Ménage）。吉尔·梅纳热住在巴黎，只是在公爵1663年担任诺曼底新任长官的时候才来到卡昂市（住在雅克·穆瓦桑·德布里厄那里），但是他与穆瓦桑·德·布里厄一直有书信往来，并互相给予便利、交换书籍和信息，他也与"大马学会"的其他成员交往过密，其中最年轻的皮埃尔－达尼埃尔·于埃（Pierre-Daniel Huet）也成为蒙托西耶庇护的对象。皮埃尔－达尼埃尔·于埃在1670年担任过大太子的助理家庭教师，同时也是法兰西学院院士，先后担任过苏瓦松和阿维朗什的主教，可谓宫廷中的一位伟大的饱学之士。

我们看到，拉罗克将自己的研究成果献给了蒙托西耶，并效力于他，而之前他也同样效力过蓬波纳·德·贝利耶弗尔。然而，在卡昂这样一座小城，蒙托西耶公爵长期的庇护足以帮助穆瓦桑·德·布里厄的学会增强实力，提高影响力，穆瓦桑·德·布里厄在学会创立时同样利用了行政官员的力量。吉尔·梅纳热与让·夏普兰（Jean Chapelain）[③]的往来信件也表明，拉罗克和"大马学会"的创立者都认识到，这些文学界的重要作者们拥有将学术声誉转化为社会效益的能力。这一点并不

---

① 见〔法〕卡特琳娜·斯特恩·布伦南（Katherine Stern Brennan）：《独立与依赖：卡昂学会的成立以及1652—1674年卡昂与巴黎关系的构建》，以及《17世纪卡昂市的宗教热情和文学团体的纪律》，见《诺曼底年鉴》，45-5（1996年），第675—696页及第697—708页，特别是戴维·S.勒克斯（David S. Lux）的作品：《法国17世纪的保护制度和皇家科学：卡昂市的物理学会》，伊萨卡—伦敦，1989年。戴维·S.勒克斯研究了卡昂第二个学会的建立，该学会与布里厄建立的学会针锋相对，专门从事实验科学研究，拉罗克并没有参加该学会。

② "学会"这一词在这里是指那些与皇室认可的大学同等的新教教育机构。蒙托西耶之后很快改变了信仰，然而穆瓦桑·德·布里厄依旧是基督教徒，他很快成为了梅斯议会的参事，之后回到卡昂，不再担任任何政府工作。

③ 见上文关于夏普兰的内容。关于吉尔·梅纳热，见他的《至皮埃尔－达尼埃尔·于埃的未发表的信》（1659—1692），莱亚·卡米尼蒂·佩纳罗拉（Lea Caminiti Pennarola）写导言并做注，那不勒斯，1993年。特别是参考该书的第112—114页以及第118页。同时也请参考 Ménagiana，第三版，巴黎，1715年，卷二，第95页。

表明拉罗克的研究和写作活动没有任何其他的社会化途径。^①但是他与穆瓦桑·德·布里厄及其协会的合作在知识上和社会上所产生的力量,是帮助了解他向理论过渡的根本因素(穆瓦桑·德·布里厄授命撰写阿尔古家族的历史,使其成为诺曼底地区的真正历史)。

为了描述"大马学会"成员们的活动,单单讲述当地的知识是不够的。该学会具有明显的双重教派特征,这成为卡昂市的特点之一,^②它详细研究了"起源"问题:所有协会成员都参与了卡昂市的起源研究,^③拉罗克研究了家族的起源、贵族的习俗及诺曼底的建立,吉尔·梅纳热研究了法语的起源,皮埃尔-达尼埃尔·于埃研究了中世纪的散文体传奇故事的起源,穆瓦桑·德·布里厄研究了"旧时习俗及通俗的说话方式的由来"^④,同时,他也研究了骑士制度的起源。在历史踪迹中寻找现在的事实,这是天主教和基督教教徒以及当地所有的贵族齐心协力完成的一项工作,继而通过他们宫廷里的雇主,并在巴黎一些帮助他人出名的人的协助之下,将这事实奉献给当权者,仿佛这是一项无私的调查研究。卡昂的学会的情况会让我们从另外的角度去审视18世纪的转折时期学术创作大潮给大学的形式和知识方面的规章制度的削弱带来的影响。^⑤

这一行动同时可以与权力的实施一道,去改变其行动中的暴力或者缓和暴力,让人们看到历史的复杂性,特别是让我们看到王权对地方实际情况撰写工作的干预

---

① 维翁·德埃鲁瓦尔(Vion d'Hérouval)是审计法庭的专家,拉罗克在所有著作的序言中都提到了他的帮助,同样,在关于阿尔古家族的《家谱历史》的序言中也提到了家谱学家安德雷·迪歇纳(André Duchesne)对于本书出版的贡献,我们还看到,拉罗克将自己所写的一本《贵族专论》献给了夏尔-安德烈·德·奥齐耶(Charles-André d'Hozier)。

② 拉罗克曾经和吉尔·梅纳热、皮埃尔-达尼埃尔·于埃、塞格雷(Segrais)一样信奉天主教,他是著名的小说家,蒙庞西耶(Montpensier)小姐的人,也是卡昂市未来的市政长官。除了穆瓦桑·德·布里厄以外,"大马学会"也吸收了其他的新教贵族,如博学多才的著名牧师萨米埃尔·博沙尔(Samuel Bochart)。

③ 皮埃尔-达尼埃尔·于埃应该是在1702年发表了一部关于卡昂市起源的作品,穆瓦桑·德·布里厄曾不断鼓励他的协会成员们致力于这方面的研究。《塞格雷先生轶事回忆录》[阿姆斯特丹,弗朗索瓦·尚吉庸(François Changuion),1723年]的第一卷显示,塞格雷应该是在布里厄去世(1674年)之后领导了"大马学会"的工作,他也同样对关于城市起源的研究感兴趣。

④ 这部作品于1672年印制,自然是献给蒙托西耶的。

⑤ 参考达尼埃尔·罗什(Daniel Roche):《外省的启蒙世纪:外省的学会和学会成员1680—1789年》,巴黎,1978年。

是由来已久的。拉罗克在关于封建贵族领地的那一章中（根据诺曼底地区的这一习俗，如果一个家族在 40 年间始终都是一块贵族领地的拥有者，并且不存在任何争议，那么这一家族便会被认为是贵族）又重新研究了诺曼底地区对贵族身份进行的大量调查，甚至上溯到 15 世纪的首次调查。① 他的论证说明，从一开始，对假冒贵族调查的政策（在诺曼底的富庶地区调查力度尤其大，只是不够系统）就被当成了一种以金钱为目的的对贵族种类的操纵。②《贵族专论》揭穿了调查员所扮演的角色，他们一方面使一些贵族身败名裂，另一方面又让某些人恢复了贵族地位。在这一操作过程中，《贵族专论》谨慎地揭露了（表面看只涉及诺曼底地区）贵族真实性的错综复杂的历史，可能同时也揭露了编造谎言的人、窃取社会地位的人、制造政治暴力的人的欺骗特性。

*

那么，是什么让人们以理论学家的身份去进行研究呢？我们在这里研究过的历史片段可以展示（或者强调）以下情况：人们永远不会只是作为理论家去行事，创建理论这一行为意义深远，并且将所有其他的行动置于主要位置，只要对这些行动积极评价就可以评估向理论转化过程中的暴力成分和暴力规模。我们刚刚看到，在拉罗克的情况中，远离政治暴力和政治暴力本身所包含的矛盾，致力于理论研究，这一行为事实上也是对权力变通应用的理论行为。只有对其工作的社会政治性进行尽可能完整的分析，才能够得到这一个在我看来可以证明的结果：理论暴力的尺度有待于从社会政治性那里去发现，并且只能在那里去发现。

---

① 指第 32 章，第 123—127 页。（原文如此。大概是指拉罗克的《贵族专论》。——译注）
② 很多靠着世袭领地的习俗而声名显赫的贵族家庭先是被认定为假冒者，之后又得到平反，支付了大笔钱后重新成为贵族阶级，这种游戏在每次对贵族进行的调查中都会上演。参考詹姆斯·B. 伍德（James B. Wood）：《1463—1666 年巴约市"选拔"出的贵族：变化中的延续》，普林斯顿，1980 年。

后记

对于暴力的社会认识的几点评注

贝尔纳·拉伊尔

在提出我的看法之前，我想要提一提诺贝尔·埃莉萨（Norbert Elisas）的研究工作，这位社会学家想要说明，几个世纪以来社会空间之所以能够逐渐走向和平，这是与国家对合法的身体暴力实施的垄断密不可分的。国家按照历史规律控制了独家使用合法的身体暴力的权力，为此建立了部队和警察力量，规定只有他们才可以限制人身自由。文明及和平的进程同时也让人类逐渐解决彼此之间的冲突，使用的手段也更为缓和、更为间接、更具象征性：言语暴力可以取代身体暴力，并且在某些社会空间里，言语暴力可以变为极其委婉的升华的冲突，其表现形式可能是知识论战或者政治论战、司法诡辩，也可能是被规范的、仪式化的、成体系的运动竞技。

在这里并不适合去争论诺贝尔·埃莉萨[①]的论文恰当与否，但是这篇论文却可以引出一个问题，即那些在社会的某一部分，某一时刻，可以被从社会角度当作暴力的或者非暴力的东西。事实上我们不应该凭着诺贝尔·埃莉萨的话就认为既然我们处在一个线性过程中，那么任何暴力都可以被逐步消灭，这一线性过程可能令身体暴力（有时候干脆是摧毁性的暴力）演变为仪式化、体系或象征性的交流。事实上，我们更需要从历史角度和社会角度去考察认识的多变的底线和对暴力的感受。

所以，某些人眼中的暴力（例如，一个外行观看橄榄球比赛）或者和平的、微不足道的事（例如，外行人参加一个看似非常平静的知识分子的会议），对这些活动的内部人士（运动员或者知识分子）而言，感受完全不同。所以，在一次看似平静、平和的大学研讨会上，哪怕在场的全是一些有教养、有礼貌的大学人士或研究人员，有时候也可能会彼此做出一些激烈攻击行为（有时候甚至会像人们说的那样，"让彼

[①] 特别是诺贝尔·埃莉萨的《西方世界的活力》，巴黎，1975 年；以及《宫廷社会》，巴黎，1985 年。

此病倒"），因为那些对知识活动非常投入的人在此时会"玩得很过分"。以上情况恐怕很难让外行人理解。有时候表现倒没有那么明显，例如你读到一篇竞争对手的科学文章，发现他的水平超越了你，或者让你自己的论文站不住脚，这种事对学术界的学者们而言，可能是难以承受的考验。我们不约而同地谈论这一话题，目的是为消除"身心疾病"，但是如果社会领域在制造压力、焦虑、皮肤病或者溃疡，那就必须看到社会已经牢牢地控制了人的身体。

但与此同时，要给外行人解释清楚下面这一点也是非常困难的：赛场上的橄榄球运动员不会将与对方队员的肢体碰撞和他们自己肢体接触看成是一种极其暴力的行为，因为他们同在场上，遵守着同样的游戏规则，并且运动员们已经事先进行过长时间的身体准备以应对类似的对抗。

同样，怎样才能让教师们明白某些学生之间相互的凌辱，虽然在他们看来是一种极端暴力，却往往并不会造成什么恶果，正如北美社会语言学家威廉姆·拉波夫（William Labov）所定义的那样，这只是一种"仪式性的侮辱"。社会语言学的研究已经被应用到这一问题（如在美国和法国），研究显示，当年轻人之间的话语交谈显得有些暴力的时候，他们通常都只是一种仪式化冲突，并且很少会发展为肢体冲突。关于这点，威廉姆·拉波夫写道：

> 持有当地文化的人有着强大的话语使用能力。……我们在所有表现这一能力的言语行为中选取了最成体系的一种：仪式性侮辱，换言之就是"恶意的玩笑"或"吹牛"。[1]

那些恶意的玩笑被用来抵抗距离对手最近的一个目标（或者是直接抵抗对手本人），但是按照一个社会协定，我们承认这些玩笑所指的特征事实上不属于任何一个人。尔文·戈夫曼（Erving Goffman）说："保持象征性的距离可以阻隔可能引起的交流后果。……仪式是一片圣地，在仪式中，我们可以不必对我们的行动承担任何个人的责任。……这样，仪式可以使某一情境失去个人色彩，同时减少发生冲突的危险，减弱对权威的挑衅性。仪式性侮辱在同事之间就具

---

[1] 威廉姆·拉波夫：《惯常的说话方式》，巴黎，1978年，第223页。

有这一作用。①

正是由于社会语言学方面的无知，近些年发表的一些伪学术论文才将"郊区年轻人的暴力活动"的原因归结为"文盲"或者他们"不会很好地运用语言"。例如，法国语言学家、巴黎五大的阿兰·邦托利拉（Alain Bentolia）教授，他用知识的种族中心主义论证说，称"无知识的语言"可以阻止"所有与语言之外且忽视动词的世界建立一种和平、宽容、有分寸的关系"，因为词语"无权去创造一种安静协商的语言时态，无法避免付诸行动或升级为肢体冲突"②。阿兰·邦托利拉进一步说："人们惊愕地（如果我可以使用'惊愕'一词的话！）看到，在语言和社会的贫困情况下，挑衅性浸透进语言并在语言中留下痕迹（……）。无学识的语言首先表现为一种质询和抨击的工具，它使辱骂变得普通而寻常，并且引起冲突，而不是延缓冲突……"③

但是反过来说，当一个国家有身份的代表使用郊区年轻人的语言去谴责他们时，那些可以说出更糟糕话语的人就会将其视为是特别的暴力，对此又该如何去让人理解呢？他们看到以下一幕是否应该感到震惊呢？一群年轻人可能会走上街头，毁坏路边的汽车，向警察投掷石子，以发泄对于某位内政部长的不满，在他们看来，这位部长讲了些具有语言暴力的话，因为他身居高位，出身资产阶级，受过良好教育，而这些年轻人却是人们眼中的"社会渣滓"和令人厌恶的"污渍"，可以用清洗剂擦掉的"污渍"。我们要去反思有些人（弱势群体）和另外一些人（强势群体）拥有相互关联的不同社会地位，他们彼此之间有着怎样的相互依存关系，在不同的社会情形之下会使用什么样的文化代码（在他们之间的关系中或者与其他的社会团体之间）。假如不进行这样的思考，以上问题都会让人无法理解。

因此，人们感受到的暴力明显涉及的是一种公约、代码、习惯和设计（要去感受，去相信，并且以某种方式去行动），同时也关系到不同主体的社会地位和行为的社会背景：谁在对谁说话？谁在对谁做什么？这种情景发生在怎样的场景之下？不同角色具有怎样的社会属性？

---

① 威廉姆·拉波夫：《惯常的说话方式》，巴黎，1978年，第287—288页。
② 阿兰·邦托利拉（Alain Bentolila）：《"时髦"法语的虚假外表》，载《世界报》，1998年5月26日。
③ 阿兰·邦托利拉：《普遍的文盲状态和个别的学校》，1996年，第65页。

*

在最后总结的时候，我想要再探讨一下科学领域中"批判"和"挑衅"的区别。例如今天，在人文科学和社会科学领域，批判经常会被当作挑衅或者是恶毒的言行（相对于理性批判性式的讨论的理想而言，这实为一种心理学上的倒退，这点大家都会同意的），这是因为这些领域中的人，在事实中（在他们的实践中）没有实践这一理想，并且混淆了"论战"[福柯给它下了这样的定义，但后来在与保罗·拉比诺（Paul Rabinow）的对话中予以抛弃]与"使用理性批判的论证"这两个概念。福柯就此做了如下的阐述：

> 质询的人只是使用了手中的权利：不被说服，发现一个矛盾，需要一些额外的信息，提出不同的公设，指出一个逻辑错误。至于回答质询的人，他的手中也没有超出这一讨论之外的任何权利，他通过自己的演说逻辑与他之前所说话语联系起来，通过对话与别人的质询联系起来。问题和回答构成了一种游戏，一种既有趣又困难的游戏，在这游戏中，双方只能使用对方所给予的权利，必须使用对话可以接受的形式。
>
> 论战者，带着他之前所拥有的那些特权前进，从来不允许别人产生质疑。原则上讲，他拥有发动战争的权利，并且能让这战争出师有名。站在他面前的并不是一个寻找真理的伙伴，而是一个对手，一个犯了错误的敌人，会产生危害的敌人，其存在甚至构成了一种威胁。这个游戏对他来说并不在于承认他的话语权，而在于取消他作为任何对话者的资格，并且，他的最终目的并非尽可能地接近一个困难的事实，而是要让他从一开始就秉持的正义事业取得最终的胜利。①

也正是出于这个原因我才在最近的一部作品②的引言中写道：社会学家的世界（我仅指我最了解的那些方面）不像科技领域那样全面运作（科技领域组织并激励人们去探寻社会的真理），而是与文学领域更接近（在文学领域中，区分"好的文学作

---

① 米歇尔·福柯：《论战，政治及问题。与保罗·拉比诺谈话》，见《言与文》第四卷，1980—1988，巴黎，1994年，第591页。

② 贝尔纳·拉伊尔：《社会学的精神》，巴黎，2005年。

品"和"差的文学作品"的标准没有那么的清晰)。我觉得所有那些不把自己的职业作为次要工作但执着于职业中的关键问题的人,都不可避免地想把自己与同一科学领域的人加以比较,特别与其中最有名最能干的人相比较。大庭广众之下对高水平同事的论点表示异议或者表示赞同,根据某些分析去质疑其他观点,把攻击目标指向对方经验论的漏洞、过犹不及的解释说明和矛盾之处,指出那些不完善或虚假的论证,实施对知识领域的拆分活动,其成功主要依赖这些活动从属于一个知识流派的所有特征。以上所有这些做法在一个健全的科技领域都显得非常"正常"。

让－克洛德·帕斯龙完美地阐述了"科学论战"的这一必要性(这恰恰与福柯正式抛弃的政治知识论战相反):

> 这并不意味着要否认科学论战的作用。科学论战即便表现为非常激烈和个性化的形式,也始终具有理论澄清和礼节性的共识作用,如今这共识因为众多的研讨会的举办而日渐广泛地被接受,科学论战的作用被外交式的"世界语"所淹没,在这里,发言人表示他们首先要引申对话者的思想,然后再予以驳斥。我们知道,17世纪的哥白尼学说、伽利略学说、亚里士多德学说之间,18世纪的笛卡尔学说与牛顿学说之间,19世纪那些公开论战的学派之间,20世纪的"形式主义"数学家与"直觉主义"数学家之间,都进行过激烈的交锋,数学和物理学历史上的某些公式在这交锋中得以明确地提出并站稳了脚跟,虽然有时人们借助的是嘲讽和侮辱的手段。科学的历史不在意什么纯真而真诚的东西,而是遵守着其他的道德规范:运动能量理论的发展要归功于莱布尼茨对笛卡尔学说的挑战,而不是靠了笛卡尔的弟子们对于老师的物理学的尊重与忠诚。格拉内(Granet)和马司培罗(Maspéro)为自己写了一些刻薄的脚注,对于汉学研究来说,这比作序者的溢美之词更有意义。[①]

然而,在目前的情况下,那些想要使用论战的抨击意义的人,常常被怀疑具有挑衅性、恶意、刻薄,而并不关心批判公正与否。对于一些人来说,知识的严密性标志着道德和精神上严苛,而批判行为则被当成了一种居心叵测,甚至是恐怖行动。

[①] 让－克洛德·帕斯龙:《社会学逻辑:自然逻辑的非波普式空间》,巴黎,1991年,第139页。

抱有如此想法的人承认社会学理论由于纯粹的科学原因并不会真正让人接受，有时候还会在论说领域或经验领域（赋予了这些空间大学的、行政管理的、出版的、杂志编辑委员会的权力）之外进行斗争。

的确，如果我们真的被说服，认为组织的研究工作和发表的成果没有任何"内在的力量"，那么这一定是通过其他的手段来击败对手——不是知识手段，而是上流的和机制方面的武器。最终，我们也许会问：谁是最宽容的人？谁是最公正最高尚的人？谁是最暴力的而谁又是最尊重对手的人？是那些通过自己的工作与科学领域的对手对抗的人吗？他们会向对手那里去寻求想法、说明、解释、明示、补充的论证。又或者是那些懂得如何挖掘制度、上流社会及偶然的因素去争取任何理论的成功的人？

因此，暴力可能并没有出现在我们以为看到它的那个地方。诚然，论证最严密的、建立在经验基础上的科学批判对于某些人来说都具有潜在性的暴力，这些人把科学的关键问题作为生命的关键问题、象征性的和社会的"生死攸关的"问题加以内化。但是知识分子们已经习惯了来自对手的严厉但真诚的批判[①]，而这些对手也很乐于进行批判，知识分子或者博学多才的人再也不会看到比这更暴力的批判了。他们如同橄榄球运动员一样：在比赛过程中和对手共同分享同样的竞赛的喜悦，他们的对手在比赛结束后甚至会感谢他们在这一过程中迫使自己做得更好。"在寻找真理过程中遇到的对手"，而不是"会产生危害的敌人，其存在甚至构成了一种威胁"（我们再一次借用福柯的说法），那些博学多才的人甚至在遇到困难的时候会感觉自己推动了寻觅真理的工作。

相反，我以为，能够腐蚀科学界的真正暴力更加隐秘，并且没有明确的对手。这种暴力会出现在文本之外，也存在于谣言或充满暴行的楼道中，存在于隐含的或明示的禁令中（禁止交往，禁止引用，禁止读书），或者更糟的，存在于制度方面的各种卑劣手段之中。

[①] 批判工作事实上不会迷失在使别的事物失去资格的行动中，并且与我们通常的看法相反，将一个工作做好的要求几乎与作者所作的批判性文章同样重要。批判工作与被批判文章的作者的工作同样重要。进行批判的人并非完全自由，他也要遵守一些限制（特别是不能歪曲事实以及文章的真实性）。

作者简介

艾蒂安·昂埃姆（Étienne Anheim）：圣康丁昂伊芙利纳 – 凡尔赛大学中世纪历史专业副教授，曾发表多篇文章，主要研究方向为 14 世纪教廷的社会及文化历史。

樊尚·阿祖莱（Vincent Azoulay）：巴黎东马恩 – 拉瓦勒大学希腊历史讲师，2004 年出版《色诺芬和权力的恩赐：从说教到神赐的能力》（*Xénopbon et les Grâces du pouvoir. De la chaire au charisme*）一书（巴黎，索邦出版社）。他目前致力于研究古雅典时期的政治及礼仪文化。

帕特里克·布舍龙（Patrick Boucheron）：巴黎第一大学中世纪历史专业副教授及法国学术研究院的成员。中世纪意大利城市与政治方面的专家，同时也是认识论及历史写作方面的专家。发表过多篇文章，出版了多部图书，最新的一本书为《莱昂纳尔和马基雅维利》（*Léonard et Machiavel*）（巴黎，Verdier 出版社，2008 年）。

帕斯卡尔·布里瓦斯特（Pascal Brioist）：图尔大学现代历史副教授，主要研究英国文化历史以及文艺复兴时期的科学技术史。他于 2002 年与昂尔瓦·德雷维翁（Henrvé Drévillon）、皮埃尔·塞尔纳（Pierre Serna）合作出版了《交锋：现代法国斗剑的暴力与文化（16—18 世纪）》（*Croiser le fer, violence et culture de l'épée dans la France moderne (XVIe – XVIIIe siècle)*）一书（塞塞尔市，Champ Vallon 出版社，2002 年）。

让 – 吕克·沙佩（Jean-Luc Chappey）：巴黎第一大学现代历史专业副教授，法国大革命研究院成员。主要研究 18 世纪向 19 世纪过渡时期知识参与者、实践者及机构所发挥的作用。

法比耶娜·费代里尼（Fabienne Federini）：社会学家，致力于研究知识分子介入的历史。她最新的作品节选于她的论文《写作或战斗：知识分子拿起了武器（1942—1944）》[*Écrire ou combattre. Des intellectuels prennent les armes (1942–1944)*][巴黎，La Découverte 出版社，"借助文章"丛书（*Textes à l'appui*），2006 年]。

热雷米·福阿（Jérémie Foa）：布莱兹巴斯卡尔 – 克莱蒙第二大学现代历史研究

助理研究员。他撰写的博士论文题为《和平遍览：查理九世统治下的法令的使命及任务（1560—1574）》（*Le tour de la paix. Missins et commissions d'application des édits de pacification sous le règne de Carles, (1560-1574)*），导师为里昂二大的奥利维尔·克里斯汀（Olivier Christin）。

塞德里克·吉罗（Cédric Giraud）：法国南锡第二大学中世纪历史副教授，研究中世纪学校历史方面的专家。他于2006年答辩通过博士论文，题为《拉昂的安赛尔姆，他的学校及12世纪的神学运动》（*Per verba magistri. Anselme de Laon (m.1117), son école et le mouvement théologique du XIIe siècle*）的文章，于2009年在Brepols出版社出版。

夏尔·盖兰（Charles Guérin）：蒙彼利埃第三大学拉丁语言与文学副教授，主要研究罗马演说艺术的理论与实践，2006年他与人合作出版了《古代的接待仪式：阅读、传播和获取知识》（*Réceptions antiques. Lecture, transmission, appropriation intellectuelle*）（巴黎，Éditions Rue d'Ulm出版社，2006年）。

多米尼克·伊奥尼亚–普拉（Dominique Iogna-Prat）：法国国家科学研究中心（CNRS）中世纪历史的研究主任，也是克吕尼等级制度、反异教演说以及教会制度方面的专家，他出版过多部作品，近期作品有《神殿：中世纪教会不朽的历史（v.800-v.1200）》（*La Maison Dieu, Une histoire monumentale de l'Église au Moyen Âge (v. 800-v. 1200)*）（巴黎，Seuil出版社，2006年）。

贝尔纳·拉伊尔（Bernard Lahire）：里昂文学与人文科学高等师范学院社会学教授，社会化研究室主任，同时也是教育学及文化方面的社会学家，出版过多部作品，最新出版的有《文学的现状：作家的双重生活》（*La Condition littéraire . La double vie des écrivains*）（巴黎，La Découverte出版社，2006年）。

夏洛特·诺德曼（Charlotte Nordmann）：哲学家，曾翻译过多部朱迪斯·巴特勒（Judith Butler）的作品，特别是她于2006年出版了《布迪厄/朗西埃——社会学与哲学之间的政治》（*Bourdieu / Rancière – La politique entre sociologie et philosophie*）（巴黎，阿姆斯特丹出版社，2006年）。

蒂纳·里巴尔（Dinah Ribard）：研究现代及19世纪时期知识分子工作方面的专家，著有《叙述，生活，思想：1650—1766年哲学史》（*Raconter Vivre Penser. Histoire de philosophes: 1650-1766*）（巴黎，Vrin-EHESS出版社，2003年）。与克里斯蒂安·茹奥（Christian Jouhaud）、尼古拉·沙皮拉（Nicolas Schapira）合作完成《历史，文学，见证：

描绘时代的不幸》(*Histoire, littérature, témoignage. Ecrire les malbeurs du temps*)(巴黎，Gallimard 出版社，2009 年)。

瓦莱丽·罗贝尔（Valérie Robert）：新索邦 – 巴黎第三大学德国语言学及德国文明专业副教授。对德国流亡知识分子问题有一定研究，2003 年指导出版作品集《德语空间的知识与论战》(*Intellectuels et polémiques dans l'espace germanophone*)（巴黎，PIA 出版社，2003 年）。

宴·里维耶尔（Yann Rivière）：罗马的法国学校古代文化课程研究的教学主任，法国社会科学高等学院（Ehess）副教授，曾发表多篇文章，最新的两部作品为《罗马帝国中的告密者》(*Les Délateur sous l'empire romain*)（罗马，Befar 出版社，2002 年）和《地牢和镣铐：罗马的监禁及强制》(*Le Cachot et les fers. Détention et coercition à Rome*)（巴黎，Belin 出版社，2004 年）。

尼古拉·沙皮拉（Nicolas Schapira）：巴黎东马恩 – 拉瓦勒大学现代历史副教授，主要研究方向为现代知识分子的社会交往及写作活动。他于 2003 年出版《17 世纪的职业作家瓦朗坦·孔拉尔：一部社会史》(*Un professionnel des lettres au XVIIe siècle.Valentin Conrart: une histoire sociale*)，塞塞尔，Champ Vallon 出版社，并与克里斯蒂安·茹奥（Christian Jouhaud）、蒂纳·里巴尔（Dinah Ribard）于 2009 年合作出版《历史，文学，见证：描绘时代的不幸》(*Histoire, littérature,témoignage. Écrire les malheurs du temps*)（巴黎，Gallimard 出版社）。

雅克·塞姆兰（Jacques Sémelin）：历史学家及政治学家，法国国家科学研究中心主任，同时任教于巴黎政治学院。他是研究非暴力策略（公民反抗）以及极端暴力（种族灭绝）问题的专家，曾出版《赤手空拳反抗希特勒》(*Sans arme à Hitler*)（Payot 出版社，1998 年）和《清洗与破坏》(*Purifier et détruire*)（Seuil 出版社，2005 年）。他是"大规模暴力的在线百科全书"网站（Online Encyclopedia of Mass Violence，法国巴黎政治学院，2008 年）的创始人及科学主任。

贝内迪克特·塞尔（Bénédicte Sère）：法国巴黎第十大学中世纪历史副教授，她主要研究知识分子的实践活动历史，出版过多篇关于中世纪哲学的著作，特别关注评论技巧。她出版了《中世纪对友谊的思考：对〈尼各马科伦理学〉第八卷及第九卷评论的历史研究（13—15 世纪）》[*Penser l'amitié au Moyen Âge.Etude bistorique des commentaires sur les livres VIII et IX de l'Ethique à Nicomaque (...)*]（比利时蒂伦豪特，Brepols 出版社，2007 年）。

作者简介

洛朗–亨利·维尼奥（Laurent-Henri Vignaud）：历史专业教授，毕业于巴黎高等师范学院，现代科学史专家。他于 2005 年在凡尔赛大学答辩通过博士论文题为：《自然奇观：巴洛克时期的自然历史及学术（1560—1660 年前后）》[Les Merveilles de la nature. Histoire naturelle et érudition à l'âge baroque (vers 1560-vers1660)]，论文获得法国历史社会科学协会奖。

斯特凡娜·范达姆（Stéphane Van Damme）：法国国家科学研究中心研究员，沃里克 18 世纪研究中心的法国现代历史的副教授。曾出版过多部与欧洲 17 世纪和 18 世纪历史文化相关的作品，最新的作品为 2008 年出版的《放纵的考验：亵渎与图书字体之间的关系》(l'Epreuve libertine. Entre blasphème et police du livre)（巴黎，法国国家科学研究中心出版社）。

亚历山大·旺热（Alexandre Wenger）：日内瓦大学法语文学课程助教，18 世纪文学和医学历史专家，于 2007 年出版《文学素养：18 世纪读物中的医学话语》(La Fibre littéraire. Le discours médical sur la lecture au XVIII siècle)一书 [日内瓦，Droz 出版社（"Bibliothèque des Lumières" 丛书）]。

全书人名对照表（按照名姓的字母顺序排列）[①]

A

A. Finkielkraut	A. 芬基尔克罗
Angèle Kremer Marietti	安热勒·克雷默·马里耶蒂
Abel Greenidge	亚伯·格林吉利
Aculeo	阿古勒留
Adrien Pattin	阿德里安·帕坦
Aelius Lamia	埃留斯·拉米亚
Agostino Nifo	阿戈斯蒂诺·尼福
Alain Badiou	阿兰·巴迪欧
Alain Brossat	阿兰·布罗萨
Alain Cabantous	阿兰·卡邦图
Alain Sokal	阿兰·索卡尔
Alain de Libéra	阿兰·德利贝拉
Alain Garrigou	阿兰·加里古
Alain Le Boulluec	阿兰·勒布鲁埃克
Alain Renault	阿兰·雷诺
Alain Viala	阿兰·维亚拉
Alban Vistel	阿尔邦·维斯泰尔
Albéric	阿尔贝里克

[①] 本书中出现的法语国家现代人物的姓名的翻译参考了商务印书馆的《法语姓名译名手册》(2000年)，英语国家现代人物的姓名的翻译参考了商务印书馆的《英语姓名译名手册》(第四版)(2013年)。

全书人名对照表（按照名姓的字母顺序排列）

Albin Michel	阿尔班·米歇尔
Alcibiade	亚西比德
Alcméon	阿尔克梅翁
Alexandre Wenger	亚历山大·旺热
Alexandre de Belleguise	亚历山大·德贝勒吉兹
Alfred Ernout	阿尔弗莱德·埃尔努
Alfred Rosenberg	阿尔弗雷德·洛桑贝格
Alliage Dahan-Dalmedico	阿里亚热·达昂－达尔梅蒂科
Alois Hahn	阿卢瓦·阿恩
Amy Dahan Dalmédico	阿米·达昂·达尔梅迪科
André Chamson	安德烈·尚松
André Chastel	安德烈·沙泰尔
André Duchesne	安德雷·迪歇纳
André Longpré	安德雷·隆普雷
André Malraux	安德烈·马尔罗
André Rochon	安德雷·罗雄
Andrea Gamberini	安德里亚·甘贝里尼
Andrea W. Nightingale	安德里亚·W. 南丁格尔
Andreas Baader	安德烈斯·巴德尔
Andrew Benjamin	安德鲁·本杰明
Andrew Ross	安德鲁·罗斯
Andrew Wolpert	安德鲁·沃尔珀特
Angèle Kremer Marietti	安热勒·克雷默·马里耶蒂
Anibal Frias	阿尼巴勒·弗里亚斯
Anita Simon	阿尼塔·西蒙
Anne Motte Gillet	安娜·莫特·吉耶
Anne Rasmussen	安娜·拉斯姆森
Anne Simonin	安娜·西莫南
Annick Percheron	安尼克·佩舍龙

Anselme de Laon	拉昂的安塞尔姆
Anthony Corbeill	安东尼·科贝伊
Anthony F. Natoli	安东尼·F. 纳托利
Anthony Grafton	安东尼·格拉夫顿
Antony McKenna	安东尼·麦肯纳
Antoine Blondin	安托万·布隆丹
Antoine Compagnon	安托万·孔帕尼翁
Antoine Culioli	安托万·屈利若利
Antoine de Baecque	安托万·德巴克
Antoine Furetière	安托万·菲勒蒂埃
Antoine Hennion	安托万·埃尼翁
Antoine Lilti	安托万·里尔提
Antoine Meillet	安托万·梅耶
Antoine Prost	安托万·普罗斯特
Antoine Spire	安托万·斯皮尔
Antonio Fior	安东尼奥·菲奥
Antonio Lanza	安东尼奥·兰扎
Antonio Manetti	安东尼奥·马内蒂
Antonio Possevino	安东尼奥·包塞维诺
Appien	阿皮昂
Aquilius Regulus	阿奎留斯·洛古鲁斯
Aristophane	阿里斯托芬
Artur Michael Landgraf	阿蒂尔·米夏埃尔·朗德拉夫
Arulenus Rusticus	阿鲁勒努斯·鲁茹斯提古斯
Augustin Roux	奥古斯丁·鲁
Augustinus Niphus	奥古斯丁·尼菲斯
Averroès	阿威罗伊

B

Baltazar de Castillon	巴尔塔扎·德卡斯蒂永
B. Jurdant	B. 朱尔当
Barcilon de Mauvans	巴尔西隆·德莫旺
Barnara Cassin	巴纳拉·卡森
Baudrillard	博德里亚
Béatrice Delaurent	贝亚特丽斯·德洛朗
B. Bensaude	B. 邦索德
Belleguise	贝勒吉兹
Bellièvre	贝利耶弗
Belzébuth	巴力西卜
Bénédicte Sère	贝内迪克特·塞尔
Bernard Conein	贝尔纳·科南
Bernard Barbiche	贝尔纳·巴尔比什
Bernard de Clairvaux	伯纳德·德克莱沃
Bernard Franck	贝尔纳·弗朗克
Bernard Gainot	贝尔纳·盖诺
Bernard Guillemot	贝尔纳·吉耶莫
Bernard Lahire	贝尔纳·拉伊尔
Bernard Lepetit	贝尔纳·勒珀蒂
Bernardo Bazán	贝尔纳多·巴藏
Bernardo Santalucia	贝尔纳多·桑尔卢西亚
Bertrand de Loque	贝特朗·德洛克
Boèce de Dacie	博埃斯·达西
Bonaventura	波拿文都拉
Bortolo Martinelli	博尔托洛·马丁内利
Bouillon	布永
Branda Porro	布朗达·普罗

Brescia Niccolo Fontanna	布雷西亚·尼克罗·丰塔纳
Brice Parrain	布里斯·帕兰
Brigitte Miriam Bedos-Rezak	布丽吉特·米里亚姆·博多－雷扎克
Bruce Robbins	布鲁斯·罗班
Brunelleschi	布鲁内莱斯基
Bruno Latour	布律诺·拉图尔
Bruno Nardi	布鲁诺·纳尔蒂
M. Brutus	布鲁图斯
Busiris	布里西斯

C

Caligula	卡里古拉
Camillo Agrippa	卡米洛·阿格里帕
Camuzio	卡莫席奥
Candal	康达尔
Cappel	卡佩勒
Cardan	卡丹
Carl Mirbt	卡尔·米尔博特
Carl Schmitt	卡尔·施米特
Carla Hesse	卡拉·黑斯
Carlo Ginzburg	卡洛·金斯堡
Caroline Walker Bynum	卡罗琳·沃克·拜纳姆
Carlos Lévy	卡洛·莱维
Carlos Ulises Moulines	卡洛斯·尤利西斯·穆利纳
Cassius Dion	卡修斯·迪翁
Cassius Sévérus	卡修斯·西弗勒斯
Castelli	卡斯特里
Catharine Eewards	凯瑟琳·爱德华兹

全书人名对照表（按照名姓的字母顺序排列）

Caton	加图
Catriona Seth	琼娜·赛斯
C. Chevalley	C. 舍瓦莱
Cédric Giraud	塞德里克·吉罗
César Strasbon	恺撒·斯特拉波
Chaïm Perelman	卡伊姆·佩雷尔曼
Chapelain	沙普兰
Charles-André d'Hozier	夏尔-安德烈·德·奥齐耶
Champ Vallon	尚·瓦隆
Charles Clousier	夏尔·克卢西耶
Charles Guérin	夏尔·盖兰
Charles-Joseph Colnet	夏尔-约瑟夫·科尔奈
Charles Melman	夏尔·梅尔曼
Charles Sorel	夏尔·索雷尔
Charles Tilly	夏尔·蒂莉
Charles Zarka	夏尔·扎尔卡
Charlotte Nordmann	夏洛特·诺德曼
Christian Jouhaud	克里斯蒂安·茹奥
Christian Jacob	克里斯蒂安·雅各布
Christiane Klapisch-Zuber	克里斯蒂亚娜·克拉皮什-祖贝尔
Christien Bec	克里斯蒂安·贝克
Christophe Carraud	克里斯托夫·卡罗
Christophe Charle	克里斯托夫·夏尔
Christophe Prochasson	克里斯托夫·普罗沙松
Christopher Baker	克里斯托弗·贝克
Claire Cabaillot	克莱尔·卡巴约
Claire Gaudiani	克莱尔·高迪亚尼
Clarence A. Forbes	克拉伦斯·A. 福布斯
Claude-François Ménestrier	克洛德-弗朗索瓦·梅内特里耶

Claude Gauvard	克洛德·戈瓦尔
Claude-Isabelle Brelot	克洛德–伊莎贝尔·布勒洛
Claude Le Brun	克洛德·勒布兰
Claude Pennetier	克洛德·佩纳捷
Claude Perrus	克洛德·佩吕
Claude Postel	克洛德·波斯特尔
Claudine Nédélec	克罗蒂娜·内代莱克
Clausewiz	克劳塞维茨
Clément	克莱芒
Cléon	克里昂
Concetta Luna	孔塞塔·鲁纳
Colnet du Ravel	科尔奈·迪拉威尔
Corlbert	科尔贝
Corneille	科尔内耶
Cornelius Castoriadis	科内利乌斯·卡斯托里亚迪斯
Cosme II de Médicis	科西莫二世·德·美第奇
Coste	科斯特
Crassus	克拉苏
Cravant	克拉旺
Cremutius Cordus	克里莫提乌斯·科尔都斯
C. Travers	C. 塔韦尔
C. William Marx	C. 威廉姆·马克思
Cypierre	西皮埃尔
Cyrano de Bergerac	西拉诺·德·贝热拉克
Cyril Lemieux	西里尔·勒米厄

D

Daniel Lagache	达尼埃尔·拉加什

全书人名对照表（按照名姓的字母顺序排列）

Daniel Le Clerc	达尼埃尔·勒克莱尔
Daniela Pizzagalli	达尼埃拉·皮扎加利
Danièle Debert	达妮埃勒·德贝尔
Danielle Jacquart	达尼埃勒·雅卡尔
Danielle S. Allen	达尼埃勒·S. 阿朗
Daniel Sarefield	丹尼埃尔·萨雷菲尔德
Danilo Kis	达尼罗·基斯
Daphne O'Regan	黛芙妮·奥雷根
Darrin M. Mcmahon	达林·M. 麦克马洪
David Harvey	大卫·哈维
David Nirenberg	大卫·尼伦伯格
Deino Compagni	黛诺·孔帕尼
Deleuze	德勒兹
Delle Colombe	德勒·科隆布
Delphine Denis	德尔菲娜·德尼
Démétrios de Phalère	德米特里·德法勒鲁姆
Démosthène	德漠斯提尼斯
Dena Goodman	德纳·古德曼
Denis Crouzet	德尼·克鲁泽
Denis Duclos	德尼·杜克洛
Denis Labouret	德尼·拉布雷
Denis Saint-Jacques	德尼·圣-雅克
Denys d'Halicarnasse	德尼·达里卡尔纳斯
Didier Boisseuil	迪迪埃·布瓦瑟伊
Didier Foucault	迪迪埃·富科
Didier Lapeyronnie	迪迪埃·拉佩罗尼
Dieter Hen	迪特尔·昂
Dinah Ribard	迪娜·里巴尔
Dion Cassius	迪翁·卡西乌斯

Diogène Laërce	第欧根尼·拉尔修
D. M. Halperin	D.M. 霍尔珀林
Dobrica Cosic	多布里察·乔西奇
Dominique Barthélémy	多米尼克·巴泰勒米
Dominique Iogna-Prat	多米尼克·伊奥尼亚 – 普拉
Dominique Linhardt	多米尼克·林哈特
Dominique Pestre	多米尼克·佩斯特
Dominique Vinck	多米尼克·万克
Domitius Afer	多米提乌斯·阿弗尔
Dion Cassius	迪翁·卡西乌斯
Didier Masseau	迪迪埃·马索
Donato	多纳托
Dreyfus	德雷福斯

E

E. De Clerck	德克莱尔
Edith Hall	艾迪特·阿尔
Emond Auger	埃德蒙·奥格
Edmond Ortigues	埃德蒙·奥尔蒂格
Edward Blount	爱德华·布朗特
Elio Nenci	艾里奥·南齐
Élisabeth Claverie	伊丽莎白·克拉弗里
Edwin Schur	埃德温·舒尔
Elisabeth Crouzet-Pavan	伊丽莎白·克鲁塞 – 帕万
Elisabeth Rawson	伊丽莎白·罗森
Elisabeth Tessier	伊丽莎白·泰西耶
Ellery Schalk	埃莱利·沙尔克
Elsa Marmursztejn	艾尔莎·马米尔斯泰因

Elspeth Probyn	伊丽莎白·普罗宾
Emernegildo Bertola	埃麦尔内吉多·内尔托拉
Émile Durkheim	埃米尔·涂尔干
Emmanuel Faye	埃马纽埃尔·费伊
Emmanuel Mounier	埃玛纽埃尔·穆尼耶
Enrico Malato	安里克·马拉托
Epictète	爱比克赛特
Eprius Marcellus	艾普利乌斯·马尔塞鲁斯
Erasme	埃拉斯姆
Eschine	艾辛
Eschyle	埃斯库罗斯
E. Thierry	E. 蒂埃里
Étienne Anheim	艾蒂安·昂埃姆
Étienne Balibar	艾蒂安·巴利巴尔
Etienne Baluze	艾蒂安·巴吕兹
Étienne Bourret	艾蒂安·布雷
Étienne François	艾蒂安·弗朗索瓦
Étienne Jouÿ	艾蒂安·茹伊
Étienne Tempier	艾蒂安·唐皮耶
Eugenio Garin	欧金尼奥·加林
Ève Chiapello	夏娃·基亚波洛
Evelyne Scheid-Tissinier	埃弗兰·沙伊德–蒂西耶

F

Fabienne Federini	法比耶娜·费代里尼
Fanny Cosandey	范妮·科桑代
Faurisson	福里松
Félix Nogaret	菲利克斯·诺加雷

Ferdinand Brunetière	费迪南·布吕内蒂埃
Fernand Van Steenberghen	费尔南·范斯滕贝格
Fondazione Bembob	丰达齐奥·本布
Filippo Villani	菲利普·维拉尼
F. I. Zeitlin	F. I. 彩特林
Fouquet	富凯
Fracanzano	弗拉坎扎诺
Francesco Bonciani	弗朗西斯科·波西亚尼
Francisco Rico	弗朗西斯科·里科
François Billaçois	弗朗索瓦·比拉斯瓦
François Cusset	弗朗索瓦·屈塞
François Groise	弗朗索瓦·格鲁瓦斯
François de Callières	弗朗索瓦·德卡利埃
François de Polignac	弗朗索瓦·德波利尼亚克
François de Sylvestris	弗朗索瓦·德西尔维斯特
François Dufay	弗朗索瓦·迪费
François-Jean Dusausoir	弗朗索瓦–让·迪索苏瓦
François La Mothe Le Vayer	弗朗索瓦·德拉莫特·勒瓦耶
François Laplanche	弗朗索瓦·拉普朗什
François Marcot	弗朗索瓦·马尔科
François Mauriac	弗朗索瓦·莫里亚克
François Pétrarque	弗朗索瓦·彼特拉克
Françoise Desbordes	弗朗索瓦兹·德博尔德
Françoise Gasparri	弗朗索瓦兹·加斯帕里
Françoise Héritier	弗朗索瓦兹·艾里捷
François Tommy Perrens	弗朗索瓦·汤米·佩朗
Frank La Brasca	弗兰克·拉布拉斯卡
François-Xavier Putallaz	弗朗索瓦–格扎维埃·皮塔拉兹
Franz Fanon	弗朗茨·法农

Frédéric Lachèvre	弗雷德里克·拉谢夫尔
Frédérique Ildefonse	弗雷德里克·伊尔德丰斯
Federick H.Cramer	弗雷德里克·H.克拉默
Fulcinius Trio	富尔西尼乌斯·特里奥

G

G. Verbèke	韦贝克
Gabriel Danzig	加布里埃尔·当齐格
Gabriel Guéret	加布里埃尔·盖雷
Gabriel Naudé	加布里埃尔·诺代
Gabriella Rossetti	加布里埃拉·罗赛蒂
Gabrielle Ferrières	加布丽埃勒·费里埃
Galliclès	卡里克来
Garasse	加拉斯
Gaston Bachelard	卡斯顿·巴舍拉尔
Gautier de Mortagne	戈蒂埃·德莫尔塔涅
Gavin I. Langmuir	加文·I.朗格缪尔
Gentian Hervet	让蒂昂·埃尔韦
Gentile Sermini	詹蒂莱·赛尔米尼
Geoffroy de Lagasnerie	若佛鲁瓦·德拉加内里
Georg Simmel	格奥尔格·齐美尔
George Lachmann Mosse	乔治·拉赫曼·莫斯
George Kennedy	乔治·肯尼迪
George Silver	乔治·西尔韦
Georges Bonnefoy	乔治·博纳富瓦
Georges Canguilhem	乔治·康吉扬
Georges Duby	乔治·迪比
Georges Mathieu	乔治·马蒂厄

Georges Ripert	乔治·里佩尔
Georges Sorel	乔治·索雷尔
Georges Vigarello	乔治·维加雷洛
Gérard d'Abbeville	热拉尔·德阿贝维尔
Gérard Fransen	热拉尔·弗朗桑
Gérard Noiriel	热拉尔·努瓦里埃尔
Germaine Tillion	热尔梅娜·蒂利翁
Gert Melville	热尔·梅尔维尔
Giancardo Mazzacurati	詹卡多·马扎库拉蒂
Gian Maria Varanini	吉安·玛利亚·瓦拉尼尼
Giancarlo Mazzacurati	吉安卡罗·马扎古拉蒂
Giele	吉耶勒
Gilbert Dahan	吉尔伯特·达昂
Gilbert Narcisse	吉尔贝·纳尔西斯
Gilbert Pimienta	吉尔贝·皮米恩塔
Gilles André de La Roque	吉尔·安德烈·德·拉罗克
Gilles Chatelet	吉尔·沙特莱
Gilles Declercq	吉尔·德克莱尔
Gilles Deleuze	吉尔·德勒兹
Gilles de Rome	吉尔·德罗姆
Gilles Laferté	吉尔·拉费尔泰
Gilles Ménage	吉尔·梅纳热
Giovanni Cherubini	乔瓦尼·切鲁比尼
Giovanni Gherardi	乔瓦尼·盖拉尔迪
Giovanni Lévi	乔瓦尼·勒维
Giovanni Sercambi	乔瓦尼·赛尔冈比
Giovanni Sinicropi	乔瓦尼·西尼克罗比
Gisèle Sapiro	吉塞勒·萨皮罗
Giuseppe Billanovich	朱塞佩·彼拉诺维奇

Giuseppe Mazzara	朱塞佩·马扎拉
Giuseppe Petralia	朱塞佩·佩特拉里亚
Giuseppe Vettori	朱塞佩·维多利
G. Loubinoux	G. 卢比努
G. Jorland	G. 若朗
Glenn W. Most	格伦·W. 莫斯特
Godefroid de Fontaines	戈德弗鲁瓦·德方丹
Goffman	戈夫曼
Gorgias	高尔吉亚
Goulu	古吕
Gracques	格拉古
Grascia	格拉西亚
Grasso Legnaiuolo	格拉索·勒拿沃罗
Gratidianus	格拉提第留斯
Grégoire Kayibanda	格雷瓜尔·卡伊班达
Gregory Brown	格雷戈里·布朗
Gribouille	格里布耶
Graham Sumner	格雷厄姆·萨姆纳
Guido Castelnuovo	吉多·卡斯泰尔诺沃
Guilvinec	吉尔维奈克
Guillaume de Luyne	纪尧姆·德吕内
Guillaume de Moerbeke	纪尧姆·德穆尔贝克
Guillaume de Saint-Amour	纪尧姆·德圣－阿穆尔
Guillaume Lecointre	吉约姆·勒库安特
Guillelmo de Tocco	吉耶莫·德托克
Gustav Stresemann	古斯塔夫·斯特莱斯曼
Gustave Monod	古斯塔夫·莫诺
Gustav Regler	古斯塔夫·雷格勒
Guy Chamillart	居伊·沙米亚尔

Guy T. Griffith　　　　　　　　居伊·T. 格里菲特

H

Hannah Arendt	汉娜·阿伦特
Harcourt	阿尔古
Harold A. Drake	哈罗德·A. 德克雷
Harold B. Mattingly	哈罗德·B. 马丁利
Harold Becker	哈罗德·贝克尔
Harold Love	哈罗德·勒夫
Harry Collins	哈里·柯林斯
Harry R. Kedward	阿里·R. 克德沃德
Heinrich Fichtenau	海因里希·费西特瑙
Heinrich Mann	亨利希·曼
Hélène Berlan	埃莱娜·贝朗
Hélène Merlin	埃莱娜·梅兰
Hélène Merlin-Kajman	埃莱娜·梅兰-卡吉曼
Helvidius Priscus	海威迪乌斯·普利斯库斯
Helvius Mancia	埃尔维斯·芒希亚
Henri Habrias	亨利·阿布里亚斯
Henri Irénée Marrou	亨利·伊雷内·马鲁
Henri Mitterand	亨利·密特朗
Henry-David Thoreau	亨利-大卫·梭罗
Hermann Wetzel	海尔曼·维泽尔
Hérodote	希罗多德
Hervé Campagne	埃尔韦·康帕涅
Hervé Drévillon	埃尔韦·德雷维翁
Hervé Martin	埃尔韦·马丁
Holbach	奥尔巴克

Horst Furhmann	霍斯特·福尔曼
Hortensius	霍尔登修斯
Howard Becker	奥瓦尔·贝克尔
Hugues Gassion	于格·加雄
Hugues Sureau du Rosier	于格-叙罗·迪罗西耶
Hyacinthe-François Dondaine	海厄森特-弗朗索瓦·东丹
Hypéride	希佩里德斯

I

Ian Hacking	伊恩·哈金
Ian Stuart Robinson	伊恩·斯图亚特·罗宾逊
Ieronimo Saviolo	赫罗尼莫·萨维奥洛
Ineke Slutter	因内克·斯卢特
Isabelle Moreau	伊莎贝尔·莫罗
Isabelle Sommier	伊莎贝尔·索米耶
Isabelle Stengers	伊莎贝尔·司当热
Isnardi Parente	伊斯纳尔迪·帕朗
Isolde Stark	伊索尔德·斯塔克

J

Jacob Burckhardt	雅各布·比卡尔
Jacqueline Brunet	雅克琳娜·布吕内
Jacqueline Dangel	雅克琳娜·当热尔
Jacques Baumel	雅克·博美尔
Jacques Bouveresse	雅克·布弗雷斯
Jacques Brunschwig	雅克·布伦瑞克
Jacques Chardonne	雅克·沙尔多纳

Jacques Chevalier	雅克·舍瓦利耶
Jacques Chiffoleau	雅克·希弗洛
Jacques Debu-Bridel	雅克·德比－布里代尔
Jacques Denis	雅克·德尼
Jacques Dubois	雅克·杜布瓦
Jacques Dupré	雅克·迪普雷
Jacques Guilhaumou	雅克·吉约莫
Jacques Laurent	雅克·洛朗
Jacques Le Goff	雅克·勒高夫
Jacques Le Hongre	雅克·勒翁格尔
Jacques Migozzi	雅克·米戈齐
Jacques Moisant de Brieux	雅克·穆瓦桑·德·布里厄
Jacques Monfrin	雅克·蒙弗兰
Jacques Pannier	雅克·帕尼耶
Jacques Petit	雅克·珀蒂
Jacques Prévot	雅克·普雷沃
Jacques Rancière	雅克·朗西埃
Jacques Revel	雅克·雷韦尔
Jacques Sémelin	雅克·塞姆兰
Jacques Treiner	雅克·特雷内
Jacques Verger	雅克·韦尔热
James B. Wood	詹姆斯·B.伍德
James Kastely	詹姆斯·卡斯特里
James May	詹姆斯·梅
James R. Brown	詹姆斯·R.布朗
Jan Assmann	让·阿斯曼
Javerzac	雅维尔扎克
Jay Labinger	杰伊·拉宾热
Jean Bricmont	让·布里克蒙

Jean Cavaillès	让·卡瓦耶
Jean-Charles Darmon	让–夏尔·达尔蒙
Jean Châtillon	让·沙蒂永
Jean-Christophe Couvenhes	让–克里斯托夫·库韦纳
Jean-Claude Bonnet	让–克洛德·博内
Jean-Claude Caron	让–克洛德·卡龙
Jean-Claude Maire Vigueur	让–克洛德·梅尔·维格尔
Jean-Claude Monod	让–克洛德·莫诺
Jean-Claude Passeron	让–克洛德·帕斯龙
Jean-Claude Schmitt	让–克洛德·施米特
Jean-Claude Zancarini	让–克洛德·赞卡里尼
Jean-Clément Martin	让–克莱芒·马丁
Jean Cousin	让·库赞
Jean de Hesdin	让·德埃斯坦
Jean de Hesdine	让·德埃斯丹
Jean de l'Espine	让·德勒埃斯皮纳
Jean de Serres	让·德赛尔
Jean Dorigny	让·多里尼
Jean Dubessy	让·迪贝斯
Jean Dubois	让·迪布瓦
Jean-François Féraud	让–弗朗索瓦·费罗
Jean-François Sarasin	让–弗朗索瓦·萨拉赞
Jean-François Sirinelli	让–弗朗索瓦·西里奈里
Jean Gosset	让·科塞
Jean Guéhenno	让·盖埃诺
Jean Hatzfeld	让·哈茨菲尔德
Jean-Jacques Salomon	让–雅克·萨洛蒙
Jean Jolivet	让·若利韦
Jean-Louis Cabanes	让–路易·卡巴纳

Jean-Louis Ferrary	让－路易·费拉里
Jean-Louis Fournel	让－路易·富尔内尔
Jean-Louis Guez de Balzac	让－路易·盖·德·巴尔扎克
Jean-Louis Loubet Del Bayle	让－路易·路贝·德尔培尔
Jean-Louis Tissier	让－路易·蒂西耶
Jean-Luc Chappey	让－吕克·沙佩
Jean Maitron	让·迈特龙
Jean Maldonat	让·马尔多纳
Jean-Marc Lévy-Leblond	让－马克·莱维－勒布隆
Jean-Marie Constant	让－玛丽·康斯坦
Jean-Marie Guillon	让－玛丽·吉永
Jean-Marie Prat	让－玛丽·普拉
Jean-Michel David	让－米歇尔·达维德
Jean-Michel Salanskis	让－米歇尔·萨兰斯基斯
Jean Nagale	让·纳热尔
Jean-Paul Sartre	让－保罗·萨特
Jeanne Peiffer	让娜·佩费
Jean-Pierre Cavaillé	让－皮埃尔·卡瓦耶
Jean-Pierre Faye	让－皮埃尔·费伊
Jean-Pierre Torrell	让－皮埃尔·托莱尔
Jean-Pierre Vernant	让－皮埃尔·韦尔南
Jean Prévost	让·普雷沃
Jean Rivière	让·里维埃
Jean Sgard	让·斯加尔
Jeannine Verdes-Leroux	让尼娜·韦尔代什－勒鲁
J.J. Winkler	J. J. 温克勒
Jérémie Foa	热雷米·福阿
Jérome Cardan	热罗姆·卡丹
J. Nillor	J. 尼洛尔

Joan De Jean	若昂·德让
Joaquín Gimeno Casalduero	华金·吉麦诺·卡萨杜埃罗
Joël-Marie Fauquet	若埃尔–玛丽·福凯
Johann Christoph Adelung	约翰·克里斯托夫·阿德隆
John Dillon	约翰·狄龙
John P. Bodel	约翰·P. 博德尔
John Wilkins	约翰·威尔金斯
John Wippel	约翰·威佩尔
Joseph Despaze	约瑟夫·德帕兹
Joseph Maria Bochenski	约瑟夫·玛利亚·波亨斯基
Joseph Shatzmiller	约瑟夫·沙兹米勒
Josia Ober	约西亚·欧博
Josquin Debaz	若斯坎·德贝兹
Juan L. Lopez Cruces	朱昂·洛佩·克鲁塞
Juan Signes Codoner	胡安·西涅斯·科多奈尔
Jules-César Vanini	于勒–塞萨尔·瓦尼尼
Julia Kristeva	朱莉娅·克里斯特瓦
Julien Benda	朱利安·邦达
Juliette Bernard	朱丽叶·贝尔纳
Julio-Claudienne	儒略–克劳狄
Jürgen Habermas	尤尔根·哈贝马斯
J.W. Baum	J.W. 博姆

K

Karl Popper	卡尔·波普尔
Katherine Stern Bernnan	卡特琳娜·斯特恩·布伦南
Keith Dixon	基思·狄克逊

Keith M.Ashman	基思·M.阿什曼
Keith Parsons	凯斯·帕森斯
Kenneth J. Dover	肯尼斯·J.多佛
Klaus Pinkus	克劳斯·平库斯
Konrad Heldmann	康拉德·埃尔德曼
Kuksewicz	库克塞维奇
Kurt A. Raaflaub	库尔特·A.拉夫劳布

L

L. Aurifex	L.奥里费克斯
La Barre	拉巴尔
Labiénus	拉宾努斯
Labrousse	拉布鲁斯
Lacan	拉康
Lagache	拉加什
La Motte le Vayer	拉莫特·勒瓦耶
La Roche-Flavin	拉罗什–弗拉万
Laurent Greilsamer	洛朗·格雷伊萨梅
Laurent-Henry Vignaud	洛朗–亨利·维尼奥
Lamia	拉弥亚
Laurence Brockliss	洛朗斯·布洛克利斯
Laurent Douzou	洛朗·杜祖
Laurent Thévenot	洛朗·泰弗诺
Laurent-Henri Vignaud	洛朗–亨利·维尼奥
Lauro Martines	洛罗·马蒂纳
Lea Caminiti Pennarola	莱亚·卡米尼蒂·佩纳罗拉
Le Vayer	勒瓦耶
Léon Bloy	莱昂·布卢瓦

Léon Ménard	莱昂·梅纳尔
Léonard Amary	莱昂纳尔·阿马里
Lester K. Little	莱斯特·K. 利特尔
Licinius Crassus	李锡尼·克拉苏
Lilian Mathieu	莉莲·马蒂厄
Lionello Sozzi	里奥奈罗·索兹
Lion Feuchtwanger	利翁·福伊希特万格
Lise Dumasy	利斯·迪马西
Livio Rossetti	利维奥·罗塞蒂
Loren J. Samons	洛伦·J. 萨蒙斯
Lorenzo Valla	洛伦佐·瓦拉
Lotulphe	洛图尔菲
Louis-Ferdinand Céline	路易－费迪南·塞利娜
Louis Queré	路易·凯雷
Louis Guespin	路易·盖潘
Louis Machon	路易·马雄
Louise Godart De Donville	路易斯·戈达尔·德东维尔
L. Schwartz	L. 施瓦茨
Luc Boltanski	卢克·博尔坦斯基
Luc Ferry	卢克·费里
Luc Racaut	卢克·雷科
Luca Bianchi	吕卡·比安奇
Luca Mola	卢卡·莫拉
Luca Pacioli	卢卡·帕乔利
Lucain	吕坎
Luce Irigaray	吕斯·伊里加雷
Luciano Canfora	卢西亚诺·坎福拉
Lucie Olbrechts-Tyteca	露西·奥尔布莱奇-蒂特卡
Lucien Febvre	吕西安·费夫尔

Lucius Philippus	卢修斯·腓力普斯
Ludovic Ferrari	洛多维科·费拉里
Luhmann	卢曼
Lysias	莉西亚

M

M. Callon	M. 卡隆
Madalina Firicel-Dana	玛达琳娜·菲里切尔－达那
Madeleine de Scudéry	玛德莱娜·德斯屈代里
Maldonat	马尔多纳
Mamercus Aemilius Scaurus	玛莫库斯·艾米利乌斯·斯卡鲁斯
Marc Angenot	马克·安若诺
Marc Aurèle	马尔库斯·奥列利乌斯
Marc Baratin	马克·巴拉廷
Marc Bloch	马克·布洛克
Marc Darmon	马克·达尔蒙
Marc-Denis Weitze	马克－德尼斯·魏茨
Marc Fumaroli	马克·富马罗利
Marcel Detienne	马塞尔·德蒂安
Marcel Mauss	马塞尔·莫斯
Marcel Ophuls	马塞尔·奥菲尔斯
Marcello Ciccuto	马尔塞洛·奇古托
Marcus Caelius	马库斯·凯利乌斯
Marcus Porcius Cato	老加图
Marcus Scaurus	马库斯·司哥路斯
Marguerite de Saint-Georges	玛格丽特·德·圣－乔治
Maria Silvana Celentano	玛利亚·希尔瓦尼
Marie Granet	玛丽·格拉内

Marie-José Mondzain	玛丽–若泽·蒙赞
Marie-Ange Schiltz	玛丽–昂日·西尔茨
Marie-Pierre Noël	玛丽–皮埃尔·诺埃尔
Marina Gagliano	玛里娜·加利雅诺
Marina Marietti	玛丽娜·玛里耶提
Marine Roy-Garibal	马琳娜·鲁瓦–加里巴尔
Mario Ascheri	马里奥·阿切利
Mario Biagioli	马里奥·比亚乔利
Marion Thomas	马里翁·托马
Marion Van Renterghem	马里翁·范兰特翰
Mark Toher	马克·托赫
Marsile Ficin	马西勒·菲新
Martin A. Nordgeard	马丁·A.诺格德
Martina Avanza	马蒂纳·阿旺扎
Mary R. Mc Hugh	玛丽·R.马克修
Masaryk	马萨里克
Masuccio Salernitano	马苏乔·萨尔尼塔诺
Maternus	马特尼斯
Mathew Sutcliffe	马修·萨克利夫
Mathilde Bombart	马蒂尔德·邦巴尔
Maurice Clavelin	莫里斯·克拉弗兰
Maurice Giele	莫里斯·吉耶勒
Max Dorra	马克斯·多拉
M. Bernard	M.贝尔纳
Mélissos	墨利索斯
Melle H.	梅勒·H
Ménon	枚农
Mercure	梅屈尔
M. Ozilou	M.奥兹鲁

Michael A. Flower	米夏埃尔·A. 弗劳尔
Michaël Clanchy	米夏埃尔·克朗西
Michael McVaugh	迈克尔·莫克沃格
Michael Peters	迈克尔·彼得斯
Michaël Pollack	米夏埃尔·波拉克
Michel Biard	米歇尔·比亚尔
Michel Callon	米歇尔·卡隆
Michel de Cubières	米歇尔·德屈比埃
Michel de Certeau	米歇尔·德塞尔托
Michel de Marolles	米歇尔·德马罗勒
Michel Delon	米歇尔·德隆
Michel Dobry	米歇尔·多布里
Michel Dubois	米歇尔·迪布瓦
Michel Foucault	米歇尔·福柯
Michel Murat	米歇尔·缪拉
Michel Nassiet	米歇尔·纳西耶
Michel Pastoureau	米歇尔·帕斯图罗
Michel Rio	米歇尔·里奥
Michel Sénéllart	米歇尔·塞内拉尔
Michel Winock	米歇尔·维诺克
Michelle Zancarini-Fournel	米歇尔·赞卡里尼-富尔内尔
Mikhaïl Bakhtine	米卡伊勒·巴克蒂纳
Mnemosyne	摩涅莫辛涅
Mona Ozouf	莫纳·奥祖夫
Monfernier	蒙费尼耶
Monica Berte	莫妮卡·贝尔特
Monique Dixaut	莫妮克·迪克索
Monique Zerner	莫妮卡·泽内
Montausier	蒙托西耶

Montigny	蒙蒂尼
Montmaur	蒙莫尔
Montpensier	蒙庞西耶
Mortan J. Horwitz	莫顿·J.霍维茨
Moynel	穆瓦内尔
Moses Immanuel Finley	摩西·伊曼努尔·芬利
Myriam Maitre	米里亚姆·迈特尔

N

N. Levitt	N.勒维特
Naevius	奈维乌斯
Nancy S.Struever	南希·S.施特吕弗
Natalie Levisalles	娜塔莉·勒维萨勒
Nathalie Heinich	娜塔莉·海尼希
Nathalie Petiteau	娜塔莉·珀蒂托
Naudé	诺代
Néro	尼禄
Nervèze	内尔韦兹
Nevers	内韦尔
Nicholas Geoffrey L. Hammond	尼古拉·杰弗里·L.哈蒙德
Nicoclès	尼古克里斯
Nicolas Delamare	尼古拉·德拉马尔
Nicolas de Lisieux	尼古拉·德利西厄
Nicolas Dodier	尼古拉·多迪耶
Nicolas Mann	尼古拉·曼
Nicolas Offenstadt	尼古拉·奥芬斯塔特
Nicolas Schapira	尼古拉·沙皮拉
Nicolas Weill	尼古拉·威尔

Norman Levitt	诺曼·莱维特
Nuccio Ordine	努奇奥·奥迪纳

O

Odile Redon	奥迪勒·勒东
Odon de Cambrai	奥东·德康布莱
Odon Lottin	奥东·洛坦
Oger le François	奥热·勒佛朗索瓦
Olga Tellegen-Couperus	奥尔加·泰勒根-库普鲁斯
Olga Weijers	奥尔加·维捷
Olivi	奥利维
Olivier Christin	奥利维耶·克里斯坦
Olivier Bloch	奥利维耶·布洛克
Olivier Boulnois	奥利维耶·布尔努瓦
Olivier Fillieule	奥利维耶·菲利勒
Olivier Martin	奥利维耶·马丁
Olivier Reboul	奥利维耶·勒布尔
Olivier Rouchon	奥利维耶·鲁雄
Olivier Wendel Holmes	奥利弗·温德尔·霍姆斯
Oskar Negt	奥斯卡·内格特
Ovide	奥维德

P

Parme	帕尔莫
P. Demont	P. 德蒙
Paolo Procaccioli	保罗·普罗卡乔里
Papin	帕潘

Parménide	巴门尼德
Pascal Balmand	帕斯卡尔·巴尔芒
Pascal Brioist	帕斯卡尔·布里瓦斯特
Pasolini	帕索里尼
Passeron	帕斯龙
Patrick Boucheron	帕特里克·布舍龙
Patrick Gilli	帕特里克·吉利
Patrick Ladrière	帕特里克·拉德里埃
Patrick Petitjean	帕特里克·珀蒂让
Paul Bénichou	保罗·贝尼舒
Paul Chiron	保罗·希龙
Paul Feyerabend	保罗·费耶阿本德
Paul Grauss	保罗·格罗斯
Paul Rabinow	保罗·拉比诺
Paul Langevin	保罗·朗之万
Paul Morand	保罗·莫朗
Paul Pharo	保罗·法洛
Paul Piur	保罗·皮乌尔
Paul R. Gross	保罗·R. 格罗斯
Paul Ricoeur	保罗·里克尔
Paul Sanneg	保罗·萨内格
Paulette Mounier-Leclercq	波莱特·穆尼耶–勒克莱尔
Pauline Schmitt Pantel	波利娜·施密特·潘特尔
Paul-Jean Toulet	保罗–让·图莱
Pedro P. Fuentes Gonzalez	佩德罗·P. 富恩特斯·冈萨雷斯
Péguy	佩吉
Perez Zagorin	佩雷兹·扎戈林
Perperna	贝贝纳
Perry Anderson	佩里·安德森

Peter Brown	彼得·布朗
Peter D. Diehl	彼得·D. 迪尔
Peter Sloterdijk	彼得·斯劳特戴克
Phèdre	斐德罗
Philibert Secrétan	菲利贝尔·塞克雷坦
Philippe Ariès	菲利普·阿里耶斯
Philippe Artières	菲利普·阿蒂埃
Philippe Bourdin	菲利普·布尔丹
Philippe Braud	菲利普·布洛
Philippe Braunstein	菲利普·布劳恩斯坦
Philippe Breton	菲利普·布雷顿
Philippe Burrin	菲利普·比兰
Philippe Tamizey de Larroque	菲利普·塔米泽·德拉罗克
Philippe Simay	菲利普·西迈
Philipp S. Baringer	菲利普·S. 巴林杰
Pier Giorgio Ricci	皮埃尔·乔治奥·利奇
P. Imbart de la Tour	P. 安巴尔·德拉图尔
Pierre Abélard	皮埃尔·阿伯拉
Pierre-Aimé Touchard	皮埃尔–艾梅·图沙尔
Pierre Attal	皮埃尔·阿塔尔
Pierre Aubouin	皮埃尔·奥布万
Pierre Bayle	皮埃尔·培尔
Pierre Birnbaum	皮埃尔·比尔博姆
Pierre Bourdieu	皮埃尔·布迪厄
Pierre Briant	皮埃尔·布里昂
Pierre Brossolette	皮埃尔·布罗素莱特
Pierre Chabry	皮埃尔·沙布里
Pierre Chaunu	皮埃尔·肖尼
Pierre-Daniel Huet	皮埃尔–达尼埃尔·于埃

Pierre de Jean Olieu	皮埃尔·德·让·奥利约
Pierre de la Ramée	皮埃尔·德拉拉梅
Pierre Emery	皮埃尔·埃梅里
Pierre Emmunuel	皮埃尔·埃玛纽埃尔
Pierre-François Muyart de Vouglans	皮埃尔-弗朗索瓦·米亚尔·德武格朗
Pierre-Georges Castex	皮埃尔-乔治·卡斯泰
Pierre Guerlain	皮埃尔·盖尔兰
Pierre Hassner	皮埃尔·阿斯内
Pierre Laborie	皮埃尔·拉博里
Pierre Laval	皮埃尔·拉瓦尔
Pierre-Louis Roederer	皮埃尔-路易·罗德里尔
Pierre Mandonnet	皮埃尔·芒多内
Pierre Mendès France	皮埃尔·孟戴斯·弗朗斯
Pierre Naville	皮埃尔·纳维尔
Pierre Nora	皮埃尔·诺拉
Pierre Pomme	皮埃尔·波姆
Pierre Serna	皮埃尔·塞尔纳
Pierre Vidal-Naquet	皮埃尔·维达尔-纳凯
Pierre Viret	皮埃尔·维雷
Pinarius Natta	皮纳留斯·纳塔
Piotr Salwa	皮奥特·萨尔瓦
Pison	皮索
P. Jacob	P. 雅各布
Platarque	普鲁塔克
Pline	普利恩
Pline le Jeune	小普林尼
Plutarque	普鲁塔克
P. Mula	P. 米拉
Polycrates	波吕克里特

Pomponne de Bellièvre	蓬波纳·德·贝利耶弗尔
Possevino	波塞维尼奥
Prodicos	普罗狄科
Protagoras	普罗泰戈拉
Publius Sestius	普布利乌斯·塞思提乌斯
Publius Vatinius	普布利乌斯·瓦提尼乌斯

Q

Quentin Skinner	康坦·斯金纳
Quintilien	昆体良
Quintus	昆图斯

R

R.Malcom Errington	R.马尔克姆·埃林顿
Ralph Mark Rosen	拉尔夫·马克·罗森
Randall Collins	兰德尔·柯林斯
Raoul le Maistre	拉乌尔·勒迈斯特
Raphael Molho	拉法埃尔·莫洛
Raymond Aron	雷蒙·阿龙
Raymond Boudon	雷蒙·布东
Raymond Well	雷蒙·韦尔
R. Doumic	R.杜米克
Rebecca Lenoir	丽贝卡·勒努瓦
Régis Debray	雷吉斯·德布雷
Régulus	雷古鲁斯
Reims Maucroix	兰斯·莫克鲁瓦
Rémy Handourtzel	雷米·昂杜泽尔

全书人名对照表（按照名姓的字母顺序排列）

Renato Bordone	雷纳托·博尔多纳
Renato Curcio	雷纳托·柯西奥
René-Antoine Gauthier	勒内-安托万·戈捷
René Bertelé	罗歇·贝尔特雷
René Capitant	罗歇·卡皮唐
René Char	勒内·沙尔
René Grousset	勒内·格鲁塞
René Leblanc	勒内·勒布朗
René Pintard	勒内·潘塔尔
Richard Goulet	里夏尔·古莱
Richard Popkin	里夏尔·波普金
Robert Chazan	罗伯特·查赞
Robert Descimon	罗贝尔·德西蒙
Robert I. Moore	罗贝尔·I. 莫尔
Robert Le Maçon	罗贝尔·勒马松
Robert Johnson	罗贝尔·约翰逊
Robert Maggiori	罗贝尔·马吉里奥利
Robert Mandrou	罗贝尔·芒德鲁
Robert Martin	罗贝尔·马丁
Robert Wielockx	罗贝尔·维洛克
Robert Paxton	罗贝尔·帕克斯顿
Roger Bacon	罗歇·巴孔
Roger Chartier	罗歇·沙蒂埃
Roger Nimier	罗歇·尼米耶
Roger Secrétain	罗歇·塞克雷坦
Romanius Hispo	罗马尼乌斯·伊思波
Roosevelt	罗斯福
Roque	洛克
Rosella Saetta Cottone	罗赛拉·塞塔·科托纳

Roselyne Rey	罗塞林·雷伊
Rostain	罗斯坦
Rudolf Leonhard	鲁道夫·莱奥纳德
Ruedi Imbach	吕迪·因巴赫
Ruzé	吕泽

S

Sade	萨德
Salvestro de Medici	萨尔维斯特洛·德麦第西
Sandra Harding	桑德拉·阿尔丹
Sandro Landi	桑德罗·兰迪
Sarazin	萨拉赞
Saturninus	萨图尼努斯
Scaeuola	斯卡沃拉
Scipione del Ferro	西皮奥内·德尔·费罗
Scott L. Waugh	斯科特·L. 沃
Sébastien Cramoisy	塞巴斯蒂安·克拉穆瓦兹
Séjan	塞扬努斯
Sénèque le Père	老塞内加
Septime Sévère	塞普蒂米乌斯·赛维鲁
Serge July	塞尔日·朱利
Seyssel	塞塞尔
Shalom Perlman	沙洛姆·帕尔曼
Siger de Brabant	西热·德布拉邦
Silvestro Gherardi	西尔韦斯特罗·盖拉尔迪
Silvia Milanezi	西尔维娅·米拉内兹
Simon Goulart	西蒙·古拉尔
Simon Schaffer	西蒙·舍费尔

全书人名对照表（按照名姓的字母顺序排列）

Simon Vigor	西蒙·维格尔
Sigmund Freud	西格蒙德·弗洛伊德
Simone de Beauvoir	西蒙娜·德波伏瓦
Simone Weil	西莫内·魏尔
Slavoj Zizek	斯拉沃热·齐泽克
Sokal	索卡尔
Sophie Roux	索菲·鲁
Sophie Gouverneur	索菲·古维纳尔
Sorbière	索尔比耶尔
Sorel	索雷尔
Speusippe	斯珀西波斯
Staienus	斯塔雷努斯
Stefano Finiguerri	斯特法诺·费尼格里
Stéphane Audoin-Rouzeau	斯蒂凡娜·奥杜安-鲁佐
Stéphane Van Damme	斯特凡纳·范达姆
Stéphane Zagdanski	斯蒂凡娜·扎格当斯基
Stephen Girard	斯特凡·吉拉尔
Steven H. Rutledge	史蒂芬·H. 拉特利奇
Steven Shapin	史蒂芬·夏平
Stresemann	施特雷泽曼
Stuart Carrol	斯图尔特·卡罗尔
Suétone	苏埃托尼乌斯
Suillius Rufus	苏利乌斯·罗福斯
Susan Noakes	苏珊·诺亚克
Susan Treggiari	苏珊·特雷吉亚里
Suzanne Braund	苏珊·布朗
Sylvain Dzimira	西尔万·德兹米拉
Sylvain Piron	西尔万·皮隆
Sylvie Le Dantec	西尔维·勒当泰克

T

Tacite	塔西佗
Thaumaste	托马斯特
Thémistius	泰米斯提乌斯
Théodore de Bèze	泰奥多尔·德贝兹
Théodore Girard	泰奥多尔·吉拉尔
Théophile de Viau	泰奥菲勒·德维奥
Théopompe	狄奥庞波
Tenney Frank	坦尼·弗兰克
Thomas A. Reed	托马斯·A. 里德
Thomas d'Aquin	托马斯·阿奎那
Thomas de Messine	托马·德梅西纳
Thomas Jolly	托马·若利
Thomas Mitchell	托马斯·米切尔
Thomas S. Kuhn	托马·S. 库恩
Thrasea Paetus	特拉塞亚·帕埃图斯
Thrasymaque	特拉叙马阔斯
Tibère	提比略
Timocrate	提谟克拉底
Tite-Live	蒂托-利夫
Titus Labiénus	提图斯·拉宾努斯
Toby Silver	托比·希尔费
Torquetto Accetto	托尔凯托·阿切托
Touchstone	塔奇斯通
Tzetan Todorov	茨维坦·托多洛夫
Thierry Froment	蒂埃里·弗罗门特

U

Ugo Dotti	于戈·多迪

V

Valentiae Edetanorum	瓦朗蒂亚·埃德塔诺鲁姆
Valentin Feldman	瓦朗坦·费尔德曼
Valère Maxime	瓦雷尔·马克西姆
Valérie Igounet	瓦莱丽·伊古内
Valérie Piétri	瓦莱丽·彼得里
Valérie Robert	瓦莱丽·罗贝尔
Valerio Marucci	瓦莱里奥·马鲁奇
Vanini	瓦尼尼
Vaugélas	沃格拉
Verneuil	韦纳伊
Viau	维奥
Vibius Crispus	维比乌斯·克里斯普斯
Victor Cousin	维克托·库赞
Vincent Azoulay	樊尚·阿祖莱
Vincent Descombes	樊尚·德孔布
Vincent Duclert	樊尚·迪克莱尔
Vincentio	文森修
Vito Fumagalli	维托·弗马加利
Voiture	瓦蒂尔

W

Walter Benjamin	瓦尔特·邦雅曼

Walter Christaller	瓦尔特·克里斯塔雷
W. Fisher	W. 费舍尔
Werner Röcke	维尔纳·罗克
William Segar	威廉·塞加
William Shakespeare	威廉·莎士比亚
Worlf-Andreas Liebert	沃尔夫–安德烈斯·利贝尔
Wolf Lepenies	沃尔夫·勒佩尼

X

Xénophon	色诺芬

Y

Yann Darré	宴·达雷
Yann Rivière	宴·里维耶尔
Y. Jeanneret	Y. 让纳雷
Yun Sun Limet	云孙·利梅
Yves Jeanneret	伊夫·让纳雷
Yves Michaud	伊夫·米肖
Yves-Charles Zarka	伊夫–夏尔·扎尔卡
Yvon Thebert	伊冯·泰贝尔

Z

Zdzislaw Kuksewicz	兹德兹劳·库克塞维克
Zygmunt Baumann	齐格蒙·鲍曼